二 見 文 庫

影のなかの恋人

シャノン・マッケナ／中西和美＝訳

Standing In The Shadows
by
Shannon Mckenna

影のなかの恋人

登　場　人　物　紹　介

エリン・リッグズ	本編の主人公
コナー・マクラウド	元FBI捜査官
デイビー・マクラウド	コナーの兄
ショーン・マクラウド	コナーの弟
カート・ノヴァク	脱獄犯。東欧マフィアの息子
タマラ・ジュリアン	ノヴァクの手下
ゲオルグ・ラクス	同上
ナイジェル・ドブズ	同上
クロード・ミューラー	富豪の美術品コレクター
バーバラ・リッグズ	エリンの母親
シンディ	エリンの妹
トニア・ヴァスケス	エリンの友人
ビリー・ヴェガ	シンディのボーイフレンド
マイルズ	バンドの音響係。シンディの友人
セス・マッケイ	セキュリティ・コンサルタント。コナーの友人
ニック・ワード	FBI捜査官。コナーの元同僚
エド・リッグズ	服役中のエリンの父親。コナーの元上司

プロローグ

その窓のない部屋は、闇に閉ざされていた。ずらりとならんだ機器が発する光だけがちらちらと明滅し、断続的な静かなビープ音が聞こえている。

ドアが開いた。女が入ってきてスタンドをつける。スタンドの明かりで、黒い発泡ラバー製の幅の狭いマットレスに横たわる男の姿が現れた。衰弱してやせこけた男の全身には、髪の毛ほどの細い針が何本も刺さり、針から伸びるコードが男のうしろにある機械につながっている。

女はうしろ手にドアを閉めて鍵をかけた。中年で白衣を身につけ、鉄灰色の髪とがっしりした顎《あご》をしている。薄い唇は毒々しい鮮やかな赤に塗られていた。

女はてきぱきと、だが慎重に男の体から針を抜いていった。それから両手にオイルを塗ると、深呼吸をし、指の太い大きな手の力とぬくもりを高めるために準備体操を行なった。女は熟練した手際で男をマッサージしはじめた。前からうしろへ、足からむきだしの頭部へと。男の顔をマッサージする女の表情は、怖いほど険しく、一心に集中していた。

マッサージを終えると、女は検査用の血液を採取した。血圧と心拍数を測る。複雑な模様を描く針を刺しなおし、機器を調節する。点滴台にぶらさがるビニール袋が供給する栄養剤

6

と薬剤を補充する。最後に、女は両手で男の顔をはさんだ。両方の頬にキスをし、それから半開きになった唇にキスをした。

それは長く情熱的なキスだった。顔をあげたとき、女の瞳は輝き、顔が紅潮していた。息遣いが荒くなり、男の青白い肌は女の口紅がついて殴られたように見えた。

女はスタンドを消して男のもとを去り、ドアに鍵をかけた。

そしてふたたび、闇を破るのは、カラフルな明滅する光と断続的なビープ音だけになった。

1

ベージュのキャディラックの助手席で、埃《ほこり》まみれの窓枠で死にかけているハエのように銀色の携帯電話がうなりはじめた。

コナーは運転席にだらりと腰掛けたまま、じっと電話機を見つめていた。一般人は反射的に電話をつかみ、ナンバーをチェックして返答するようプログラムされている。彼のなかでは、その種のプログラムは消去されていた。電話機を見つめながら、コナーは自分の無関心ぶりに驚いていた。驚くという表現は大げさかもしれない。むしろ麻痺《まひ》というほうが近いだろう。放っておけばいい。そのうちやむだろう。呼びだし音は五回めになった。六回。七回。八回。携帯電話はしつこく鳴りつづけ、怒ったようにぶんぶんうなっている。

十四回鳴ったあと、腹立たしげに音がやんだ。

コナーはフロントウィンドウを流れ落ちる雨を透かし、ふたたびティフの現在の愛の巣に目を凝らした。通りの向かい側に、大きな醜いタウンハウスがどっしり腰を据えている。車外の世界は、濡れそぼった灰色と緑色にぼんやりかすんでいた。二階の寝室には、まだライトがついている。ティフはたっぷり時間をかけている。コナーは腕時計をチェックした。いつもの彼女はさっさとことを終えるタイプで、せいぜい二十分がいいところだが、今日は階段をのぼってからかれこれ四十分はたとうとしている。彼女にとっては最長記録だ。

たぶん、本気の恋なのだろう。

コナーはひとりせせら笑うと、ずっしり重いカメラを構えて私道に望遠レンズを向けた。ティフが急いでくれるよう願う。彼女の夫がマクラウド調査サービスに相応の金を払う写真を撮りさえすれば、自分の務めは終わり、また穴蔵にもぐりこむことができる。薄暗いバーとモルトウィスキーのシングルショット。淡灰色の日の光が目を刺さない場所へ。エリンのことだけを考えずにすむ場所へ。

ため息をつきながらカメラをおろし、タバコの葉と巻紙を出した。昏睡から覚めたあとのつらく単調なリハビリ期間中に、手巻きタバコに切り替えるという、うまいアイデアを思いついた。いうことをきかない手を使って葉を巻くしかなければ、タバコの本数が減ると思ったのだ。問題は、すぐに上達してしまったことだった。いまは、どちらの手を使っても手元を見ずに数秒以内でぴっちり巻くことができる。自制を働かせようとした涙ぐましい試みも、これまでだ。

コナーは無意識にタバコを巻いていった。視線はタウンハウスに据えたまま、電話をかけてきたのは誰だろうと考える。この番号を知っている人間は三人しかいない。友人のセスと兄弟のショーンとデイビー。どう考えても、セスには土曜の午後におれに電話をかけるよりましな用事があるはずだ。レインとの至福のハネムーンにどっぷりひたっているのだから。たぶんいまこの瞬間もベッドで悶え、南部の州ではいまだに違法とされている行為にふけっているのだろう。運のいいやつ。

自己嫌悪で口元がゆがむ。この数カ月に起こったろくでもないことで、セスも苦しんだのだ。彼はいいやつで、たとえ扱いにくい人間ではあっても真の友人だ。あいつはレインと幸せになる権利がある。おれには嫉妬する権利などない。権利があるのはキリストだけだ。ネオンのように輝きながら、腰でつながっておたがいの顔を舐《な》めあっているふたりを見れば……まあ、嫉妬するのも無理はない。

コナーは不毛な思いから無理やり意識をそらし、携帯電話を見つめた。セスのはずはない。腕時計をチェックする。この時間、弟のショーンは道場で午後のキックボクシングのクラスを教えている。とすると、残るは兄のデイビーだ。

退屈しのぎに携帯電話を取ってナンバーをチェックしようとした。すると、まるで待ち構えていたかのように手のなかで電話がうなり、コナーはびくっとして毒づいた。いまいましいテレパシー野郎め。デイビーは勘とタイミングのよさで有名だ。

コナーは観念し、うんざりしたようにうめきながら通話ボタンを押した。「なんだ?」

「ニックから電話があった」デイビーの低い声は、無愛想でビジネスライクだった。

「それで?」

「それで、とはどういう意味だ? あの男はおまえのダチだろうが。おまえには友人が必要だ、コナー。おまえはあいつと何年も一緒に仕事をしていたし、あいつは――」

「おれはあいつと仕事なんかしてない」抑揚のない声で言う。「いまはあいつらの誰とも仕事をしていない」

デイビーがいらだった声を出した。「誰にもこの番号を教えないと約束したことはわかってる。だが、そいつは間違いだった。ニックに電話しろ。さもないとおれが——」

「だめだ」コナーが警告する。

「なら、あいつに番号を教えるぞ」とデイビー。

「じゃあ、いちばん近くにあるゴミ箱に携帯を投げこむとするか」のんきな口調でコナーが言う。「そんなこと屁《へ》でもないぜ」

兄が歯ぎしりする音が聞こえるような気がした。「おい、そういう態度は感心しないぞ」デイビーが言った。

「あれこれ指図するのはやめてくれ。さほど面倒な注文じゃないだろ」

デイビーは長々と沈黙をはさみ、弟に罪の意識を味わわせてうろたえさせようとした。効果はなかった。コナーはじっと黙っていた。

「ニックはおまえと話したがってる」ついにデイビーが口を開いた。慎重に淡々とした口調を保っている。「重要な話だそうだ」

タウンハウスの寝室の明かりが消えた。コナーはカメラを構えた。「知りたくもないね」

デイビーが不機嫌にうめく。「ティフの最新の冒険の写真は撮ったのか？」

「いま撮るところだ。もうすぐ出てくる」

「そのあとなにか予定はあるのか？」

コナーはくちごもった。「あー……」

「冷蔵庫にステーキがある」デイビーがそそのかす。「それとビールが一ケース」

「それほど腹は減ってない」

「だろうな。おまえはこの一年半、腹が減ったためしはない。だから二五ポンドもやせたんだろうが。写真を撮ったら、とっととここへ来い。食わなきゃだめだ」

コナーはため息をついた。デイビーは命令口調が役に立たないと知りながら、気づかないふりをしている。兄の頑固な頭はコンクリートより硬い。「おいデイビー。あんたの料理にけちをつけるつもりはないが――」

「ニックはノヴァクについて、おまえが関心を持ちそうなニュースをつかんだんだ」

コナーはシートのなかでさっと背を伸ばした。重たいカメラが怪我をした脚ではずみ、痛みが走る。「ノヴァク？ ノヴァクがどうした？」

「それだけだ。ニックはそれしか言わなかった」

「あのクズ野郎は、この瞬間も最重警備刑務所で腐りつづけてる。あいつに関するどんなニュースがあるっていうんだ？」

「電話をかけて訊いてみたらどうだ、え？ そのあとまっすぐここへ来い。おれはこれから肉を漬けるマリネードをつくる。じゃあな」

コナーは手のなかの電話機を見つめた。動揺するあまり、デイビーのさりげない命令口調に腹を立てることもできなかった。手が震えている。なんてこった。まだこんなにアドレナリンが残っているとは、夢にも思わなかった。

カート・ノヴァク。おれの人生を事実上破壊した一連の出来事を起こした男。そう思うのは、自己憐憫《れんびん》にひたる気分の日だけかもしれないが、最近はそういう日が多くなっている。カート・ノヴァク。パートナーのジェシーを殺した男。昏睡と傷と脚の障害を招いた男。仕事仲間のエド・リッグズを脅迫し、買収した男。

ノヴァク。もう少しで、その邪悪な薄汚い鉤爪《かぎづめ》をエドの娘エリンにかけそうになった男。彼女は危ういところで難を逃れたが、そのせいでコナーは何カ月も悪夢に悩まされるはめになった。そう、もしこの世におれの目をいっきに覚まし、慌てさせる呪文があるとしたら、それはノヴァクだ。

エリン。コナーは顔をこすり、最後に彼女の美しい顔を見たときのことを考えまいとした。だがそのイメージはくっきりと心に焼きついている。彼女はパトカーの後部座席で毛布にくるまっていた。ショックで呆然とし、恐怖と裏切られた思いで目を見開いていた。

おれが彼女の目をそんな表情にしたのだ。

その記憶と官能的なイメージの爆発はどうしようもない怒りを引き起こし、コナーはみぞおちをひねりあげられるような痛みに歯を食いしばった。罪の意識と吐き気が押し寄せようと、どうしても忘れられない。エリンについて脳が記録しているあらゆるデータは官能的な細部まで強調され、褐色の髪をアップにしたときうなじでカールする短い後れ毛まではっきり記録している。世間を見るとき、あの思いやりにあふれた大きな瞳に浮かぶ表情。一風変わった独自の結論を導きだす落ち着きと穏やかさ。なにを考えているのか知りたくて、胸が焼けるように疼《うず》いてしまう。

そのとき、唐突にはにかんだ愛らしい笑顔が浮かんだ。コナーの脳を溶かす稲妻のように。

視界の端でなにかが動き、コナーは重たいカメラを構えた。階段を途中まで駆けおりていたティフの姿を、素早く連写する。人目を忍ぶようにちらりと左右に視線を走らせる彼女の褐色の髪が、ベージュのレインコートの上を素早く撫《な》でた。うしろから男が階段をおりてくる。四十がらみの長身で、髪が薄い。どちらも格別リラックスしているようにも満足しているようにも見えない。男がティフにキスしようとした。彼女は顔をそむけ、キスは耳に着地した。そのすべてをコナーはフィルムに収めた。

ティフが自分の車に乗りこむ。エンジンがかかる音が聞こえ、彼女は雨模様の人けのない通りを不釣合いなスピードで走り去った。男は途方に暮れたようにうしろ姿を見つめている。ばかなやつ。あの男は自分がずるずるとヘビの穴に落ちかけていることなどなにも知らない。みな、手遅れになってからようやく気づくのだ。

コナーはカメラをおろした。男は肩を落として階段をのぼり、タウンハウスへ入っていく。フィル・カーツ――ティフのこずるいまぬけな夫――には、この写真で充分だろう。皮肉なことに、フィルも浮気をしている。あの男は、来たるべき熾烈《しれつ》な離婚訴訟で妻に大金を搾り取られないようにしたいだけなのだ。

それを思うと吐き気がする。ティフ・カーツが誰と寝ようが知ったことではない。そうしたいなら、禿《は》げた管理職全員とやればいい。執念深くてめそめそ泣き言をならべるフィルが夫なら、無理もない。にもかかわらず、コナーはティフの行為に腹を立てていた。そうせずにはいられなかった。ティフは夫を袖にするべきだ。きれいさっぱり清算して、新しい人生を始めろ。本当の人生を。

はっ！　自分に裁く権利があるみたいじゃないか。コナーは笑おうとしたが、息がつまってその笑いは先細りになった。裏切りには我慢できない。嘘や卑劣さ。なにかをくすねようとしている性悪な犬のように闇のなかをこそこそうろつく行為。そういうものを見ると、胸が押しつぶされて窒息しそうになる。あるいは単に、フィルターなしのタバコを吸っているせいかもしれないが。

探偵稼業を手伝うようデイビーに言いくるめられたのは、失敗だった。昨年の秋に起こった事件のあと、むかしの仕事に戻ることなど考えられなかった。だが、もっと分別を働かせるべきだったのだ。浮気をしている妻の素行調査は、自分を殺そうとした仕事仲間を刑務所送りにした治療法として、効果的とは言えない。きっとデイビーは、ティフの件はぼろぼろになった弟でもへまのしようのない、ばからしいほど楽勝の仕事だと考えたに違いない。まったく。自己憐憫はどんどん見苦しいものになっている。デイビーがティフやその同類をおれに押しつけたのは、連中にうんざりしたからだ。無理もない。もしこの仕事に耐えられないなら、さっさとやめて別の仕事をすればいい。警備員かなにかを。夜勤なら、誰ともつきあわずにすむだろう。大きな工場の掃除夫になれるかもしれない。毎晩毎晩、何マイルもつづく人けのない廊下を幅広のほうきを押して歩くのだ。そう。そうすれば、少しは気持ちも明るくなるだろう。

金が欲しいわけではない。生活費はまかなえる。デイビーに強要された投資はうまくいっているし、車は六七年製造のキャディラックのヴィンテージカーで、壊れることはない。高価な服には関心がないし、デートもしない。好みのステレオとビデオセットを手に入れたいま、投資から得る配当の使い道に困っているほどだ。すでに貯めこんだ金があれば、この先二度と仕事に就かなくてもどうにか食べてはいけるだろう。

まったく、なんてわびしい行く末だ。四十年プラスアルファの、どうにか食いつなぐ人生。なにもせず、誰にとっても無意味な人間として。コナーはぶるっと身震いした。

上着のポケットから新しいタバコを出す。どんなものでも汚れ、染みがつく。どんなものでも壊れ、あらゆるものに値段がついている。そろそろ現実を受け入れて、むっつりすねているのはやめるべきだ。自分の人生を取り戻さなければ。なにかしらの人生を。

かつては自分の人生が気に入っていた。九年にわたり、パートナーのジェシーが〈ケイブ〉と呼んだFBIの諜報活動部門で捜査官を務め、与えられた役割になりきるのが得意だった。醜悪なものもそれなりに見てきたし、そのうちいくつかは忘れられないものになったが、それでも心の奥では、自分は天職を行なっているのだという充実感も覚えていた。なにかの渦中にいるのが好きだった。からみあった糸がつくる張りつめたクモの巣のような状況、ちょっと触れただけで、巣全体に波紋が広がって震動するような状況に深く関わっているのが好きだった。感覚を研ぎ澄まし、オーバーヒートするほど頭を酷使して、連想や推理や結論を大量につむぎだす。そういうことが大好きだった。そして、この世を違ったものにしようと努力するのが好きだった。

だが、その糸は切れてしまった。麻痺したまま、ひとりでまっさかさまに落下している。ノヴァクについてなにか聞いたところでどうなる？　自分にはどうしようもない。おれの糸は切れてしまったのだ。こちらから提供できるものはなにもない。そんなことをして、なんになる？

彼はタバコに火をつけ、頭のなかでニックの電話番号を探った。それは即座に脳裏のスクリーンに現れた。写真のような記憶力は、マクラウド一族の特徴だ。役に立つこともあるし、ときには呪いにもなる。この特徴のせいで、忘れてしまいたいことも、永遠に鮮やかなまま記憶に刻まれる。たとえば、独立記念日のリッグズ家のパーティでエリンが着ていた白い麻のホルタートップ。あれから六年もたつのに、その記憶は割れたガラスのようにシャープなままだ。あの日の彼女はノーブラで、きれいなバストのながめは抜群だった。彼女が動くたびに、上を向いた豊かで柔らかそうな乳房が揺れ、つんと尖った褐色の乳首が薄い生地を押しあげていた。母親のバーバラが許可したのが意外だった。コナーがじっと見つめていることに気づいたあとはなおさらだ。バーバラの目は氷に変わった。

バーバラはばかではない。汚れを知らない娘が捜査官とつきあうのは望んでいなかった。そのせいでバーバラ自身がどうなったか考えてみればいい。

記憶を押しやろうとしても無駄だとわかっていた。そんなことをすればさらに鮮やかになり、強さを増して心の隅々まで乗っ取られてしまう。パトカーの窓ガラスの向こうから見つめていた、エリンのつらそうな褐色の瞳のイメージのように。おぞましい裏切りを知った瞳。

彼は肺まで煙を吸いこみ、携帯電話を憎々しげににらみつけた。昨年の秋に起こった事件のあと、以前の電話は処分した。もしこれでニックに電話をしたら、新しい番号を知られてしまう。それはまずい。連絡の取れない存在でいたい。そのほうがいまの気分に合っている。

コナーは目をつぶり、去年のクリスマスを思いだした。デイビーとショーンがこの電話をくれたときのことを。これはセスが溜めこんでいる小道具のひとつで、それはつまり、最先端のオプション機能が山ほどついているということだった。コナーは兄弟の心象を傷つけないように、興味があるふりをしてセスがつくった説明書の束にざっと目を通した。先方のディスプレイに着信番号が表示されないようにする機能の説明があったのをぼんやり覚えている。彼は頭のなかで次々に説明書のページをめくり、その手順を見つけた。手順どおりにキーを押し、ダイアルする。

呼びだし音が鳴りはじめ、胃がぎゅっとよじれた。

「ニック・ワードだ」元同僚が応えた。

「コナーだ」

「マジかよ」ニックの声は冷えきっている。「たっぷりすねたか、コナー?」

不愉快な話になるとわかっていた。「その部分は飛ばせないか、ニック? そういう気分じゃない」

「おまえの気分なんて知ったことか。おまえを売ったのはおれじゃない。リッグズがしたことで責められる筋合いはない」

「おまえを責めるつもりはない」弁解するように言う。

「そうか? じゃあ、この半年間なにをやってたんだ?」

コナーはぐったりとシートにもたれた。「このところ、ちょっとぼうっとしてるんだ。勝手におまえに対するあてつけと取るな」

ニックは納得できないようにうめいた。

コナーはようすをうかがった。「で?」

「なにが?」

ニックの口調に歯嚙《はが》みする。「デイビーが、おまえはおれになにか話があると言っていた」そして言い添えた。「ノヴァクのことで」

「ああ、あれか」ニックは楽しんでいるようだった。傲慢《ごうまん》なやつ。「おまえが関心を持つんじゃないかと思ってね。ノヴァクが脱獄した」

アドレナリンが噴きだした。「なんだと？　いつ？　どうやって？」

「三日前の晩だ。あの男とふたりの手下、ゲオルグ・ラクスとマルティン・オリビエ。実に巧妙で周到な計画だ。金もたっぷりかかってる。刑務所外からの手引きがあったんだ。おそらく所内にもあったんだろう。意外にも誰も殺されてない。ノヴァク・パパが裏にいるに違いない。何十億ドルも持ってると、いろんなことができるのさ。連中はすでにヨーロッパに戻ってる。ノヴァクとラクスはフランスにいるのが確認されている」

ニックはそこで口を閉ざしてコナーの反応をうかがったが、彼は言葉を失っていた。障害の残った脚の筋肉がひきつり、太腿に激痛が走る。コナーは太腿をぎゅっと握りしめ、息をしようとした。

「おまえに知らせたほうがいいと思ったんだ。ゲオルグ・ラクスがおまえに借りがあることを考えるとな」とニック。「去年の十一月に、あいつの顔の骨をおまえがめちゃくちゃにして以来」

「あいつはエリンを痛めつけるように命令されてたんだ」緊張で声が震える。「あのくらいじゃ足りない」

ニックがつかのま口を閉ざす。「あの男は彼女に指一本触れていなかった。エリンを狙っていたことを裏づけるのはエドの証言だけだし、エドの信頼性はクソだ。あいつは自分の身を守ろうとしてたんだ。おまえは助けに駆けつける前にそうは思わなかったのか？　ああ、そうか。思わないよな。おまえはヒーローになる必要があった。愛のために。任務中じゃなくて運がよかったな。吊るしあげに遭ったところだぞ」

「ゲオルグ・ラクスは前科のある暗殺者だ」歯嚙みしながらコナーは言った。「あの男はもう少しでエリンを痛めつけるところだった。殺されずにすんで運がよかったんだ」

「ああ、そうだな。なんとでも言えばいい。いずれにせよ、ヒーローコンプレックスはさておき、うしろに気をつけろと言いたかっただけだ。おまえが興味を示すとか、誰かに手を貸してもらおうとするなんて言うつもりはないがね。それに、おまえにはおれと話すより大事なことがあるだろう。だから、これ以上おまえの貴重な時間を無駄にするつもりは――」

「おい、ニック。やめろ」

コナーの口調に含まれたなにかにニックは口を閉ざした。「ああ、くそっ」うんざりしたように言う。「なにか妙なことがあったら電話しろ、いいな？」

「ああ、すまない」コナーは言った。「だが、その……、エリンはどうなる？」

「彼女がどうかしたか？」

「ノヴァクは彼女のことを忘れていない。忘れるはずがない。誰かが彼女の警護にあたるべきだ。すぐに」

ニックの長い沈黙は、凶兆のように思われた。「本気であの女に惚《ほ》れてるんだな？」

コナーは歯を食いしばり、自制が働くまで数を数えた。「そうじゃない」慎重な低い声で言う。「脳みそが半分でもあるやつなら、誰でもノヴァクの標的リストに彼女が載るとわかるからだ」

ニックがため息を漏らす。「おれの話を聞いてなかったのか？　おまえは突飛な考えに取りつかれてるんだ。目を覚ませ。ノヴァクはフランスだ。マルセイユにいるのが確認されている。あいつは怪物だが、まぬけじゃない。エリンのことなど考えてないさ。それから、おまえをつまはじきにしなかったことを後悔させないでくれよ。教える義理はなかったんだからな」

コナーは首を振った。「ニック。おれはあの男のことはよくわかってる。ノヴァクはぜったいに――」

「放っておくんだ、コナー。自分の人生を見つめろ。そして、うしろに気をつけろ」

ニックは唐突に電話を切った。コナーは震える手のなかの電話機を見つめ、電話番号が表示されないようにしたことを後悔した。非表示の設定を解除し、リダイアルボタンを押す。すぐに。気が変わらないうちに。

「ニック・ワードだ」友人がそっけなく言う。

「この番号を記録しといてくれ」

ニックは驚いたように笑い声をあげた。「これはこれは、光栄なことだ」

「ああ、そうだ。またな、ニック」

「だといいがね」とニック。

コナーは電話を切り、シートに電話機を落とした。思いが駆けめぐる。ノヴァクは薄汚い金持ちだ。新しい素性と新品の人生を買ったり、賢明な行動をするだけの財産と狡猾《こうかつ》さを持っている。だが、あの男のことは長年研究してきた。ノヴァクは賢明なことはしない。自分が望むことはなんでもやる。自分は神だと思っている。かつてはその妄想に酔っていた。そしてプライドが傷つけられたいま、同じ妄想が彼を危険きわまりない存在にしている。

とくにエリンにとって。くそっ、どうしておれ以外それに気づく人間がいないんだ？　パートナーのジェシーならわかってくれただろうが、ジェシーはもういない。一年と四カ月前、ノヴァクに冷酷に殺されたのだ。

エリンはノヴァクの手を逃れた。あの男は、侮辱を受けたと思っているだろう。ご都合主義で忘れるような男ではない。

ふたたび脚がひきつった。コナーは太腿の筋肉に指を食いこませ、息をしようと努めた。自分たち兄弟には、守りあう相手がいる。だがエリンは無防備で、生贄《いけにえ》の祭壇に横たわっている。そして、彼女をそこに横たわらせたのはこの自分だ。自分の証言が彼女の父親を刑務所送りにした。エリンは心の底からおれを憎んでいるだろう。当然だ。

コナーは両手で顔を覆ってうめいた。エリンはノヴァクのねじれた思考の中心にいる。つねにおれの心の中心にいるように。

論理的に考えなければ。だが論理はこの衝動と無関係だ。慎重にことを進める必要がある。FBIが彼女を守らないのなら、おれがかわりに守るしかない。自分がどうなるかはわかりきっている。エリンはあまりに世間知らずで、おれのろくでもないヒーロー願望は反応せずにはいられない。そして、頭をはっきりさせなければならないとき、長年彼女に抱いてきた熱い妄想は邪魔になるだけだ。

それでも、本当の仕事を、誰かにとって意味のある仕事をすると思うと、心がレーザー光線のように鋭く集中し、痛いほどだった。何カ月も心を覆っていた霧が晴れていく。激しい震えるようなエネルギーで、全身がぶんぶんうなっていた。

やらなければならない。たとえどんなに嫌われていても。そしてふたたび彼女に会えると思うと、顔がほてって血がたぎり、心臓が激しく肋骨を打ちつけた。

くそっ、エリンはノヴァクより恐ろしい。

件名：新しい入手品について
日付：五月十八日（土）十四時五十四分
差出人：クロード・ミューラー
宛先：エリン・リッグズ

親愛なるミズ・リッグズ

修士論文のコピーを送ってくれて、どうもありがとう。ケルト系ラ・テーヌ文化の工芸品における鳥文様の宗教的重要性に関するきみの理論は、たいへん興味深かった。先日、頭頂部に青銅製のカラスがついた、紀元前三世紀のラ・テーヌ文化の兜《かぶと》を手に入れた。これについてきみと話すのを楽しみにしている。

この兜以外にも、いくつかきみに見せたいものを新たに入手した。わたしは香港へ向から途中、オレゴンを経由する行程で明日〈シルバー・フォーク・ベイ・リゾート〉に滞在する。夜遅く到着し、翌日出発する予定だ。急な話であり、きみの都合がつかなくても無理はないが、とりあえずきみのために明日のポートランド行きの定期便のチケットをインターネットで予約した。きみをホテルまで送るリムジンがポートランドで待っている。月曜の朝、一緒に美術品を調べることができるだろう。時間に余裕があれば、そのあと昼食をご一緒したい。

さしでがましいことをして申し訳ないが、どうか来てほしい。きみとはすでに知りあいのような気がしているので、直接会うのが楽しみだ。

料金に関しては、前回と同じ条件でかまわない。きみに見てほしい品物のＪＰＧファイルも添付する。

敬具

クロード・ミューラー　クイックシルバー財団

エリンは嬉しさのあまり椅子からぱっと立ちあがり、ぴょんぴょん飛び跳ねた。キンズデール・アームスにあるワンルームのアパートの壁は薄く、歓喜の雄たけびをあげるわけにはいかなかったので、口に手をあててかぼそい狂喜の声を漏らした。内容が変わっていないことを確認するだけのために、ディスプレイに映るメールを何度も何度も読みなおす。

この仕事は悲惨な現状を救ってくれるだろう。それも間一髪というところで。飛び跳ねたせいで、階下の気むずかしい住人の頭に腐った天井の漆喰《しっくい》が落ちただろうが、そんなことはどうでもよかった。たぶん偉大なる神かなにかが、わたしはもう充分運に見放されたと考え、ひと息つかせてやろうと思ってくれたのだ。

みっともない興奮の説明を求めるように、エドナが不満げな声をあげた。エリンは彼女を抱きあげたが、きつく抱きしめすぎてしまった。不機嫌な猫はいっそう機嫌をそこね、シャーッと言いながら腕のなかから飛びだした。

エリンはのぼせあがってくるくる踊りまわった。ようやく運が向いてきた。コンピュータの上の壁にかかった布に目がとまる。布にはクロスステッチでこう書かれていた——日々おのれの現状を見極めなさい。この言葉を読んでも、誰かに軽蔑しきった口調で「精一杯やって、その程度なの？」と訊かれているような気がしないのは、この数カ月ではじめてだ。

この言葉は四カ月前に自分で刺繡《ししゅう》した。仕事を解雇された直後のことだ。あまりに腹が立ったので、まともに考えることもできなかった。そして、消極的なエネルギーや非建設的なエネルギーは、すべて前向きに転換するよう努力しようと決めた。でも、その努力は失敗したと思っていた。とくに、この布を見るたびに、壁からはぎ取って部屋の向こうへ投げつけたくなるときは。

そう、やってみるだけの価値はある。少なくとも前向きに考えようとしなければ。父は投獄され、母はぼろぼろになり、シンディは分別のない行動をするようになっているときに、自分を哀れんでいるひまはない。

エリンはミューラーのメールと添付されたエアチケットの詳細をプリントアウトした。フファーストクラス。すてき。エコノミークラスじゃいやだと言うつもりはない。長距離バスだってかまわない。それどころか、シルバー・フォークまでヒッチハイクしろと言われても喜んで同意しただろう。それでも、甘やかされるのは傷ついたプライドを癒《いや》すなによりの薬だ。わびしいワンルームアパートの水染みがついた壁紙と、無味乾燥な煤《すす》けたレンガの壁に向いたひとつしかない窓をちらりと見渡し、ふっとため息を漏らす。

ひとつずつよ。エリンは書類入れをつかみ、中身をあさって今日の〈やることリスト〉を見つけると、リストに〝派遣会社に電話〟〝トニアに電話してエドナの世話を頼む〟〝ママに電話〟〝荷造り〟と書き加えた。それから派遣会社に電話をかけた。

「もしもし、エリン・リッグズです。ケリーに伝言をお願いします。来週の月曜日、ウィンガー・ドレクスラー&ローへは行けなくなりました。明日から急に出張することになったので。現在扱っている案件はすべて仕上げてあるので、とくに問題はないと思います。火曜日には戻ります。それでは、よい週末を」

電話を切りながら、突然の欠勤に対する罪の意識を無理やり脇へ押しやった。一回のコンサルタント業務で得る手数料は時給十三ドルの派遣社員の給料約二週間分に相当する。それに、そもそも〝派遣〟とはそういうものじゃない？　どちらの側にも大きな責任はない、そうでしょう？　そうよ。別の人間とつきあってもかまわない男女関係のようなもの。べつに、そういう関係が得意だと言うつもりはないけれど。それを言うなら、どんな関係でも同じだ。

採用や解雇が簡単に行なわれる派遣社員には、なかなかなじめない。エリンは仕事に没頭し、二百パーセントのめりこむのが好きだった。だからこそ、大学院を出たあと就いた仕事を解雇されたとき、あれほど傷ついたのだ。彼女は、ユベール美術館で増加中だったケルト文化の遺物を担当する学芸員補佐をしていた。

全身全霊で仕事に打ちこみ、申し分ない実績もあげていたが、父の公判の模様が熱狂的に報道されるあいだに、上司のリディアはエリンを解雇する理由をでっちあげた。リディアは、エリンは個人的な問題にとらわれて仕事に身が入らないと主張したが、実際のところは美術館のイメージを悪くすると考えたに違いない。今後の資金調達に悪影響を及ぼすと。解雇当日リディアが使ったのは、〝食指をそそらない〟という言葉だった。その日はたま、たま、公表されたビデオについての感想を訊きだそうと、貪欲《どんよく》なジャーナリストの一団が職場までエリンを追ってきたのと同じ日だった。

父親と愛人が映っているそのいかがわしいビデオは、父に汚職と殺人を強要するために使われたものだった。そのビデオは(理由と方法は神のみぞ知る)、現在インターネットで誰でも楽しめるようになっている。

エリンはその記憶を押しやろうと、正気を保つためにくり返し使ってきた呪文を唱えた——わたしには恥じることなどなにもない。放っておくのよ、すぐにみんな忘れるわ……。この呪文はもはや効き目がなくなっていた。これまでも効いたことなどない。リディアはすべてはわたしのせいだと責めるだけだったのだから。

リディアなんて地獄へ堕ちればいい。そして父も。わたしたちをこんなあさましい騒動に巻きこんだ父。怒りは全身を駆けめぐる毒のように思われ、エリンは罪悪感で胸がむかついた。父は、自分の行ないに対してこれ以上ないほど大きな代償を払った。へそを曲げて腹を立てていてもなにも変わらないし、落ちこんでいるひまはない。忙しくしていたほうがいい。それもまた正気を保つ言葉だった。なにより効き目のある言葉。時代遅れでさえないせりふだが、どうせわたしは洗練された世界とはすでに無縁になっているのだ。辞書で〝さえない〟を引いてみれば、そこにはエリン・リッグズの写真が載っているだろう。忙しく、くるくる動きまわっているエリン・リッグズが。

鉛筆を削り、〝派遣会社に電話〟に横棒を引く。すぐに消す項目をリストに加えるなんて、たしかにばかげている。なにかをやり遂げたという、取るに足りないはかない感覚にしがみついているのだ。それでもかまわない。小さな達成感のひとつひとつが役に立つ。たとえささいなものであっても。

〝ママの請求書〟は、依然としてリストのトップだった。なにより恐ろしく、気分が暗くなる項目。エリンはその項目をあと二分先延ばしにすることにして、友人のトニアに電話をかけた。トニアの留守電が応える。「もしもし、トニア？　ミューラーの依頼で急に出張することになったの。明日の朝ポートランドへ行かなきゃならないのよ。うちに寄ってエドナの世話をしてくれるかと思って。電話をちょうだい。無理でも気にしないでね。別の方法を考えるから。じゃあ、またあとでね」

電話を切る。母親の小切手帳と銀行の取引明細書と電卓、それから最後に実家へ行ったとき郵便受けに溜まっていた未開封の封筒の束を集めていると、不安でみぞおちがざわついた。ダイレクトメールをよけると封筒の束は半分に減ったが、残ったものの多くには、封筒を横切るように威圧的な赤いブロック体で〈最終通達〉と書かれている。ぶるっと寒気が走った。

特別な束。

エリンはその封筒をいくつかの山に選り分けていった。支払い期日が数カ月前に過ぎている未払いの固定資産税。債権取立て業者からの脅しの手紙。支払い期日の過ぎた住宅ローン。支払い期日の過ぎた電話料金請求書。医療費請求書。クレジットカードの請求書はどれも高額だ。エンディコット・フォールズ・クリスチャン・カレッジの会計課からの手紙には〝遺憾ながら、シンシア・リッグズの奨学金受領資格は成績不良のため取り消さざるをえなくなりました〟とあった。それを読んでエリンは目をつぶり、口に手を押しあてた。

前進するのよ。くよくよしてもしょうがない。整理整頓は心を落ち着かせる。整理すればものごとを全体的に把握できる。エリンは債権取立て業者からの手紙をひとつの山にまとめ、支払い期日超過の知らせを別の山にすると、ノートに三つの項目をつくった。〝至急払う必要のあるもの〟〝支払い期日が過ぎたもの〟〝これから期日が来るもの〟。その合計金額を計算し、母親名義の口座の残高と比較する。心臓が沈みこんだ。

自分には、〝至急払う必要のあるもの〟の項目の不足分を補塡《ほてん》することはできない。乏しい小切手口座を空にしても無理だ。母に仕事をしてもらわなければ。それしか解決の道はない。けれど最近は、母親をベッドから出すだけでも苦労しているのだ。稼ぎ手になってもらうことなどとうてい期待できない。

でも、それしか方法はない。さもないと母は新婚当時から住んでいる家を失うことになる。そうなったら、母は間違いなく限界を超えてしまうだろう。

エリンはきちんと積みあげた封筒の山に顔を押しあて、必死で涙をこらえた。泣いたところでなにも変わらない。涙ならこの数カ月のあいだにさんざん流してきたから、それはよくわかっている。斬新なアイデアが必要だ。新しい解決法が。ただ、疲れきった孤独な頭は、鎖が巻きついたようにがっちり固定観念にとらわれているような気がした。

クロード・ミューラーの仕事は天の助けだ。ミューラーは謎めいた人物で、美術を愛する隠遁《いんとん》した億万長者であり、巨大なクイックシルバー財団の理事を務めている。彼はケルト文化の工芸品について、ネットサーフィンをしているあいだにエリンを発見した。彼が見つけた論文は、エリンがコンサルタントビジネスを開始するにあたって開いたホームページに載っていた。ミューラーはエリンにEメールをよこすようになり、彼女の論文を誉めたり質問をしたあげく、博士論文のコピーを読ませてほしいとまで言ってきた。それはエリンのような遺物好きにとって、なによりプライドをくすぐられるものだった。

やがて彼は新しく入手したものを鑑定するために、シカゴへ来てほしいともちかけてきた。エリンの手数料など、彼は一顧だにしなかった。厳密に言えば、彼のスタッフがしなかったと言ったほうがいいだろう。ミューラーは当時パリに滞在していたのだから。そのときもその後に依頼された三件の仕事でも、エリンは直接彼に会うことはなく、いずれの場合も手数料の支払いは神の采配としか思えないタイミングだった。最初の手数料は、クイーン・アンのアパートからずっと家賃の安いこのキンズデール・アームスのわびしい部屋への引っ越し代をまかなってくれた。サンディエゴで行なった二番めと三番めの仕事の料金で、母親が最近受けた治療の保険対象外の費用を支払った。サンタフェでの仕事では、支払い期日が過ぎていた母親の住宅ローンのうち、二件を払うことができた。そしてこの仕事で、おそらく

〝至急払う必要のあるもの〟に分類されたほとんどの借金をまかなうことができるだろう。ミューラーからの依頼はひじょうに格式ばったものだった。移動はすべてファーストクラスで、あらゆる経費が支払われる。敬意を持って特別扱いされるのは、気持ちがよかった。みじめで単調な日々のなかで、一服の清涼剤となった。住宅ローンの未払いについて銀行とやりあったり、害虫駆除業者に電話してくれと大家に頼みこんだり、一月いっぱいお湯なしで過ごしたりする日々。そして父親の裁判で次々に明らかになる不愉快な詳細。もうなにが現れてもショックを受けることはなくなっている。まあ、めったに受けないと言ったほうがいいだろう。あのビデオにはかなり衝撃を受けた。

いい加減にしなさい。前へ進むのよ。クロード・ミューラーが直接会いたいと言ってるんでしょう? すばらしいじゃない。わたしも彼には興味がある。エリンは請求書をクリップでとめ、ファイルキャビネットのなかの〝ママの請求書〟のフォルダーに入れると、ミューラーから届いたメールに注意を戻した。

返信の内容には細心の注意を払わなければ。誠意に満ちて熱心だが、生意気だったり喉から手が出るほどやりたがっていると悟られてはいけない。控えめでありながら、文面全体から個人的な強い関心が垣間見えるもの。楽しみにしています……ようやくお会いできて嬉しく存じます、など。ミューラーからの委託業務を受けるうちに、きわめて専門的なコンサルタントビジネスを確立することも可能だろう。ユベール美術館を解雇されたとなれば、シアトルの美術館で働く見込みはない。自分を取り巻く暗い雲から抜けだすには、別の街へ行かなければならないが、あんなに不安定な母とシンディを残して引っ越すわけにはいかない。

エリンはミューラーに関する情報を、インターネットで片っ端からこつこつ集めていた。彼は公の場には出てこないものの、美術に対する気前のいい寄付で美術誌にはたびたび登場する。寄付金依頼と美術館拡張を担当するかつての同僚たちは、クイックシルバー財団の気前のよさにいつも恍惚《こうこつ》となっていた。ミューラーは四十代前半で、フランス南部の沖合いに所有する島に住んでいる。エリンが知っているのは、それだけだ。

返信の文面を読みなおし、送信ボタンを押した。どうにでもなれだ。蓋《ふた》を開けたら、ミューラーは魅力的で好感が持てる人物だったということになるかもしれない。メールの文面からは、かすかにわたしに気があるような雰囲気がうかがえる。彼は知的で博学だ。裕福でもある。それが気になるわけではないものの、注目すべき事実ではある。ケルト文化の官能的で謎めいた美しさを好み、それはエリンの情熱の対象だった。ミューラーは美しいもののコレクターなのだ。

コナー・マクラウドとは大違いだわ。

ああ、もう。何時間もコナーのことを考えずにいた自分を、心のなかで誉めていたのに。エリンは頭から彼を追いだそうとしたが、もう手遅れだった。最後に会ったとき、彼の髪はケルトの戦士のようにぼさぼさに伸びていた。あれは去年の秋、クリスタル・マウンテンで起こった悪夢のときのことだった。担架で運ばれるゲオルグを背に、コナーは血まみれの杖にもたれてわたしを見つめていた。冷徹で険しい表情を浮かべ、こちらに向けた瞳は、かろうじてこらえた憤怒で炎のように燃えていた。その姿はくっきりと記憶に刻まれている。

あの日から、エリンの人生はがらがらと壊れはじめた。そして父を逮捕させたのはコナーだった。わたしの父親、裏切り者の殺人犯。この痛みは、いったいいつになったらやわらぐのだろう？

エリンは十年前からコナー・マクラウドに夢中だった。あれは、父が新しい覆面捜査班のために訓練している新人たちを夕食に招いたときで、エリンは十七歳だった。彼をひとめ見た瞬間、胸のなかでなにかが熱く柔らかくなり、ぼうっとした。コナーの斜視ぎみの瞳は、氷河のような透明な緑色をしていた。キツネのようにほっそりした顔は平面と角しかなく、微笑むと頬にセクシーな皺《しわ》が寄った。顎の無精髭《ぶしょうひげ》が金色に輝いていた。食事のあいだはいつも口数が少なく控えめで、話すのはおしゃべりなパートナーのジェシーがほとんどだったが、コナーの落ち着いたセクシーなバリトンの声が聞こえるたびに、身震いが走った。長くて豊かなぼさぼさの髪は、考えられるかぎりあらゆる色合いのブロンドが混じっていて、エリンはその張りのある豊かな髪に触れたくてたまらなかった。あそこに顔をうずめ、彼の香りを嗅ぎたいと願った。

そして長年に渡り、エリンがひとりベッドで見る夢のなかで、もっとも激しくエロティックな夢の焦点は彼の体だった。彼はとても背が高く、引き締まってたくましい。鞭《むち》のように強靭《きょうじん》で、あらゆる筋肉がくっきりと浮かびあがるいっぽうで、ダンサーのように優雅でしなやかだ。袖をまくりあげていると、筋肉質のたくましい前腕をこっそり見られて嬉しかった。広い肩、優雅でほっそりした手、たくましい脚。そして、色あせたジーンズがよく似合うみごとなヒップ。コナーはあまりにすばらしく、エリンは頭がくらくらした。

彼の前ではまともな口もきけずへまばかりしていたが、いつか胸が大きくなるか彼に話しかける勇気が出たとき、自分はついに彼の関心を引くのだというロマンティックな夢は、あの日、クリスタル・マウンテンで消えうせた。父親が極悪非道の犯罪者に協力していたと知ったときに。スキーロッジで口説いてきたゲオルグという男は、父を操るためにエリンに近づいてきた刺客だった。

ジェシーが殺され、コナーが命を失いかけたのは、父の裏切りのせいだったのだ。

エリンは顔を覆い、焼けつきそうに痛む胸で息をしようとした。そう、あれでひそかに夢見ていた人生は永遠に閉ざされてしまった。

自分の愚かさにため息が漏れる。叶うはずのない望みを抱くより大事な問題がある。母の財政状態から始めよう。忙しくしていたほうがいい――そうくり返しながら母親の電話番号を押した。忙しくしていたほうが、ずっといい。

おかけになった番号は、現在不通になっております……。ああ、なんてこと。先週母の回線を復活させたばかりなのに。母の無事を確認せずに街を出るわけにはいかない。

鍵をつかんだところで、ふと手をとめた。車はローンが払えなかったせいで何カ月も前に没収されたのに、まだむかしの癖が直らない。エリンは階段を駆けおりてぐいっとドアを開くと、空をあおいだ。雲が晴れている。地平線の近くで星がひとつ輝いていた。

「やあ、エリン」

聞き間違いようのない低い声に、どきりと衝撃が走る。エリンはよろめくようにドアにあとずさった。

コナー・マクラウドがすぐそこに立ち、こちらを見つめていた。

2

彼は、駐車禁止区画に停めたベージュの古いキャディラックにもたれていた。親指と人差し指でつまんだタバコの吸いさしが赤く光っている。そのタバコをかがんでもみ消した。顔つきが険しく、抑えた怒りのようなもので凄みのある表情になっている。彼が体を起こすと、見おろされるような格好になった。エリンは彼がどれほど長身か忘れていた。六フィート三インチ。あるいはそのくらい途方もない身長だ。

エリンの手は、ぽっかり開いた口に押しあてられていた。やっとの思いでその手をおろす。頭をあげて胸を張るのよ。膝の震えをとめなさい——心のなかで自分に言い聞かせた。「どうしてわたしのアパートの前で待ち伏せしてるの?」

コナーは褐色の眉を寄せた。「待ち伏せしてたんじゃない。呼び鈴を鳴らす前に一服してただけだ」

クリスタル・マウンテンで会ったときより小麦色の髪が伸び、いっそうぼさぼさになっている。彫りの深い細面の顔からはさらに肉が落ち、目の下にできた隈のせいで緑色の瞳が際立っていた。広い肩のまわりで髪が風にあおられている。彼は顔にかかった髪をうしろにかきあげた。むごたらしい火傷《やけど》の痕がある手で。

こんなふうに険しく冷酷な表情をしていると、戦場に赴く野蛮なケルト戦士のように見える。樹液で髪を固め、青銅の兜をかぶって、ねじれた金の首飾りと鎖帷子《くさりかたびら》をまとった戦士。もっとも、鉄器時代のケルト戦士の多くは、危険を顧みないことを誇示するために鎧《よろい》を身につけるのを潔しとしなかったけれど——ささいなことにこだわる学者魂がささやいた。ケルト戦士たちは、憤怒の雄たけびをあげながら全裸で戦場へ突進したのだ。

ああ、だめよ。やめなさい。そんなこと考えちゃだめ。

想像したくないのに、もう手遅れだった。すでにコナーのがっしりとたくましい体が脳裏に浮かんでいる。全裸の姿が。

エリンはうろたえて視線を下に落とした。彼のくたびれたブーツの横に落ちているタバコの吸殻に目がとまる。吸殻は三つあった。

ちらりと目をあげる。「三本？　わたしを待ち伏せしてたように見えるけど」

コナーの顔がこわばった。「おれは勇気を振り絞っていただけだ」

「うちの呼び鈴を鳴らすために？」どうしても皮肉な口調になってしまう。「やめてよ。わたしはそんなに怖くないわ」

彼は口元をひきつらせた。「いいや、怖い。おれにとってはそうだ」

「へえ。誰かにそんな印象を与えるなんて嬉しいわ。だって、このところ世間はあまりわたしを怖がってくれないみたいだもの」

彼の視線はぴくりとも揺らがず、エリンは減らず口をこらえられなかった。「どうしてわたしと話すのに勇気を振り絞る必要があるの？」

「最後にきみがおれに言ったせりふは、友好的なものじゃなかった」皮肉たっぷりに言う。「たしか、『あっちへ行って、ろくでなし』だったと思うが」

エリンは唇を嚙みしめた。「まあ、ほんとにそんなことを言った？」

「あれは不愉快な事件だった」無理もないというような口調。「きみは取り乱していた」

「ごめんなさい。はっきり言って、あなたはそんなことを言われるいわれはなかったわ」

彼の瞳はまばゆいほどに輝いている。どうしてこんなに冷たい色が、これほど熱い印象を与えるのだろう？　それはエリンの顔をあぶり、体の奥にあるものを熱くぎゅっと締めつけた。彼女は両手で自分を抱きしめた。「酌量すべき情状はあったわね」

「ああ、そのとおりだ。大丈夫か、エリン？」

一陣の風が吹きつけ、キャンバス地の長いコートがコナーの膝のあたりではためいた。エリンは身震いし、薄いデニムジャケットの前をかきあわせた。こんな質問をされるのは久しぶりなので、答え方を思いだせない。「それを訊くために、タバコを三本吸い終わるまでアパートの前で待ってたの？」返事をごまかして尋ねる。

素早くきっぱりと振られた首が、その質問への返事だった。

「じゃあ……なぜなの？」

「先におれの質問に答えろ」

エリンはうつむき、周囲に視線を泳がせた。でも、じっと見つめてくる彼の目は磁石のように彼女の視線を引き戻し、真実を引きだそうとしている。父親はよく、マクラウドは超能力者だと言っていた。それは父を不安にさせた。いままさにそのとおりのことが起きている。

「忘れてくれ」コナーが言った。「訊くまでもなかった。きみに話があるんだ、エリン。ちょっとお邪魔してもいいか?」

たくましい彼がみすぼらしい狭いアパートをふさいでいる姿を想像すると、背筋に寒気が走った。エリンはあとずさり、錬鉄製の手すりにぶつかった。「わたし、その、母のところへ行くところだったの。それに、急いでるのよ。もうすぐバスが来るから、だから——」

「おれが送っていこう。車のなかで話せばいい」

そんな、そのほうがもっとまずいわ。大柄で野蛮な戦士と車内でふたりっきりになるなんて。こんなふうに弱気で不安定で傷つきやすくなっているときに、彼の焼けるような凝視には耐えられない。エリンは首を振り、バス停のほうへあとずさった。「いいえ。ごめんなさい。お願い、コナー。とにかく、わたしに近づかないで」くるりと振り返り、いっきに駆けだそうとした。

「エリン」彼の両腕に抱きとめられた。「聞いてくれ」

硬く熱い体が押しつけられた感触で、おどおどしていた気持ちがパニックへと高まっていく。「放して」警告するように言う。「悲鳴をあげるわよ」

彼の腕に容赦なく力がこもる。「頼む」彼が言った。「聞いてくれ、エリン。ノヴァクが脱獄したんだ」

目の前でいくつも黒い点が躍った。どっと力が抜け、ふいにたくましい腕に支えられていることがありがたく感じられた。「ノヴァク?」糸のようにかぼそい声が出た。

「数日前、ふたりの手下と一緒に脱獄したんだ。そのうちひとりはゲオルグ・ラクスだ」

岩のように硬い彼の前腕に指が食いこんだ。くらりと目がまわり、同時に胃がひっくり返った。「吐きそう」

「座るんだ、階段に。頭をさげろ」コナーは隣に腰をおろし、肩に腕をまわしてきた。そっと気遣うような仕草だったが、彼の腕の感触が全身に染み渡った。

「きみを怖がらせるつもりはない」彼がやさしく言う。「でも知っておくべきだ」

「あら、そう？」エリンは顔をあげた。「知ったからって、どうなるの？」

「身を守る対策を講じることができる」言葉にするまでもないというような口調だ。

エリンは膝に顔を押しあてた。乾いた咳のような苦々しい笑いで体が震える。身を守る。ふん、わたしになにができるって言うの？　軍隊を雇う？　大砲を買う？　砦《とりで》に引っ越す？

この悪夢から逃れようと必死でがんばってきたのに、大きく一周してまた振りだしに戻ってしまった。頭から。

エリンは顔をあげ、空《くう》を見つめた。「こんなことには耐えられない。知りたくないわ。もうたくさん」

「きみがどうしたいかなんてどうでもいい。きみは――」

「わたしがやることを教えてあげるわ、コナー・マクラウド」彼の腕を振り払い、ふらつきながら立ちあがる。「わたしは母の請求書と住宅ローンを払うために実家に行かなきゃならないの。それに、電話が通じるように回線も戻さなきゃならない。母がベッドから出ようとしないから。それからシンディの学校に電話して、あの子の奨学金給付を取りさげないように頼まなきゃならない。仕事はクビになったし、車はローン未払いで没収されたから、バスで行くの。頭のおかしい人殺しのことを心配するひまなんかないのよ。ほら、バスが来たわ。心配してくれてありがとう。さようなら」

コナーの顔にくっきりと苦悩が浮かんだ。「ひどい目に遭ってほしくないんだ、エリン。それを阻止するためなら、おれはなんでもする」

彼の表情を見ると、胸が痛んで喉がつまった。やかましい音をたててバスが停まり、ディーゼルエンジンが吐きだすむせるような排気ガスがふたりを包みこんだ。シューッと音がしてドアが開く。

エリンは彼の広い胸に手をあて、自分の大胆さに驚いてぱっと手を引いた。彼はとても硬くて温かかった。

「あなたのせいじゃないってわかってるわ」彼女は言った。「父にあったこと。あれは自業自得だった。父がトラブルに巻きこまれているのはわかっていたけれど、父は誰の助けも求めなかった。そして、わたしたちはそれがどれほどひどいことかわかっていなかった」

「お客さん！」バスの運転手が叫ぶ。「乗るの、乗らないの？」

「あなたのせいじゃないわ」エリンはくり返した。素早くバスに乗ると、発車と同時にポールをつかみ、薄闇に消えていく長身のコナーの姿を見つめた。彫りの深い険しい顔のまわりでぼさぼさの髪が風にはためいている。射るような視線でじっとこちらを見つめていたが、やがてバスが角を曲がり、彼の姿も見えなくなった。

エリンはどさりとシートに座りこんだ。乗客のひとりひとりに素早く視線を走らせる。どこからともなくいきなりゲオルグが現れて、半年前にクリスタル・マウンテンでエリンを当惑させたセクシーな笑みを向けてくるように思えてならない。あんな男性につきまとわれたのは、意外でもあり嬉しくもあった。みずから課した禁欲の呪縛を解くために、もう少しで彼の誘いに乗りそうになった。けれど、なにかが彼女を押しとどめたのだ。

友人たちはじりじりしていた。なにが不満なの、エリン？　彼は頭がよくて、たくましくて、チャーミングだわ。セクシーな訛《なま》りがあるし、ファッション雑誌の表紙のモデルみたいじゃない。それに、あなたに夢中なのよ！　尼さんみたいなまねはやめて楽しみなさいよ！

エリンは、ゲオルグからにじみだしている安っぽい情熱では、自分の心は温まらないと説明しようとした。人工甘味料が味覚をごまかせないのに似ている。その甘さは完璧ではない、満足はできない。女友だちは説得力がないと一笑に付し、つまらないことにこだわりすぎだと言った。あるいは、エリンはただの臆病者だと。

あの恐ろしい男とベッドへ行かなかった事実はひそかな満足感となったし、のちに彼女を取り巻く世界が崩壊してからは、なぐさめになっている。

バスの乗客のなかに、ゲオルグの体格に見合う人物はひとりもいなかった。彼女は停留所で停まるたびに、乗ってくる人物を息をつめて確認した。唇を黒く塗って顔にピアスをしたヘビメタファッションの十代の少女。ラテン系のでっぷり太った女性。スーツ姿の都会に住む若い専門職の女性。定職に就いていた古き良き時代にエリンもよくやっていたように、ばりばり働いた土曜出勤から帰宅する途中なのだろう。ゲオルグはいない。コナーが彼の顔にやったことを考えると、かならずしもゲオルグを見分けられるとは思えないが。あの血まみれの果たしあいが思い浮かび、ふたたび吐き気がこみあげた。

わたしったら、ばかね。もしノヴァクが本当にわたしのことを考えるような手間をかけているなら、ゲオルグを送りこむはずはない。それは誰であってもおかしくない。

ノヴァクはノートパソコンに表示されたメールを読むと、返信を打ちはじめた。右手のほかは左手の親指と中指しか使えないが、両手はキーボードの上を器用に動いている。彼は返信を見つめながら、切り株のような指の名残りをさすった。

自分が負った借りを絶えず思いださせる疼き。

テラスに風が吹きつけ、彼は顔をあげた。カラーコンタクトに慣れない目がひりひりと焼けるように痛み、ポケットからケースを出してコンタクトをはずした。顔立ちを変えている糊《のり》とオーダーメイドの人工装具は不快だが、一時的なものだ。最後の整形手術を受ける時間の余裕ができるまで我慢すればすむ。

ノヴァクは街を見晴らした。何カ月も独房の壁を見つめつづけたあと、切り立った山並みに縁取られた宝石のような緑と青と銀色のシアトルの街を見渡すのは、このうえなくいい気分だった。彼は〝送信〟ボタンを押すと、紀元前二世紀につくられたケルト文化のカップのみごとな複製から赤ワインをすすった。カップは本物の頭蓋骨《ずがいこつ》からつくられ、金箔で装飾されている。奇抜な趣味だが、刑務所での経験を考えればこのくらいのことをする権利はある。

この金のかかる新しい気まぐれを始めたのは、エリンのおかげだった。血に濡れたケルト文化の工芸品にこれまで関心を持たなかったのが不思議に思える。彼らの儀式的殺人に対する偏向は、自分の魂と共鳴するものがある。

わたしが選んだ生贄は、神に祝福されている。シーリアの幻が現れたのが、その証拠だ。天使たちの誰かがやってくると、いつも感動する。病院で死にかけていたときもやってきたし、投獄されているあいだもなぐさめてくれた。自分が解放した、永久《とわ》に若く美しいままの魂。彼女たちの亡霊は周囲で揺らめきながら、わたしが苦しんでいるのを嘆いていた。ベリンダがやってきた。そしてパオラも、ブリジットも、ひとり残らずやってきた。だがシーリアがやってきたときは特別だった。シーリアは最初のひとりだった。

ノヴァクはワインを味わい、おのれの人生に刻まれたあの夜の記憶に胸を躍らせた。わたしはシーリアの美しい体を手に入れた。そして彼女のなかにいるとき、あたかも瓶に閉じこめられた魔物のように、むくむくとその衝動がわき起こったのだ。彼女の喉で脈打つ血管に両手の親指をあて、ぎゅっと押したいという衝動が。

シーリアは彼の下で抗《あらが》った。顔色が変わり、わが身に起きていることに気づくにつれて瞳が飛びだした。声は出せず、あえぐことしかできなかったが、ノヴァクには彼女が心から同意しているとわかった。ふたりの心はひとつにつながっていた。シーリアは、みずからを彼に差しだした天使だった。

あの夜、牙を持つ邪神は、ノヴァクは自分たちのものだと主張した。そして彼は、力と神性を授ける見返りとして神々が求めている貢ぎ物を理解した。彼らは彼を選び、彼は自分がふさわしい存在であることを証明するつもりだった。

シーリアは処女だった。終わってから自分自身を洗っているときに、それに気づいた。なんと心を打つ話だろう。これほど感覚が研ぎ澄まされているのは呪いなのだ。自分は、シーリアの犠牲に内在する完璧なものを何度もくり返し手に入れるよう運命づけられている。だが、まだ完全に手に入れてはいない。

テラスのドアが開いた。振り向かずとも、赤く脈動するゲオルグのエネルギーが感じ取れた。「ワインでも飲め、ゲオルグ。自由を楽しむんだ。おまえはリラックスというものを知らない。そんな態度では、われわれにリスクが及ぶ」

「ワインなど飲みたくない」

ノヴァクはゲオルグに目を向けた。服役中に青白くなった顔の上で、頬に醜く走る光沢のある太い傷痕が真っ赤に浮きでている。美しい金髪は短く刈りあげられ、両目が焼けた石炭のように輝いていた。「すねてるのか、ゲオルグ？　そういうのは感心しないぞ」

「どうしておれにあいつらを始末させてくれないんだ？」責めるようにゲオルグが言った。

「どうせこの先一生逃げまわらなきゃならないんだ。どうなったところでかまわないし――」

「わたしにもっといいアイデアがある。また逮捕されるような危険を冒すことはない」

「もう手はずは決めてある」とゲオルグ。「刑務所に逆戻りする前に、おれは死んでしまう」

「たしかに決めてあるだろう。おまえの献身ぶりには感謝している」ノヴァクは答えた。

「だが、頭を冷やせばわかるはずだ。わたしの計画のほうがましだとな」

ゲオルグの顔が苦悩の仮面になった。「こんなことには耐えられない。死にそうだ」そのせりふは、ふたりに共通するかすかなハンガリー訛りで発せられた。

ノヴァクは寝椅子から起きあがり、ワインを置いた。欠けた手の指の名残りを、めちゃくちゃになったゲオルグの顔にあてる。かかりつけの整形外科医に頼めば多少は見栄えをよくしてくれるだろうが、この男の若々しい完璧さは永遠に失われた。これも返さなければならない借りだ。

「なぜ蝶は蛹《さなぎ》から出るときもがく必要があるか知ってるか？」同じ訛りで尋ねる。

ゲオルグはもぎ取るように顔を離した。「あんたの無駄話につきあう気分じゃない」

「黙れ」ノヴァクは左手の親指と中指の爪をゲオルグの顔に食いこませた。「蝶があんなふうにもがくのは、体内に体液をめぐらせて羽をしっかり伸ばすためだ。もし蛹から出るのが早すぎれば、でっぷりした体でぶざまにうろつくだけですぐに死んでしまう。決して飛ぶことはできない」

ゲオルグは痛みにあえぎ、歯が欠けた口元から唇がめくれあがった。「それがおれとどう関係があるっていうんだ？」

「わかっているだろう」ノヴァクは手を放した。彼の爪が残した赤い痕から、血がにじみだしている。「もがくのは必要なことだ。罰を受けるのは名誉なのだ」

「罰について話すのは簡単だろうよ。あんたはおれほどひどい目に遭ってない。親父の金に守られてるからな」

ノヴァクはじっと黙りこんだ。ゲオルグは言いすぎたと悟ってひるんだ。

ゲオルグは間違っている。ノヴァクの父親は息子に罰について教えた。その教訓は彼の心の中心に凍りつき、不滅の水晶玉に閉じこめられている。ノヴァクは記憶に背を向け、左手をかかげた。「これでもわたしが罰についてなにも知らないと思うのか？」

ゲオルグは恥じ入ったように視線を落とした。それも当然だ。

一羽のカモメが暮れゆく空で甲高い鳴き声をあげた。ノヴァクは顔をあげ、野生動物の自由さに胸を躍らせた。まもなく自分は生まれ変わる。父親も母親も抜きで。神々と天使たちに囲まれた、汚れのない存在になるのだ。自分はついに自由になり、決してうしろを振り向くことはないだろう。

彼は自分を現実に引き戻した。「生贄を捧げる役目に選ばれたことを感謝するんだ、ゲオルグ。わたしの神は臆病者ではないし、気弱でもない」

ゲオルグは躊躇《ちゅうちょ》した。「おれは弱くない」苦々しく言う。

「ああ、そうだ」ゲオルグの肩をたたく。年少の男はその仕草にひるんだ。「わたしの好みはわかっているだろう。わたしがおまえの好みを知っているように。許されるものなら、この歯で彼らの喉を掻き切って血を吸ってやりたい。だが、新しい素性を確立するまで危険は冒せない。わたしがどれほど我慢を強いられているかわからないのか？　自分は表舞台に立たず、おまえにやらせて、ただ脇で見ているだけで甘んじていることに」

ゲオルグはしぶしぶうなずいた。

「わたしのために彼らをずたずたに引き裂く役目に、おまえを選んだんだ、ゲオルグ」やさしく言う。「それなのに、おまえは待てないと言う。めそめそと不満ばかり言う」

ゲオルグの目が細くなった。「じゃあ、あきらめるつもりなのか？」

「なにをあきらめる？　罪もない者の血を吸うことをか？」そこで頭蓋骨のグラスをかかげ、微笑んだ。「わたしをよく知るおまえなら、そんなばかげた質問はしないはずだ」

ゲオルグの頬に赤紫色の筋が現れ、すぐに青白く色あせた。「あんたに手を貸す」

「そうしてくれると思っていたよ」ノヴァクは言った。「そして、その忠誠心は報われるだろう。おまえは辛抱強くして、わたしを信頼していればいい」

テラスのドアが開き、タマラとナイジェルが現れた。ナイジェルは落ち着かないようすだが、それはいつものことだ。

タマラがにっこり微笑んだ。アイスグリーンのシンプルなドレスを身にまとい、はっとするほど美しい。かつての友人であり、宿敵でもあったヴィクター・レイザーの屋敷を監視するために送りこんだときと違い、栗色の髪は赤毛に、金色の瞳は緑に変わっている。ノヴァクには、彼女があの屋敷での務めに少々熱心すぎたように思えた。もっとも、それは公平な見方とは言えないかもしれないが。

いずれにせよ、赤毛は彼女によく似合っている。そして半年間に渡って禁欲生活を強いられたいまの自分の気分にも合っている。タマラは驚くほど美しい。きっとベッドでは充分満足できるだろう。そのうえ、コンピュータのデータベースをハッキングしたり、わたしの気まぐれに添うように現実を変える能力は魔法にほかならない。

ナイジェルが咳払いした。「たったいま、スイスから血液サンプルが届きました」

ノヴァクはうなずいた。計画は整然と順調に進んでいる。「よし。すべきことはわかっているな」

「すり替えは手配済みです」とナイジェルが応じる。「DNA研究所にいるチャック・ホワイトヘッドという技術者が、われわれの目的に最適な人物かと思われます。日曜の深夜、すり替えを行なうよう指示するつもりです。研究所はその時間帯にもっとも人けがなくなりますので。仕事が終わったら、わたしがみずから彼を始末します」

「わたしもいいニュースがあるの」タマラが言った。「罠をしかける必要はなくなったわ。マクラウドの車に設置した発信機によると、彼は今日の午後エリン・リッグズのアパートの前に三十五分間車を停めていた。それからエリンの実家まで彼女を尾行していったわ」

ノヴァクはタマラの全身に視線を這《は》わせた。ぴったりしたドレスが、完璧な長い脚をみごとに引き立てている。「すばらしい。もうあの気の毒な女をつけまわしているわけだ」

タマラはいっそう大きく微笑んだ。なんとすばらしい生き物だろう。彼女のハッキングと騙《だま》しのテクニックにかかれば、この世にできないことはない。そしてセックスの才能は驚異的だ。文字どおりなんでもやる。

事実、彼女の大胆さは計り知れないほどだ。このわたしに対するわずかな嫌悪感や恐怖も、料理の味わいを引きだすひとつまみの塩程度の存在にすぎない。禁欲生活が長かったために判断力が鈍っているのだろうか？　だが、生来の高い基準がすぐさまふたたび幅をきかせはじめ、ノヴァクはいらだった。タマラが故意にやっているとしたら？　部下のひとりが自分を操ろうとしているなど、許しがたい。

ゲオルグが落ち着かなげに身じろぎした。両手の拳を握りしめている。「おれたちが逃げたことを警察がマクラウドに話したに違いない」

タマラは輝くような笑顔を彼に向けた。「そのようね」

「じゃあ、エリンはおれが狙っていることを知ってるんだな」

憎悪が凝縮したその声に、タマラの笑みが揺らぐ。が、すぐにふたたびにっこり相好を崩すのを見て、ノヴァクはあることを思いついた。

「いいや、ゲオルグ」彼は言った。「ものわかりの悪いやつだな。エリンがそんなことを知るはずがない。われわれがフランスで目撃されたと報告されるように、わたしは大金を払っているんだ」

「死にそうだ」訛りのある口調でゲオルグがうめく。「耐えられない」

ノヴァクはため息をついた。ゲオルグは手持ち無沙汰な状況に飽き飽きしているのだ。この哀れな男は、忘れようにも忘れられない獄中の記憶がもたらす、つのる怒りでいまにも爆発しそうになっている。

タマラを提供してやって、結果を観察するべきなのだろう。彼女の忠誠心と献身具合を計れるし、同時に欲求不満を抱えるゲオルグの危険なエネルギーを放出することもできる。

「タマラ。しばらく留まって、われわれが祝いをするのを手伝ってくれないか」ノヴァクは言った。「ゲオルグ、道楽にふけりたいか？　タマラに苦しみをやわらげてもらうといい」

ゲオルグの傷ついた唇が、残忍な笑みでひきつった。

ノヴァクはタマラの反応をうかがった。表情は揺らがないが、貼りつけたような笑みを浮かべる顎がこわばったのがわかった。

股間が疼く。そうだ。これこそずっと請い求めていたものだ。すばらしい。

彼はナイジェルに微笑みかけた。「ナイジェル。おまえもいるといい。タマラは見られるのが好きだ、そうだろう？　ヴィクターと過ごすあいだに、好きになったんじゃないか？」

彼女の笑みはネオンのようだった。明るく空虚。「ええ、そのとおりよ、ボス」間髪を入れずに答える。

ナイジェルは青ざめていたが、断るべきでないのは承知している。哀れなセックスレスのナイジェル。この男にとってはいい薬になるだろう。暗殺者としての能力はゲオルグより劣っているが、彼が世間に見せる仮面は申し分ない。記憶に残らない、白髪混じりのしなびた中年男。それに反し、ゲオルグは世間に溶けこみようがない。いまのゲオルグは、暴力行為が必要になるまで隠しておく殺人兵器にほかならない。

ゲオルグはタマラの華奢《きやしや》なドレスを力まかせに引きおろした。肩ひもがちぎれ、テラスに立つ彼女は全裸になった。冷たい夜風で褐色の乳首が固くなっている。タマラはどうすべきかわからずにじっとしている。呆然とした彼女を見るなど、めったにないことだ。興奮が駆り立てられる。

ナイジェルは目をそらす勇気がなく、顔をしかめた。ゲオルグがズボンのボタンをはずしている。

ノヴァクは寝椅子に戻り、頭蓋骨のカップを唇まで持ちあげると、始めるよう合図した。目の前の光景を見つめるうちに、用済みになったらタマラを解放するというアイデアが浮かんだ。新しい素性が危険にさらされる可能性はほとんどない。タマラは家族とは疎遠になっている。書類に記された記載もほとんどない。彼女を見つけたとき使った仲介者が質問してくることはないだろう。彼女の遺体は決して見つからない。

おそらく、彼女はこのために自分のもとへ遣わされたのだ。

ゲオルグはかなり乱暴だった。ノヴァクはワインをすすり、彼に手加減させようかと考えた。タマラを傷つけたくはない。少なくとも、いまのところは。にもかかわらず、目の前で繰り広げられるショーは彼の気分に合っていた。ぴったりと。

古代のケルト人たちは、犠牲者の頭蓋骨には魔力が宿っていると信じていた。タマラの頭蓋骨で新しいカップをつくろう。金箔で飾ったカップを。エリン・リッグズとコナー・マクラウドのために考えている計画は、牙を持つ邪神への貢ぎ物だ。

だが、タマラはわたしだけのものだ。特別な褒美。

テラスで行なわれる行為がたてる粗野でリズミカルな音は、木立に吹く風のように、頭のなかの天使たちの声に掻き消された。まもなくタマラも彼女たちの仲間入りをするだろう。罰は名誉なものだ。天使たちは知っている。そして彼女たちがささやく言葉は、くり返しささやく言葉は、つねに「決して……決して……決して……」だった。

地球上のあらゆる言語で。

私道には母親の車が停まっていたものの、家は真っ暗だった。心臓が現実に沈みこむことが可能だと知り、エリンは驚いた。

彼女は自分が育った美しいビクトリア朝風の屋敷に近づいた。伸びすぎたシャクナゲがうっそうとポーチを取り巻いている。隣のフィルモア家は自分たちの敷地の境界線で正確な直線を描くように芝を刈り、荒れ放題のリッグズ家の芝生を際立たせることで、あからさまに無言の抗議を示していた。

エリンはバッグをあさって鍵を見つけ、わざと大きな音をたてながら家に入った。ポーチのライトのスイッチを押す。なにも起こらない。ポーチの天井をうかがうと、電球がなくなっていた。変ね。ママがはずしたのなら、新しい電球をつけたはずなのに。

家のなかはブラインドがおろされ、墓穴のように暗かった。リビングルームのフロアランプのスイッチを入れる。なにも起こらない。電球をしっかり締めなおそうとしたが、電球がなかった。

ダイニングルームの天井についたトラックライトを試す。反応なし。たぶん停電なんだわ……いいえ、違う。フィルモア家の電気はついていた。

「ママ?」大きな声で呼ぶ。

返事はない。エリンはゆっくりと手探りで電球がしまってある戸棚に向かった。電球を三つつかみ、ふたたび手探りで戻る。リビングのランプに電球をはめこみ、スイッチを入れた。

目の前に現れた光景に衝撃を受けた。テレビが載っていたキャスターつきの台が壁から離されている。テレビ台とコンセントをつなぐコードはすべて引き抜かれ、ケーブルテレビのチューナーが床に落ちている。最初に思ったのは、強盗に入られたということだった。だが、なくなっているものはなさそうだ。

不安がつのる。「ママ?　テレビがどうかしたの?」

やはり返事はない。エリンはダイニングテーブルの上のハンギングランプに電球をはめた。室内はいつもと変わらないように見える。つづいて椅子に乗り、キッチンの天井のライトに電球をつけた。

明かりがつくと、乱雑に散らかったキッチンが見えた。がらんとした冷蔵庫のなかをのぞき、牛乳のにおいを嗅ぐ。チーズになっている。帰る前に汚れた食器を食器洗い機に入れていこう。食料品の買いだしにも行ったほうがいい。でも、そうすると出張へ持っていくお金がなくなってしまう。

階段へ向かったエリンは、郵便受けのスロットの下にたまった未開封の封筒の山を見て唇をぎゅっと嚙みしめた。

ありがたいことに、階段の壁にあるライトには、まだ電球がついていた。二階へあがりながら、いくつもの写真の前を通りすぎる。自分とシンディ、祖父母、両親の結婚式。五年前にスキー旅行へ行ったバンフで撮った家族四人の写真。

エリンは主寝室のドアをノックした。「ママ？」怯《おび》えた子どものような声が出た。

「ハニー？　あなたなの？」母親の声は、しゃがれてくぐもっていた。

安堵《あんど》のあまり涙がこみあげた。ドアを開けると、ベッドに座っていた母親が階段の明かりに目をしばたたかせた。室内は饐《す》えたにおいがした。

「ママ？　ライトをつけるわよ」

バーバラ・リッグズは娘を見あげた。血走った目がぼうっとしている。いつもは一分《いちぶ》の隙もなく整えられているベッドはひどく乱れ、マットレスが半分むきだしになっていた。タオル地のバスローブがテレビにかけてある。「ママ？　大丈夫？」

母親の目の下には、アザのような隈ができていた。「ええ。ちょっと横になっていただけよ」そう言って目をそらす。まるで娘と目を合わせるのも大儀だというように。

「どうしてテレビにバスローブがかかってるの?」

甲羅に引っこむ亀のように、母親の頭が丸めた肩に沈みこんだ。「わたしを見てたのよ」つぶやくように吐かれたそのせりふは、その日起こったなによりもエリンを戦慄《せんりつ》させた。多くのことを物語っているせりふ。「ママ? なにを言ってるの?」

バーバラは首を振り、目に見えて努力して、手をついて立ちあがった。「なんでもないわ。お茶でも飲みましょう」

「牛乳が悪くなってるわ。ママは牛乳を入れずに紅茶を飲むのは嫌いじゃない」

「我慢するわ。そうしないわけにはいかないでしょう?」

きつい口調にエリンはたじろいだ。バーバラの目つきがやさしくなる。「ごめんなさい。あなたのせいじゃないの。ただ……いろんなことがあったから。わかるでしょう?」

「ええ」素早く答える。「いいのよ。ベッドを整えてあげる」

エリンはマットレスにシーツをたくしこみ、きちんと整えた。だがテレビにかかったバスローブをはずそうとすると、母親が大慌てでとめにきた。「だめよ!」

エリンはローブから手を放したが、ローブはそのまますべり、小さな音をたてて床に落ちた。「なに?」母親に尋ねる。「テレビがどうかしたの?」

母親はウェストのあたりに両腕を巻きつけた。「ただ、その……なにかが見えたのよ」

エリンはつづきを待ったが、母親は冷え冷えとした目つきで宙を見つめながら首を振るばかりだった。「見えるって、なにが?」先を促す。

「テレビをつけると見えるの」

のテレビでも」

「生意気な口をきくんじゃありません」バーバラがはねつけた。

エリンは深呼吸すると、もう一度くり返した。「なにが見えるの、ママ？」

バーバラはふたたびベッドに腰かけた。「あのビデオよ。あらゆるチャンネルで。どちらのテレビでも」

エリンはどさりとベッドに座った。「ああ」とささやく。「わかるわ」

「いいえ、わかってない。わかるはずがないわ」声が震えている。バーバラは腫《は》れた目をぬぐい、ベッドサイドに置いたティッシュの箱に手を伸ばした。「最初は夢だと思ったの。でも、そのうちしょっちゅう起こるようになった。いまはつねにそうよ。テレビをつけるたびに映るの。今日は勝手にテレビのスイッチが入ったわ。誓って言うけれど、わたしは今日はテレビに触れてもいないのよ。なのに勝手についたの」

冷静で落ち着いた声を出すには、かなりの労力が必要だった。「そんなことありえないわ、ママ」

「わたしだってそのくらいわかってるわ」母親がぴしゃりと言う。「信じてちょうだい、そのくらいわかってるの。そして、これがいい兆候でないこともね。そんなものが見えるなんて」

ふたりの目が合い、エリンは母親の恐怖の深さを垣間見た。現実を把握する能力を失っていく恐怖が、ぽっかり深い穴を開けている。エリンはテレビのリモコンに手を伸ばした。

「やめて！」母親が叫ぶ。「ハニー、お願い。やめて……」

「わたしがやって見せてあげるわ、ママ」エリンは譲らなかった。「ぜったいに、なんでもないわよ」

古い『スタートレック』のシーンが寝室を満たした。チャンネルを変え、『マッシュ』の再放送にする。次は夜のニュース番組だった。エリンは素早くチャンネルを変えた。ノヴァクが脱獄したニュースをやるかもしれない。今夜の母にそれだけは見せたくない。彼女は床用ワックスの元気のいいコマーシャルが映ったところで手をとめた。「ね？　テレビはどこもおかしくないわ」

母親は困惑したように眉をひそめた。光沢のある床の上で、一列にならんだアニメのモップが脚を高くあげて踊っている。「どういうことなの」母親がささやいた。

「なんでもないのよ」エリンは努めて明るい声を出した。うわべだけの虚《うつ》ろなせりふに聞こえる。彼女はぱちりとテレビを消した。「下へ行きましょう、ママ」

バーバラは足を引きずりながらゆっくりとついてきた。「安心していいのか、テレビがなんともないことをよけい怖がらなきゃいけないのか、わからないわ」

「安心していいに決まってるじゃない」エリンは言った。「それどころか、お祝いするべきよ。着替えて、セーフウェイに買い物に行きましょう。冷蔵庫が空っぽよ」

「ああ、いいのよ、ハニー。明日自分で買いに行くわ」

「約束する？」

バーバラは娘の心配そうな顔をやさしくたたいた。「約束するわ」

ポットのなかにはティーバッグがぶらさがり、ふわふわしたカビが生えていた。「最後に食事をしたのはいつ、ママ?」問いつめるように訊く。

バーバラはあやふやな仕草をして見せた。「しばらく前に、クラッカーを何枚か食べたわ」

「食べなきゃだめよ」エリンは食器用洗剤を探して散らかったシンクをあさった。「シンディの奨学金のこと知ってた?」

バーバラが一瞬ひるみ、「ええ」とささやいた。「大学から電話があったわ」

「それで?」洗剤でティーポットをこすり、返事を待つ。

返事は返ってこなかった。エリンは肩越しに振り返り、眉をしかめた。「ママ? なにがあったの? 教えて」

「わたしになんて言ってほしいの? 状況は、はっきりしてるわ。奨学金はシンディが平均三・一点を取らなきゃもらえないのよ。前学期の平均点は二・一だった。今学期の中間試験の結果は無残だったわ。奨学金をもらえなくなったら、うちには学費を払う余裕はない」

エリンは愕然《がくぜん》と母親を見つめた。「シンディを中退させるわけにはいかないわ」

バーバラの肩があがり、すとんと落ちる。

エリンは凍りついたようにその場に立ちつくした。両手から洗剤の泡が床に滴った。

ママはすっかり打ちのめされている。わたしが解決策を示さなければならないのに、私立大学の学費を払うお金なんかない。新しいクライアントからもらう手数料でも、これほど大きな問題は解決できない。定期預金は現金に換えてしまった。新しく組んだローンは、父親の弁護士費用でなくなった。

エリンはジーンズで両手をぬぐった。母親を見つめながら、なにか明るい話題を切りだそ

う と模索したが、その衝動はしだいに弱まり、沈黙のなかに消えていった。以前のバーバラ・リッグズは、いつもきちんと身なりを整え、きれいにメイクしていた。いまは顔がむくみ、目がぼんやりして、洗っていない髪がもつれていびつに広がっている。ふいに、散らかったキッチンに耐えがたいほど気がめいった。「リビングルームへ行きましょう、ママ」

バーバラがひるむ。「見たくないわ。見たくないわ……」

「テレビはどこもおかしくないわ。コードをつなぎなおして、さっきと同じように正常だって見せてあげる。ここのテーブルは狭すぎて手紙を開封できないの。さあ、行きましょう」

自分のうしろを歩く母親のよろよろしたおぼつかない足取りに気づかないふりをしながら、エリンは途中で郵便物を拾ってリビングルームへ向かった。スタンドのスイッチを入れる。どこかおかしい。さっきは散らかったテレビに気を取られて気づかなかったのだ。「どうして振り子時計がうしろ向きになってるの？　それに、リッグズおばあちゃんの鏡も裏返しになってるわ」

母親は、驚愕した表情でアンティークの鏡の染みのある木製の背面を見つめていた。壁のフックにかかったワイアが、凝った装飾を施したフレームからわずかに出ている。母親は目を見開いていた。「わたしはさわってないわ」

エリンは郵便物をカウチに置き、壁から鏡を持ちあげた。ひどく重い。鏡をひっくり返す。

それは粉々に割れていた。

鈍器で殴られたように、醜い穴から放射状にひびが広がっている。きらきら光る破片がカーペットに散らばっていた。ぎざぎざの破片に、恐怖にひきつった母親の顔が映っている。

ふたりは見つめあった。母親は殴られるのをふせぐように両手をあげた。「わたしじゃないわ。わたしは、ぜったいそんなことはしない。ぜったいに」

「この家にほかに誰がいるの?」エリンは問いつめた。「誰かがこんなことをしたのに、音に気づかないなんてことがありえる?」

「わたし……わたしは最近よく眠るの」母親がたどたどしく言った。「それに、頭と腰が痛かったから、二度ほど鎮痛剤を飲んだわ。鎮痛剤を飲んだときは、軍隊が通っても気づかない。でもこれだけははっきりしてる。あれだけのことがあっても、わたしが忘れないことがひとつあるとしたら、それはドアに鍵をかけることよ!」

エリンは鏡をそっと床に置いて壁に立てかけ、体に両腕を巻きつけた。

これでもかとつづく災難。まだ足りないとでも言うのだろうか。

ふと別のことに思い当たった。ちらりと大きな振り子時計をうかがう。十九世紀末にリッグズおばあちゃんと一緒にイギリスからやってきた、もうひとつの家宝。エリンは時計を裏返した。

アンティークの時計の表面は、粉々になっていた。

ふらふらとカウチへ歩き、どさりと腰かける。横にある郵便物の山が、ふいに数分前ほど重要とは思えなくなった。

「ママ、誰かに相談したほうがいいわ」ささやくように言う。

バーバラの血走った目は、絶望の涙にうるんでいた。「ハニー。誓うわ。わたしはやってない。お願いだから信じて」

ふたりのあいだに深い沈黙が落ちた。ぞっとする可能性をはらんだ、闇のような沈黙が。

エリンは身震いしながら立ちあがった。「ガラスの破片を片づけるわ。それから鏡の枠と時計をシンディの部屋へ持っていって、修理するまで置いておく。そのあとで一緒にキッチンを片づけましょう」

「あそこはいいわ。自分でやるから」

「いいえ、やらないわ」とエリン。

バーバラは腹立たしそうにバスローブの腰ひもを締めなおした。「わたしにそんな口をきくんじゃありません、エリン・キャサリン・リッグズ」

奇妙なことに、母親の鋭い口調で気分がよくなった。

エリンはぼそぼそと謝罪の言葉をつぶやくと、鏡を持ちあげて揺すり、できるだけ破片を床に落とした。忙しくしていたほうがいい。動いていれば考えずにすむ。そしていまは考えたくない。ばたばたと動きまわっているほうがいい。彼女は重たい鏡と時計を二階へ運び、カーペットに落ちた銀色の破片を拾い集めてプラスティックのゴミ箱に捨てた。

考えられるふたつの可能性について思いめぐらすよりましだ。すなわち、母が自分でやりながら覚えていないか、母はやっていないか。後者の場合は、誰かほかの人間がやったことになる。どちらのほうが恐ろしいのか、エリンには判断がつかなかった。

こんな状態でママを置いていけない。でもシルバー・フォークへ行かないわけにはいかない。どうしてもあのお金が必要だ。カーペットに掃除機をかけながら、彼女はくり返しそのことについて考えた。すっかり破片がなくなったと思うたびに、チリンと音がした。まるでカーペットの長い毛足にひそむ小さく残忍な歯のように、破片はいつまでも残っていた。

ゴミを捨てた娘が戻ってきたとき、バーバラは洗剤を入れたお湯でシンクを満たし、食器を洗っていた。あの幻覚（あるいはほかのなんであれ）を告白したのはまずかった。けれど、先祖伝来の家宝をたたき壊すほど正気を失っていると娘に思われるのだけは耐えられない。そんなことありえない。それだけは間違いない。もしリッグズ家の家宝を壊したのが自分なら、はっきり覚えているはずだ。

エリンはポーチの戸口にもたれている。娘の顔に浮かぶ不安にひきつった表情を見て、バーバラは胸が痛んだ。

「ここを片づけたほうがいいと思ったの」たどたどしく言う。

エリンはほっとした顔をした。「いいアイデアだわ」

「すぐに食器洗い機に入れるわ。冷凍食品をふたつ電子レンジで温めましょうか。食事はすませたの？」

「わたしは帰らなきゃ。明日の出張の荷造りをするの。ママのためにひとつ温めるわね」冷凍庫をのぞく。「スイスステーキとチキンの照り焼きがあるわよ」

食べ物のことを考えただけで、バーバラの胃袋は不快によろめいた。「まだいいわ。あとで食べるから。出張って？」

「ポートランドへ行くの。ミューラーにまたコンサルティングを依頼されたのよ」

「まあ、よかったじゃない！　言ったでしょう？　優秀な人間は、かならず認められるものよ、なにがあろうとね。きっとうまくいくわ」

「わたしたち、みんなうまくいくわ、ママ」とエリンは言った。「でも、ママは郵便物をしっかり処理しなきゃだめよ。なんとか請求書の支払いができるように相談しないと。それから、その、鎮痛剤を飲むのもやめなきゃだめ。もっとちゃんと気を配れるようにしておく必要があるわ。もし……もし誰かが家のなかに入ってきてるなら」

バーバラはうなずき、微笑もうとした。「そうね」

「わたしもできるだけ手を貸すから。でもひとりじゃ無理よ」声が震えている。

「ええ、わかってるわ」バーバラは慌てて答えた。「怖がらせてごめんなさい。しっかりするわ。そうすれば、みんな大丈夫。すぐそうなるわ」

「シンディもね。奨学金委員会に面会を申しこんで、あの子にもう一度チャンスをくれるように説得できるはずよ。中退させるわけにはいかないもの。今夜、あの子に電話してみる」

「ええ、そうしてちょうだい。あの子はあなたを尊敬してるから」励ますように言う。「手を貸してくれて、ありがとう。本当に感謝してるわ」

エリンはジャケットをはおり、そこでためらったように母親を見つめた。「本当に大丈夫、ママ？」

「もちろん大丈夫よ」バーバラは請けあった。「帰って荷造りしなさい。出張がうまくいくといいわね。向こうに着いたら電話してちょうだい、いい？」

「無理よ。ここの電話は不通になってるもの」

バーバラはたじろいだ。「まあ、たいへん。でも心配いらないわ。すぐに直しておくから」

「戻ってきたらわたしがやるわよ、ママ」

「心配しないで。帰って準備なさい。明日は最高の状態でいないと」バーバラはせきたてた。

エリンはゆっくり時間をかけてぎゅっと母親を抱きしめると、キスをして帰っていった。

バーバラは窓から外に目を凝らし、軽やかな足取りで優雅に歩道を歩いていく娘を見つめた。その姿が角を曲がって見えなくなる。

背筋を伸ばし、決意のこもった新たな目で周囲を見まわした。ふたりがけのソファの背もたれにかかった鉤針編みのカバーを引っぱってまっすぐにし、マントルピースの上の写真をならべなおす。郵便物をまとめ、以前のように手際よく封筒を調べ、支払い期日超過通知を見るたびに首を振った。

こんなふうにふさぎこんでいるのは、そろそろやめなければ。娘を心配させるなんて恥ずべきことだわ。

バーバラは敵意のこもった目でテレビをにらみつけた。しばらくすると床に膝をついてコンセントにつなぎ、コードを接続しなおして、もとどおり壁際まで押しやった。震える手でリモコンを持つと銃のように体の前で構え、真っ黒な画面に向きあった。手が震え、胸に抱えた郵便物が皺くちゃになっている。

ばかもいい加減にしなさい。あんなものを観たのは、鎮痛剤を飲みすぎたせいよ。それに、夜のニュースを観るのも悪くないわ。

バーバラはスイッチを入れた。

ぼんやり光るふたつの裸体、うめき声、あえぎ声……画面はちらついているが、映像は恐ろしいほど鮮明だった。自分の夫。夫の愛人。バーバラは力まかせにリモコンを押した。テレビは反応しない。テレビ本体の電源スイッチを押す。なにも起こらない。きっとなにかに取りつかれているのだ。

彼女はテレビを床にたたき落とした。だが、ふたつの裸体は依然として狂おしいうめき声をあげつづけている。頭のなかで、悪魔の甲高い笑い声がこだました。バーバラは暖炉の横にあった火かき棒に飛びつき、画面に振りおろした。火花が散ってポンと音が聞こえ、あたりのカーペットに破片が飛び散った。悪魔のテレビは、ようやく静かになった。

バーバラ・リッグズは、めちゃくちゃになったテレビから突きだしている火かき棒を見つめた。両手をあげて顔を覆う。忘れていた封筒が、雪のようにあたりに舞い落ちていた。どさりと膝をつく。口から甲高い泣き声が漏れた。ガラスの破片が膝に食いこんでいたが、ほとんど感じなかった。心臓が早鐘を打っている。肺に空気が入ってこない。ばらばらになってしまいそう。小さな破片に。

恐怖が黒雲のように心を満たし、彼女を深みに引きこんでいた。

3

すぐ横で車が停まった。エリンはぎくりとし、ツタで覆われた石壁を背にすくみあがった。そのとき、暗い車内からコナーの声が聞こえてきた。「おれだ」

安堵と怒りと動揺が一緒くたに混ざりあったものがみぞおちで沸き立った。エリンは体をはたきながら、威厳を取り戻そうと努めた。「びっくりするじゃない！」

「ああ、そうだな。かなりびくついてた、だろう？」

ぶしつけな質問にどう答えていいかわからず、エリンはふたたび歩きだした。

車はゆっくりあとをついてくる。「なあ、エリン」機嫌を取るようにコナーが言った。「家まで送ってやる。おれといれば安全だ。乗れよ」

エリンはちらりと腕時計を見た。次のバスが来るまで二十分もある。「つけまわされると落ち着かないわ」ぴしゃりと言った。

「それはあいにくだったな。おれは、きみが夜道をひとりで歩いてるのを見ると落ち着かない」とコナー。「乗れよ」

エリンは彼の言葉に従った。静かに窓が閉まり、ドアのロックがかかると、コナー・マクラウドとふたりきりになっていた。長年にわたってセクシーな夢の主人公を務めている獰猛《どうもう》で野蛮な戦士とふたりっきりに。

「ノヴァクがもう一度拘束されるまで、きみには常時ボディガードが必要だ」コナーがきっぱりと言う。「ひとりで歩きまわっちゃだめだ。危険だ」

「ボディガード?」皮肉な口調になる。「自腹で? キャットフード代にも事欠いてるのよ」

「おれは金をもらうつもりはない」

「あなた?」エリンはぎょっとした。「ねえ、コナー。そんな……」

「シートベルトを締めろ」

エリンはこわばった冷たい指でシートベルトと格闘した。「わたしはボディガードなんかいらないわ」いらいらと言う。「とくにあなたにボディガードなんてしてほしくない。悪気はないけれど、ケイブに関わりたくないの。父のむかしの仕事仲間には、もう会いたくない」

「おれはもうケイブのメンバーじゃない。何カ月も前からそうだ。あそこの人間は、きみに護衛が必要だとは思ってない。おれは必要だと思う。これはおれの独断だ。この件に関してはおれが責任を持つ」

「まあ、そうなの……」エリンは必死で言うべき言葉を探した。「そんなふうに、その、思ってくれたことは感謝するわ、コナー。でも――」

「まじめに受け取ってないな」いらだちで声が鋭くなっている。コナーはウィンカーを出し、エリンのアパートがある通りへ曲がった。

「たぶんノヴァクは、いまごろ世界征服の計画を練るんで忙しいわよ」エリンは言った。

「わたしみたいな人間にちょっかいを出すより、もっと大事なことがあるはずだわ。それはそうと、どうしてわたしの住所がわかったの？」

「電話帳で調べた」

「そんなの無理よ。うちの番号はまだ電話帳に載せてないもの」

コナーはばかにしたように横目でエリンを一瞥《いちべつ》した。「電話帳に載ってなくても、データベースには載ってるんだ、エリン。きみを見つけることなど、誰にでもできる」キンズデール・アームスの荒れ果てた玄関の前に停車し、エンジンを切る。「ひどい場所だな。クイーン・アンのアパートはどうしたんだ？」

また驚かされた。「どうして知って――」

「きみが美術館での仕事に就いてあのアパートに引っ越したとき、エドが自慢してたんだ」彼は言った。「みんな知ってる」

エリンは父親の話題にひるみ、自分の膝に目を落とした。「ここのほうが安いのよ」簡潔に答える。「送ってくれてありがとう」

コナーはばたんとドアを閉め、ロビーまでついてきた。「部屋まで送ろう」

「そんな必要はないわ」

言っても無駄だった。コナーはうしろから階段をのぼってくる。どう対応すればいいのかわからない。彼は譲る気はないようだし、失礼な態度は取りたくない。

黙りこんだ長身の彼がうしろにいると、六階までの階段は永遠につづくように思われた。

エリンは自分の部屋の前で足をとめた。「おやすみなさい」礼儀正しく言う。

コナーはポケットに両手を突っこんだまま、不安になるほど真剣な顔で見おろしている。

「エリン。おれは本当にきみにひどい目に遭ってほしくないんだ」

「わたしは大丈夫よ」エリンはつぶやいた。本心ではなかったが、彼を安心させたいという衝動に逆らえない。わたしって、いつもどうしようもないおばかさんだわ。気がつくと、彼の頬骨の下に落ちる影を見つめていた。険しい皺にはさまれたセクシーな唇。晴れやかな笑顔を最後に見たのは、もうずいぶん前になる。

思わず口から言葉が出ていた。「あの、ちょっと寄っていく?」

「ああ」

胃が激しく反転した。エリンはドアの鍵をあけた。

コナーがうしろから部屋に入ってくる。エリンはフロアランプをつけた。数年前に在庫処分セールで手に入れ、ランプシェイドのかわりに籐《とう》の洗濯かごをかぶせたものだ。狭苦しい部屋いっぱいに、温かな赤みがかった光と影の細片がつくる奇妙な模様が広がった。

「たいした部屋じゃないの」たどたどしく言う。「手持ちの品物はほとんど売らなければならなかったから。本の山を片づけるから、ここに座って。よかったらコーヒーか紅茶を淹《い》れるわ。あいにく、食べるものはあまりないの。ツナ缶とトーストぐらい。それともシリアルか」

「腹は減ってない。コーヒーをもらおう」コナーはぶらぶらと歩きまわり、写真を見つめたり、壁際に積みあげられた本の背表紙をさも関心ありげにながめている。エドナが本棚のお気に入りの場所から飛びおり、彼を調べにゆったりと近づいていった。

コナーがかがんでエドナを撫でているあいだに、エリンはハンガーにジャケットをかけてやかんを火にかけた。彼の意味ありげな沈黙に、危険な考えが次々に頭に浮かんでしまう。エリンはくるりと振り向いた。

切りだすつもりだった他愛ない話題が喉元で凍りついた。じっと見つめてくる視線のむきだしのエネルギーに、女であるという自覚が衝撃となって全身を駆け抜けた。彼はわたしの体を見つめ、強い関心を持って値踏みしている。ジーンズとTシャツを着ているのに、裸のような気がした。「やせたな」コナーが言った。

とっさにあとずさろうとしたが、シンクがぴったり腰についていた。彼がいると、この部屋はひどく狭い。「その、あまり食欲がないのよ。この数カ月は」

「その話をしてくれ」コナーがつぶやく。

エドナは彼の手の下で背中を丸め、ごろごろ喉を鳴らしている。珍しいこともあるものだ。エドナは野良猫出身で、心にトラウマを負っている。これまでわたし以外の人間にはさわらせなかったのに、いまはどうだろう。仰向けに寝転び、コナーの長い指で撫でられて嬉しそうに身をよじっている。

エリンはその光景から無理やり視線をそらせた。「生まれてはじめて、苦労しなくてもやせてるわ」とりあえず口に出す。「それなのに、ストレスが多くてそれを喜ぶ余裕もないの」

「どうして苦労する必要があるんだ？　きみのスタイルは申し分ないじゃないか」

彼の口調にはおだてる雰囲気も浮ついたところもなく、ただ率直に返事を求めている。

「だって、その……わたしはいつも……」

「完璧だった」優雅な動きでなめらかに立ちあがる。視線はまだこちらの体を見つめたままだ。「きみはいつも完璧だよ、エリン。やせる必要はない。いままでだってなかった。これ以上やせないように気をつけろ」

エリンはすっかりうろたえていた。「え、ええ……わかったわ」

コナーは細面の顔にかすかにやさしい笑みを浮かべながら、彼女が片づけた椅子に腰をおろした。エドナが間髪入れずに彼の膝に乗る。

エリンは震える手でコーヒーの粉をすくい、フィルターに入れた。忙しくしてるのよ、忙しく――

「エリン、立ち入ったことを訊いてもいいか?」

その口調に肌が粟立《あわだ》った。「質問によるわ」

「去年の秋。クリスタル・マウンテン。ゲオルグという男。本当のことを話してくれ。きみはあいつと寝たのか?」

エリンは彼に背中を向けたまま、必死で身動きしないよう努めた。「なぜそんなこと気にするの?」こわばった声でささやく。

「気になるんだ」

彼の質問で、赤面するような羞恥心がいっきに戻ってきた。エリンは振り返り、毅然《きぜん》と顎をあげた。「もしイエスと答えたら、わたしを軽蔑するんでしょう?」吐き捨てるように言う。

「いいや」コナーが静かに答えた。「もしそうなら、今度おれがあいつをつかまえて殴るときは、最後まで手加減しない」

やかんが甲高い音をたてた。反応できない。彼の瞳の凍るような厳しさで、体が麻痺している。やかんの音が、しだいにけたたましくなっていく。

コナーがやかんのほうへ顎をしゃくった。

震える手でやかんをつかむ。「もう帰って」エリンは言った。「いますぐ」

こわばって息がつまった声。威厳もなにもあったものじゃない。

コナーの眼差しは揺るがなかった。「コーヒーを淹れてくれると約束しただろう」

表情が険しい。彼は自分が望むまで帰るつもりはないのだ。そして、彼を招き入れたのは、ほかならぬ自分だ。

コナーはそっとエドナを床におろした。立ちあがってぶらぶらとデスクに向かい、コルクボードにとめた写真やカードをながめている。デスクの上には、目につく場所にプリントアウトした出張の予定表とミューラーからのメールが置いてあった。それを手に取って読んでいる。「どこかへ行くのか?」

「仕事よ」

コナーは眉をしかめた。「クビになったと言わなかったか?」

「個人で仕事をしているの。コンサルティングを始めたのよ」

「うまくいってるのか?」みすぼらしい狭い部屋に視線を走らせている。

「この仕事では、まだ自分ひとりが食べていくこともできないわ」堅苦しく言った。「派遣社員の収入の範囲内で、なんとかやってるの。でも希望は捨ててない」

彼はメールをライトにかざして読みはじめた。

「悪いけど、それは私信よ、コナー。そんなものを見せるためにあなたを部屋に入れたんじゃないわ」

コナーは耳を貸さず、じっとメールを見つめている。「つまり、クロードはようやくきみに会えるんで大喜びしているわけか」穏やかに言う。「このクロードってやつは、何者なんだ？」

「あなたには関係ないわ。それを置いてちょうだい。いますぐに」

彼はちらりと目をあげてエリンが持っていた湯気のあがるマグカップを見ると、すぐに視線をメールに戻した。「ブラックで頼む」うわの空で言う。

「それを下に置いて、コナー」断固とした命令口調で言おうとしたが、怯えているようにしか聞こえなかった。

「つまりクロードってやつは、すでにきみと知りあいのつもりなんだな。センチな野郎だ」コナーはデスクにプリントアウトを置くと、テーブルに歩み寄ってエリンに向かって目を細めた。「それで、このクロードだが。こいつには一度も会ったことがないのか？」

エリンはコナーの前に彼のコーヒーを置いた。「彼はわたしのクライアントよ。あなたには関係ないわ」

「美術品を評価するのか？」

「鑑定よ」彼の誤りを正す。「ミスター・ミューラーは、最近鉄器時代のケルト文化の工芸品に興味を持つようになったの。わたしの専門なのよ」

コナーはコーヒーをすすった。眉間に皺を寄せている。「どのくらい最近だ?」

「その点に関しては、彼と話したことはないわ。べつに——」

「その男について、なにを知ってる?」

問いつめるような口調に腹が立った。「知らなきゃならないことはすべて知ってるわ。彼はわたしをプロのように扱ってくれる。気前がいいし、支払いが遅れることもない」

「でも、一度も会ったことはないんだな?」射るような容赦ない眼差しで見つめてくる。

「幹部クラスの部下には会ったわ」エリンは言った。「彼はクイックシルバー財団という公益財団を経営しているのよ」

「じゃあ、なぜこれまで一度も会ったことがないんだ?」あくまでしつこく訊いてくる。

「それは、彼にはいつもほかに差し迫った予定があったからよ」と切り返す。「彼は忙しい人なの」

「いまだってそうだろう」コナーが言った。「なかなか興味深い」

エリンがどすんとマグカップをテーブルに置くと、コーヒーが飛び散った。「いったい、なにが言いたいの、コナー?」

「この男に直接会ったことがある人間を、誰か知ってるか?」

エリンはぎゅっと唇を引き結んだ。「彼から寄付を受けている美術協会のメンバーを知ってるわ。わたしには、それで充分よ」

「いいや。充分じゃない。この出張には行くな、エリン」

仰天したのでテーブルが太腿にぶつかった。「そんなの無理に決まってるじゃない! わたしは瀬戸際で踏ん張ってる状態なのよ。あのクライアントは、この半年でわたしに起こった最高の出来事なの。あなたの誇大妄想のせいで、この仕事を危険にさらすつもりはないわ！」

「エリン。ノヴァクがうろついているんだ」コナーが言った。「おれはあいつのことを何年も追っていた。おれにはあいつのにおいがわかる。そして、いまそのにおいがしてるんだ。あの男は人間をめちゃくちゃにするために生きている。きみはエド・リッグズの娘だ。あいつはきみを狙ってる。きみを忘れるわけがない。これだけは確かだ」

エリンはどさりと椅子に腰をおろした。「ミューラーがノヴァクと関係あるわけないわ」冷ややかに言う。「ノヴァクは退院してから、ずっと最重警備刑務所にいたのよ。ミューラーがわたしを雇いだしたのは、四カ月前だった。これまでに、直接会う予定になってたことが二度あるわ。一度はサンディエゴで、もう一度はサンタフェで」

「でもそいつは現れなかったんだろ？」

エリンはつんと顎をあげた。「急な仕事が入ったのよ」

「そうだろうと思った」とコナー。「この男はチェックする必要がある」

「やめてちょうだい！」エリンは声を荒らげた。「わたしの生活のなかで唯一まともなものをめちゃくちゃにするなんて、ぜったいに許さない。これ以外はなにもかも最悪なのよ。あんなことをしたのに、まだ足りないの？」

コナーの唇が険しいかたちに引き結ばれた。カップを下に置いて立ちあがり、ドアへ向かって歩いていく。こわばった脚を引きずっているので、不自由なのがかろうじてわかる。それを見ると、やはり心が痛んだ。

「コナー」エリンは言った。「待って」

コナーはドアを押し開け、立ちどまった。じっと動かない。

「あんなことを言ってごめんなさい」立ちあがって彼のほうへ一歩踏みだす。「あなたのせいじゃないのはわかってるの。あれからずっと……とてもつらかったから」

「ああ」彼が振り向いた。「わかるよ」

それは本当だ。どれほどひどい事件だったか、彼にもわかっている。彼の目を見ればわかる。コナーは裏切られ、命を狙われた。パートナーのジェシーを失った。何カ月も意識不明となり、骨が砕けた脚と火傷で苦しんだ。

あの恐ろしい事件で、彼はわたしよりずっと多くのものを失ったのだ。

体の深いところにある衝動がエリンの脚を前へ進め、気がつくとコナーの目の前に立っていた。石鹸とタバコが混ざった、樹脂のような甘い香りがする。松、薪《まき》の煙、激しい雨。エリンはずっと望んでいたようにまっすぐ彼の顔を見あげ、その香りを吸いこんだ。あらゆる細部まで見とれてしまう。廊下の明かりで金色に輝いている顎の無精髭。明るい瞳の下の隈、突きだした頬骨のシャープなライン。こんなに容赦ない厳しさを備えながら、それでいてセクシーな唇なんて、どうして可能なのだろう?

そして、射るような瞳はわたしの魂を見透かしている。

エリンはわれを忘れた。彼の顔に触れ、あらゆる男性的なディテールを指でたどり、肌のぬくもりを感じたい。鍛えあげたたくましい体に自分の体を押しつけたい。彼に出せる食べ物があればよかったのに。彼が空腹かどうかなんて、どうでもいい。

コナーは視線を合わせたまま背後に手を伸ばし、ドアを閉めた。エリンはどれほど孤独で途方に暮れた気持ちでいるか、誰かにわかってほしかった。母親は絶望してぼんやりしている。友人の多くは自分を避けている。薄情というより、すっかり困惑しているのだろう。けれど、だからといってこの孤独が癒されるわけではない。

コナーはそのすべてをわかっている。それなのに困惑してはいない。彼の視線はひるまない。そして彼が手を伸ばしてきたとき、エリンもひるまなかった。

ひどく慎重にそっと触れてきたので、現実とは思えなかった。涙があふれる。コナーはこぼれ落ちた涙を親指でやさしくぬぐい、両腕でエリンを抱きしめた。

キャンバス地のコートが顔に押しつけられた。彼の手は、エリンが吹きガラスでできているかのように背中を撫でている。彼はエリンの頭を顎の下に入れた。頭のてっぺんが彼の息で温かい。

エリンはぎゅっと目を閉じた。以前にも彼に抱きしめられたことはある。卒業パーティや、休日の集まりで。でも、こんなふうにではなかった。性的な含みなどなにもない、兄のような素早い抱擁。それでも鼓動が速まって、心臓が胸のなかで破裂しそうになった。たくましい体は記憶にあるより硬く、筋肉は焼入れした鋼鉄のようだった。

彼は、強力な本質そのものだ。

エリンは彼について感じていることが、すべて自分の顔に書いてあるのだろうかといぶかった。ひどく慎重に抱きしめているので、緊張で震えているのがわかる。おそらくわたしの気持ちを傷つけたくないのだろう。それとも、わたしが彼の親しみのこもった態度を誤解して、彼が与えたくないものを求めるのを恐れているのかもしれない。何年もわたしがロマンティックな想像をめぐらせていたあいだ、彼はあの情熱や鬱積《うっせき》した渇望のすべてに気づいていたに違いない。父はコナーは超能力者だと言っていた。

彼にはすべてわかっている。わたしがどれほど孤独を感じているか、どれほど困窮しているか。彼は手負いの野生動物を撫でるかのように、わたしの髪を撫でている。

慎重になんてしてほしくない。やさしさもいらない。小さな簡易ベッドに押し倒し、たくましい大きな体で押さえつけて、考えること以外のことをさせてほしい。情熱的で恐ろしくてすばらしいことを。わたしは大きな声をあげてもいい。心の底からそうしたい。両腕を彼の首に巻きつけて引き寄せ、ひたすら彼をむさぼりたい。

ああ、どうしてわたしを哀れんでくれないの？

その思いは針のようにエリンを突き刺し、彼を押しのける力をもたらした。エリンはポケットに手を入れてティッシュを探した。「ごめんなさい」とつぶやく。

「気にするな」声がかすれている。彼は咳払いした。

エリンはずっと顔をそらしていた。彼に帰ってもらわなければ。それもいますぐ。涙があふれて取り返しがつかなくなる前に。「あの、荷造りしなくちゃならないの。いろいろやることがあって、だから、その……」

「エリン――」

「言わないで」首を振りながらあとずさる。「出張には行くわ。そしてボディガードなんか必要ない。志願してくれてありがとう。送ってくれてありがとう。忠告してくれてありがとう。同情してくれて、それと……抱きしめてくれて。でも、わたしはほんとにひとりになる必要があるの。おやすみなさい」

コナーはいらだたしそうな鋭い声を出した。「もっといい鍵をつけたほうがいい。いや、必要なのは新しいドアだ。こんなドアにいい鍵をつけても無駄になるだけだ。おれの悪い脚でも蝶番《ちょうつがい》を蹴《け》破れるぞ」アパートの室内を見渡し、顔をしかめている。「友人のセスに電話をしておく。あいつなら、なにか――」

「それで、わたしはどうやってその人に料金を払うの？」

「現金の持ち合わせがないなら、支払いはおれが持つ」コナーがいらいらと答えた。「おれになら、セスも値引きしてくれるだろう。これは大事なことなんだ、エリン。ここは安全じゃない」

「ありがとう。でも、自分の面倒は自分でみられるわ。おやすみなさい、コナー」

「実家には警報装置がついてるのか？」

エリンは粉々になった鏡と時計を思い浮かべた。みぞおちで吐き気をもよおすような恐怖が渦巻く。「ええ、父がつけろと言い張ったから」

「それなら、しばらく実家にいたほうがいい」

エリンは気色ばんだ。「他人のことに口出ししないで」

コナーは眉をしかめ、ジーンズのポケットから紙マッチを出した。「ペンをくれ」命令口調で言う。

エリンはペンを手渡した。コナーが紙マッチになにか書いて差しだす。「なにかあったら電話しろ。何時でもかまわない。電話するんだ」

「わかったわ」エリンはささやいた。彼のポケットのなかにあった紙マッチが温かい。エリンはマッチがつぶれるまでぎゅっと握りしめた。「ありがとう」

「約束だぞ」有無を言わさぬ声。

エリンはジーンズのポケットにマッチを押しこんだ。「約束するわ」

彼は最後にもう一度探るように室内を見渡すと、ようやく出ていった。

短いノックの音に、エリンは跳びあがった。「かんぬきをかけろ」外からコナーの声がした。「かんぬきがかかる音がするまで帰らない」

エリンはかんぬきをかけた。「おやすみなさい、コナー」

しばらく返事がなかったが、やがて「おやすみ」と静かな声がした。

エリンはドアに耳を押しあてたが、足音は聞こえなかった。一瞬待ってからドアを開けて外を見た。誰もいない。

ようやくひとりになった。ばたんとドアを閉める。いばりちらされて説教され、圧倒されるような男性的なカリスマに怯えたあとでは、彼が帰ってほっとするのが当然だろう。

それなのに、わたしはがっかりしている。あんなふうに簡単に追い払われた彼に、腹を立てているほどだ。まったく、わたしったら、なんてねちねちとしつこくて、優柔不断なんだろう。自分で思っているよりひどい状態らしい。

けれど、心配してくれるなんて彼はとてもいい人だわ。

コナーはほてった顔をハンドルに押しつけた。こんな状態では運転できない。自殺行為だ。心臓がばくばくし、耳鳴りがしている。もう少しで下着のなかでイッてしまいそうだ。もし彼女があと少しよけいにもたれかかっていたら、棍棒《こんぼう》のようにジーンズを押しあげている硬直したものに気づいていただろう。あのうるんだ茶色の瞳を見たら、男なら誰でも自分を見失いかねない。あの瞳で見つめられると、抱擁されているような気がした。彼女をつかんでキスしたい衝動にかられ、それをこらえたために筋肉がひきつっている。

ひょっとしたら彼女はおれの腕のなかでとろけ、キスを返してきたかもしれない。

ああ、そのときは豚に羽根が生え、地獄にスケートリンクができるだろうよ。厳しい現実にしがみついていればいるほど、頭がおかしくなる可能性は低くなる。

なんとも皮肉じゃないか。自分が意識不明になりジェシーが殺されるはめになったとんでもない失策の前までは、エリン・リッグズを夕食と映画に誘う勇気を奮い起こそうとしていたというのに。彼女が二十五歳になってからずっと。その年齢は、彼にとって魔法の数字だった。エリンは誘ってもいい対象に達したのだ。自分は彼女より九歳年上で、その年齢差は格別大きいものではない。だが彼女が十七で自分が二十六のときに言い寄るのは、ふさわしくない気がした。エリンが二十歳になったときは、よほど告白しようかと思った。彼女はとてもみずみずしくて無垢《むく》だった――だが、もし大事な娘に近づいたりしたら、エドに頭をもぎ取られていただろう。それは考慮に入れる必要があった。

けれどコナーが行動に移さなかった主な理由は、エリンが留学や考古学の発掘作業でずっと留守だったからだ。フランスで半年、スコットランドで九カ月、ウェールズで一年という具合に。その間、自分には軽いつきあいをするガールフレンドが何人もいたし、そのうちの何人かは申し分ない女性だった。だが将来の話題が出るたびに、つねに関係に終止符を打ってきた。そしてエリンが婚約したというニュースを聞くときに備え、いつも覚悟を決めていた。

ところが、そうはならなかった。エリンは大学院を卒業して学芸員の仕事に就くと、大学の友人たちと住んでいたグループハウスを出てアパートに引っ越した。そして驚いたことに、当時二十五歳の彼女には恋人がいなかった。コナーはついに機が熟したと思った。愛も戦いもすべて公明正大にできる。どんなことでも。エドの気に入らなかろうが、知ったことはない。

しかし、そのチャンスに乗じる隙がないうちに、災難が降りかかった。昏睡から覚め、自分が裏切られてジェシーが殺されたと知ったとき、ロマンスに割くエネルギーは残っていなかった。パートナーのことは実の兄弟のように愛していた。コナーはレイザーとノヴァクを追いつめ、裏切り者を暴きだしてジェシーの復讐をするために、快復に全力を尽くした。

そのすべてのクライマックスが、エド・リッグズを刑務所に送りこむことだった。くそっ。誰かの父親を殺人罪で刑務所送りにしたら、その娘と土曜の晩にデートするチャンスがなくなるのは当然だ。最近の自分の状態を考えれば、なおさらだ。コナーはちらりとルームミラーに目をやり、たじろいだ。

これまでずっとほっそりした体型を維持してきたし、言うことをきかない脚を補うために熱心に体を鍛えるよう自分に課している。昏睡状態のあいだに失った筋肉はすでに取り戻しているが、脂肪はまったくついていない。バスルームの鏡をのぞくと、あらゆる筋肉と腱《けん》が皮膚の下で動いているのが見えた。さながら歩く解剖標本だ。火傷の痕もさほど役には立っていない。障害が残った脚も。

おれはたいした人間じゃない。兄の仕事を手伝い、不実な夫や妻の写真を撮っている。未来はない。現在さえないも同然だ。あるのは過去のみで、そこにあるすべてはエリン・リッグズをベッドに連れこむチャンスを無にしている。

なんてまぬけなんだ。茨《イバラ》の壁に守られた象牙の塔の王女に焦がれているとは。なんとかその塔に侵入し、あの大きく真剣な瞳の奥にあるものを突きとめたくてたまらない。彼女を微笑ませたい。今夜の彼女は笑わなかった。ただの一度も。

その思いを支えに、コナーは車のギアを入れ、レイク・ワシントンにある兄のデイビーの寝ぐらへ向かった。デイビーは三時間も遅れたことに腹を立てているだろうが、ぶつぶつ不満をつぶやきながらグリルにステーキ肉を放り投げるだろう。賛同するように胃が収縮した。久しく感じることがなかった生きている最初の兆候だ。デイビーとショーンは定期的に電話をしてきては、食事をしろと念を押すようになっている。わずらわしくはあったが、心配してくれる人間がいるのは幸運なのだろう。ふたりがいなければ、ぼんやり白昼夢にふけっていただろうから。

私道には、弟のショーンのジープが停まっていた。兄と弟双方から説教されることになるらしい。ドアを開けると、ふたりは裏のポーチで話していた。唐突に話し声がやむ。自分とほとんどそっくりなふた組の緑色の瞳にじろじろ見られながら、コナーはポーチに踏みだした。

「遅いぞ」とデイビー。「おれたちは、もう食った」

「ノヴァクが脱獄した」コナーは言った。「ふたりの手下と一緒に。ひとりは、去年の秋おれが痛い目に遭わせたやつだ。ゲオルグ・ラクス」

三人は、しばらくポーチの下の小石にぽたぽたと落ちる水滴の音に耳を傾けていた。

「おれたちにちょっかいを出してくると思ってるのか?」デイビーが訊く。

コナーはどさりと椅子に腰かけた。くたくたに疲れている。「あいつは、そういうやつだ」

ショーンが両手に顔をうずめた。「くそっ。おれはビジネスをスタートするんで手一杯だ。ノヴァクと遊ぶひまはないよ」

「おれは、おれたちよりエリンのことが心配だ」コナーが言った。

こちらを見つめるデイビーとショーンの目が細くなった。ふた組のレイザー光線のようだ。コナーは冷静にその視線を受けとめた。

「エリンはどうしてる?」デイビーの低い声は小さく、警戒の色がこもっていた。

コナーはテーブルに載っていた紙切れを取り、折り紙のユニコーンを折りはじめた。ほとほとうんざりするリハビリのひとつだったこの作業は、神経症的な癖になっている。「ノヴァクはエリンを一度手中に収めた。それをおれが逃がした。あいつがそれを忘れるわけがない。ゲオルグ・ラクスも忘れない。エリンは美人で若く、無防備だ。ノヴァクはそういう人間を好む。そして、自分の計画を台なしにしたリッグズに罰を与えようとするはずだ」

「おまえがエリンを心配する義理はない」デイビーが言った。「おまえは彼女のためにやれるだけのことはした。それなのに、たいして感謝もされなかった。おまえにできるのは、せいぜい彼女に警告するくらいだ」

「それはもうやった」

デイビーとショーンは意味ありげにちらりと目を見合わせた。

「彼女と話したのか？」ショーンが問いつめる。「今夜？」

コナーは気を引き締めた。「彼女のアパートへ行ったんだ。実家まで護衛して、そのあと部屋まで送った」

ショーンは眉をしかめた。「おいおい。またかよ」

デイビーがぶりとビールをあおる。険しい細面の顔は無表情のままだ。「彼女はどうしてた？」

「あまりよくない。というより、ひどいものだった。訊かれたから言うが」

「おい、コナー」ショーンが口を出す。「おれの頭を嚙み切らないでくれよ、でも――」

「そう思うなら、言わなきゃいいだろ？」コナーが言った。

ショーンはひるまずしゃべりつづけた。「兄貴がずっとあの女に片思いだったのは知ってるぜ。でも、兄貴の証言が彼女の親父を刑務所送りにしたんだ。彼女のヒーローになんかなれっこない。傷つくのがおちだ」

ショーンの言葉は、コナーを寂しく悲しい気分にさせた。怒りは感じない。「おれと同じ考えで嬉しいよ」彼はそう言うと、折り紙のユニコーンを開き、記憶していたクロード・ミューラーの名前とメールアドレス、旅程をメモした。その紙をデイビーのほうへ押しやる。

「ここに書いたことを調べてくれるか?」

デイビーは紙を手に取ってながめた。「こいつは何者なんだ?」

「最近ケルト文化の工芸品にひとかたならぬ関心を持つようになった、謎の億万長者だ。エリンはポートランドへ飛んで、迎えの人間にシルバー・フォーク・ベイ・リゾートまで送ってもらうことになっている。そこでその男のために、貴重な遺物を鑑定するんだ」

「それで、それのどこが心配なんだい?」ショーンが尋ねる。

「エリンも彼女の知りあいも、この億万長者に実際に会ったことはない。彼女を雇うようになってから、ずっと忙しくて会うひまがなかったんだ。四カ月前から」

「ふむ」考えこんだようにデイビーが言った。

「誰が飛行機代を払ったか調べてくれ」コナーはデイビーに告げた。「それから、クイックシルバー財団について、できるだけ調べてほしい」

「やってみよう」

「彼女は明日出発する。おれはボディガードが必要だと言ったんだが、むげに断られた」とコナー。「部屋から放りだされたよ」

「無理もないね」ショーンが言った。「兄貴みたいな男は、きれいな女の子にとっておしゃれなアクセサリーにはならないからな」

「黙れ」いらいらと言う。コナーはポケットからタバコの葉と巻紙を出した。

「彼女の部屋へ行く前に、髭を剃《そ》ろうとは思わなかったのか？　髪を梳《と》かすとか？」とがめるようにショーンが言う。「まったく、野蛮人みたいだぜ、コナー」

コナーは兄のほうへ顎をしゃくった。「デイビーだって顎に無精髭が生えてるぞ。デイビーにも文句を言えよ」

「デイビーはシャツにアイロンをかける。食事をする。デイビーにとって、顎の無精髭はまったく別のファッション哲学だ」

デイビーは自分の顎を撫で、すまなそうに肩をすくめた。

コナーは彼を見た。「食べ物と言えば、ステーキがあるんじゃないのか」

デイビーが驚いた顔をした。「つまり、本気で食いたいのか？」

「腹が減ってるんだ」

ショーンはぽっかり口を開けた。「じゃあ、エリン・リッグズにむげに断られたせいで、食欲が出たってわけだ、え？」勢いよく席を立つ。「すぐにレアのTボーンステーキを持ってくる。欲しけりゃベイクドポテトもチンしてやるよ」

「ポテトは二個にしてくれ」とコナー。「バターとサワークリームをたっぷりだ。それから、ブラックペッパーも忘れないでくれ」

「調子に乗るな」ショーンのふくれっつらが大きな笑みに取って代わる。彼は網戸を蹴り開けると、はずむような足取りでキッチンへ向かった。

「いつまでにミューラーに関する情報を欲しい？」デイビーが尋ねる。

「明日の朝だ。おれは車でポートランドへ行く」

デイビーの顔が曇った。「彼女の飛行機をつかまえるために？　おい、今度ばかりは、いつものヒーローごっこはやめるんだ。ニックに電話しろ。連中が――」

「もう電話した。彼らはノヴァクはヨーロッパにいると思ってる」

「連中には、そう思うだけのまともな理由があるんだろうよ」デイビーがうめく。

「いやな予感がするんだ」コナーは言った。「彼女をひとりでこの男に会わせるわけにはいかない。もしエドがいれば、彼女の面倒をみるのは彼の仕事だ。だが――」

「エドはいない」デイビーがさえぎる。「そして、それはおまえのせいじゃない」

「エリンのせいでもない」コナーはタバコを巻き終え、兄の視線を避けた。「それに、おれは自分を責めてはいない」

デイビーがビール瓶を勢いよくテーブルに置いた。つねに感情を自制している兄にしては珍しい行動だ。「あたりまえだ。おまえひとりで世界を救うことなどできない。どこかの嘆き悲しむ乙女を助けにいく前に、自分の人生を軌道に乗せろ」

「おれの恋愛生活にアドバイスしてくれとは言ってないぞ」コナーがやり返す。

デイビーのさがった眉がぱっとあがった。「これはこれは」彼は言った。「いっきに二歩前進か。誰がおまえの恋愛生活の話をした？」

コナーはタバコの先に手をかざし、火をつけた。深く一服して煙を吐きだす。口を開く前に冷静にならなければ。

「ほっといてくれ、デイビー」彼は言った。

「気をつけろよ、コナー。おまえは危ない橋を渡ってるぞ」

ショーンが勢いよく網戸を抜けてポーチに出てくると、コナーに冷えたビール瓶を押しつけた。「食い物はすぐできる」

「ああ」コナーがつぶやく。

ショーンは交互にふたりの兄に目を向けた。その目が細くなる。「なにか聞き逃したか？」

「いいや」デイビーとコナーが同時に言う。

ショーンは顔をしかめた。「そういうのって大嫌いだ」吐き捨てるようにそう言うと、家のなかへ戻って背後で力まかせに網戸を閉めた。

コナーはむっつり押し黙ったままタバコを吸いつづけた。今回はデイビーも分別をわきまえ、ビール瓶をもてあそぶだけで口を閉ざしている。

数分後、ショーンが網戸を蹴り開け、山のように食べ物が載った皿をコナーの前に置いた。

黙って見つめる兄弟の前で、一二オンスのステーキと大きなベイクドポテトを二個、薄切りのトマト、そしてガーリックバターを塗ったフランスパンの大きなかたまり三つを平らげていく。

コナーは迷わずかぶりついた。

やがて、ふたりに見つめられていることに気づいた。「いい加減にしろよ」責めるように言う。「食ってるところを見るのはやめてくれ。食いにくい」

デイビーが広い胸の前で腕を組んだ。「大目に見ろよ。おまえがそんなふうに食うのを見るのは十六カ月ぶりなんだ」

「すさまじいな」ショーンの顔はいつになく真剣だった。「兄貴にとっては一週間分のカロリーだぜ、コナー。それを一食で食ってる。すげえ」

コナーはパンのかたまりで最後の肉汁をぬぐい取った。うっすらと罪悪感を覚える。「心配いらない。おれは大丈夫だ」

デイビーが不満げに鼻を鳴らした。「おまえがどれだけ元気かは、ポートランドから戻ってきたときわかるさ」

ショーンが眉をしかめた。「ポートランドって、なんの話だ?」

「こいつは、ノヴァクかもしれない謎の億万長者に会いにいくエリンをさらいに行くのさ」

デイビーが説明する。「彼女のなまめかしい体を守りたいんだと。ひとりで」

「おい、ほんとかよ。そうか、じゃあそいつを全部食えよ。体力をつけないとな。武器はなにを持ってくんだ?」

「シグザウアーだ。それと、予備としてルガーのSP101」

「仲間がいるかい?」ショーンが尋ねる。

コナーは意外そうにちらりと弟を見た。「忙しいんじゃなかったのか」

「兄貴の背後を見張るひまもないほど忙しくはないよ」

コナーの口元がひきつる。「おれには子守が必要だと思ってるのか?」

「なんとでも好きなように解釈しろよ」

コナーはビールの最後のひと口を飲み干し、「おれはひとりで大丈夫だ」と言った。「ありがとよ。気が変わったら連絡する」

「エリンをひとりじめしたいってわけか?」

弟のあてこすりは慣れたようすでこともなげに聞き流す。「セスとレインにノヴァクのことを報告してくれるか?」

「おれがやっとくよ」てきぱきとショーンが答える。

「おれは調査に取りかかる」とデイビー。「少し眠れ、コナー。ひどいありさまだぞ。泊まっていけよ。朝食のときに、調べた結果を話してやる。ベッドはもうサイドポーチに準備してある」

「すまない」立ちあがって兄と弟を見つめたコナーは、感傷的なことを言いたい奇妙な衝動にかられた。

彼の目つきを読み取ったショーンは、気の毒になって先に口を開いた。「ヤルつもりなら、そのみっともない髪を切れよ、コナー」

コナーは顔をしかめた。「ほんとにむかつく野郎だな」

「ああ。でも、少なくともおれはかっこいいぜ」というのがショーンの捨てぜりふだった。

コナーはベッドにどさりと横たわり、ガラス張りのポーチの向こうで揺れる木々の枝を見つめた。ベッドの横の椅子には、バスタオルとハンドタオル、そしてデイビーのスウェットがたたんで置いてある。おそらく寝巻きに使うようにという配慮だろう。疲れきっていたが、心はざわめいていた。目をつぶると、即座に写真のように鮮明な記憶力がキッチンで歩きまわるエリンの姿を映しだした。色あせたジーンズとTシャツを身につけた、美しい曲線を描く魅力的な体を。

セクシーな空想に新しい素材が加わった。以前からずっと、エドとバーバラの家にある彼女の寝室に忍びこむところを想像し、女らしい世界でまごついている大柄な自分を思い描いてきた。フリル、レース、ふんわりしたクッション、香水のボトル、ランジェリー。そしてエリン。ベッドへあとずさる彼女の瞳は、ドアに鍵をかける彼を見て興奮に満ちている。

その空想には無限にバリエーションがあり、そのすべてが淫靡《いんび》でみだらなものだ。だが今夜は彼の意識とは無関係に、勝手に舞台が変わっている。以前思い描いていた極端に女性的な寝室は、キンズデールの狭苦しいワンルームのアパートになっていた。痛々しいほどきちんと整頓され、組みひもを編んだラグが傷だらけのリノリウムの床に彩りを与え、小さなベッドにはクレイジーキルトがかかっている。壁際に積みあげられた本の山は、あきれたことにアルファベット順にならんでいる。ほほえましいじゃないか。籐のランプシェイドが放つ光の模様があらゆる細部まで照らしだし、エロティックな雰囲気をかもしだしている。

キンズデールのアパートでは、空想の部屋のように場違いでぎこちない気分にはならなかった。それどころか、いっそう心をそそられる。なぜなら、あらゆるところにエリンがいるからだ。彼女の実用主義や几帳面さ、気まぐれに見せるユーモアのセンス、自己憐憫に屈することへの拒絶。明るい色使い、不屈の精神。これまで夢見たどこよりも、あの部屋はセクシーだ。

コナーはざらざらした軍用毛布に顔をうずめ、空想を解き放った。まず、頬に流れる塩辛い涙をキスでぬぐう。そして柔らかい唇をむさぼると、エリンはおれを受け入れてしがみついてくる。おれはひざまずき、今夜ひどくそそられた、あのTシャツとジーンズのウェストのあいだにのぞいていたベルベットのようなぬくもりに鼻をこすりつける。ジーンズのボタンをはずし、おへそに舌を這わせながら丸いヒップに沿ってジーンズを引きおろす。ゆっくりと、愛おしむように少しずつ、女性らしい温かな香りを楽しみながら。花びらと海の潮の香り。それを胸いっぱいに貪欲に吸いこむ。身につけているものをすべて脱がせると、全裸になった彼女は信頼しきったやさしい目で両手を差しだしてくる。

信頼とはよく言うよ。コナーはあざけるような声を頭から閉めだした。これはおれの空想だ。自分が楽しめるように進めるんだ。

小刻みに震える彼女を背後から抱きしめ、ふっくらと魅力的な乳房を堪能する。細部まで鮮明なイメージは、空想ではなく記憶のように心に刻まれていた。触れられた乳首が固くなり、柔らかいボタンのような乳首は舐められ吸われるのを待っている。髪をとめていたクリップがはずれ、つややかな髪が褐色のサテンのように肩に流れ落ちる。

おれはカーブを描く彼女の腹に手を這わせ、褐色の茂みに指を入れて割れ目の奥に隠された秘密の宝を探す。彼女はおれの指を締めつけ、快感に身悶えしながらこちらの肩に頭をのけぞらせるだろう。

彼女をベッドに押し倒し、柔らかな太腿を大きく押し広げる。バラ色のヒップの丸みに手をあて、脚のあいだの襞《ひだ》と谷間を愛撫する。果汁が滴る果物のような彼女を舌で押し開き、濡れてきらめく襞に沿って舌を這わせて彼女の色彩と味に溺《おぼ》れる。ゆっくりけだるく時間をかけよう。クリトリスを吸い、舌ではじく。太腿のあいだに顔をうずめ、彼女の奥まで舌を差しこむ。彼女はびくっとして体をよじり、秘密の場所をおれの顔に押しつけてくるだろう。そして痙攣《けいれん》し、すすり泣き、クライマックスを迎える。

そうなったら、もう一度はじめからやりなおすのだ。

いつもなら、このあとは理にかなった次のステップに進んで果てていた——汗に湿った彼女に覆いかぶさり、震える深みへ自分自身を突き立てて、稲妻のようなオルガスムが全身を駆け抜けるまでひと突きごとに貫きを深める。今夜はそこまで到達しなかった。空想のなかのエリンのオルガスムとともにクライマックスに達し、彼は枕で叫び声を消しながらハンドタオルに向かって果てた。枕に顔を押しつけながら、息をはずませる。

頭をあげたコナーは、涙で顔が濡れていることに気づいてショックを受けた。どういうことだ？　彼は頬をぬぐい、濡れた手のひらを一分以上見つめていたが、慌てふためくには疲れすぎていた。

コナーは裏にあるバスルームで体を洗うと、毛布をかぶり、真に本物の眠りへと石のように落ちていった。

4

「いいわよ。そっちに寄って猫ちゃんの世話をしてあげる」トニアが言った。「でも、かなり早い時間になるけど。それでもいい？」

「ええ。どうせ飛行機に乗るときは、いつも早く起きるから。ありがとう、トニア。あなたって天使だわ」

「知ってる。少しでも寝たほうがいいわよ、お嬢さん。億万長者の前ではきれいにしてなきゃいけないんだから。ようやく彼に会うなんて、こっちまでどきどきしちゃう。じゃあ、明日の朝会いましょう。お休みなさい」

エリンは電話を切り、〈やることリスト〉の〝トニアに電話してエドナの世話を頼む〟に横棒を引くと、檻《おり》に閉じこめられた動物のように部屋のなかをうろうろ歩きまわった。食器はすべて洗ったし、部屋じゅうぴかぴかに磨きあげ、リストのすぐできる項目にはすべて横棒が引かれている。〝荷造り〟をのぞいて。その項目の下には、さらに別のリストがつながっていた。

キャスターつきのスーツケースは小さいので、リストにある品物のうちいくつかは削らざるをえなかった。最後に削ったのは、クロード・ミューラーに心そそられた場合に備えて持っていこうと思ったちっぽけな黒いドレスだ。どういうわけかコナーとの圧倒されるような再会のあと、その可能性がもたらしたときめきは跡形もなく掻き消えている。こんなふうにばかみたいに彼に夢中になっているかぎり、どんな男性に会おうと見劣りして見えるだろう。試してみなかったわけじゃないわ。ブラッドレーと、数年前に。

ブラッドレーのことを考えたとたん、体の奥がひきつった。もう、考えちゃだめよ。もしおしゃれなレストランへ行くことになったら、黒いパンツと絹のブラウスを着ればいい。きちんとしているし趣味もいい。それにあれを着ていれば、誰もわたしがロマンティックな気を惹きたがっているとは思わないだろう。そんなつもりはない。ドレスをつめなければ裁縫セットを入れるスペースができるし、裁縫セットを持たずに出かけるのはいやだった。いつだって、持っていないときにかぎって必要になるのだから。

頭がおかしくなりそう。できれば笑いたい。泣くんでもいい。けれど、もし泣きだしたら、二度ととめられないかもしれない。眠らなければ。ゆっくり眠れば、プロとしてのすばらしい能力で相手をうならせることができるだろう。うっとりするようなやさしい抱擁一回で、苦しいほどの切望の泉に落とされたことなど考えている場合ではない。

なにかで気をまぎらわせる必要がある。荷造りと部屋の片づけではまだ足りない。今夜シンディに電話すると母に約束した。重要な問題だ。シンディの未来を脱線から救わなければ。

エリンはシンディが大学の友人と住んでいるエンディコット・フォールズのグループハウスに電話をかけた。「はい？」ハスキーな声が応える。

「もしもし、ヴィクトリアね？　エリンよ、シンディの姉の。あの子はいる？」

「彼女ならビリーと街に出かけてるわよ」ヴィクトリアが言った。

「ビリー？」不安で胃がぞくぞくする。「ビリーって誰？」

「ああ、新しいボーイフレンドよ。すごくかっこいいんだから。心配しないで。あなたも彼を気に入るわ。彼って、なんて言うか、すっごくホットなの」

「シンディは街でなにをしてるの？　期末試験中じゃないの？」

ヴィクトリアはくちごもった。「その、シンディの試験日程は知らないわ」落ち着かなげに予防線を張る。「でも、帰ってきたら、あなたに電話するように伝えとく。それとも、そちらから彼女の携帯にかけてみる？」

「携帯？　いつからシンディは携帯電話を持ってるの？」

「ビリーに買ってもらったのよ」声が色めき立つ。「彼ってとってもすてきなの。シンディにブランド物の服も買ってくれたのよ。ジャガーに乗ってて、ケイトリンがシンディから聞いたところによると、彼の車はそれだけじゃないみたい。それに——」

「ヴィクトリア。シンディの携帯電話の番号を教えてくれる？」

「いいわよ。目の前の伝言板に書いてあるから」

エリンは関節が白くなるほどきつく握りしめたペンで番号をメモした。うわの空でヴィクトリアに礼を言って電話を切る。ベッドに腰かけたまま、胸の奥に居座る冷え冷えとした不安に論理的な説明をつけ、それを消し去ろうとした。怯えているだけよ、と自分に言い聞かせる。聞いたばかりのノヴァクのニュース、母の奇妙な振る舞い、コナーとの心をかき乱す再会。そのすべてが合わさったせいでバランスが崩れ、なんでも不吉に思えるんだわ。パニックを起こす理由などない。たぶん、このビリーという男性はなんの問題もないいい人なのだろう。

ふん、そうでしょうとも。たまたまジャガーに乗っている、いい人。十九歳かそこらの少女に高価な服や電子機器のおもちゃを惜しみなく買い与え、期末試験中に学校から誘いだす男。

奇妙だ。薄気味が悪い。なにかにおう。

両親が、エンディコット・フォールズという小さな街にある私立大学に行くようシンディに勧めた背景には、大規模に展開する公立大学より多くの指導や監督が得られるという期待があった。思慮が浅く感受性の強いシンディは、楽しいことが大好きだ。かっこいいという理由だけで、どんなところにも喜んでついていく。内気で用心深い姉とは正反対。そして、とても美人でもある。姉よりずっときれいだ。歩く誘惑のようなもの。エリンはすでにビリーと彼のジャガーが嫌いになっていた。携帯電話の番号をひとつ押すごとに、さらに嫌いになっていく。実際に呼びだし音が鳴ったときは、びっくりした。

「もしもし?」シンディの明るい声が応えた。

「もしもし、シンディ。エリンよ」

「あら、その……こんにちは。どうしてこの番号がわかったの?」

エリンは歯ぎしりした。「ヴィクトリアに教わったの」

「お調子者なんだから。殺してやらなくちゃ」

妹ののんきな口調に堪忍袋の緒が切れた。「どうしてわたしに知られたくないの?」

「やめてよ」シンディはくすくす笑っている。「大げさなんだから。心配させたくなかったの、それだけよ」

「なにを心配するの？」声が鋭くなっている。

「わたしがしばらくビリーと街にいることを」

「どこにいるの、シンディ？」

シンディは姉の質問を無視した。「あの活気のない町にいると、気が狂いそうだったのよ。試験期間中は、みんなひたすら勉強してるだけなんだもの。だから――」

「あなたの試験はどうなってるの？」エリンは声を荒らげた。「なぜあなたも勉強してないの？」

「ほらね？ 奨学金をもらえるかどうかは学業平均値しだいなのよ――」

「言ったじゃない。だから電話しなかったのよ。姉さんは自分が正しいと思ってることを押しつけてくるってわかってたから。ビリーが連れて行ってくれるって――」

「ビリーって誰なの？」エリンは問いつめた。「どこで知りあったの？」

「ビリーはいい人よ」ぴしゃりと言い返す。「彼は、パパが刑務所に放りこまれたあと、わたしのみじめな人生で起こった最高の出来事なの。わたしはただ、あのしみったれた場所からちょっと逃げだして、少し楽しもうと――」

「シンディ、楽しむって、なにを？」不安で声がかすれた。

シンディがくすくす笑った。いつもとまったく違う能天気な甲高い笑い声に、エリンはぞっとした。「やだ、やめてよ」シンディが言う。「言うまでもないでしょ。知らないふりはやめて。鎮痛剤を飲みなさいよ、エリン。わたしはビリーと一緒なの。安全だし、元気にしてるわ。わたしはハッピーよ」

エリンは突然妹とのあいだに出現した壁にうろたえた。「シンディ。相談しなくちゃならないのよ。あなたが学校に残れる方法を見つけないと。あなたの奨学金が——」

「ああ、心配いらないわ」またくすくす笑っている。「わたしの財政問題は解決したの。奨学金のことは、なんて言うか、たいして重要じゃないのよ、エリン」

「いったいなにを言ってるの？」パニックに胸をつかまれ、脈が速くなる。「シンディ。そんなふうに——」

「姉さんのパンティを担保に入れる必要はないわ。お金をつくる方法はたくさんあるのよ。わたしが思ってるより、はるかにたくさんね。ビリーが教えて——え？　なに？　ああ、そうね。ビリーが、あの大学は過大評価されてるって言えって。時間とお金の浪費だって。いずれにしても、チョーサーや対位法やフロイトや産業革命のことなんか誰が気にするの？　つまり、ほら、現実に目を向けなくちゃ。あんなのただの理論じゃない。人生は生きるためにあるのよ。いまを生きるために」

「シンディ、あなたの話を聞いてると、心底怖くなるわ」

「いいから落ち着いて。わたしはちょっと羽根を伸ばしてるだけよ。普通のことじゃない。姉さんが一度もどんちゃん騒ぎをしたいと思わなかったからって、わたしもできないってことにはならないでしょ？　でも、ママには言わないでよ。わかった？　めちゃくちゃ怒るに決まってるから」

「聞いて。ママのことも相談したいのよ——」

「またね、エリン。もう電話しないで。こっちからかけるから。心配いらないわよ！　すべてすごくうまくいってるわ」唐突に電話が切れた。

エリンはかけなおした。録音されたメッセージが、彼女がかけた番号はつながらないと告げた。

勢いよく受話器を架台に戻し、ベッドの上で丸くなった。ポケットからコナーの電話番号が書かれたマッチを出し、じっと見つめる。

なにかあったら、何時でもいい、電話しろ。彼はそう言った。約束だぞ。

彼に電話して、自分が抱えている問題をすべて泣きながら話してしまいたい。彼はとても強くて温かかった。嵐のなかの灯台のように、わたしを招いている。エリンは乱暴に涙をぬぐった。だめよ。なにがあろうが、コナーに助けを求めるわけにはいかない。どれほど怯えていようと。

くそっ、勘弁してくれ。翌朝、コナーが裏のバスルームからよろよろ出ていくと、テーブルには絞りたてのオレンジジュースが入った背の高いグラスが置かれ、その横に少なくとも一ダースのおどろおどろしい見てくれのビタミン剤がならんでいた。デイビーは高度な芸術の域に達するほどの、容易には動じない禅僧めいた態度を身につけているが、いまだに弟のことをどうしようもない病人のように扱うのをやめようとしない。

デイビーはちらりとコナーを見ると、ビタミン剤のほうへ顎をしゃくり、〝抵抗しようと思うなよ〟とでも言うように目を細めた。

「まずコーヒーが飲みたい。オレンジジュースじゃなく」コナーはぼやいた。

「ここはおれの家だ。おれの家ではおれがボスだ。文句を言わずにそれを全部飲んだら、コーヒーをやる」デイビーが言った。「そのあとで、ミューラーの話をしよう」

そのひとことでいっきに頭が冴えた。「なにか興味を引かれることがあったのか？」

デイビーが斜《はす》に視線を送ってくる。「朝飯は？」

「ああ、頼む」胃が鳴った。

デイビーは目をしばたたかせた。「びっくりだな。卵とハムを持ってくる。卵は二個か？それとも三個？」

「四個だ」とコナー。

兄の険しい顔に笑みが浮かんだ。彼はキッチンへ姿を消した。

コナーが気味の悪い琥珀《こはく》色のカプセルに眉をしかめていると、ショーンがぶらりとポーチへ出てきた。「こいつはなんだ？」哀れっぽく弟に尋ねる。「凝固したオイルのかたまりみたいだ」

「そいつは凝固したオイルのかたまりだよ、無知だな。ひとつのソフトカプセルのなかに、四〇〇ミリのビタミンEが入ってる。肌や爪や髪の毛や傷ついた組織に効果があるんだ。飲めよ。役に立つものはなんでも利用しろ」ショーンはコナーの前にコーヒーが入ったマグカップを置いた。「薬を全部飲んだら、これを飲んでもいいってデイビーが言ってるぜ」

コナーは弟のりゅうとした身なりを不思議そうに見つめた。ショーンはいつもきちんとして見える。ベッドから転がりでた直後でさえそうだ。おれにはまったく遺伝しなかった劣性遺伝子のなせるわざだろう。

ショーンは筋肉の隆起が際立つワインレッドのセーターでめかしこんでいた。細身のデザイナージーンズ。一分の隙もなく、今風《いまふう》に適度に乱れた髪。高価なアフターシェーブの香りが漂い、コナーの鼻を刺激した。

彼は弟のまぶしさに目をつぶり、ぶよぶよしたカプセルを飲みこんだ。「まだいたのか。ここでなにをしてるんだ？」

ショーンが顔をしかめた。「女でトラブってるんだよ。ジュリアがおれのアパートの前に車を停めて張りこんでるんだ。最初っからおれにはマジになるな、まだ誰かに縛られるつもりはないって言ってたんだぜ。なのに効果がなかった。まるっきり。だから、何度か朝まで戻らなければ、おれは別の女と寝てると思ってこっちの気持ちに気づくだろうってさ」

「どうしようもないやつだな、おまえは」コナーは言った。「そのうちツケを払うことになるぞ。でかいツケを」最後の一錠をつまむ。黄色がかった茶色の大きな錠剤だ。「こいつは小便が明るい黄緑色になるやつだろ？」

ショーンがちらりと薬に目をやる。「ああ。ビタミンB複合体。いい薬だぜ」

「ウサギの餌に見える」コナーはぼやいた。「それに、馬糞《ばふん》みたいなにおいがする。どうしておれにこんなもんを飲ませるんだ？」

「なぜなら、おれたちはあんたを愛してるからだよ。黙って飲め」

弟の声の鋭さに気づいてはっとした。ショーンは外を見つめている。きれいに髭を剃った尖った顎で、筋肉がひきつっていた。

自分に対する弟の心配の深さを垣間見て、喉元に熱いものがこみあげた。ひどいにおいの錠剤を口に放りこんでその感覚を押しやり、がぶりとコーヒーをあおってむせながら薬を飲み下す。「ちくしょう。食道に黄色い痕がついたぞ」

「苦しめ」簡潔な返事。

ふたりはそれぞれのコーヒーをすすった。コナーにとって、張りつめた意味ありげな沈黙は、朝一番にこなすには手に余るものだった。くだらないちゃかしあいまで雰囲気をやわらげなければ。そうすれば、おたがいにまた息ができる。

「それで、その……ジュリアだが」思いきって口に出す。「万力みたいな太腿をしたエアロビクスのインストラクターだったか？」

ショーンは明らかにほっとしたように違う話題に飛びついた。「違うよ。それはジルだ。ケルジーとローズとキャロリンを飛ばしてるぜ」

「ああ、そうか」コナーがつぶやく。「じゃあ、そのジュリアってのは、どんな女なんだ？」

ショーンは顔をしかめた。「カールしたブロンド、大きな青い目、五インチのヒール。数週間前クラブで会ったんだ。しばらくは楽しかったけど、そのうちドカン！　彼女はいきなりでっかい吸血昆虫に変身したのさ」

コナーは渋い顔をして見せた。「くそっ。そういうのはまいるな」

「そうなんだ。ひと晩じゅうおれのアパートの前で待ち伏せしてるんだ。ぞっとするよ。きっと次はおれのウサギを茹《ゆ》でてるぜ」

コナーは同情するような声を出した。「ひどい話だな」

デイビーがブーツをはいた大きな足で網戸を勢いよく蹴り開けた。コナーの前に皿を二枚置く。あぶった厚切りのハム、溶けたチーズがたっぷりかかった山盛りのスクランブルエッグ、バターが滴るトースト四枚。新鮮なハニデューメロンとカンタロープメロンとパイナップルの角切りには、カテージチーズがたっぷり載っている。

コナーは目をしばたたかせた。「これはこれは。で、その、ダマスク織りのナプキンと、レモンの香りがするフィンガーボウルはどこにあるんだ？」

デイビーは平然と肩をすくめた。「おまえにはたんぱく質が必要だ」

それに異論はなかった。コナーは熱心に見つめる観客を無視して料理にかぶりついた。数分後、すっかりきれいになった二枚の皿を前に押しやった。「教えてくれ」彼は言った。「クロード・ミューラーについて、なにがわかった？」

デイビーはコンピュータのプリントアウトでいっぱいのマニラフォルダーを開いた。「あんな金持ちにしては、予想以上に少なかった。一九六一年ブリュッセルで誕生。母親はベルギー人、スイス人の父親は大実業家。桁違《けたちが》いの金持ちだ。クロードは子どものころから体が弱かった。たちの悪い血友病の一種で、現在は多少波はあるものの症状は落ち着いている。孤独な世捨て人タイプ。八〇年から八三年までソルボンヌ大学で美術と建築学を学び、その後病状が悪化したために断念した。一九八九年に自動車事故で両親が死亡。クロードは五億ドルかそこらの財産の唯一の相続人だった」

コナーはコーヒーにむせて口をぬぐった。「すごいな」彼は言った。「想像もつかない金額だ」

ショーンがにやりと笑いかける。「おれの想像力は、兄貴よりたくましいぜ」

「哀れなクロードは、両親の死で心にトラウマを負った」デイビーがつづける。「そのときから、彼は南フランス沖合いに所有する小さな島に引きこもるようになった。結婚歴なし、子どももなし。関心の対象は、骨董品だけだ。中世の聖骨箱や武器、バイキングとサクソン人の工芸品を蒐集《しゅうしゅう》している。そして、言うまでもなくケルト文化の工芸品も。ウェブ上では有名人だ。美術史のチャットルームや掲示板にかなり出没している。クイックシルバー財団を運営していて、この財団は九〇年代初頭にミューラーが設立したものだ。彼が美術関係の団体に寄付する金は、胸くそが悪くなるような金額だ。連中はみんな、ひざまずいてこの男のつま先を舐めてるのさ」

「写真は？」コナーが訊く。

「最近のやつは見つけられなかった。ここにあるのは十六年以上前のものだ」デイビーはカラーのプリントアウトの束をコナーのほうへ押しやった。

彼は皿を脇へ押しのけて次々に写真を見ていった。

クロード・ミューラーは、特徴のないやせた男だった。ハンサムでもなければ、醜男でもない。個性のない顔立ち、オリーブ色の肌、青い瞳、薄くなりかけた茶色の髪。もっとも鮮明な写真は、二十年前にパスポートのために撮られたものだった。同じ男を太めにした写真。口髭と山羊髭を生やしている。

コナーはじっくり写真を見つめながら、網のように心を広げ、イメージと関連性とほつれと感触をすくい取ろうとした。なにも浮かんでこない。なにもひらめかない。感じるのは、ちくちくする落ち着かない不安だけだ。「ノヴァクはこの男の身代わりになれるかもしれない」考えこんだように言う。「身長と体格が同じだ」

素早く交わしたデイビーとショーンの視線が、昨夜コナーが寝たあとふたりが始めたに違いない会話の内容を克明に物語っていた。

デイビーが首を振る。「昨夜おれは、クイックシルバー財団のデータベースに侵入した。この数カ月のあいだにミューラーがエリンのために購入した飛行機のチケット代の送金データがあった。サンタフェでミューラーがエリンに会えなかったのは、体調を崩したせいだ。診療記録があった。彼女がサンタフェへ発つ二日前、ミューラーは出血性の潰瘍《かいよう》でニースにある一流の私立の診療所に入院してる」

コナーのみぞおちでなにかがこわばった。この情報を聞いて気分がよくなっていいはずなのに。

「おれは、その診療所の記録をハッキングした」デイビーがつづける。「ミューラーがエリンとの約束を果たせなかったのは、血を吐いたからだ、コナー。刑務所でエリンの失墜を計画してたからじゃない」

コナーはカップを置いた。兄の口調は淡々としていて、真意が読み取れない。「いつからフランス語が読めるようになったんだ?」彼は尋ねた。

「砂漠の嵐作戦のあと、しばらくおれが北アフリカでぶらぶらしてたのを覚えてるか? エジプトやモロッコではかなりフランス語が使われてたんだ。そこで覚えた。スペイン語を知ってれば、さほどむずかしいことじゃない」

コナーは自分のコーヒーを見つめた。じゃあ、デイビーはフランス語がわかるわけだ。兄には驚かされるばかりだ。「これだけ情報が多いわりには、調べるのが少々簡単すぎたんじゃないか？」

「ああ、簡単だった」デイビーがゆっくり答える。「手の込んだ巧妙な策略という可能性もある。どんなことでもありえるさ。だが、これほど込み入ったつくり話をでっちあげるために、莫大な金をかけるか？　エリン・リッグズのために？　いい加減にしろ、コナー。たしかに彼女は美人だが——」

「すべてエリンのためと言うつもりはない」コナーがうなる。「ノヴァクが新しい素性を手に入れるためだ」

デイビーは目をそらせた。「ニックの話が真実なのさ、コナー。ノヴァクは親父の羽根の下に隠れるために、家に逃げ帰ったんだ。まともなやつならそうする」

「だが、あいつはまともじゃない」コナーはデイビーを見つめ、その視線をショーンに動かした。ふたりとも彼の視線を避けている。「あいつに普通の人間の理屈は通じない」

「現実を直視しろよ、コナー」ショーンは唇を引き結んでいる。

コナーは歯を嚙みしめた。「おまえの現実とはなんだ？」

ショーンは覚悟を決めているように見えた。「兄貴は、ずっと手に入れたかった女が、ケルト美術に夢中になってる汚らしい金持ちの男に会うのが気に入らないのさ。気に入らなくて当然だ」

胃のなかの食べ物がひとつの冷たいかたまりに固まった。

「彼女のことは放っておけ、コナー」デイビーがまじめな声で言う。「好きにさせろ」

コナーは立ちあがってテーブルから書類をひったくった。「手を貸してくれて礼を言う。すまないが、おれはやることがある」

「よお、コナー」ドアを押し開けた彼にショーンが言った。

彼は〝行儀よくしていたほうが身のためだぞ〟という表情でくるりと振り向いた。

「そいつは神さまより金持ちかもしれない。でも、ほら、そいつは血を吐くんだぜ」とショーン。「出血性腫瘍《しゅよう》はセクシーなもんじゃない。そう思って自分をなぐさめろよ」

コナーが力まかせに網戸を閉めると、網戸が戸枠のなかでかたかた震えた。ふたりは次に起こることに備えて気持ちを引き締めた。玄関のドアがばたんと閉まる音がした。

ショーンはテーブルに突っ伏し、額を打ちつけた。「くそっ、くそっ、くそっ。おれを撃ってくれ。みじめさから救ってくれ」

「ああ、そいつはいい考えだ」デイビーがむっつりと言う。「おまえはいつも痛いところを突くんだよ。ぴったりど真ん中をな」

「それは一族の特徴だろ」ショーンは腹立たしそうに細めた目をあげた。

「あいつを楽にしてやろうと言ったのは、おまえだ」とデイビー。「おれじゃない」

ショーンはどさりと椅子の背にもたれた。「これまで以上にコナーにとって厄介なことが起きるなんて思わなかったんだ。勘違いだったよ」

「いつだってそれまで以上に厄介になることはある」デイビーが言う。「いつだってな」

「ああ、やめてくれよ」ショーンはつぶやいた。「悲観主義者め」

5

エリンは夕方の森のなかにいた。素肌に透きとおったドレスをまとっている。髪はおろし、暖かな風が肌を撫《な》で、金色の木漏れ日が斜めに差しこんでいる。豊かな香りを含んだ穏やかな風を受け、木の葉が揺らめいていた。

永遠につづくような夢の時間のなかで、コナーが辛抱強い一定の歩調であとをついてくる。彼の瞳には切望があふれていた。エリンはじょじょにあることに気づいた。それはとてもゆっくり訪れたので、ようやく自覚したときは、ずっと以前からわかっていたような気がした——こちらが背中を向けているかぎり、彼は決してふたりの距離を縮めようとはしないだろう。

エリンは木立に囲まれた空き地で足をとめた。足元には香りのよい草が生え、開けた頭上に空が見える。彼女は最後にもう一度だけ、おののきながら一瞬ためらうと、うしろを振り返った。

コナーの顔が無上の喜びに輝く。彼が近づいてくるにつれ風が強まり、エリンの顔のまわりで髪がたなびいた。わたしは謎を解いたのだ。ようやくふたりはずっと望んでいたものを手に入れることができる。

空気はミツバチの羽音のようなうなりをあげていた。甘く震える音があたりに満ちている。彼がエリンの肩に手をかけ、ドレスを落とした。ドレスは体の上をすべり、足元の香りのいい草の上に落ちた。言葉はない。それは儀式のダンス、魔法の契《ちぎ》り。

胸の奥でわけのわからない思慕の念がわきあがり、エリンは彼に手を差しだした。ありったけの望みを彼に示す。秘めた情熱とやさしさのすべてを。彼はエリンの気持ちを反映するように荒々しくむさぼるようにキスをすると、彼女を地面に横たえた。彼の興奮と渇望が、しなやかな体の力が伝わってくる。燃えるようなエネルギーが彼女の奥にある暗い場所を照らしだし、太陽が霧を焼きつくすように怯えと恥じらいを焼きつくしていく。

力が体液のように全身にみなぎり、千の花びらを持つ色とりどりの花々が、彼女自身のなかで、心で、頭で、いっきに花開く。芳香に満ちた柔らかな草のベッドの上で、彼が入ってくる。奥まで、激しく……。

目覚まし時計が甲高い音をたて、エリンははっと跳び起きた。スイッチをたたきつけて時計を黙らせ、震える手で顔を覆う。目覚まし時計はいいところで夢を断ち切り、エリンを置き去りにした。なんて残酷なタイミングなんだろう。興奮のあまり息ができないほどだ。

この夢は何年も前から見つづけている。コナーの服装は、そのとき自分が研究しているものによってさまざまに変化した。ジーンズとTシャツのときもあれば、ケルトの戦士のときもあるし、ローマ兵のときもある。細かいことは問題ではない。夢から覚めると、いつもわたしはベッドの上で身悶えし、熱く濡れた場所を震える太腿でぎゅっと締めつけているのだ。肉欲に溺れるなんて。今日はこんなことをしている余裕はない。

客観的に大人らしく考えてみよう。夢は潜在意識からのメッセージだ。けれど、いまのわたしにとって、この夢はなにを表しているのだろう？　コナーとセックスをしたことはない。相手が誰であろうがこれまで性経験はほとんどないし、少なくとも首尾よくいったことはない。だとしたら、なぜわたしの潜在意識はなにかを伝えるためにセックスを使う必要があるのだろう？　わたしの注意を引くために？

エリンは両膝を立てて胸に抱きしめた。まだ震えている。もしこれが目的なら、効果はあった。ただの夢よ。エリンはくり返し自分に言い聞かせた。ただの夢。

ちらりと時計をうかがう。七時。そろそろ紅茶を淹れて、なにか建設的なことで手を埋めて心を落ち着けなければ。それなのになんてことだろう。やるべきことはなにひとつ残っていない。アパートはすでに痛々しいほど片づいている。アルファベット順にできるものはすべてならべかえてあるし、磨けるところはどこもかしこもぴかぴかだ。荷造りはすでにすみ、出張に着ていく服はヘアピン一本まで準備してある。もしこのままの状態がつづいたら、コンピュータのキーボードについた汚れをアルコールと綿棒で拭くはめになるだろう。ストレスに能動的に対処しようとする適応メカニズムが暴走している。

インターコムが鳴り響いた。エリンはふとコナーかもしれないと思い、感電したようによろよろと部屋を横切った。「どなた？」

「わたしよ、おばかさん。トニアよ。すてきな彼がまだベッドにいるって言うんじゃないでしょうね？」

「ああ、おはよう、トニア。エレベーターはまだ故障中なの。階段で来てくれる？」

トニアのノックを待つあいだに、エリンはスウェットを身につけた。ドアを開け、友人を抱きしめる。「手を貸してくれてありがとう。エドナをペットホテルに預けたくないの」

トニアはカールした黒髪を揺すった。「全然かまわないわ。こんなに早い時間にお邪魔してごめんなさいね。エドナはうちに連れてったほうがいい？　それともここの鍵を預かりましょうか？」

「どちらでも、あなたの都合のいいほうにしてちょうだい」エリンは言った。「戻ったら夕食をご馳走するわね」

「やだ、気を遣わないで」芸術的にメイクした目をぐるりとまわす。「じゃあ、エドナはうちに連れて行くわね。あそこなら近所の猫を追いかけられるから。この子は喧嘩《けんか》が好きだもの。こんな狭い部屋にいて、きっと頭がおかしくなりそうになってるわ」

エリンは気むずかしいエドナがワンルームのアパートに閉じこめられているのをどれほど嫌っているか、よくわかっていた。でも生きていくのは厳しいものだ。

「きっとあの子も喜ぶわ」エリンはこわばった声で言った。

トニアはスターバックスの袋を掲げた。「ペストリーとトールサイズのカフェラテを買ってきたの。あなたにはカフェインがたっぷり必要よ」

エリンがむさぼるようにペストリーを食べているあいだ、トニアはスーツケースの中身をチェックしていた。「ねえ、結婚相手にもってこいの億万長者に、こんな格好で会うつもりじゃないでしょうね」抗議するように言う。「バストを見せつける服が一枚もないじゃない。せっかくすてきな胸をしてるのに！　困った人ね」

エリンは肩をすくめた。「わたしは仕事をしに行くのよ。魅力をふりまくためじゃないわ」

「そのふたつは両立できないわけじゃない」エリンに向かって警告するように指を振る。

「帰ってきたら、一緒に買い物に行きましょう。ふたつを両立させる方法を、わたしが伝授してあげる」

「わたしは無職なのよ」エリンは言った。「お金が入ってくるまで買い物なんてできないわ」

トニアはぐるりと目をまわした。「これだからあなたが好きなのよ、エリン。とってもばか正直なんだもの。わたしがプランを立ててあげる。ステップ・ワン。大切な第一印象をよくするために、わたしの服を借りること。ステップ・ツー。その億万長者に精一杯愛想を振りまくこと。そうしたら、そのあとで一緒に買い物に行きましょう」

「もう、やめてよ。これは仕事なのよ。それに、わたしは……」声が小さくなり、ぽっと赤くなった。

トニアは目をしばたたかせた。「あなたの人生をめちゃくちゃにした男が好きだから、このチャンスをふいにするなんて言わないでよ！」

「わたしの人生はめちゃくちゃになんかなってないわ、参考までに言っておくけれど」きっぱりと言い返す。「コナーが昨日会いにきたの」

「ここに？」トニアはぽっかり口を開けた。「あなたのアパートに？　なにをしにきたの？あなたを口説きにきたの？　もしそうなら、わたしが撃ってやるわ」

「違うわ、そうじゃないの！　彼は、ノヴァクとゲオルグが脱獄したと知らせにきてくれたのよ。わたしの無事を心配して、この出張に行かないように説得しようとしたの」あの激しい抱擁のことを話す必要はない。完璧にプラトニックなものだったんだから。わたしはともかく、少なくとも彼にとってはそうだ。「正直言って、やさしいと思ったわ」ためらいがちに言う。「警告してくれるなんて」

「やさしい？」トニアはあざけるように鼻を鳴らした。「あなたの下着のなかに入りたかっただけよ。たしかに彼は重罪犯の邪悪な手下からあなたを救ったけど、ゲオルグは遊び半分でちょっかいを出してきただけだって、あなただって言ってたじゃない。なのにマクラウドは、あなたの目の前で彼をひき肉にした。そういうことが好きな子もいるかもしれないけど、あなたはそんなタイプじゃないわ」

トニアの容赦ない言葉で事実を告げられるのはつらかったが、エリンはうなずいた。「恐ろしかったわ」

「気をつけなさい、エリン。あの男は暴力的で野蛮で危険な人間よ。彼はあなたのお父さんに恨みを抱いてる。そして、あなたに関心を、ものすごく関心を持ってる。なのに、あなたときたら彼の言い訳ばかりしてるわ。まるで、彼があなたに対して妙な影響力かなにかを持ってるみたいに！」

「そんなんじゃないわ」エリンは食べかけのペストリーをテーブルに戻した。食欲がなくなっていた。「わたしに害が及ぶようなことを彼がするとは思わない」

「そう？　この出張へ行くのをとめようとするなんて、彼は正気じゃないわ。このクライアントとの関係を邪魔するものは、なんであろうとあなたにとっては害じゃない」

「わかってるわ」エリンは熱い涙がこみあげる目を窓の外に向け、隣接する建物の煤《すす》が縞になった壁を見つめた。

トニアがため息をつく。「つらいのはわかるわ。病院の看護スタッフは、あなたの献身的な態度を見て、全員胸がつぶれそうになってたもの。一日も欠かさず、あなたは彼に本を読み聞かせるためにお見舞いに来てた。まるで、ラッシーの『家路』かなにかみたいに。いじらしかったわ」

トニアが選んだ隠喩《いんゆ》は、なんとなく不快だった。「トニア――」

「心に迫るものがあったわ。とてもロマンティックだった」トニアがつづける。「でも、あんなことする必要はなかったのよ。彼はあなたにふさわしい相手じゃないわ、エリン」

エリンは首を振った。昏睡状態のコナーを毎日見舞っていたことは、友人も家族も知らない。でも、看護スタッフには隠しようがなかった。

トニアとの友情は、ある日婦人用トイレで泣いているところを彼女に見つかったのがきっかけだった。トニアはティッシュをくれてエリンを抱きしめ、病院の外にあるカフェへ連れだしてコーヒーを飲ませてくれた。そのときはじめてエリンはすべてをさらけだし、自分の片思いと激しい恋心と心痛を告白したのだ。二度とコナーが目を覚まさないのではないかという恐怖を。

「あなたにとっては不愉快な話題よね？」なじるようなトニアの口調でエリンは現在へ引き戻された。「真実を聞くのは不愉快なものよ」

エリンは深呼吸をし、反論したい衝動を抑えた。「コナーの話はもうやめましょう」抑揚のない声で言う。「わたしは彼の申し出を断ったんだから。出張に行くわ。彼には放っておいてと言った。間違ったことはなにひとつしていない。だから、そんなふうにわたしを責める必要はないわ」

トニアは恥ずかしそうに顔を赤らめた。「そのとおりよ。ひどいことを言ってごめんなさい。許してくれる？」彼女は長い睫毛《まつげ》をはためかせた。

エリンはしぶしぶ微笑んだ。「もちろんよ」

「よかった。じゃあ、あなたの服の話に戻りましょう。駅まで市バスで行かずにタクシーを使えば、出発する前にうちに寄ってわたしのワードローブをあさる時間ができるわ。投資だと思うのよ。この男性をつかまえることができれば、あなたは一生贅沢《ぜいたく》な暮らしができるし、親友のトニアとショッピングにも行ける。あなたにぴったりのスーツとブラウスを持ってるの。色はワインレッド。スカートが短くて、あなたが一度も利用したことがない、そのセクシーな胸の谷間がちょっぴりのぞくデザインよ」

エリンはにっこりした。「ありがとう。でもこの億万長者は本来の姿のわたしに我慢してもらわなきゃ。わたしは自分の野暮ったさに忠実でいるわ」

トニアは不満げな声を出した。「そう、じゃあ、わたしは行くわね。猫をキャリーに入れるのを手伝ってくれる？」

「耳の薬をあげるのを忘れないでね」エリンが心配そうに言う。「缶詰のウェットフードにビタミン剤を四滴、それから錠剤を一錠砕いたものをドライフードにかけてあげて。一日に二回。今朝の分はもうあげたから」

トニアはあきれたように天井を仰いだ。「今度シェルターからペットをもらうときは、健

「お出かけよ」

「でも、健康な子のほうがいい貰い手に恵まれるチャンスが多いもの」エリンは言った。「病気の子は悲しい運命をたどるわ。わたしは弱者に弱いの。おいで、エドナ。お出かけよ」

エドナはベッドの下に隠れ、シャーッと威嚇《いかく》していたが、最終的にはなんとかキャリーに押しこんで扉の掛け金をかけた。

トニアが顔をしかめる。「つかまえたわよ、かわいこちゃん。うちに連れて帰って猫のスープにしてあげるから」彼女はエリンを抱きしめた。「うちの母がよく言ってたことを忘れないでね。お金持ちの男性と恋に落ちるのは、無職のダメ男と恋に落ちるのと同じくらい簡単よ。じゃあね！」

エリンはため息をつきながらドアを閉めた。トニアはコナーに対するわたしの気持ちを知る唯一の存在だ。でも、ときどきトニアはその痛いところをつくのを楽しんでいるような気がする。自分だけが知っていることで、特別な力を持っているかのように。エリンをびくっとさせるためだけに、そこをつついてくる。

トニアはいい友人よ、とエリンは自分に言い聞かせた。このアパートを探してくれたのは彼女だし、引っ越しを手伝ってくれたのも彼女だ。ほかの友人たちは、不愉快な状況になったときじょじょに離れていったけれど、トニアはいつもそばにいてくれた。岩のように動かずに。

彼女の一風変わった性格には、ときどきどきりとさせられるけれど。

コナーは空港の駐車場に車を停め、ちらりと腕時計を見た。エリンが乗った飛行機が着くまで、まだ二十分ある。飛行機を降りてラゲッジクレームを抜けるまで十分かそこらはかかるだろう。ラゲッジクレームを出たところでミューラーのリムジンが待っているはずだ。

ぜったいに阻止してやる。

彼は助手席に散らばった、デイビーが集めたクロード・ミューラーに関するプリントアウトに目を落とした。内容はすべて記憶している。謎のクライアントの身元が確認できたことを安心するべきなのに、幽霊の手は以前に増して喉を強く絞めつけている。これまで自分の勘に裏切られたことはない。だが、これほど頭が混乱しているのもはじめてだ。さすがのショーンとデイビーでさえ、おれは深刻な状況になりつつあると思っている。そう思うと孤立感を覚えた。

だが、放っておくことはできない。エリンが危険にさらされているなら、放ってはおけない。

とりあえず、騒ぎを起こさずにエリンを空港から連れだすしかない。昨夜の〝きみは命に関わる危険に瀕《ひん》していて、きみを救えるのはおれだけだ作戦〟が大失敗に終わったことを考えると、かなりテクニックが必要だ。これまで女性をうまく丸めこめたためしはない。それはショーンの特技であって、おれにはそういう才能はない。

ショーンのことを考えたせいで、ついルームミラーに目が行った。今日は努力してみたが、さほど効果があったとは言えない。見つけられるかぎりいちばんまともなシャツを着た。ざっくりした生地でできたベージュのブランド物のシャツは、あくまで望みを捨てないショーンがクリスマスにプレゼントしてくれたものだった。まだ包装されていたときの折り目がついている。チノパンツは洗濯済みの衣類を入れているかごの底で眠っていたせいで皺になっているが、しょうがない。自分には踏みこむつもりがない領域があり、アイロンがけはそのひとつだ。

だが、髭は剃ってきた。手に負えないぼさぼさの金髪を梳かし、できるだけ平らに寝かせて太いポニーテイルに結ってある。この髪はむかしから自分の意思を持っているのだ。おそらく短く刈りこむべきなのだろう。だが問題は、一度短くしたら、しょっちゅうカットしなければならないことだ。面倒にもほどがある。

くそっ、いい加減にしろ。美男コンテストに出るわけじゃあるまいし。もしいつもの原始人みたいな髪型で来ていたら、ドアを入りもしないうちに空港の警備員たちに放りだされるだろう。たとえまともな身なりをしていても、国際空港のなかで抵抗する美しい若い女性を引っぱりまわすには細心の注意を要する。エリンがこちらに気づいた瞬間に、すべてがかかっている。

彼女が悲鳴をあげなければ幸運と言えるくらいだ。

コナーはゆっくり息を吐きだした。ひどく落ち着かない。これまで何度も死に直面しながら冷静を保ってきたのに、たったひとりの穏やかで自制した女性に死ぬほど怯えている。おそらく自分は本当に自制心を失いつつあるのだろう。インターポールはノヴァクはヨーロッパにいると確信している。ニックはノヴァクはエリンの脅威ではないと信じている。彼女の謎のクライアントの身元はチェック済みだ。彼女をつけまわしてわずらわせる理由などなにひとつない。それなのに、おれはなぜここにいるんだ？

知るか。とにかくそうせずにはいられないのだ。この勘は論理的に説明できるものじゃない。コナーはミューラーの情報をグラブコンパートメントに押しこみ、車を降りた。一日じゅうでも自分をさいなむことはできる。それでも自分は、胸の奥にいるボスが発する進撃命令に従って、足を引きずりながら歩きつづけるだろう。おそらく良心のなせるわざだ。デイビーとショーンがヒーローコンプレックスと呼んでいるもの。おれなら、クソほどの値打ちもないものと呼ぶだろう。とくにそのせいで命を落としそうになるときは。呼び方などどうでもいい。事実一‥おれはばつが悪いのは言うに及ばず、危険になりかねない愚かで自滅的なことをしている。事実二‥おれを阻止するすべはない。これでいいか？

じゃあ、やるんだ。

彼はまず最初に、ラゲッジクレームのフロアにある迎車スペースをチェックし、エリンを待っている人物を確認した。思ったとおりだ。制服姿の大柄で黒髪のスペイン系らしき男が"エリン・リッグズ"と書かれたボードを持っている。彼は残りの人ごみに目をやった。もしエリンが荷物を預けていたら自分の計画は無に帰する。キャスターつきの小さなスーツケースしか持っていない可能性が高いが、女が相手だと期待はできない。

それに、彼女はおとなしく自分の荷物から引き離されはしないだろう。化粧品を取りあげられた女ほど激怒するものはない。

コナーはエスカレーターをのぼって上階へ戻った。みぞおちが痙攣している。ちらりと腕時計を見た。八分。ぶらぶらと施設内のコーヒーショップへ行き、コーヒーを買って必要以上のスピードで飲み干した。ポケットのなかのタバコの葉が入った袋をいじる。建物の外で素早く一服しておくべきだった。ちくしょう、なぜここは禁煙なんだ。

待ち時間はあと三分。コーヒーを飲んだのは大きな間違いだった。周囲の人々を観察する。帰宅する父親を待ってピョンピョン飛び跳ねている四歳くらいの少年と赤ん坊を連れた女性。孫を待って笑顔で顔に皺を寄せている年配の夫婦。やがて、シャトルで到着した乗客たちがぱらぱら出てきた。一分……二分……来た、彼女だ。深緑色のスーツを着ている。アップにした髪が輝き、耳からは金色のイヤリングがぶらさがっていた。彼女はひどく美しく、コナーはズボンにアイロンをかけようとすらしなかった自分を蹴飛ばしたくなった。試したところで死にはしなかったのに。

いまさら後悔しても手遅れだ。ありがたいことに、エリンはキャスターつきのスーツケースを引っぱっている。そろそろろくでもない計画を実行に移そう。

彼女がゲートから出てくると、コナーの心臓はハンマーのようにあばらを打ちつけた。彼女はまだこちらに気づいていない。彼はエリンの真うしろに行くよう対角線のコースをたどり、腕をつかんだ。「やあ、スイートハート」

エリンはくるりと振り向いた。コナーは相手が呆気《あっけ》に取られているうちにぐっと引き寄せ、大きく見開いている金茶色の瞳を見おろした。光沢のあるリップグロスで濡れた唇が、困惑してかわいらしく開いている。

「また会えて嬉しいよ」すくいあげるようにきつく抱きしめ、キスをする。

エリンは体をこわばらせ、彼の二の腕をつかんでバランスを取っている。重ねた唇の下で、怯えたような小さな声を出したのがわかった。

コナーはキスを深めながらヒップのふくらみに腕をすべらせ、みごとな丸みの上で指を開いた。キスするつもりはなかった。とっさの行動だったが、完璧だ。みごととしか言いようがない。恋人同士にしか見えないし、こうしておけば彼女の柔らかく甘美な唇は文句を発する余裕はない。

やがて、ピンク色の雲のように彼女の香りがあたりに立ち昇り、コナーは頭が真っ白になった。甘くかぐわしい春のような香り。きわめて女性的な香り。この秘密兵器には心の準備ができていなかった。水中からようやく水面に出たときのように、大きく口を開けて胸いっぱいに吸いこみたい。

その香りが彼女の絹のように心地よい味と混ざりあう。信じられないほどなめらかな感触。柔らかな唇、うなじにかかるサテンのような後れ毛、赤ん坊のようになめらかな肌。コナーはその感触に圧倒された。

エリンは腕のなかで震えている。とらわれた小鳥のような弱々しい震え。コナーはノヴァクを忘れた。空港のことも、警備員のことも。彼女の口を開かせ、もっと味わいたいという激しい切望しか感じない。

エリンはさっと頭を引き、大きく息を吸いこんだ。野バラのピンクに紅潮した頬が、繊細な金色を帯びた肌で際立っている。瑪瑙《めのう》のような茶色に縁取られた瞳は、黒い井戸のようだ。日暮れ、蜂蜜、チョコレート。褐色のカールした睫毛が困惑したようにはためいている。

彼女は唇を舐《な》めた。「コナー？　なに……なにをして――」

コナーは彼女がバランスを崩すように体勢を変え、ふたたび彼女の唇に唇を押しあてた。優雅な背骨に沿って手をおろしながら、襟足に手をあてて下半身を押しつける。彼は砂浜で砕ける波のようなキスに溺れていった。甘く、むさぼるような激しいキスに。ようやく彼女を解放したとき、彼はエリンより激しく震えていた。

彼女は大きく息を吸いこんだ。コナーはほてった額を彼女の額につけ、両手で顔をはさみこんでふたりだけの世界をつくった。「しーっ」とささやく。そして彼女の手からスーツケースを奪い取った。「行こう」

肩に手をまわして一緒に歩かせる。エリンは遅れないように小走りになった。「行くってどこへ？」まだ状況が把握できずに穏やかに話している。まだ注意を引くような怒った声ではない。「コナー、お願いよ。わたしは――」

今度は彼女をのけぞらせ、こちらの首につかまるしかないように仕向けた。彼女の唇の上で唇を這わせ、抗議の言葉を呑みこんだ。顔や喉にやさしいキスの雨を降らせ、首にかかった香りのいい後れ毛に鼻を押しつける。

「いいからおれを信じろ」

あの回転ドアを抜ければ目標達成だ。

「信じる？」ふたたび歩くように促されながら、エリンは驚いたように言った。「なにを信じるの？　コナー、ラゲッジクレームで待ち合わせしてるのよ！　とまって！」

彼女は腕のなかでもがきながらしどろもどろにしゃべりだしたが、コナーは回転ドアを抜けて駐車場へとエリンをせき立てた。空港の警備員はいない。目的のある足取りで歩きまわっている旅行者たちが、ときおり好奇の視線を向けてくるだけだ。

エリンは踵《かかと》に体重をかけ、無理やりコナーを引きとめた。「ちょっと待ってちょうだい、コナー・マクラウド。そして……だめよ！　もうキスはやめて！」さっと身を引く。「卑怯《ひきょう》だわ！　こんなのフェアじゃない！」

「おれはフェアだと言った覚えはない」コナーは赤くなった柔らかそうな唇を見つめ、自分の息があがっていることに気づいた。野生動物のように口が開いている。彼はエリンの手をつかみ、歩きだした。「急ぐんだ」

「どこへ？　なんのために？　いったいここでなにをしてるの？」

すでに駐車場へ行くエレベーター乗り場に着いていた。ピンと音が鳴ってドアが開きかけたとき、エリンはふたたび彼を怒鳴りつけようと息を吸いこんだ。コナーは彼女に両腕をまわし、相手の口に舌を入れた。

小さな悲鳴、言葉にならないあえぎ。そしてエリンの体から力が抜けた。

いまのところ、予想以上にうまくいっている。あとは彼女にキスするのをやめればいい。彼女はとろけそうな味がした。湿った柔らかな唇がもたらす官能的な世界で自分を見失いそうだ。そこに吸いこまれ、自分の名前すら忘れてしまいそうだった。

コナーは乗客が全員エレベーターを降りるまで待ち、それから思いきって彼女を放した。両手で彼女の顔をはさんで目を見つめ、意志の力を振り絞り、自分の切迫感を伝えようとした。どうやらうまく伝わったらしい。コナーは彼女の腕をつかんだ。エリンは抵抗せずによろめきながらついてくる。

車のトランクを開け、石のように重たい彼女のスーツケースを放りこむと、バタンとトランクを閉めた。「行くぞ」

エリンは彼の手を振りきった。「待って。わたしはどこへも行かないわ、コナー。どういうことか説明してちょうだい。いますぐ」

キスがかけた呪文がなんであれ、その効果もここまでらしい。コナーはキャディラックに彼女を押しつけ、両腕で囲いこんだ。

「おれが送っていく」彼は言った。「別のホテルに部屋を取ってある。明日は会見場所まできみと一緒に行く。終わったら、家まで車で送ってやる。なにか質問は？」

「コナー、昨日の晩も言ったでしょう。ボディガードなんていらない——」

「あきらめろ」

エリンはぐっと彼の胸を押した。「あれこれ指図されるつもりはないわ。あなたにそんな権利はない。こんな……あっ！」

「おれを見ろ」コナーはエリンの背中を車に押しつけ、うしろにのけぞらせた。彼女は胸を大きく上下させながら、目をしばたたいて見あげている。

体格と力で威圧するのはフェアではないとわかっていた。どうせ長くはもたない。短時間しか効果がつづかない一時的で卑怯な解決法だ。でも彼女はとても温かく、胸のふくらみでブラウスの生地がぴんと張っている。柔らかくしなやかな体をさざ波のように駆け抜ける震えが、すべて感じ取れる。そして、彼女の香りは卑怯でたちの悪いトリックだった。いっきに頭に到達し、愚かなことをさせる麻薬。

彼女の豊かな睫毛が下を向き、瞳を覆い隠した。腕のなかでもがく動きが、はからずも官能的な効果をあげている。「コナー」エリンはささやいた。「お願い。やめて」

「おれはきみのスーツケースを人質に取ってるんだ、エリン。おれは本気だぞ」

「あなたに指図される筋合いはないわ、コナー」責めるような断固とした口調が、無防備な体勢と妙にそぐわない。「あなたにはなんの権利もないわ。わたしは自分のことは自分で決め――」

「おれはこうしないわけにはいかないんだ」コナーがさえぎる。「なぜかわかるか？」

エリンの目がちらりと上を向くまで待ってから、自分の質問に答えた。「なぜなら、きみの父親ならこうしていたからだ」抑揚のない声で言う。「父親ならきみに指図する権利がある。だが、彼はここにはいない」

彼女は口を開いた。なにも出てこない。コナーは彼女の顎《あご》をつかみ、無理やり視線を合わせた。「きみはなにもわかってない。ノヴァクになにができるか、なにもわかってないんだ。これでわかったか？」

エリンは唇を舐めた。喉が上下する。「でも、こんなのすごく失礼だわ！」

コナーは呆気に取られた。「失礼？　誰が？　おれか？」

彼女は唇を引き結んだ。「ええ、あなたよ。言われてみればそうだわ。でもわたしが言いたかったのはそのことじゃない。運転手がわたしを待ってるの。電話もせずに姿を見せないなんて、先方に失礼だわ！」

コナーは意表を突かれ、どっと笑い声をあげた。「それが言いたかったのか？　ミューラーの使用人が空港で待ちぼうけを食わされたからって、誰が気にする？　運転手は傷ついたりするもんか」

エリンは眉をしかめた。「もしスケジュールを変更したければ、事前に連絡するものだわ！　なにも言わずに――」

「じゃあ、あっちに着いてから電話すればいい。計画を変更したと言うんだ。人に会って一緒に行くことにしたとね。直前になってから恋人が一緒に行くことになったと言えよ」

「恋人？」エリンはひるんだ。

「いけないか？」彼女の胸から目を離せない。ブラウスのボタンがぎりぎりまで引っぱられている。「連中が信じるとは思えないか？　きみみたいな女に、おれみたいな野蛮人じゃ？」

エリンは彼を押し、自分の足で立つだけのスペースをつくった。「野蛮人みたいなまねはやめて、コナー・マクラウド。これじゃ、そう思われても無理はないわ！」

「キスされたから怒ってるのか？」危険なほど不安げな声が出た。「厚かましくも、無作法な手で王女さまに触れたから？　それが気に食わないのか？」

エリンは質問を無視し、彼の腕から逃げようとした。コナーがさえぎる。彼女は背筋を伸ばし、ジャケットの乱れを直してスカートをもとの位置に戻した。取っ組みあいの抵抗をする気はないらしい。勝ち目はないし、彼女にとっては威厳を保つほうが大切なのだ。

「はっきり言って違うわ」エリンは堅苦しく言った。「それが気に食わないんじゃない。黙らせるためにキスされても、嬉しくもなんともないだけよ」

コナーは瞬時にその言葉を分解し、あらゆる角度から見つめた。そして彼女が好奇心からふたたび視線をあげるまで待っていた。頰のピンクが野バラの色に深まるまで、えもいわれぬほど柔らかな頰を親指で撫でる。彼はあたりを見まわした。誰も見ていないし、聞いていない。彼女を黙らせる理由はない。

コナーはあらためて唇を重ねた。

なにを期待していたのか自分でもわからない。おそらく体をこわばらせた彼女に押しのけられると思っていたのだろう。少なくとも、体の奥がうなりをあげて熱くなり、目もくらむような閃光《せんこう》があがるとは予想していなかった。エリンが二の腕をつかんでいるのがわかる。バランスを取るためなのか、自分のほうへ引き寄せるためなのかさだかではない。そんなことはどうでもよかった。コナーは彼女に唇を開かせた。ピンク色の湿った舌に触れてたわむれたい。ジャケットのなかに手を入れるつもりはなかったが、ふと気づくとみごとな乳房に触れる手のたこがブラウスに引っかかっていた。小さな乳首が固くなっている。いつのまにか股間のふくらみを彼女に押しつけている。そんなつもりはいっさいなかったのに。

くそっ。おれはなにを考えてるんだ？ ここは空港の駐車場だぞ。おれは彼女を守りにここに来たんだ。

彼女と寝ることなど計画に入っていない。

コナーは精一杯努力して身を引いた。「いまはきみを黙らせようとしたんじゃないぞ」かすれ声で言う。「これで満足か？」

6

エリンは手をあげ、腫れあがった唇に触れた。コナーの瞳から目を離せない。膨張する漆黒の深い泉のような瞳孔を、山の清水の緑が縁取っている。エリンは言葉を失っていた。

コナーがキャディラックの助手席のドアをぐいっと開けた。「乗れ」

どうせ脚から力が抜けて立っていられない。へなへなとシートに腰をおろすと、有無を言わせぬ最後通牒《つうちょう》のようにドアが閉まった。コナーが運転席に乗りこんでくる。彼はちらりとこちらを見ると、すぐ目をそらして顔をこすった。動悸が治まらず、静まり返った車内で自分の乱れた息遣いが怖いほどはっきり聞こえていた。

「ああ、くそっ」コナーはそうつぶやくと、シートの上でこちらへ体をすべらせてきた。エリンは彼をつかみ、彼の気が変わらないように首に腕を巻きつけた。

ふたりは抱きあったままつるつるした革のシートをすべり落ちた。わたしの空想は、生の彼とは似ても似つかないものだった。彼はすごく力強くてがっしりしている。唇がなだめるように求めてくる。エリンは唇を開き、コーヒーとタバコと欲望を味わった。塩辛い男性的な味。彼の舌がわたしの舌を軽くはじき、探ってくる。ぐっと奥まで入れてくる。

膝の上に抱きあげられ、彼をまたぐ格好になった。彼の手が太腿を這いあがり、スカートが腰までめくれあがる。コナーがエリンの腰をつかみ、下に押しつけた。太腿のあいだの熱くほてった場所が、彼のズボンのふくらみにぴったりとあたっている。エリンはこらえきれずに小さくあえいだ。両脚のあいだから体が溶け、熱いシロップになっていく。もっとしっかり触れあいたいという欲望がこみあげ、切なさで体がわななないた。

きっと彼はわたしの望みを叶えるつもりなのだ。いま、ここで。エリンは彼の瞳に宿る無言の問いを読み取った。もし急いでその問いに答えなければ、体がかわりに答えるだろう。そしてふと気づいたら、空港の込みあった駐車場の真ん中で、人目をはばからずに激しいセックスをしているはめになる。

そして、自分はむしろそれを楽しむだろう。なんてこと。

「エリン?」コナーがじっと目を見つめてきた。

エリンは彼の膝の上からすべりおり、座席の反対の端まで移動した。震える手でスカートを引きおろし、髪を整える。

コナーは勢いよくヘッドレストに頭をあずけ、拳を握りしめた。「すまない」彼が言った。「誓う。こんなことをするつもりはなかったんだ」

「いいのよ」消え入りそうな声で言う。「あなたのせいじゃないわ」

コナーはとまどったような皮肉な顔で一瞥してきた。「じゃあ、誰のせいなんだ?」

エリンは首を振り、じっと自分の膝を見おろした。

コナーが車のエンジンをかけた。「おれは、きみの弱みにつけこむためにここへ来たんじゃない」乱暴に言う。「きみには護衛が必要だ、エリン。おれに選択肢はないし、きみにもない。だが、二度ときみには触れないと約束する」

「つねに選択肢はあるわ」とエリン。

「今回はない。シートベルトを締めろ」

威厳のこもった鋭い口調は、父親を連想させるものだった。交渉の余地も口答えも許さないと伝える口調。

父親のことを考えたのは間違いだった。エリンはシートベルトを締め、シートの上で縮こまった。唇が腫れているのがわかる。ちらりと鏡をのぞきこみ、ぎょっとした。アップにした髪がほどけ、顔は真っ赤だし、唇は……自分のものとはとうてい思えない。

コナーはラジオのスイッチを入れ、ダイアルをまわしてクラシックブルースの局を見つけた。「いやなら変えてくれ」

「これでいいわ」なんとか口から出たのは、それだけだった。

エリンはシートに座ったまま、熱く疼《うず》く場所を震える太腿でぎゅっと押さえこんだ。パンティが濡れている。最初に目に入ったホテルで車を停め、彼を引きずりこんで始めたことを終わらせるように言ってやりたい。車を飛びおり、大声をあげながら走りまわりたい。体がばらばらに分解し、個々の破片がそれぞれ別のものを求めている。

彼のむすっとした横顔をちらりとうかがうと、あるイメージが心に浮かんでふたたび顔が赤くなった。長身のたくましい体と抱きあい、両手両脚をからませている全裸の自分。さっきあたっていた硬いふくらみが思いだされ、それに貫かれているところを想像した。息がつまる。胸がどきどきして、気絶しそうだ。

禁欲生活にはうんざりしていた。もう二十七だというのに、わたしはすっかり取り乱している。わたしがコナー・マクラウドと寝たくてうずうずするなんて、誰ひとり予想もしないだろう。

少なくともわたしはバージンじゃない。もっとも、ブラッドレーとのことは数に入らないけれど。皮肉なことに、そもそもブラッドレーに惹かれた主な理由は、彼がコナーに似ていたからだった。ブラッドレーは背が高く、細身で金髪だった。プリンストン大学を卒業したばかりで、ハーバード・ロースクールへの入学がすでに決まっていた。頭が切れてウィットがあり、エリンを笑わせてくれた。そして、バージンという重荷で押しつぶされそうになっていたエリンの重荷を取り除くには、自分が最適な相手だと口説いてきた。

どれほど押しやろうとしても、あのときの記憶がよみがえってしまう。最終的にことに及んだとき、エリンはなにひとつ感じなかった。感じたのは、こちらの体を苛める彼のせりふに対する決まり悪さと、ベッドで陵辱されているような不快な感覚だけ。彼を押しのけたくてたまらなかったが、なんとかこらえた。自分だってそういう関係になることに同意したのだから。ブラッドレーには押しのけられる筋合いはない。

けれど、エリンは彼の顔を見あげながら冷え冷えした孤独を感じていた。彼は苦しげにぎゅっと目をつぶって歯を食いしばり、麻痺《まひ》したように横たわる彼女の上で腰を上下させながら自分の世界にひたっていた。

終わったあと、ブラッドレーはひどく満足そうだった。心配することはないよ。彼は言った。きみにもすぐコツがわかるさ。練習する機会はぼくがいくらでもあげるから。とりあえず、まずはフェラチオからだ。ブラッドレーは、エリンが二十一という年齢までフェラチオ未経験と知ってひどくおもしろがった。「そろそろ経験しなくちゃ、ベイビー。間違いない」彼は言った。「ピザを取ろう。回復したらすぐに処女航海に旅立たせてあげるから。ぼくがしっかり教えてあげる、保証するよ」

　エリンは彼が回復する前に失礼すると告げ、くすぶる悲しみを抱えながら家に帰った。さんざん先延ばしにしてきたあげくが、これなの？

　公平な目で見れば、わかっていた――ブラッドレーの自信にあふれた言い分や、これまでロマンス小説やポルノ小説で読んだことから考えると、彼は厳密にはひどい恋人と言えない。わたしにオルガスムを与えるために、思いつくかぎりのことはすべてしてくれた。わたしは感じるふりをしていたとはいえ、胸には細心の注意を払って心を尽くしてくれたし（触れられてもわずらわしくて、くすぐったいだけだったが）、脚のあいだも愛撫してくれた。けれど、わたしの反応の鈍さにいらだっているのはよくわかった。

　とうとうある晩、彼はばたんと仰向けに横たわり、もしぼくが相手でもクライマックスを迎えられないなら、きみは不感症だと言った。残念だよ、ベイビー。でも現実は直視しなきゃ。事実を認めれば楽になる。きみとセックスしても楽しくない。覚醒剤《エクスタシー》の一錠も飲めば、リラックスできるかもしれないよ。試してみるかい？

試したくはなかった。ブラッドレーはハーバードへ旅立ち、二度と電話をしてこなかった。エリンはほっと胸を撫でおろし、母は落胆していた。

自分はセックスがへただという事実を知ったせいで、なかなかもう一度試す気になれなかった。また失敗して空虚な恥ずかしい思いをするかと思うと、気後れがした。研究に没頭しているほうが楽だった。研究なら自分の得意分野だと確信できた。ひとりでもやっていけると納得しかけたとき、コナーが命に関わる罠にかかったと知った。彼とジェシーはノヴァクにつながる手がかりを追っていた。船が爆発したとき、船上にいたコナーは凍るようなピュージェット湾に吹き飛ばされ、火傷《やけど》を負って脚の骨が砕けた。到着した救助隊に海から引きあげられたとき、彼は意識不明の状態だった。そしてジェシーは殺されていた。

そのとき、エリンは凄まじいショックとともに事実に気づいた。自分はコナー・マクラウドを愛している。自分が求めていたのは彼だったのだ。彼ひとりだけ。本を読み聞かせるために病院へ通うのは、まったく苦にならなかった。つらかったのは、じっと静かに横たわる彼を残して毎日病院をあとにすることだった。

コナーが目覚めたときは歓喜で目がくらみそうだったが、自分の気持ちを告白するのはまだためらわれた。ショックと悲嘆で呆然となり、肉体的な激しい痛みを抱えている男性に、青臭い切なる想いを押しつけるのはフェアとは思えなかったのだ。数週間が過ぎ、決意が揺らぎはじめた。そして数週間が数カ月になったころ、クリスタル・マウンテンの事件が起きた。ノヴァク、ゲオルグ、父親、コナー。そして、彼女の人生をめちゃくちゃにした復讐と裏切りの猛烈な嵐。

それ以来、エリンは自分の想いを忘れようとしてきたが、こんなことが起きるとは予想していなかった。コナーに関するエロティックな空想は、現実に基づいていたのだ。自分が話さないかぎり誰もわからないし、誰にも話すつもりはない。この秘密は慈しみと苦痛を同じくらい感じながら自分の胸だけに収めておこう。今回ばかりは、忙し好きで分別があって実利一点張りのエリン・リッグズも、愚かさに屈して無謀で狂気じみたことをするのだ。

エリンはふたたびちらりと彼の横顔を盗み見た。コナーがその視線に気づき、エリンは赤面しながら目をそらせた。キスされただけで、ブラッドレーにされたどんなことより興奮している。

わたしの人生は、冷えきって荒涼としているように思える。彼の熱には抗えない。

コナーは方角を確認してから幹線道路に出た。今日はいっこうに自分を信用できない。強固な記憶力でさえ。これほどぞっとするものがあるだろうか。自制を失い、一方的に女性に襲いかかるなんて。彼女はおれにしがみつき、キスをしてきた。最高に奔放な夢で見たように、おれの胸でとろけた。熱く、自発的に。

彼女の警護。それがおれの務めだ。誘惑するなどもってのほかだ。そんなことをしたら彼女はおれを憎むようになるだろう。そして、憎まれて当然なのだ。さすがのおれでも、そこまで自分の心を欺《あざむ》くことはできない。ニックがどう思うか手に取るようにわかる——コナーは孤独で無防備な女性のアパートを夜訪れ、彼女は悪者に狙われていると話した。それから彼女を誘拐し、脅し、スーツケースを取りあげ、彼女の喉に舌を這わせ、胸をまさぐり、スカートをめくりあげた。おれはもう少しで車のボンネットの上に彼女を押し倒し、ことに及ぶところだった。神と公衆の面前で。

ヒーローが聞いてあきれる。

彼女はシートの反対側で縮こまり、赤く染まった唇を指で隠している。たぶん、おれが野生動物のように跳びかかるとでも思っているのだろう。

「もうすぐだ」コナーは言った。

エリンの顔色は淡い金色に戻っている。繊細な頬骨の高いところがうっすら赤くなっているのを別にすればだが。彼女はうなずき、素早く目をそらせた。

コナーは〈クロウズ・ネスト・イン〉の駐車場に車を乗り入れた。風雨にさらされて灰色になったこけら板で覆われた、素朴な建物だ。どの部屋にも海に面したデッキがついている。数年前、ドライブの途中に泊まり、気に入ったホテルだ。「億万長者のリゾートホテルほど高級じゃない」彼は言った。「だが、ここなら少なくともきみの縄張りを守れる」

エリンが車を降りた。「あなたの縄張りでしょう、コナー。わたしのじゃないわ」

不遜《ふそん》な口調に棘《とげ》がある。「全部おれのでっちあげだと思ってるのか、エリン?」

彼のほうが頭ひとつぶん背が高いのに、彼女は彼を見おろしてみせた。「クロード・ミューラーがノヴァクと関係があるなんて、わたしにはとうてい信じられないわ。わたしは彼のために専門的な助言をする仕事を四回もしたのよ。毎回、丁寧で敬意のこもった扱いを受けた。最近接した誰よりもね」

「おれのことを言ってるのか?」

「ええ、そうよ」高飛車に答える。「わたしはあなたの助けなんていらない。こんなことをされて黙ってるのは、心配してくれて嬉しかったからよ。それに——」

「ふんっ、それはどうも」うめくように言う。

「――それに、本気で心配してくれていると思うからよ。たとえまったく必要ないとしても――」

「必要ない？」

「――それから、怒鳴るのはやめてちょうだい。恥ずかしいわ」

コナーはちらりとあたりを見まわした。彼女の言うとおりだ。みんな、ぽかんと口を開けてこちらを見ている。

自制心を働かせる次なる対象は、チェックインカウンターにいる従業員だった。ひょろりと背が高いにきび面の若者は、熱心に宣伝文句をまくしたてた。

「ダブルルームは八十五ドルです。でも、クロウズ・ネスト・スイートもご利用いただけますよ。こちらには、キングサイズのベッドとジャグジーがあります」フロント係は言った。

「ダブルルームとのお値段の差は十ドルですし、サービスとして――」

コナーは五十ドル札を二枚カウンターにたたきつけた。「ダブルベッドがふたつある部屋を頼む」ぞんざいに言う。「禁煙の部屋だ」

若者のあばただらけの額に困惑の皺《しわ》が寄った。「ですが、クロウズ・ネスト・スイートとのお値段の差はわずか十ドルですよ。ジャグジーはいらないんですか？」

コナーはジャグジーに浸かっているエリンの姿を思い描いた。褐色の髪がスイレンの葉のように広がっている姿を。やがてふんわり漂う湯気のなかで彼女が立ちあがると、ピンク色に上気したあらゆる曲線に髪がぴったり張りつき、肌を水滴が覆い、胸は……。

「いいや。ジャグジーなど必要ない」コナーは声を荒らげた。

若者はびくっと身を引いた。

書類を記入し終えてエレベーターへ向かうと、エリンがあとをついてきた。うつむき、頬に睫毛の扇型の影が落ちている。なにを考えているかわからず、コナーは頭がおかしくなりそうだった。

部屋は申し分ないものだった。広々して、さわやかな香りがする。一枚ガラスの大きな窓と、海岸を見おろすデッキがついていた。コナーは背後でドアに鍵をかけ、セスからもらったアラームをドアにつけた。エリンは窓辺へ向かい、きらめく砂に打ち寄せる泡立つ波を見おろしている。ガチョウほどの大きさがあるカモメが波打ち際を気取った足取りで歩いていて、彼らが残したもろい足跡がひと波ごとに消えていく。

コナーはエリンのうしろ姿を見つめた。いつものように毅然と頭《こうべ》をあげ、背筋を優雅に伸ばしている。まるで王女のようだ。光沢のあるほつれ髪が顎の下まで落ちている。彼の体は欲望に震えた。

駐車場で交わした恍惚《こうこつ》とするようなキスが現実だったとは信じがたい。こうして灰色の海を背景に背筋を伸ばした彼女のシルエットを見ていると、キスの記憶は自分の希望から生まれた夢のように思えた。

「その、同じ部屋ですまない」ぶっきらぼうに言う。「だが、きみを警護するとなると、こうせざるを――」

「わかってるわ」彼女は涼しい顔で答えた。

くちごもりながらつづける。「なあ、おれはほんとにこの状況につけこむつもりはない。空港であったことは、あれは、その、おれはどうかしてたんだ。だが、二度とあんなことは起こらない」

「いいの。もう忘れましょう」エリンは見下したようにうっすら微笑みかけてきた。まるで意気込みすぎた犬を落ち着かせるために、頭を撫でるかのように。そして、また窓へ向きなおった。

この話題はここまでという意味だ。

コナーは歯嚙《はが》みした。これではシアトルの二の舞じゃないか。燃えたぎる溶岩の上をつま先立ちで歩いているような気がする。

一服したい。コナーはベッドに腰をおろし、タバコの葉が入った包みを取りだした。巻き終わると、エリンがとがめるように見つめていた。

「この部屋は禁煙よ」念を押すように言う。

「ああ、知ってる。デッキで吸うよ」

褐色の眉根が寄った。「雨が降ってるわ。それに、すごく体に悪いって知ってるでしょう」

コナーは不満げにうめき、ぱちりとスライドドアのロックをはずした。海風が吹きつけ、コートがひるがえって脚のまわりではためいた。タバコに火をつけるのはほとんど不可能と思える状況が、むしろありがたい。

間違った行動を正そうとする彼女から気を紛らわせてくれるものならなんでも歓迎だ。もう一度、銀河系の堂々たる王女のような顔で見られたら、おれはひれ伏してのたうちまわり、許しを請うだろう。

これ以上考えるのはやめろ。そう思ったとたん、コナーはもう少しで笑いそうになった。さもこの世のすべてが簡単みたいじゃないか。

エリンは体に両腕を巻きつけながら、窓の外を見つめていた。コナーは両手で風を防ぎ、何度めかにようやくタバコに火をつけた。古びた木の手すりに乗りだすようにして、どこから敵が現れてもおかしくないというように左右をにらみながらタバコを吸っている。

ああ、なんてハンサムなんだろう。どこを見てもセクシーだ。喫煙はよくないことだけれど、タバコの吸い方までセクシーだ。彼がベッドに放り投げた古びたダッフルバッグのなかをのぞきたい。どんな歯磨きを使っているのか調べ、シャツのにおいを嗅いで運転免許証の写真を見てみたい。わたし、どうかしてるわ。

彼は、この状況につけこむつもりはないと言った。そう、それはおあいにくさま。わたしはこの状況につけこむつもりだもの。彼はわたしとふたりきり。わたしのなすがまま。もしあの車内のキスに意味があるなら、セックスのために利用されても彼はさほど抵抗しないはずだ。女友だちから、男はそういうものだと聞いている。

そうよ。彼をセックスのために利用するの。彼と寝て無傷でいるには、それしか方法はない。利用される前にこちらが利用しなければ。超然として、優位に立つ必要がある。冷静に、落ち着いて。むずかしいことじゃないわ。毎日どこかで起きていること。友人たちが自慢げに語っていたじゃない。

頭がくらくらして、エリンはどさりとベッドに座りこんだ。

どうして冷静でなどいられるだろう？　わたしは死ぬほど怯えている。ブラッドレーは、わたしはグリーンランドの氷で覆われた山のように冷ややかな冷感症だと言っていた。けれど、冷感症ならセックスをしたいとは思わないはずだから、わたしは明らかにそれにはあてはまらない。わたしはすごくコナーが欲しい。恐怖で凍りつきそうなほど。

でも、それを言うなら、冷感症が示す文字どおりの意味はそういうことじゃない？　凍りついていること。原因がなんであれ、結果は同じだ。どちらにしても、ひどい失望を味わうことになるだろう。

バッグからはみだしている書類入れが目に入ったとたん、ぞっとした。セックスに心を奪われ、出張の目的を忘れていた。いまのうちに、被害を最小限に留める努力をしなければ。

エリンは書類入れを開き、シルバー・フォーク・ベイ・リゾートに電話をかけてナイジェル・ドブズを呼びだした。

「もしもし？」ドブズのインテリぶった早口の声が応える。

「ミスター・ドブズ？　エリン・リッグズです」

「ミズ・リッグズ！　ようやく連絡がついた！　とても心配していたんですよ」

「心配していただいて、ありがとうございます。そして、お電話を差しあげなくて申し訳ありませんでした。じつは……」声が小さくなる。コナーが大きな音をたててスライドドアを引き、大きく開け放ったままずかずかと部屋に入ってきた。すぐそこに立ち、こちらをにらみつけている。冷たい潮風が彼の周囲で渦巻いていた。

「もしもし？　もしもし？　ミズ・リッグズ、聞いてますか？」

「あ、はい。聞いています。すみません、回線がおかしいみたいで」慌てて答える。「あの、申し訳ありませんでした。わたしは、その……」

「大丈夫ですか？　なにか問題でも？」

ええ、あるわ。「いいえ、問題はありません」安心させるように言う。「わたしは大丈夫です」

「誰かを迎えに行かせましょうか？」

「いいえ、けっこうです。それでお電話したんです。ポートランドの空港まで迎えに来ていただかなくてもいいいと、事前にお知らせしなかったことをおわびするために。予定に変更があって――」

「恋人が一緒だと言え」コナーが言った。

エリンは彼を見あげた。むなしく唇が動く。

ドブズのいらだちが伝わってきた。「ミズ・リッグズ？　そちらの予定になんらかの変更があったとおっしゃりたいんですか？」

エリンはごくりと喉を鳴らした。「恋人が……恋人が一緒なんです」

長々と沈黙が落ちた。「なるほど」

「ポートランドでばったり会ったので、車に乗せてもらいました。すでに別のホテルにチェックインをすませたところです。ですから――」

「では、ミスター・ミューラーと夕食をご一緒することはできないということですね。きっとがっかりなさるでしょう。ミスター・ミューラーの時間はとても貴重なんですよ」

「でも、ミスター・ミューラーが夕方ホテルにいらっしゃるなんて、わたしは知りませんでした」ひるみながら言う。「到着されるのは、今夜遅くだと思ってたんです!」

「あなたのメールを受け取ったあと、予定を変更されたんです」ドブズの声はそっけない。

「今日の午後到着なさいます。なんとも遺憾なことです」

エリンは目をつぶり、声に出さずに毒づいた。「その……、そういうことでしたら……」

「だめだ」コナーが有無を言わさぬ声で言った。「だめだ。今夜そいつと夕食を食べるなんて許さない。あきらめろ」

ナイジェル・ドブズの咳払いが聞こえた。「えへん。そちらの個人的な問題を解決なさったほうがよさそうですね。ミスター・ミューラーが到着なさったら、あなたの予定が変わったことをお伝えしておきます」

「すみません」エリンはやりきれない思いで答えた。

「それから、もしまたミスター・ミューラーがあなたの専門家としての助言を求めることになった場合、このような変更は事前に連絡していただけると助かります。ミスター・ミューラーは、あなたと夕食をご一緒するために、わざわざパリからの飛行機を早い便に変更したんですよ。もし予定変更についてご連絡いただいていれば、そうお伝えできたんです」

「まあ」エリンはつぶやいた。「申し訳ありません」

「明日、迎えの車をやります。そちらの住所は?」

エリンは電話の横にあるメモ帳に手を伸ばした。「少々お待ちください。ここにあるメモ帳に――」

コナーに受話器をもぎ取られ、彼女は小さく悲鳴をあげた。彼は送話口を手で押さえている。「教えるんじゃない」彼は言った。

「コナー！」エリンは受話器を取り返そうとした。

彼は届かないように手をあげた。「明日はおれがホテルまで送っていく。そいつにここの住所を教えるなら、壁からコードを引き抜くぞ」コードに指をからめ、目を細める。「うなずけ、エリン。わかったらうなずくんだ」

エリンはうなずいた。受話器が返された。「ミスター・ドブズ？　そちらの運転手の方にお手間をかけたくないので――」

「手間ではありませんよ、ミズ・リッグズ」

「本当にけっこうです。こちらで伺いますから」

「そこまでおっしゃるなら。何時にいらっしゃいますか？　十一時でいかがでしょう？　その時間なら、ミスター・ミューラーもゆっくり休めますので」

「十一時でけっこうです」とエリン。「それから、ミスター・ミューラーに申し訳ありませんでしたとお伝えください。本当にそんなつもりでは――」

「はいはい、伝えますよ」ドブズが言下に切り返す。「では、失礼します」

エリンは受話器を架台に戻した。むかむかする。動揺で胃が締めつけられている。彼女はそこに震える手を押しつけた。

わななきながら深く息を吸いこみ、立ちあがってコナーと向きあった。「コナー」彼女は言った。「被害妄想にもほどがあるわ。彼はいちばん大事なクライアントなのよ。わたしの仕事を妨害するつもりなの？」

コナーは肩をすくめた。「きみはもう少しで住所を教えるところだった。そうなったら、ここへ来たのが無駄になる」

エリンは大股で窓辺へ行き、勢いよくスライドドアを閉めた。「それから、あなたがわたしの恋人だと言わせるなんて、どういうつもりなの？」

「そのほうが、おれはきみのボディガードだと言うより関心を引かない。おれが瘤《こぶ》みたいにきみにくっついて、きみに近づく男を片っ端からにらみつける説明にもなる。いかにも嫉妬深い恋人がやりそうなことだからな。おおかたの女は、少なくともひとりはこの手のダメ男を厄介払いして、接近禁止命令を言い渡した経験があるものだ」

「わたしはないわ」ぴしゃりと言う。

「心配するな、エリン。おれは九年間も覆面捜査官をしていたんだ。芝居はお手のものだ。それらしく見えるように、おれと寝る必要はない」

無作法な言葉に啞然《あぜん》とした。「まあ！ それはどうも、コナー！ 思いやりのある言葉を聞いて、すっかり安心したわ！」

「きみを安心させるつもりはない」とコナー。

「そんなの言われなくてもわかってるわ！」エリンは怒鳴り返した。「こんなことをして、わたしの印象がどれだけ悪くなるかわかってるの？ ミューラーは、わたしと夕食を食べるために、わざわざパリから早い便に乗ったのよ！」

「おや、それは気の毒だったな」しょげた顔をしてみせる。「失望した億万長者、揺らめくキャンドルの光のなかで孤独にキャビアを食べるの図。かわいそうなクロード。胸がつぶれるよ」

エリンはつんと顎をあげた。「もうたくさん」自分のスーツケースをつかむ。「あなたの言いなりになるなんて間違いだったわ。あなたはわたしの仕事にまったく敬意を払っていないし、完全に常軌を逸してる。わたしは出ていく——あっ!」

エリンはくるりと振り向かされた。「どこへも行かせないぞ」

「いいえ、行くわ」あとずさったが、彼はがっちり肩をつかんで放さない。「あなたにはもううんざりよ……コナー!」視界が傾いてぐるりと回転し、気がつくとベッドの上ではずんでいた。彼が覆いかぶさってきて上下していた体がとまる。大きなたくましい体でベッドに押しつけられた。

「だめだ」エリンにのしかかっていることなどまったく気にしていないような、冷静な声だった。「どこへも行かせないぞ、エリン」

エリンは口を閉じるよう自分に言い聞かせた。どきどき脈打つ心臓を、彼も胸で感じているに違いない。しっかりとのしかかる体の下でエリンはもがいた。そしてその動きに……ぞくっとした。

ぴたりと動きをとめる。「コナー、やめて」小声でささやく。

彼は大きな手で彼女の顔をはさんだ。「運がよければ、あのときおれたちはノヴァクを殺していただろう。ゲオルグも。おれはあいつを始末するべきだったが、当局に処理をまかせた。ばかなことをしたものだ。警察は腐敗して穴だらけだったんだからな。ジェシーはその穴のひとつに落ちて死んだ。おれは別の穴に落ちたが、かろうじて生き延びた。ノヴァクとゲオルグも、そういった穴から抜けだしたんだ。おれの言ってる意味がわかるか？」

エリンはかすかにうなずいた。

「おれは、きみがそういう穴に落ちるのを、みすみす見ているつもりはない。きみをひとりにはしない。手を引くつもりはない。わかったか？」

エリンは浅く息を吸いこんだ。「息ができないわ」

コナーは肘をついて体を少し持ちあげたが、まだ彼女を押さえこんでいた。「カート・ノヴァクのことを教えてやろう」

エリンは首を振った。「お願い、やめて。考えたくない――」

「だめだ。おれを見ろ」

たじろぎながら、ゆっくりとしぶしぶ目を合わせる。

「あいつの親父は東欧マフィアの大物だ。ハンガリー人の。おそらくこの世でもっとも金持ちのひとりだろう。親父は息子をアメリカの大学へ入れる手配を整えた。息子にまともな教育を受けさせて、権力基盤を広げるつもりだったんだろう。だがノヴァクは、あいつは一風変わったやつでね。大学の寮で妙なことが起きはじめた。そのうち、セックスの最中に女子学生が絞め殺される事件が起きた」

エリンはぎゅっと目をつぶった。「コナー、やめ――」

「われらがカートには幸運だったことに、その学生は金持ちじゃなかった。政治家や将軍の娘でもなかった。彼女の母親は未亡人の学術図書館司書で、力のある相手と戦うだけの財産がなかった。あるいは単なる幸運じゃなかったのかもしれない。たぶんカートは十九という若さで、よくよく考えたすえに行動したんだろう。事件はもみ消され、一件落着となった。そしてカートはさっさとヨーロッパへ戻り、アルプスでスキー中に負った怪我を癒《いや》すことになった」

エリンは顔をそむけたが、コナーに無理やり顔を動かされ、また目を合わさせられた。

「話をしてるときはおれを見ろ、エリン」

命令するなんて、よくもそんな！　思い知らせるためになにかきついことを言ってやりたかったが、険しい眼差しで頭が真っ白になっていた。

「しつけの行き届いた正常な犬が、ひとたび羊を追いかけて襲うようになったら、決してやめさせられないのを知ってるか？　犬はスリルを忘れられないんだ。口のなかにあふれる血の味を」

「いいえ、知らないわ」小さくささやく。

「そうだな、知ってるわけがない。きみは都会育ちだ。だが、いずれにしても、犬には犬なりの理由がある。犬は本能にプログラムされている姿に戻っただけだ。だがノヴァクは、あいつはあの晩、自分の真の欲望に気づいた。若い女を殺すのは、あいつにとって金のかかる悪癖なんだ。上等のコカインのように。あるいは、貴重なケルト工芸品の蒐集のように」

エリンは首を振った。「ありえないわ、コナー。ミューラーは――」

「どうしておれがこの件で常軌を逸した行動を取ってるかわかったか？　お願いだ、エリン。

せめてきみだけは理解してると言ってくれ。おれはひとりで孤立してるんだ。きれいな女を殺すのが大好きな男が野放しになっていて、そいつはきみの名前を知ってる。おれがきみを心配しても当然だと言ってくれ！」

必死な訴えに、エリンは彼の気持ちが楽になるなら両腕で抱きしめてなんでも言うことを聞いてやりたくなった。だが、かろうじて自分を抑えた。神経質な笑いが口から漏れる。

「わたしにそんな価値はないわ。美しさに関しては、わたしよりノヴァクのほうがよく知ってるはずだもの」

コナーはわけがわからないという顔をした。「なんだって？」

「シンディは美貌、エリンは頭脳」エリンは言った。「母はいつもそう言ってる。母は、そう言われたシンディが頭が悪いと言われてるように思うとも、わたしがブスだと言われてるように思うとも夢にも考えてないの。母はよかれと思って言ってるのよ。いつもよかれと思って言ってるの」

コナーが顔をしかめる。「冗談だろう？　冗談だと言ってくれ」

エリンは唇を噛みしめた。すっと目をそらす。

「ちくしょう。きみはきれいだ。わかってるだろう」

ぱっと顔が赤くなった。「ふざけないで」

「ふざけてなんかいない」コナーが身じろぎし、彼の脚が両脚のあいだに入ってきた。スカートが腰のあたりまでめくれあがる。

「コナー」そこで口を閉ざし、声の震えを抑えようと努めた。「もうノヴァクの話はやめて。

暴力や悪のことをあれこれ考えたくないの。わたしは前向きに考えようとしてるのよ。彼のことなんか知りたくない」

「事実から逃げることはできない」

ぐいっと彼の胸を押す。「醜悪な事実には、もういやと言うほど向きあってきたわ！」

「それを決めるのはきみじゃない」コナーは言った。「誰にも決められない。自分でどうこうできる問題じゃないんだ、エリン」

「やってみることはできるわ」

「ああ、やってみることはできる。でも傷つくだけだ」

彼の瞳に浮かぶ沈痛な表情に、言いたかった言葉が霧散した。走っていたように胸が上下している。

「頼む、エリン」低い声で切々と訴える。「マナーは守るよう努力する。きみの人生を破滅させたりしない。黙っておれの言うとおりにしてくれ。やるべきことをやらせてくれ」

ここまで必死で守ろうとしているのは、すべてわたしのためなのだ。そう思うと胸が締めつけられた。

コナーは厳しい現実に山ほど直面してきた。それなのに、まだ戦っている。いまだに勇敢に正しいことをしようとしている。彼に抱きついて、こう言いたかった——ええ、悪に満ちた世界からわたしを救いだして。そして頭がぼうっとするほどわたしにキスをして。そして、お願いだからやめないで。

エリンは残り少ない自制心をかき集めた。「その、もしあなたがわたしを押さえつけてスーツを皺くちゃにしてなかったら、もっとはっきり筋の通った考え方ができると思うんだけれど。どいてくれる？」

彼の表情がこわばった。ぱっと体を離す。

エリンはまだつま先にひっかかっていた靴を蹴るように脱ぐと、起きあがってベッドの上で横座りした。コナーはこちらに背中を向けてベッドの端で丸くなり、黙ってようすをうかがっている。

頭のなかで夢の場面がよみがえった。辛抱強くあとをついてきた彼の姿が。決してわたしを見失わず、決してあきらめなかった姿。彼の広い背中に抱きついて、ぎゅっと抱きしめたい。

決意はふいに訪れた。もう引き返せない。「いいわ」エリンは言った。

コナーが振り向く。警戒の目つき。「なにがいいんだ？」

「思ったとおりにしていいわ。わたしの人生を破滅させるつもりはないと言ったのが本気ならね。そして、その……心配してくれてありがとう」

彼はつかのまエリンを見つめていた。「どういたしまして」

その視線がこちらの体に落ちる。ふたたび脚のあいだがかっと熱くなり、太腿をぎゅっと合わせて髪をかきあげようとした。ブラウスが乱れている。それを直し、ボタンをかけてスカートにたくしこんだ。彼はじっとその一部始終を見つめている。沈黙が長引けば長引くほど、意味ありげな雰囲気が高まっていく。

「それで？」〝先へ進めましょう〟と言うような明るい笑顔を浮かべたが、意図した表情になったか自信がなかった。「これからどうするの？」

彼はちらりと腕時計に目をやった。「腹は減ってるか？」

気が昂ぶって食べ物のことなど考えられなかったが、今朝からピーカン入りのペストリーしか食べていない。「食べられないことはないわ」正直に言う。

「街のレストランへ行こう。うまいシーフードの店がある」

「いいわ。じゃあ、ちょっとバスルームへ行って身なりを整えてくる」

彼に見つめられていると、どぎまぎしてなにを持っていけばいいのかわからない。とにかくスーツケースごとバスルームへ引きずっていくことにした。便器の蓋《ふた》を閉め、どさりと腰をおろして体をふたつに折った。声にならない笑いと涙の両方で、体が震えている。

こんな状態で彼を誘惑するなんて、とうてい無理だ。

7

コナーはうつむいた顔を両手にうずめ、洗面所で流れる水の音を聞いていた。自分はまずい状況に陥っている。エリンのすべてがおれを挑発し、誘惑している。あの実利一点張りのうわべを燃えたぎる欲望に変え、冷静で分別に満ちた声を欲望のすすり泣きにしてやりたい。もっと欲しいと懇願させたい。

バスルームのドアが開き、エリンが出てきた。小さなへこみのあるかわいらしい膝のすぐ上までのデニムのスカートと、シンプルな白いブラウスに着替えている。彼女はベッドの上にスーツを置いた。「アイロンをかけないと」ひとりごとのようにつぶやく。「あとでやるわ」

顔がほんのりピンクに染まり、しっとりしている。ゆるく結わえた髪がうなじにかかり、リップグロスでぽってりしたセクシーな唇のかたちが際立っていた。

リップグロスは悪魔の所業だ。男はセックスをイメージせずにはいられない。みずみずしく濡れた唇が、キスされるのを待ち構えている。吸われることを、そして……。

くそっ、やめろ。コナーは素早く目をそらし、顔をこすった。

「大丈夫？」エリンが尋ねる。「ようすが変よ」

コナーはかすれた笑いを咳でごまかした。「頭痛がするんだ」と嘘をつく。

「鎮痛剤を飲む？　エキセドリンを持ってるわ。アドビルとタイレノールも」

「夕食を食えば大丈夫だ」

「本当に？」自分の薬でおれの問題を解決できないと知って、落胆しているように見える。なんて世間知らずなんだろう。おれの問題を解決するには、薬よりはるかに厄介なものが必要なのに。セックスにふける長くて汗まみれの夜。上から、下から、うしろからおれを受け入れる夜。それも、ゆっくり時間をかけて。

おそらくひと晩ではすまないだろう。

「そう、じゃあ、なにか食べに行きましょう」エリンが明るく言った。「たぶん血糖値が低くなってるのよ」

「ああ、きっとそうだろう」コナーはチノパンツのポケットに手を入れ、勃起したものが目立たないように生地を前に引っぱりながらアラームを解除した。エレベーターのなかでは太腿にペニスを押しつけて冷静を装った。レストランで席についたあとはメニューをながめ、詰め物をしたエビとフライにしたエビ、オイスターソテーとオイスターグラタンの相対的メリットについて話しあったが、会話はさほどはずまなかった。

やがて、エリンが切りだした。「コナー。質問しても、怒らないって約束してくれる？」

「いや」彼は言った。「質問の内容を聞かずにそんな約束はできない」

エリンは唇をぎゅっと引き結んだ。クラッカーの袋を開け、中身をひとくちかじっている。もう限界だ。「オーケイ、わかった。聞かせてくれ」コナーは言った。「どうせ訊くんだろ。

おれが怒ろうが怒るまいが。言えよ」

「クロード・ミューラーのことを知りたかったの」用心深くちらりと目をあげる。「あなたは、その……身元調査をしたの？」

「兄弟のデイビーがやった」正直に話す。そして来るべき小言に備えて気持ちを引き締めた。

彼女はじっとようすをうかがっている。つづきを待つように。「それで？」

「それで、とは？」

「彼はなにを突きとめたの？　わたしもミューラーのことはよく知らないの」

「たいして話すことはない。書類上はまともに見える。やつはうんざりするほど金を持っていて、美術に寄付をし、あまり外出しない。美術館クラスの骨董品を山ほど購入している」

エリンはとまどった顔をした。「じゃあ、あなたは彼について調べたのに、それでもまだ――」

「書類上の記載だけじゃ充分じゃないんだ！　きみはあの男に会ったこともないんだぞ、エリン！」

「大きな声を出さないで、お願い」テーブル越しに手を伸ばし、指先でそっと彼の手の甲に触れた。「関心があっただけよ。蒸し返さないで」

「蒸し返してなどいない」不機嫌に言う。

そのとき彼のステーキとエビ、そしてエリンのオイスターソテーが運ばれてきて救われた。

コナーは彼女の完璧なテーブルマナーに魅了された。上品にひとくち食べるたびに、唇にそっとナプキンをあてている。典型的な良家の子女。彼は知らず知らずのうちに、テーブルにもぐっている自分の姿を想像していた。彼女の脚を大きく広げ、太腿のあいだに顔をうずめ、ひらひらと舌を動かし舐めていく。そのあいだ、彼女はなにごともないように冷静に食事をつづけようとしている。くそっ、なんて屈折して変態めいた空想なんだ。口のなかに唾液があふれ、あそこがずきずき疼く。

「どうしたの？」エリンが訊いた。「お料理が気に入らない？」

「なんでもない」彼はつぶやいた。「料理は申し分ない」

彼女はまた慎重にひとくち料理を口に入れながら、じっとこちらを見ている。「それで、デイビーだけど。彼も捜査官なの？」

コナーはステーキをひときれ切り取った。「私立探偵だ」彼は言った。

「お兄さん？　それとも弟さん？」

「二歳上の兄だ」

「ほかにきょうだいはいるの？」

「もうひとり、四つ下の弟がいる。名前はショーン」

「ご家族の出身はどちらなの？」礼儀正しく尋ねる。

コナーはくちごもり、口に運ぼうとしていたエビが宙でとまった。「おれの家族について、どれくらい知ってる？　エドはおれについてなにか話したか？」

エリンはすっと目をそらした。顔の赤みが濃くなっている。「ときどき」彼女は言った。「父は仕事仲間に対する意見を持っていて、それについて母と話していたわ。でも、わたしには一度も話してくれなかった。わたしは偶然耳にはさんだだけ。はっきり言って、盗み聞きしたこともあったけど」

「で、おれに関してはどんな意見を持ってたんだ？」

エリンは困った顔をした。「その……あなたが腕のいい覆面捜査官なのは、生まれたときから潜伏していたからだと父が話していたのを覚えてる。でも、どういう意味かはわからなかった。父に尋ねたら、わたしには関係ないことだと言われたわ」

口元がついほころぶ。「おれのことを彼に訊いたのか？」

すっと睫毛が下を向いた。きっかり四分の一にカキを切り分け、そのひとつを上品に口に運んでいる。「好奇心をそそられたの。それで、父の言葉はどういう意味だったの？」

コナーは自分のステーキを見おろした。「まあ、その、話せば長い」

エリンは四分の一に切ったカキをもうひときれセクシーな唇に入れ、先を促すようににっこり微笑んだ。

コナーはビールをぐっとあおり、どこから始めるべきか模索した。「そうだな……お袋が死んだのは、おれが八つのときだった。デイビーは十歳で――」

エリンのフォークが皿の上で大きな音をたてた。「まあ、ごめんなさい」彼女は言った。「お気の毒に」

「ああ、最悪だった。双子はまだたったの四歳だったし――」

「双子？」目が丸くなっている。「双子の話なんて聞いてないわ」

「以前は兄弟が三人いたんだ」と説明する。「ショーンには双子の兄弟がいた。ケヴィンという名で、十年前に亡くなった。トラックで崖から落ちたんだ」

エリンの目はショックを受けたように丸くなっていた。ナプキンを口元にあてる。「なんてこと、コナー。つらいことを思いださせるつもりはなかったの」

「おれも、シェークスピア風の悲劇を語ってきみにショックを与えるつもりはない」むっつりと言う。「始めるところを間違えたようだ。すまない。最初からやりなおしだ。もう一度やらせてくれ。つまり、親父とおれたち四人はエンディコット瀑布《フォールズ》の裏山にある、人里離れた土地に住んでいた。きみがあのあたりに詳しいかどうかは知らないが」

エリンがうなずく。「エンディコット・フォールズは知ってるわ。シンディがあちらの大学へ通ってるから」

「そうか。まあ、とにかく、お袋が死んだとき、親父は少々頭がおかしくなったんだ。親父はベトナムの退役軍人で、おれが思うに、もともとあの戦争での体験は親父の精神を安定させるようなものじゃなかった。だが、お袋を失ったことで、親父は正気を失った。おれたちを自宅で教育するようになった。家から半径二〇マイル以内にはスクールバスが通ってなかったんだ。親父の授業はひじょうに……変わってた」

そこで口を閉ざす。自分でも驚いていた。ふだんは一風変わった子ども時代について話さないようにしている。当然返ってくるばかげた質問や速断に腹立たしい思いをするからだ。けれど、興味に輝く瞳でエリンに見つめられていると、楽に話せた。

「親父は文明社会の終焉《しゅうえん》が近いと信じていた」彼はつづけた。「おれたちに、世界秩序の崩壊に備えさせたんだ。読み書きや算数に加えて、接近戦での戦い方、社会史と政治史、庭仕事、狩り、足跡のたどり方を教えた。おれたちは、ありきたりのものから爆弾をつくる方法を習った。肉の乾燥のしかた、皮のはぎ方、虫の幼虫の食い方、傷口の縫合のしかたも。世界が崩壊したあと必要になるであろう、あらゆる知識を教わった。無政府状態の只中で生き残る方法を」

「信じられない」エリンがつぶやいた。

コナーはステーキをほおばった。「一度、おれたちのようすを見にソーシャルワーカーが来たことがあった。親父はおれたちを森に隠し、ソーシャルワーカーには、息子たちはニューヨーク州北部に住んでいる親戚のところへやったと話した。それから、世界が崩壊したあと彼女にどんな運命が待ち構えているか言って聞かせたんだ。気の毒な女性にとっては、忘れがたい経験だっただろう。彼女は早々に退散した」

「あなたたち兄弟は、そういうことをどう思ってたの？」

コナーは肩をすくめた。「親父にはカリスマ性があった。すごく説得力があったんだ。それに、おれたちは孤立していて、テレビもラジオもなかった。親父は息子たちがマスメディアに洗脳されるのを望まなかった。おれたちは長いあいだ親父の話を信じこんでいた。だが、そのうちデイビーが高校進学を決意した。親父には敵地の偵察だと言ってたが、本当は女の子に会いたくて必死だったのさ」記憶がよみがえるとともに笑顔が浮かんだが、その笑みはすぐに消えた。「親父が亡くなったのは、それからまもなくだ。その年の暮れに心臓発作を起こした」

エリンはテーブル越しに手を伸ばし、彼の手に重ねた。電流が走り、彼女は小さくつぶやきながら手を引いた。

コナーは自分の手を見おろした。彼女の手が乗ったままならよかったのに。「たぶんエドはこのことを言いたかったんだろう」彼は言った。「別の星で育ったあとに環境に溶けこむ能力。そういう人間は、生き残る方法を学ぶのが早い」

「お父さまが亡くなったあと、どうなったの?」

「おれたちは敷地のなかに親父を埋葬した。違法だが、当時は知らなかった。デイビーは工場で仕事に就いた。おれが高校を卒業するまで一緒に暮らしてたが、その後デイビーが海軍に入隊すると、おれが工場での彼の仕事を引き継いだ」そこで肩をすくめる。「なんとかやってきたのさ」

「お父さまが亡くなったとき、あなたたちはいくつだったの?」

「デイビーは十八、おれは十六。ケヴィンとショーンは十二だった」

エリンは唇を嚙みしめた。いまにも涙があふれそうになっているのを見て、コナーはどきっとした。

「おい、おれに同情する必要はない」きっぱりと言う。「育ち方としては変わってるが、悪いものじゃなかった。あそこは美しい土地だったし、おれには兄弟がいた。親父に教育されたことを後悔してはいない。お袋が死にさえしなければ、自分は幸運だと考えただろう」

エリンは人目を忍ぶように素早く涙をぬぐい、彼に微笑みかけた。「お母さまはどんな方だったの?」

コナーはつかのま考えた。「亡くなったとき、おれはほんのガキだった」彼は言った。「細かいことは覚えてない。だが、お袋が笑ってたのは覚えてる。親父は無口でむっつりふさぎこんでるタイプだったが、お袋はそんな親父を笑わせることができた。そんなことができたのは、お袋だけだった。お袋が死んだあと、親父は二度と笑わなかった」

「お母さまはどうして……」声が小さくなる。「ああ、ごめんなさい」おずおずと言った。「気にしないで。そんなつもりじゃ――」

「子宮外妊娠だ」とコナー。「近くに病院はなかった。一月のことで、三フィート雪が積もってた。出血多量で死んだんだ」

エリンはうつむき、口元にナプキンをあてた。

「気にするな」困惑して言う。くそっ、泣かせるつもりはなかったのに。「感情的になることはない。三十年近く前の話だ」

エリンは鼻をすすり、恥ずかしそうに微笑みながら彼を見た。金茶色の瞳が涙でうるんでいる。

自分でも気づかないうちに手が動いていた――手を伸ばして彼女のすべすべした頬に触れ、指で涙をとらえる。コナーはその手を唇に運び、涙を味わった。

思いやりが蒸留された塩辛い滴《しずく》。

体内でくすぶっていた渇望が、うなりをあげて巨大なものへとふくれあがっていく。エリンがさっと身を引いた。涙で光る瞳が、女性らしい警戒心で丸くなっている。がちゃんと音がして、湿り気が広がるのがわかった。テーブルクロスをつかんでいた両手が、水の入った脚の長いグラスにあたって倒したのだ。「うわ」コナーはそうつぶやくと、こぼれた水の上に自分のナプキンを投げだした。「すまない」

「いいのよ」エリンがつぶやいた。

ふたりは会話を中断し、食べかけの料理に集中した。沈黙のなかで響くフォークの音を聞くうちに、コナーは父親を思いだしていた。エイモン・マクラウドは食事中のくだらないおしゃべりを許さなかった。有意義な話でないかぎり、口を閉じているべきだと信じていたのだ。デイビーは父親と同じくらい無口だが、口から先に生まれたようなショーンにとって、あの沈黙の強制は地獄そのものだった。

だがエリンを育てたのはエイモン・マクラウドではない。彼女はコナーと違って、圧倒されるような沈黙に耐えるすべを知らなかった。彼女はひとつ深呼吸をすると、ふたたび切りだした。「それで、ご兄弟はどういう人なの？」明るく尋ねる。

彼女の決断にコナーは笑みを浮かべた。「変わってる」

「そうでしょうね」勢いこんで言う。「結婚してるの？」

「いや。デイビーは海軍にいたとき一度結婚したことがある。おれたちが知ってるのは、ある晩酔っ払って弱気になってるときに本人が話したからだ。だが、相手の女性はデイビーの心にしっかり刻みこまれてる。それ以来、再婚を考えたことはない。兄貴には楽しみ方を学ぶチャンスがなかったんだ。本来ならどんちゃん騒ぎをするべき年頃には、面倒をみなきゃならない弟たちがいたし、おれがショーンとケヴィンの面倒をみれる年齢になったとたんにペルシャ湾に送られた。デイビーは、この世は厳しくて危険な場所だと考えてる」

「ショーンは？」促すように言う。「彼はどんな人なの？」

コナーはにっこりした。「デイビーとは正反対だ。あいつはいい意味でノイローゼがかってる。突拍子もない傾向があって、ハンサムすぎるのが身を滅ぼすもとになっている。十三歳のときから女が放っておかなかった。デイビーのようにとんでもなく頭が切れるが、自分の衝動を抑えるのに少々問題がある。そして、退屈すると深刻なトラブルに巻きこまれる。ショーンに言わせれば、この世はでかい遊園地で、そこにあるものはすべてジョークなんだ。なにがおかしいんだ?」

「あなたよ」エリンは言った。「兄弟の話をするあなたを見てると、どれほどふたりを愛してるかわかるわ」

コナーは自分の皿を見おろした。こんなことを言われたあと、男はどう答えればいいんだ?

エリンはテーブルに両肘をつき、顎の下で指先を尖塔のように合わせた。「それで、デイビーはこの世を厳しくて危険な場所と思っていて、ショーンは遊園地だと思ってるなら、あなたはこの世をどう思ってるの?」

彼は官能的なきらめく唇から目を離さずに、ビールの最後のひとくちを飲み干した。「まだ結論は出てない」

ウェイトレスがやってきて、食器を集めながらふたりに告げた。「今夜のスペシャルデザートは、ホームメイドのバニラアイスクリームを添えた焼きたてのダッチ・アップルパイです」

ふたりは目を見合わせた。「頼めよ」とコナー。

「あなたももらうなら」とエリン。

コナーはウェイトレスににやりとした。「ふたつ頼む」

パイは美味だった。リンゴは風味豊かで甘くて柔らかかったし、パイ生地はぱりぱりと香ばしく、溶けかけたアイスクリームとねっとりみごとに混ざりあった。

エリンは目をつぶり、デザートスプーンの周囲で美しい唇をすぼめるたびに満足げにうめいている。唇から出てくるスプーンは体温で温められ、しゃぶられたせいですっかりきれいになってきらめいていた。彼女のすべてにそそられる。どんなにささいなことでも。

そして、この状況はこれからどんどんひどくなるのだ。このあとおれは、ネグリジェ姿の彼女を見ることになる。眠っている彼女を見つめ、朝には乱れた髪と寝起きでほんのり染まった顔を見る。彼女がバスルームへ行ったあと、おれはシーツに顔を押しつけるだろう。曲線を描く柔らかな体を水が流れ落ちるようすを思い描きながら、彼女の香りを吸いこみ、ぬくもりを吸収する。

夜が明ける前に頭が爆発するかもしれない。睾丸《こうがん》は言うに及ばず。

そうならないためには、シャワーに逃げこんでそこで数分過ごし、切羽詰まった状況を自分の手で解放しなければならないだろう。

エリンはエレベーターのなかでこっそりコナーに視線を走らせ、不機嫌な表情が貼りついた顔を見てひるんだ。コナー・マクラウドを誘惑するという決意は揺らいでいないが、それを実際に実行するかどうかはまだ怖くて決心がつかない。彼が家族について打ち明けてくれたときは一歩前に進もうと思ったが、わたしがばかみたいにぐずぐず泣きだしたせいで彼はまた殻に閉じこもってしまった。彼の母親のことを考えただけで、喉がつまってしまう。

コナーはぴりぴりしていて、怒っているように見える。顎の筋肉がひきつっている。彼は先に立って部屋のドアまで歩き、エリンに待つように合図するとチノパンツのうしろから銃を抜いた。室内を確認してからエリンをなかに入れ、無言のままドアと窓に奇妙な器具を取りつけた。

「それはなに？」

「アラームだ。友人のセスにもらった。豚の悲鳴みたいな音がするから、セスはこいつを子豚と呼んでる」

「たいした要塞ね」ぼそりと言う。

彼の目つきが険しくなった。「害にはならない」ぱちりとスイッチを入れると、窓に取りつけた小さな器具で赤いライトが点滅しはじめた。

自分がふがいない。どんなにがんばっても、わたしにはあんな怖い顔をしている彼を誘惑する勇気はない。

彼はベッドにコートを放り投げた。「すぐバスルームを使いたいか？　急いでシャワーを浴びたいんだが」

「どうぞお先に」エリンは言った。

彼はバスルームに消えた。水の流れる音に耳を澄ます。彼はバスルームに鍵をかけなかった。もしわたしが男性を誘惑するのに慣れた大胆でいけない女だったら、服を脱ぎ捨てて彼のところへ行くのに。

でも、それからどうするの？　空想なら山ほどしてきたけれど、実体験はほとんどない。シャワーが大きな水音をたてている。大きな窓に降り注ぐ雨のように、下の浜辺に打ち寄せる波のように。エリンは両手に顔をうずめ、もどかしさにうめいた。あそこでは、彼のたくましいすてきな体が全裸で濡れている。なのにわたしはじっとここに座っている。

数分後、コナーが出てきた。ジーンズとTシャツを身につけ、肩のまわりで髪がもつれている。彼は自分のダッフルバッグを引っかきまわし、少なくとも三分の一は歯が欠けている目の細かい櫛《くし》を取りだした。それで髪を梳《す》いている。引っぱられた髪がちぎれる音が聞こえ、エリンは縮みあがった。「まあ！　だめよ！」

コナーはぽかんとしている。「なにがだめなんだ？」

「髪を傷めちゃだめ！　ぼろぼろになっちゃうわ！」

彼は不思議そうな顔をした。「おれの髪はこういう扱いに慣れてるよ、エリン」

エリンは彼に向かって指を振った。「乾燥した枝毛になってるのは、そのひどい櫛で髪を引っぱってちぎってるからよ。わたしは子どものころから髪を伸ばしてるから、長い髪の手入れのしかたは知ってるの。しちゃいけないことも」

「でも、からまってるんだぞ。どうしろって言うんだ？　もつれたまま放っておくのか？」

「テレビでコンディショナーのコマーシャルを観たことないの？」

「テレビを観る習慣はない」

エリンは素早くベッドからおりると、自分のスーツケースのチャックを開けた。「ディープ・コンディショニング・パックをしなきゃだめよ。あなたはついてるわ。わたしがここに持ってるから」

彼の目が細くなる。「その、エリン。どう言えばいいかわからないんだが、おれはどう見てもディープ・コンディショニング・パックをするタイプじゃない」

「それを言うなら、あなたは間違いなく髪を長くするタイプでもないわ」とエリン。「短くしてあげましょうか？　よく切れるはさみを持ってきてるの」

「勘弁してくれ」もごもごとつぶやく。

「選んで」エリンはきっぱり言った。「ふたつにひとつよ」

コナーは一歩あとずさった。「怖いな」

エリンはスーツケースから洗面道具入れを出した。「怖がることはないわ、コナー。降参すればいいの。この世には、自分ではどうしようもない問題もあるのよ、忘れたの？　自分が傷つくだけよ」派手なそぶりではさみを取りだす。「じゃじゃーん！」

「卑怯だぞ。おれが言ったせりふをそのまま返すなんて」

「あら、ばか言わないで」やるべき目標ができたせいで、さっきより主導権を握る立場になったような気がした。持ち前の仕切り好きが前面に出ている。「べとべとしたものを頭につけたからって、髪がふんわりして光沢が出るだけよ。あなたの男らしさに見た目でわかるような影響を及ぼすわけじゃないわ」

「約束するか？」

「ええ」即答する。「約束するわ」

彼の瞳がきらりと光った。「おれの男らしさを試したいかい？」

ふいに手が麻痺したようになり、はさみがベッドの上に落ちた。ええ——そう口に出せたらどんなにいいだろう——いますぐ試しましょう。けれど、言葉にならなかった。沈黙が重くなっただけだ。

コナーが目をそらせた。「すまない」彼は言った。「忘れてくれ」

彼がベッドに腰かけた。エリンは広い背中を見つめた。濡れて色が濃くなった金髪が分厚くもつれている。ずっと触れたいと夢見ていた髪。彼の世話をしたい。面倒をみたくてたまらない。彼の心をなごませるようなささいなことでいい。ほんのささいなことで。

「コナー、わたしにやらせてちょうだい」せがむように言う。「髪を整えさせて」

彼はためらっていたが、やがて大きくため息をついた。「くそっ、なんてこった」

「よかった」エリンは即座に行動に移した。はさみとシャンプー、コンディショナー、アイスバケットと櫛をかき集める。蹴るように靴を脱ぎ、勢いよくバスルームのドアを開けた。

「来て。始めましょう」

彼はバスルームの戸口に立ち、蛇口から出る水がお湯になるまで調節するエリンを見ていた。彼女はタオルをたたみ、冷たい陶器が直接背中にあたらないように浴槽の縁にかけた。

「自分でやる」こわばった声でコナーが言った。「やり方を教えてくれ」

「だめ、わたしがやるわ」せかせかと準備しながら答える。「シャツを脱いで。濡れてしまうから」

彼がやけに長々とためらっているので、エリンはとまどって顔をあげた。

コナーは厳しい表情を浮かべ、内気な少年のようにTシャツの裾《すそ》を握りしめている。

エリンはタオルの皺を伸ばした。「コナー？　どうしたの？」

こちらの目を見ようとしない。「おれは、あまり見栄えがよくないんだ。傷が、その……ひどい傷がある」

まあ、なんて皮肉なんだろう。彼が自分の体に自信がないなんて。なぜか涙がこみあげ、エリンは無理に笑い声をあげてごまかした。彼に近づき、Tシャツの裾をつかんで引きあげる。

コナーは彼女の手をつかんだ。「エリン、おれは――」

「しーっ」なだめるように言う。「手をあげて」

彼はされるがままにシャツを脱いだ。エリンは息がつまった。

信じられないほどきれいだ。競走馬のように引き締まり、がっしりとたくましい。筋肉は太くて硬く、淡い黄金色のなめらかな皮膚の下にあるみごとな起伏がすべてわかる。あばらと左肩と腕と手に、火傷の痕が赤く焼きついていた。彼の命がどれほど危うかったかを目の当たりにして、エリンはぞっとした。「なんてこと、コナー」かぼそい声が漏れた。

「言っただろう」抑揚のない声。「ひどいもんだ、だろ？」

エリンは彼の肩に沿って指先をすべらせた。コナーがさっと身を引く。

「ごめんなさい。まだ痛むの？」心配で尋ねる。

コナーは首を振った。まだ目を合わせようとしない。

あらゆるくぼみと曲線を、手と口で記憶したい。傷痕のせいでコントラストが際立ち、男性的な美しさがいっそう強まっている。

いまここで彼に身を寄せ、硬い胸に唇を押しあてたい。エリンはよろめきながら一歩あとずさった。「バスタブの横に座って頭をうしろに出して」声が震えている。

彼は言われたとおりにバスタブに寄りかかり、長い脚を前に伸ばした。エリンはバスタブのなかに入り、彼の隣にしゃがんだ。

「最初にシャンプーするわ」

コナーが眉をあげる。「洗ったばかりだぞ」

「わたしのいいシャンプーでは洗ってないわ」アイスバケットを手に取り、ゆっくりと髪にお湯をかける。「手で支えられるように、もう少し頭をうしろに動かして」

彼はため息をつくと、背中をそらして目をつぶった。

シャンプーが泡立ち、彼の髪からエリンの手に滴り落ちた。その泡がぽたぽたとお湯に落ち、足首に打ち寄せている。お湯に浮かぶ泡は、ホイップクリームか積雲のようだった。ぬくもりと湯気、そして彼の髪をやさしく撫でる自分の手がたてるなめらかな水の音が、セクシーな恍惚感をもたらしている。かたちのいい彼の頭を永遠に撫でていられそう。指のあいだをすべる豊かな髪や耳、先端が金色になった濃い睫毛に見とれてしまう。尖った頬骨、口元をはさむいかつい皺。こんなふうに頭をうしろにのけぞらせていると、たくましい首の腱が際立って見える。

いますぐかがみこんでキスすることもできる。簡単なことだ。きっかけとしては完璧だわ。その思いがぐるぐると頭のなかを駆けめぐり、せがむように跳ねまわるのでもう少しで行動に起こしそうになったが、ぐっとこらえた。

アイスバケットでお湯をくみ、泡を流して髪を絞る。コナーが目を開けた。問いかけるように眉をあげている。

エリンはおずおずと微笑むと、コンディショナーを手のひらに絞りだした。値の張る商品だし、もうあまり残っていない。こんな値段のヘアケア製品は、この先とうぶん買えないだろう。でも、それがなんだと言うの？　コナーはこれを使うだけの価値がある。エリンは空になるまでコンディショナーを絞りだし、チューブを脇へ放った。「これを髪につけるわ。そうしたら十分間そのままにしておいて」

コナーは困った顔をした。「十分？」

「三十分ならなおいいわ」きっぱりと言う。「本当は、染みこむように髪に蒸しタオルを巻いたほうがいいのよ。でも、そこまで要求するのは無理でしょうね」エリンはコンディショナーがいきわたるように髪をマッサージした。

コナーはぬるぬるしたエリンの片手をつかみ、顔に近づけた。「うわ」ぼそりと言う。「おれの髪はこんなにおいになるのか？」

「そうよ。でも死にはしないわ」エリンは彼のほっそりした優雅な手についた痛ましい傷を見つめた。「だから泣き言はやめて」

彼がわたしの手を撫でている。コンディショナーがマッサージオイルであるかのように。

「ようやく秘密がわかったよ」

愛撫するように手を撫でられ、エリンはなかば恍惚としていた。「秘密って？」

「どうしてきみの髪はそんなにきれいなのか」口元に物憂い笑みが浮かんでいる。「どうしていつもそんなふうにツヤツヤときれいなんだろうと、ずっと不思議に思ってたんだ。じゃあ、こういうわけだったんだな。何時間もバスルームにこもって、甘い香りのべたべたするものを塗りつけてたんだ。思ったより悪いものじゃないな」

魔法がかかったような静かなバスルームのなかで、時間がワープして速度を落とした。聞こえるのは蛇口からバスタブに滴る水滴の音だけ。香りのいい湯気で室内がぼやけている。

エリンは自分の手を撫でる大きな手を見つめながら、どきどきする鼓動を抑えようとした。コナーがさっと視線をあげた。にんまりしている。「真っ赤だぞ、エリン。熱いのか？それとも赤くなってるだけか？」

「熱くないわ」ささやくように言う。「そろそろすすぎましょう」

「もう十分たったのか？なんだ、十秒のような気がする」

エリンは見当がつかなかった。十秒かもしれないし、三時間たったようにも思える。「少なくとも十分はたったわ」もごもごと言う。

彼は満足そうにうめきながらエリンの手に頭をあずけた。「美人の湯浴《ゆあ》み係にかしずかれてるサルタンになったような気がする」

その言葉が引き起こしたセクシーなイメージに、くすくす笑いが漏れた。視線が彼の体をたどり、股間でとまった。

大きくなっている。すごく大きい。比較の対象をいっぱい知っているわけではないけれど、思っていたよりずっと大きい。

わかったでしょう。いまここで彼に誘いをかけても、拒絶はされないわ。少なくとも彼の体は拒絶しない。わたしはただ手を下に伸ばして……それからどうするの？　ジーンズの上から彼を撫でる？　それともボタンをはずしたほうがいいのかしら？　両手はべとべとで濡れている。きっと、いやらしくて下品な女だと思われるはず。きっと彼は気を悪くする。あるいはもっと悪いことに、おもしろがるかもしれない。わたしはどうしようもない弱虫だ。

エリンは丹念に髪をすすぎ、立ちあがった。「次は髪を梳《と》かして軽くカットしましょう」彼女は言った。「バスタブの縁に腰かけてちょうだい」

コナーが渋い顔をする。「ほんとにやらなきゃいけないのか？」

「ここまでやったのよ。最後までやらない手はないでしょう」

コナーは立ちあがった。「おれをプードルみたいにするつもりじゃないだろうな？」とぼやく。「ポニーテイルにできる長さが必要なんだ。それから、頼むから全部同じ長さにしてくれ。さもないと気が狂いそうになる」

「心配いらないわ」エリンは言った。「わたしを信じて。とても上手なのよ」

髪に櫛を通し、広い肩に広げた。「肩の長さでそろえるわね。そうすれば毛先の枝毛だけ切れるから。分け目はどこ？」

彼はまごついたようにくるりと振り向いた。「なんだって？」

「髪の分け目よ」と説明する。「それによって切り方が変わるの」

「くそっ、ややこしいな。分け目なんて、髪をうしろに引っぱったときによって変わる。気にしたこともない」

「まあ、しょうがない人ね」

エリンはゆっくり几帳面に髪を切っていった。できるだけ長く彼の近くにいられるように精一杯時間をかけたが、とうとう体を起こさざるをえないときが来た。両手で髪を梳きながら言う。「できたわ。あとはドライヤーで乾かせば終わりよ」

コナーがひるんだ。「勘弁してくれ。それだけは断る」

エリンは自分のドライヤーを掲げて見せた。「でもコナー。べつに――」

「ふたりとも感電する前に、そいつを向こうへやってくれ！」

「もう、赤ちゃんみたいなんだから」エリンは落ちた髪を集めてゴミ箱に捨てると、小走りでバスルームを出た。いつものきれい好きも忘れ、まだ髪がくっついてべたべたしているシャンプーのボトルを洗面道具入れに押しこむ。自分に腹が立ってしょうがない。きっかけは山ほどあったのに、わたしはただ手をこまねいていただけで、すべてやり過ごしてしまった。ばか。意気地なし。

「エリン」

くるりと振り向くと、コナーがバスルームの戸口に寄りかかっていた。まだ上半身裸のままだ。濡れた髪をうしろに梳かしつけているせいで、彫りの深い険しい顔立ちが目立つ。エリンはどさりとベッドに腰をおろした。「なに？」声が震えている。

「きみはほんとにいい人だな。すごくやさしくて。ありがとう」

「いいのよ」小声で答える。

やさしい。彼はわたしはやさしいと思ってる。いい人だと。悪魔の呪文みたい。エリンはその言葉を呑みこもうとしたが、喉につまってできなかった。

ずっとむかしから、みんなにそう言われてきた。完璧であろうと努力し、パパとママのために世界を円満にしようと、不自然なほど行儀のいい子どもだったときから。両親の仲が円満ではなくなり、ありったけの助けを求めるようになったときから。

やさしくていい子。品行方正で、礼儀正しく勉強好き。成績はオールA、優等生、雪のように一片の汚れもなく清らか。

これ以上こんな自分には耐えられない。

「おい……エリン？ なにか気にさわることを言ったか？」

エリンは慌てて彼を見た。「いいえ、そんなことないわ！ わたし……その、もしよかったら、しばらくバスルームを使いたいんだけど」

彼がうなずく。こちらへ向けた笑顔はとてもセクシーで、思わずつま先が丸まった。エリンは洗面道具入れとネグリジェをつかみ、まだ表情をコントロールできるうちに慌ててバスルームに駆けこんだ。

勢いよく降り注ぐシャワーの下で、ぎゅっと目をつぶる。この恐ろしい呪文から逃れるために、なにか大それたことをしなければ。最悪の場合でも、笑い飛ばされるだけだろう。

いいえ、コナーは無愛想できつい性格だけれど、残酷じゃない。わたしを欲しくなければ、拒絶するのにつらい思いをするだろう。でも、そうなったところでふたりとも死ぬわけじゃない。乗り越えて生きていけるはずだ。

エリンはシャワーをとめた。そうね、もしかしたらわたしは死んでしまうかもしれない。でも、死ぬほど恥ずかしいからって、臆病風を吹かせる言い訳にはならない。エリンはタオルで体を拭き、ネグリジェとパンティを身につけた。ドアノブに手をかけ――そこで動きをとめた。

このネグリジェを買ったのは、レースで縁取りされた透きとおったデザインが、ロマンス小説から出てきたようにロマンティックだったからだ。でも、雰囲気が清らかすぎる。わたしが望んでいるようなセクシーさは微塵もない。コットンの白いブラとパンティも同じだ。もし引き返せないところまで行きたいのなら、大胆にならなければ。このドアを一歩出たら、どうせわたしは彫像のようにひとことも話せなくなる。伝えたいメッセージがあるなら、言葉にせずとも伝わるものにしたほうがいい。

エリンはネグリジェを脱いでフックにかけた。パンティも脱いでふたつにたたみ、もう一度折りたたむ。冷たい指でドアノブをつかんだとき、髪のことを思いだした。アップにまとめた髪をほどき、肩のまわりに落とす。

じっと鏡をのぞきこんだ。全裸で髪をおろしていると、セクシーと言えるかもしれない。化粧道具をベッドの上に置いてきてしまったのが悔やまれる。お化粧の助けは借りられない。このまま素顔でいくしかないだろう。

彼を誘惑するこれ以上のチャンスは二度と来ないだろう。自分にはそんな能力はないかもしれないけれど、いまはかつてないほど意欲が高まっている。気を引き締めるために深呼吸をしようとしたが、肺に酸素が入ってこなかった。

エリンはドアを押し開け、バスルームから踏みだした。

8

ドアの開く音で、コナーが振り向いた。

ぎょっとして言葉を失っている彼を見て、エリンはどうしようもない孤立感と晒《さら》し者になったような感覚に襲われた。ささやきあう群衆の前で裸でステージに立っている自分を、コナーの強烈な眼差しがスポットライトのように照らしているような気がする。沈黙がつづき、彼が口を開けた。その口が閉じる。喉仏が大きく上下した。

「くそっ」コナーがかすれた声で言った。「いったいなんのまねだ?」

唇がわななきだした。その震えが顎全体に広がっていく。「わからない」エリンはかぼそい声で答えた。自分でもなにをしてるのかわからない。でも、それがなんであれ、間違っていることは明らかだ。

やっぱり。最悪の展開になった。こういうときこそ女の本領を発揮しなければ。「わたし、その、服を着てくるわ」もごもごと言う。「失礼」

涙があふれそうになりながら踵《きびす》を返し、心底求めてやまない方角——バスルームのドアのほう——へ飛びだした。

うしろから彼につかまれ、くるりと向きを変えられた。壁に押しつけられる。「そんなに急ぐことはないだろう。ちょっと待て」

怒りに燃える顔が、すぐそこにある。乳首が彼のむきだしの胸をかすめた。エリンは口を開けたが、意味のある言葉はなにも出てこなかった。「わたし――」

「バスルームからふらふら裸で出てきておいて、そのままおれを放っておくつもりか！」

息がつまる。「でもわたしは……わたしはただ……」

「ただ？　ただなんだ？　おれの前にこれみよがしに裸で現れたのはおもしろ半分だったと言うのか？　冗談だと？　目の前に餌をぶらさげておれが飛びつくところを見たかったのか」

なぜここまで激怒しているのか理解できず、エリンは混乱した。「コナー、わたしは――」

「こんなふうにおれをコケにするな、エリン。ぜったいに、やるんじゃない」

ようやく言葉が出た。「違うわ」

「どう違うんだ？　もっと大きな声で言ってみろ。聞こえないぞ」

エリンはぐっと彼の胸を押したが、ぴくりとも動かなかった。まるでその場に根を張っているようだ。「怒鳴らないで！」

「聞かせてくれ、エリン」声は穏やかだが、脅すような色があるのは変わらない。「どこが違うんだ？」

手をあげて胸を隠そうとしたが、素早く伸びてきた彼の手に両手をつかまれた。大きく両腕を広げた格好で壁に押しつけられる。彼がぐっとかがみこんできた。ジーンズの下の硬いふくらみが恥骨に押しつけられている。「逃げようとしても無駄だぞ、エリン。これはきみが始めたことだ。責任を取ってもらおう」

エリンは彼の目を見つめた。「わたしはただ……」喉がつまり、言いなおす。「わたしはただ……」

「なんだ？　なにを考えてた？　おれを相手にどんなふざけたまねをするつもりだったんだ？」

「怒鳴らないで！　わたしはふざけてなんかいないわ！　あなたが欲しかったのよ！」

彼は呆気に取られた顔をした。「なんだって？」

「あなたが欲しかったの！」怒りで彼から手をもぎ取る力が出た。「なによ、コナー！　そんなにわかりにくかった？　もっとあからさまな方法があったって言うの？　どうすればよかったの、声が出る電報でも送るの？」

「おれが？」

熱い胸をぐっと押す。今度は彼もあとずさった。「そうよ、あなたよ！　ばか！　あなたがこんなにばかだなんて、思いもしなかったわ！」バスルームへ飛びこむ。「もうほっといて。忘れてちょうだい。約束するわ、もう二度と――」

「くそっ、だめだ」肩をつかんで引き戻され、くるりと向きを変えられた。「このまま放っておくことなんかできない。無理だ」

自然なかたちでスムーズにセクシーな世界へ入っていければいいと思っていた。コナーがこちらのサインに気づき、わたしは彼のリードに従って、ぎこちなさや未熟さを隠せればいいと。でも、そうはならなかった。

コナーはひどくいらだっている。激しい感情で腰をつかむ手が震えている。ぞくっとするような原始的な恐怖が全身を駆け抜けた。「落ち着いて、お願い」小声で言う。「痛いわ」

彼が手をおろした。「すまない」ぶっきらぼうに言う。

エリンは彼の指があたっていたひりひりする場所をこすった。「あなた、怖いわ」

コナーはあてこするように短く笑った。「ああ、おれもきみが怖いよ」

「父は、あなたは鋼《はがね》の神経を持ってると言ってたわ。裸の女性を見て慌てるなんて、思ってもみなかった」

彼が大きくかすれたため息を漏らす。「それは相手の女による。くそっ、自分を見てみろ」

声がやさしい。「きみの体はすばらしい」

ぽっと顔が赤くなった。なんてやさしいんだろう。どこから見ても平凡なわたしの体を大げさに誉めてくれるなんて。「ありがとう」

彼は恍惚としたように見つめている。頬の高いところが赤くなっている。エリンは手を伸ばしてそこに触れた。ベルベットのようなほてった皮膚の下で、筋肉が動いている。

その手を彼の首から肩へと動かし、それから腰に両腕をまわした。上半身が触れあい、ため息が漏れる。「わたしもあなたの体が好きよ」そっとささやき、盛りあがった筋肉や骨、傷痕へと指先を這《は》わせた。やさしい感触に、彼が身震いしてあえぐ。

コナーはためらいがちにエリンの肩に手を置いた。「どこに手を置いていいのかわからない」声が震えている。「きみはとても柔らかくて温かい。それに、なにも着ていない」

「じゃあ、全身に触れて」

彼はエリンの髪に指を入れ、そっと毛先まですべらせた。「これは夢か？　夢じゃないと証明してくれ」

「いいわ」彼の背中に沿って手をおろし、引き締まったお尻をつねる。「これでどう?」

彼はエリンの髪に顔をうずめ、笑い声を押し殺した。「なるほど」彼が言った。「おれの夢のエリンはぜったいこんなことはしないな」

その言葉が意味するものが心に染みこんだ。「夢のエリン? わたしのことを考えたことがあるの?」

「ああ、あるとも。ずっと前からきみが欲しかった」全身を手がすべっていく。大胆に、はやるように。ウェストで円を描き、腰やお尻を撫でていく。

エリンはほてった笑顔を彼の胸で隠した。「きっと、あなたの夢のエリンは男の人のお尻をつねったりしないんでしょうね?」こらえきれない笑いで体が震えだした。「きっと彼女は、絵に描いたように完璧な陶器のお人形みたいに、きらきら光る黒いエナメル靴と足首までのソックスを履いていて、過ちなんか犯さないのよね。でしょう?」

彼はとまどったように眉間に皺を寄せた。「なんだって?」

「きっと彼女は、先生のご機嫌を取るために、あたりさわりのない口をきくおばかさんなのよ。きっと彼女はバスルームから真っ裸で飛びだして、男性を死ぬほど怯えさせるようなまねはぜったいしない。でもね、コナー? あなたの夢のエリンにはお別れしてちょうだい。彼女はもういないの。ミスいい子ちゃんはもうおしまい。わたしはやめたの」

「おい」呆気に取られた顔をしている。「革のミニスカートと五インチヒールを身につけて、銀行を襲うつもりか?」

「いいえ、わたしはあなたを誘惑するつもりよ」きっぱりと言う。

彼の顔が嬉しそうに輝いた。「おれは全然かまわない。だが断っておくが、おれの夢のエリンがエナメル靴を履いてたことはない。彼女はいつも一糸まとわぬ姿だ。すべてをさらけだしている。クリームのような全身の肌が、汗に湿ってピンク色に上気してるんだ」

「まあ」エリンは息を呑んだ。「本当に？」

こくりとうなずく。「向こうを向いてくれ」

唐突な指示に面食らった。「え？」

彼はヒップの丸みに手のひらをあてている。「きみのお尻が好きなんだ。向こうを向いてくれ、いまここで。鏡の前で。ヒップを見たい」

あんな大胆なことをしたあとでいまさらばかげてはいたが、顔が赤くなった。「でも……わたしのお尻はすごく大きいのよ。シンディはいつも、クリスマスプレゼントにふざけて『鋼のヒップ』っていうエクササイズビデオをくれるの。だから――」

「シンディは勝手に自分の骨ばったヒップを鋼に鍛えればいいさ。おれは、きみみたいに丸くてきれいなお尻のほうが好きだ。服を脱いだのはきみだぞ、エリン。おれはずっときみのお尻をこっそり盗み見てたんだ。ようやくゆっくり見るチャンスが訪れた。だから向こうを向いてくれ。いまここで」

誘うようなけだるい口調に隠された有無を言わさぬ雰囲気をエリンは聞き逃さなかった。それに、彼は正しい。これは自分がやったことだ。彼女はくるりと背中を向けた。

コナーは彼女の腰をつかみ、そっと前に押した。エリンはふらつき、低いテーブルに手をついた。正面の鏡を見つめる。背中をそらし、腰を突きだす自分が見えた。顔はピンク色に染まっている。

コナーがにっこり微笑んだ。貪欲《どんよく》でみだらな笑みに、太腿の筋肉にきゅっと力が入る。彼が求めたポーズは、あからさまな誘いのポーズだ。

彼はわたしを試している。腕が震える。動けない。怖気《おじけ》づくわけにはいかない。ぜったいに。せっかくここまできたんだもの。

彼の手が下へおりてきた。あらゆる曲線を堪能し、太腿の内側を愛撫して、秘密の場所が隠された茂みを大胆にかすめている。体を起こされ、お腹に腕を巻きつけられた。勃起したものがお尻にあたる。

エリンは必死で頭をはっきりさせた。「正しい行ないができなくなりそうだ」

「きみに触れずにいること」うめくように言う。「おれはきみを脅してこんなことをさせた。おれを愚か者の世界にどっぷりはまらせるように、きみをそそのかした」

「ちょっと待って。どっちがどっちをそそのかしてるの？　どっちがこの責任を取るの、なにがなんでも正道を守るミスター・コナー・マクラウド？」

「そんなことはどうでもいい」

エリンは毅然《きぜん》と顎をあげた。「どうでもよくないわ。あなたは正しい行ないというものを救いようがないほど勘違いしてる」

彼の唇がひきつった。「そうなのか？」

「あなたがやるべきなのは、わたしの欲望を満足させることよ。この状況で唯一の正しい反応は、それだわ」

彼の顔に満足げな笑みがゆっくり広がった。「わーお、おれの夢のエリンなら、ぜったいにそんなことは言わないぞ」

「夢のエリンは終わり。これは現実のエリンよ。慣れるのね」

「ああ、じょじょに慣れてるよ」太鼓判を押す。「最初はびっくりしたが、ポルノまがいのエリンにかなりのスピードで馴染んでる」彼は乳房を覆うように手のひらをあて、指のあいだで乳首を転がした。「ああ、たまらない」そっとつぶやく。「セクシーな夢に出てきそうだ。それで？　きみの欲望を教えてくれ。なんでも言うとおりにする。どんなことでも」

エリンは躊躇《ちゅうちょ》したが、自分がなにをしているかわかっているふりをしてもストレスがかかるだけだと心を決めた。「この先どうしたいか、自分でもよくわからないの」正直に言う。

「あなたになにか考えがあるんじゃないかと思ったんだけど」

コナーは噴きだした。「ああ、おれはこの先どうしたいかよくわかってるさ。唯一の問題は、コンドームを持ってないことだ」

エリンは目を丸くした。このささいだけれど重要な件のことは、すっかり忘れていた。

「ここへ来るときは、きみを口説けるかもしれないなんて、思ってなかったからな」投げやりに言う。「そんなことは考えもしなかった。きみと寝るチャンスに恵まれながら、それをふいにするなんて信じられない」

エリンは口ごもり、唇を噛んだ。「だとしても……できないものかしら？」と訊く。「聞いたことがあるわ。男の人が手前でとめれば——」

「理屈のうえではね」

エリンは勢いこんで話しだした。気が変わらないうちに言葉にしてしまいたい。

「わたし、生理はすごく正確なの。一昨日の晩に終わったばかりよ。だからたぶん――」

「『たぶん』じゃだめだ、エリン。おれはすごく興奮してる。きみを見てるだけで、この場で下着のなかでイカずにすめばありがたいくらいなんだ。きみのなかでイクなと言われても無理だ。どうせ一回めは無理だし、たぶん二回めも無理だ。おれには約束できない」

ふと、別の考えが浮かんだ。「ごめんなさい、先に言えばよかったわ。もし安全かどうかを気にしてるなら、わたしのセックス経験は一分で話せる程度のものだし、それも毎回コンドームを使ってた。だから――」

「そうじゃない、エリン。はっきり言って、そんなことは考えつきもしなかった」穏やかに言う。「だがせっかくこの話題になったついでに言うと、おれも安全対策にはいつも注意を払ってた。それに、最後に受けた検診では陰性だった。昏睡状態やなにやかやが起こる前だが、あの事件のあとは誰ともつきあっていない。だから、まあ……だからどうというわけではないが」

「ありがとう」そっとつぶやく。「ずいぶん長いわね」もちろん、わたしの禁欲生活ほど長くはないけれど、わたしの場合は特別だ。「じゃあわたしたち、その、別のことができるんじゃない？」

コナーはゆっくりとセクシーで冷酷な笑みを浮かべた。「そうか？　どんなことを？」

「あら、可能性ならたくさんあるわ」さりげないふうを装って言う。

「言ってくれ」コナーが静かに言った。「どうしたいのか教えてくれ」

思わず視線が落ちる。「できないわ」エリンはささやいた。

彼は自分のほうへ彼女を引き寄せた。「そうだと思ったよ」

エリンは彼の胸で顔を隠した。わたしが不慣れでおずおずしていても、コナーはわたしに対する関心を失ってはいない。お腹にあたっている熱いふくらみでそれがわかる。まだ見込みはあるわ。

コナーはエリンのうなじの髪に手を入れ、上を向かせた。「教えてくれるかい、エリン？」と尋ねる。「答を聞かないと頭がおかしくなりそうなんだ」

エリンは一途な眼差しを見つめ返した。「なに？」

「きみが経験したと言ってたセックスだが、その相手はゲオルグ・ラクスだったのか？」

エリンは彼の腕を振りほどいた。「あのおぞましい男には、指一本触れさせてないわ！よくそんなことが訊けるわね？」

「怒らないでくれ」となだめる。「もしそうだとしても責めるつもりはない。誰も責めはしないさ。あんなルックスの男が相手なら――」

「あんなってどんな？」自分のスーツケースに駆け寄り、震える指で服を探した。「彼はジゴロに見えたわ！わたしになんか、これっぽっちも興味がなかった！」コットンのパンティを見つけ、裏返しのまま力まかせに身につける。

「おい、騙《だま》されないぞ。あいつはカルバン・クラインのポスターみたいだった」

「あなたが彼にあんなことをしたあとは違うわ！」

コナーがひるんだ。「きみに見せて悪かった。だが自分がやったことを後悔はしてない」

「どうでもいいわ」ぴしゃりと言い放つ。「好きなように考えなさいよ、コナー。わたしはかまわない。わたしは襲われて、汚されて、辱めを受けた。彼を相手にあらゆることをした。わたしはすっかり堕落した。これで気がすんだ？　じゃあ、もういいでしょ！」

スーツケースからもぎとるようにズボンを出し、ベッドに腰かけて足を通す。コナーはズボンをひったくって放り投げ、彼女を仰向けに押し倒した。半裸の熱い体でのしかかってくる。「でたらめだ。おれの目を見ろ、エリン」

エリンは必死でもがいた。「放して！」

「おれの目を見るんだ」とくり返す。「それだけでいい」

ちらりと彼の目をにらみつける。「これで満足？」

コナーは力を抜いてうなずいた。「ああ。きみは、あいつに触れさせてはいない」

「あら、そう？　どうしてわかるの？　嘘をついたかもしれないわよ！」

「きみはおれには嘘をつけない」冷静に言う。「おれにはきみがわかる」

「思いあがるのもいい加減にして！　あなたにわたしのことがわかるわけないわ、コナー！　なのに、わたしの目を見ただけで心がわかるって言うの？」彼の胸をたたく。「自分でもわからないのよ！」

「おれにはわかる」コナーは頑《かたく》なに言い張った。「きみはあいつに触れさせてない」

エリンは顔をそむけた。喉がわななく。「そうよ」と打ち明ける。「彼はわたしのタイプじゃなかった。それに、彼といると落ち着かなかった」

コナーはごろりと寝返りを打って離れ、片肘をついて頭を支えた。もう一方の手は愛しそうにエリンのお腹に乗せている。「よかった」

「だからってなにも変わらないと思うけど」

「ああ、そうだ。でも、おれの気分はよくなった。あの野郎がきみに触れてる夢に、何カ月も悩まされてたんだ」

びっくりして体を起こした。「本当?」

無言のひたむきな眼差しが答だった。彼の手がすべり、ウェストのくびれでとまって引き寄せられた。ふたたびおたがいの体が触れあう。

「わたしも見たわ」エリンはそっとささやいた。「ひどい夢だった。しばらくつづいたの」

彼の唇が首筋と顎にそっと触れてきた。「なにを話してたんだっけ? ああ、そうだ。セックス抜きの愛し方の可能性についてだったな」楽しそうに言う。「興味深い話題だ。その話に戻ろう」エリンのパンティのゴムの部分を引っぱり、物欲しげに見つめてきた。「裸のほうがよかったのに」

「あなたが怒らせたからじゃない」

「きみはおれを許してくれるさ」顔一面にやさしいキスの雨を降らせてくる。「パンティを脱いでくれたら、その理由を教えてやろう」

みぞおちが恐怖で冷たくひきつった。事実を直視しろよ、ベイビー。欠陥品。不感症。わたしがなかなかイカないことに対するブラッドレーのいらだちとうんざりしたようす。エリンは神経質な笑いを漏らした。「あら、わたしはまずあなたの話がしたいわ。あなたのほうが――」

「ルールは歴然としてる」とコナー。「レディファースト。それがルールだ」

「でもわたしは……」言葉がつづかない。情けない。

コナーが探るように見つめている。「きみが望んだことだと思ったが」ゆっくりと言う。

「気が変わったのか?」

「まさか、そうじゃないわ! ただ、その……簡単にはいかないのよ、わたしがオルガスムに達するのは。わたしはあんまり……反応がよくないから、あなたをうんざりさせたくないし。それに、わたしは緊張するとびくびくして、よけいに体が硬くなってしまうの。だからその部分は飛ばして別のことができたらと思ったのよ。そうすれば、ひょっとしたらわたしもリラックスして――」

「エリン、しーっ」不安でしゃべりまくる口をキスでふさがれた。彼が顔をあげたときは、くらくらして息ができなかった。「緊張することはない。それに、おれはうんざりしたりしない。おれはたっぷり時間をかけられるんだ。きみが想像もできないほど」

「でも――」

彼の唇で唇を覆われた。すると、あらゆる疑念と恐怖が穏やかな混沌《こんとん》の渦のなかへ溶けていった。彼の唇はベルベットのように柔らかく、なだめるように執拗《しつよう》に攻めてくる。舌が触れあい、キスが深まった。甘く、ぴったりからみあうキス。まるでわたしの体から魂を吸い取ろうとしているみたい。

彼の手がパンティのなかにすべりこんできた。柔らかな茂みを指先がかすめる。その手に大切なところを押しつけると、彼の指がそっと襞《ひだ》を分けた。

「ああ、すてきだ」彼がつぶやく。「もう柔らかくなって濡れている。きみにはなんの問題もないよ。充分反応してる。感じるんだ。もうイキそうになってる。おれはまだキスしかしてないのに。ほとんど触れてもいない。これがきみの本当の姿なんだ。熱いキャラメルみたいにとろけてる。さわってごらん、ここに手をあてて」

彼はエリンの指を襞の上で熱く疼く場所にあて、自分の指を入れてきた。エリンは息をはずませながら顔を覆った。体が勝手に動いてしまう。エリンは彼の手に自分自身を押しつけた。耐えがたいほどの快感がどっと押し寄せる。ぎゅっと太腿を閉じて彼の手をはさみ、秘密の場所を押しあてた。筋肉がびくびく痙攣《けいれん》している。感覚が高まり、どんどん昇りつめていく。

「コナー、ああ、だめ……だめよ……」

「おれはここにいる」なだめるようなやさしい声。「大丈夫だ。さあ、イクんだ」

体の奥で、とてつもなく大きなものがまとまっていく。エリンはパニックに襲われて抗《あらが》った。「コナー……、なにか変なの。わたし……怖い」

「身をまかせるんだ、エリン。大丈夫」

「お願い、やめて。無理よ、こんな――」

「身をまかせるんだ」容赦なく言う。口のなかに彼の舌がすべりこみ、手は執拗にさらに奥へ入ってきた。

それはいきなり襲ってきた。脈動する黒い熱のなかに世界が溶けてゆく。

ようやく目を開けたとき、体がばらばらになっていないのが意外だった。以前の見覚えのある自分のままだ。

コナーはエリンの顔に手をあてて自分のほうを向かせ、汗で濡れた髪を額からはらった。「大丈夫か？」

エリンはじっと彼を見つめた。声が出ない。

「そんなに悪いもんじゃなかっただろう？」

エリンは横向きになった首から力を抜き、頰を撫でている彼の手に鼻をすり寄せた。「あれは……あれはなんだったの？」

コナーが驚いた顔をした。「その……きみはイッたんだよ、エリン」ゆっくりと言う。「まさか、はじめてだと言うんじゃないだろう？」

快感の名残りでまだ体が疼いている。エリンは目を閉じ、ぎゅっと太腿を閉じてその感覚を味わった。「ええ。いえ、つまりノーよ。経験したと思ってたけど、さっきみたいに世界じゅうがばらばらになるみたいな気持ちを味わったことはなかった。とても怖かったわ。わたし、気を失ったと思う。死ぬかと思った」

首筋に鼻をこすりつけているコナーが微笑んだのがわかった。「軽く死んだのさ。見たことがないほどすばらしいながめだった」

気持ちのいいさざ波のような震えが、ゆったりした悦びへとゆっくり変わっていく。ごろごろと喉を鳴らしながら、ハミングしたい気分。でも彼に寄り添ったとき、お腹に熱く硬いものがあたり、まだ終わりではないと気づいた。「コナー？　あなたはどうなの？」

彼の眉間に皺が寄った。「おれ？　おれは天国にいる気分さ」

エリンは手を伸ばし、ジーンズの下にある太くて長いふくらみを撫でた。彼は短くあえいで、エリンの手に自分の手を重ねた。「まだだ」

「まだ？」意味がわからない。「じゃあ、いつならいいの？」

コナーはエリンのパンティのゴムに親指を引っかけ、ぐっと引きおろした。それからエリンを引きずりながらベッドからすべりおり、彼女の両脚がもつれたベッドカバーと一緒にベッドの足元からさがるようにした。

「オルガスム一回もいいが」彼が言った。「コナー？　なにを――」「二回はもっといい」

エリンは両手をつき、ベッドの縁に腰かけた。ふいに羞恥心に襲われ、両脚をぴったりと合わせる。コナーはすぐ前にひざまずき、うっすら微笑んだ。「広げてごらん」両膝にせがむようなキスを降らせる唇は、温かくてむずむずくすぐったい。エリンは小さく笑い、彼の顔を押しやった。「頼む」コナーが言った。「力を抜いてくれ」

彼の笑顔とおかしなやさしいキスで心がなごんだ。エリンは恥ずかしそうにつぶやきながら涙をぬぐった。多少集中する必要はあったが、太腿の筋肉からゆっくり力が抜けていった。コナーがそれを大きく広げる。うっとりした顔をしている。指先で襞を撫で、そっと分けて奥深くまで指を入れてきた。

エリンは息を呑んだ。その瞬間、意識が体から離れ、怯《おび》えた冷たい視線で自分の姿を観察していた。両脚を広げ、すっかり彼に身をゆだねている。みだらで正気の沙汰とは思えない。辛辣《しんらつ》に諭す声が胸の奥でこだまし、裏切りのことを思いださせた。父、ノヴァク、ゲオルグ、クリスタル・マウンテン、こんなことをすべきでないあらゆる理由が――

「やめろ」コナーが言った。

はっとして射るような目を見つめた。「やめろって、なにを?」

「なんであれ、いま考えようとしてたことだ。考えるんじゃない。やめておけ」

鋭く言い当てられて、自分が透明になったような気がした。「なにを考えようが、わたしの自由でしょ」

コナーはエリンのなかから指を抜き、それを舐めて嬉しげにため息をついた。「やってみてもいいだろう?」彼が言った。「くそっ、舌がとろけそうだ。きみに考えてほしいのは、おれにここを舐められてどんな気持ちがするかだけだ。それだけさ、エリン。それ以外のことは考えるな。これはふたりだけのお楽しみだ」

返事をする間もなくコナーは前にかがみ、唇を押しあててきた。そのとたん、頭が真っ白になった。あとに残ったのは、いちばん敏感なところで巧みにせわしく駆けめぐる彼の唇と、力強く熱心な舌がもたらすうねるような快感の渦だけ。その渦が打ち寄せて全身がひたる。エリンはなめらかな湿った髪をつかみ、彼の唇に自分自身を押しつけた。彼の満足げなうめきが全身に響き渡る。

仰向けにされ、高くあげた両脚の膝を曲げられた。しっかりつかまれながらエリンは身をよじった。でも、逃れようとしたのではない。なにかを必死で求めていた。彼が誘《いざな》っている。心の地平線で日の出の太陽のようにまばゆく輝くじれったい兆しに向けて。

さっきエリンを怯えさせた快感の大波が、ふたたびせりあがっている。今回は抵抗しなかった。大波の炸裂《さくれつ》は体の隅々まで反響し、快感のさざ波がどこまでも延びていく。浮きあがるまで長い時間がかかった。「とろけそう」エリンはささやいた。

「ああ、熱いダッチ・アップルパイに載せたバニラアイスみたいだ。うまい」彼の笑顔はとてもやさしく、心が痛んだ。「もっとかい？　ひと晩じゅうでもおれはできる。簡単だ」

エリンは苦労して膝立ちになった。「今度はあなたの番よ、コナー」恥ずかしそうに言う。「わたしに、その……口でしてほしい？」

コナーはぱっと体を起こし、なにか言おうと口を開けて、閉じた。照れているように見える。「その……そいつはリンゴは赤いかとか、馬は四本足かみたいな質問だな、エリン」

「イエスという意味ね」取り澄まして答える。

コナーはばたんと仰向けに寝そべり、エリンの顔に手をあてた。「気が進まないなら無理にやらなくてもいい」

エリンは彼にかがみこんだ。「コナー？　赤くなってるの？」

「違う」きっぱり言い放つ。「興奮で顔が赤くなってるだけだ。笑うなら笑えよ。くそっ、照れくさいな」

「照れることないわ。わたしは好きよ。かわいいわ」

「かわいい」ぼそっと言う。「ちぇっ、上等だ。喜んでもらえて嬉しいよ」

エリンは彼の胸に手をあて、柔らかな金色の毛を撫でた。「じゃあ、どうしてほしいか教えて――」

「できない」ばたんと両腕を両側に広げた。「おれはきみのなすままだ。きみの好きにしてくれ。口でやりたければやればいい。おれはいっこうにかまわない」

エリンはジーンズのボタンをはずした。下にはなにもはいていない。手のなかに勢いよくペニスが飛びだしてきた。長くて太く、紅潮している。

「下着をはかないの?」不安を笑いでごまかした。

「嫌いなんだ。子どものころはわざわざはこうとは思わなかった。大人になってからもそういう習慣はなかった。ムスコが締めつけられてる気がするんだ」

そこの肌は思ったよりはるかに柔らかかった。ぐっと握りしめると、太いペニスの上で血の通ったベルベットのような肌がなめらかに動く。ハート型の丸い先端は、赤いプラムのように大きくふくれあがっている。そこで一滴の滴がきらめいていた。そっと指先で滴に触れ、なめらかな熱いペニスに塗りつける。コナーが鋭い声をあげ、背中をそらせた。

エリンはどきっとして動きをとめた。「間違ったことをしたら教えてちょうだい」

彼は関節が白くなるほどきつくシーツを握りしめている。「なんでもいい、どんなことでも。なんでもかまわない。やめないでくれ」

低いしゃがれ声で勇気が出た。エリンは彼のジーンズを引きおろした。そのとき、はじめて太腿に溝のように走る外科手術の痕が見えた。長くぎざぎざでひきつっている。

エリンは傷ついた太腿に手を這わせた。彼の苦しみに対する痛みが心のなかでわきあがり、愛情とひとつになっていく。そして怒りと。彼が思ってもいなかったほどの悦びを与えてあげたいという強い気持ちと。

彼の上によじのぼり、胸を髪でかすめながらまたがった。やさしくキスの雨を降らせると、コナーは喉の渇きで死にかけている人のように顔をあげた。じっと動かないように体を支えているので、小刻みに震えている。「ああ、すごくいい気持ちだ」彼がそっとつぶやいた。

エリンは両手と唇で彼の体を堪能した。ペニスを口に含むと、コナーはぎゅっと目をつぶり、激しく体を震わせた。

ぎりぎりでなんとか口に入った。とても大きくて太い。温かくて塩辛い官能的な味が、麝《じゃ》香《こう》のような男性的な香りが心地よい。それは手のなかやそっと触れる舌の下で脈打っていた。傷ついた美しい肉体は、心が締めつけられるような力と弱さの矛盾そのものだった。そして、強さと渇望の。

コナーがエリンの髪をつかんだ。舌と手で愛撫するうちに、彼の声がどんどんせがむ口調になっていく。自分が大胆になればなるほど彼の身悶えが激しくなっていく。さらに奥まで彼を含み、根元までくわえて強く吸った。円を描くように舌を動かしながら両手でしごく。

髪をつかむ彼の手に力がこもった。「イキそうだ。ああ」そう言うと大きく体を震わせ、放った。

熱い液体がどくどくと口のなかにあふれ、エリンは激しい勢いに身震いしたが、気を引き締めて長い奔流に耐えた。やがてじょじょに収まっていく。

ごくりと喉を鳴らし、頭をあげて口をぬぐった。股間の豊かな濃い金髪と、ペニスの敏感な先端にキスをする。

彼はぎゅっとエリンの髪を握りしめた。「ああ、エリン」

声がかすれて震えている。コナーはわななく手で目を覆った。エリンは彼のお腹の硬い筋肉に頬をあて、そっと鼻をすり寄せた。「大丈夫?」

彼が目を開けた。笑っている。「おれはたったいま、神秘体験をしたんだ」

エリンは体を起こして膝をついた。「わたしもよ」

彼はこちらの顔をまじまじと見つめてにやりとした。「本当か?　気に入ったかい?」

こくりとうなずく。ペニスはまだ半分硬くて、茂みのなかの住処《すみか》から太腿へとカーブを描いている。エリンは根元からきらめく先端へと、そっと指先を這わせた。即座に硬さと太さを増していく。

「気に入ったわ」エリンは言った。「おかげで頭がおかしくなっちゃった。わたしを見て、コナー。あなたがなにをしたか見てちょうだい」

彼は両肘をついて体を起こし、エリンを見つめた。彼女の指がペニスに巻きついて握りしめている。「わーお」小声で言う。「見てみろ。きみはすっかり熱くなってる」

エリンは頭をうしろにのけぞらせ、ほてった顔から唇へ、そして喉へと指先でたどった。乳房とお腹を撫で、太腿のあいだにその手をすべりこませてかすかな緊張を解こうとする。

「すごく感じるの、痛いほど」彼女は言った。「体のなかも外も、どこもかしこも。あなたはわたしに呪文をかけたの?　知らないうちに、わたしのパイになにか入れたの?」

「まさか」起きあがって膝をつく。「最初からきみのなかにいたのさ。灼熱の愛の女神が。もとからいたんだ。まぶしいよ、エリン。目がくらみそうだ」ぐっとエリンを引き寄せ、自分にまたがらせる。「さあ、もっとやってくれ。いますぐ」

彼は顔を傾け、激しくむさぼるように唇を重ねてきた。やさしさも穏やかさもない、独占欲に満ちた、むきだしの征服するような男性的なキス。エリンはそのキスに身をまかせ、抑えようのない興奮に震えた。濡れてほてった場所に彼がぐっと指を入れてきた。「こうしてほしいのか？」

返事ができない。エリンはむせぶような声を出しながら彼の指の周囲で痙攣し、ぞくぞくするエクスタシーの長い波に乗った。

しばらくするとコナーは彼女を抱きしめ、やさしい声でつぶやきながら子どものようにあやしてくれた。エリンはぐったりと彼の肩にもたれた。ふたたび動けるようになると、彼女はさっと身を引き、コナーを自分の上に引き寄せた。「お願い、コナー」エリンは言った。「いますぐわたしと愛しあって」

コナーの顔には張りつめた自制の表情が浮かんでいた。「だめだ、エリン。勘弁してくれ。それはできない、コンドームなしじゃ——」

彼の体を下へずらし、両脚をからみつける。「わたしは子どもじゃないわ。自分の行動の責任は取れる。約束するわ」

コナーは首に巻きついたエリンの腕をはがし、頭の上で押さえこんだ。「責任なんてどうでもいい」歯嚙みして言う。「そんな単純なことじゃない、わかってるはずだ！」

「お願いよ」両脚で彼を引き寄せ、潤った襞を彼のお腹に押しつける。懇願の熱いキスのように。「あなたが欲しいの」

コナーは目をつぶった。息が荒くなっている。「きみの頼みは断れない」彼が言った。「きみのせいで、おれはすっかり正気を失ってる。きみの前では無力だ」

エリンはつぶやいた。

「すてきだわ。無力のほうが都合がいいもの」

「でも、きみのなかでイカずにいられるかどうかわからないぞ」コナーが念を押すように言った。

「灼熱の愛の女神を相手にするのは、はじめてなんだ」

エリンは彼の胸に乳房をこすりつけた。「じゃあ、この機会に試して。さあ、コナー。ベストを尽くすのよ」

彼が小さく笑いを漏らす。「くそっ、厳しいな」そっとエリンの両脚の位置をずらし、膝を曲げて大きく広げる。

エリンはもがきながら上体を起こし、枕をつかんだ。「見たいわ」彼女は言った。「なにひとつ見逃したくない」

「オーケイ」エリンの背中の下に枕を押しこみ、覆いかぶさって体を支えた。「頭が真っ白で、やり方を忘れたような気がする」

エリンは上目遣いでにっこり微笑んだ。「すぐ思いだすわよ。前戯はまったく問題なかったもの」

「きみの前戯だって、そうとうすごかったぞ。髪にべたべたしたものをつけられただけで、おれは気が狂いそうになった。さあ、行くぞ」

彼はペニスを手に取り、丸い先端をエリンに押しあてた。そっと上下に動かし、自分自身を湿らせる。軽く触れてくる感触は、キスのようだ。いい香りのする彼の髪が顔のまわりに垂れてきて、エリンは指をからめた。「ああ、この髪」そっとささやく。

「髪がどうかしたか？　くすぐったいのか？　うしろにかきあげようか？」

「ううん、そうじゃないの。乾きかけてる。きれいだわ」

彼がぐっと押しあててきた。エリンの体に抵抗されて、さらに押す。「くそっ、エリン」彼がうめいた。「すごくきつい。頭がおかしくなりそうだ。危険すぎる。イキそうだ」

「お願い、コナー」こんな中途半端な状態で置き去りにされるなんて耐えられない。エリンは彼の腰をつかみ、さらに奥へと彼を招き入れた。「やめないで」

「落ち着くんだ」コナーがなだめる。「おれはどこへも行かない。きみに痛い思いをさせたくないだけだ。少しずつやろう……こういうふうに。背中をそらすんだ。ああ、そうだ。すごく締めつけてくる」

彼が容赦なく腰をうずめてきた。エリンは動くのが怖かった。息をするのも怖い。コナーが覆いかぶさり、太いペニスが半分まで入ってきた。そっと腰を上下させながら、ひと突きごとに深さを増している。「大丈夫か?」彼が不安そうに尋ねた。「ここでやめてもいい――」

「黙って」エリンはきつい言葉を笑顔でやわらげた。「おれに合わせて動くんだ」彼が言った。「そのほうが楽になる」

言われるままに腰を動かすと、すぐにそれしか考えられなくなった。円を描くような動き、角度、自分を満たしている太いペニスの脈動。そのすべてがもたらす驚くべき不思議な核心。彼がさらに腰を沈めた。

エリンは息を呑んだ。コナーが物問いたげに見つめている。「もっとかい?」

エリンは手を伸ばし、彼を抱きしめた。「全部ちょうだい」

9

エリンの言葉に従い、コナーはぐっと貫いた。

ふたりの口から同時に声が漏れた。あたかも断崖から落ちているように、避けがたい運命を愕然《がくぜん》と悟った瞬間、コナーは快感が強すぎると気づいた。おれはすっかり興奮し、自制を失いかけている。

弓なりになったエリンの背中の下に手を入れ、ぎゅっと抱きしめた。強く突くたびに、彼女の口から驚きのあえぎが漏れる。自分は激しくやりすぎている。狭くてきつい彼女には耐えられないかもしれないが、ペースを落とせない。勢いをとめられない。激しいリズムにとらわれている。こうするようにせがんだのはエリンだが、いまの自分は血液の奔流と盛りあがる筋肉のかたまりになり、判断力も理性も失っている。自制心には自信があったのに、彼女のせいですっかり吹き飛んでしまった。

エリンの顔は鮮やかな紅色になっている。口を開け、胸を上下させて、柔らかな太腿をこちらに巻きつけている。そして、ああ、彼女はまた昇りつめた。大きな声をあげて背中を弓なりにそらせ、全身がばらばらになるような激しいオルガスムでペニスをきつく締めつけてくる。彼女はとてつもない高温で燃え盛り、コナーを生きたまま焼いていた。もう我慢できない。こんなに激しくては無理だ。ドラムロールの音がどんどん大きくなり、いっきにオルガスムが迫ってきた。コナーはぎりぎりのところでなんとか体を離した。彼女のお腹の上に熱い奔流がほとばしる。

息切れしたうめきを漏らしながら、どさりと彼女の上に倒れこむ。何年も彼女と寝たいと思っていたが、こんな感覚を味わうとは夢にも思わなかった。

押しつぶされているエリンが小声でなにか言い、コナーは体を少し浮かせた。彼が放ったものでふたりの体がくっついている。エリンは気持ちが悪いと思っているだろうか。すると、彼女は自分のおへそにたまったべとべとしたものに触れ、お腹全体がきらきら光るまで指先で円を描いた。

それが答だった。

信じがたいことに、自分の意思を持たない操り人形のようにペニスがいっきに勃起した。「やめてくれ」と頼む。「ちょっと休ませてくれ。自分を取り戻さないと。頭が真っ白だ」

エリンが首を振る。真剣で危険なくらい美しい眼差し。彼女は濡れてきらきら光る指を口に入れ、真珠色の液体を舐め取った。一本、また一本と、ピンク色の舌が次々にやさしく指先にからみつく。このままだと、おれはあっという間に正気を失ってしまう。

コナーはどさりとうつぶせになり、皺くちゃのシーツで顔を隠した。「情けをかけてくれと頼んでほしいのか？　頼む。タイムだ」

「頼んでも無駄よ」冷たく言い放つ。「あなたに情けはかけないわ」

コナーは押し殺した笑いで体を震わせ、さらに強くシーツに顔を押しつけた。「冷酷で貪欲な魔女め」

「あら、これはまだ序の口よ。自分がなにに足を突っこんだかわかってないのね、コナー・マクラウド」

コナーは寝返りをうち、彼女に背中を向けて両手で顔を覆った。「オーケイ。好きなようにすればいい。でもちょっと休ませてくれ。ほんの二、三分、おれが落ち着く《イン・ハンド》あいだだけ」

シーツが小さな音をたて、ベッドが波打った。エリンがほてったなめらかな体を背中に押しあて、両腕で抱きついてくる。小さな両手がペニスを握った。「わたしはもう、あなたをつかまえた《イン・ハンド》わよ、コナー」

ふたたび笑いがこみあげ、ぎゅっと目をつぶる。ひょっとしたら涙を流さずに泣いているのかもしれない。そのふたつは同じことのように思われた。「くそっ、どうやらおれは、とんでもないところに足を踏みこんだらしいな？」

「すべてあなたが自分でやったことよ」冷静な声で言う。「わたしはあなたにあとをつけてくれなんて頼まなかった。守ってほしいと頼んだりしてない。予想外のことが起こったからって、わたしのせいにしないで」

笑いが消えていく。コナーは自分の精液で濡れた優美な小さい手を見おろした。弓なりにそった硬いペニスを撫でている。この二十分のあいだに二度も激しい絶頂を迎えたとは思えない。一時間にすれば三度だ。夕食のあとシャワーの下でみずから行なった、乱暴でうわべだけの放出を数に入れれば。

自制を働かせた最後のむなしい努力。

エリンの手はペニスの先端を握りしめ、円を描くように愛撫している。「くそっ、きみはすごい」

彼女は首筋に顔をすり寄せ、喉に軽く歯をあてた。このままつづけられたら、またイッてしまう。コナーはエリンの手を押さえた。「エリン、おれにどうしてほしいんだ?」

彼女はコナーの首筋に盛りあがる腱《けん》に沿ってキスをした。「あなたのことを知りたいの」やさしく言う。「聖書にあるような意味で。あなたのすべてを知りたい。いいことも、悪いことも、なにもかも。そして、あなたにもわたしを知ってほしい。どうしてもそうしたいの、コナー。冷えきった人間でいるのは、もううんざりなの」

「きみは冷えきってなどいない。きみのせいで、おれは燃えつきそうだ」

彼女はじっとようすをうかがっている。温かく柔らかい体を背中に感じる。

コナーはいま言われたことをじっくり考えた。きっと罠があるはずだ。「それが望みなのか? おれを知ることが?」

「ええ」彼女は言った。「ずっとそれを望んでいたの」

コナーは振り向いた。蜂蜜のような褐色の瞳の奥できらめく官能を見たとたん、頭が混乱して言おうとしていた言葉を忘れ、思考の流れをたどった。彼女が平然と行使する影響力の大きさに腹が立つ。いとも簡単にやっている。なんでもないことであるかのように。

「誰かのことを本当に知るのは、危険なことだ」彼は言った。「仮面をはがすのは危険なんだ。もしその下にあるものが気に入らなかったらどうする? 本人さえその下になにがあるかよくわかっていないんだ」

エリンはふたたび例の銀河系の王女のような威厳に満ちた笑みを浮かべた。「リスクは承知よ」静かに言う。

コナーは彼女の腕をつかんでぐっと前に引っぱった。数インチの距離でおたがいの顔が向きあう。「おれは正道を守ろうとしてるのに、おれが一歩進むごとにきみはおれの足の下からカーペットを引き抜いてる。おれの仮面をはぐのは、それほどいい考えじゃないかもしれないぞ、エリン。このままつづけると、気づいたら見知らぬ男と寝てるってことになるかもしれない」

エリンは彼の腕から逃れ、するりとベッドをおりて目の前に立った。みごとな乳房が目の前で揺れている。「もう遅いわ」彼女は言った。「あなたはもうわたしの仮面をはいだじゃない。あなたはどう思った？　見知らぬ女とセックスしたんでしょう？　楽しかった？　わたしは楽しかったわ。本当よ。恥ずかしくなんかない。とてもよかった。自分でも自分のことがよくわかってないけれど、それでも……とてもよかったわ」

「おれにはきみがわかってる」コナーは言った。「ずっと前からわかってた。何度も夢で見た。数えきれないほど」

エリンが見おろしている。中世のマドンナのように穏やかに。両手でコナーの顔をはさみ、上を向かせる。額にそっと触れたキスは、祝福を授けているように感じられた。

「わたしは自分をさらす。あなたもあなたをさらす」彼女は言った。「それがフェアというものよ」

エリンはコナーの両手を取り、自分のウェストに置いて前にかがみこんだ。髪がコナーの肩にふんわりとかかり、乳房が目の前で揺れている。自分が放ったもののつんと鼻を刺すにおいと、クライマックスを迎えた女性の熱く濃厚な香りが混ざりあい、強烈な官能の呪文になっている。はちきれそうなペニスが疼いた。彼女の望みどおりに。

なにを求められているかは一目瞭然だ。コナーはなすすべなくかすれた吐息を漏らしながら乳房に顔をうずめた。太腿を撫《な》で、乳首に頬を押しあて、両手で乳房をつかんでしゃぶりつく。ささいなことまですべて記憶に刻みたい。あらゆるかたちと影と曲線を、すべての吐息とわななきを、ほんのわずかな感触の違いまで。透きとおるような黄金色の肌、ふくらみや官能的な曲線やくぼみ。そのすべてにどうしようもなく駆り立てられ、悲鳴をあげそうだった。

コナーはわれを忘れた。永遠にでもつづけられるだろう。乳房の愛撫だけで彼女をイカせられるだろうか。そういうことも可能だとなにかで読んだ。この機会に試してみよう。彼はエリンの全身に唇を這わせ、惜しみない甘い反応や、せがむようなうめきや肩に食いこむ爪に溺《おぼ》れた。

エリンはこちらの肩をつかんで体を支え、小さく震えている。コナーは顔にかかった香りのいい豊かな褐色の髪をはらい、ちらりとエリンの顔を見あげた。

影になった瞳に涙が浮かんでいる。

ぞっと寒気が走った。思わずウェストをつかむ指に力が入り、エリンがあえいだ。これは単に彼女を悦ばせ、熱くするだけの行為じゃない。そして彼女はそれを知っている。目を見ればわかる。エリンはおれを熟知していて、おれに魔法をかけてあらゆるものがむきだしになるところまで引きずりこんだのだ。そしていま、彼女は仮面を脱ぎ、おれの仮面もはがれかけている。自分でもかぶっているとは気づかなかった仮面が。かぶっていることなど知りたくなかった仮面が。

仮面の下のおれは、粗野で飢えている。女性らしいやさしさを切望し、子どものころの古い哀しみを癒そうと必死になっている。奥底にあるその大きな哀しみは、コナーの心の一部になっていた。

エリンの目から涙があふれ、頬をすべり落ちていく。おれは彼女にすべてをさらけだしている。完全に。こんなことには耐えられない。

羞恥心が一瞬で怒りに変化した。つかのま、コナーは自分の弱さを見たエリンを憎んだ。ぐっと彼女を押しやる。

エリンは驚いたようによろめいた。ふたたび思いきって彼女に視線を向けると、目を丸くして用心深くこちらをうかがっていた。目をぬぐい、両手で胸を隠しながらあとずさっている。いまさら遅い。コナーの体内でみだらで危険な力がわきあがっていた。ペニスが彼女に向かって屹立《きつりつ》している。

彼はエリンに近寄った。「おれのことを知りたいのか、エリン？　すべて見せてやる。バスルームへ行って始めよう」

彼女はとまどった顔をしている。「コナー？　わたしは――」

「体を洗ってやる。それからシャワーの下でやりたい。それもいますぐ。だから、さっさと行くんだ」

エリンは口を閉じ、ぎくしゃくとうなずいた。ほっそりした背中を震わせながらバスルームへ歩いていく。

おれは彼女を怖がらせた。ついかわいそうになったが、彼女の胸で無防備な姿をさらした瞬間のことを思いだした。彼女がこうなるように呪文をかけたのだ。仮面はいらない、情けはいらない。彼女が自分をさらけだすなら、こちらもさらけだすまでだ。

それを見て気に入らなかったとしても、おれのせいじゃない。

バスルームはまだ湿気がこもり、ヘアコンディショナーの香りがしていた。コナーは勢いよくシャワーカーテンを引き、お湯を出してバスタブに入るようエリンに合図した。

無言のまま目を見開いている彼女にお湯が降り注ぎ、褐色の髪を濡らしている。コナーはシャワージェルをつかんで手のひらで泡立てると、エリンに向こうを向かせて引き寄せ、ヒップにペニスを押しつけた。自分のものだと主張するような大胆な手つきでお腹と胸からべとつく精液を洗い流す。エリンは自分で太腿のあいだを洗おうとしたが、コナーはその手をつかんだ。

「だめだ。そこはそのままにしておけ。石鹸や水よりいいし、きみはかなりきつくて狭い。潤滑液はあればあるほどいい」

淡々とした口調にエリンは身震いした。コナーは泡まみれの彼女の両手に自分の手を重ね、愛撫する口実ができたことに感謝しながら乳房にあてた。脚を広げさせ、太腿のあいだにペニスをねじこんで肩と首筋のあいだのカーブに歯を立てる。

「まだおれの仮面の下にあるものを見たいか、エリン?」脚のあいだの茂みに指をすべらせる。「まだ本気でそう思ってるか?」

これはいたぶりだ。でもやめられない。できれば怖気づいてほしい。そうすれば中止せざるをえなくなる。そうすれば、神のみぞ知る場所に至るこの坂をすべり落ちずにすむ。

エリンは彼に背中をあずけ、太腿でぎゅっとペニスを締めつけると、振り向いて濡れて紅潮した顔を向けてきた。原始の女性の野心で目がきらめいている。

「ええ」彼女はひとことで答えた。

周囲を勢いよくお湯が流れ落ちている。もしこれほど神経が昂ぶっていなければ、彼の表情を見て怯えていただろう、とエリンは思った。コナーに背中を押され、エリンは前にかがんだ。

「壁に手をつけ」彼が息切れしたかすれ声で言った。「もっと脚を開くんだ」

「コナー?」彼女は濡れた冷たいタイルに手をついた。

彼が腰をつかんでのしかかってくる。「また仮面をかぶってほしいのか? 素のおれが怖いなら、そう言え」

「ひどいまねはやめて!」太腿のあいだにするりと指が入ってきて、言葉が喉に引っかかった。

「おれはなにかのまねなんかしてない」彼は言った。「それが肝心だと思ってたが」

やわらかい襞のあいだにペニスの先端をねじこまれ、ぐっと突いてきた。この角度からでは到底無理だ。コナーがスピードを落とし、ヒップを撫でる。「前にかがむんだ」有無を言わさぬ口調。「そのほうが楽なはずだ」

「楽になるのはわたしじゃない」エリンが言い返す。「あなたよ」

コナーはさらに奥まで入ってきた。「きみは自分をさらけだした。おれも自分をさらけだしてる。おれは本能に従ってるだけだ。仮面の下にあるのはそれだよ、エリン。本能。欲望。人間は、ひと皮むけば、みな利己的で貪欲な動物なんだ」

いいえ、違う。エリンは大声で叫びたかった。けれど体を貫き侵略している彼の体に圧倒されて声にならなかった。ぴんと伸ばした両腕が小刻みに震え、髪は水が滴るカーテンのように顔の前に垂れさがっている。ふたたび激しく貫かれ、快感の炎が燃えあがった。彼を包みこんでいる場所がわなわなと痙攣し、柔らかくなっていく。

コナーは満足げな低い声を漏らし、ヒップをつかんで奥にある敏感な場所を激しく突いてくる。その刺激がもたらす感覚はかつて経験したことがないもので、エリンの頭は対処しきれなかった。彼女はさらなる快感を求めて彼に体を押しつけたが、リズムの主導権を握っているのはコナーだった。

「わかったか？　これはおれだけのためじゃない」彼は言った。「もうわかっただろう？」

エリンは手を伸ばして自分自身に触れようとした。けれど壁についたわななく片腕だけでは体を支えきれない。コナーは即座に手を伸ばし、指先でクリトリスに触れてそっと愛撫した。

「おれがやる。おれにまかせろ、エリン」

そして強く奥まで貫いてきた。エリンは悲鳴をあげて前によろめき、肘を曲げた両腕で体を支えた。彼女はなすすべなく身をゆだねた。円を描くように深く貫かれるたびに体の奥で炎がかきたてられ、ひと突きごとに潤ってすべりやすくなっていく。

でもコナーはわたしに腹を立てていて、わたしにはその理由がわからない。彼がこちらの体を乱暴に扱うのをかろうじてこらえているのがわかり、自分の父親がどんなふうに彼を裏切り、見殺しにしようとしたかを考えた。憤怒が原因に違いない。出口のない激しい怒り。でも、それはもう過去のことよ——頭のなかでそうささやく声が聞こえた。わたしは自分を銀の皿に載せて差しだした。彼を悦ばせるために裸でかがんでいる。

コナーは彼女をとらえた怯えと恥辱を感じ取り、動きをとめた。奥深くまで貫いているので彼自身が子宮にあたっているのがわかる。

「気がすんだか、エリン？　また仮面をかぶってほしいか？」

「いいえ、仮面なんかいらないわ！　わたしが欲しいのはそんなものじゃない——」

「じゃあ、どうしてほしいんだ？」息をはずませながら尋ねる。

わたしを愛してほしいのよ。エリンはその言葉をかろうじて喉元で抑えこんだ。「体の向きを変えたいわ」彼女は言った。「あなたの顔が見たいの。あなたの目が」

コナーは腰を引き、エリンを振り向かせて壁に背中を押しつけた。間髪を入れずに彼女の片脚を腕にかける。

そしてふたたび突きあげた。お湯が降り注ぎ、湯気が渦巻く。エリンは大きくあえぎながら彼の肩にしがみついた。その瞬間、さっき彼の頭を胸に抱いていたとき感じた身を切るような思いにとらわれた。母親を亡くした少年に対する哀しみと共感の疼き。なぐさめてやりたいという切なる想い。

それこそが、この乱暴な動きの下に隠されていたまばゆい真実だったのだ。わたしは彼を愛している。彼のすべてが欲しい。うわべも裏もすべてが。怒りに燃えた恋人、哀しみにくれる少年、やさしく誘惑してくる相手、勇ましい守護者。わたしはそのすべてを愛している。そしてもし言いなりになることでそれを証明できるなら、喜んで言いなりになろう。どうせほかに道はない。彼はわたしを恍惚とさせ、激しい情熱でいっぱいにしてしまうのだから。エリンはとろけ、彼のすべてを受け入れながら果てしないクライマックスにわなないた。彼の体、彼の情熱、彼の痛み、彼の怒り。エリンはそのすべてが欲しかった。

コナーは大きな声を出しながらもぎ取るように身を離し、エリンの手をつかんでペニスに巻きつけた。からみあうふたりの手の上に熱い精液がほとばしり、バスタブに滴っていく。

ふたりは足首までたまったお湯のなかに膝からがくりとくずおれた。三回試みてから、ようやくコナーはなんとか蛇口まで腕をあげてお湯をとめた。静寂。やがて、シャワーから水滴が滴る虚《うつ》ろな音が聞こえた。ふたりはしっかり抱きあったまま、微動だにできずにいた。

最初に頭をあげたのはコナーだった。エリンの顔に貼りついた濡れた髪をかきあげようとする。「エリン——」

「いいえ」

彼は顔をしかめた。「なにがいいえなんだ?」

「わたしは痛い思いはしてないわ。だから心配しないで。すばらしかった」

コナーが不思議そうな顔をする。「なぜおれが言おうとしてることがわかったんだ?」

「きっと、あなたから心の読み方を教わったのよ」首筋に鼻をこすりつける。「あなたはわたしを怒らせたけれど、傷つけてはいないわ。あなたにはそんなことはできない。そんな人じゃないもの。あなたはとてもやさしいわ」

コナーはいぶかしそうに見おろしている。「たったいまこんなことをしたのに、それでもおれはやさしいと思うのか?」

肩の傷にキスをする。「ええ。あなたにはいろんな面があるわ、コナー。そしてそのうちのひとつは、とってもやさしいの」

コナーは顔についた水をぬぐい、エリンに手を差しだした。「きみは変わってるな、エリン。おれよりおれのことを信じてる」

「自制を失うのは恐ろしいことよ」そっとつぶやく。

エリンを抱きしめている腕に力が入った。

「動けるかどうかわからないわ」エリンは言った。「力が抜けちゃって」

コナーが体を引きずるように立ちあがり、バスタブの縁に腰かけた。怪我をした脚をさすりながら、かすかに顔をしかめている。

「痛むの?」おずおずと尋ねる。

彼は肩をすくめて見せた。「骨が粉々になる前のほうが思いどおりに動かせた。まだこいつで歩けることに感謝するだけさ」

エリンはいくつもの外科手術の痕に手をすべらせ、そのひとつずつにそっとキスをした。

コナーは言葉にならない言葉をつぶやき、エリンの濡れた髪に顔をうずめた。

じっと抱きあっているうちに、エリンは震えだした。コナーの手を借りて立ちあがり、ふたりはぎこちない沈黙のなかでタオルで体をふいた。

寝室はハリケーンに襲われたあとのように見えた。ベッドの一方の端に毛布が、もう一方の端にベッドカバーが寄り、枕はすべて床に落ちてマットレスからシーツが半分はがれている。エリンの服はいたるところに散らかっていた。ベッドを整えはじめると、コナーに手をつかまれた。

「放っておけ」毛布と枕を拾い、乱れたベッドの上に無頓着に放り投げる。「もうひとつのベッドで寝ればいい」

乱れたベッドをそのままにしておくのは気が進まなかったが、いつもエリンを牛耳っている几帳面な心の声は黙りこみ、遠くへ去っていた。いまはもっと大きなものが心を占めている。乱れたベッドを気にかけている余裕はない。けれど、服は別だ。エリンは散らかった服をすべてスーツケースにしまった。顔をあげると、コナーが上掛けをかけてベッドに寝そべり、彼女を見つめていた。

つと自分の体に視線を落とす。一糸まとわぬ姿をさらしているのに、全然気にならない。わたしは変わったのだ。

「とてもきれいだ、エリン」彼がやさしく言った。「頭が真っ白になる」

恥ずかしさが怒濤《どとう》のごとくいっきに戻ってきた。

エリンはほてった顔をもつれた髪で隠したまま、洗面道具をスーツケースの定位置に押しこんだ。ふさわしい返事をしなければ。そのあいだだけ喉の震えがとまってくれるといいんだけれど。「ありがとう」やっとの思いで言う。

彼はエリンの側の上掛けを折り返し、来るように合図した。たくましい上半身に浮きあがる筋肉が、さざ波のように動くのがはっきりわかった。「ここへ来ないか？」

「ちょっと待って。シンディに電話をかけないと。あの子はわたしと話したがらないかもしれないけれど」

「シンディがどうかしたのか？ 彼女は元気なのか？」

「わからないの」バッグからシステム手帳を出し、コナーがつくってくれたスペースで丸くなる。最初に携帯電話の番号にかけたが、呼びだし音が鳴りつづけるだけだった。次にシンディが友人と住んでいるグループハウスにかけた。ルームメイトのひとりのケイトリンが電話に出た。「もしもし？」

「こんにちは、ケイトリン。エリンよ。シンディの姉の。あの子はいる？」

「ええと、いいえ。しばらく見かけてないわ。でも、帰ってきたらあなたに電話するように伝えとく。それでいい？」

「ありがとう」と答える。「ねえ、ケイトリン。あの子がつきあってる男の人だけど。ビリーとかいう人。シンディがどこで彼に会ってるか知ってる？ さもなければ、彼についてなにか知ってる？」

ぎこちない沈黙が流れた。「あの……申し訳ないけどあまり知らないの。彼には二回しか会ったことないし。でも、わたしにはすごくいい人に見えたわ」

「そう、ありがとう。またね、ケイトリン」エリンは電話を切った。ふたたびみぞおちに冷たい不安のかたまりが戻ってきた。

「シンディがどうかしたのか、エリン？」コナーの厳しい口調で彼女はふとわれに返った。もつれた髪に櫛を通しはじめると、指の震えが収まってきた。「あの子ったら、試験期間中なのに学校にいないの。ついこのあいだ奨学金資格を失ったのよ。なのに街に出かけてる。どこにいるのか見当もつかないわ。ビリーという名前の、ジャガーに乗ってあの子に高価なプレゼントをくれる男性と一緒にいるの。昨日、あの子の新しい携帯電話にかけたら、大学なんか時間の無駄だし、経済的な問題は解決したと言われたわ。新しい収入源を見つけたんですって」

コナーが起きあがった。顔をしかめている。「まずいな」

「そうなのよ」勢いこんで言う。

「シンディはハイになってるみたいだったか？」

どきりとしてエリンは息を呑んだ。「わからない。そういったものはあまり経験がないから。くすくす笑って妙に楽しそうだったけれど、シンディがくすくす笑うのはいつものことだし。それに、あの子は恋をしてるんだと思うの。そのせいで楽しそうだったのかもしれない」

「そのビリーというやつについて、おれたちでもっと調べる必要があるな」

なにげなく発した〝おれたち〟という言葉に、感謝で胸が痛んだ。誰かがどうにかできる問題ではないかもしれないけれど、少なくとも彼は気にかけてくれている。エリンは素早く彼の背後へまわり、髪を櫛で梳かしはじめた。「あの子が電話に出て、もっと話してくれるまでわたしたちにはどうしようもないわ」

もつれた場所に櫛が引っかかり、コナーがひるんだ。「エリン、櫛で梳かすのは、ひと晩に一度で充分じゃないのか？ このままじゃハゲになる」

「こんなふうにもつれたまま寝るわけにはいかないわ」責めるように言う。彼女はそのままもつれをすべて解き、髪をうしろに梳かしつけた。「たぶんあの子のルームメイトたちは、わたしになにも教えないことでロミオとジュリエットを守ってるつもりなのよ。ばかな子たち」

コナーが振り向いてにやりとした。「情報を手に入れる方法はひとつじゃない」彼は言った。「おれに考えがある」

彼はコートのポケットを探って自分の携帯電話を取りだすと、ショーンの番号にかけながらふたたびベッドにすべりこみ、ゆるやかな曲線を描くエリンのほっそりした体に寄り添った。ショーンの最新のお相手が巨大な吸血昆虫に変身していてラッキーだった。さもなければ、こんな時刻にショーンをつかまえられる可能性は限りなくゼロに近い。弟の夜は、いつも女のベッドで終わると言っても過言ではない。

「なんだ？」息切れした迷惑そうな声でショーンが応えた。

「おい。もう新しい相手を見つけたのか？」

「兄貴につべこべ言われる筋合いはないね。でもどうしてもって言うなら教えるけど、おれは道場にいるんだ。デイビーのかわりにキックボクシングのクラスを教えたところさ。どうした？　もうまずいことになったのか？」

「まだだ。だがおまえに頼みたいことがある。急いで頼む。私立探偵タイプの仕事だ」

ショーンが不満げにうめく。「おい。デイビーのくそおもしろくもない〝ペンキがはがれるのをずっと見張ってろ〟みたいな張りこみ仕事を押しつけるつもりじゃないだろうな？」

「いいや。おまえの集中力がつづく限界ならよくわかってる。こいつはおまえにぴったりの仕事だ。美人でぴちぴちの女子大生でいっぱいの家へ行って、彼女たちから情報を引きだしてほしい」

考えこんでいるような沈黙が落ちた。「で？」とショーン。

「おまえなら飛びつくと思ったよ」コナーは事実を簡潔に伝えた。「このジャガーに乗ってるやつが何者なのか知りたい。どこに住んでいるのかも。それも急いで知る必要がある」

「了解。ひとつ教えてくれ。その女子大生だけど。彼女たちは本当に美人なのかい？　それともおれをかついでるのか？」

コナーはエリンに目を向けた。「シンディのルームメイトは美人か？　ショーンが知りたがってる」

エリンはきょとんとして口を開き、また閉じた。「ええと、どうかしら……そんなこと考えたことなかったわ……そうね――」

「ものすごい美人だそうだ。ひとり残らず」コナーが電話機に向かって言う。「プラチナブロンドがひとり、赤毛がひとり、黒髪がひとり。アジア系もいるし――」

「ちぇっ、わかったよ」不満そうに言う。「で、住所は？」

「住所は？」システム手帳をよこすように合図し、エリンから受け取った。住所を読みあげる。「急いでくれ、ショーン。いやな予感がするんだ」

「兄貴はあらゆるものにいやな予感がするんだろ」ショーンがぼやいた。「すぐ取りかかるから心配するな。明日の朝一番でやるよ」

コナーは電話を切った。「女だらけの家で情報を引きだせるやつがいるとしたら、それはショーンだ」エリンに言う。「あいつはものすごいハンサムでね。期末試験の週にあいつを送りこむなんてルームメイトたちには気の毒だが、こいつは緊急事態だ」

「弟さんは、仕事はしてないの？　どうして月曜日に体が空いてるの？」

「ショーンはフリーランサーなんだ。兄弟はふたりとも自分でビジネスをやってる。おれたちみたいな育ち方をした人間は、上下関係のある組織に適応するのはむずかしかったのさ」

「あなたは適応したじゃない？」

「したと思ってた」気分が暗くなる。「たぶんおれも、本当の仕事には向いてないという点では兄弟と似たり寄ったりだったんだろう」

「もうひとつ訊かせて」エリンが眉間に皺を寄せて尋ねた。「弟さんのショーンはすごくハンサムだと言ってたわよね。あなたと同じくらいハンサムなの？」

コナーは笑い声をあげた。「まさか。おれがいちばんまともなときでさえ、ショーンの足元にも及ばないよ。別の意味でデイビーにも及ばない。デイビーはおれより四〇ポンドは余分に筋肉がある。だがショーンはモデル並みの美形だ」

エリンが首を振る。「信じられない。あなたよりハンサムなわけないわ。物理的に不可能よ」

くそっ。また顔が赤くなっている。彼女のやさしい目を見ると、ベッドから転がりでて、腹を撫でられてる犬みたいにうっとりしたくなる。「こっちへ来いよ」

エリンは彼が持ちあげた毛布の下にもぐりこみ、寄り添った。「弟さんに電話してくれて、ありがとう」まじめな声で言う。「気分が楽になったわ。誰かがなにかしてくれただけで」

コナーはぎゅっと彼女を抱きしめた。「たいしたことじゃない」

「わたしにとっては違うわ」彼の胸にキスをする。「あなたはヒーローよ」

コナーは体をこわばらせた。「ああ、きみまでそう言うとは」

エリンはさっと身を引いた。「きみまでってどういう意味？」

「兄弟、ケイブの連中。そして今度はきみ。どうしても振りきれない」

エリンは起きあがり、とまどったように首を振った。「なにを振りきるの？」

「ヒーローとかいう皮肉だよ」ぴしゃりと言う。

エリンは傷ついたように目を見開いた。「皮肉なんかじゃないわ。あなたに不愉快な思いをさせるつもりはなかった。誉め言葉のつもりで言ったのよ」

コナーは仰向けに寝そべって天井を見つめた。自分が恥ずかしい。「すまない」彼は言った。「不愉快な思いなんてしていない。照れくさいだけだ」

エリンは彼の胸にキスをした。柔らかい唇が触れる感触と温かな体の重みで体が目覚め、動悸が速まる。

「そう、ならいいわ」きっぱりと言う。「とにかく、お礼を言うわ。妹を心配してくれてありがとう」

「シンディのことはおれも気になる。あの子とはむかしから仲がよかった」

「知ってるわ。あなたがあの子とばかり冗談を言いあって、わたしを相手にしないから嫉妬してたのよ」

コナーは啞然とした。「待てよ。シンディはやせっぽちの子どもだったんだぞ。でもきみはどうだ？　ティーンエイジャーがのぼせあがる、セクシーなモデルみたいだったんだぞ？きみの父親から一〇フィートも離れてないところで、きみをくすぐったり腕相撲をしたりできるわけないだろう。命が惜しいからな」

「そんな」小声でつぶやく。「大げさよ」

「大げさなんかじゃない。それに、きみのお母さんは最初から気づいてた」

「なんのこと？　なにに気づいてたの？」

「おれがきみに惚《ほ》れてることに」コナーが言った。「きみのお母さんは、いつもおれを心底憎んでた。そして、おれにはその理由がわかる」

「母はあなたを憎んでなんかいないわ！」エリンは抗議した。「そんなのばかげてる！」

「ばかげてなどいない。きみの父親の仕事仲間のなかで、お母さんをミセス・リッグズと呼んでたのはおれだけだ。九年間、お母さんは一度もおれにバーバラと呼んでくれと言わなかった」

「あら、それは、母はその……格式ばったところがあるのよ」ためらいがちに言う。

コナーは疑わしそうに横目で一瞥《いちべつ》した。「ジェシーはバーブと呼んでた」

「ジェシーは特別よ」苦しまぎれに言い訳する。

「ああ、ジェシーはきみのおっぱいを見てるところを見つかったりしなかったからな」エリンを引き寄せ、そっと胸に手をあてる。「お母さんを責める気はなかった。もしおれみたいな目つきをした男が、自分のかわいい娘を見てるのを見つけたら、おれも同じ気持ちになっただろう」

「どんな……どんな目つきでわたしを見てたの？」固唾《かたず》を呑んでいる。

コナーはエリンのうしろに手を伸ばし、ベッドサイドランプを消した。「いちばん近いベッドにきみを押し倒して、やりたがってる目つきさ。こういうことを」

そしてエリンの上に寝返りを打ち、唇を重ねた。

10

コナーは電話の音で飛び起きた。受話器に手を伸ばしたが、電話の近くにいたエリンのほうが早かった。

「もしもし？」耳を傾けている。「もしもし？　もしもし！」エリンは架台をがちゃがちゃと押していたが、やがて電話を切ってばたりと仰向けに寝そべった。「きっとモーニングコールで手違いがあったのね」眠そうに言う。「モーニングコールを頼んだの？」

「午前三時十七分に？　まさか」

一瞬ごとに薄闇に目が慣れ、細かいところまで見えてくる――エリンの顔の曲線や輪郭、うっとりするような影。自分のほうへ引き寄せると、花びらのように柔らかく温かな感触でいっきに意識が呼び覚まされた。もう一度愛しあおうと誘うのはやりすぎだろうかと考えているうちに、彼女は静かな寝息を立てはじめた。

これが答だ。コナーはエリンの髪に鼻をすり寄せ、ヨガ式呼吸法に集中した。激しい痛みと格闘しながら、強力鎮痛剤《ペルコセット》の量をじょじょに減らしていたときにデイビーに教わったものだ。みぞおちに息を吸いこみ、それから肺を満たす。そこで息をとめ、一、二、三、と数えてからゆっくりと吐きだす。ひとつ呼吸をするたびに体がリラックスし、緊張がやわらいで心拍数が弱まり、全身の筋肉から力が抜けて……。

ふたたび電話がやかましい音をたてた。素早く受話器に手を伸ばす。エリンもびっくりして飛び起きている。「いったいどこのどいつだ?」コナーは憎々しげに受話器に怒鳴った。

沈黙が流れた。回線が切れたのではない。誰かが耳を澄ましているのがわかる。すると、電話の向こうにいる人物が笑いだした。低いかすれた笑い声。「やあ、マクラウド。楽しんでるようだな。賢明な行動だ。明日なにがあるか、誰にもわからないからな」

「誰だ?」コナーは問いつめた。

「わかっているはずだ」男が答える。「わたしの声は知ってるだろう?」

とめる間もなくエリンがライトをつけ、コナーは顔をそむけた。怯えた顔を見られたくない。「望みはなんだ?」

ふたたびぞっとするような芝居がかった笑い声が聞こえた。「わかってるだろう、マクラウド。おまえはわたしからあるものを奪った。わたしはそれを取り戻す」

「どこにいる?」無駄だと知りながら尋ねる。

かちり。電話が切れた。

手に持った受話器がベッドに落ちる。エリンの手が肩に触れ、コナーは感電したようにびくっと身を引いた。

「誰だったの?」

「ノヴァクだ」

彼女の手がぱたりと落ちた。「まさか」

「ああ」うめくように言う。「でも、あいつだった。あいつの声は知ってる」

「でもどうやって……わたしたちがここにいるのは誰も知らないわ」

「ああ。おれの兄弟だけだ」

彼は受話器を取ってフロントに電話をかけた。六回呼びだし音が鳴ってから、眠そうな若者の声が応えた。「は……はい、クロウズ・ネスト・インです。ご用件は──」

「四〇四号室に電話をつないだか？」

若者はあくびをした。「あの、ぼくは寝てたんです。だからつないでません。十二時以降電話はかかってきてません」

「ここの電話は自動音声案内システムになってるのか？」

「いいえ、うちにはそういうシステムはありません」目が覚めはじめた若者の声は、いささかむきになっていた。「もしそちらに電話があったのなら、ホテル内からかかったとしか考えられません。内線です」

その言葉に全身の血液が凍りついた。「ほかの泊まり客におれたちの部屋番号を教えたのか？」

「とんでもない！」憤慨に声が大きくなる。「規則で禁じられています！　電話の取次ぎはしますが、ぜったいに部屋番号は教えません！」

若者を怒らせたのはまずかったが、パニックに陥っていて気にする余裕がなかった。「じゃあ、泊まり客全員のリストを見せてくれ。いますぐに」

「支配人に訊いてみないと。ぼくの独断では決められません」

「じゃあ訊け」きっぱりと言う。「いますぐ」

「無理です」勝ち誇った声で若者が言った。「支配人は九時まで出勤しません。それに——」

コナーは力まかせに電話を切った。エリンが心配そうに目を見開いていなければ、いまいましい器械を壁に投げつけたに違いない。

おれは自制を失いかけ、彼女は胸元でシーツを握りしめてそんなおれを見つめている。おれを心配している。あるいはもっとまずいことに、おれを怖がっている。コナーは両手に顔をうずめ、必死で計画を練った。ニックに電話をしたいが、そうすればどうなるかはわかっている。かなり可能性は低いものの、万が一ニックがこちらの話を信じ、比較的すみやかにこのホテルの捜索令状を持った誰かをよこしたとしても、ノヴァクがそう簡単に尻尾をつかまれるはずがない。結局はおれがばかなまねをしたまぬけに見えるだけで、状況はさらに悪化する。そしてエリンはミューラーという男に会うことになるだろう。ひとりで。

おまえはわたしが欲しいものを持っている。コナーは身震いした。

エリンがベッドの向こうから這い寄ってきて、柔らかく、心が落ち着くような温かい体で震える背中を抱きしめてきた。「わたしたちがここにいることが、彼にわかるはずないわ」

「あいつの声だった」厳しい口調で言う。「あいつの声は知ってる」

「声を聞き間違えたのかもしれないわ。電話ではよくあることだもの。相手は名乗ったの？カート・ノヴァクだと言ったの？」

短い会話を頭のなかでたどる。「いいや」しぶしぶ認めた。「だが、おれの名前を呼んだ」

「そう」エリンがつぶやく。「それ以外になんて言ったの？」

「自分が誰かわかっているはずだと言った。それから、おれがあいつからあるものを奪ったから、それを取り戻すと言った。きみのことを言ってたんだ。そして電話を切った」

「でも、名乗らなかったんでしょう？」

「エリン、そういう問題じゃ――」

「夢を見てた可能性は？　いたずら電話の声がノヴァクの声に聞こえたんじゃない？」

「おれが話してたのを見てただろう」嚙みつくように言う。「おれは夢を見てるように見えたか？　今夜あんな電話がかかってくる可能性がどれほどあると思う？」

エリンが温かい頰を背中に押しあててきた。「わたしは眠りが深いの。夢から覚めるとき、変なものを見たり聞いたりしたことがあるわ。あなたはすごく心配していてストレスを感じてるから、無理もない、たとえ――」

「おれの頭ははっきりしてる」憎々しげに言い放つ。

エリンはぴたりと動きをとめた。「そうじゃないと言うつもりはないわ」きっぱりと言う。「わたしに横柄な態度はやめて、コナー・マクラウド」

コナーは肩に置かれた彼女の手を取り、唇に押しあてた。精一杯の謝罪のしるし。

エリンは満足したらしい。ふたたび手が動きはじめ、胸へと移動していく。「いいわ。別の角度から考えてみましょう」彼女が言った。「あなたのクレジットカードの使用履歴をたどって、ノヴァクがここを突きとめた可能性はある？」

口調からこちらに調子を合わせているだけだとわかったが、その心遣いは嬉しかった。同じように、やさしく撫でられているのも嬉しい。彼は首を振った。「おれは偽の身元を使った。社会保障番号とクレジットカードの履歴と運転免許証がそろった完璧な身元だ」

彼女の手がとまった。「それって……その、違法なんじゃない？」

「もちろん。友人のセスがつくってくれたんだ。信じるかどうかはともかく、誕生日のプレゼントだった。申し分ないプレゼントを思いつくことにかけては、セスの右に出る者はいない」

「まあ」考えこんでいるような小さな声。

「おれはそういうものに関する倫理上の点について、いろいろセスに話してやった。だがあいつはただ笑ってこう言ったよ。『誕生日おめでとう、堅物野郎。いずれおまえの時代も来るさ』」

柔らかい唇が首筋で動いている。怯えた馬のようになぐさめてもらう必要はないと言いたかったが、それは本心ではなかった。エリンが前へまわってきて正面から顔を見つめ、両手をからめてきた。ぎゅっと抱きしめられると、セクシーな乳房が胸に押しつけられた。

即座に体が反応した。わきあがる官能の霞《かすみ》のなかで、必死で問題に集中しようと努める。

「たぶん……その、おそらくおれの車を尾行したんだろう」

エリンが否定するように手を振る。「もうやめましょう」彼女は言った。「朝の三時半よ。あなたは少し眠る必要があるわ。さっきの電話の相手が誰であろうと」

コナーはほっそりしたウェストのくびれに両手を置いた。「エリン——」

「ドアと窓にはアラームがついてる。枕元には銃がある。もしこれでもリラックスできないなら、いつできるの？」

「できるはずないだろう」コナーは反論した。「どうして眠れるんだ？　スターティングゲートの競走馬みたいに入れこんでるのに」

エリンは毛布を引きあげてふたりの体を覆い、そっとなにかをつぶやいた。それを聞いているうちに、コナーの胸でしこりになっている恐怖が消えていった。

状況は刻一刻と異様なものになっている。だがいまは、少なくともこの瞬間は非の打ちどころがないほどすばらしい。ここから得られるなぐさめをありったけ味わおう。

コナーは彼女がぐっすり眠りこむまで待ってから、自分に巻きついているほっそりした手足をそっとほどいた。ベッドのヘッドボードにもたれ、不吉な暗闇に疑惑の熱い視線を向ける。眠りははるかかなたに遠ざかっていた。拳銃はすぐ手が届くところに置いてある。片手は静かに上下する彼女の胸に乗っている。

おれは彼女を守るためにここへ来たのだ。だからなにがなんでも守ってやる。

皺くちゃになったシーツの下で、タマラはみごとな肢体を伸ばした。この仕草の効果はよく承知している。彼女は瞳にかかる睫毛《まつげ》の下から隣に横たわる男に微笑みかけた。燃え立つような赤毛をもてあそんでいる男の顔はリラックスして穏やかだが、その表情は瞬時に変化する可能性を秘めている。あげた眉や微笑が偽りだと悟られたとたん、この世が木っ端微塵に吹き飛ぶかもしれないのだ。

異なる複数の現実を同時に生きることには慣れているが、現在の生活はかつてないほどきわどい綱渡りになっていた。

　タマラはわきあがる恐怖がもたらす感情のエネルギーを、セクシーに身をくねらせることと満足げな笑みに変え、自分がこうしている理由を必死で思いだそうとした。なぜあのときは、こうすることがあれほど重要に思えたのだろう。ふだんの自分は危険に目がない。渇望していると言ってもいい。けれどノヴァクと過ごす日々が長くなるにつれ、危険への情熱はどんどん薄れていた。いまは、ばかばかしいほど退屈な日々がひどく魅力的に思える。

「今夜のあなたは燃えていたわね」タマラはそっとつぶやいた。リラックスしたしゃがれ声。娼婦のようなしゃべり方ならいつだって容易にできる。

「おそらくナイジェルの報告で元気が出たんだろう」偽りのやさしい笑みを浮かべた唇が、ふたつのえくぼのあいだでカーブを描いた。「マクラウドは、遠くからでも聞こえるような大声を出していたそうだ。さかりのついた牡豚みたいな声をな。エリンも気の毒なことだ」

　タマラはくすくす笑った。「まあ、びっくりね」

「あいつは予想どおりの反応を見せた。恐怖と怒りは、征服して罰を与え、相手を支配したいという欲望に直結する」ノヴァクはタマラの髪を指先に巻きつけて引っぱった。タマラはひるんで悲鳴をあげた。苦い経験から、痛みを隠すのは大きな間違いだとわかっている。

「わたしはあの男を研究した」ノヴァクがつづける。「あいつがわたしをプロファイルしたように、わたしもあいつをプロファイルした。われわれには共通点がたくさんある」

「本当？　どんな？」

　ノヴァクは髪から手を放し、天井を見あげた。「一風変わった子ども時代を送ったのがひとつ。どちらも幼いころに母親を亡くすという忘れがたい経験をしている」

タマラは悲しげな小さな声を出したが、ノヴァクは同情を求めているのではなかった。目は遠くを見ている。「ふたりとも精神的に不安定な父親がいた。どちらも肉体的に欠陥がある。マクラウドの欠陥はわたしが負わせたもので、わたしの欠陥は間接的にではあるが彼に負わされた」指が欠けた手をあげ、青白い太腿に穿《うが》たれた銃弾の醜い傷痕に触れる。「とてもおもしろいわ」タマラはつぶやいた。「その対称には全然気づかなかった。おそろいの傷。手と太腿」かがみこんで太腿の傷に手を這わせ、あえて危険を冒した。彼の手に唇を押しあて、瘤《こぶ》のような指の名残りにひとつずつキスしていく。

ノヴァクが満足そうに微笑んだので、タマラは安堵《あんど》に身震いした。「ほかには？」先を促す。

「専心」考えにふけりながらノヴァクが言った。「妥協できないこと。マクラウドはすばらしい敵だ。あの男が死んだら残念に思うだろう。友人を亡くすようなものだ」

友人とはどういう存在か知っているような口ぶりね。

抑える間もなく危険な考えが脳裏に浮かび、恐怖がそれにつづく。こんな考えを意識の表層に浮かべるわけにはいかない。彼は人間離れして勘が鋭く、ささいな裏切りもひとつ残らず嗅ぎつける。

ノヴァクは落ち着かなくなるほどじっとこちらを見つめている。「わたしはむかしから、弱点を見つけて利用するのが得意だった」彼は言った。「ヴィクターもそうだった。実際彼は厚かましくもわたしにその手を使おうとした。覚えているか？」

「ええ」そっと答える。「だから彼を殺したんでしょう」

「わたしはあいつの弱点を見つけた。そこを軽くつついたら、あいつはばらばらに壊れてしまった。あのふたりも同じように壊すつもりだ。こんこん、と軽くつついてな。それで充分だ。そうすれば、ふたりとも勝手につまずいて壊れる」

タマラは笑みが震えていないよう願った。「すばらしいわ」

「エリンはこれまででいちばんむずかしい相手になりそうだが、わたしは成功の秘訣を見つけたと思う」

「彼女の弱点はコナー・マクラウドね。どう見ても」タマラは言った。

「見える以上のものに目を向けるんだ」にべもなく言う。「エリンは秩序を好む。無秩序な状況では取り乱す。クリスタル・マウンテンで起きた父親の醜態は、彼女を土台から揺さぶった。残った世界まで完全に崩壊したら、彼女の本当の姿がわかるだろう」

「すばらしいわ」自分の声が自分でも機械的に聞こえる。

「事態は急展開している」ノヴァクは言った。「手際よくことを進める必要がある。マクラウドとエリンの節操のない欲望に後れを取らないように」

「さっき、マルセイユにいるスパイと話したの。あなたが来るちょっと前に」

ノヴァクはふたたびタマラの髪をひと束つかみ、容赦なく引っぱった。「なぜもっと早く言わなかった」

タマラはたじろいでべそをかくふりをした。本来の彼女なら平然と沈黙を守っていただろうが、ノヴァクをあおりたくはない。ぜったいに。わたしだって譲歩すべきところはわかっている。「ごめんなさい」彼女は言った。「あなたがとても情熱的だったから……うっかり忘れてしまったの。お願い――」

ノヴァクは髪を放し、タマラの頬を逆手で殴りつけた。「そいつはなんと言ってた？」

タマラはずきずきする頬に手をあてた。またアザになるだろう。化粧のテクニックには長《た》けているが、それにも限界がある。「マルティン・オリビエはいつでも自分の役目を果たせるわ」彼女は言った。「すでに入念な指示を受けている。警察につかまって、マルセイユ郊外の所定の場所であなたとゲオルグに会うと告白することになってるわ。いつでもあなたの都合のいいときに」

「電話しろ」ノヴァクがゆっくりと言った。「決行は明後日だ。そうすれば、イングリッドとマシューが気の毒なクロードをマルセイユまで運ぶ手はずを整える時間が取れる」

「昏睡状態の人間を移動するのは危険じゃない？」おどおどと尋ねる。

ノヴァクは肩をすくめた。「クロードはこれまでわたしの期待を裏切ったことはない。わたしに都合がいいタイミングが来る前に、死ぬようなまねをするはずがない。そう、火曜日の朝がいいだろう。そうすればエリンとマクラウドも、シアトルへ戻る前にわれわれのためにぞくぞくするようなポルノビデオを残す時間ができる。フィナーレを飾るにふさわしいものをな。そういえば、ロルフ・ハウアーはクロードの始末をするために配置についているのか？ マルティンが自白したらすぐ必要になるぞ。おそらく同じ日のうちに」

「ハウアーはマルセイユで指示を待ってるわ」安心させるように言う。「ゲームの駒はすべて配置済みよ。あなたのお膳立ては本当にみごとね」

ノヴァクは不安になるほど長々とタマラを見つめていた。「お世辞か、タマラ」ゆったりと言う。「間違ってもお世辞でわたしを操れるなどと思うんじゃないぞ。そういう態度は好かない」

ぎらぎらと輝く瞳にタマラはぞっとした。「そんな、まさか。わたしは本当に——」

「わかっているな。この件に関して細かいことまですべて知っているからには、おまえはもう一生わたしから逃れられない。死んだあともだ」

タマラは本心とは裏腹に、リラックスしたようすで彼にもたれ、伏目がちな睫毛の陰からにっこりと微笑みかけた。「ええ」控えめに言う。「あなたに信頼されて光栄だわ」

ノヴァクはタマラの脚を広げ、彼女のなかに手を入れた。彼の愛撫に合わせてしなやかに体をくねらせながら、タマラはこんなことはもうあまり長くはつづかないと自分に言い聞かせていた。そしてこの男は、わたしに行なった侮辱的行為のすべてに対して報いを受けるのだ。血の報いを。

ノヴァクは（ありがたいことに）すぐに彼女への関心をなくし、ばたりと仰向けに寝転んだ。「今夜のあのふたりを見てみたいものだ」

「すぐに見れるわ」タマラは言った。「まだ始まったばかりよ」

「このところどんどん盗視が好きになっている。おまえも同じだろう。ヴィクターのところにいるあいだに、え？　あいつは盗視が大好きだった」

タマラはヴィクターの名前がもたらした震えを笑い声でごまかした。「あら、わたしは彼に調子を合わせただけよ」

「本当か？　どんなふうに？　全部話してみろ」

タマラはぼろぼろに擦り切れた演技の能力をかき集めた。ヴィクター・レイザーのベッドで過ごしたわずかな時間ほど、生きている実感を味わったことはなかった。彼はわたしのごまかしをすべて見透かし、ありのままのわたしを受け入れた。

そしてヴィクターもわたしを求めていた。彼の焼けつくような情熱は、胸の奥底でなにごともなくおとなしくしていると思っていたわたしの感情を揺さぶり起こしたのだ。いまのわたしに耐えられないものはほとんどないが、ヴィクターの思い出を現在の雇い主に踏みにじられるのは我慢できない。

だがそのとき、怒りと怯えのせいで、自分がそもそもここにいる理由を思いだした。よかった。これで対処できる。

「たいして話すことはないわ」気軽な口調で言う。「ヴィクターはみなが思うよりベッドでは退屈でまともだったもの。たとえば、おもしろみや刺激の多さに関して言えば、あなたの足元にも及ばなかった」

ノヴァクが唇を重ねてきた。ヘビのような長い舌が口に差しこまれ、鋭い歯が下唇をしっかりと押さえこむ。歯はどんどん深く食いこみ、もう少しで皮膚が破れそうだった。タマラは恐怖で凍りついた。

ノヴァクが笑い声をあげ、体を離す。「嘘だ」

タマラは仰向けに寝転び、首を振った。笑顔よ、笑顔。笑顔を浮かべるの。ずたずたに引き裂かれないために、群れのリーダーに喉元をさらす犬のように。「そうならいいんだけれど」彼女は言った。「わたしがどれだけ退屈が嫌いか知ってるでしょう。あなたが事実を好むと知らなければ、変態めいた作り話をでっちあげるところよ、ボス。事実より気の利いた嘘のほうがおもしろければ」

気力を振り絞って正面から彼の目を見つめる。熱がこもったきらきら光る瞳で。相手が敵意をなくすほど真剣に。

彼はタマラの頰を撫で、うなずいて微笑んだ。わたしの言葉を信じたのだ。

安堵のあまり、ほっとした気持ちをごまかすためになにかせずにはいられなかった。タマラは寝返りを打って肘をつき、彼にキスをすると、ぞっとするほど強靭《きょうじん》な肉体の前に沿って下半身へ指を這わせた。すでに硬くなっている。よかった。話しているときより寝ているときのほうが本心を隠すのは簡単だ。セックスをしているときの男は、ふだんよりはるかに愚かになる。タマラは彼を握る手に力を入れ、円を描くように巧みに愛撫した。

ノヴァクが快感のうめきをあげる。「おまえは実に不思議な生き物だな、タマラ」彼は言った。「魅力的で秘密に満ちている」

「あなたにはなにも隠してないわ」きっぱりと言う。

「とても強くて恐れを知らない。人間が持つ最大の強さと最大の弱さは同じものだ。知ってたか？」

「本当？」そっと体を下へと移動させ、手から巧みな口へと切り替える。

「ああ。わたしはおまえの強さと弱さの両方を利用するつもりだ」

ノヴァクはそこでしばらく口を閉ざした。危険な思考にふける彼の気を惹こうと必死で奉仕をつづけるタマラの頭皮に、手の爪ががっちり食いこんでいる。タマラはなにも考えずにできるほどこの行為には慣れており、それは彼女にとって救いだった。なぜならいまの彼女は自分の考えをコントロールできなかったからだ。自分に関する思い。この部屋で、この危険な男と一緒にいるときに考えるなんて狂気の沙汰としか思えない思考。なによりも、愛についての思い。タマラは心のなかのバリケードを張りめぐらせた内側で、ヴィクターに対する気持ちは愛だったのだろうかと考えた。彼の復讐をするために自分には殺人ができるはずだ。もしあれが愛でなかったのなら、なんだったのだろう？

答などどうでもいい。あれは、これまで手に入れたいと願ったなによりも愛に近いものだった。恐ろしく、苦痛に満ちていた。自分が弱く無防備になったような気がした。そんなとき、ヴィクターは死んだ。ノヴァクの手にかかって。わたしはひどく腹が立ち、誰かに核爆弾を投げつけたかった。

わたしのような女に、心を持つ資格はないのだ。そんなものを持ったら命取りになりかねない。そしてわたしはまだ死にたくない。まだその域には達してはいない。

ノヴァクはすぐにタマラの奉仕に飽きた。股間から乱暴に彼女の頭を振り払う。燐光《りんこう》を発しているように輝く瞳は、恐ろしいことが起こる前兆だ。「ときどきあいつが恋しくなる」

タマラは口をぬぐいながら、なにもわからないふうを装って目をしばたたかせた。「誰のこと？」

「ヴィクターだ。悲しいことだ、友人を失うのは。わたしにはほとんど友人がいない。だが彼は一線を越えたんだ、タマラ。わたしを裏切った」

タマラは硬いペニスをつかんだ手を上下させながら、殊勝に微笑んだ。「それで、わたしはあなたを裏切ったことがある、ボス？」

彼は指の名残りで彼女の頰を撫でた。やさしさのシュールなパロディ。「一度もないと願ってる」

彼はタマラの髪をつかんで力ずくで起こし、顔からベッドに押しつけた。こじ開けるように両脚を開かせ、いっきに貫く。あまりに唐突で激しい動きだったので、タマラの体が上にずりあがり、覚悟を決める間もなくヘッドボードに頭がぶつかった。目の前に星が浮かび、タマラはヘッドボードとのあいだに手を入れて頭をかばいながら、彼を殺すことを考えた。

いつもならこれが役に立つ。だが今回はよけいに腹が立っただけだった。ノヴァクの守備はきわめて万全で、隙がない。彼とふたりきりになる機会はめったにないし、それはベッドをともにするときに限られる。ノヴァクは食べ物や飲み物に口をつける前に毎回誰かに毒見をさせる。つねに武器を携帯している。決して眠らない。決して。あたかも超人的なエネルギーの源を持っているかのように。いつもコカインでハイになっているように見えるが、ドラッグに手を出したことは一度もない。それはなんとも残念なことだった。タマラはドラッグに精通している。その手を使えれば、彼を始末するのははるかに簡単だっただろう。

ノヴァクの腕がヘビのようにタマラの喉元に巻きつき、顔をのけぞらせて気管を圧迫した。タマラはあえぎ、気を失いそうになった。

「恐れを知らない女だ」ノヴァクがそっとつぶやく。腰を激しく前後させている。「わたしを裏切るんじゃないぞ、タマラ。そんなことをされたらひどく傷つくからな」

「しないわ」タマラは息をつまらせた。「決して」

11

エリンの夢は、からみあうエロティックなイメージだった。悦びと不安と狂おしいまでの切望が、次々と現れては消えていく。そこに男性の声が混じり、さらにドアが閉まる音がして、彼女は夢から覚めた。

体の奥に官能の疼《うず》きが広がっている。肌は妙に敏感になっていて、体をこするシーツの感触に、くねくねと身悶えして伸びをしたくなる。エリンは薄く目を開け、まぶたの隙間から目を凝らした。

間違いないわ。ホテルにいる。ああ、あれは夢じゃなかったのよ。すべて現実にあったこと。何時間もの出来事すべてが。うっとりするような震えがさざ波のように全身を駆け抜ける。エリンは深く息を吸いこみ、寝返りを打って彼を見た。

コナーはベッドの脇に立ち、こちらを見おろしていた。身につけているのはジーンズだけで、ウェーブした髪が肩にかかっている。瞳は暗く沈んでいるように見えた。「おはよう」彼が言った。

「おはよう」おうむ返しにくり返す。「よく眠れた?」

コナーは首を振った。エリンは、昨夜の不可解な電話と、そのせいでどれほど彼が動揺したかを思いだした。眠っていないに決まってる。かわいそうに。でもこの話題には触れないほうがいいだろう。きっと、ぴりぴりしてむきになっているに違いない。

エリンは体を起こし、シーツを引っぱって胸を隠した。「誰かいたの？　声が聞こえたような気がしたけれど」

彼が片手をあげた。コンドームの束をつかんでいる。「ロビーの男性用トイレに自動販売機があるのがわかってね。ゆうべは頭がいっぱいで思いつかなかったんだ。フロント係が持ってきてくれた」

屈託ない口調。まるで、わたしたちがまた愛しあうのは当然だとでもいうように。昨夜の激しい場面がいっきによみがえり、太腿のあいだがどくんと熱く疼いた。顔が赤くなり、エリンはヘッドボードを背に縮こまった。

コナーの表情が硬くなった。コンドームをベッドサイドのテーブルに放りだす。「怯えたウサギみたいなまねはやめてくれ。おれを怖がる必要はない。無理強いするつもりはない」

ああ、彼はとてもプライドが高いうえ、いまは神経過敏になっている。わたしはそんな彼を傷つけたのだ。エリンは歩き去ろうとしたコナーの手をつかみ、彼を引き寄せた。「コナー、そうじゃないの。恥ずかしかっただけよ。それに、くたくたで、ちょっと圧倒されているの。わたしにはもう一度愛しあうなんて無理。それだけよ」

彼の唇にゆっくりと慎重な笑みが浮かぶ。「べつにかまわないさ」エリンの手を持ちあげてキスをする。「次の機会まで取っておけばいい」

エリンは彼の美貌にうっとりと見入った。やっとの思いで視線をそらし、コンドームの山に目を向けた。「まあ」あっけに取られて言う。「いくつ持ってきてもらったの？」

「次にドラッグストアへ行く機会があるまで、一ダースあれば大丈夫だろうと思った」とコナー。「ゆうべの状況から判断すると」

エリンの目が丸くなる。「一ダース？　コナー、ここをチェックアウトするとき、あの人の前を通らなきゃならないのよ！　一ダースですって？」

「すまない」無邪気に目をしばたたいている。「心配することはない、エリン。今朝のうちに全部使う必要はないんだ。おれはただ、その、備えを整えただけさ」

エリンは両膝を胸に引き寄せて顔をうずめた。「わたしの手には余るわ。どうしたらこういうことに平気な顔をしていられるのか、どんな顔をすればいいのか見当もつかない」

コナーはベッドのかたわらに膝をついた。「無理に取り繕《つくろ》うことはない」彼は言った。「ありのままでいればいいんだ。仮面はなし、そうだろう？　ゆうべ、そう話さなかったか？　おれはそうする。そのほうがわくわくする。それに、おれにとってもこれは手に余る状況なんだ。信じてくれ。さあ、おはようのキスをしてくれ」

いたずらっぽいやさしい笑顔が磁石のようにエリンを引きつけた。彼女は彼のほうへかがみ、唇が触れあった。軽くためらいがちなキス。少なくとも最初の一瞬はそうだった。ふたりの体をすさまじい欲望が駆け抜けた。気がつくとエリンは彼の下で身悶えし、裸の体からシーツがはぎ取られ、両手を彼の豊かな髪にうずめていた。彼はむさぼるように唇を動かしている。激しいセックスへと一直線に誘うそそるようなキス。彼はなんの苦もなくわたしを意のままにしてしまう。

顔をそむけるにはとてつもない意志の力が必要だった。「ここまでにしましょう。出かける準備をしないと。集中しなきゃならないの。もうやめて、コナー。お願いよ」

彼は踵《かかと》に重心をかけて胸を張った。「じゃあ集中しろよ。おれに遠慮することはない」

「あなたのせいで気が散るのよ」エリンはぴしゃりと言い放ち、ベッドの反対側から床におりた。裸の体を隠すには、ネグリジェをはおるのがいちばん手っ取り早い。彼女は大急ぎでスーツケースからネグリジェを出した。

「ちぇっ、残念だ」視線をエリンの全身に這わせている。

エリンは頭からネグリジェをかぶった。「シャワーを浴びて、スーツにアイロンをかけないと。そのあとで、あなたの服の手入れもしてあげるわ。ひどいありさまだから」

彼はわけがわからない顔をした。「おれの服のどこがまずいんだ？」

旅行用のアイロンを出し、コンセントに差しこむ。「昨日あなたが着てた服でも、会見に着ていくぶんには問題ないわ。アイロンさえかければね。でもどうせあなたはレストランには行かないんだから、とくに問題はない——」

「おい」目が細くなっている。「ちょっと待て。おれがレストランに行かないとはどういう意味だ？」

エリンはスーツケースをベッドに載せ、口論に備えて気を引き締めた。神経をぴりぴりさせた扱いにくいコナーにぴったり付き添われた状態で、いちばん大切なクライアントとのビジネスランチへ行くなんて考えられない。「わたしは家を出る前にインターネットで今日行くレストランを調べたの。ドレスコードはフォーマルだったわ。この部屋に衣装ケースがないところを見ると、あなたはジャケットとネクタイを持ってきてないでしょ」

「おれと一緒でなければどこへも行かせないぞ」冷たく断固とした口調。「この件は了承済みだと思ってたが」

「ばか言わないで」アイロン台にするためにきれいなタオルをテーブルに敷く。「ミューラーとのランチは、あなたが現れる前から決まってたのよ。込みあった四星レストランでわたしになにが起こるって言うの。それに、あなたは邪魔しないって約束したじゃない――」

「ちょっと待て。もしもし、エリンさん。いいだろう、おれがきみのボディガードだという事実は脇に置いておこう。ゆうべの電話もなかったことにしよう。ささいなことも問題じゃないと仮定して、おれたちに起こったことだけを考える。それでもきみは、おれをロビーでアホみたいに待たせたまま、くそったれの億万長者と昼飯を食うつもりなのか？」

エリンは呆気《あっけ》に取られ、ぽかんと口を開けた。「コナー、頭を冷やしてちょうだい。わたしはあの人に会ったことすらないのよ。焼きもちを焼く理由はないわ。これは仕事なの。あなたがどうと言ってるんじゃないわ。ミューラーがどうというのでもないし――」

「あたりまえだ。きみは勘違いしてる。おれとひと晩過ごしたからには、別の男とふたりっきりでロマンティックなランチを食うことなんて忘れるべきなんだ。とにかく、そんなことは忘れろ」

彼の発する独占欲に満ちた激しい怒りが、突風のようにエリンの顔に吹きつけた。彼が近づいてくる。エリンはあとずさった。壁に背中があたる。「やめて、コナー。不安になるわ」

「ああ、不安になればいい。そうすればふたりきりになれる。それに、おれは別の人間がいてもかまわない」

「コナー、わたしは――」

「おれの目の届かないところへは行かせないぞ。きみがトイレに行くなら、化粧室のなかまでついていく。それほどおれは真剣なんだ。わかったか？　これでおれの言いたいことがわかったか？」

　壁に押しつけられ、彼の胸で乳房がつぶれている。エリンはつんと顎をあげた。「野蛮人みたいなまねはやめて」

「これはまねじゃない」彼は言った。「仮面はなしだ、忘れたのか？」

「こんなの卑怯だわ！」嚙みつくように言う。「いばりちらさないで！　ひと晩一緒に過ごしたからって、こんなことをする権利は――」

「いばりちらしてるんじゃない、エリン。事実を説明してるだけだ」

　エリンの返事は略奪するような激しいキスでさえぎられた。もがいたものの、彼はこもった抗議の声を呑みこみ、力強い両手を体に這わせてきた。こんなのばかげてる。野蛮な力でわたしを自分のものだと主張しようとするなんて、なんて無作法で傲慢《ごうまん》なの……。

　それなのに、怒りはだしぬけに彼女にそむき、激しい感情を体の芯で燃えあがる渇望へ向けた。彼に抱きしめられている体がわなわなと震えだす。

　コナーは大きくくれたネグリジェの襟元を肩から引きおろし、胸をむきだしにすると、白いコットンとレースのネグリジェに包まれたエリンの両腕をうしろにまわした。そのまま一回転させ、自分の胸に抱き寄せる。一瞬脚が浮きあがったと思うと、ベッドに座った彼の膝に乗り、鏡を向いていた。ネグリジェがウェストまでぐっと引きおろされる。コナーが首筋から髪をはらい、ひどく敏感な部分に唇を這わせてきた。「きみはおれをもてあそんでるのか、エリン。処女の花嫁みたいなネグリジェは、男を誘っておきながら最後まで許さない女を思わせる。このネグリジェをひとめ見たとたん、おれはこれを引き裂いて、四方に柱のあるヴィクトリア風のベッドにきみを投げだすところを想像した」

エリンは呆然と鏡を見つめた。長いあいだ、わたしのセックスライフは自分の狭いベッドで安全に行なう孤独な実験に限られていた。恥じらいと寂しさと憧れに色づけされた実験に。コナーに関するロマンティックな夢想を思い描き、ブラッドレーのことを考えまいとしたのもそこだった。ブラッドレーのことを思いだすたびに、それまで苦労して高めた欲望や興奮が掻き消え、以前に増して気分が落ちこみ孤独を感じたものだ。

いま鏡に映っている女性は、まったくの別人だった。挑発的なセクシーなポーズ。まるでポルノ映画みたい。両腕をうしろにまわされ、紅潮した顔で乳房を突きだしている。コナーはたくましい片腕でお腹を抱きしめ、もう一方の手でそっと下の唇を広げ、わたしがどれほどなめらかに濡れているか嬉しそうにつぶやいている。彼がクリトリスの上で親指で円を描きながら湿り気を周囲に広げ、執拗に愛撫をつづけると、エリンはわなわなと身震いした。

現実のコナーは、想像よりはるかに激しくて乱暴で、そして厄介だ。喧嘩腰《けんかごし》で強引。でもとても繊細で、すごく手馴れている。そしてわたしに対する欲望は飽くことを知らない。こんなことになるとは夢にも思わなかった。いまでも信じられない。

彼はエリンの奥深くに差し入れた長い二本の指を恥骨の下で曲げ、スイートスポットを押しながら手のひらで恥丘を押した。力強い手がもみしだくように円を描くと、エリンは出たり入ったりする彼の指を締めつけながら身悶えした。体の奥でわきあがったエネルギーがじょじょにふくれあがり、狂おしいまでになっていく。それがついに爆発し、エリンは悲鳴をあげた。

そのエネルギーは全身を震わせながら駆け抜け、エリンの体を心地よく温めた。目を開けると、まだ両脚を広げて彼の膝に乗っていた。彼はぐったりしたエリンの体を支えたまま、太腿のあいだをゆったりと愛撫している。まるで子猫を撫でるように。

振り向くと、コナーは時間をかけて濃厚なキスをし、微笑みながら見つめてきた。

エリンは這うように彼の膝からおりると、ネグリジェから両腕を抜いて脱ぎ捨てた。体を隠したいという気持ちはすっかりうせている。彼女はネグリジェに目をやった。「破れちゃったわ」

「すまない。直せるか？」

「たぶん。縫い目が裂けただけだから。たいしたことないわ」スーツケースのほうへ無頓着にネグリジェを放り、コナーを見おろす。自分のせいでジーンズに大きな染みがついていたが、これっぽっちも恥ずかしいとは思わなかった。太腿の内側とお尻が濡れている。わたしはすっかりその気になっているし、ジーンズ越しに彼が勃起しているのがはっきりわかる。

エリンは自分を悦ばせた彼の手を取り、顔に近づけた。まだ濡れて光っている。それを口に含み、自分の味を味わった。

彼の目が丸くなる。「なんてこった。エリン。くたくたなんじゃなかったのか？　したくないと言っただろう」

顔が焼けるように熱い。「大丈夫よ」

「大丈夫だけじゃだめだ。おれとやりたいのか？」コナーが問いつめた。「ごまかすな。駆け引きはやめてくれ」

エリンは笑い声をあげた。「あら、駆け引きがうまいのはあなたのほうじゃない」

「言うんだ」嚙みつくように言う。「ちゃんと言葉にしてみろ」

エリンはサイドテーブルからコンドームをひとつ取り、歯で封を開けた。「ジーンズを脱ぎなさいよ、コナー。これで気がすんだ？」

コナーはうなずくと、立ちあがってベルトのバックルをはずした。「ああ」

しばらくのち、コナーは腰を引き、エリンの上で動きをとめた。「ミューラーとふたりきりにはさせないぞ」

エリンは抗議しようとしたが、コナーはその顔を両手ではさみ、しっかりと唇を重ねた。「この話はこれで終わりだ。おれはきみが望んでいるものを与え、きみはおれに逆らうのをやめる。わかったらうなずけ」

エリンが首を振る。「ずるいわ。わたしを操ろうとしても――」

「いいや、無駄じゃない。おれはそうするつもりだ」きっぱりと言う。「かならずそうする」

エリンはなすすべなくいらだったようにしがみついたまま、コナーの目をにらんでいる。

コナーは彼女がもっと奥まで貫いてほしがっているのを承知で、先端だけでそっと撫でるようなもどかしい挿入をつづけた。わななくなめらかなつぼみに親指で軽く触れる。じらすように、容赦なく。

エリンは頭をうしろにのけぞらせ、肩に爪を食いこませながら食いしばった歯のあいだから声をあげた。「ひどいわ、コナー——」

「手を打つか?」

「ええ、来て、いますぐ!」

コナーはぐっと貫き、みずからの体で取引を確かなものにした。おれは持てるすべてを彼女に与える。おれのすべてを。それは予想をはるかに超えるものだった。夢にも思わぬほど大きい。ふたりはわれを忘れた。

情熱で溶けたふたりの体がひとつになっていく。おたがいが心に抱える真実をすべて分けあい、なにも隠せず、秘密は消える。境界も、隔てるものもない。ひとつの存在。

ふたりは燃え盛る星の中心でからみあった。

やがて、コナーはエリンの上からどいて仰向けに寝転がった。皮膚の汗が冷えて寒い。はるか遠くまで行っていたような気がする。彼女と目を合わせるのが怖いほどだ。

「ああ」エリンがそっとつぶやいた。「あなたはどんなことでも中途半端にはしないのね」

「そうだ。ずっとそうしてきた」彼は答えた。「慣れたほうがいい」

ふたりは用心深く口を閉ざしていた。ミューラーについてはひとことも触れなかった。さっきの奇妙で威圧的な取引についても。そして……あのことにもまったく触れなかった。あいれがなんであったにせよ。魂の触れあい？　やめてくれ。ニューエイジの戯言《たわごと》みたいに聞こえる。あえて言葉にしないほうがいい。あれは感情とエネルギーから生まれたものだった。ふたりの体がつながったときだけ生まれるもの。

エリンがベッドからおりた。ずっと顔をそむけている。「準備をしないと」ためらいがちに言う。「急いでシャワーを浴びてくるわ」

おたがいに少し休みが必要だ。コナーはそう思って自分の番を待ち、彼女が出たあとシャワーを浴びた。バスルームを出ると、エリンはふたつめのベッドをせかせかと整えていた。もうひとつのベッドはすでにきちんと整えてある。

困惑して彼女を見つめた。「なにをしてるんだ？」

「ベッドが乱れてると、まともに考えられないの」むきになったようにそっけなく言う。「それに、落ち着く時間が必要だし。さあ、わたしの櫛《くし》を使って。でもお願いだからやさしく梳かしてね。引っぱったり切ったりしちゃだめよ」

コナーはチノパンツをはき、腰をおろして目の前のショーを見つめた。ブラとパンティだけの格好で動きまわっているエリンは、ながめるに値する光景だった。彼女はこちらを無視したまま自分のスーツにアイロンをかけてベッドの上に広げると、尊大な態度で手を差しだした。「あなたのシャツをちょうだい」

コナーは床を探ってシャツを見つけ、手渡した。「アイロンをかけてるきみはセクシーだな」

エリンがふんと鼻を鳴らす。「命が惜しいなら、二度とそういうばかげたことは言わないことね。ボタンがひとつ取れかけてるって、知ってた？」

「いいや。全然気づかなかった。気づくはずないだろう」

エリンはアイロンを脇にどけ、ふたたびスーツケースの中身をあさると、大きな裁縫セットを取りだした。糸巻きをいくつか出し、眉間に皺《しわ》を寄せながらシャツにあてている。「茶色がかったグレーと白はあるけど、このシャツは淡い黄褐色に近いわ」ぶつぶつとつぶやく。「ベージュならぴったりね。たしかベージュもあったはず」裁縫セットをさかさまにし、ベッドの上にできた山をあさりはじめた。

コナーはぽかんと口を開けてその光景を見つめた。「きみがこんなだとは思わなかった」

エリンが目を細める。「こんな、って？」

「茶色がかったグレーとベージュの違いにこだわるタイプ。夢にも思わなかったよ、きみがこんなに、その……」

エリンがこれみよがしに針を突きだした。「肛門性格なんて言ったら、この針をぶっすり腕に刺すわよ」

慎重に一歩あとずさる。「強迫症でどうだい？」

「わたしは、自分は細かいことをないがしろにしないタイプと考えるほうが好きよ」取り澄まして言う。「ズボンを脱いで。うしろの裂けてるところを縫ってあげる。そのあとアイロンもかけるわ。皺くちゃだもの」

「細かいことをないがしろにしないだって？」ズボンを脱ぎながら言う。「おれをよく見てくれ、エリン。きみにないがしろにしてほしくない細かいことがいくつかあるんだ」

なにげなく目を向けたエリンが悲鳴をあげた。目の前に勃起したペニスが突きだしていたのだ。「コナー、お願い！　今朝はもう二度も自分の思いどおりにしたでしょう！　まだ足りないの？」

「一度だ」彼は言った。「きみにとっては二度だが、おれは一度だ」

「細かいことにこだわってるのは、どっちかしら？」ぴしゃりと言う。「ひと晩じゅうわたしを好きにしたくせに」

「まだ足りない。きみに飽きることはない」

突然あたりの空気がかっと熱く濃密になり、息ができなくなった。突きだしたペニスが彼女の関心を引こうとしている。威厳もなにもあったものじゃない。

エリンはきゅっと唇を引き結んだ。「狙いはわかってるわよ、コナー。わたしが会見に遅刻すればいいと思ってるんでしょう？　あるいは行き損なえばいいって。そうすればあなたの思うつぼですものね」

「きみの会見なんて、おれはどうでもいい」

エリンは毅然と顔をそむけた。「そんなことをしても無駄よ。わたしはもう仕事モードになってるの。もしわたしに向かって振りまわしてるものが大事なら、タオルを巻いてわたしにズボンをちょうだい。いますぐ」

コナーは渋い顔をした。「ちぇっ。きみのその仕事モードはいつまでつづくんだい？」

「仕事が終わるまでよ」きっぱりと言う。「現時点のわたしの仕事は、あなたを人前に出しても恥ずかしくなくすること。リゾートホテルに着いたあとは、わたしは古代ケルト工芸の専門家になるわ」胸に向かって指を突きだされ、コナーは針に怯えて素早くあとずさった。

「あなたの仕事は、礼儀正しくして出しゃばらずにいることよ。そして、わたしが仕事をしているあいだ、わたしの印象を悪くするようなせりふを言わないこと。わかった？」

コナーは歯を食いしばった。「おれの仕事は、きみを守ることだ、エリン」

エリンは彼の手からズボンをひったくった。「じゃあ、礼儀正しく出しゃばらずに守ってちょうだい」

「仕事モードのきみはいやな女だな」ぶつぶつとぼやく。「おれはセクシーモードのきみのほうが好きだ」

エリンはわざとらしく咳払いをすると、素早く手馴れたようすでズボンの裂け目を縫いはじめた。「あいにくだったわね。仮面はなしよ、コナー。これが本当のわたしなの。だから我慢するのね。それにタオルをかけてくれない？」

「どうした、エリン？」と、冷やかすように言う。「おれのムスコで気が散るのか？」

ぱっとハサミをつかんだのを見て、コナーはうしろに跳びすさった。エリンはにっこり微笑むと、糸を切った。「落ち着いてよ。それから、家庭的なイメージを演出するためにあなたの服を直してるなんて思わないでね。わたしはあなたの見栄えをよくしようとしてるだけ。わかった？」

「はいはい」従順に答える。

エリンがにらみつけてきた。「からかってるの？」

「まさか。きみがハサミを持ってるあいだは、そんなことしない」

エリンはひとりごとをつぶやきながら裁縫セットをあさっている。やがて、顔を輝かせながら糸巻きをひとつ取りだした。「ベージュだわ！」

コナーはかろうじて笑いをこらえた。「よかったな」

彼女から受け取ったズボンをはいたとたん彼の準備は終わったが、エリンの複雑な身づくろいはようやく始まったところにすぎなかった。見ないでと言われたにもかかわらず、コナーは彼女についてバスルームへ行った。彼女がちっぽけなチューブや瓶やブラシで化粧をする姿はとてもセクシーで、彼はその女性的な仕草にうっとりした。なにより最高だったのは髪だ。エリンはなめらかに艶が出るまでブラシをかけると、素早く巻きあげて光沢のあるシニョンをつくってヘアピンでとめた。その結果は巧みな技術の奇跡のように思われた。

ようやくふたりとも準備が整い、コナーはアラームをはずしてブリーフケースに放りこんだ。廊下に踏みだし、両側に目を向けてからついてくるようエリンに合図する。彼女はコナーの後れ毛をうしろに撫でつけ、襟をまっすぐに直した。

彼は体をこわばらせた。「なんだ？　どこか変か？」

エリンは彼の顎《あご》に触れ、眉間に寄った皺を指先で伸ばした。「とってもハンサムよ」やさしく言う。

コナーはエリンを見おろした。言葉が出てこない。

なんとか呪文を振りはらうと、エリンに合図して廊下を歩きだした。横を歩くエリンがちらりとこちらの脚を見たのがわかる。「前より脚を引きずってるわ。大丈夫？」

コナーはエレベーターのボタンを押した。「おれの役立たずの脚は、シャワーの下で激しいセックスをするのには慣れてないんだ」

「まあ」エリンがつぶやく。「ごめんなさい」

「やるだけの価値はあった」エレベーターのドアが開く。「本当だ」

エリンは旺盛な食欲を見せるコナーを呆気に取られたように見つめていた。山盛りのブルーベリー・パンケーキ、卵四つのオムレツ、フライドポテト、イングリッシュ・マフィン、スパイシー・ソーセージの山。コナーはそのすべてをぺろりと平らげた。

「すごい」エリンがあきれたように言う。「これだけのものが、どこに入るの？」

「さあ」コナーはにやりとした。「どれもすごくうまい」ウェイトレスに合図する。「ベルギー・ワッフルを持ってきてくれるかい？」

エリンが赤面しながら彼のうしろで縮こまっているあいだに、コナーはフロントでチェックアウトをすませ、それからふたりで車へ向かった。

「シルバー・フォークまでどれくらい？」エリンが訊いた。

コナーはもめごとに備えて気を引き締めた。「約四十分だ」

「なんですって？」腕時計を見る。「遅刻だわ！　そんなに離れてるなんて思わなかった！どうして教えてくれなかったの？」

「なぜ教える必要がある？」助手席のドアを開ける。「きみが二、三分遅れたところで、連中は死にゃしないさ」

「本気でわたしの仕事の邪魔をしようとしてるのね？」

車に乗りこんだ彼を待っていた冷ややかな雰囲気は、身から出た錆《さび》だった。承知してはいたものの、それでもひどく気落ちした。ふたりが見つけた均衡を壊したことが惜しまれる。海岸線の曲がりくねった道路を黙りこくって走る四十分は、自分の動機を探るには充分な長さだったが、リゾートホテルの仰々しい錬鉄《れんてつ》のゲートに着いたときも、コナーはまだ彼女を遅刻させたのが故意だったのか判断がつきかねていた。ふん、たいしたことないじゃないか。たった十七分遅れただけだ。

エリンは車が停まるなり外へ飛びだした。慌ててあとを追い、腕をつかむ。「おい、そんなに急ぐなよ」

「わたしはすごく怒ってるのよ」嚙みつくように言う。「さわらないで」

「きみはおれの大事なフィアンセなんだぞ、忘れたのか？　おれに嚙みつくな、エリン。おれは連中にどう思われようが屁とも思わないし、そのほうがいいと思えば迷わずきみに恥をかかせるぞ」

「横暴だわ」もぎ取るように腕を振り払う。

コナーは彼女の肩を抱き、自分のほうを向かせた。「喧嘩をしたいなら車に戻ろう。きみが何分遅刻しようが、おれの知ったことじゃない。砂丘の反対側に車を停めて、話しあってもいいんだ。おれたちの違いを解決するのは楽しいからな。言い争いはいつでも歓迎だ」

「セックスでわたしを威圧するのはやめて」ぴしゃりと言う。「卑怯で汚い手だわ！」

コナーはエリンをしっかり押さえつけ、にっこり微笑んだ。彼女はつま先立ちの格好で、豹《ひょう》と対峙しているようににらみつけている。くそっ、またあそこが硬くなってきた。「怒ってるときのきみはきれいだな」

「よくもそんな。本気で死にたいの？」

「きみを怒らせようとして言ったんじゃない。事実を言っただけだ。そんなふうにしてると、きみは一〇フィートは背が高くなったように見える。アマゾネスみたいだ。弱気な男なら、いまごろ地面に這いつくばって言い訳してるぞ」

エリンの口元が本人の意に反してひきつっている。「這いつくばる？」

「控えめに言ってもそうなってる」

エリンは首をめぐらせ、階段をのぼりはじめた。「安っぽいお世辞でごまかされないわよ」

コナーは急いであとを追った。「なにをすればごまかされるんだ？　四時間ノンストップのクンニリングスはどうだ？」

「ばか」肩越しに小声で言う。

ロビーに入っていくと、ふたりの男女が立ちあがった。ひとりは高価なグレーのスーツを身にまとったしなびた五十代の男。灰色の髪、灰色の瞳、灰色がかった肌。コナーは男を見てぞっとした。灰色の男はエリンにこわばった歓迎の笑みを見せると、ちらちらとコナーに冷たい視線を向けながら彼女と握手した。「ミズ・リッグズ、ほっとしました。心配しはじめていたんですよ」

目を奪うような赤毛の女が、まばゆいばかりの笑みを浮かべて歩み寄ってきた。エメラルド色にきらめく瞳に陶器のような肌、なまめかしいスタイル。体にぴったりフィットした値の張りそうなアイスブルーのスーツを着ている。

エリンが赤毛と握手した。「お待たせして申し訳ありません」コナーのほうへ顎をしゃくる。「こちらはわたしの……その、コナー、ミスター・ナイジェル・ドブズとミズ・タマラ・ジュリアンよ」

コナーはうなずいて手を差しだした。

ドブズが用心深くその手を取った。「どうも、はじめまして」いやいや言っているように聞こえる。

「よろしく」コナーは言った。

「こんにちは、コナー・マクラウド」タマラがハスキーな声をかけてきた。

タマラ・ジュリアンは、コナーが引こうとした手をぐっと握りしめた。明るいエメラルド色の瞳であからさまに値踏みするように彼の全身に視線を這わせている。

こんな厄介ごとに巻きこまれたくない。もう一度腕を引くと、なんとか手が離れた。エリンを見る。「それで？　例の工芸品に取りかかったほうがいいんじゃないか？　シアトルまで長いドライブになる」

エリンは警告するように横目で彼を一瞥した。「わたしは必要なだけ時間をかけるわ、コナー。わかっているでしょう。ミスター・ミューラーは昨夜無事に到着なさいました？」

「あなたが夕食をご一緒できないと伝えると、計画を変更なさったんです」ドブズが言った。「今週の後半にシアトルを通過するとき、あなたにお会いになるそうです。ここに滞在すると、香港行きのスケジュールがかなりタイトになるので」

コナーはほっとため息をついた。自分でも息をとめていたことに気づかなかった。

「まあ、そうですか」エリンが沈んだ声で言う。「当然ですね。今日お会いできないのは残念ですけれど」

「実に残念だ」コナーが言う。「残念どころじゃない」

ナイジェル・ドブズが冷たい視線を向けてくる。「本当に」

「昨夜はこちらに泊まったんでしょう？」タマラが言った。「夕食をご一緒できたらよかったのに」

「おれたちはふたりきりでいたかったんでね」コナーはそう言うと「美人をひとりぼっちにしておくわけにはいかない」と、エリンの肩に手をまわしてぎゅっと抱きしめた。「彼女と離れると、おれは想いがつのってやつれてしまうんだ」

タマラは完璧に整えられた褐色の眉をあげた。「すてき。理想的なフィアンセね」

「努力してる」コナーは言った。

「がんばって」とタマラ。

「えへん。そろそろ行きましょうか」ドブズが冷たく言った。「こちらへどうぞ」

エリンが腕を引っぱったが、コナーはその場に根が生えたように立ちつくし、タマラを見つめた。「どこかで会ったかな？」

タマラはにっこりと魅力的な笑みを浮かべた。「そんな質問をするくらいなら、答はノーね」彼の胸に手をあて、その手に力を入れる。「嘘じゃないわ、ミスター・マクラウド。もし会ったことがあれば、覚えているはずだもの」

コナーは三人のうしろから廊下を歩いていった。エリンはさっきとは違う理由でまたおれに腹を立てているらしい。知ったことか。いつものことだ。こういう状況に慣れて、集中力が切れないように気をつけたほうがいい。どうも赤毛が気にかかる。

どこかで会ったことがある。首筋が薄気味悪くぞくぞくするのがその証拠だ。だが、タマラが言ったことは事実だ。超人的な記憶力は別として、おれも生身の男であることに違いはない。あの顔と体を忘れることなどありえない。

ではどういうことだ？　どこで会った？　どんな状況で？　くそっ。

ヒールの音を響かせながら先頭を歩くタマラのうしろ姿に目を凝らす。それから目と思考の焦点を故意にずらし、まとまりきらない関連性や記憶を求めて頭のなかに網を投げた。めまぐるしく駆けめぐる思考のなかで、銀鱗《ぎんりん》をきらめかせる魚のように記憶が飛びすさる。タマラのスーツの色が溶け、海の泡のように混ざりあっていく。うっすらとなにかがまとまりはじめた。もう少しで手が届く、あともう少し……。

あばらを思いきり肘で突かれ、びくっとした。「痛っ！」とうめく。「なんだ？」

エリンは顔を紅潮させ、腹を立てたようにセクシーな唇を引き結んでいる。「そんなにぶしつけに色目を使わなくてもいいんじゃない？」

なるほど、そういうことか。色目。タマラ。記憶を探りながらぼんやり向けていた視線が、タマラのヒップに向いていたのだろう。

なんと。すばらしい。エリンは焼きもちを焼いている。

コナーはいっきに気分がよくなった。ずきずきする脇腹を撫でながら、にやにやする。

「ごめん」

「下品で失礼だわ。償いをしてもらいますからね」

彼は素早くかがみこみ、彼女が身を引く間もないうちに唇の横にキスをした。「待ちきれないよ」

ふたりがささやき声で交わしていた会話が耳に入っていたとしても、タマラ・ジュリアンとナイジェル・ドブズは無反応だった。コナーは無駄と承知で一瞬まとまりかけたイメージを求めて記憶を探ったが、それはとうに消え去り、イメージが浮かんだ場所はすでにしっかり閉ざされていた。くそっ。いまさら無益に集中力を使ったところで、得るものはない。このまま放置して、なにかのひょうしに思いだすのを待つしかないだろう。

イメージをとらえそこなったのには腹が立つが、自分はエリン・リッグズを嫉妬させられるとわかったのだからよしとしよう。なんたるエゴ。

ドブズとタマラはみごとな彫刻が施されたドアの前で足をとめた。ドブズが鍵を開け、入るよう合図する。室内には光沢のある細長い木製のテーブルがあり、テーブルの上には小さな黒いベルベットが何枚か敷いてある。すべての布になにかが載っていた。

「由来に関する書類が入ったフォルダーは、ミズ・ジュリアンが準備してあります」ドブズが言った。

まるで唐突に気温が変化したように、エリンの関心の高さが変わったのがわかった。彼女はバッグからテープレコーダーを出すと、テーブルに沿って歩きはじめた。カメラのシャッターを切るように、コナーは一瞬で見て取った。宝石が埋めこまれた青銅の盾《たて》。浮き彫り細工が施された銀板で覆われた釜。一風変わった様式の鳥を頂いた青銅の兜《かぶと》。きらめく黄金製のネックレスやブレスレットやブローチの数々。「テスト、テスト」エリンがうわの空でつぶやいた。「テスト、テスト」テープレコーダーが彼女の低く穏やかな声を再生する。

コナーとドブズとタマラは置いてきぼりにされていた。エリンは別の場所にいる。全エネルギーが鋭い切っ先に集中している。

気に入らない。彼女はおれの存在を忘れ、数千マイルかなたに、一千年離れた場所にいる。瞳は高度に系統立った精神活動で輝き、その奥がうかがい知れない。おれがここで赤毛に襲いかかったところで、気づきもしないだろう。

エリンはキャスターつきの椅子に腰をおろし、ひとつめの工芸品——青銅の盾——に椅子を引き寄せた。フォルダーに収められた書類をぱらぱらとめくり、テープレコーダーに向かって低い声で話す。「……楕円形の青銅の盾。紀元前一世紀。装飾は赤いエナメルとガーネットとアメジスト……植物文様……古代ケルト文字……アラベスク文様……」

彼女の脇目もふらぬ集中力に慣れてくると、今度はコナーのほうが嫉妬を覚えはじめた。古代の工芸品を相手に。情けないことはなはだしい。

三人はしばらく彼女を見守っていたが、やがてドブズがちらりとコナーを一瞥した。「たいしたものですな、え？　みごとなまでの集中力だ。いまの彼女にとって、あれ以外の世界は存在しないに等しい。トランス状態に陥っているようだ」

自分のものであるかのような澄ました口調にコナーは歯噛《はが》みした。おれが知らないエリンの一部を理解しているというだけの理由で、得意になっているのだ。「感心する」ぶすっと言う。

「ミスター・ミューラーは、仕事をする彼女を見るのをとても楽しみにしていたんです」

ドブズの目が細くなり、淡いピンクがかった裂け目になった。「ミズ・リッグズが仕事に専念しているところをご覧になるのは、はじめてでは？」

コナーは歯を出してにたりと笑った。「ああ。どきどきするよ」

「すばらしい女性ですよ。あなたもいずれわかるでしょう」もし彼女のような一流の女性が、おまえを見つけた貧民街におまえを捨てる前に運よく気づけばな、という本心がありありと聞き取れた。

「そのときが楽しみだ」歯嚙みしながら答える。

「そうでしょうとも」おもしろそうにドブズが言った。「幸運を祈ってますよ」

「びっくりさせてもらえるなんて、幸せね」タマラの声は、蠱惑《こわく》的でハスキーだった。「それとも、びっくりさせられるのはお嫌いかしら、ミスター・マクラウド？」

「場合による」

「意外性は情熱を新鮮に保つ秘訣よ。あなたは彼女をびっくりさせるものを持っている？そもそも驚かそうと思ったことはあるの？」

ナイジェル・ドブズが愕然としたような声を出した。「ミズ・ジュリアン、なんということを！不適切な個人的な発言で、ゲストを困らせてはいけません！」

タマラはかすれた笑い声をあげた。「ミスター・マクラウドは、そう簡単には困らないような気がするわ」

あざけりのこもった斜視ぎみのエメラルド色の瞳をまっすぐ見つめたコナーは、ふたつのことに気づいた。まず、この女はひるまない。それは評価に値するし、ひじょうに非凡な能力だ。ほとんどの人間はコナーの殺人光線のような眼差しで見つめられると、即座に視線をそらす。それから、あとずさる。

ふたつめに気づいたのは、タマラの瞳の色が偽物だということだ。生来の色が知りたいものだ。淡い色だ。ブルーか灰色。さもなければ、これほど明るく澄んだ緑色に輝いているはずがない。紺碧の深みをすばしこく行き交う思考の銀鱗のきらめき。速すぎてつかめない。空港でつかまえられたときのエリンの驚きを思いだす。彼女が一糸まとわぬ姿でバスルームから飛びだしてきたときの自分の驚きを。

ああ、おたがいに相手をびっくりさせる方法なら知っている。問題はない。

「おれは簡単には困らない」タマラに告げる。「だが、どうやって恋人をびっくりさせるかは、他人には無関係だ」

タマラは目を丸くし、やがてうつむいた。決まりが悪そうに口をつぐんでいる。「そうね……ごめんなさい」彼女がつぶやいた。

「いいさ」彼は頑固で厳しい警官のような笑みを浮かべた。

タマラは愛らしく睫毛を震わせた。「悪気はなかったの」

「わかってる。おれは困ってない。事実を言っただけだ」

彼女は落ち着きを取り戻し、豊かな胸の上で腕を組んだ。「その率直さには驚くわ」

「きみは驚かされるのが好きなんだろう」

タマラの口元が満足そうにほころぶ。「一本取られたわね」

ドブズがわざとらしく咳払いした。「ミズ・ジュリアン。よかったら、ミズ・リッグズの手が埋まっているあいだ、ミスター・マクラウドをもてなしてさしあげてくれないか？　バーでエスプレッソをご馳走するとか、バルコニーからの景色をお見せするかして。退屈させては申し訳ない」

「すばらしいアイデアだわ」タマラが熱っぽく言う。「ミズ・リッグズのお仕事はいつも時間がかかるから――」

「ぜひそうして、コナー」エリンがさえぎった。

三人は驚いて振り返った。それは銀河系の王女の決然とした声だった。つねにコナーの股間をかっと熱くする声。「そうしてちょうだい。鉄器時代のケルト文化の遺品であなたを退屈させたくないわ。ミズ・ジュリアンにエスプレッソをご馳走していただけば？　どこかで会ったことがあるかもしれないなら、ふたりでエスプレッソを飲みながらゆっくり思いだせるでしょう」

瑪瑙《めのう》のような茶色の瞳がぎらぎら輝いている。おれの頭をもぎ取りたいと思っているのだ。強烈な仕事モードになっていても、おれの動きを追い、おれの話をすべて聞いている。それ自体がひねくれた賛辞だった。

コナーの顔に、間の抜けた笑みが広がった。全員が彼を見つめ、見世物の次のせりふを待っている。彼はどさりと椅子に腰をおろし、腕を組んだ。「鉄器時代のケルト文化の遺品ほど興味深いものなんて、想像もつかないよ、ハニー」彼は言った。「どんなに金を積まれても、このショーを見逃すつもりはない」

12

そこにある品物は、どれも息を呑むほどすばらしいものだった。歴史的価値は言うに及ばず、その類まれな美しさゆえに、世界有数の博物館でさえ死に物狂いで手に入れようとするだろう。申し分ない保存状態の青銅の盾には宝石が埋めこまれ、紀元前五〇〇年から紀元二〇〇年のラ・テーヌ文化特有の官能的な渦巻き文様が施されている。デンマークの泥炭地で発見された銀製の釜は浮きだし模様の板金でつくられており、牡羊の頭をした悪魔やドラゴン、グリフィンやケルトの神々がのたくっている。ユベール美術館の学芸員が嫉妬の涙を流しそうな兜は、頭頂部に禍々《まがまが》しい青銅のカラスがついていて、はばたく翼まで完璧に残っていた。山のような金鎖《トーク》――ネックレスとして首に巻いた黄金製のねじり鎖――は、宝石を埋めこんだ飾りで豪華に装飾されている。目もくらむほど大量の腕輪、ブローチ、ケープをとめるピン。どれひとつ取っても本が一冊書けそうだ。エリンはまさによだれが出そうだった。

コナーの存在を痛いほど意識していることと、最近起こった人生の劇的な変化がなければ、天にも昇る気持ちだっただろう。けれど大量のデータを処理するので手いっぱいの状態でも、コナーがあらゆるものに向ける静かで真剣な態度で背後から見つめているのがわかる。熱を帯び気をそらす、圧倒的な存在。

元上司のリディアなら、このうちどれかひとつでもユベール美術館のものにできるなら、人殺しもいとわないだろう。でもトークのふたつがどこかおかしい。スコットランドで研究した様式に異常なほどそっくりなのだ。スコットランドのロスバーンで鉄器時代の墳墓の研究ができたのは幸運だった。その墳墓はほんの二年前、ショッピングモールの駐車場の建設中に発掘されたものだった。

鉄器時代の埋葬品としては一九七〇年以降最大の発見で、見つかったトークはきわめて独特な様式を持ち、髭《ひげ》のあるドラゴンの頭をかたどった先端飾りと、左右対称にのたくるドラゴンの尾でトーク前面の隙間を隠しているのが特徴だった。ほかの場所で同じ様式が発見されたと聞いた覚えはない。エリンは、髭のあるドラゴンには儀式や魔術的な意味があるのではないかと推測し、それに関する論文さえ書いたのだ。

それなのに、由来には、ここにあるトークは一九五〇年代にスイスで発見されたと記されている。おかしい。エリンはテープレコーダーを切った。

「最終報告書を書く前に、少し調査をする必要があります」彼女はナイジェル・ドブズに言った。

「しかし、どれも本物なんでしょう?」ドブズは両手をもみしだいている。

「ああ、それはもちろんです。どれもみごとな品物です。初期のラ・テーヌ芸術の最高傑作と言えるでしょう。どれも博物館クラスです。ミスター・ミューラーの眼識は非の打ちどころがありません」

「すばらしい」コナーがつぶやく。「おみごと。実に驚異的だ」

エリンは頑《かたく》なに彼を無視した。「由来のコピーをお預かりして、今週の後半にお返ししてもよろしいですか?」

「もちろんです。どうぞお持ちください」

さっとドアが開き、タマラ・ジュリアンが現れた。手にした銀のトレイには、湯気のあがるデミタスカップ四客と、プチフールを盛った皿が載っている。彼女は艶然とコナーに微笑みかけた。「コーヒーを飲みにバーへお誘いできないなら、こちらでご一緒していただこうと思って」

エリンは彼女の顔にトレイをはたきつけ、色目遣いの女が着ている美しいブランド物のスーツにエスプレッソをぶちまけている自分を想像した。子どもじみた衝動をこらえ、トレイからカップをひとつ取る。「ありがとうございます」エリンは言った。「カフェインが切れて気絶しそうだったの」

「どうぞ頭をすっきりさせてください」ドブズが骨ばった手をこすりあわせながら言った。「おふたりはこちらでランチを召しあがっていらっしゃるでしょう?」

エリンはちらりとコナーをうかがった。無表情でこちらを見ている。

「あの、ありがとうございます。でもシアトルで急ぎの仕事がありまして」彼女は言った。「できるだけ早くあちらに戻ろうと思います」

よだれをたらさんばかりにコナーにまとわりついているタマラを見るだけで、食欲などわくはずもない。これまで三度仕事で会ったことがあるが、いつもタマラには好意を抱いていた。彼女の知性と機知に感心さえしていたのだ。

いまは彼女に対する好意は、はるかに小さくなっている。

タマラが残念そうに唇を突きだした。「まあ、どうしても？　ここのシェフがつくるブイヤベースはすばらしいのよ。それにロブスターのパイは本当においしいの」

「またにしよう」とコナー。「帰る途中で簡単なものでも食べるさ。もう仕事は終わったかい、ハニー？」

「まだです」ドブズがテーブルの上でブリーフケースを開き、フォルダーを取りだした。

「ミスター・ミューラーは、昨夜あなたと夕食をご一緒するときにこのオファーをなさるおつもりでした。じつは、はるばるこちらまで来ようとした理由はこれだったんです。ご存じのように、ミスター・ミューラーはかなり体が弱いので、そうとうご無理をされたんですよ、こちらへ――」

「申し訳ありません、ミスター・ドブズ」エリンは慌てて言った。「本当に――」

「あなたを責めているのではありません、ミズ・リッグズ。今後なにかを決めたときは事前に連絡いただけるように、ありのままの事実をお話ししているだけです。わたしはあなたにこのオファーをお伝えするよう、ミスター・ミューラーに任されています。あなたはユベール美術館で働いていらっしゃった。そうですね？」

「はい」エリンは言った。「二年勤めていました」

「ミスター・ミューラーは、昨年ユベール美術館で開催された青銅器時代と鉄器時代の展示会であなたが行なった構成に興味をお持ちになった。的を射たもので、みごととさえ思っていらした。あなたは並外れた能力とともに革新的な精神もお持ちだ、ミズ・リッグズ」

「まあ……ありがとうございます」混乱し、とまどっていた。

「ミスター・ミューラーは、ユベール美術館の新しいウィングに資金援助をしようとお考えです。青銅器時代と石器時代、ローマケルト時代の工芸品を主に展示するウィングに。ケルト工芸品のコレクションも寄付されるおつもりでいます」

「まあ、そんな。なんて心の広い方なんでしょう」エリンは言った。リディアはきっと狂喜するだろう。

「ええ。ミスター・ミューラーは私利を顧みずに尽力される方です。過去の美しいものは、あらゆる人を豊かにすると信じておいでです」

「実にご立派なことだ」コナーが言った。

エリンはたじろぎ、タマラの唇はひきつったが、ドブズはコナーの皮肉など聞こえなかったように悠然とうなずいた。

「まったくそのとおりです。ミスター・ミューラーは、あなたがユベールを解雇された背景には関心をお持ちではありません。しかし、あれは美術館の管理部門による実に間違った判断でした」

「わたしも、その、そう思いました」たまらずに言う。

「簡潔に言うと、ミスター・ミューラーは、あなたがケルト・コレクションを担当する唯一の学芸員であることが保証された場合に限って、ユベールに資金援助を行なう意向です」

エリンはぽっかり口を開けた。「わたしが？　でも……でもわたしは――」

「あなたはあちらの管理部門と意見の不一致がおありでしょうから、気が進まないかもしれません。どうぞよくお考えになってください。たとえあなたがユベールのために専門知識を生かすことを望まなくても、ミスター・ミューラーはご理解なさるでしょう。あなたを手放すような愚かな美術館ですから」

「でももし……もしわたしがお断りしたら――」

「その場合、ミスター・ミューラーは別の機関に寄付されるだけのことです」ドブズはうっすら微笑んだ。「寄付するに足る価値のある対象には事欠きませんからな。実際、数えきれないほどありますよ」

エリンは必死で言うべき言葉を探した。「わたし、あの、頭が真っ白になってしまって」

ナイジェル・ドブズが含み笑いを漏らした。「わかります。よくお考えください」

「あ、はい。そうします」

「それから、お忙しいとは存じますが、ミスター・ミューラーがシアトルへいらっしゃるときは、ぜひお時間を空けていただけるようお願いします」

「ええ、はい」消え入りそうな声で言う。「もちろんそうします。ご都合のいいときに。いつでもけっこうです」

「おれたちの婚約パーティを忘れないでくれよ」コナーの声には鋭い警告の響きがあった。

「その週は、ものすごく忙しくなるはずだ。安請けあいしないほうがいい」

エリンはぎょっとして彼をにらみつけた。「仕事となれば、わたしの優先順位ははっきりしてるわ、コナー！　理解するように努力してちょうだい」

彼は椅子に座ったまま前にかがみ、目を細めた。「無理だ」

エリンは彼に背を向けた。「いつでも喜んでミスター・ミューラーにお会いします」きっぱりと言う。

「それはよかった。ミスター・ミューラーの予定がはっきりしたらご連絡します」ドブズの声は明らかに以前より冷たくなっていた。「それから、ミズ・リッグズ。ご自分の優先順位に関しては、時間をかけてよくお考えになるように。ミスター・ミューラーのオファーは、たいへん多くの時間と労力を求めるものです。もしあなたが関心を寄せるほかの対象が、同じように、その、抗しきれないものであるなら、正直にそうおっしゃってください。わたしたちは、新しいウィングに対する少なくとも千五百万ドルの話をしてるんです。コレクションの価値は言うに及ばず。くり返しますが、たいへん大きな責任を伴う話です」

「わかっています」神妙に答える。

コナーが立ちあがって伸びをし、指の関節をぱきぱき鳴らした。「すばらしい。で、話は終わったかな? お会いできてなによりでした、ミスター・ドブズ、ミズ・ジュリアン。おいで、ハニー。きみの馬車が待ってるぞ」

エリンは歯噛みする思いで笑みを浮かべ、ドブズと握手した。「あらためてお礼を申しあげます。それから、ミスター・ミューラーにもよろしくお伝えください。信頼していただいて、とても感謝していると。どれほど感謝しているか――」

「はいはい、もうそのぐらいにしておけよ」コナーがさえぎる。「つづきはドブズが適当に伝えてくれるさ。もう充分だ」

いい加減にして、無礼にもほどがあるわ。エリンはくるりと彼に向きなおった。「わたしにそういう口をきくのはやめてちょうだい、コナー・マクラウド！」

唖然《あぜん》としたような沈黙は、ゆったり落ち着いた拍手の音で破られた。「おみごと」タマラが拍手しながら言う。「そのほうがずっといいわ。あなたの彼には強気な態度を見せなくちゃ、ミズ・リッグズ。思いあがらせちゃだめ。さもないとおしまいよ」

エリンは不必要なアドバイスをそのまま言い返してやろうと口を開いたが、タマラの瞳を見て思いとどまった。きらめく大きな瞳には偽りの無邪気さがあふれ、エリンの反応を貪欲に待ち構えている。タマラはわざとわたしたちを冷やかしているんだわ。

こんな不愉快なゲームにつきあうつもりはない。「貴重なアドバイスをどうもありがとう、ミズ・ジュリアン。でも彼のことは自分でなんとかできると思うわ」

「ああ。そうしてくれ、ハニー」コナーがやさしく言う。「強気な態度のきみを見るのが待ちきれないよ」

エリンはこの場で殺してやりたいと思いながら、にっこり彼に微笑みかけた。「その件については、車のなかで話しましょう」ドブズとタマラに向きなおる。「申し訳ありませんでした。コナーが失礼なことを言って。きっと萎縮《いしゅく》してるんです。彼が安心できるところへ連れて行ったほうがよさそうだわ。失礼します、お元気で。またご連絡します。行きましょう、コナー。さあ、早く」

彼はエリンのあとを追った。「それじゃ、また。失礼」

廊下の端に行っても、まだタマラの笑い声が聞こえていた。

コナーが隣へ追いついてきた。長い脚は一歩でエリンの二歩を悠々カバーできる。「エリン――」

「車で」

「おい、おれはただ――」

「命が惜しいなら、それ以上ひとことも言わないで。車のなかで話しましょう」

コナーは口をつぐんだ。押し黙ったままキャディラックまで歩く。コナーが助手席のドアを開けると、エリンは座席に腰をおろし、ほてった顔を両手にうずめた。怒りのあまり、体が震えている。生まれてから、これほど腹が立ったことはない。リディアにクビにされたときも、ここまで腹は立たなかった。

コナーが車に乗ってきた。ちらりとこちらをうかがい、すぐに視線をそらす。

「コナー」喉が震える。ごくりと唾を呑みこみ、震えを抑えようとした。「柱の陰にカート・ノヴァクが隠れてた？」

「いや、でも――」

「ナイジェル・ドブズかタマラ・ジュリアンが、わたしに危害を加えそうな言動をした？」

「具体的にはなにもない、だが――」

「じゃあ、いったいなぜあんなばかなまねをしたの？　わざとわたしに恥をかかせるなんて！」

「なぜ、こんな目に遭わなきゃならないの？　目的はなに？　なんなの？」

激昂した声に彼はひるんだ。「あのふたりは気に入らない」弁解がましく言う。「計算高そうな赤毛女は気に入らないし――」

「ふん、彼女はあなたを気に入ってたじゃない！」悪意のこもった声でさえぎる。

「――それに、ポーカーフェイスのドブズも気に入らない。ミューラーというやつが千五百万ドルで神を演じることを楽しんでいるからって、へつらう理由にはならない。きみは――」

「へつらう？　わたしがへつらってたと思ってるの？　ひどい人ね！」エリンは理性を失い、叫びながらやみくもに彼につかみかかった。コナーが手首をつかんで押さえつけ、気がつくと、エリンは激怒したまま息を切らしてしっかり抱きしめられていた。

「これだけは言わせてくれ。言い訳になるが、おれは連中がおれに示した慇懃《いんぎん》無礼な態度をそのまま返しただけだ」ひとことひとことが氷の切片のように鋭い。

エリンは腕を引いて抗った。「考えすぎよ！」

「違う。連中はおれをコケにした。そして誰かにコケにされたら、おれはにっこり笑ってうなずいて我慢したりしない。ぜったいに。相手がどれほど巨額な金の上にあぐらをかいてようがな。わかったか？」

つかまれた手首をもぎ取ろうとする。「わたしもふたりが言うことを聞いてたけど、失礼なところなんてなかったわ！」

「じゃあ、きみはちゃんと聞いてなかったんだ」コナーがそっけなく言った。

エリンは息をはずませながら、しっかり手首を握りしめている彼の手を見つめた。慎重に考えをまとめる。「ねえ、コナー？」

「ああ？　なんだ？」心もち不安そうな声。

「念のために言っておくけれど、もしあなたが本当にわたしのフィアンセだったら、そうだと仮定しての話だけど……」

じれったそうにぐっと顎をしゃくる。「ああ？」

「あんなことをしたら婚約を解消するわよ。きっぱりと」

「へえ、そうか？」

エリンは今朝自分が縫いつけたシャツのボタンをじっと見つめた。「もし本気であんなことをしたのなら、それはあなたがわたしの知性に敬意を払っていない証拠だわ。あるいは、わたしという人間にまったく敬意を払っていないか。それは要するに、あなたがわたしの判断を信頼していないか、わたしのプロとしての能力を評価していないことになる。そんなの許しがたいことだわ」

彼は長いあいだ口をつぐんでいた。「そうか、じゃあ」ぼそりと言う。「あれが全部芝居でよかったってことだな？」

「芝居？」エリンはつかまれた手首をむなしく引っぱった。「よく言うわ！　くだらないメロドラマみたいだったじゃない！　嫉妬深い恋人を演じるなんてばかげてるわ、コナー！　それに、あなたのおかげでわたしまでばかに見えたのよ！」

彼は顎をひきつらせ、目をそらした。「いじめるなよ」ふてくされたように言う。「そんな顔をしないでくれ」

「どういう顔？」

「銀河系の王女の顔さ。やめてくれ。おれはもう自分がまぬけになったような気がしてるんだ」

「あらそう」

コナーがため息をついた。「ミューラーの取り巻きに無礼な態度を取ったことを謝るつもりはない。連中にとっては当然の報いだ。でも、きみに無礼な態度を取ったことは謝る」

エリンはびっくりしてもがくのをやめた。「そう……ありがとう」

「でもおれの立場になって考えてくれ。おれは意思を伝えようとしてたのに、きみはわかろうとしなかった。あいつが指を曲げて呼んだからって、きみは犬みたいに走っていくことはないんだ。おれたちは時と場所を慎重に選ぶ必要がある」

「違うわ！」激しく身を引いたので、もう少しで力強い手から逃げられそうになった。『おれたち』じゃない！　二度とあなたを連れて行くつもりはないから。ありえない。ぜったいだめよ。この仕事を台なしにさせるわけにはいかないの。とても大切な仕事なのよ！」

「ちくしょう！　まだわからないのか、エリン！　ミューラーが現れなかったからって、おれの不安は消えてないんだ。ドブズとジュリアンにはいい印象を受けなかった。それに、あのふたりがきみをいたぶるようすには、胸くそが悪くなった」

「それって、ミューラーのオファーのことを言ってるの？」

「ああ、そうだ」むっつりと挑戦的な表情を浮かべている。

エリンは意識してもがくのをやめた。「放して、コナー」静かに言う。彼が手を放し、エリンはシートの反対の隅へ移動した。「あんないたぶられ方なら、もっとされたいわ」服の皺を伸ばしながら言った。「ミューラーが所有しているようなコレクションの管理ができて、あれほど多額な寄付を受けられて、新しいウィングの責任者になれるならね。わたしのキャリアを考えると、信じられないような大成功だもの」

「ああ、たしかに」コナーが言った。「信じがたいな」

その口調になぜか寒気が走った。「まだ彼がノヴァクだと思ってるわけじゃないでしょう」

コナーは肩をすくめた。「おれが一緒だとわかったとたん、姿を現さなかったことが引っかかってるんだ。直接会うまで、最悪の可能性を捨てるつもりはない」

エリンはぐったりとシートにもたれた。怒りが収まると同時にエネルギーも切れてきた。まるで足元に穴が開き、エネルギーが渦を巻いて吸いこまれているようだ。このぞっとする感覚には覚えがある。大切だと思っていた人をすべて呑みこんでいった、あのぽっかり開いた大きな黒い口と同じだ。

わたしはずっとむかしからあがきつづけている。つかのま、エリンはどれほどむかしからそうしているかぼんやりと考え、心が疼いた。幼い子どものころから、この渦と闘ってきた。いい子になろうと、行儀よく、きちんとしようとして。この世の意味を理解しようとして。物心ついたときからずっと。死に物狂いで。

それでもまだ足りなかったのだ。渦はわたしをとらえようとしている。父をとらえたように。母をとらえようとしているように。おそらくシンディも。誰にもとめられない。わたしのお粗末な努力でとめられないのは間違いない。

エリンはぎゅっと目を閉じた。「じゃあ、これはすべて冷酷な陰謀なの？　わたしがしたことすべて、わたしが築こうとしているもののすべてが悪趣味な冗談で、その標的はわたし。

わたしはこの悪臭に満ちたぞっとするような穴から決して逃げられない。そういうこと、コナー？　あらゆる曲がり角の向こうでモンスターが待ってるの？」

「エリン——」

「まるで流砂ね」声が震える。「逃げだそうと必死になればなるほど、深みにはまっていく」

「エリン、頼む」コナーが言った。「おれを怖がらせないでくれ。おれが間違ってる可能性もある。ああ、たぶん間違ってるんだろう。おそらくおれは妄想に取りつかれたまぬけなんだ。もしそうだったら、おれのケツを蹴っ飛ばしてもいい。だから泣かないでくれ、頼む。こっちへおいで」

「いやよ」エリンはドアにあとずさった。「お願いだから黙ってて。わたしを放っておいて」

コナーはもどかしげにうめきながらハンドルに額をたたきつけた。「くそっ、もうわけがわからない」そうつぶやき、車のエンジンをかけた。「シートベルトを締めろ」

それからの二時間、車内は不気味に静まり返っていた。エリンはずっと顔をそむけていた。

やがてコナーは道端のレストランで車を停めた。「なにか食おう」

「わたしはいらないわ」エリンは答えた。「でもあなたはどうぞ食べてきて」

彼は大股で車の前をまわり、助手席のドアを開けて彼女を引っぱった。「きみも食べなきゃだめだ」

疲れて抵抗する気になれない。「やめて、コナー。行くから。落ち着いてちょうだい」

「ふん」コナーがぶすっと応じる。

エリンは口論するよりましだとチキンスープを注文し、彼がチーズバーガーをむさぼるように食べているあいだスープを飲むふりをした。店を出るとき、ドアの横にならんでいる公衆電話の前で足をとめ、電話機のひとつに手持ちのコインをすべて投入した。最後の一枚を入れようとしたとき指がすべり、いまいましいコインはエリンをからかっているようにあちこちへ転がった。最終的にはコナーが足で踏みつけてコインをとめ、エリンのかわりに電話機のスロットに入れた。

電話をかけると、録音された声が投入した金額では料金が足りないと告げた。追加のコインをお入れください――

「なんて役立たずなの！」エリンは大声で罵《ののし》った。

電話機をたたきはじめた手をコナーにつかまれた。「おい、店の人間が警察を呼ぶ前に落ち着いてくれ」なだめるように言う。「いったいどうしたっていうんだ？」

「コインを持ってる？」食ってかかるように言う。

「もっといい方法がある」しっかりと肩を抱かれ、ぬくもりで包みこまれた。「おれは携帯電話を持ってるし、まだ充電は切れてない。車へ行こう。なかでかければいい」

車に着くなり、コナーはぱちりと携帯電話を開いて手渡してきた。

シンディの携帯にかける。返事はない。

次に、祈りながら母親にかけた。いまは月曜の夜だ。もう回線が通じているはずだ。

まだ通じていない。

エリンは勢いよく携帯電話を閉じてコナーに手渡し、太腿の上で両手をもみしだいた。

「通じないのか？」コナーが訊く。

エリンはこくりとうなずいた。

「誰に電話したんだ？　シンディか？」

「それと母よ」やっとの思いで答える。

「お母さんがどうかしたのか？」コナーが促した。「お母さんは元気かい？」

エリンは喉につまったようなため息を漏らし、首を振った。

「話してくれ、エリン」今回、彼の静かな声には、厳しく命令する色はなかった。

エリンはじっと自分の太腿を見つめた。「母は少しおかしくなってるの」と切りだす。「ほとんど毎日ベッドから出ようともしない。請求書の支払いをしようともしない。とめられた電話をもとに戻してないわ。このままじゃあの家を手放すことになる。ローンを払うお金がないの。それに、母はなにかが見えると言うのよ。テレビの画面に。見えるはずのないものが。ヴィクター・レイザーが父を強迫するために使ったビデオよ。父が映ってるビデオ。愛人と一緒にベッドにいる」声がじょじょに小さくなる。

コナーはなにも言わない。エリンは顔をあげた。彼の瞳は冷静な理解で満ちていた。「おれは、親父がばらばらになっていくところを見た」彼は言った。「きみの気持ちはわかる」

喉が震えた。「恐ろしいわ。まるで……まるで」

「足元の地面に穴が開いたような気がする」コナーが締めくくる。

涙があふれた。胸の奥から絞りだすようなすすり泣き。コナーは彼女を引き寄せて膝に乗せ、頭の上に顎を乗せてやさしく揺すった。嵐のような怒りが消えていき、ぐったりと力が抜ける。温かな腕に抱きしめられていると心が落ち着き、やがて彼女は眠りに落ちた。

およそ一時間半が経過した。彼女の温かな体の下で、怪我をした脚がこわばってひきつっている。それに、すぐにでも運転を再開するべきだ。でも美しく香りのいい彼女を抱きしめていられるなら、このままでいる価値はある。彼はエリンの髪からそっとすべてのピンを抜き、ジャケットのポケットに隠した。艶のあるシニヨンがほぐれ、まるで生き物のように彼の手に巻きついてからほっそりした優雅な背中に音もなく落ちていく。コナーは彼女の髪に頬を押しつけた。とてもなめらかで柔らかい。これにまさるものがこの世にあるだろうか。

クラクションが鳴り響き、エリンがはっとしたように目を覚ました。「なに？　ここはどこ？」

コナーはやさしく彼女の背中を撫でた。「さっきと同じ場所だ」

「でも、暗くなってるわ」彼女は腕時計をチェックした。「やだ、一時間以上たってる。どうして起こしてくれなかったの？」

「起こしたくなかったんだ」簡潔に答える。

エリンがもそもそと膝からおりた。「出発したほうがいいわ」おずおずと言う。「わたしのヘアピンはどうしたの？」

「きっと落ちたんだろう」真顔で答える。

女性に泣かれて感謝することがあるとは夢にも思わなかったが、今回は感謝していた。おかげでぎくしゃくした緊張が消えている。車のエンジンをかけながら、彼はあくびをしているエリンの首筋に触れた。「もう少し眠ったらどうだ？　疲れただろう」

やがて彼女はぐったりとシートにもたれた。うっすらと口を開け、ウェーブした髪がふんわりした褐色のベールのように顔を覆っている。コナーは携帯電話を取りだし、ショーンの盗聴防止機能つき電話にかけた。

「はい」ショーンが応えた。

「で？」

「よく聞こえないぞ」不満げに言う。「大きな声で話してくれ」

「運転中なんだ。エリンが眠ってるから起こしたくない。わかったことを話せ」

ショーンは低くうめいた。「オーケイ。かわい子ちゃんたちの家へ行ってきたよ。おい、知ってるか？　ほんとにみんなかわいかったんだぜ。でも、ビリーってやつのことはたいして知らないと言ってた。どれほど大金持ちでたくましい体をしてるかってこと以外はね。それに、彼女たちは例のジャガーにすっかりのぼせあがってる。苗字や出身地や仕事はもとより、詳しいことはなにひとつ知らないんだ。でも、おれは午後じゅうかけて〈悪い噂《うわさ》〉を見つけだして――」

「なんだって？」

「シンディのバンドだよ」とショーン。「彼女はR&Bのバンドでサックスを吹いてるんだ。音楽を専攻してるだろ？　それほど腕は悪くないそうだよ。とにかく、おれはそのバンドのリードギターとドラムのやつにビールとフライドチキンをおごったんだ。ふたりの話によると、このビリーってやつは、ここ二カ月のあいだに彼らにいろんなクラブで演奏をさせたそうだ。エージェントかなにかやってるらしい。少なくとも本人はそう言ってる。この野郎はレコード契約とか国内ツアーなんて大風呂敷を広げて彼らにつきまとってたが、結局はしけたクラブでひとりあたり三十ドルのけちなライブを二、三度やって終わったそうだ。その後は彼らに関心がなくなって、気づいたらシンディの機嫌を取りはじめてた。彼女はもう一カ月以上バンドの練習に参加してない。彼らもシンディのことを心配してたよ。ビリーのアホを嫌ってるんだ。そして、シンディに戻ってきてほしいと思ってる」

「苗字は？　車のナンバーは？　なにかわからないのか？　そのふたりが彼のために働いてたなら、書類があるはずだろう？」

「ないんだよ。支払いはいつもキャッシュだったし、連中が知ってた携帯電話はもうつながらなくなってる。本人はビリー・ヴェガと名乗ってたが、デイビーが調べたところ、その名前ではなにも出てこない。偽名なんだ」

「くそっ」

「でもがっかりすることはない。ふたりによると、〈悪い噂〉の音響係がシンディにべた惚れだったらしい。彼女がやめて以来、そいつは実家の地下室にこもって『Xファイル』のビデオとカフェインで傷ついた心をなぐさめてるそうだ」

「やれやれ」コナーは眉をひそめた。「気の毒なこった」

「ああ、失恋の痛みってやつさ。おれはいま、その音響係を地下室から引きずりだしに行くところだ。嫉妬のあまり、ビリーについてなにか気づいてるかもしれないからな。それから、ビリーがバンドに演奏させたクラブすべてのリストを手に入れた。今夜はそこで過ごすつもりさ。カントリーミュージック、安物のビール、他人のタバコの煙。おれの人生って、実にきらびやかだろ」

「よし、そのままつづけろ。助かるよ。ひとつ借りができたな、ショーン」

「埋めあわせはしてもらうぜ。この件に片がついたら、むかしよくつくった特製チリをつくってくれよ。それも一度じゃだめだ。三回はつくってもらわないとな」

コナーはためらった。「うーん、最後につくってからもう二年になる。つくり方を覚えているかどうかわからない」

「知ったことか。練習しといてくれ。それがおれの手数料だ。兄貴はチリをつくり、おれはビールとポテトチップスを持ってく。それと、胡椒《こしょう》入りのチーズも」

薄闇のなかでコナーはにやりとした。「いいだろう。レシピを探してみる。それと、ショーン？　知ってるか？　おまえはいいやつだな」

弟が鼻を鳴らす。「おれの元ガールフレンドに言ってやってくれよ。ああ、それで思いだした。ゆうべはヤッたのか？」

コナーは数秒口を閉ざしていた。「おまえは口を慎むってことを知らないのか？」穏やかに言う。

ショーンがびっくりした声を出した。「まじかよ？　こりゃいいや！　じゃあ、真剣なんだな？」

「これ以上ないほど真剣だ。この件には触れるな」

「まいったな、寒気がしてきたぜ」うめくように言う。「彼女になにをされたんだ？　彼女は――」

「明日また電話する」

コナーは電話を切ってポケットにしまうと、ちらりとエリンをうかがってまだ眠っているか確かめた。睫毛が頬に濃い影を落としている。夕闇が車内からあらゆる色を絞り取っていたが、彼女の色ならすでにしっかり覚えている。柔らかな黄金色とかすかな赤み、そして光沢を帯びた褐色の瞳と髪。柔らかな乳房の上で乱れたブラウスのボタンが大きく口を開け、白いコットンのブラがそそるようにのぞいている。透けるシルクとレースでできた、ひらひらしたデザインの高価なランジェリーを買ってやりたい。繊細な肩ひもとホックとスナップでできたものを。透きとおる布をひとつずつ身につける彼女を見つめていたい。

そのあとで、いっきにすべてはぎ取ってやりたい。

きらめく黒のフォード・エクスプローラーが脇を通過した。これがはじめてではない。ぞくっとするような寒気が駆け抜けた。あのエクスプローラーはさっきレストランの駐車場に入ったとき見かけたが、出るときはエリンに気を取られ、うっかり見過ごしていた。

あの店にいた時間は三十分。そのあと駐車場に一時間二十分いた。レストランに着いたとき停まっていた車は、こちらが駐車場を出るはるか前に出発していて当然だ。みぞおちが凍りつき、首筋がちくちくする。コナーはアクセルを踏みこみ、エクスプローラーに接近してナンバープレートをチェックした。

間違いない、あの車だ。舐《な》めあげたようにピカピカの黒い新車。ドライバーだけで、助手席に人影はない。コナーは速度を落とし、エクスプローラーを先に行かせた。二マイル先に出口がある。彼はウィンカーをつけて出口専用車線に入り、相手の出方をうかがった。

エクスプローラーは突然急ハンドルを切って出口専用車線に入った。スピードを落としたので、こちらとの車間距離が縮まっていく。相手はさらにスピードを落とした。五五ヤード……五〇……四五……三八……くそっ。

だしぬけにエクスプローラーが隣の車線に車線変更した。コナーは横にならび、ちらりと車内をうかがった。

びっくり箱からのぞくしゃれこうべのように、助手席からゲオルグ・ラクスがにたりと笑いかけていた。長い髪は切り落としているが、あの男に間違いない。去年の十一月にコナーに殴られて抜けた前歯がまだ欠けている。窓ガラスがするすると開いた。こちらに向かってライフルを構え、女のように指をひらひらさせている。

ぐっとブレーキを踏みこんだとたん、キャディラックがぐらりと揺れた。エクスプローラーはスピードをあげ、走り去っていった。

エリンが跳び起きた。「なに？　どうしたの？　コナー？」

「いまのは――」自分の声にパニックを聞き取り、口を閉ざす。あの車の助手席は無人だったはずだ。

「そんなばかな」彼はつぶやいた。

「どうしたの？」

コナーはまともな説明を求めて頭をフル回転させた。ゲオルグがこちらを震えあがらせるためにどこかにひそみ、飛びだすチャンスをうかがっている可能性はある。だが、そんなことはありそうもない。あまりにも……偏執的だ。

「なんなの？　お願いよ、コナー。なにを見たの？」エリンが尋ねる。

コナーはエクスプローラーに近づいた。助手席に人影は見えない。胃が凍りつくような新たな深みへと沈みこんだ。

大きく息をつく。「ゲオルグを見た気がする」正直に話した。

エリンが口元に手をあてた。「どこで？」

「前方にいる、あの黒い車だ」

エリンは黒い車に目を凝らした。「運転してるのはゲオルグじゃないわ。あの人のほうがずっと背が高いし、頭の形が細いもの」

「ドライバーじゃない」彼女がどう思うかわかっていた。すでに胃袋が締めつけられている。ぼんやりといやな感じがした。まるで恥じているかのように。

エリンは前方の車を見つめている。「助手席には誰も乗ってないわ」

「わかってる」そっけなく言う。「本当なんだ。きみに言われなくても、突飛でイカれた話に聞こえることはわかってる」

「コナー？」エリンがおずおずと小さな声で言った。「きっと……疲れてるのよ。休みたいなら、わたしが運転を替わって――」

「いや」歯噛みするように言う。「大丈夫だ」

エリンは顔をそむけ、きれいに流れるうしろ髪しか見えなくなった。

「くそっ」小声でつぶやく。「すまない」

「気にしないで」エリンがささやいた。

おっと、出口だ。コナーはぎりぎりのところでハンドルを切り、高速道路をおりた。閑散とした夜道に、不吉な黒い車と二台だけという状況にはなりたくない。こちらが相手を追いかけ、地の果てまで追いつめてすりつぶしてやることができるのなら別だが。

今夜は無理だ。エリンが一緒ではできない。コナーは携帯電話を取りだし、デイビーの盗聴防止機能つきの電話にかけた。

兄は即座に応えた。「どうした？　なにかトラブルか？」

デイビーはつねに弟たちが巻きこまれているトラブルを嗅ぎつける。どこにいようとそれは変わらない。「ショーンと話したか？」コナーは訊いた。

「ああ。ろくでなし野郎からエリンの妹を助けだす作戦のことは聞いた。おれもその件に取りかかったところだ。なにか手助けがいるのか？」

「車のナンバーを調べてくれ」早口でナンバーを告げる。

「わかった。どうした、コナー？　その車がなにか？」

胃がひっくり返る。「訊かないでくれ」彼は言った。「あとで話す」

デイビーはつづきを待つようにようすをうかがっていたが、弟がなにも言わないとわかると腹立たしそうにうめいた。「無理するなよ」そう言って彼は電話を切った。

「ねえ、コナー？　どこへ行くの？」エリンが尋ねる。

慎重に抑えた声が気に入らない。頭のおかしい人間に理を説こうとするとき自分が使う声だ。「別の道を探す」彼は言った。「あの車と高速道路を走りたくない」

「州間高速道路を使わないと、シアトルに着くのは朝になってしまうわ」

「グローブボックスから地図を出してくれ」

コナーは空港でミューラーに関するプリントアウトをグローブボックスに押しこんだのを忘れていた。エリンの足元にプリントアウトがなだれ落ちた。彼女はそれを拾い集め、ダッシュボードの薄暗い光で見つめている。「ミューラーに関してお兄さんたちが調べたもの？」

「ああ」まるで薄汚い秘密を見つけられたかのように、罪の意識に似たものを感じた。「地図を出してくれ」

エリンはなにか言いかけたが、そこで思いなおした。おそらくおれのように予測のつかない変人を追いつめたくないと思ったのだろう。かわいそうに。暗闇のなか、ありもしないものを見る男と、どこともつかない場所で身動きが取れなくなっている。

みじめな思いがいっそう深まり、広がった。冷たいコンクリートの上を容赦なく広がっていく血だまりのように。彼女は地図を見つめている。車内に深い沈黙が流れた。

コナーの携帯電話が鳴った。慌てて応える。デイビーだ。「もしもし？」

「例のナンバーは、二〇〇二年製造のフォード・エクスプローラーだ。色は黒。所有者はロイ・フィッツ。オレゴン州クース・ベイに住んでいる六十二歳の離婚した中古車販売員だ。クレジット会社のブラックリストに載ってる。これで役に立つか？」

コナーは音もなく長々と苦悩のため息を漏らした。「いいや、そうでもない。でも手を貸してくれてありがとう。またあとでな、デイビー」

「おい、コナー。いったい――」

「いまは話せないんだ」ぴしゃりと言う。「すまない。じゃあ」

なんてこった。これで兄にぶしつけな態度を取ったことまで気に病むはめになった。

エリンはミューラーの書類をきれいにまとめ、ふたつに折って慎重にグローブボックスにしまった。地図を開く音がする。彼女はルームライトをつけ、二分ほど地図をながめていた。

「このままレッドストーン・クリークまで行けるわ。そこからポールスン・ハイウェイを北へ行くとボニーに出る。そのあとはそのとき決めればいいわ。それでいい？」

やさしく事務的な声。彼女の態度がありがたく、涙を流しながら足にキスしたいほどだった。「それでいい」

エリンはぱちりとルームライトを消した。「音楽を聴いてもいい？」

「好きにしてくれ」

彼女はダイアルをまわし、クラシックブルースが聞こえたところで手を放した。たぶん昨日おれがブルースに合わせたのを覚えていたのだろう。好きな音楽を聴かせておれを落ち着かせようとしているのだ。細かいことまで気がつくタイプ。

「ありがとう」コナーはそっと言った。

エリンは手を伸ばし、指先で頬を撫でてきた。ひと束の髪を耳のうしろにかける。とろけそうなやさしい感触で、体の奥で凝り固まっていたしこりがほぐれていく。ようやくまた肺に空気が入ってきた。

なんとか正気のままシアトルまで帰れそうだ。

13

チャック・ホワイトヘッドはチルドレス・リッジ展望台にほど近い、人けのない通りの開けた場所で車を停めた。彼は、森林局が木の幹に巻きつけた色つきビニールひものようなどうでもいいものをひたすら見つめつづけていた。両手がじっとりと湿っている。先ほどから激しい尿意に襲われている。職場であるDNA研究所から帰宅してからの十時間が、果てしなく再生をくり返すビデオテープのように頭のなかでよみがえっていた。チャックは自分が仕事をしているあいだ自宅で妻のマリアを介護しているホスピスのヘルパーを送りだし、二階にいる妻のようすを見にいった。だが次の瞬間、顎の下に拳銃を突きつけられていたのだ。銃を持つ男はチャックにやるべきことを告げ、彼はその指示に従った。細かいことまでひとつ残らず。ジャケットのポケットにその証拠が入っている。彼らにこれを見せればいい。自分は要求に従っている。

バッテリーが切れないように車のヘッドライトを消すと、漆黒に近い闇に囲まれて恐怖を覚えた。周囲にそびえる山々は真っ黒で、空はそれよりかろうじて明るい程度だ。今夜の空はどんより雲に覆われている。

男にはこの場所でマリアを返すと言われたが、マリアのように弱った人間をどうやってこんな辺鄙《へんぴ》な場所まで連れてくるのだろう？　妻はもう二週間以上前から、酸素マスクとモルヒネの点滴の世話になっているのに。

だが男はここへ来いと言った。だからチャックはここへやってきた。

警察には通報するなと男は言った。ひとことでもしゃべったらマリアの命はないと。

脈が速くなり、息遣いが荒くなる。ダッシュボードでぼんやり光るデジタル表示の時計が、のろのろと過ぎる時を刻んでいた。そのとき後部座席の窓をたたく音が聞こえ、チャックはびくっとして悲鳴をあげた。

言われたことはやったんだ、と自分に言い聞かせる。手抜かりはない。彼はドアを開け、やっとの思いで外へ出た。車内灯のぼんやりした明かりで目がくらみ、なにも見えない。

「ドアを閉めてくれないか」教養のある穏やかな声がした。年配の男。上流階級。イギリス訛《なま》りの外国人の発音。自宅にいたのと同じ男だ。おそらく南アフリカ人だろう。チャックはドアを閉めた。むかし南アフリカの女性とつきあったことがあったな――脳がひどく滑稽《こっけい》で無意味な情報を投げかけてきた。アンジェラという名前だった。同じアクセント。いい子だった。これまでの人生が脳裏をよぎる。いい兆候《ちょうこう》とは言えない。

暗闇に目が慣れてきた。黒い服を着た長身痩軀の人影が見える。なんらかの装置を目につけているようだ。

「南アフリカ人か？」思わず口走り、チャックはわが身を罵った。無用な質問をしたせいで、妻ともども殺されるかもしれない。

男は黙っていたが、やがてこう言った。「いいや、ミスター・ホワイトヘッド。違う。なぜならわたしは存在しないからだ。わかったか？」

「ああ」チャックは素早く答えた。「もちろん」

男が近づき、手を伸ばしてきた。チャックは思わずひるんだが、すぐに武器を持っていないか確認するために全身をたたいているだけだとわかった。ばかばかしい。ぼくが武器を？

男はチャックが丸腰なのに満足すると、暗闇のなかへ歩いていった。「ついてこい」

「マリアはここにいるのか？」

男は答えない。キーッと音をたてて門が開いた。足元で小石を踏む音がする。チャックはつまずきながら男のあとを追った。男の足音を聞き逃したら、永遠にマリアを失ってしまうだろう。いずれにしても彼女を失うことにはなるが、こんなに恐ろしくて要領を得ない状況で失うつもりはない。こんな状況ではだめだ。

「あの、ちょっと。待ってくれ。なにも見えないんだ。おい！　ねえ、ぼくはあんたの名前を知らないし――」チャックはつまずいて転び、両手をすりむいたがすぐに立ちあがった。しっかりした足取りで小石を踏む足音がどんどん遠ざかっていく。チャックは思いきって走りだした。

「ミスター・ドブズと呼んでくれたまえ」穏やかな声が告げた。

チャックは声がしたほうへと暗闇を進み、右へ曲がった。ミスター・ドブズ。この悪夢には名前があったのだ。頭上に展望台がそびえている。木立のせいで闇がいっそう深まった。チャックは柱にぶつかって顔を強打し、すすり泣きを漏らした。ひとりではぜったいに道路まで戻れないだろう。

「ミスター・ホワイトヘッド？」

前方から声がした。左側だ。ドブズは漆黒の闇のなかを歩くために、暗視ゴーグルをつけているに違いない。

「左手を伸ばせ。板塀があるはずだ。それをたどってわたしの声がするほうへ来い」

ドブズの声は穏やかで、勇気づけているように聞こえた。チャックは感謝している自分が意外だった。まるで自分を鞭《むち》で打った人間の足を舐める犬みたいじゃないか。ぐるりと周囲に手を伸ばすと、手が板に触れ、彼はよろめきながら前へ進んだ。

ささくれた板をたどりながらすり足で進む行程は、永遠につづくような気がした。

「そこでとまれ。両手を前へ」ドブズが命じる。「はしごがあるだろう。それをのぼれ」

パニックで膝から力が抜けた。妻がいそうな場所に近づくどころか、どんどん遠ざかっている。「マリアはここにいるのか？」チャックは羊のような哀れっぽい声で同じ質問をくり返した。

「のぼるんだ、ミスター・ホワイトヘッド」ドブズの声は穏やかで容赦ない。

チャックははしごをのぼった。全力を振り絞って暗闇を目指す彼を、足元の暗闇が引っぱっている。彼は筋肉を疼かせながら、必死でそれに抗《あらが》った。

容易に意気地をなくした自分が憎い。その憎しみは、こんなことをさせるドブズへの憎しみよりも大きかった。高い。気が遠くなるほど高い。空気が薄くなったような気がする。周囲で渦巻く冷たい空気が首筋にあたっていた。

「プラットフォームについたぞ。足を伸ばせ。二時の方角だ」

ドブズがうしろからはしごをのぼってくる。もしここで手を放せば、ドブズをたたき落として殺せるかもしれない。ぼくも死ぬが、そんなことを気にしている場合だろうか。

でも、そうなったらマリアがどうなったか決してわからない。

チャックは足であたりを探り、プラットフォームを見つけると、自分の体重を支えてくれるよう願いながら飛び乗った。どさりと着地し、声にならないすすり泣きを漏らしながら縮こまる。

ドブズが残りのはしごをのぼってきた。「お願いした書類を持ってきたかね、ミスター・ホワイトヘッド？」

お願い。なんという表現だろう。チャックはもがくように立ちあがり、ジャケットに手を入れた。「血液サンプルを抜き取ってきた」彼は言った。「言われたとおりに。検査をしたところ問題はなかった。DNAは劣化してない。冷凍庫のなかの細胞はすり替えた。あんたが言ったとおりに。もとからあった細胞はここに持ってきている」

「細胞と書類をプラットフォームに置け」ドブズが言った。「それからゆっくり前へ十歩進むんだ」

チャックはゆっくり前へ出た。耳元で風がうなりをあげている。前方になにもない開けた空間があるのがわかった。「実験結果をプリントアウトしてきた」死に物狂いで口走る。「コンピュータの記録は、カート・ノヴァクのIDファイルに合わせてすべて改ざんした。なんなら証拠を――」

「二度とその名前を口に出すんじゃない。誰かに見られたか？」

「急ぎの検査をするために、研究所には毎晩大学院生がふたりいる。でも彼らがそばに来ることはめったにない」チャックはまくしたてた。「最近はみんなそうなんだ。最近ぼくは少し気がめいってて、つまり——」

「黙れ、ミスター・ホワイトヘッド」

訊かずにはいられない。もう一度。「マリアはここにいるのか？」

ドブズが舌打ちした。「わたしがそこまで冷酷だと思うのか？　こんなところへ病気の女性を連れてくると？　かわいそうなマリアはしゃべることさえほとんどできない。ましてや垂直のはしごをのぼるなど無理だ。頭を使え」

「でも……あんたは——」

「黙れ。書類を調べたい。うしろを向いていろ」

チャックは待った。フクロウが鳴いている。マリアはフクロウが好きだった。彼女はフクロウのような丸くて大きな目をしている。顔がやつれきったいま、その目はいっそう大きく見える。

「すばらしい、ミスター・ホワイトヘッド」ドブズの満足げな声がした。書類がぱらぱら音をたてている。「われわれが求めていたのはこれだ。よくやった。礼を言う」

「どういたしまして」無意識に言葉が出た。「それで……マリアは？」希望はない。それでも、好奇心の冷たいゾンビはまだよろめき歩いていた。

「ああ、マリアか。彼女は自宅のベッドに戻っている。きみの車が研究所に向かって出発した直後、わたしが戻しておいた。モルヒネの点滴も交換したよ。だが、そこでふと彼女が気の毒になってね。意気地なしのきみが投与できないものを与えておいた」

ひりひりする目をぎゅっと閉じても、あたりの闇がそれ以上濃くなることはなかった。チャックは首を振った。「そんな」ささやくように言う。

「慈悲だ」ドブズの声がつづく。「彼女は、モルヒネの量が増えていくのを見ていた。呼吸がじょじょにゆっくりになった。そして、ついに安らぎが訪れた」

「そんな」理不尽な罪の意識に襲われ、チャックは声を震わせた。「彼女はそういうことは望んでいなかった。自分でそう言ったんだ。ぜったいにしないでくれと言ったんだ」

「彼女がなにを望んでいたかなどどうでもいい。望みを選べる者などいない」

希望は消えた。そして、希望とともに恐怖も消えていた。ドブズの声を聞いているのは、聴覚を封じるすべがないからにすぎなかった。

「なにがあったかは誰の目にも明らかだろう」穏やかな声が聞こえる。「コンピュータに残されたメッセージ。死の床についた愛する妻のもとへ行きたいという気持ち、別れの言葉、残酷なこの世について綴《つづ》った短いメモ。これからきみに選択肢を与えてやろう、ミスター・ホワイトヘッド。ひと思いに死にたければ、ゆっくり二歩前へ歩け。だが、時間をかけて苦しみながら死にたいならそれも可能だ。容易に手配できる」

チャックは大笑いした。時間をかけて苦しみながら死ぬのがどういうことか、ドブズにはまったくわかっていない。チャックはプラットフォームの向こうに広がる虚空を見つめた。自分が空気のように軽くなった気がする。空っぽの殻。二歩前へ出れば、タンポポの綿毛のように飛んでいけるだろう。

もっと勇敢で運に恵まれて頭が切れれば、この窮地を抜けだす方法を見つけていたかもしれない。明らかに、すべてはぼくが用意周到に準備された自殺を遂げるかどうかにかかっている。もし拷問されて殺されたぼくの遺体が発見されたら、すべて台なしになるのだから。この悪魔と取引できるものは、もうなにもない。手持ちのカードはすべて使ってしまった。勇気も運も機知も、すべてこの数カ月マリアの世話をするために使い果たした。

おそらくDNA研究所の職員のなかからぼくを選んだとき、ドブズはそれを計算に入れていたのだろう。失うものがなにもない人間を選ぶとは賢いものだ。

心のなかで、チャックはすでに落下していた。フクロウの大きな黒い目に向かって。その目は超然とした慈悲に満ちた穏やかさで彼を見つめている。

チャックは二歩前へ出た。世界が傾き、顔の上を勢いよく風が流れていく。彼はフクロウの目のなかへ落下し、待ち受けるマリアの腕に飛びこんだ。

アパートに近い出口の表示を通りすぎながら、コナーが警戒したように視線を走らせてきた。「できればおれの家へ来てほしい」彼は言った。「うちのほうがしっかりしたドアがついているし、鍵もまともだ。ベッドも大きい」

「うちに帰らないと」エリンが言う。

コナーはため息をついた。「エリン――」

「だめよ、コナー」エリンは気力をかき集め、毅然《きぜん》とした声を出した。「シンディから電話があるかもしれないわ。母も電話をかけてくるかもしれない。友人のトニアが猫を連れてくることになってるし、明日仕事に着ていく服は家にある。IDカード、バスの定期券、なにもかも。うちへ連れていってちょうだい。すぐに。議論の余地はないわ。お願い」

コナーがウィンカーを出し、エリンはほっと安堵のため息を漏らした。アパートの周囲を漫然と走りまわり、車を停められそうな場所をいくつも通りすぎている。

「黒い車を探してるの？」

急ブレーキがかかり、エリンはシートベルトをしたまま前のめりになった。コナーは無言で車を停めた。

彼はアパートの玄関ドアについた壊れた鍵をいじりながら、憎々しげにうなった。「大家を訴えるべきだ」

「ここの大家さんをわずらわせると、お湯をとめられるのよ」エリンは反論した。「放っておいたほうがいいの」

エレベーターは依然として故障中だった。エリンは音が響く階段をひとりでのぼらずにすむのがありがたかった。ひいき目に見てもこの荒れ果てた建物には気がめいる雰囲気があるが、最近わが身に起こったことを考えると、夜のこんな時間にはひどく気味が悪い。

エリンはバッグから鍵を出した。コナーがそれを取り、彼女をそっとうしろに押しやって銃を抜く。

エリンはため息をついた。捜査官には妄想癖がある。覚悟しておくべきだった。そのひとりに育てられたのだから。捜査官にはそうなる理由があるし、コナーはその最たるものだ。

エリンは彼が鍵を開けて照明をつけ、室内に踏みこむまで辛抱強く待っていた。すぐに入るように合図された。「問題ない」

「どうもありがとう」もごもごと答える。

わずかにこもった皮肉にコナーは顔をこわばらせたが、疲れて気にかける余裕がなかった。勝手に腹を立てていればいいわ。今夜は落ち着かないし、ぞくぞくして変な感じがする。誰かをなだめる気分じゃない。

コナーはドアに鍵とかんぬきをかけた。「エリン」

するりとジャケットを脱ぎ、椅子にかける。「なに？」

「ここにひとりでいさせるわけにはいかない。そんなことはできない」

エリンは両手を高くあげ、首をまわした。コナーの視線が胸に釘づけになっているのがわかる。両方の肩をまわし、背中をそらせた。「できない？」

彼の視線は一途にこちらのあらゆる動きを追っている。「ああ」彼は言った。「高速道路であんなものを見たあとでは無理だ。役にも立たない鍵と二束三文のドアがついた部屋なんて無理だ。たとえ鍵がまともでもできない」

エリンはゆっくり髪を指で梳《す》き、さっとはねあげた。「わたしが金庫に住んでいても？海兵隊の一小隊に守られてても？」

「どうやら状況がわかりはじめたらしいな」

彼女は蹴《け》るように靴を脱いだ。片方が壁にぶつかってはね返り、床の中央まですべる。もう片方は考古学雑誌の山の上に着地した。「じゃあ、ここにいて」

コナーの目が細くなる。「おれがうっとうしいんじゃないのか」

自信なさげな声を聞いて、いっきに気持ちが晴れた。彼も弱気になっている。エリンはちらりと腕時計に目をやると、時計をはずしてドレッサーの上に放りだした。「もう午前三時よ、コナー。あなたをうっとうしく思う元気も残ってないわ」

そう言い残してバスルームへ入り、顔を洗って歯を磨くあいだ彼を悩ませておいた。

バスルームを出ると、コナーはいぶかるような顔をしてさっきと同じ場所に立っていた。

「本気で言ってるのか？」

笑いながらパンティストッキングに親指をかけ、腰を振って脱いでいく。「わたしにはいっさい選択肢はないと言わなかった？」ふてくされたように言う。「これ以上率直な言い方はできないわ。いずれにしても、どっちがボスかは明らかじゃない？」

「ちゃかすのはやめてくれ」コナーが言った。「おれがここに泊まったら、また寝ることになるのはわかってるはずだ」

エリンは目を丸くした。「あら、照れることはないわ、コナー。もっとはっきり言ったら？」スカートから足を抜き、ハンガーにとめて小さなクロゼットにかけ、ヒップが隠れるようにブラウスの裾《すそ》を伸ばす。「たしかにベッドはかなり狭いわ」エリンは言った。「もし家に帰ってぐっすり眠りたいなら、どうぞそうして――」

「からかうな。そんな気分じゃない」

とげとげしい口調にエリンは一瞬その場で凍りついた。息を吐きだし、ふたたびボタンをはずしはじめる。なにげなく見えるよう努めながら、ブラウスを脱いでハンガーにかけた。

「今夜のきみはどこか変だ」コナーが言った。「おれと寝たいのか、おれの頭をもぎ取りたいのかわからない。そういうことをされると落ち着かない」

エリンは背中に手をまわし、ブラのホックをはずした。素早くブラを脱ぎ、髪をうしろに払う。「そんなに落ち着かないなら、横になったほうがいいんじゃない、コナー」

彼はあらわになった乳房を見つめている。頬に赤い筋が浮いていた。「きみはおれに腹を立ててるが、同時に誘惑してもいる。どういうことだ、エリン？　なにが狙いなんだ？」

エリンは冷ややかな笑みを浮かべた。「さあ。それは自分で考えるのね」パンティを脱ぎ捨て、焼けつくような視線を浴びながら素裸でベッドへ歩く。そして上掛けの下にすべりこんで彼に目を向け、問いかけるように眉をあげた。

コナーが首を振った。「どうしたらいいかわからない。きみがなにを考えてるかわからない」

「じゃあ、わかろうとするのはやめて服を脱いだら？」

彼は肩を震わせ音もなく笑い、ダッフルバッグを開けた。バッグなどいつ持ってきたのだろう。警報装置を出し、素早くドアの上に取りつけた。

ゆっくりとベッドに近づいてくる。エリンを見つめたままサイドテーブルに銃を置き、服を脱ぎはじめた。すぐに全裸になり、突きだしたペニスにコンドームをかぶせる。エリンは彼の場所を空けるために体を横にすべらせた。

コナーが首を振る。「このベッドじゃシングルサイズより小さい。上になるのと下とどっちがいい？」

彼はのしかかるように脇に立っている。エリンはたくましい筋肉質の体の曲線やくぼみがつくる影を見つめた。そこから発散している男性的な激しいエネルギーに、怒りと興奮が同時にかきたてられる。

「あら、どうぞあなたが上になって、コナー。遠慮することないじゃない?」

コナーは勢いよく上掛けをはねのけ、エリンを仰向けにベッドに押しつけた。「いったいどこからそんな皮肉が出てくるんだ?」

なんて無駄のない動き。彼はまた怒っている。エリンは火傷《やけど》の痕が残る胸に両手をあてた。息遣いが速くなっている。「さあ。気づいたら言ってたの。どうしようもないのよ」

コナーはエリンの太腿のあいだに脚を入れ、ぐっと押し開いた。もう濡れている。まだ触れられてもいないのに。わたしはこの三十六時間ですっかり変身し、そうさせたのはコナーだ。彼はとても移り気で横暴で貪欲《どんよく》だ。空想に現れたコナーと違い、クライマックスのあと行儀よく消えてはくれない。ずっとそこにいて、しっかりわたしを抱きしめている。その場を占め、注意を喚起する。

エリンは無理やり貫いてほしいとなかば願った。そうすれば、このいらいらと落ち着かない怒りを正当化できる。彼の力が欲しくてたまらない。彼の熱が。期待で息がつまる。気が狂いそう。

「なに?」噛みつくように言った。「やりなさいよ、コナー。どちらがボスか証明するんじゃないの?」

彼はエリンの顔を両手ではさんだ。「それがきみの望みか?」

エリンはもがいた。「いつからわたしの望みを気にするようになったの?」

「それは違う。おれは億万長者の件できみを振りまわしたかもしれないが、ベッドで無理強いしたことはない。きみが始めたんだ、忘れたのか？」

そうだ。ひどく腹が立つ。わたしは彼を求め、そのせいで彼に力を与えている。「なにをぐずぐずしてるの、コナー？　からかってるのはどっち？」

「きみはやけに腹を立ててる」コナーが冷静に言った。「おれを罠にかけようとしてるんだ」

エリンはもがいた。「やめてよ」と言い放つ。「わたしはそんなにひどい人間じゃないわ！」

「きみは自分がどれほどひどい人間かわかってない。これは未知の領域だ。おれたち両方にとって」

「コナー――」

「どうしてほしいかはっきり言ってみろ、エリン。おれをまぬけにしたてようとするな。そういうのはフェアじゃない。手荒にしてほしいなら、そうしてやる」

限界だ。傲慢でひとりよがりな口ぶりにかっとなり、エリンは力まかせにコナーを押しやった。「くだらない追従はいい加減にして！」

コナーは彼女の手首をつかみ、頭の上に押さえつけた。「オーケイ。今夜のきみがなにを求めているかわかった気がする。追従はなしだな。いいだろう」脚のあいだに指をすべらせ、濡れていることに気づいて鋭い息を漏らす。「見てみろ。きみはすっかり熱くなってる。待ちきれないんだろう？」

「そうよ！」ぴしゃりと言う。「だから早くして！」

彼は笑いながら唇を重ねてきた。舌が差しこまれる。エリンはほとんど身動きできなかった。彼にのしかかられ、両手は頭上に伸ばされている。

コナーは自分自身を手に取ってエリンに押しつけると、先端だけを入れてきた。からかうような小さな動きでじらしながら、エリンの湿り気でペニスを潤す。そしてぐっと貫いた。エリンはこもった悲鳴をあげ、彼を締めつけた。彼の侵入に体が反応し、太いペニスにぴったりとまとわりついていく。

それからようやくコナーはエリンの望みを叶え、ゆっくりと腰をまわした。奥まで強く突かれるたびに、胸のなかで燃え盛っていた謎の答に近づいていく。この絶叫したくなるような緊張を解く答を得るには、心を落ち着かせてくれる彼の力がすべて必要だ。エリンは懸命にそれを求めた。もう少しで手が届く……。

「だめだ」

エリンはぱっと目を開けた。コナーが腰を引き、しゃにむに求めている場所にかかる力が弱くなった。エリンは両脚を彼にからめて引き寄せた。「コナー、やめないで! なぜ――」

「追従はなしだ」

激しい怒りで絶叫しそうだった。「わたしを責めてるの?」

「追従はなしだ、エリン。きみはおれが許すまで達することはできない。それまではだめだ」

「なぜこんなことをするの?」エリンは彼の体の下でもがいた。

コナーはなんなくエリンを押さえつけた。「なぜなら、おれにはできるからだ」

「大嫌いよ！」嚙みつくように言う。「主導権にしがみついたどうしようもない男だわ。こんなの卑怯《ひきょう》よ。わたしが一インチゆずると、あなたは一マイル踏みこんでくる。いつもそう」

コナーは首を振った。「違う。きみが一インチゆずり、おれはすべてもらうんだ」

わたしにできることはなにもない。手足を広げてなすすべなく組み敷かれている状態では、彼を締めつけて自分の思いどおりにクライマックスへ向かうのは無理だ。わたしは彼の意のままだ。

そのあとコナーは三度エリンをぎりぎりまで昇りつめさせ、そこでやめた。四度めが始まったとき、エリンはくたびれ果ててもがくこともできなかった。ただぎゅっと目をつぶり、わなないていた。コナーがかがみこんでキスをしてきた。「頼むと言え」

「いやよ」エリンは小声で答えた。「そんなことをするくらいなら、死んだほうがましだわ」

「ひとこと言えばいいんだ。そうしたらイカせてやる」甘い声でささやく。「やるだけの価値はあるぞ」

目を開けると、誘いこまれそうな澄みきった緑色の瞳が見えた。その瞳が誘っている。

「お願い」エリンはささやいた。

コナーは彼女の腕をほどき、奥までいっきに貫いた。痛いほどだったが、その痛みはより大きな快感を取り巻く光輝く輪郭にすぎなかった。それがどんどんふくれあがって粉々になったとたん、彼が冷酷につくりあげた緊張が砕け散った。

とてつもない快感で、全身がびくびくと激しく痙攣《けいれん》する。

エリンはしばらく目を開けなかった。体を貫かれ、真上からじっと見つめられている状況で、プライバシーを守るにはこれ以外に方法はない。彼は背中をそらせたまま、辛抱強く待っている。

さざ波のような震えは胸から喉、そして目へとじわじわと広がり、やがて唐突に涙があふれた。いっきにあたりをなごませる夏の夕立のように。謎は解けたが、そのせいでさらに大きな謎が現れている。単なる愛の駆け引きでは解けない謎が。エリンは彼の首に手をまわし、顔を引き寄せた。「もう充分よ」そっとささやく。「もうやさしくして」

コナーは体をこわばらせ、エリンの首筋に顔をうずめた。「そんな」とつぶやく。「エリン、おれはきみがこうしてほしいと思ったんだ。まさか――」

「ええ、そうよ」安心させるように言う。彼の髪をつかみ、顔をあげさせて眉間に寄った皺を指先で伸ばした。「そして、あなたはわたしの願いを叶えてくれた。今度は別のものが欲しいだけ。それだけよ。だから安心して」

「痛かったか？　もうやめるか？」

エリンは彼にキスをした。「落ち着いて。なにも隠してないわ。解かなきゃならない暗号なんてない。わたしはやめたくない。本当よ、わかった？」

彼はさっと顔をそらそうとしたが、エリンは髪に指をからめて動きをとめた。「きみは、ほんとにややこしい女だな」彼が言った。

エリンはため息をついた。「わたしを愛してくれればいいの。やさしく。そして、ばかなまねをしたり心配するのはやめて。それのどこがややこしいの？」

コナーは自分の髪からエリンの指を抜き、首筋に顔を押しあててぴったり寄り添ってきた。

「おれはきみを悦ばせたいだけだ」

震えるかすれ声が心を揺さぶる。「ええ、わかってるわ」なだめるように言う。「わたしがどうなったかわからなかった？　あなたがなにをしたか？　激しかったけれど、よかったわ。あなたが思ったとおりに」

「やりすぎたと思った」彼が言った。「ばかげたボスごっこなんかして。台なしにしたかと思った」

「いいえ、そんなことないわ。本当よ、コナー」彼のほてった顔にキスをするうちに、言葉は意味をなさない、やさしくなぐさめるつぶやきになっていった。彼の下で動き、襞《ひだ》の奥のあらゆる繊細な筋肉で彼を愛撫する。それは、けだるくやさしい下半身のキスだった。ふたりの唇がその動きに連動し、甘く安心させるようにむさぼりあう。

ふたりの駆け引きは、はるかに美しくて不安定なものへと変貌していた。相手を支配しようとするコナーのエネルギーは、身震いするようながむしゃらな欲望へと精製されている。いま手綱を握っているのはわたしだ。与えるかやめるか選ぶ権利はわたしにある。けれど与えずにいることなどできない。彼はわたしの心のなかにいる。あらゆる場所に。わたしの心は彼を求めて真っ赤に燃えている。全身の隅々まで柔らかくとろけ、彼とまざりあって海のようにうねっている。

しばらくのち、コナーは小さくつぶやきながら体を離し、コンドームを捨てに暗闇のなかへ去っていった。エリンはぐったり疲れ、首をめぐらせてゴミ箱の場所を教える気力もなかった。彼は上掛けをめくり、ふたたびベッドに入ってくると、エリンを自分の上に乗せた。

「つぶれちゃうわよ」エリンは弱々しく抵抗した。

「いいや。こういう場面もむかしよく想像したんだ。裸のきみがおれの上で寝てるところを。きみの髪がおれにかかり、胸には手が乗っている。そしてふたりの吐息が混ざりあう。きみの肌は……」

その先のささやき声は、柔らかな蜂蜜のように渦を巻きながらエリンの夢に溶けこんでいった。

カート・ノヴァクとゲオルグ・ラクスには、こんな苦痛と屈辱を味わうだけの価値はない。彼らはおれを利用し、おれを捨てたのだ。マルティンにはそれがわかった。

警察は彼を留置所の独房に放りこみ、大きな音をたてて扉を閉めた。マルティンはがっくりと膝をつき、吐き気と闘った。

予想どおり手荒な尋問を受けたが、覚悟はしていた。おれは気丈に振る舞い、警察には雇い主に命じられたことしか話さなかった。警察が自白を迫って痛めつけてくるよう仕向けたが、それも指示のうちだ。マルティンはぎりぎりまで口をつぐんでから、ようやく最後にノヴァクとラクスを見た場所と時期を白状した。悲壮感にあふれ、真に迫っていたはずだ。

そのあとは、どんなにひどく殴られても同じ話をくり返した。おれは気丈だったが、その忠誠心の証人となってくれる者はいない。ノヴァクとラクスは、自分たちのためにおれがどれだけ勇敢に振る舞ったか知ることはないし、気にかけてもいないだろう。誰も知ることはないのだ。それには確信がある。

おれは使い捨てで、彼らはおれを捨てたのだ。

雇い主たちには、この仕事をすれば両親とおじには危害を加えないし、釈放と同時にスイスにある銀行の個人口座に二百万ユーロを振りこむと言われた。あっという間に釈放されるだろう、われわれの息がかかった裁判官がいる。すぐ手配する、前回より時間はかからないはずだ。われわれにはきみが必要なんだ、マルティン。だからこそ、アメリカできみがラクスとノヴァクと一緒に逃亡できるよう手配したんだ。この任務を任せられるほど強い人間は、きみしかいない。怖がることはない、気をしっかり持つんだ。報酬ははずむ。

報酬。マルティンは笑い声をあげたが、折れたあばらが痛んで口を閉ざした。冷えきったコンクリートの上で胎児のように丸まり、ぐらつく歯をひとつずつ舌で動かしていく。何本か抜けてしまうだろう。左の前歯と門歯。口のなかは血まみれだ。彼は雇い主が奥歯にかぶせたなめらかな歯冠を舌でなぞった。

マイクロチップ。彼らはそう言った。これがあれば、われわれはつねにきみの居場所を把握し、助けに行ける。念のためだ、体にはまったく害はない。きみを守るためだよ、マルティン。われわれを信用してくれ。

マルティンはふたたびこみあげた笑いを押しとどめ、ぐらつく臼歯を舌で動かした。二百万ユーロのためなら、歯を数本失ってもかまわないさ。二百万ユーロあれば、たいがいのことは我慢できる。

だが、すべてではない。なにかがそうささやいた。アメリカの監獄で半年過ごし、今度はこれだ。マルティンはたじろぎ、尿と吐瀉《としゃ》物のにおいがする床で縮こまった。小さく、もっと小さく。しなびた干しぶどうのようなちっぽけな睾丸《こうがん》がついた、子どもの人形ほどの大きさになるまで。

チューリッヒの銀行員にも見えないほど小さく。

マルティンはなめらかな歯冠に舌を押しあて、考えた。このマイクロチップを通して、こちらのようすが雇い主に聞こえるのだろうか。こんなに小さなマイクが存在するのだろうか？　またしてもヒステリックな笑いがこみあげる。横隔膜が動くたびにナイフで刺されるような痛みが走るが、こらえきれなかった。

「くそくらえ」彼らに聞こえているかもしれないと思い、彼はつぶやいた。さらにこうつけ加える。「ふたりともくそくらえだ。くそくらえカート・ノヴァク。くそくらえゲオルグ・ラクス。てめえらの家族もくそくらえ。みんなくそくらえ」

まるでその言葉への返事であるかのように、それは瞬時に起こった。口のなかでぽんと音がし、なにかが燃えはじめた。ぴりっと苦い味がして、胸のなかで心臓が凍りついた。彼の心臓は、鼓動と鼓動のあいだで動きをとめた。

痛みはすさまじかったが、驚きはしなかった。心臓が停止するまでの一瞬のあいだに、マルティンはすべてを悟った。この悪臭漂うコンクリートの床に自分を導いたいくつものわかれ道。あの殺人鬼と関わるはめになった、みずからの退屈と欲望といらだち。彼らとともに、彼らのために行なった数々の残忍な行為。それらが頭のなかを駆けめぐり、これまで選んできた道や選ばなかった道と交差する。

ソフィーと結婚することもできた。おじのワインの仕事を手伝うことも。日曜の朝、村の公園を散歩することも。自分は息子を肩車し、ソフィーが押す乳母車のなかでは幼い娘がピンクの毛布をかけてぐっすり眠っている。たっぷり昼食を取ったあとは、子どもたちが昼寝をしているあいだ、妻とゆっくり愛を交わす。クラブで興じるトランプ。テレビでサッカー観戦しながら友人と飲むビール。結婚式、洗礼式、葬式。清廉潔白な人生に訪れる月並みな四季。

それらがくるくるとまわりながら通り過ぎていくのを見つめるうちに、現実がマルティンをとらえた。鉄の拳が閉じて彼の心臓を握りつぶし、起こりえたことと実際に起こったことの両方を消し去った。

14

目が覚めたとき、エリンはまだコナーの上にいた。窓の外にある薄汚れたレンガの壁が夜明けの光で白み、濃灰色になっている。ちらりとコナーをうかがうと、いつものようにじっとこちらを見つめているのがわかったが、それを見ても、もうどぎまぎすることはなかった。いまはこんなふうに見つめられるのが嬉しい。

エリンは満足げにつぶやきながらもぞもぞと動いた。彼はすごく硬くて温かい。一方の太腿が彼の太腿に乗っていて、燃えさしのように熱いペニスが体に触れている。エリンは体を起こして自分の髪でカーテンのようにふたりを包み、そっと唇を合わせた。舌が触れあい、探るような軽い接触が甘美なキスになっていく。ぞくぞくしていっきに体が目覚めた。

コナーは即座に反応すると思ったのに、じっと動かずにいる。エリンは顔をあげた。「コナー、したくないの……？」

彼はぐるりと目をまわした。「訊くまでもないだろう」

エリンは彼の顎にキスをした。「じゃあ、どうしてしないの？」

「ゆうべはきみに責められた。おれはあれこれ指示ばかりすると言って」かちんときた。「そんなこと言ってない——」

「もううんざりだ。おれはじっと横たわってどうなるか見てる。なにかしたいならすればいい。なにかしてほしいなら、そう言えよ」

そう言うと、頭のうしろで腕を組んでしまった。

エリンは一瞬まごついたが、すぐ気を取りなおした。教えてもらう必要はないわ。アイデアなら山ほどあるもの。彼が愛の奴隷《どれい》になりたいなら、願ってもないじゃない？

上掛けをはねあげ、膝立ちになる。かがんでキスをし、いつもされているように積極的に舌を差しこんだ。コナーは驚いたようになにかつぶやき、体を震わせた。「手を貸して」命令口調で発せられた言葉が自分の声とは思えない。

彼は組んでいた腕をほどいた。その手をつかみ、自分の胸に押しあてる。「さわって」かすれ声で言う。「そっと。指先で。蝶の翅《はね》のように」

コナーは言われたとおりにした。目は興奮できらめき、指がそっと乳房のカーブをたどっていく。エリンは頭をのけぞらせ、快感のままに彼の上で身悶えした。彼の息遣いが荒くなり、エリンは前にかがむと、その顔の前に乳房をさらした。「吸って」

彼は体をよじり、哀願するような声を出しながら腰をつかんできた。熱い口が乳房を覆う。エリンはわななき、さっと身を引いた。息が荒くなり、顔が紅潮している。ふたりは新たな発見に目を輝かせながら見つめあった。

コナーが鋭い吐息を漏らす。「シアトルに戻ってきてから、きみはようすが変だ。そそられないとは言わないが」

「もううんざりなの」エリンは言った。「おりこうにしていたり、愛想よくしたり、ものわかりのいい態度や慎み深い振る舞いをするのにはもう飽きたの。ずっといい子にしてきたのに、そんなことをしても無駄だとわかったわ。結局は踏みつけにされるだけ。だったら気にすることはないでしょう？　なんのためにくだらない努力をするの？」

コナーは首を振り、なにか言いかけた。その唇に指をあてる。「あなたを誘惑したときから、わたしはいい子でいるのがいやになったの。いけないことをしたい。刺青《いれずみ》を入れたり、胸の谷間をあらわにしたり、家賃を滞納するようなことを。テキーラをあおって、テーブルの上で踊ったり。すてきな靴を買うためにお給料を使い果たす。革のミニスカートをはいて銀行強盗するの」

「おい、エリン――」

「若い女の子をたしなめる教訓になりたいわ。エリンのようになっちゃだめ！　さもないと破滅するわよ！　そして、それ以外にわたしがなにをしたいかわかる？　いましてることよ。あなたと。もう一度手を貸して」

コナーがあきらめたように差しだした手を取り、そっと自分の腰にあてる。「ここを持って、コナー」エリンは言った。「わたしをイカせて」

コナーは手を放した。エリンがもぞもぞとベッドをおり、早口でまくしたてた。「わたし、その、急いでシャワーを浴びてくる。すぐ戻るわ」

彼女は小走りでバスルームへ入り、ばたんとドアを閉めた。

コナーは室内を歩きまわり、緊張をほぐそうとした。デスクの上にかかったコルクボードを見つめる。写真や絵葉書が何枚もとめてある。日焼けしてまぶしそうに目を細めているスキー場のエリンとエド。エドは娘の肩に腕をまわしていた。ふたりとも笑顔だ。

気がつくと、怪我をした脚を掻いていた。きつく歯を嚙みしめているので顎が疼いている。

電話が鳴った。留守番電話に切り替わったとたん、シャワーの水音がやんだ。バスルームのドアが勢いよく開くと同時に、やけに明るい弾むような女性の声が聞こえた。「おはよう、エリン。ケリーよ。キーストローク人材派遣のケリー。じつは、悪い知らせがあるの——」

湯気のなかからエリンが現れた。裸で髪から滴《しずく》が垂れている。

「——ウィンガー・ドレクスラー&ローから、苦情がきたの。あなたの勤務態度について。あなたが今朝欠勤したことで、積もり積もった不満が爆発したみたい。明日から出勤しなくていいと伝えるように、先方から電話があったわ。それから、その……キーストローク人材派遣も同じ決定を下したのよ。本当に残念だわ、エリン。でもこの決定は最終のもので、変更はないの。出勤表を送ってくれれば、これまでのお給料の小切手を送るわ。だからもうこちらへ来てもらう必要はないし——」

エリンは受話器に飛びついた。「ケリー？　わたしよ——ええ、聞いたわ。でもわたしは今朝早く帰ってきたの——でも、そんなのばかげてるわ！　わたしはきちんと仕事をしてたのよ！　勤務態度も申し分なかった！　早く出勤して遅くまで働いた。ほかの人の十倍は働いてたわ——どうかしてる！　あの会社がそんなことするなんて——」

彼女はしばらく耳を傾けていたが、やがて自嘲ぎみに笑った。「ケリー、こんなことを話さなきゃならないなんて同情するわ。でも今後のためにひとつアドバイスしてあげる。こんな知らせを伝えたあとで、いい一日を、なんて言っちゃだめ。信じて。そんなこと言うべきじゃないわ」

力まかせに電話を切り、くるりとコナーに振り向く。怒り狂って裸で水滴を滴らせている姿は、びっくりするほど美しい。

「むかつく女！」吐き捨てるように言う。「いい一日を、ですって！　よく言うわ！」

コナーはあとずさった。「ええと、エリン？」

彼女はずかずかと歩み寄ってきた。「いったいどんな苦情があるって言うの？　わたしはあの会社のデータベースを組み立てなおしたのよ！　会計プログラムのバグを全部解決した！　あそこのぼんくらたちが口述した書類をひとつ残らず書きなおして、本物の英語にしてあげたのよ！　ろくでもない男たちにコーヒーまで淹《い》れてあげた。それも時給たった十三ドルで！」

「そうだな」そっと言う。

「誰かに苦情を言われるなんて心外よ！　わたしが働きすぎたせいでほかの人が見劣りしたなら別だけど、今回はそんなことしてない。本当にすごく気をつけてたんだから！」

コナーは気圧されて壁際にあとずさった。彼女が発散する荒々しいエネルギーに魅了されていた。「もちろんさ」なだめるように言う。

「わたしは誰かに迷惑をかけたことなんかない！　一度も！　吐き気がするわ！」

「おれは別だ」コナーは言った。「おれはきみのせいでかなり苦労してる」

エリンは腰に手をあてた。「あなたは特別よ、コナー・マクラウド」

「それは」もごもごと言う。「ラッキーだな、え？」

彼女は首をかしげた。乳房の上を滴る水滴がなまめかしい。「あなたは、わたしが自分でも気づかなかった部分を引きだすのよ」エリンが言った。「でも、ウィンガー・ドレクスラー＆ローでそんな面を見せたことはないし、間違いなく――」

「ほかのやつには見せるんじゃない」自分の口から出た言葉に、コナーはエリンと同じくらい驚いていた。「おれだけにするんだ。いいな？」

エリンは目をしばたたかせた。「コナー。その、セックスの話をしてるんじゃないのよ」

「ああ」彼は言った。「だがこの機会にはっきりさせておきたいと思っただけだ。まだこの件について話しあってなかったからな」

彼女はちらりと視線を落とし、自分が裸でびしょ濡れなことに気づいたらしい。「なにが言いたいの？」用心深く尋ねる。

コナーは胸の上で腕を組んだ。「なにが言いたいと思う？」

エリンは唇を引き結んだ。「駆け引きはやめて、コナー」

「駆け引きなんかしてない。大事な質問だ。おれはきみがどう解釈してるか知りたい」

エリンはつと視線をそらした。「どうしていつも危ない橋を渡るのはわたしなの？　こんなのフェアじゃないし――」

「いいから答えろ」

彼女はいっときコナーの顔を見つめていた。「いいわ。答えてあげる」慎重に切りだす。「たぶん、不器用で居丈高なあなたなりに、わたしがあなたとだけつきあう気があるのか訊いてるんだと思うわ」

コナーは顔が赤くなるのがわかった。

「そうよね？」エリンが問いつめる。「当たりでしょう？」

「それは単なる要点だ。おれなら別の言い方をする」

「そう？」眉があがる。「別の言い方って？」

コナーはじっと考えこんだ。「そんなことはどうでもいい」とつぶやく。「きみの表現に話を戻そう。そっちのほうが聞こえがいい」

「いいえ、コナー。今度はあなたの番よ。あなたが考えてることを話して」

なんてばかなんだ。墓穴を掘ってしまった。「おれたちはもうおたがいにとって唯一の存在だ、エリン。きみがおれと寝ると決めたときから。これはもう決まったことだし、おたがいそれは承知してる」

エリンは目を丸くし、まじまじと彼を見ている。「ふうん。つまり、あなたはわたしに訊いてるんじゃなくて、結論を話しているわけね？」

コナーは肩をすくめた。「たぶん」

「なるほどね」

冷たい口調にかっとした。「希望を言っただけだ」ぴしゃりと言う。

エリンはシンクの上で濡れた髪を絞りはじめた。「わたしがあなたに言いたいのは、それよ、コナー。あなたはわたしの気持ちを訊いたりしない。自分が決めたことを話すだけ。知ってる？　そんな態度、世の中じゃ通用しないのよ。さらに言えば、わたしには通用しない。

わたしはあなたに命令されるつもりはないわ」

「ちくしょう、エリン――」

「もしわたしを好きに操ろうとするのをやめれば、そんな努力は必要ないってあなたにもわかるわ」

エリンは湿った髪を肩に振りあげた。高慢でゴージャスで、濡れそぼった裸の銀河系のプリンセス。彼女は振り返ってコナーを見た。

「わたしはあなたの所有物じゃない」静かに言う。

コナーは自分が動いたのもわからなかった。気づいたときは彼女を抱きしめ、濡れて震える肌に両手を這《は》わせていた。壁に彼女を押さえつけ、両手で顔をはさむ。口を開き、危険な真実があふれでるのをとめられなかった。

「そうだ。きみはおれの所有物じゃない。でも、きみが欲しくてたまらないんだ。きみが少女だったころからきみにぞっこんだった。きみがすることをすべて知りたい。きみが考えていることすべてを。考えつくかぎりの方法できみと愛しあいたい。きみに夢中なんだ、エリン。きみがほかの男と一緒にいるなんて、考えただけで耐えられない。考えると――」

――気が狂いそうになる。

コナーはその言葉を呑みこんだ。胸がきりきり締めつけられる。「きみを独り占めしたいだけだ」彼は目を閉じた。「頼む」

エリンは身震いし、コナーのむきだしの肩にそっとキスをした。「落ち着いて、コナー」やさしく言う。「興奮しすぎよ」

「ああ、きみにはわからないんだ」濡れた髪に顔を押しつけ、口を閉じていようと努める。なにを言っても墓穴を掘りそうだ。これほど追いつめられ、自制を失うのははじめてだった。「頼む、もう勘弁してくれ」懸命に努力したにもかかわらず、あざけるようなとげとげしい口調になっている。「いまここで土下座すれば、お気に召すか？」

エリンは唇を引き結び、つんと顎をあげた。「ちゃかさないで」

おしゃべりはもう充分だ。墓穴を掘るよりもっと建設的に舌を使ったほうがいい。

彼はなだめるようなキスで彼女の唇を覆った。「まだ返事を聞いてない」彼は言った。「唯一の相手になることについて」

エリンはピンク色の舌で唇を舐めた。彼女のなかに指を入れると、体をくねらせて鼻を鳴らした。「ずるいわ」とささやく。

「なんとでも言えばいい」もう一度唇を重ね、わななく襞を愛撫する。「それで？　きみはおれの女なのか？　どうなんだ？」

エリンはコナーの手首をつかんで自分のなかから指を引き抜き、ぎゅっと押さえこんだ。「わたしを操らないで」彼女は言った。「答が知りたければ訊けばいいのよ」

「オーケイ」覚悟を決める。「答えてくれ」

エリンはまっすぐ彼の目を見つめた。「わたしが欲しいのはあなただけよ」彼女は言った。「ずっとそうだった」

コナーは息をするのが怖かった。ふたりの濡れた指がしっかりからまっている。そして彼の心もしっかりとらえられていた。「それはよかった」慎重に言う。「つまり、おれたちはステディということか？」

彼のしつこさにエリンは口元をひきつらせた。「ええ」

「本当に？」

愛らしい笑みが広がる。「どうすれば納得してくれるの？」

執拗《しつよう》に確認したがる自分が愚かに思えた。「曲つきの電報を送ってくれ」

エリンがこらえきれずに漏らした笑い声のかわいらしさに、心臓が締めつけられた。「あなたは自分の望みを果たす方法をよく知ってるのね」

「おれが果たしてるのは、きみの望みかと思ってた」

その言葉でふたたび明るい笑い声が起こった。「そう、それはあいにくだったわね」

「でもきみが始めたんだ」と言い返す。「おれになにができた？」

彼はエリンを抱き寄せた。不安で怖い。これは自分がこうあってほしいと望んでいたエリンだ。幸せに笑っているエリン。柔らかく、信頼しきったようすでおれの腕に抱かれているエリン。力を行使したり、命令したり、最後通牒《つうちょう》を突きつけることでこの望みを果たすつもりはない。それなのに、恐怖を感じるたびにそんな行動に出てしまった。毎回かならず。

彼女をぎゅっと抱きしめると、やさしい笑い声が全身に反響し、痛いほどの冷たさが押しだされていった。

15

コナーに抱きあげられて皺くちゃの狭いベッドに放り投げられるあいだ、エリンはずっとくすくす笑っていたが、そのとき彼がアルミホイルの包みを破いて勃起したペニスにコンドームをつけていることに気づいた。

ぱっと上半身を起こす。「ちょっと、コナー！　めちゃくちゃだわ。どういうつもり？」

「約束を確かなものにするんだ」

こんなふうに見つめられると、心臓がどきどきする。うっとりするほどきれいな裸体、肩にかかる小麦色の長い髪、欲望にあふれる眼差し。そして、セクシーで好色な容赦ない笑み。

コナーはぐったり力が抜けたエリンの両脚を肘にかけ、潤った襞のあいだにそっと先端をあてた。そしていっきに奥まで貫いた。「貞淑を誓った女性と寝たことはない」彼は言った。「これがはじめてだ。おれにとっては大事なことなんだ」

エリンは彼の肩に爪を食いこませ、いま聞いた言葉の意味を読み取ろうとした。彼はゆっくりけだるく腰を動かし、巧みに快感を与えてくる。

「どんな気持ちになるか確かめたい」

「そう」エリンはつぶやいた。「どんな気持ち？」

「すごくいい」コナーが言う。「きみのなかに入り、きみの顔を見て、きみはおれのものだと考える。たまらない。ああ、すごくきれいだ」

エリンは愛していると伝えたかった。わたしの心は永遠にあなたのものだと。でもなにかが喉につまっている。

父親の顔が脳裏に浮かんだ。最後に見たときの、悲嘆と罪の意識が刻みこまれた顔が。そして、血まみれの杖にもたれたコナー。復讐と暴力。それらを振りきることはできないが、コナーは力ずくでわたしの心をこじ開けた。彼には逆らえない。

コナーはエリンがなにか隠していることに気づいた。ごく小さな秘密。彼女はそこにしっかり鍵を閉め、見せようとしない。

彼は動きをとめ、エリンに覆いかぶさったままぴたりと停止した。「どうした？　なにを考えてる？」

彼と目を合わせるには、ありったけの勇気が必要だった。「べつに……なんでもないわ」

「嘘だ。言ってみろ」

エリンは目を閉じた。彼に嘘をついても無駄だ。でも別の本音を話すことはできる。「わたし……」

「ああ？」一心にこちらを見つめている。「なんだ？」

「どんな気持ちか考えていたの」エリンは言った。「あなたはわたしのものだと実感しながら、あなたに満たされている気持ちを」

「どんな気持ちだった？」

エリンは本心を語った。「すばらしいわ」

自分が発した言葉は、魔法のようにエリンを解き放った。彼にすっかり身をゆだね、体がばらばらに分解していく。もうなにも隠せない。きつく抱きしめてくる彼の腕が震えている。

「もう、あとへは引けないぞ、エリン」かすれた声でコナーが言った。

エリンは首を振った。「ええ」

しばらくすると、彼女はうとうととまどろみはじめた。コナーが腰を引いてエリンに上掛けをかけ、ベッドを出ていくのがわかった。次に目を開けたとき、彼はシャワーを浴びて髭を剃《そ》り、ジーンズをはいていた。小さな冷蔵庫にかがみこんでいる。驚いているらしい。エリンが目覚めたことに気づき、にっこり微笑みかけてきた。「ここにはなにも食うものがない」コナーが言った。「まともな食事をせずに、こんな激しいセックスライフをつづけるのは無理だ」

彼女はくすくす笑った。「ごめんなさい」

彼はふらりとベッドに近づき、濡れた髪をひと束持ちあげた。「きみのコンディショナーを使わせてもらった。いいにおいだ」

「嬉しいわ、コナー。進歩してるみたいね。どうしてそんな気になったの?」

「おれはすごく気分がいいんだ。考えてもみろ。おれはエリンを手に入れた。文句のつけようもないほどいい女なのに、下品な口もきく。しかもまだ午前十時にもなってない。日が暮れるまでに、あとどれだけのことを彼女にさせられると思う?」

エリンは彼に向けて指を左右に振った。「それ以上考えるんじゃないわよ、いやらしいんだから。わたしはしばらく休憩するわ」

「なんだよ」甘い言葉で誘おうとする。「悪い子になったんだろう? 忘れたのか? ふしだらな行動に慣れなくちゃ。おれが教えてやる」

エリンは差しだされた手を払いのけ、起きあがった。「いまはだめ。頭をはっきりさせる必要があるの。今日はやることがいっぱいあるし、それを考えるだけでも——」

「言ってみろ。なにをやらなきゃいけないんだ?」

エリンはコナーの断固とした口元をちらりと見やり、ため息をついた。「なにがなんでもついてくるつもりなの?」

「あきらめるんだな」とコナー。「今日やることを話してみろ」

ばたりと仰向けに寝転がり、今日の予定を考えた。「そうね、友だちのトニアから猫を引き取らなくちゃ。きっとすごく腹を立ててるはずよ——猫のほうよ、トニアでなく。だから、しばらく膝に乗せておやつをやって、ご機嫌を取る必要があるでしょうね。ミューラーに報告するために少し調査もしないと。ああ、それから別の人材派遣会社数社に登録する必要もあるわ。でも、まずは妹の居場所をつきとめて、母のようすを訊かないと」

コナーはうなずいた。「シンディの件はショーンに電話してその後の調査結果を訊いてみるが、腹ペコではショーンに太刀打ちできない。オーケイ、猫と妹とお母さんだな。ほかに予定は?」

彼はすべて引き受けようとしてくれている。彼の好意にエリンは胸が熱くなった。「コナー、やさしいのね。でもこれはわたしの問題で、あなたのじゃないわ。それに楽しいものじやない」やさしく言う。「恋人だからって、そんなことまで——」

「おい」コナーが片手をあげた。「もしもし！　エリン！　きみはもうおれの彼女なんだぞ。きみの問題はおれの問題だ。間違いない」

「つきあいはじめてから、まだ二日しかたってないわ」

「日数は関係ない。五分だろうが同じことだ。それに、おれの希望や義務感の問題でもない。単なる事実だ。だからおれをとめようとするんじゃない。きみに勝ち目はないんだから。わかったか？」

エリンはひやかすようににっこりした。「ええ、わたしのヒーローさん」

彼がぐるりと目をまわす。「おい、勘弁してくれ。猫、妹、お母さん。ほかに面倒をみなきゃならない親戚はいるのか？　おばあさんとかおばさんとか、いとこは？」

エリンは首を振った。「裁判以来、親戚とは疎遠になったわ。まるでわたしたちが伝染病にでもかかってるみたいに」

彼の手が上へ這い、指先が乳首をかすめた。エリンはその手をつかみ、お腹の上でしっかり押さえつけた。コナーが不満げなため息を漏らす。「オーケイ。ばかな親類は放っておけばいい。そのほうが好都合だ。どうせ使える時間は限られてる」

思わず笑いがこみあげた。コナーのエネルギーとユーモアで気持ちが明るくなり、以前はつらく悲しく思えたことが、どれもばかげて見える。エリンは上掛けの下からするりと出ると、彼の手をぱちんとたたいて払いのけた。「もう一度シャワーを浴びなくちゃ。こういうまねはもうおしまいにしてちょうだい、コナー。いい子にしてて」

「おれはいつだっていい子だぞ。確かめるかい？」

エリンはその言葉を聞き流し、笑いながらバスルームへ駆けこんだ。

バスルームを出ると、コナーはすっかり身支度を整えてドアのところで待っていた。「角に食料品店があった」彼が言った。「急いで朝食用の食料を買ってこよう。腹ぺこだ」

エリンはにっこり微笑み、裸を隠したい気持ちをこらえながらタオルで体をふいた。彼は恋人なのよ。いつでもわたしの体を見る権利がある。もう隅々まで見られているし、彼はわたしの体が気に入っている。熱っぽい瞳で見つめられ、エリンは話しかけられたことをうっかり忘れそうになった。

「服を着ているあいだに、ひとりで行ってきて」エリンは言った。「鍵は玄関の横の棚にあるわ。わたしは留守番してる。シンディか母から電話があるかもしれないから」

彼はポケットに鍵を入れ、困った顔をした。「銃の使い方を知ってるか？」

「父に教わったわ」正直に言う。「何度か射撃練習場に連れて行かれたの。銃は好きじゃないけど、使い方は知ってるわ」

コナーはしゃがみこみ、くるぶしにつけたホルスターから銃身を切りつめた小型のリボルバーを抜いた。それを差しだす。「持ってろ」

エリンはあとずさって首を振った。「コナー、いらないわ。わたしは――」

「取るんだ、エリン」

断固とした口調の意味はよくわかっている。エリンはため息をつき、拳銃を受け取った。彼の気がすむならしょうがない。

コナーが警報装置をはずし、ドアのかんぬきをはずす。「おれ以外の人間にはドアを開けるなよ。なにか買ってきてほしいものはあるか？」

「紅茶に入れるミルクをお願い」

「わかった」彼はにっこり笑い、ドアを閉めた。

エリンはへなへなと膝をついた。ラグに銃が落ちる。

コナーがいないと、この部屋のエネルギーが全然違う。まるで屋根を支えていた柱がなくなったみたい。彼に立ち向かい、強く威厳を保つ必要はなくなった。エリンは泣き笑いを浮かべながらラグの上で縮こまった。息ができない。心臓がビーチボールくらいの大きさまでふくらみ、肺が広がる余地がない。これまで描いたなかでいちばん無軌道な夢が現実となったのだ。コナー・マクラウドはわたしの恋人。でも、なんという恋人だろう。最高にエロティックな空想でも、彼のような男性を想定するのは無理だ。あんなセックスを。

拳銃が目にとまる。エリンは二本の指で銃を拾いあげ、ドレッサーの上に置いた。服を着てお化粧をしなければ。しっかりしたタフな大人にならなければ。途方に暮れている場合じゃない。

ジーンズをはいていると、電話が鳴った。部屋の電話ではない。あたりを見まわすと、キッチンの椅子にかけたままのコナーのキャンバス地のコートのポケットから聞こえているのがわかった。

シンディに関する新しいニュースを知らせるために、ショーンがかけてきたのかもしれない。エリンは電話に飛びついた。電話機と一緒に、コンドームとなくしたヘアピンが出てきて床に散らばった。じっとディスプレイを見つめる。表示されているのがショーンの番号かどうか確認するすべはないが、この電話を取りそこなう危険は冒せない。エリンはぱちりと携帯電話を開けた。「もしもし？」

「誰だ？」困惑した低い声が尋ねた。

「エリンよ」彼女は言った。「どなた？」

呆然としたように長い沈黙が流れる。「エリン・リッグズ？」

「コナーの弟さん？」

「いや、ニック・ワードだ」

たいへん。ニック。ケイブの父の仲間のひとり。やさしい褐色の瞳とえくぼのある、長身で黒髪の男性。電話に出たのはとんでもない間違いだった。「あら、その、こんにちは、ニック。お元気？」

「どこにいる、エリン？」声に棘がある。

「自宅よ」エリンは言った。「わたしのアパート」

「コナーは？　どうしてきみがあいつの電話に出るんだ？」

「彼は朝ごはんの材料を買いに、角のお店まで出かけたの」誰かに見られているわけでもないのに、顔がトマトのように真っ赤になった。「わたし、コナーの兄弟のどちらかが電話をかけてきたんだと思って、それで……」

「へえ」ニックは意味深長に口を閉ざした。「つまりあれか？　きみたちはできてるのか？」

この三十六時間の激しいセックスが脳裏によみがえる。「え、ええ」

声が震えているのが口惜しい。目がくらみそうな幸福感の下で、いまだに怯《おび》えている証拠だ。

ニックが咳払いした。「おい、エリン。よけいな口をはさむつもりはないが、コナーは……あいつはこの一年ほど、いろいろつらい目に遭ってる。いろんなことがあって――」

「わかってるわ」

「あいつはきみのお父さんをひどく恨んでる。くそっ、なんと言っていいか……。きみはいい子だ。少し距離を置け、いいな？　きみが傷つくのを見たくない」

エリンはごくりと唾を呑みこんだ。「わたしはもう子どもじゃないわ、ニック」

玄関の鍵を開ける音がし、ドアが開いた。コナーはエリンが携帯電話を持っていることに気づき、その場で凍りついた。

「帰ってきたわ」抑揚のない声で言い、コナーに近づいて電話を差しだす。「ニックよ」

彼は食料品が入った袋を床に落とし、電話を受け取った。エリンはドアを閉め、袋をテーブルへ運んだ。

ここがワンルームでなく、逃げこめる部屋があったらよかったのに。

コナーはエリンのひきつった顔に胸騒ぎを覚えながら、携帯電話を耳にあてた。「もしもし？」

「エリン・リッグズとなにをしてるんだ？」ニックが嚙みついた。

コナーは鼓動数拍分待ってから、口を開いた。「この話はまたにしよう。ふたりだけのときに。そうすれば腹を割って話せる。それまでは口を出すな」

「こいつはエドに対するゆがんだ復讐なのか？　大事な娘を誘惑して、ざまあみろと言ってやるつもりなのか？　悔しかったら刑務所のなかからおれを止めてみろとでも言いたいのか？　エリンはまだ子どもなんだぞ！」

「彼女はもう二十七だ。ほかに大事な話はあるのか、ニック？　なければこの話はこれまでだ」

「おおかた彼女には、二十四時間態勢の護衛が必要だと自分に言い聞かせてるんだろう。願ってもないチャンスだよな。そのうえ、おまえは彼女とやってる。自分勝手もたいがいにしろ。彼女にそんな護衛は必要ない」

「ほっといてくれ、ニック。もう切るぞ」

「待て。これから言う情報はおまえを助けるためじゃないし、好意でもない。ご都合主義のろくでなしのおまえのことだ、自分に都合のいいように解釈するんだな。インターポールから連絡があった。ノヴァクと一緒に脱獄した男のひとりが、昨日マルセイユでつかまった。マルティン・オリビエだ。オリビエは、ノヴァクとラクスはフランスにいると自白したが、具体的な場所を話す前に獄中で死んでいるのが発見された。解剖によると、なんらかの毒らしい。つまり、これでエリン・リッグズに危害を加えそうな相手は、おまえだけになったわけだ」

コナーは怒りを脇へ押しやった。脳を〈魚と網モード〉に切り替え、めまぐるしく情報を取り入れて、比較検討していく。

「罠だ」彼は言った。「わからないのか？　ノヴァクはフランスになどいない。すべて芝居だ。あいつはここでやることがある」

「自分の空想にあてはまらない情報には関心を持たないだろうと思ってたよ、おまえは――」

コナーは勢いよく電話を閉じた。

エリンはやかんをコンロにかけていた。なにごともなかったようなふりをしている。室内は静まり返り、キッチンで動きまわる彼女がたてる小さな音しか聞こえない。エリンはボウルとフォークをつかみ、卵のパックを開けた。

「おれがやろう」コナーは言った。「朝食づくりには自信があるんだ」

エリンは肩越しに疑わしそうな笑顔を向けてきた。

コナーはうしろから彼女の腰に腕をまわし、自分にもたれてくるまで強く引き寄せた。冷たい小さな片手からフォークを、もう一方の手から卵を取り、ボウルのなかに置く。両手で彼女の手を包み、温めた。なめらかな濡れた髪に顔をうずめる。「他人が見たら奇妙に見えるだろう」彼は言った。「おれたちが一緒にいるなんて。少なくともニックにはそう見える。あんなひどいことがあったからな」

エリンはこくりとうなずいた。

「でも本人にとっては、おれたちから見れば、完璧に筋が通ってる」穏やかな確信をこめて言う。「そしてすばらしいことだ」

返事を待ったが、エリンは口を閉ざしている。コナーは彼女の髪をかきあげ、繊細にカーブする頬をあらわにした。そこにキスをする。そっと。

その思いは心の奥底からわきあがってきた。議論や交渉の余地のない場所から。誰も、何人《なんぴと》にも彼女を奪わせはしない。できるものならやってみればいい。

コナーはエリンの喉に鼻をすり寄せた。「きみはおれと一緒にいるだろう、エリン？」

「ええ」彼女が小声で答える。

「おれたちが手に入れたもの、これはすばらしいものだ。これさえあれば、どんなことにも耐えられる」

エリンが身震いし、力を抜いてもたれてきた瞬間がわかった。彼女はおれを信頼している。安堵のあまり、コナーはひりひりする目を冷たくなめらかな濡れた髪で隠さずにはいられなかった。

ふたりで無言で寄り添っていると、やがてやかんがけたたましい音をたてはじめた。エリンはコンロからやかんをおろした。コナーが慣れたようすで朝食の準備を引きつぐ。

彼は料理も上手だった。さして時間がたたないうちに、ふたりはピーマンとたまねぎとハムとチェダーチーズ入りのオムレツを食べていた。コナーは次々にトースターにパンを入れてはバターを塗って食べつづけ、一斤のおおかたを食べつくした。ふたりともむっつり黙りこんでいた。ニックの電話で、エリンののぼせあがったような幸福感はすっかり消え去っていたが、コナーに抱きしめられて元気づけられたせいで、ほぼ落ち着きを取り戻していた。まあ、どちらかと言えば落ち着いていると言えるだろう。いまのわたしには、落ち着くというのがどういう状態かよくわからない。

玄関の鍵が開く音がした。コナーがぱっと席を立つ。空中から出現したように手のなかに銃が現れ、玄関を狙っていた。

「誰?」エリンが叫ぶと同時にドアが開いた。トニアが戸口に立っていた。猫のキャリーを持っている。彼女はコナーを見つめ、それから銃に気づいた。褐色の瞳が丸くなる。キャリーがどすんと床に落ち、なかから怒った鳴き声が聞こえた。

「エリン?」トニアが金切り声で言った。

「なんでもないわ、トニア!」くるりとコナーに振り向く。「それをあっちへ向けて!」

コナーはズボンのうしろに銃を差しこんだ。キャリーから腹立たしげな鳴き声が聞こえ、エリンは慌てて拾いあげた。「なんでもないの」警戒しているトニアに言う。「本当よ。大丈夫。彼はなにもしないわ。入って」

「あなたは夕方まで戻らないと思ってたの」消え入りそうな声でトニアが言った。「エドナをここへ連れてきて、ごはんをあげたほうがいいと思ったのよ。わたし、今日は二交代で帰りが遅くなるから。邪魔するつもりじゃ――」

「いいのよ。知らなかったんだもの」なだめるように言う。「怖い思いをさせて、本当にごめんなさい。彼はちょっと、その、神経質なのよ」

コナーが渋い顔をした。「神経質?」

「そう言ったほうが柔らかく聞こえるでしょう」エリンがぴしゃりと言う。

「コナー？」トニアはコナーの頭の先からつま先までじろじろと見つめた。「じゃあ、彼があの悪名高いコナー・マクラウドなの？」

コナーの眼差しは冷ややかだった。「ああ、おれだ」

トニアは鋭い視線を室内に走らせ、乱れたベッドや床に落ちたキルト、テーブルの下にちらかったコンドームを見て取った。「わたしに隠しごとをしてたのね、エリン。結局ボディガードを頼んだってこと？　しかも、それだけじゃない」

エリンは顔が熱くなった。キャリーの蓋《ふた》を開けると、エドナが飛びだしてシャーッと威嚇《いかく》しながらベッドの下に隠れた。「こんなことだろうと思ってたわ」悲しげに言う。「少なくとも一週間はエドナは機嫌が悪いままよ」

「他人のために罪の意識を抱くのはやめなきゃだめよ、ハニー。エドナから始めればいいわ」トニアはにっこり微笑みながらコナーに手を差しだした。「トニア・ヴァスケスよ。お会いできて嬉しいわ」

コナーはにこりともせずに握手を交わした。「こちらこそ」

トニアがエリンに振り返る。「突然お邪魔してごめんなさい。でもあなたが戻っていてよかったわ。メモを残していくつもりだったの。お母さんとはもう話した？」

「いいえ、まだよ」エリンは言った。「今日実家に寄るつもりだったの。なぜ？」

「あなたが泊まってるホテルに電話をしたんだけど、チェックインしてないと言われたの」ちらりとコナーをうかがう。「ようやくそのわけがわかったわ」

「予定を変更したんだ」とコナー。

「どうしてわたしと連絡を取ろうとしたの？」エリンが訊いた。「なにがあったの？」

トニアはちらりとコナーを一瞥《いちべつ》し、エリンに視線を戻した。

「心配いらないわ」エリンは言った。「彼はすべて知ってるの。彼の前でなにを話しても大丈夫よ」

「そうなの？」トニアがつぶやく。「ふうん。まあいいわ。ゆうべ、あなたの実家の近くまで行ったから、ちょっと寄ってお母さんのようすを見てみようと思ったの。あなたの引っ越しを手伝ってから、お母さんとは友だちだから。あそこに着いたのはだいたい八時ごろで、家は真っ暗だった。だから、わたしはしばらく玄関をたたいたの。ようやく出てきたお母さんはバスローブ姿で、なんだかぼんやりしてたわ。鎮痛剤をたくさん飲んだみたいに。すごくようすが変だった」

エリンは胃が空っぽでむかつくような気がして、みぞおちに腕を押しあてた。「ああ、たいへん」

「紅茶を淹れておしゃべりしたの。お母さんは、これ以上テレビでエディを観るのは耐えられないってさかんに言ってたわ。エディって、あなたのお父さんでしょう？　お母さんは、公判中に起こってるメディア騒動のことを言ってたの？」

「いいえ」エリンは悲しげに言った。「そうじゃないと思うわ」

「ふらふらしてたけれど、救急外来に連れて行くと言っても断られたわ」トニアがつづける。「偏頭痛がするんですって。わたしはトイレを借りるために二階へ行った。そして戻ってきたとき、写真に気づいたの」そこで芝居じみて口を閉ざし、首を振る。

エリンは口元に手をあてた。「写真がどうかしたの?」

「なにか鋭いもので顔が切り取られていたわ」とトニアが言った。「そのあときちんと額に戻して壁にかけてあった。それにリビングルームのテレビ。信じられないでしょうけれど、粉々になった画面から暖炉の火かき棒が突きだした状態で床に落ちていて」

コナーの腕が背後から肩にまわされ、温かい体に引き寄せられた。エリンは凍るように冷えきった指で彼の前腕にしがみついた。「なんてこと」

「ええ、ぞっとしたわ。あなたがつかまらなくて、どうしようかと思った。お母さんには助けが必要よ」

エリンはトニアの同情に満ちた目を見つめるよう自分を鞭打った。「母のようすを見にいってくれてありがとう。それに、わたしに連絡しようとしてくれてありがとう」

「友だちじゃない」トニアはきっぱりそう言うと、鍵を差しだした。「遅刻しないように急がなくちゃ」コナーに微笑みかける。「お会いできてよかったわ。驚かせてごめんなさいね」

コナーはにこりともせずにうなずいた。「気にしないでくれ」

トニアはエリンの頰にキスすると、ひらひらと手を振った。「またね。急いでお母さんのところへ行ってあげて」

エリンはトニアが閉めたドアを放心したように見つめていた。コナーが頭のてっぺんに鼻をすり寄せてくると、温かな腕に抱かれたまま身じろぎした。「出張になんか行かなければよかった」小声で言う。

「やめろ」コナーがやさしく言った。「考えてもどうしようもない」

エリンは体の向きを変え、彼の腰に手をまわして胸に顔を押しつけた。彼の手がやさしく背中を撫でる。

「きみの友人はなにをして食ってるんだ?」コナーが尋ねた。

「トニア? 看護婦さんよ」

彼の手がぴたりととまる。「看護婦? 三インチもヒールがある靴をはいてたぞ。三インチヒールをはいて二交代の仕事へ行く看護婦がいるか?」

「たしか、最近は管理の仕事をしてるのよ」とエリンは言った。「確信はないけれど。このところわたしは自分の問題で頭がいっぱいだったから」

「そうか」

冷たい口調にはっとした。「トニアが気に入らないのね?」

「大好きとは言えないな。お母さんのようすを見にいってくれと彼女に頼んだのか?」

「いいえ。でもトニアは母を知ってるし、わたしが母を置いて出張に行くのを心配してたのも知ってたわ」エリンは言った。「なぜそんなことを訊くの?」

「彼女がお母さんのことを話したときの口調が気に入らない」

意味がわからない。「どういうこと?」

コナーは怪訝《けげん》そうな顔をしている。「なんだか楽しんでいるように見えた。悪いニュースを伝えるのを楽しむ人間もいる。ドラマチックな効果に、自分が重要人物になったような気がするんだ」不愉快そうに口元をひきつらせている。「人生はまだまだ困難になる、ってやつさ」

「でも、彼女はそんな人じゃないわ」エリンは安心させるように言った。「トニアはもともと明るい人なの。悪気はないのよ」

「ふむ。彼女とはいつ知りあった？」

「一年ちょっと前よ。友だちのお見舞いに行った病院で働いていたの」彼のシャツに顔を押しつけ、得意の読心術を使われないよう願う。すでに充分動揺しているのに、思いつめたように入院中のコナーを訪れた説明を求められたくない。

「彼女は看護婦には見えない」考えこんだようにコナーが言った。

エリンはそっと安堵のため息を漏らした。「じゃあ、看護婦さんはどう見えるの？」

「彼女とは違う。おまるの中身を空けたりバイタルをチェックしてる彼女は想像できない。看護学校のカリキュラムを最後までやり遂げられるタイプには見えない」

エリンは身を引いた。「そんなの冷淡で女性差別的でフェアじゃないわ！　彼女がスパイクヒールをはいているから？　あなたって――」

「オーケイ」コナーは降参したように両手をあげた。にやにやしている。「悪かった。きみの言うとおりだ。ひどいことを言った。話題を変えよう。すぐ実家へ行きたいか？」

「エドナにごはんをあげたらすぐ行くわ」食器棚からキャットフードの缶詰を出す。「でも、あなたが一緒に来るのはあまりいいアイデアじゃないと思う」

「エリン」声に警告がこもっている。「頼むから蒸し返すのはやめてくれ」

エリンはエドナの食器にべたべたしたものを入れ、薬袋からスポイトや錠剤や粉薬を出しはじめた。「わたしたちのことを母にやんわり話したいの。ニックの反応をひどいと思った？　母の反応はその程度じゃすまないわよ」

コナーは肩をすくめた。「おれがきみのお母さんを敬遠しているからって、きみをひとりで行かせるわけにはいかない。癇癪《かんしゃく》を起こされてもおれは大丈夫だ、エリン。愛のために犠牲を払わなきゃならないこともある」

キャットフードにビタミンB液を少なくとも六滴は余分にたらしてから、ようやく金縛りになっていた腕が動いた。

この言葉が出たのははじめてだ。ベッドをともにしてから三十六時間では、愛について考えるのはまだ早い。少なくとも男性の立場からは。けれどいまその言葉を聞いた。なにげなく無造作に発せられた言葉を。たぶんわたしは大げさに考えすぎていたんだわ。エリンはほてった顔をそむけたままエドナの食器を床に置いた。「出かけましょう」彼女は言った。「シンディから電話があるかもしれないのに、留守にするのは気が進まないけど」

コナーが自分の携帯電話を差しだした。「ほら。これを使えよ」

ぽかんと電話を見つめる。「でも――」

「ニックの電話のせいで、こいつを持ってるのがいやになった。きみが持ってろ。それでかければシンディの電話にこちらの番号が残る」

「だけどあなたに電話があったら？」

「そいつの番号を知ってるのは、兄弟と友だちのセスだけだ。それとニック。でもおれはノヴァクがつかまるまでぴったりきみにくっついているつもりだ。連中がおれに用があるときは、連絡がつく」

そのとき、アパートの電話が鳴った。エリンは電話に飛びついた。「もしもし?」

「エリン?」シンディの声は、小さくておぼつかなかった。

「シンディ? ああ、よかった。ずっと心配して――」

「ねえ、エリン。わたしに迷惑かけないでくれる?」

コナーがスピーカーボタンを押し、シンディの不安げな声が室内を満たした。ちっぽけなスピーカーのせいで、割れてひずんだ甲高い声になっている。「姉さんにお説教されなくても、わたしは充分厄介ごとを抱えてるのよ」

エリンはきつい言葉を返しそうになる気持ちを押しとどめた。怒って電話を切らせるわけにはいかない。「迷惑をかけるつもりはないわ」彼女は言った。「あなたを心配してるだけよ。このあいだの電話で不安になったの。それだけよ」

シンディは鼻をすすった。「ごめんなさい。その、ママは元気? 電話したんだけど不通になってたわ。それに最近ママはすごく変なの。ねえ、どういうこと?」

「わからないの」エリンは言った。「調べるつもりだけれど、あなたにも手を貸してほしいのよ」

「ああ、そう。そうね。ねえ、ママにわたしとビリーのことを話さないでね。わたしが街にいることも。いい? ママはいま以上に取り乱すかもしれない、そうでしょ?」

コナーが目の前に紙切れを突きだしてきた。〈住所?〉と走り書きしてある。

「どこにいるの、シンディ?」エリンは尋ねた。

「ええと……よくわかんないわ。ゆうべはじめて来たところなの。すてきな家具やいろんなものがある、大きくておしゃれな家よ。でも窓からは植えこみしか見えないの。ここがどこなのかわからないわ」

「そこに着いたときのことを覚えてないの？」

「ゆうべ着いたときは、ちょっと酔っ払ってたのよ」

エリンは必死で落ち着こうとした。「ねえ、まわりを見て、住所が書いてある郵便物か雑誌を探してみたら？」

「いまは二階の寝室にいるのよ。ビリーはターシャと一緒に下にいるわ。姉さんに電話してるのがばれたら、彼に怒られちゃう」

ふつふつとパニックがこみあげる。「どうしたの、シンディ？　彼が怖いの？」

シンディはくちごもった。「あの、わからない」消え入りそうな声で言う。「なんだか変なの。彼……今日はいつもと違うのよ」

「どう違うの？」

「ああ、わかんないわ。冷たいの。わたしにいらいらしてるみたい。前はそんなことなかったのに。彼といると自分がばかになったような気がするの。今夜また仕事に行くのはいやだって言ったから。彼はわたしは赤ちゃんだって言うのよ。自分でもそうだと思うけど、でも……わかんないわ。とにかく今日はいつもと違うのよ」

エリンは膝がゼリーになったような気がした。壁に寄りかかったまますするずると体がずり落ち、どすんと床に尻もちをついた。「仕事って？」

コナーが目の前にしゃがみこみ、真剣に耳を澄ませている。温かい手を膝に乗せてきた。

「怒らないって約束して。たいしたことじゃないんだから。いい？」

エリンは唾を呑みこもうとしたが、喉が渇ききっていてできなかった。「約束するわ」

「つまり、わたしは、その、踊ってるの。ストリップショーみたいなやつ。でも本物じゃないのよ、だって――」

「なんてこと」

「約束したでしょ、エリン。Tバックは脱がなかったわ。それに、どれもプライベートパーティだったの。クラブじゃなく。いつもビリーがずっとそばにいてくれたし。だからぜったい――」

「どれも？　一度じゃないの？」

「そう。結婚前夜の新郎向けパーティを三回やったわ。わたしともうひとりの女の子で。一回で六百ドルもらえるのよ。これって信じられない金額じゃない。それにビリーは、わたしがTバックをはいててもいいって言うの。ターシャは全裸で踊るのも気にしないから。それに……その、ビリーは誰かがわたしにさわったらぼこぼこに殴ってやるって言ったし、だからたいしたことじゃないのよ。わかった？」

エリンの喉は糸のように細くなっていた。「ねえ、これだけ教えて。あなたは大丈夫なの？」

シンディは黙りこんだ。「わかんない」消え入りそうな声で言う。「変なの。昨日は元気だったのよ。最初にビリーとバーボンベースのリキュールを何杯か飲んで、そしたらすっかり気が緩んじゃったの。踊ってるときはすごくいい気分だった。絶世の美女になったみたいな気がして。世界じゅうに愛されてるような気がしたわ。でも今日は……ひどい頭痛がするし、いつもと全然違うの。ビリーも違う、わたしも違う。もうめちゃくちゃ」

「家に帰りたいって言えないの?」エリンは問いつめた。「玄関から出ていったら?」

「やったわ」とシンディ。「やろうとしたの。でもビリーがもう遅いって。もうパーティの予約がいくつも入ってるから、わたしはお高くとまったろくでもない子どもでいるわけにいかないし、いまさら出ていくと言っても無理だって言うの。彼は、その、プロなんだからって。だからわたしもプロになれって。そして……」涙で声にならなくなる。

「シンディ」エリンは懸命に話しかけた。「そこの住所を見つけなさい。迎えに行くから」

「待って。たいへん、ビリーが階段をのぼってくるわ。もう切らなきゃ」

電話が切れた。シンディとの絆《きずな》が途切れた。

エリンは血走った目でコナーを見あげた。「どういうこと? どこから手をつければいいかわからないわ! どうすればいいの?」

コナーは怖い目をしている。彼が手を差しだした。「携帯を貸してみろ。ショーンがなにか突きとめたか確認してみよう」

彼は電話をかけた。「よお。それで?」つかのま真剣に耳を傾けている。「ああ。たったいま彼女から電話があったところだ。まずい状況だ。シンディははじめて見る家にいて、住所もわからないし、例のあほうは彼女を帰そうとしない」ふたたび耳を傾ける。「オーケイ、わかった。〈ジェシーのダイナー〉だな。二十分で行く」

16

コナーは嫌悪をつのらせながら薄暗い汚れた階段をながめた。この場所はエリンにふさわしくない。ここでは安全じゃない。

彼女はおれの家にいたほうがいい。

そのアイデアがいっきに心を満たし、息がつまった。その瞬間は、生きている実感があった。たとえ一瞬でも、彼女と送る未来の計画を立てたのはこれがはじめてだ。コナーはアパートの正面ドアを開けると、あたりに不審の目を向け、目に入ったあらゆるものを記憶にとどめた。

セスに電話して、エリンの安全のためになにか手を打とう。あるいは安全の欠如と言ったほうがいいかもしれない。このままでは駐車場でテント暮らしをしているのも同然だ。

ならんで歩道を歩くエリンのために、コナーは歩幅を小さくしなければならなかった。目の下に隈ができているのがわかる。あの隈が消えるように、大げさで派手なことをしてやりたい。ドラゴンを殺すとか、果たしあいをするとか、なんでもいい。

彼はエリンの手を取った。彼女はちらりと目をあげ、冷えきった細い指を信頼しきったようにからませてきた。にこりと浮かべたはにかんだ笑みは、日差しを受けた水晶が放つ虹色の光のようだった。目がくらむようなまばゆい一瞬に、この世に存在するあらゆる色が含まれている。

そして、彼女はもうおれの恋人なのだ。そう思うと股間が熱くなる。

「ショーンはそのダイナーでなにをしてるの？」エリンが尋ねた。「あそこは体に悪いものを出す店よ」

「まずいコーヒーとジェリー・ドーナツを腹いっぱい食ってるのさ」コナーは答えた。「あいつは、個々の活動には、それぞれふさわしいコーヒーがあるという説を持ってるんだ。ポン引き野郎をつかまえるには、ジェシーのダイナーのじゃりじゃりしたまずいコーヒーがふさわしい。ひと晩じゅう保温になってたようなやつがな。スターバックスは、ヘーゼルナッツ・スコーンをかじってモカラテを飲みながら、かわいい女の子といちゃつく場所だ。深刻な仕事の話をする場所じゃない。ショーンはちょっとハイなところがあるんだ。あいつにとって、コーヒーは麻薬がわりなのさ」

ふたたび笑顔が返ってきた。コナーは心をくすぐられ、もっと笑顔が見たくなった。

「麻薬がわりで思いだしたけど」エリンが不思議そうに彼を一瞥する。「ずいぶんタバコを吸ってないんじゃない？」

コナーは肩をすくめた。「このところ、おれの血液中には別の気晴らし物質がどくどく分泌されてたから、それで気がまぎれてるんだろう。きみはおれの内分泌系に多大な影響を及ぼしてる」

エリンは笑い声をあげた。「なんてロマンティックなのかしら。タバコを吸いはじめてから長いの？」

勝手に口が開き、言葉が出ていた。「やめてほしいのか？」おれは恋煩いしたまぬけみたいに振る舞っている。でもそれほど悪いものじゃない。ロマンティックなことをしたくてたまらない。

エリンは驚いたように目を丸くしている。「本気なの？」

コナーはコートのポケットからタバコの葉と巻紙が入った袋を出し、通りの角のゴミ箱の上に掲げた。「言ってくれ」彼は言った。「やめたほうがいいのはわかってるんだ。タバコを吸う人間はみなわかってる。おれは単にこれまで特別気にしてなかっただけだ。やめるきっかけをつくってくれ」

彼女の顔から不安な表情が消え、口元にかわいらしい小さなえくぼが浮かぶ。この瞬間を見るためなら、十回でも同じことをくり返す価値はある。「いいわ」彼女は言った。「タバコはやめて、コナー」

彼は手を放した。ゴミ箱のなかに袋が落ちた。「きみがそばにいれば、タバコをやめるくらいなんでもないさ。ニコチン切れで多少いらいらするかもしれないが、自分の口唇固着の対処のしかたはよくわかってる」

エリンはくすくす笑った。こちらの手を握る指に力が入る。

「今日じゅうにセスに電話する。別の仕事を片づけたあとで」彼は言った。「きみの部屋の鍵をあいつにチェックさせたい」

「コナー、わかってるでしょう。わたしにそんな余裕は――」

「普通の状況でも、あそこは安全とは言えない。正面ドアの鍵について、大家と話そう。大家はあの建物に住んでるのか?」

「本気で言ってるの?」心配そうな顔になっている。「お願い、やめて。害虫について苦情を言ったばっかりに、一月いっぱいお湯なしで生活したのよ」

コナーは顔をしかめた。「きみはあのゴミ溜めから引っ越すべきだ」

「どこへ? いまはあそこよりいい部屋に住む余裕はないわ。それに――」

「うちへ来ればいい」

エリンは怯えたように目を丸くした。コナーの心臓が石のようにずっしりと沈みこむ。どうやらしくじったらしい。それでも陰鬱《いんうつ》な結末まで見届けなければ。「それほど悪いところじゃない」なにげなく言う。「やってみても損はない。予備の寝室がふたつあるから、ひとつをきみのオフィスにすればいい。仕事用の」

彼女の唇はO型に開いていたが、言葉はひとつも出てこなかった。

コナーは硬い表情でつづけた。「キッチンは数年前に改装した。猫のための裏庭もある。静かな住宅街だ。それにおれは料理がうまい。ショーンにおれがつくるチリのことを訊いてみろ」

そう、それにおれのキングサイズのベッドにはたっぷりスペースがある。

ふたりは車に着いた。コナーが鍵を開ける。エリンが乗りこみ、ちらりと見あげた。唇が動き、言葉が出る。「あの……コナー? わたしたち、つきあってからまだ二日なのよ」

「わかってる」彼は言った。

エリンは柔らかそうな下唇を嚙みしめた。「あなたは少しスピードを落とすべきだと思う」真顔で言った。「大事な発言や派手な行動をする前に。誘ってくれたのはとても嬉しいわ。でもちょっと……その、もう一度よく考えたほうがいいと思うの」

コナーはまだ車の外に出ているかたちのいい足首を指差した。エリンが足を車内に入れる。

「十年考えてきたことだ」そう言うと、彼は勢いよくドアを閉めて会話を終わらせた。

運転席に乗りこんだときは、自分が恥ずかしくなっていた。エンジンをかけるあいだもエリンは自分の膝を見つめていたので、厚く垂れた髪で顔が見えなかった。「すまない」コナーは言った。「無理強いするつもりはない」

「ええ、ありがとう」

くそっ。なんてざまだ。この場でプロポーズしたほうがまだましだった。おれの子どもを産んでくれと頼んだも同然だ。個人的な問題から女の気を紛らわせるには完璧な方法じゃないか？

山積みの問題の上に、新たな問題を積みあげるとは。

残りの道中、エリンはじっと黙りこんでいた。

コナーはジェシーのダイナーの駐車場に車を入れた。店の入り口へ歩くあいだ、彼はエリンの手を取ろうとしなかった。エリンはだらりとさがった自分の手が、見放されて冷えきっているような気がした。

黒い革ジャケットを着た濃いブロンドのはっとするほどハンサムな男性が、ダイナーから飛びだしてきた。コナーと同じ氷河の海を思わせる斜視ぎみの瞳と細面な顔をひとめ見たとたん、ショーン・マクラウドだとわかった。

ショーンはぽかんと口を開けた。「おいおい、これはまたどういうことだ?」にやにやしながらコナーの周囲をぐるりと歩き、兄の胸をつついたり肩に触れたりしている。そしてぱしんとお尻をたたいた。「たった二日でこれか! 体重が増えて顔色がよくなってる。髭まで剃ってるじゃないか」コナーの髪をひと束持ちあげる。「それに、髪はもうネズミにかじられたみたいに見えない」手に取った髪のにおいを嗅ぐ。「うわ。いい香りまでするぞ。女物のにおいだ。いやはや、びっくりだな」

ショーンはくるりと振り向き、値踏みするようにエリンを見た。彼女はひるまずその視線を受けとめた。コナーで二日訓練している。男性の注視に耐える方法はもうわかっている。

ショーンは満足したようにうなずいた。「じゃあ、あんたがエリンか。象牙の塔のプリンセス」

「ショーン」コナーが不機嫌に言う。「やめろ」

「やめろって、なにを?」ショーンはエリンに手を差しだした。「コナーが着てるシャツは」彼は言った。「おれが買ってやったんだぜ」

エリンは彼の手を取って握手した。「とても趣味がいいのね」

「ああ、そうなんだ」とショーン。「兄貴は運がいい。おれがいなけりゃ、古着屋にも断られるような服しか着てないはずだ。兄貴のことは好きだけど、ファッションにかけては最悪さ」

大きな黒いフォードのピックアップが三人の前に停まった。マクラウド兄弟の三人めとしか思えない男性が降りてくる。身長はほかのふたりと同じくらいだが、がっしりと体格がよく、フリースのシャツとジーンズの下は厚い筋肉に覆われていた。髪は短い角刈りで、顔立ちはいかつく険しいが、弟たちと同じ一風変わった射るような目をしている。

彼はひとことも言わずに長々とコナーを見つめていた。その顔がにっこりほころぶ。「よお、コナー。いかしてるじゃないか」

「よお、デイビー」コナーが言った。「あんたもこの騒ぎに参加するとは知らなかった」

「せっかくのお楽しみを逃したくないからな」デイビーは射るような眼差しをエリンに向けた。「じゃあ、あんたが例の彼女か」

「例の彼女？」エリンは慎重に尋ねた。

デイビーがにっこり笑って手を差しだした。「礼を言うよ」穏やかに言う。「気に入った。こいつのためにいろいろしてくれて。これからもよろしく頼む」

「彼女に選択肢はない」とコナー。「ノヴァクが刑務所に戻るまで、おれと一緒にいるんだ」

「で、兄貴はそれが気に入ってるんだろ？」ショーンがにやついた顔をエリンに向ける。

「知ってるかい？　おれはこのつむじまがりの最低男について、あんたの髪の毛が逆立つようなことをいろいろ知ってるんだぜ」

「でもおまえは話さない」コナーがさえぎる。「なぜなら、今日はほかに話すことがあるからだ。シンディの話のような」

「またの機会にするか」ショーンは兄に意地の悪い笑みを向けた。「彼女ができたからには、兄貴も人目を気にするようになるだろうからな。兄貴をからかうのは十倍楽しくなりそうだ」

コナーはしかめっ面をしていたが、エリンは笑いをこらえられなかった。「楽しみにしてるわ。ぜひコナーの話を聞かせてね」

「でも今日じゃない。ありがたいことに」コナーが不機嫌に言う。「今日はいつにも増して躁病気味だな、ショーン。なにかわけがあるんだろ」

「ひと息つかせてくれよ。こっちはシアトルのいかがわしい場所でひと晩じゅう仕事をしてたんだぜ。カフェインと緊張でふらふらさ」

「ビリー・ヴェガを知ってるやつに会ったか？」デイビーが問いただす。

「ああ、もっとましなことがあったよ」ショーンが言った。「マイルズに会ったんだ」彼は銀色のジープ・チェロキーの泥はねだらけの助手席のドアをたたいた。「おい、マイルズ。いじいじするのはやめろよ。降りてきてみんなに挨拶しろ」

ジープのドアが開き、長身でひょろりとした人物が身をくねらせて出てくると、むくむくと起きあがった。コンドルのように背中を丸めていても驚くほど背が高く、やせて生気がない。長い黒髪はもつれ、鉤鼻《かぎばな》の上に丸い眼鏡が載っている。薄汚れた黒いゴシック風のフロックコートを着ていた。

マイルズは両肩をすくめ、すとんと肩を落とした。「やあ」

ショーンがエリンにウィンクする。「マイルズはあんまりしゃべらないんだ。ちょっとばかり長く地下室に隠れすぎてたけど、いいやつだ。マイルズ、兄貴のデイビーとコナーを紹介するよ。それと、コナーの彼女のエリンだ。ちなみに彼女はシンディの姉さんでもある」

マイルズの濁った目が輝いた。「ほんとかい？　すごいや。きみはシンディと同じくらい、その、美人だな」そこで自分が口にしたことに気づき、拡大鏡になった眼鏡の奥でぎょっとしたように目が丸くなった。「いや、その、ぼくはべつに――」

「ありがとう、マイルズ」エリンはやさしく声をかけ、手を差しだした。「嬉しいわ」

マイルズは日差しに慣れていないかのように、あわただしくまばたきしながら握手を交わした。エリンは三人兄弟を見あげた。頭の上で、意味深長な視線のやりとりとテレパシーによるメッセージが交わされている。マイルズに目を向けると、彼も同じようにまごついているようだった。「どういうことか、どなたか説明してくださる？」

「店に入ろう」ショーンが言った。「おれはちょうど来たところで、偵察をしてたんだ。完璧だぜ。髪の毛をふくらませた機嫌の悪いウェイトレスと、トレイいっぱいの現実とは思えないジェリー・ドーナツがある。それに、コーヒーときたらきわめつきのしろものだ。あっという間に胃潰瘍《いかいよう》になれる」

全員で店に入りながら、エリンはこわごわあたりを見まわした。「自分のカップを持ってくればよかったわ」ブースにすべりこみながらつぶやく。

「いいや」ひやかすようにショーンが言った。「馴染まなきゃ。食中毒のリスクもスリルのうちさ」

コナーが隣に座り、自分のものだと言いたげに肩に腕をまわしてきた。ウェイトレスがテーブルの上にメニューを放りだし、それぞれのカップにばしゃばしゃとコーヒーを注ぐと、振り向きもせずに不機嫌に去っていった。

「すみません」ショーンがウェイトレスのうしろ姿に向かって叫ぶ。「全員にドーナツをお願いします」

ウェイトレスは肩越しににらみつけた。ショーンがにっこりと微笑む。ウェイトレスは足をとめて向きなおり、まじまじとショーンを見つめてからにっこり微笑み返した。

「オーケイ」コナーが言う。「始めよう。なにがわかった？」

「おれはかわい子ちゃんの巣を調べた。あの家ときたら、お色気むんむんだったんだぜ」ショーンが答えた。「誰もたいした情報は持ってなかったけど、おれは赤いTバックのブロンドに勧められて――」

「どうして彼女が赤いTバックをはいてるってわかったの？」エリンが尋ねる。

ショーンはコーヒーカップ越しに無邪気に睫毛《まつげ》をぱたぱたさせた。「だって、ゆったりした白い薄手のズボンをはいてたんだよ」と説明する。「さっきも言ったように、彼女に〈悪い噂〉と話すように勧められたんだ。シンディのR&Bバンドさ。彼女はおれのために連中の電話番号まで調べてくれた。巻き毛のやさしいかわい子ちゃんだったな。彼女、なんて名前だっけ、マイルズ？」

「ヴィクトリアだ」

「そう、ヴィクトリア。いい名前だ。それから、眉毛に輪っかのピアスをして、スケスケの黒いブラウスを着た赤毛もいた。彼女は――」

「スケスケのブラウス？　彼女はスケスケのブラウスで玄関に出てきたの？　エンディコッ

ト・フォールズ・クリスチャン・カレッジで？」憤慨したようにエリンが言う。

「いや、おれが着いたときは着てなかったよ」ショーンが慌てて言った。「おれが着いたあと、二階へ行って着替えてきたんだ。ブラもおしゃれだった。知ってるんだ。ヴィクトリアズ・シークレットの春物さ。黒いサテンの半カップのプッシュアップブラ。あのブラウスにはぴったりだ」

コナーがため息をついた。「けだものめ」

「こいつのことは無視してくれ」デイビーがエリンに言った。「あんたを感心させようとしてるだけだ」

けれどエリンはすでにこみあげる笑いをこらえきれず、両手で口を覆っていた。「まあ、わたしは羊でいっぱいの家にオオカミを送りこんじゃったのね」

ショーンが鼻先で笑った。「羊、おれ。キツネと言ったほうがいいだろうな。心配いらない。彼女たちはおれには若すぎる。でも、だからって彼女たちの下着を見ちゃいけないってことにはならないだろ？　話が脇道にそれたな——」

「ああ」とコナー。

「スケスケのブラウスの子……なんて名前だっけ？」マイルズに顔を向け、指を鳴らす。

「ケイトリン」マイルズが答えた。

「そう、ケイトリンだ。彼女がマイルズのことを教えてくれたんだ。そして、バンドのリードギターが彼の実家の住所を調べてくれた。で、マイルズが地下室につくった砦《とりで》を破ってスクリーンセイバーを見たとき、こいつこそ探してた相手だとわかったのさ」

「スクリーンセイバーって？」エリンは訊いた。

「四秒間のシンディのビデオクリップさ。投げキスをしてるやつ。何度も何度もね」とショーン。「おれは胸がつまったよ」

マイルズは不恰好に大きな肩をすくめてうなだれている。「くそっ。ばらすなよ」彼は不満げに言った。「個人的なことだろ」

「もっと言ってやれよ、マイルズ」コナーが言った。

デイビーがうめく。「でもこいつは聞きやしないさ。で、なにが言いたいんだ？」

「おい、おれたちは仲間だろ」ショーンは口をとがらせた。「それに、兄貴たちはおまえみたいにコンピュータに詳しくないんだ、マイルズ。もっとも、手が届かない女の子を想うことにかけちゃ――」

「いい加減にしろ、ショーン」うんざりしたようにコナーが言った。「今日のおまえには我慢できない。ハイになってるのはわかるが、これ以上そういう戯言《たわごと》をつづけると――」

「わかったよ、集中すりゃいいんだろ。落ち着けよ、コナー」なだめるように言う。「とにかく、マイルズを見つけたのはラッキーだった。シンディを見つけたら、彼女にはマイルズに情熱的に感謝してもらわないと。おれがそう言ってたって妹に伝えてくれよな」

「考えておくわ」エリンは殊勝に答えた。「どうぞつづけてちょうだい」

「マイルズはバンドの音響係で、シンディの熱烈なファンなんだ。どこかの女の子について知りたければ、嫉妬深い男に訊けばいいのさ」ショーンは言った。「マイルズは例のジャガーのナンバーまで教えてくれたぜ。おれはすぐそれをデイビーに連絡した」

コナーとエリンはそろってデイビーに目を向けた。「それで?」

「ジャガーの所有者はウィリアム・ボーンという男だ」デイビーが答える。「窃盗とポン引きで山ほど前科があるろくでなしだ。こいつに——」マニラフォルダーを差しだす。「——ひまなときにでも目を通すといい。おれはわかったかぎりの住所をチェックしたが、どれも古いものだった。元大家のひとりから聞いたところによると、ボーンのことはもう二年見かけていないし、家賃を滞納されていても二度と会いたいとは思わないそうだ」

「ぼくは、あいつはクズだってわかってた。最初っからわかってたんだ。一度あいつのタイヤを切ってやったことがある」マイルズの瞳は復讐心できらめいている。彼はそこでくちごもり、不安そうにちらりとエリンを見た。「ああ、ちくしょう。ごめん」

「いいのよ、マイルズ」エリンは言った。「よくやってくれたわ」

マイルズは恥ずかしそうにうつむき、紙ナプキンを細く裂きはじめた。

「あなたはシンディと同級生なの?」

「いや。ぼくは去年卒業したんだ」マイルズは言った。「電子工学を専攻した。バンドの音響係をするためにうろうろしてただけさ。それと……」

「シンディのために」とショーン。

マイルズはむっつりと自分のコーヒーを見つめている。気まずい沈黙を破ったのはウェイトレスだった。彼女はショーンを物欲しそうに見つめながら、胸が悪くなりそうなドーナツが山盛りになった皿をテーブルの真ん中に置いた。

ショーンはジェリー・ドーナツをひとつつかむと、その手でウェイトレスに敬礼し、がぶりとほおばった。「おれが計画を話したら、マイルズはどうしても一緒に来るって言い張ったんだ。彼にはヒーロー精神があるのさ。兄貴みたいにね、コナー」

コナーは目を通していた前科記録から視線をあげ、うっすら微笑むと、つづけろと言うようにショーンに向かって顎《あご》をしゃくった。

「それで、おれたちはマイルズが魔法瓶につめたカフェイン二倍のジョルト・コーラで勢いをつけながら、道端のむさくるしいクラブをひと晩じゅう渡り歩いた。〈ロック・ボトム・ロードハウス〉でようやくやまをあてたよ。そこでルー・アンに会ったんだ。ああ、すてきなストロベリーブロンドのルー・アン」

「シンディには負ける」マイルズが言った。

「こいつは、ほんとに聞く価値のある話なのか？」コナーが尋ねる。

「心配するな、これからが本題だ。ホステスのルー・アンは、ビリー・ヴェガの噂を知ってた。彼女は以前、リンウッドの近くのクラブで踊ってたんだ。ビリーは大物エージェントで通ってて、彼にスカウトされて、彼の名前を聞くと地面に唾を吐く女の子たちを知ってると言ってた。それで、おれとマイルズはクラブめぐりをやめて、勇敢にもシアトルのストリップ・バーという野蛮な世界へ冒険の旅に出た」

エリンは両手で顔を覆った。「まあ」

「口を慎しめ、ショーン」コナーが言う。「こいつはおまえが楽しむためにやってるんじゃないぞ」

ショーンの笑みが消えた。「そんなつもりじゃなかったんだ」手を伸ばし、エリンの手首をそっとたたく。「ごめん。おれはいまちょっと変なんだ。でもこれだけは保証する。おれはこの件をすごく真剣に受けとめてる。口から出るのはふざけた戯言でも。いいかい？」

「ありがとう」エリンは弱々しく微笑んだ。「手を貸してくれて感謝してるわ」

コナーはメープル・ドーナツをつかみ、疑惑の目で見つめてからかぶりついた。「じゃあ、おまえの目が妙にぎらぎらしてるのは、そのせいなんだな」彼は言った。「おまえは睡眠不足だといつもハイになる」

「睡眠？　シンディがあのげす野郎と一緒にいるってのに、眠れるわけないだろ？」マイルズがブースにいる全員に問いかけた。「ぼくはもう一カ月寝てないよ」

ショーンが彼の背中をたたいた。マイルズはテーブルにコーヒーを噴きだした。「いいぞ、マイルズ。こいつの集中力ときたらものすごいんだ。裸で踊ってる女でいっぱいのクラブを七軒まわったのに、こいつはクリスチャン・サイエンスの図書室にいるみたいだったんだぜ」

「シンディほどきれいな子なんかいなかった」とマイルズ。

ショーンは首を振った。「こいつは人間レーザー光線なんだ。普通じゃない。でも、とにかくおれとマイルズはクラブをまわって長話をして、何杯かビールを飲んだりしながら店にいる何人かの若いレディたちのご機嫌を取った。どう見てもビリー・ヴェガはダンサーたちのあいだで有名人で、みんなに嫌われてたらしい。おれは名刺を配って、どうしてもビリー・ヴェガを見つけたいから、やつの現住所を調べてくれたり、やつが店に現れたとき教えてくれたらチップをはずむと言っといた。それで思いだした。ＡＴＭに行かなくちゃ。ガソリンとビールで資金がなくなったんだ」

「こっちで払う——」エリンとマイルズが同時に言った。

ふたりは目を見合わせ、微笑みあった。エリンはふと、マイルズは魅力的な男性になるかもしれないと思った。風変わりで栄養不足で暗い感じではあるけれど。笑った顔にはやさしくて無防備なところがある。なんだか弱々しい吸血鬼みたい。

「細かいことはあとで分析しよう」コナーが言った。

「じゃあ、次はなにをするの？」エリンが尋ねる。

ショーンはつんつん立った髪を指で梳き、エリンはつかのま彼の顔に疲労がよぎったような気がした。「マイルズとおれは、おれの部屋に寄ってちょっとさっぱりするよ。シャワーを浴びたい。タバコの煙のにおいがついていやなんだ。どうせストリップ・バーをまわるような時間じゃないし、いまのうちにひと休みする。そのあとまたこの騒ぎに戻るよ」

「ぼくは見張りをつづけたい」マイルズがきっぱりと言った。

「いいからシャワーを浴びろよ」とショーン。「シンディを見つけたとき、そんな頭をしていたくないだろ」

マイルズはもつれてよれよれになった長い黒髪に手をやった。「ぼくの頭のどこが変なんだ？」

ショーンが両手に顔をうずめる。「なんでおれは、いつも失意の負け犬を指導しなけりゃならないんだよ？『メンズ・ヘルス』を買いに行って、身なりを整える方法を勉強したらどうだ？」

「おれはジムに戻らないと」デイビーが言った。「空手とカンフーを教えなきゃならないんだ。それに、どうやら今夜はおまえのキックボクシングのクラスも教えることになりそうだな、ショーン。またしても」

「おい、責任あるビジネスマン兼おれたちの大黒柱として、当然の行動だろ」ショーンは言った。「同情するよ」

「さぼった分は、いずれ埋めあわせしてもらうからな」デイビーが念を押す。「油断してると日曜の朝の太極拳のクラスを担当させるぞ」

ショーンはぞっとしたように身震いした。「太極拳は嫌いなんだ。のろのろかったるくて」

「おまえにはちょうどいい」とデイビー。「集中力を養える」

「おれはちゃんと集中してるよ、おれなりに」

コナーは伝票を持ってくるよう合図した。「そろそろ行こう。ダンサーから電話があったら教えてくれ」

「おれにも電話しろ」デイビーが言った。「おもしろいことを逃したくないからな」

「ふたりはどこへ行くんだい?」ショーンが訊く。

「エリンの実家だ」

その発言に、兄と弟はぎょっとしたように目を丸くして黙りこんだ。デイビーの眉があがる。「これはこれは。ずいぶん気が早いな」

ショーンが静かに口笛を吹く。「いやはや。見あげた度胸だぜ、兄貴」

コナーはしょうがないと言うように肩をすくめた。「先延ばしにしても無意味だろ?」

ショーンとデイビーはちらりと視線を交わし、ショーンはにやにやしながら自分のカップに目を落とした。「これだから好きなんだよ、コナー。兄貴も人間レーザー光線だ」

ウェイトレスがテーブルに伝票を放りだした。コナーが財布からお札を出す。「行こう」

駐車場で、エリンはショーンとデイビーとマイルズににっこり微笑んで別れを告げた。

「あなたたちが手を貸してくれるとわかって、すごく気が楽になったわ。ありがとう。きっとこれでなにもかも変わってくるわね」

デイビーは小さくうめいて目をそらした。マイルズは赤くなってジープの泥だらけのタイヤを蹴飛ばした。さすがのショーンでさえ、気の利いた返事をするまで数秒言葉を失っていた。「そんな、いいんだよ、エリン」やっとのことでショーンが言った。「行こうぜ、マイルズ。出発しよう。エリンのママとうまくやれよ、コナー」

「ああ、用心しろ」デイビーが言い添える。

二台の車は駐車場を出て走り去った。コナーはエリンの指に自分の指をからめ、彼女の顎をあげさせた。エリンが彼にキスをする。

「さて」とコナー。「マクラウド兄弟が勢ぞろいしたわけだ」

「いい人たちね」エリンは言った。「マイルズもいい人だわ。それに、三人もの優秀な男性が妹を探すのを手伝ってくれてるとわかって、とても心強い。どうもありがとう、コナー」

「シンディを見つけるまでお礼を言うのは取っておけ」そっけなく言う。

「いいえ」ふたたび彼にキスをした。「どうしてもいまお礼を言いたいの。親身になってくれたことに対して。気にかけてくれていることに対して」

彼の腕がこわばった。「頼む、エリン。駐車場の真ん中でおれを興奮させないでくれ。見てくれが悪い」

エリンは上目づかいに微笑んだ。「感謝されると興奮するの？」

「ああ」喧嘩腰《けんかごし》の声。「きみにされるとそうなる。気に入らなければ訴えればいい」

「弟さんが話してたヒーロー精神に従ったほうがいいわ」エリンはそっと言った。「わたしは忘れない。後学のために」

「行こう。勃起してるのを衆目にさらしたくない」

実家が近づくにつれて、コナーの沈黙はいっそう深くなった。「不安なの？」エリンは訊いた。

彼は〝まさか〟と言うようにちらりとエリンを一瞥すると、角を曲がって実家のあるブロックに車を停めた。無言のまましばらく車内に留まっていたが、やがてため息をついて運転席のドアを開けた。「行こう」

エリンは車を降り、彼に歩み寄って腰に腕をまわした。「コナー？」

「ああ？」不安そうな声。

「いまのうちにはっきりさせておきたいことがあるの」

「言ってみろ」

「あなたの兄弟のこと。ふたりともすごくハンサムだわ。ものすごくハンサムと言ってもいいくらい。でも、あなたがいちばんハンサムよ」

コナーの顔に笑みが広がり、緊張を追いやった。彼はそっとかがんでエリンの額に自分の額をつけた。「きみはおれの恋人だ」彼は言った。「そう言わないわけにはいかないだろ。きみの務めのひとつだ」

「いいえ、違う。あなたって――」

キスで言葉をさえぎられ、抱き寄せられた。彼の首に腕をまわし、きつく抱きしめる。ここがあらゆる悩みや不安から遠く離れた場所ならいいのに。惜しみないぬくもりと力とエネルギーにくるまれ、熱帯の日差しを浴びるようにそれにひたれる場所なら。彼の唇が動いていく。やさしくそそるように。膝から力が抜けてしまう。そして――

「エリン？　ハニー？　あなたなの？」

ふたりはぱっと離れた。

バーバラ・リッグズがバスローブ姿でポーチに立ち、目を細めてふたりを見つめていた。

「一緒にいるのは誰？」ローブのポケットをまさぐり、眼鏡を出してかけた。

「おれです、ミセス・リッグズ」観念したような抑揚のない声でコナーが言った。「コナー・マクラウドです」

「マクラウド？」ぽっかり口を開けている。「わたしの娘となにをしてるの？」

コナーはため息をついた。「彼女にキスをしてました」

バーバラは室内履きのまま、落ち葉が散らばる階段をおりてきた。愕然《がくぜん》としている。「ハニー？　いったいどういうことなの？」

17

コナーは受難の覚悟を決めた。そのとき隣家の玄関が勢いよく開き、ぽっちゃりした白髪の女性がポーチに現れたことで、彼は危うく危機を逃れた。女性は興味津々のようすで目を輝かせている。「まあ、エリン！」彼女は言った。「まあ、まあ！ 一緒にいるのはどなた？」

「こんにちは、モーリーン。ええと……ママ？ つづきは家のなかで話さない？」

バーバラ・リッグズはちらりと隣人をうかがった。「そのほうがよさそうね」冷ややかにそう言うと、昂然と頭をあげて玄関へ歩きだした。ひどく腹を立てているときのエリンとそっくりだ。おれは危機を逃れたわけじゃない。延期になっただけだ。

エリンの視線を追ってリビングルームに目を向けたコナーは、彼女がひるんだようにすぐ目をそらしたのに気づいた。無理もない。中身が空洞になったテレビが、薄暗い部屋で虫の死骸のように仰向けになっている。トニアの言葉どおり、火かき棒が突きだしていた。

バーバラはキッチンのライトをつけ、胸の上で腕を組んだ。怒りで引き結んだ唇が白くなっている。憔悴《しょうすい》して乱れた身なりをしていても、エリンが堂々とした雰囲気を誰から受け継いだかよくわかる。

「で？」そのひとことは、弓から放たれた矢のようだった。説明を始めろという合図だろうか。コナーはひどく不安になったが、どう答えるべきか見当もつかなかった。まずいことになっている。口を開いてとにかく最初に浮かんだ言葉を言おうとしたとき、エリンが先手を打った。

「わたしたち、つきあっているの、ママ」彼女はそっと言った。「彼はわたしの恋人なの」

年長の女性の顔に、まだらに赤い染みが浮かんだ。口から甲高い音を漏らし、エリンの顔に向かってさっと片手を振りあげた。

コナーはその手をつかみ、空中で押さえつけた。わなわな震える手首はじっとりと冷たい。

「そんなことをしてはいけません、ミセス・リッグズ」彼は言った。「やってしまったら取り返しがつかない。それになんのメリットもない」

「よくもわたしに説教できるわね。放しなさい」

「彼女をぶたないでください」

バーバラはつんと顎をあげた。コナーはそれを同意と解釈して手を放した。バーバラは素早く手を引っこめた。熱があるように両目がどんよりしている。

「あなたは、この子が子どもと言ってもいい歳のころから目をつけていたわ」嚙《か》みつかんばかりに彼女は言った。「チャンスを狙っていた。顔を見ればわかったわ。だから否定しようとしても無駄よ。邪魔なエドがいなくなったから、いまこそチャンスだと思ったんでしょう」

これ以上状況が悪くなることはないだろう。それなら厳然たる事実を話してもいいはずだ。

「いずれにしても彼女を追い求めていたと思います」彼は言った。「あの悲惨な出来事が、単に手間取る原因になっただけです」

バーバラの青白い顔が、紫がかった赤に染まった。「手間取る原因？　わたしの人生をめちゃくちゃにしたのは、ただの手間取りだと言うの？　あんな仕打ちをしておいて、よくわたしの家へやってきてそんなことが言えるわね」

「おれはやるべきことをやっただけです。自分の務めを果たしたんです」冷静な動じない声で言う。「ご主人のことは、そうとしか申しあげられません」

「わたしの家から出ていきなさい」怒りで声が震えている。

「だめよ、ママ」エリンが言った。「彼を放りだすなら、わたしも出ていくわ。でもママはわたしを放りだしたりしない。わたしがそんなことさせないわ」

バーバラの唇は苦悩と混乱で震えていた。「急にどうしたの？　わたしを責めてるの？」

エリンは母親に駆け寄ってぎゅっと抱きしめた。「違うわ。わたしの問題なの。ママのせいじゃない。生まれてはじめて、わたしは自分だけのことを考えてるの。お願い、わかって。二度とママにこんなお願いはしないから」

「でも、あなたはいつもいい子だったのに」バーバラがつぶやく。

「ええ、いい子すぎたのよ。ずっと品行方正だった。ひと晩じゅうわたしの帰りを待たせたり、はめをはずすことなんか一度もしなかった。わたしはいまそのご褒美をもらってるの。わたしたちが子どものころ、ママがつくってくれた〈いい行ない〉の表を覚えてる？　わたしがもらった星の数を？　これはわたしのご褒美なのよ。そして、わたしは望んでこれを選んだの」

バーバラの顔はぴくぴく痙攣していた。エリンに抱きしめられたまま、両腕を棒のようにだらりとさげている。ゆっくりとその手があがり、娘を抱いた。

ちらりと視線をあげ、コナーを見た。彼は冷静にその視線を受けとめた。その視線は、むかしコナーや兄弟たちがエンディコット・フォールズの町へ行くたびに、そこに住む上品な夫人たちが向けてきたものと寸分違《たが》わなかった。その視線はこう言っている――急いで、娘さんを家に閉じこめなさい。変人エイモンの野蛮な息子たちが来てるわ。こういうことには慣れている。人間はどんなことにも慣れるものだ。

「たいしたご褒美ね」バーバラが冷たく言い放った。「いつからわたしに隠れて娘とおかしなまねをしていたの？」

コナーは腕時計を見ながら考えをめぐらせ、空港で交わしたあの刺激的で心臓が爆発しそうなキスから計算すべきだと結論を出した。「ええと、四十六時間と二十五分前からです」

バーバラは目をつぶって首を振った。「なんてこと、エリン。なぜこの男と一緒に出張へ行くと話してくれなかったの？」

「あのときは知らなかったのよ、ママ」エリンがやさしく言った。「急なことだったの。彼はわたしを守りに来てくれて、そして……こうなったのよ」

「あなたを守る？」目つきが鋭くなる。「なにから？」

コナーは信じがたい思いでエリンを見つめた。「お母さんに話してないのか？　おれがキリストの敵だと思われるのも無理はない」

「話すって、なにを?」バーバラは声をうわずらせた。「いったいどういうことなの?」

「腰をおろしたほうがいいと思います」コナーは言った。「相談しなければならないことがあるので」

「お茶を淹れるわ」とエリン。

すでに充分苦しんでいるバーバラ・リッグズにショッキングな新事実を伝えるのは気の毒だったが、ひどい状態にある彼女の恐怖と不安を多少なりともまぎらわせられるのがせめてものなぐさめだった。ポット二杯分の紅茶を飲みながら、ノヴァクとラクスの脱獄と、シンディのビリー・ヴェガとの関わりを手短に説明し終えると、バーバラの顔は青白いままだったが、その目からは曇りが消えていた。

「先週あの子から何度か電話があったのを覚えてるわ」彼女は言った。「鎮痛剤を飲んだばかりだったから、会話の内容はほとんど覚えてないけれど、ストリップ・ダンスや自分の意思に反して恐ろしい男に拘束されてるなんて話じゃなかったことは確かよ。ああ、どうしましょう、かわいそうに」

「ママ、トニアが来たのを覚えてる?」エリンが訊いた。

バーバラは眉間に皺を寄せた。「うっすらと。看護婦をしているお友だちでしょう? 黒髪のきれいな子。ええ、たしかに最近来たわ。あの子はすごく声が大きいの。あんな話し方をされるとたまらなかった」

「トニアはテレビのことを話してたわ。それと、写真のことを」

テレビと聞いてバーバラはひるんだ。つかのまためらい、とまどった顔を娘に向けた。

「写真って？」

「覚えてないの？」

バーバラは眉をしかめた。「わたしが覚えてるのは」ちらりとコナーをうかがい、すぐ目をそらす。「一階のテレビで変なことがあったことだけよ」

エリンは立ちあがってキッチンを出ていった。バーバラとコナーはテーブル越しに見つめあったまま、階段をのぼっていくエリンの軽い足音に耳を澄ませた。

「わたしの人生はめちゃくちゃよ」落ち着いた声でバーバラが言った。

「よくわかります」

「あなたにだけは、こんなところを見られたくなかったわ」

コナーは肩をすくめた。「なんと言っていいかわかりません」

「妙にへりくだったしゃべり方をしないで」冷ややかに言う。

おれのせいじゃない。コナーはそう言いたくてたまらなかったが、どこから見てもそれには疑問の余地があったので、今度ばかりは軽口を慎しんだ。エリンがキッチンに戻ってきて、テーブルの上に何枚もの写真を広げた。コナーはかがみこんで写真をながめた。

赤ん坊の写真、家族写真、卒業式の記念写真。どれも目と口がくり抜かれている。

バーバラは口に手をあてた。ぱっと立ちあがり、よろよろとキッチンの隣にある部屋へつづくドアへ向かう。コナーの席から洗濯用の流し台と洗濯機の角がちらりと見え、それからトイレの蓋が開く音が聞こえた。隣室から嘔吐の音がする。エリンが母親のところへ行こうと立ちあがったが、コナーは手をあげた。

「少しそっとしておいてあげろ」声をひそめて言う。

トイレの水を流す音が聞こえ、シンクで水を出す音がした。数分後、バーバラ・リッグズがハンドタオルで顔を拭きながら戸口に現れた。「わたしじゃないわ」彼女は言った。コナーとエリンをめまぐるしく交互に見ている。「わたしがやったんじゃない。なにがあろうと、わが子の写真を傷つけるようなまねをするわけがないでしょう。どういうことかわからない。でもわたしじゃないわ。本当よ」

エリンは小学生のときの自分の写真を手に取った。赤ん坊のシンディを膝に乗せている。エリンの手は震えていた。「でもママ、もしママでないなら、誰かほかの人がやったのよ。心当たりはある？」

沈黙のうちに数秒が過ぎ、それが数分になった。バーバラ・リッグズはタオルを口にあて、首を振った。

エリンが座っていた椅子をうしろに押しやった。「わたしは二階のファイルキャビネットに年ごとにネガを整理してあるの」彼女は言った。「ここにある写真のネガを取ってくるわ。今日じゅうに焼き増ししましょう。一枚残らず」

「それじゃ問題の解決にはならない」コナーは言った。

「かまわないわ。なにかしていたほうが気が楽だもの。ちょっと失礼して取ってくる。すぐ戻るわ」

そしてコナーは彼女の母親とふたりきりで置き去りにされた。またしても。ちくしょう、なんでこんな目に遭わなきゃならないんだ？　串刺しにされて焼かれてるような気がする。

ふたりはリング上で牽制しあうボクサーのように見つめあった。「その、誰かが侵入した痕跡は？」

バーバラが首を振る。

「アラームは故障してませんか？　いつも作動させてます？　定期的なチェックは？」

彼女はこくりとうなずいた。「当然でしょう。いつも施錠を確認してアラームをかけてるわ。間違いなく。何度も確認することだってあるわ」

「ほかに暗証番号を知っている人間は？」

「娘たちとわたしだけよ」とバーバラ。「暗証番号を変えたの、エディが……いなくなったあとに。鍵も替えたわ」

「ふむ」

「わたしは頭がおかしいと思ってるんでしょうね」

断定的な言い方で、質問ではなかった。だがコナーは文字どおりの意味に受けとめ、〈魚と網モード〉に入って考えをめぐらせた。網を投げ、家族全員に起こったことをひとつ残らずそのなかに投げこんでみる。

浮かびあがるおぞましいパターンをとらえようとする視界のなかで、バーバラの顔が泳いでいた。邪悪でうさんくさいものがあるが、その源はテーブルをはさんで座っている女性ではない。彼の口から出た言葉は、確信に満ちていた。「いや、そうは思わない」

バーバラは気を悪くしたようにすら見えた。「なんですって？」

「あなたの頭がおかしいとは思わない」彼は言った。

バーバラの瞳に希望のようなものがよぎった。喉が何度か上下する。「思わない？」彼女は油断なく尋ねた。

「思いません」コナーは言った。「頭のおかしい人間なら相手にしたことがある。あなたから受ける印象は、彼らとは違う。あなたはストレスでまいっていて、落ちこんで怯えているように見える。たぶんぎりぎりまで追いつめられている。でも狂ってはいない」

「とりあえず、いまのところはね」とバーバラ。

コナーの口元がひきつった。「いまのところは」と同意する。「ただ、もしあなたが狂ってないなら、臨機応変の策に長《た》けた何者かがあなたをもてあそんでいることになる」

バーバラは口に手をあてた。「ノヴァク？」

「あいつの可能性がいちばん高い」

「でも、あの男はほんの数日前まで投獄されていたのよ！」

「それでもあいつの可能性が高いと思う。法外な財力を備えているし、権力が及ぶ範囲も広く、あなたのご主人を恨んでいる。それに、あいつは狂ってる。この件には狂気のにおいがする」

「じゃあ、誰かがわたしを自分は狂ってると思わせようとしているの？」

コナーは首を振った。「いいや。誰かがあなたを実際に狂わせようとしてるんだと思う。ポルノビデオのトリックがその例だ。ああいうものは外部から操作できる。容易には信じがたいし常軌を逸しているが、できないことじゃない」

バーバラはきゅっと唇を嚙みしめた。「エリンが話したのね？」

「おれは機械には詳しくないから、テレビを分解してからくりを説明することはできない」コナーはつづけた。「でも友人のセスはプロだ。よかったら彼に調べさせましょう」

「でも、突飛すぎる話だわ。宇宙人とかケネディ大統領を暗殺した真犯人の話みたいに。なんだか……誇大妄想の陰謀説みたい」

「ああ」彼は言った。「それが連中の狙いだと思う」

バーバラは目を細めてくちごもった。「こんなことを考えるなんて、あなたもきっと誇大妄想なんでしょうね」

その言葉は非難めいて聞こえた。

コナーは頭から怒りを閉めだし、ホテルにかかってきた悪夢のような電話のことを考えた。不気味な車に乗ってどこからともなく現れたゲオルグのことを。昏睡、ジェシーの死、エドの裏切り。

「おれは捜査官だった。その結果おれがどうなったか、あなたも知ってるはずだ」彼は言った。「誇大妄想になっても無理はないと思いませんか？」

彼女は自分のティーカップを見おろした。

「あなたは自分の知性と勘を信じるべきだ」そう言いながら、自分自身に言い聞かせているのがわかっていた。「あなたにはそれしかない。それを信頼できなければ、足場を失ってしまう」

バーバラはぐったり肩を落とし、うなずいた。「ええ、そのとおりだわ。この数週間、わたしはまさにそういう状態だった」彼女は言った。「足場を失っていたわ」

「現実世界への復帰おめでとう、ミセス・リッグズ」

バーバラは、たったいま目覚めたかのように目をしばたたかせた。「まあ……ありがとう」

その場の雰囲気は明らかに以前より打ち解けたものになったが、コナーはあえてそれをふいにすることを口に出した。「例のポルノビデオがはじめて映ったのはいつですか？」

彼女は口を半開きにして考えていた。「二カ月ちょっと前よ。たしか二カ月半前だわ。最初は夢を見てるんだと思ったの」

「シンディがビリー・ヴェガとつきあいだしたのと同じころだ。バンドのメンバーから聞いた話によると」

バーバラが息を呑む。「そんな、すべてつながってると言うの？」

堅苦しく小さく笑う。「陰謀説の信奉者がどういうものか知ってるでしょう。おれたちはあらゆるものがつながってると考える」

「シンディを操るために、ノヴァクがそのビリーという男を送りこんだと思ってるの？　クリスタル・マウンテンにいたエリンにゲオルグを送りこんだように？」

「おそらく。ビリー・ヴェガの前科記録はゲオルグの足元にも及ばないが。ビリーはちゃちなこそ泥とポン引きと詐欺を働いただけだ。熟練した人殺しじゃない」

バーバラは身震いした。「そんな……警察に通報するべきじゃない？」

コナーは最後にニックと交わした会話を思いだした。「警察がどういうものだかわかってるでしょう。彼らには、起こるかもしれない犯罪の捜査に割く時間も人員もない。現在進行中か、すでに起こった犯罪に対処するので精一杯だ。シンディは未成年じゃない。おれたちが知るかぎり、いまのところビリー・ヴェガは道にはずれたことはなにもしてない。警察から見れば、どこかの女の子がたちの悪いボーイフレンドともめてるようにしか見えないだろう」

頭上でエリンの軽い足音がしている。混乱と狂気の沙汰を整頓し、不合理な悪夢に納得のいく説明をつけようとあわただしく走りまわっているのだ。あんなふうにおろおろされると腹が立った。

はっきり言って、すべてにひどく腹が立っている。

「正気でいることにはマイナス面もある」思ったより厳しい口調になった。

バーバラがとまどった顔をした。「なにが言いたいの？」

「正気となれば、バスローブ姿でゴロゴロしたり、鎮痛剤に溺《おぼ》れたり、すべてを娘まかせにするわけにはいかなくなる」

バーバラがさっと席を立った。椅子がひっくり返り、床でやかましい音をたてた。「よくもそんな口がきけるわね？」

知ったことか。どうせこの女性の機嫌を取ることなどできない相談だったのだ。言わなければならないし、自分以外に言う人間はいない。コナーは無言のまま、怒りに燃える相手の目をまっすぐ見つめ返した。

「ママ？　どうしたの？　なにかあったの？」

バーバラが娘に目を向けた。エリンはマニラフォルダーを抱えて戸口に立っている。「なんでもないわ、ハニー」きっぱりと言う。「ちょっと失礼するわね。二階へ行って着替えてくるわ」

そう言うと昂然と頭《こうべ》をあげて大股でキッチンを出ていった。エリンは面食らったように母親のうしろ姿を見つめている。「なにがあったの？　母になにを言ったの？」

コナーは肩をすくめた。「べつになにも。バスローブ姿で対処するには恐ろしすぎる問題もあるってことじゃないかな」

横柄な発言の代償として、コナーは午後いっぱい多大な犠牲を払わされた。バーバラ・リッグズはコナーを奴隷と雑用係を合わせた身分とみなし、気がついたら彼は、ゴミを出して二階のバスルームの水漏れを直し、回線を復活させるために電話局に行く母娘のお抱え運転手をさせられていた。さらにスーパーや写真現像スタンドやアンティークショップにも行き、そこでようやくコナーはいまいましい振り子時計を引きずってきた役立たずの脚を伸ばすことができた。けれど、不満は言わなかった。これも受難の一部だ。

家へ戻ると、三人は壊れたテレビについて言い争った。バーバラは捨てるように言ったが、コナーはセスに分解させるために保存しておきたかった。最終的にはコナーに軍配があがったものの、バーバラの目に入らないように裏のポーチへ運ぶはめになった。なによりまいったのは、進展を訊くためにショーンに電話しろと、バーバラがばかばかしいほど頻繁にせっついてきたことだ。それは、この屈辱的な状況を生意気な弟に知られることを意味している。

「ミセス・リッグズ」うんざりしたように彼は言った。「勘弁してください。あいつのほうから電話をかけてくる。情報をつかんだらどうすればいいか、あいつはわかってる。落ち着いて」

「落ち着けですって？　わたしの娘の話をしてるのよ！　もう一度弟に電話しなさい！」

最初の呼びだし音でショーンが出た。「おい」嚙みつくように言う。「さっきの電話からまだ三分だぞ。マイルズとおれがそんな短い時間でなにか発見できるわけないだろ。薬でも飲んだらどうだ？」

「おれのせいじゃない」コナーはぼやいた。「電話をしろと言われたんだ」

「義理のお袋さんの尻に敷かれてるってわけか、え？」

コナーは顔をしかめた。「おい、ショーン。言葉に気をつけろ」

「いいか。次は適当な番号にかけて適当に話してるふりをしろ。気が散るんだよ」

「くたばれ、あほう」コナーは携帯電話を閉じてポケットに入れた。「まだ情報はありません」うなるようにバーバラに告げる。

エリンはなんの助けにもならなかった。隠そうとはしていたものの、彼女は自分の母親にコナーが苦しめられているのをどこか楽しんでいるように見えた。日暮れと同時に彼は数分の安らぎを求めて裏のポーチに逃げだした。階段にどさりと腰をおろしてこわばって疼《うず》く脚をさすり、タバコを求めて上着のポケットに手を入れた。

ふいに禁煙したことを思いだした。思いだしても気分は楽にならなかった。

携帯電話を出してセスにかけると、相手は心地いいほどすぐ電話に出た。「よお、コナー。どうしてる？」

「手を貸してほしい」

「いいとも」即答する。「おまえが恋をしてるって噂を聞いたぜ。ノヴァクに狙われてるもうひとりの女と。最新ニュースだろ？」

「そういうくだらない話は飛ばせないか？」コナーは言った。「ニコチン切れの症状が出てるんだ。いまはそんな話をする気分じゃない」

セスはまったく動じなかった。「オーケイ。で？」

「いくつか頼みたいことがある。エリンの実家を調べてほしいんだ。テレビで妙なことが起こってるし、鍵と警報装置を突破して何者かが侵入した。それも一度ならず」

「了解。明後日でどうだ？」

「今夜はだめなのか？」

「ストーン・アイランドへ行くんだよ。レインのお袋と義理の親父が来てるんだ。明日はふたりをサンフアンまでクルーズに連れてって、それからセベリン・ベイで夕食を食うことになってる。ふたりがロンドン行きの飛行機に乗るのは明後日だ。すっぽかしたら殺されちまうよ」

セスが義理の両親の訪問を喜んでいないのは明らかだ。同情の笑みが浮かぶ。レインの母親のアリックスには、セスの結婚式で会ったことがある。まるで土石流のように、とめることなど到底できそうにない激しい人物だった。問題の解決が先送りになるのはいやだったが、気の毒なセスを家族から責められる事態に追いこむのも避けたかった。

「アリックスが帰ったあとも、おまえが生き延びてるよう願うよ」彼は言った。「彼女はおまえを生きたまま食って骨を吐きだすぞ」

「励ましてくれてありがとうよ。ほかになにをしてほしい？」

「おれのコンピュータにX線スペクトルプログラムをダウンロードしたい。それからビーコン発信機をいくつか貸してくれ」正直に言う。「エリンに使う」

今度はさすがのセスも一瞬考えこんでいた。「彼女には、おまえがシラミみたいにぴったりくっついてるんだと思ってたよ」

「ああ、そのつもりだが、いろいろ複雑でね。エリンはおれに話を合わせてるが、実際のところは深刻に受け取ってない。そこが不安なんだ。それに、こっちはおれひとりだ。なにかに注意をそらされるとか、うたた寝するとか小便しに行くこともある。コンピュータのバックアップが必要なんだ」

「彼女に言うつもりなのか？」

コナーはためらい、自分以外誰もポーチにいないことを確認するために肩越しに振り返った。「それは……」

「経験者の意見を聞きたいか？　男がそういうふざけたまねをすると、女はむくれるものだ。自分を信用してないと思うのさ」

セスがどんな目に遭ったか知っているコナーは、友人の独善的な口調に笑い声を漏らした。

「自分の胸に手をあてて考えてみろ、偽善者め。真顔で言ってるか確かめるんだな」

「おれはアドバイスをしてるだけだ」セスがやり返す。「台なしにしてほしくないからな、もしその子に本気で惚《ほ》れてるなら」

「彼女はぜったい気に入らないだろうな。でも、どうせノヴァクをつかまえるまでのことだ。そのあとはなにもなかったも同然さ。彼女に教える必要はない」

セスは同意するようにうめいた。「そうだな。おれも同じことをしたと思う」

「ああ、あんたもおれと同じくらい疑り深いからな」

「いや、おれのほうがはるかに勝ってる」嬉しげに言う。「疑り深さにかけては、おまえなんかの比じゃないぜ、マクラウド。おれのアパートへ行ってなんでも必要なものを持って行けよ。どこにあるかわかってるだろ」

「すまない。もうひとつ。エリンの部屋を調べて、セキュリティをどうにかできないか見てくれないか？　ひどいところなんだが、おれの家へ引っ越してこさせるのはまだ時期尚早だ。ロビーの鍵は壊れてるし、部屋の鍵はクレジットカードで開けられるようなしろものなんだ」セスに住所を告げ、肩越しにちらりとうしろをうかがう。「そろそろ切らないとまずい。ショーンから行方不明の妹に関する情報を待ってるんだ」

「ああ、聞いた。おれも参加したかったよ。おまえたちとストリップ・バーでまぬけ野郎を探すほうが、更年期障害真っ只中のアリックスの相手をするよりおもしろそうだ。おい、コナー。おまえのそんな声が聞けて嬉しいよ」

「そんな声って？」コナーはうめいた。「おれはとんでもない一日を過ごしたばかりなんだぞ」

「ああ、でもおまえは興味を示してる。そこがこれまでと違う。生き生きしてるぜ」セスは、自分や他人の感情を突っこんで考えるタイプではない。自分でも驚いているようだ。

「喜んでくれる人間がいて嬉しいよ。またな、セス」コナーは電話を切り、そのブロックにならぶ屋敷のさまざまなはめ殺し窓をむっつりと見つめた。網戸が開くきしむ音がした。軽い足音と香りでエリンとわかった。彼女は腰をおろし、おたがいの太腿が触れあうまですり寄ってきた。彼女が触れた瞬間、予想どおりかっと体が熱くなった。ぬくもりや香りも同じ効果をもたらしている。夜風にそよぐ髪が喉にかかっている。コナーはそっとその髪に触れた。

「母のために、いろいろしてくれてありがとう」彼女が言った。

「なにがだい？　一日じゅうサッカーボールみたいに尻を蹴飛ばされたことか？　評価してくれてありがとう。礼を言うよ」

「ふざけないで。あなたはうまく母とつきあっていたじゃない。わたしの助けなんて必要なかった。それに、母は変わったわ。あなたがなんて言ったかは知らないけれど、父が逮捕されてから、あんなにはつらつとした母を見たのははじめてよ」

彼女はコナーの腕を取った。コナーは自分の前腕にかかった柔らかな小さな手を見おろした。腕の内側の肌は赤ん坊のようになめらかで柔らかい。まるでむかしよく夢で見て、触れたいと願っていた雲のようだ。エリンがさらにすり寄ってくる。心臓がどきどきして、全身の感覚がいっきに目覚めた。

「お母さんがすぐそこにいるんだぞ、エリン」声をひそめて言う。「やめてくれ」

「わたし、なにをしてたんだったかしら？」とエリン。「ああ、思いだしたわ、お礼を言ってたのよね。ごめんなさい。魔法みたいな効果があったみたいね？」

「からかわないでくれ」不機嫌に言う。「全然おもしろくないぞ」

「わたしはなにもしてないわ。隣に座ってあなたの腕に手をかけただけよ。あなたがセックスのことしか考えられないのは、わたしのせいじゃない」

携帯電話が鳴り、返事をせずにすんだ。エリンははっと体をこわばらせ、バーバラ・リッグズがポーチに飛びだしてきた。ふたたび呼びだし音が鳴る。

「なにをぐずぐずしてるの？」バーバラが怒鳴った。「早く出なさい！」

コナーは携帯電話を開き、通話ボタンを押した。

「よお」ショーンの声は興奮でうわずっていた。「たったいま、おれが永遠の愛を捧げる超美人のセーブルから電話があった。例のまぬけ野郎がカーライル郊外の〈アリー・キャット・クラブ〉って店に現れたそうだ。女をふたり連れてて、そのひとりはシンディの特徴に一致する。アリー・キャット・クラブはルー・アンのリストに載ってたんだ。おれはルー・アンにすてきなバラを一ダース送るよ」

「経費から出すなよ」むっつりと言う。

「ケチだな」とショーン。「おれたちは三十分ほどで着く。飛ばして行けばな。デイビーはキック・ボクシングのクラスを終えたところで、いまこっちへ向かってる。どうだ？　おもしろくなりそうだろ？」

「駐車場で落ちあおう」コナーは言った。

ショーンから住所を聞くと、彼は携帯電話をポケットにしまって立ちあがった。「手がかりをつかんだ」ふたりに言う。

エリンはぱっと立ちあがった。「わたしはいつでも出られるわ。行きましょう」

「バッグを取ってくるわ」バーバラが家のなかに消える。

コナーはエリンを見つめた。進退きわまり、どうしていいかわからない。「エリン……その……」

「コナー」エリンは胸の上で腕を組み、心がとろけそうになる謎めいた笑みを浮かべた。「ノヴァクと手下たちが飢えたサメみたいに泳ぎまわってるところに、無防備な女性ふたりを置き去りにするつもりじゃないわよね。まさか、そんなことするはずないわ」

「卑怯だぞ」

バーバラがドアから飛びだしてきた。腕にかけた白いバッグが揺れている。「わたしを置いていくなら、自分の車を運転してついていくわ」断固とした声で宣言する。「わたしの娘なのよ」

コナーはぶつぶつと悪態をつきながら、ふたりが乗れるように後部座席のがらくたを外に押しだした。杖が一本出てきた。アームレストとグリップがついたその大きな杖は、リハビリが終わった直後に使っていたものだ。新聞やダイレクトメールの山に埋まり、そこにあることなど忘れていた。「それはうしろに放りこんでおいてくれ」彼はエリンに言った。

アリー・キャット・クラブは横長の平べったい薄暗い建物で、〝ライブショー／カクテル〟というネオンがちかちかまたたいていた。駐車場でショーンとマイルズがうずうずしながら待っていた。デイビーの姿は見えない。

「そろそろ来ると思ってたよ」そう言ったショーンは、バーバラとエリンが車から降りてくるのを見てぽっかり口を開けた。「うわ、どうやら、その、援軍を連れてきたみたいだな」

「ショーン、こちらはミセス・リッグズだ。エリンの母親の」コナーは仏頂面で慇懃《いんぎん》に紹介した。「ミセス・リッグズ、弟のショーンと、シンディの友人で彼女を探すのを手伝ってくれているマイルズです」

バーバラは堅苦しくうなずいた。「いろいろありがとう」

ショーンは自動的に持ち前の〈魅力ふりまきモード〉に切り替わり、白い歯を見せてにっこり微笑んだ。「お会いできて光栄です、ミセス・リッグズ。よし、みんな聞いてくれ。よけいな注目は集めたくないから、まずおれひとりで店に入ってセーブルを探す。セーブルにシンディのところへ案内してもらえるようだったら、みんなでこっそり彼女を連れだそう。そのほうが、そのあと店に戻ったときもっとリラックスして話に集中できる。あのとんま……じゃなくてビリーと話をするときに。だから――ミセス・リッグズ？　ミセス・リッグズ！　待って！」

バーバラはずかずかと建物に向かっていた。「わたしの娘があそこにいるのよ」

ショーンは慌ててあとを追った。彼女の腕をつかんで懸命に話しかけているが、さすがの彼も徹底抗戦モードになっているバーバラ・リッグズには勝ち目がなさそうだ。コナーは傍観しながら車の後部に手を入れ、アルミニウム製の杖をつかんだ。重さがないので理想的な武器とは言えないが、いざというときは役に立つ。素手のほうが楽しみは多いが、贅沢《ぜいたく》を言っている場合ではない。脚が不自由なんだから、多少のハンデはあってもいいはずだ。

驚いたことに、ショーンは入り口の手前でバーバラを引きとめることに成功していた。口のうまいやつだ。彼はにっこり笑ってバーバラの手にキスすると、こちらに親指を立てて店内に消えた。バーバラは店のドアのところで彼らを待っていた。胸のあたりでバッグをきつく握りしめている。

二分後、ショーンがドアを開け、入るよう合図してきた。店内は暗く、騒々しい音に満ちていた。饐《す》えたビールとタバコと男の汗のにおいがする。フロアの端から端まで延びるステージの上では、点滅する赤いライトを浴びながら、全裸に近い女が数人ポールのまわりで体をくねらせていた。

フロアを横切るバーバラ・リッグズのほうへ、いくつもの頭が振り返った。淡いピンク色のパンツスーツを着て白いバッグを持ち、目を見開いて唇を引き結んでいる彼女はどう見ても場違いだった。ショーンがなんの表示もついていないドアを押し開けた。全員でそこへ入っていくと、薄暗い廊下のつきあたりに開いたドアが見えた。明かりと物音が漏れている。ぴったりしたジーンズをはいた女がふたり、やかましく話しながら出てきた。ふたりはぴたりと口をつぐみ、どぎつい化粧をした目を丸くすると、廊下を進む雑多な一団の脇をすりぬけていった。

コナーはエリンとバーバラに目を向けた。ドアのほうへ顎をしゃくる。「更衣室だ。シンディを連れてくるんだ。急げ。早くここから出たい」いまのところ、順調に進んでいる。順調すぎるくらいだ。不満があるわけではないが、首筋がぞくぞくするようないやな感じがする。こんなに簡単にすむはずがない。おれの人生はそんなにうまくいくはずがない。

エリンは込みあった更衣室を人を押し分けながら進んだ。すぐうしろを母がついてくる。けたたましい話し声があふれ、ずらりとならんだメイクアップ用の鏡のまばゆいライトで目が痛い。白粉《おしろい》やヘアスプレーや化粧品のにおいがたちこめている。

シンディは更衣室のいちばん奥で、曲げた両膝を胸に抱えこんで床に座っていた。目がどんよりして、口が腫《は》れてアザになっている。タンクトップとパンティしか身につけていない。尖った顔をした若いブロンドの女がかがみこんでなにか話しかけているが、シンディは首を振っていた。

「シンディ?」エリンは叫んだ。

シンディがよろよろと立ちあがった。「エリン? ママ?」

彼女は脚をもつれさせながら駆け寄ってくると、母親の胸に飛びこんでわっと泣きだした。

ブロンドの女はするりと脇を抜け、更衣室を飛びだしていった。

ああ、たいへん。ママまで泣きだしている。例によってわたしが現実的にならなければ。廊下ではコナーたちが待っているし、薄暗い店内のどこかには厄介なビリーがひそんでいるのだ。「シンディ? ここから出なくちゃ! 服はどこ?」

シンディはぼんやりした目であたりを見まわした。「わ、わかんない」

鍛えた体をした赤毛の女性がスパッツを差しだしてきた。「これをはかせて」彼女は言った。「わたしはセーブルよ。ショーンに電話したのはわたし。ビリーを探してたでしょ。この子はあなたの友だちなの?」

「妹よ。ねえ、シンディ? 靴は? どこに置いたか覚えてる?」

「この子を連れだしにきてくれてよかったわ」セーブルが言った。「この子、酔っ払ってるみたいだもの。ビリーがなにを飲ませたのか知らないけど、ステージに出れるような状態じゃないわ。とんでもない。踊るどころか、自分の脚で立つこともできないのよ。そんなのって、プロとしてあるまじきことよ！」

「そのとおりよ」エリンは慌てて言った。「あなたがそう言ってたって、かならず妹に伝えるわ。ねえ、どこかにこの子がはけるような靴は──」

「眠っちゃう前にたっぷり水を飲ませるのを忘れないで」セーブルが言った。「それから、ビリーには近づけないことね。あいつはほんとにどうしようもないろくでなしだから」エリンの手にぼろぼろになった布製のスリッパを押しこむ。

「そうするわ。どうもありがとう、セーブル。ほんとにいろいろお世話になって──」

「急いで。ごたごたする前に彼女を連れだすのよ」

エリンは人形のようにされるがままのシンディにスパッツとスリッパをはかせ、廊下へ急きたてた。マイルズが黒いフロックコートを脱いでシンディの肩にかけると、薄汚れた裾が長いマントのようにうしろに引きずられた。丸眼鏡の奥で黒い瞳が怒りに燃えている。「あいつ、きみを殴ったんだな」マイルズは言った。

よろめきながら歩くシンディは目を細め、ようやく彼に目の焦点を合わせた。「マイルズ？　あなたなの？　ここでなにをしてるの？」

「きみを探しにきたんだ。あの野郎、きみの顔を殴ったんだな」彼は言った。「殺してやる」

シンディは口元に手をあてた。「ええ、そうなの。でもわたしは大丈夫よ」弱々しく言う。

「もう痛くないわ」

「殺してやる」マイルズがくり返す。

三人の男たちはエリンたちを守るように周囲をかためながら、脚を引きずるシンディを急きたてて込みあった店内を進んだ。抗議する者も立ちはだかる者もいなかった。エリンは息をつめ、指を交差させてうまくいくよう願った。ドアを抜けると、突然静かになり、冷たくすがすがしい空気に触れた。あとは駐車場を横切るだけだ。そうすれば無事家に帰れる。

クラブのドアが勢いよく開き、やかましい音楽が聞こえた。「おい！　ちょっと！　その子をどこへ連れてくつもりだ？」

「やった、ありがたい」ショーンがつぶやく。「ようやくおもしろくなったぜ」

コナーがエリンの手に車のキーを押しつけた。「お母さんと妹を車に乗せろ。急げ。おれたちは、あいつとちょっと話してくる」

「でも――」

「ふたりを車に乗せてエンジンをかけるんだ。早く」

有無を言わさぬ口調。エリンは母親とシンディを後部座席に押しこむと、ばたんとドアを閉めて運転席に飛び乗った。シンディは母親の腕のなかですすり泣き、母親はやさしくなぐさめている。どちらも車外で物騒な場面が繰り広げられていることなど気づいていないらしい。エリンは車のエンジンをかけた。コナーの携帯電話がシートに置いてある。彼女はそれをつかみ、武器のように握りしめた。

心臓が早鐘を打ち、口から飛びだしそうだった。

18

ビリー・ヴェガが肩を怒らせて店から出てきた。コナーは心のなかで安堵《あんど》のため息を漏らした。ビリーは長身で身なりのよい黒髪の男で、女心をそそる派手な顔立ちとジムの常連を思わせる体——厚い胸板の上に、やや発達しすぎた肩が盛りあがり、ハムと見まごう拳がサルのようにぶらさがっている——をしている。心配するような相手ではない。

廊下でコナーたちを押しのけていったブロンド女が、ビリーのあとからドアを飛びだしてきた。さらに数人の男が現れ、ビリーの背後に整列する。五人、六人、七、八……ビリーを入れて全部で九人だ。ショーンと一緒なら、誰かが銃を抜かないかぎり勝算はある。銃だけは抜くなよ。そうなったらかなりの確率で発砲騒ぎになって、厄介なことになる。そんな事態にならないよう願ってはいるが、もし弾が飛んできたら、こんな虫のいい希望は喜んで捨てるつもりだった。

コナーは杖を手に取り、デイビーかセスがいてくれたらよかったのにと思った。

「その女はおれの連れだぞ」ヴェガが言った。「てめえら、なにものだ?」

ショーンが脇腹をつついてきた。「どう料理するかなにか希望はあるかい?」

「あとでしゃべれないほど痛めつけるな」小声で弟に答え、ビリーに怒鳴った。「シンディは姉に家に帰りたいと言ったんだ。おれたちは、彼女たちを家に送り届けるために来ただけだ。もめごとを起こすつもりはない」

「おい、聞いたか？　もめごとは起こしたくないんだと」ビリーがせせら笑った。「泣かせるじゃないか。あいにくだったな、もうもめごとは起きてるぜ」

男たちがじわじわと周囲を取り囲みはじめ、コナーとショーンはゆっくりとおたがいの間隔をつめた。コナーは大げさに脚が不自由なふりをしながら、相手が武器を持っていないかチェックした。マイルズは一瞬躊躇《ちゅうちょ》したが、すぐに慌てて加わってきた。

コナーはショーンと目を合わせ、〈どうする？〉と尋ねるようにちらりとマイルズに視線を走らせた。ショーンは〈知るかよ〉と言うように眉をあげた。

未知数が多すぎる。さっさとエンジンをかけて家へ帰れとエリンに言うべきだったが、どうせ彼女は素直に従いはしなかっただろう。終わらせる以外この場を去る方法はない。

ビリーはマイルズに気づいて不審げに目を細めた。「おまえを知ってるぞ。へたなバンドで音響係をしてたおたく野郎だ。なんて名前だっけ？　え？」

「彼女を殴ったな」マイルズが言った。声が震えている。

「あいつが殴ってくれと頼んだんだよ」とビリー。「役立たずのアマが」

マイルズは闘牛のように頭をさげて飛びだした。コナーとショーンが次に起こることを察して苦悶の息を漏らした直後、ビリーは脇へよけてやけくそに繰りだされたマイルズのパンチをかわし、みぞおちに拳をたたきこんだ。マイルズが息をつまらせて体をふたつに折る。

ビリーは追い討ちをかけるようにマイルズの顔に膝をたたきこみ、さらに渾身《こんしん》の力をこめて脇腹に肘を食いこませた。マイルズは伐採された木のようにどさりと倒れた。くそっ。喧嘩のしかたくらい覚えておけばいいものを。だが地下室で『Xファイル』を観ても喧嘩の訓練にはならない。誰でも痛い目に遭う必要があるのだ。近道はない。

悩んでいるひまはなかった。なぜなら、マイルズの先手攻撃が戦いの火蓋を切っていたからだ。男たちが距離をつめてくる。そのとたん、いっきにあわただしくなった。だがコナーの目には異様にゆっくりしたスローモーションで動いているように見えた。戦闘時にはつねに自然にそうなる。突然隣にいたショーンがビリーの手下のひとりの口にまわし蹴《げ》りを食らわせ、手下は車のボンネットに吹きとんだ。あいかわらず、派手なことが好きなやつだ。

ビリーが大声でわめきながら突進してきた。コナーは自分をかばうように杖を構えた。予想どおりビリーが杖をつかむと、さっと杖をひねって相手の手首をつかみ、力まかせにその手を引きおろして手首の骨を折った。

ビリーが苦しげに息を吸いながらよろめく。その体を軽く突きとばし、くるりと体の向きを変えて背後にいた男に向きなおる。男のパンチを受け流し、鼻頭に手のひらの付け根をたたきこんで、素早くみぞおちに膝蹴りを食らわせた。こもった悲鳴。これでふたりだ。新たな攻撃、払うように動く杖、喉元を狙ってくりだした的確で素早い肘。倒れかけた相手の反動を利用して、背後から接近していた仲間のほうへ放りだすと、ふたりはそろってどさりと地面に倒れた。ひとりめの男は脇腹をブーツのつま先で蹴りつけてとどめを刺し、ふたりめは耳の下の血管が脈打つ柔らかい場所に人差し指を突き立ててとどめを刺した。これで四人。脚が不自由な人間にしては悪くない。

マイルズがようやく立ちあがり、ビリーに跳びかかった。よろけたビリーは、骨折した手を地面について悲鳴をあげた。マイルズが殴りかかる。よし、彼にはあのままやらせておこう。そう思ったコナーの視界の隅で、ショーンが手下のひとりの膝頭を砕き、それから宙返りして次なる敵に襲いかかるのが見えた。だが、弟に注意を向ける余裕はなかった。残るふたりが油断なく彼を取り囲んでいて、どちらもナイフを持っている。コナーはふたりを周辺視野に留めながら、息を切らせてあとずさった。傷めた脚がもつれる。

そのとき、闇が揺らめき、なにかが素早く動いた。敵のひとりが悲鳴をあげながら宙を飛んだ。男はシェビーのフロントグリルに激突し、ぐったりと地面に崩れ落ちた。

残ったひとりはあとずさりながら周囲を見まわし、逃げだした。

「よお、デイビー」コナーは言った。

闇のなかからデイビーが現れた。全身黒ずくめだ。男から奪ったナイフを上に放り投げ、それをキャッチして満足げにうなずく。「いいバランスだ」彼は落ち着きはらって言った。

「もらっておこう」

「すまない」コナーが言った。

「気にするな」

「でも、助けてもらう必要はなかった」

デイビーがおもしろそうな顔をする。「それでも気にするな」

コナーはあたりを見まわした。男が八人、それぞれ違った苦痛と後悔を抱えて地面に伸びている。マイルズは湿った音をさせながらビリーの顔を殴り、さらに腕を振りあげた。

「おい、マイルズ！ そのくらいにしておけ」コナーは怒鳴った。

「こいつはシンディを殴ったんだ」マイルズは肩で息をしている。

「あとでぼこぼこにしてやればいい。だがその前にそいつに質問したい、いいな？」

マイルズはどさりと地面に座りこみ、それからのそのそと立ちあがった。がたがた震えているので立っているのがやっとらしい。口と顎は折れた鼻からあふれた血で血まみれで、眼鏡のレンズが一枚割れている。「あんたたちみたいな戦い方を覚えたいよ」

三人兄弟は皮肉っぽく視線を交わした。マイルズはこういう戦い方を学ぶ代償を知らない。父親は息子たちが歩けるようになるとすぐに接近戦での戦い方を教えたが、彼らにとってそれはむしろ幸運だった。なにしろエンディコット・フォールズとその周辺に住む、喧嘩をしたくてうずうずしている血の気の多い連中は、全員が変人エイモンの息子たちを標的にしたのだ。特殊部隊のような訓練を受けていなければ、何度もずたずたにされていただろう。

エイモンは複数の武術の専門家だったが、時が過ぎるにつれて兄弟それぞれの好みがはっきりした。デイビーは神秘的なもの、カンフーや合気道や太極拳、そしてそれに付随するろくでもない哲学全体に惹きつけられた。コナーは鋭角的で確実な空手の実用性を好んだ。ショーンは飛び蹴りやバク転をたっぷり含んだアクロバティックな動きが好きだった。そして、この訓練のおかげで三人は何度も命拾いをしてきたのだ。かつて父親が断言したとおりに。

変人エイモンの遺産は恐ろしいものだ。マイルズが知るよしもないもの。

けれど、心のやさしいショーンはマイルズの背中を軽くたたいた。「そうだな。体じゅうの筋肉が悲鳴をあげて全身汗だくになるまで、毎日数時間訓練する覚悟を決めるだけでいい。

そうすればコツがわかるさ」

マイルズは気力をくじかれたようだったが、袖口で口元の血をぬぐってうなずいた。「こんなふうに殴られるのは二度とごめんだ」

「保証はできないぜ」ショーンが警告する。「おれは何度も殴られたことがある。いつだってこっちが知らない技があるのさ」

「あるいは六人がかりで襲われるとか」とデイビー。「そうなると厄介だ。でも訓練が役に立つ」

「殴られると言えば」コナーは言った。「股間が無防備になってるのを二度見たぞ、ショーン。もっとガードを固めろ。格好を気にしてる場合じゃない。無事に帰れるかどうかが問題なんだ。目立ちたがり屋め」

「こっちから招待状を出したって、あんなださいやつらの誰ひとりおれのガードを破れないさ」ショーンがぴしゃりと言う。「それに、自分の業績を棚にあげてよく言うぜ。ほんとの勝負でおれが同じことをやってるのを見たら文句を言えばいいさ。そのときまでは口をはさまないでくれ」

エリンが駆け寄ってきてコナーをつかんだ。「大丈夫?」

心配そうな声にコナーは笑顔を浮かべた。「マイルズはひどく殴られたが、自分の脚では立てる」彼は言った。「心配いらない」

「心配いらない？　三人対九人で？　それでも心配いらないって言うの？　もう、コナー！なにもかもあっという間だったわ！」

コナーはエリンを抱きしめようとしたが、彼女はさっと身を引いた。「あんなことになるなんて言わなかったじゃない！」エリンが怒鳴る。「彼と喧嘩をするなんて、ひとことも言わなかった！　あなたは『話す』って言ったのよ、覚えてる？　二度とこんなことはしないで、コナー・マクラウド！　わかった？」

「おれが始めたんじゃない」コナーは抗議した。「それにおれは――」

「言い訳はやめて！」エリンが怒鳴る。「黙ってて！」

キスしようとしたが拒まれた。「おい」なだめるように言う。「おれたちがビリーと話すあいだ、車に戻ってお母さんとシンディのそばにいてやったらどうだ？」

「たくましい男たちが男らしいことをしてるあいだ、か弱い女はさがってろって言うの？」

怒りで瞳が燃えている。くそっ、怒ったときの彼女はすごくセクシーだ。

「おい」デイビーが声をかけてきた。「口喧嘩は別のときにやってくれ、コナー。こいつはマイルズにめちゃくちゃに殴られてる」彼はビリーの横にしゃがみこみ、指先で喉に触れてまぶたをめくった。「しばらく気絶してるぞ」

ネズミのような顔をしたブロンドがビリーに駆け寄り、ぐったり横たわる彼に覆いかぶさった。「ビリーを殺したわね！」彼女は金切り声をあげた。「人殺し！」

コナーは疼く脚をさすり、痛いほどの渇望とともにタバコを思い浮かべた。「誰も誰かを殺したりしてないし、これから殺すこともない」うんざりしたように言う。「意識が回復するまで待たなきゃならないらしい」

「警察が来るわ」とエリン。

「警察？」コナーはぎょっとした。「警察って、どういう意味だ？」

エリンが彼の携帯電話を出して見せた。「警察よ、決まってるでしょ！」気色ばんで言う。「なにを考えてるの？　九人の男があなたたちを襲ってたのに、わたしはどうすればよかったの？　のほほんと見てるの？　ポンポンを振って応援するの？」

「おれにまかせておけばよかったんだ！」コナーは怒鳴りつけた。「警察となど話したくない！　警察なんか、なんの役にも立たない！」

「おあいにくさま！」エリンがやり返す。「わたしは怖くて死にそうだったのよ！　やってしまったことはしょうがないでしょ！」

コナーはちらりとショーンとデイビーをうかがった。「ずらかろう。ビリーはまた今度つかまえればいい」

ショーンは周囲でぽかんと見つめている野次馬たちに叫んだ。「こちら、公共サービス情報センターです！　まもなく警察が到着しますので、目撃証言を考えておいてください！」

野次馬たちは魔法のように影もかたちもなくなった。

キャディラックの後部ドアが開き、バーバラ・リッグズが半身を乗りだした。目を見開いている。コナーは彼女に杖を手渡した。「これをうしろに放りこんでおいてもらえますか、ミセス・リッグズ？　出発しましょう。シンディを家へ連れて帰りたいでしょう」

コナーは運転席に乗りこみ、後部ドアが閉まるのを待った。閉まらない。エリンがぎょっとしたようになにかを見つめているのに気づき、そちらへ目を向けた。

棍棒のように杖をつかんだバーバラ・リッグズが、大股で駐車場を横切っていく。今夜はとしている。

最初からありきたりの夜とは言えなかったが、今度こそ本格的に奇妙奇天烈なものになろう

「ビリーの車はどれ?」有無を言わさぬ口調でバーバラが尋ねた。

マイルズは新たにあふれた鼻血を血まみれの袖口でこすり、駐車場の奥を指差した。暗闇のなかで、燐光《りんこう》を放つ海中生物のように車高の低い銀色のジャガーがぼんやり光っている。

コナーはバーバラをとめに駆けだしたが、手遅れだった。彼女は杖を頭上高く振りあげ、ジャガーのフロントガラスに力まかせに振りおろした。ガラスがつぶれてたわみ、ぼんやり光る表面全体にひびが走った。ぐしゃっ。フロントガラスの反対側に一撃。がしゃん。右のヘッドライトが割れる。がしゃっ、ちゃりんちゃりん。左のヘッドライトも同じ運命に。運転席側の窓、ばりん。次にバーバラは屋根に杖を振りおろし、かなりみごとなへこみをつけた。動くたびに、腕にかけた白いバッグが宙を舞っている。

そこには凄まじいまでの容赦のなさがうかがえた。レンガの壁を壊す解体用の鉄球を見るようだ。それに、バーバラは新たな野次馬を引き寄せてもいた。ピンクのパンツスーツを着た上品な中年の女性が、十万ドルはしようという車をスクラップにしている場面など、毎日見られるものではない。

「彼女、どうしたんだい?」大柄で腹の突きだしたバイカー風の男が尋ねてきた。

コナーは力なく肩をすくめた。「車の持ち主に金を貸してるんだよ」

ばん、ぐしゃっ、がしゃん。破壊行為は延々とつづいている。ようやくエリンの心配そうな声が騒音を割って響いた。「ママ? ママ! わたしの話を聞いて、ママ!」

バーバラが顔をあげた。幾筋もの涙が頰を流れている。「あのろくでなし、わたしの娘を殴ったのよ！」

「知ってるわ、ママ。でもシンディは大丈夫よ。それに、もう彼らがママのかわりにあいつを殴ってくれたわ。見たでしょう？」

「嬉しいこと」バーバラは憎々しげに言った。杖が振りおろされ、リアウィンドウが粉々になる音に、エリンはひるんで耳を覆った。母親の肩を抱き、急ぎ足で車のほうへ連れてくる。バーバラは杖を引きずりながら抵抗せずについてきた。先端についた黒いゴムがアスファルトの上ではねている。

マイルズが血だらけの顔でにやりとした。「おみごとでした、ミセス・リッグズ！」

「治療効果はかなりあったと思うけど、そろそろ出発しないか？」ショーンが言った。

「ああ、そうしよう。おまえとマイルズはおれの家へ来い」とデイビー。「マイルズをこぎれいにしてやらないと。おい、コナー。義理のお袋がジャガーをスクラップにしてるあいだに、ビリーのタバコにセスのビーコン発信機をすべりこませておいた。あいつをつかまえるのは明日にしよう。だから今夜はゆっくり休め。できるものならな」そう言うと、問題をはらんだリッグズ家の女性でいっぱいのコナーの車のほうへ同情の視線を向けた。「せいぜいがんばれよ。それからエリンのお袋には用心しろ。黙ってコケにされるタイプじゃない」

「ああ。もう気づいてるよ」コナーはうめいた。

彼は後部座席にいるバーバラが握りしめている杖をもぎ取るように奪うと、ドアを閉め、これ以上ダメージのもとにならないようにトランクに杖を放りこんだ。そして駐車場を出ながら、なにがあっても受けて立とうと覚悟を決めた。

「ママ？」シンディが震える声で言った。「わたしのせいで取り乱してる？」

バーバラは娘を抱き寄せた。「まあ、違うわ。そんなことないわ」

「あなたはまったく正常だと思いますよ、ミセス・リッグズ」コナーは言った。「怒りの発散のさせ方をよくわかってる」

ルームミラーのなかでふたりの目が合った。「バーバラと呼んでちょうだい、コナー」落ち着きはらって言う。「そう呼ばれるのに慣れたほうがよさそうだわ」

「やれやれ、ありがとうございます」コナーがつぶやく。

「すっかり気分がよくなったわ」バーバラが不思議そうに言った。「ここ数年でいちばんいい気分」

「そうでしょうとも」コナーがうめく。「個人の所有物を向こう見ずに破壊することほど気分がすっとするものはない」

バーバラは慌てたように目をしばたたかせた。「あら、彼はわたしを訴えると思う？　そうなったらおもしろいと思わない？　エディに手紙を書かなきゃいけないなら……ごめんなさい、ハニー、でも、面会日にあなたたちが刑務所に来ると……わたしまでそこにいるのよ！　わたしも、は、は、犯罪者なの！」

「おもしろくなんかないわ、ママ」エリンが押し殺した声で言う。

「わかってるわ、ハニー。でも、それならなぜ笑ってるの？」

三人の女性はそろって笑いだした。それからやかましく話しはじめ、そのあとは大騒ぎになった。コナーはただおとなしく口を閉じ、いまいましい車を運転しつづけた。

その仕事には、ロルフ・ハウアーをひどく不安にさせるものがあった。

仕事の内容自体はなにも問題はない。料金は申し分ないし、契約そのものは慎重でプロらしいものだった。手付金は約束どおりすでにアメリカドルでマルセイユに送金されている。問題などなにもない。万事支障ない。

彼の気にかかるのは、このうまい取引の細かい内容だった。ささいな点までこだわった薄気味悪い条件が山ほどあり、その条件を満たさなければ取引は無効になる。ロルフはプロとしての自分の腕に自信を持っていたが、こんな稼業をしているなかで学んだことがあるとすれば、それはつねに予想外のことが起きるということだった。芸術家には即興の余地が必要だ。この仕事には即興の余地がない。あらゆることが厳密に定められ、余裕がない。

いま身をひそめているガレージの物置も同じだ。すでに数時間が経過し、ロルフは体がこわばってうんざりしていた。ちらりと腕時計をチェックする。依頼人が正しければ、まもなく標的が現れるはずだ。爆薬はすでにしかけてある。指示が明記されたリストは暗号めいていた。だが解読したいとは思わない。知らないことが多いほうがいい。自分は単なるペンにすぎず、メッセージを書くために炎と血を使う。そのインクを出しつづけるために、おれは金をもらっているのだ。

ああ、ようやく待っていた瞬間が訪れた。ガレージのシャッターががらがらとあがっていく。人里離れた場所にある一軒家の地下ガレージを、ヘッドライトが照らしだした。アドレナリンが噴出する。ロルフは突撃体勢を取ると、物置の扉を細く開けて外をのぞいた。黒いスキーマスクをかぶっているので、外の闇と完全に一体化している。ヴァンのドアが開いた。話し声。ライトがつく。男が振り向いた。背が高く、猫背でフェルトの野球帽をかぶっている。男がタバコに火をつけた。よし。二重顎、だんご鼻。マシュー・ルソー。ひとりめの標的だ。

助手席のドアが開き、大柄ででっぷりした女が降りてきた。ヘルメットをかぶったような髪型の白髪頭。ライトの下へ来るのを待つまでもなく、がっしりした顎をしているのがわかった。ふたりめの標的、イングリッド・ナジ。女はロルフの知らない、喉から発音するような外国語でとげとげしく男に話しかけた。男はむっつりと応え、タバコを床に落として足でもみ消した。ふたりはボルボのヴァンのうしろへまわり、ドアを開けた。

ふたたびルソーの姿が見えたとき、彼は毛布を巻いたぐったりした人間を抱えていた。ロルフのいるところから、生気のない青白い顔と薄くなりかけた茶色の髪が見えた。三人めの標的。名前のない昏睡状態の男。

ルソーは軽々と男を抱えている。ぐったりした人物は少年のように華奢《きゃしゃ》だった。無言で見つめるロルフの前を昏睡男を抱えたルソーが通り過ぎ、そのあとから金属製のスーツケースをつかんだナジがつづいて家に入っていった。ナジはずっとぶつぶつ文句を言っている。

ロルフはふたりのあとからそっと階段をのぼり、事前に調べてキッチンとわかっている部屋へ向かった。ナジが遠ざかり、怒鳴り声が階段をあがっていく。女が男にがみがみ言う声は、どの言語でも同じように聞こえる。気の毒なルソー。だが同情しても無駄だ。彼の苦しみはまもなく終わる。

ルソーがばたばたと階段をおりてくる。おそらくヴァンに残った荷物を取りにガレージに戻るのだろう。階段の上にあるドアが勢いよく開いた。ルソーはぎょっとしたように目を丸くしたが、声を出すひまはなかった。プシュッ、プシュッ、プシュッ。サイレンサーをつけたグロックが三発発砲し、彼は倒れた。瞳は永遠の驚愕を浮かべたまま見開かれている。

ナジはまだ二階で怒鳴っていた。下へおりてくる気配はないが、ルソーがすぐに返事をしなければ、腹を立ててようすを見にくるだろう。ロルフはナジのけたたましい声がする二階へあがり、廊下の突きあたりにある明るい戸口を目指した。ナジが怒鳴り声を張りあげながらドアから飛びだしてくると、ロルフは彼女が言い終わらないうちに始末した。プシュッ、プシュッ。彼女は彼の姿に気づく前に息絶えた。ロルフの好きなやり方だ。いまのところは順調に進んでいる。

これからが気味が悪いところだ。怖気《おぞけ》をふるうところ。

ロルフは部屋に入って昏睡男を見おろした。横に置かれた開いたスーツケースのなかは、医療品でいっぱいだった。ブトウ糖の点滴パックとロルフには皆目見当がつかないもろもろの品。皮下注射針。きっとナジは点滴用のラックを持ってくるようルソーに怒鳴っていたのだろう。昏睡男は頭を横にかしげ、口を開けたままぐったり無防備に横たわっている。

ロルフが受けた指示では、ビニールコーティングされた成人用おむつをはずし、スーツケースや注射針、点滴ラック、ストレッチャーなど、昏睡男が健康で正常な人間ではないことを示す証拠をすべて撤去することになっている。もしわずかでも証拠を残せば取引は無効になる。ロルフは革手袋をしていることに感謝しながら指示に従った。ぐったりした昏睡男の体に触れると吐き気がした。ナジのポケットを探って証拠となるものがなにもないことを確認すると、すべてをスーツケースに押しこんでガレージへ運んだ。ボルボは昏睡男につなぐ器具でいっぱいだった。これはあとで始末しよう。ルソーをまたいで二階へ戻り、ナジをまたいで最後の手順を果たすためにナイフを抜いた。そこで手がとまる。

自分でも驚いていた。昏睡男は情けを求めてすすり泣いたりしない。そうしてくれたほうがましだった。このままではとどめを刺すきっかけがない。筋が通らない。

この生き物は無抵抗で、それがロルフをまごつかせた。弱気にさせた。

彼は心を鬼にし、二度と使うことはないと思われる手を使った。自分をふたつに分けたのだ。一方の自分は、昏睡男の左手の人差し指の第一関節を切り落とすことなど意に介さない。それから同じ手の薬指と小指を切り落としても。それぞれの指をどれだけ切ればいいか、正確に図解で指示されている。一方の自分はひるむことなく昏睡男の頭に弾丸を撃ちこめる。それから胸に五発。プシュッ、プシュッ、プシュッ、プシュッ、プシュッ。強いほうの自分が引き金を引いた。残るもう一方の自分は、殻に隠れるカタツムリのように縮みあがっていた。

切った指を集め、このためにポケットに入れてきたジップロックに入れた。ジャケットのポケットにジップロックをしまう。それから燃焼促進剤が入った小さな瓶を出し、昏睡男の死体にたっぷりかけた。

厄介な部分は終わった。次は片づけだ。ロルフは茂みに隠しておいたレンタカーを出し、ヴァンの片づけにとりかかった。わずかでも医療品を残すわけにはいかない。さもないと取引が無効になる。器具や箱や薬をレンタカーに積みこみ、懐中電灯でボルボの車内と外側を調べた。なにも残っていない。ここでの仕事は終了だ。

これからはお楽しみだ。ロルフは安全な距離まで離れ、ひとつ深呼吸をして起爆スイッチを押した。

一軒家が爆発した。ロルフは爆発の瞬間を言いようのない安らかな気持ちで見つめていた。スローモーションのように落下する燃える残骸、舐《な》めるように広がる炎。炎は清めだ。

彼は前日めぼしをつけておいた断崖の上へ車を走らせた。真下に波が打ち寄せている。ロルフは一軒家から運んできた品物を崖から投げ落とし、血まみれのジップロックとその中身も海に放り投げた。

取引の条件はすべて果たした。だが本心とは裏腹に、すぐに車に乗りこみはしなかった。海を見つめながら、自分がやったことを考えていた。こんなことをするべきではない。おれは行動するタイプだ。沈思するタイプではない。

多少気になることはあっても、あれだけ高額な料金をもらえるんだからいいじゃないか。なにしろ今夜が終われば、ここから遠く離れた場所で長い休暇を取れるのだ。ロルフが車に乗ってマルセイユへの帰路についたころ、ようやく空が白みはじめていた。

19

あれから数時間たつのに、エリンはまだそわそわと落ち着かなかった。今夜は長く疲れる夜だった。母親はシンディを救急治療室に連れて行くと言って譲らず、シンディは病院で検査を受けたのち、医者からいくつか鋭い質問をされ、セーブルと同じアドバイス——たっぷり水を飲んでよく眠り、彼女をこんな状態にした人間に二度と近づかないこと——を受けて家に帰された。当然のことながら、麻薬カウンセリングも受けさせられた。

母親とシンディは、ようやく母の寝室で眠りについた。母親はコナーを客用寝室に泊めるつもりはないことをあからさまに示し、その意図を読み取った彼は外に停めたキャディラックのなかにいる。エリンは寝室の窓から乗りだした。停車しているキャディラックを見つめるエリンの白い息が、広がったり小さくなったりをくり返す。この家から閉めだしを食っても、彼はわたしを忠実に守ってくれている。頑固で勇ましくてやさしいコナー。そう思っただけで、ふたたびとろけそうになる。泣きだすのが怖くてエリンはその気持ちを押しとどめた。今夜はひと晩じゅう母とシンディと一緒に泣いていた。もう泣くのはこりごりだ。泣くための筋肉が筋肉痛を起こしている。

コナーに会いたい。エリンはジーンズをはきかけ、そこでピンクの花の刺繍《ししゅう》がある薄いガーゼでできた夏用のネグリジェに目をとめた。だぶだぶで上品ぶったネグリジェに対する彼の反応が思い浮かぶ。〝男を誘っておきながら最後まで許さない女を思わせる〟と彼は言った。

ふうん、そう。じゃあ、もっと生地を節約したタイプも好きかどうか試してみましょう。みんな眠っているから、彼にしか見られる心配はない。

エリンは素足でこっそり階段をおり、警報装置を解除してポーチに出た。湿った冷たい夜風で薄い生地が太腿の周囲でたなびく。暗い芝生の向こうから、窓ガラス越しに見つめるコナーの視線が感じ取れるような気がした。

コナーが助手席のドアを押し開け、乗るように合図してきた。エリンは露で濡れた芝生を駆け抜け、キャディラックに飛び乗ると、つるつるする革シートの上で腰をすべらせて温かい体に抱きついた。両足に芝生の葉がいっぱいついている。

彼が腕をまわしてきた。「いったいどういうつもりだ？　裸同然の格好じゃないか！」怒りで声に剣がある。

「ネグリジェを見せたかったの」エリンは言った。「あなたが気に入るかどうか確かめたくて」

「まったく」どさりとヘッドレストにもたれる。「おれの命を縮めようとしてるんだな？」

「あなたに会いたかったの、それだけよ。寝室の窓からあなたを見ていたの。輝くキャディラックに乗った、勇敢で堂々としたわたしのナイトを」

コナーはエリンの手を取り、手のひらと甲にやさしくキスをすると、硬くいきり立ったものにその手を押しつけた。「すてきなネグリジェだ」彼は言った。「これは堂々としてるかな？」

エリンは根元から先端までそっとさすった。太いペニスをうっとりと握りしめる。「ええ、とても堂々としてるわ、コナー。とっても」彼は手を重ねて、動きをとめさせた。「だめだ、エリン。やめておけ」

「なぜ？　みんな眠ってるわ。ジーンズの前を開けて。そうしたら悪女の手腕を試してみるわ。車のなかでしたことはないの。空港であなたにキスされたのをのぞけば。あれは勘定に入れないと」

「ああ、そうだな。でもだめだ」

エリンは指に力を入れ、執拗《しつよう》にさすりつづけた。「したくない——」

「したいに決まってるだろ。でも、通りに停めた車のなかで隙だらけになるのは気が進まない。きみに例のパターンで迫られたら、おれは無防備になってしまう」

「じゃあ、わたしの部屋へ来て」ほてった顔に唇を押しつけ、きらきら光る無精髭に頰をこすりつける。「ドアに鍵をかけて警報装置をオンにすればいいわ。そうすれば安全よ」

コナーは片手で両目を覆った。「ああ、そうだな。きみのお母さんに大いに受けるだろうよ。ジャガーがどうなったか見ただろう」

「ばか言わないで。あなたはビリー・ヴェガとは違うわ。それに、母はあなたに好意を持ちはじめてる」あざけるようにうめく彼にたたみかける。「わたしの部屋は屋根裏にあるの。母の部屋とは階段をはさんだ反対側よ。ふたりとも眠ってるわ、コナー。すごく疲れてるもー、ほんのひとくち食べてみたら？　このピカピカのリンゴを見て。きっとおいしいわ」

「きみは危険な女だな」コナーがささやいた。「エデンの園のイブみたいだ。さあ、ベイビ

の。誰にもわかりっこないわ」

エリンは襟元が広く開くように彼にすり寄った。「リンゴは甘くてジューシーよ、コナー。保証する、きっと気に入るわ」

彼の手がヒップからウェストへと這いのぼり、乳房を包みこんだ。思わず体が弓なりになる。「二階へ行きましょう。そしてネグリジェを脱がせてわたしを愛して。子ども時代を過ごした自分の寝室に男の子をこっそり入れたことはないの。その埋め合わせをしたいわ」

「おれは男の子じゃない」とコナー。「大人だ。そうなると話が違う。変態めいてる」

エリンは彼の顔をやさしく両手ではさみ、眉間の皺《しわ》にキスをした。「そして、わたしも大人よ」そっと言う。「だから大丈夫」

彼は長いあいだエリンの瞳を見つめていた。「きみの部屋がどんなようすか教えてくれ」

奇妙な質問だ。「部屋へ来て自分で見ればいいじゃない？」

「教えてくれ。おれの想像どおりか知りたいんだ」

憧憬《しょうけい》のこもった口調に胸がつまり、エリンは言葉を失った。だが、すぐ気を取りなおした。

「そうね……壁紙はピンクのバラのつぼみの模様よ。ベッドはカエデの木でできていて、四方に柱があるわ。曾《ひい》おばあさんが使っていたものなの。さまざまな色合いのピンクを使った〈ダブル・ウェディング・リング〉柄のキルトがかかってて、その下はくすんだバラ色の掛

け布団になってるわ。レースのフリルがついた、くすんだバラ色の枕。寄せ木張りの床には三つ編みを編んだラグが敷いてある。アパートにあるのと似ているけれど、こっちの色はピーチとクリームとピンクなの。水盤とピッチャーが載った化粧だんす。カエデ材の低いたんすと鏡台。おそろいの大きな衣装だんすには、斜めになった鏡がついてる。花模様のステッチのあるレースのカーテン。とてもすてきな部屋よ。すごく気に入っているの」

コナーの瞳は月夜のオオカミのようにきらめいていた。「ああ、エリン。話を聞くだけで爆発しそうだ」

エリンは笑いを噛み殺した。「花模様のレースのカーテンに興奮するの？」

「いいや、きみに興奮するんだ。ふわふわした女らしいものでいっぱいの部屋にいるきみに。レースとバラのつぼみ。考えただけでイキそうだ」

「花の香りがするキャンドルもあるのよ。それに、鏡台の上にはバラの花びらのポプリが入った壺が置いてあるの。部屋じゅうバラの香りがするわ」

「ぬいぐるみはあるのか？」コナーが問いただす。「人形は？　人形があると、おれはいやな気分になるんだ」

いぶかるような口調に笑いが漏れた。「アンティークのお人形がいくつかあるわ。でも噛みついたりしないから大丈夫。棚に座ってこちらを見ているだけよ」

「うええ」コナーはうめいた。「気味が悪いな」

「わたしがそんなもの目に入らないようにしてあげる。くるぶしまでの短いソックスをはいてもいいわ。髪を二本の三つ編みにして、縞々の棒つきキャンディーを舐《な》めてもいい。なんでも注文して」

「それには及ばない。ロリータ趣味はない」とコナー。「おれは大人の女が好きなんだ。子どもでなく」

エリンは彼の首に手をまわし、高い頬骨からこわばった顎へと誘うようにそっとキスをした。彼はまだ抵抗している。体と同じくらい熱く激しく熱心に。

そろそろ奥の手を出そう。

「わたし、ネグリジェの下になにも着てないの」エリンはそっとささやいた。

「ああ、気づいてたよ」そっけなく言う。「乳首と茂みが透けて見えてる」

エリンはフリルがついた裾《すそ》を膝の上までたくしあげ、さらに太腿までめくりあげた。胸の下で生地をつかみ、お腹と褐色の茂みを見せつける。「わたしにさわりたくない？」

「くそっ、エリン」声がかすれている。「卑怯《ひきょう》だぞ」

「知ってるわ」消え入りそうな声で言う。「でも我慢できないの。これまでは、男の人を誘惑するために恥ずかしいことをするなんて想像もしなかった。でも、あなたにならできる。あなたを夢中にさせたいの」指先で襞《ひだ》をかすめ、昂《たか》まる興奮で震える自分自身をはさむようにぎゅっと太腿を閉じた。

さっと膝に抱きあげられ、エリンは安堵ですすり泣きそうになった。彼の力強い手とむさぼるような唇にすべてをゆだねる。するりと指が入ってきて、エリンはあえいで腰をあげた。彼だけがもたらしてくれる救いが欲しくてたまらない。欲望で彼にわれを忘れさせたかったのに、われを忘れているのは自分のほうだ。

魅惑的なけだるいキスをされるうちに、重力の感覚がなくなった。いまは執拗に攻めてくる手と貪欲《どんよく》な唇だけがよりどころになっている。じらすような愛撫がつづき、エリンは両脚を広げ、絶頂を求めて彼の手に自分自身を押しつけた。コナーが手を引いてエリンをシートにおろした。

「オーケイ、きみの勝ちだ」彼は言った。「きみはおれを望みどおりにしたが、おれもきみをつかまえた。きみの部屋へ連れて行って、おれをもてあそんでくれ、エリン」

エリンは震える息を吸いながら車を降りた。膝ががくがくして、立っているのがやっとだった。「階段の下から四段めがきしむの」息切れしながら言う。「踏まないように気をつけて」

コナーが目を細めた。「わかってるだろうな。お母さんが部屋に入ってきたら、おれはその場で心臓発作を起こすぞ」

「ドアにはかんぬきがついてるの。母はドアを蹴破ったりしないわ。父ならやるでしょうけれど、母はやらない。その場は口をつぐんでいて、あとで傷ついた目であなたを見つめるタイプよ」

「ああ、それからおれの頭を鉄なべでかち割るのさ」

「まあ、そんな意気地のないことを言わないで」

ふたりはこっそり玄関を入った。エリンは警報装置をかけなおし、階段をあがるようコナーに合図した。彼の足音に耳を澄ませたが、足音どころか衣擦《きぬず》れの音もしない。まだ階段のふもとにいるのだろうと思いながら彼女は振り向いた。

コナーはすぐうしろにいた。

ぎょっと息を呑んだエリンに微笑みかけ、唇の前で指を立てている。彼はまるできしむ寄せ木張りの床の上を浮遊する幽霊のように、屋根裏にある寝室までついてきた。彼がドアを閉めてかんぬきをかけているあいだに、エリンは引き出しからマッチを出した。

それからキャンドルに火をつけていくと、その行為ははからずも敬虔《けいけん》な儀式となった。カを集め、愛の祭壇に明かりをともしている自分。鏡台の上にあるキャンドル――バラ、ラベンダー、ハイビスカス、ジャスミン。化粧だんすの上のヘリオトロープ、ライラック、ユリ、バニラ。自然の香りは強すぎず、うっすらとにおっている。キャンドルの炎が鏡に映り、かすかな空気の流れに揺らめいていた。

エリンは振り向いてコナーを見つめた。あんなしどけない姿を見せたあとなのに、妙に気恥ずかしい。この部屋だけ時間が戻ったようだった。そのせいで、まだ幼くて自信がなかったころの自分になった気がする。もしそんなことがありえるなら、ずっと無防備な自分に。

彼は不思議そうにやさしい目をしている。「きみはおとぎ話から出てきたみたいだ、エリン。シルエットになったきれいな体。うしろのキャンドルでネグリジェが光り輝いてる。魔法をかけられたプリンセスだ」

「プリンセス?」エリンはかっと赤くなった。「まあ、やめてちょうだい」

「おれはずっとそんなふうにきみを思い浮かべてきた」彼がそっと言った。「高すぎてのぼれない塔にいる美しいプリンセス。茨《イバラ》の壁、魔法、ドラゴン、山ほどの難関」

もしこのまま甘いせりふがつづいたら、きっとまた泣きだしてしまう。エリンは鼻をすすり、笑おうとした。「わたしの塔が高かったのは、あなた以外の人にはのぼってきてほしくなかったからよ」

駆け引きも、相手を挑発する策略も、冗談半分の冷やかしも消えていた。うやうやしい沈黙はもう必要ない。時間軸が崩壊し、エリンはふたたび十七歳になっていた。はじめて彼に逢った晩の自分に。わたしはキャンドルをともし、何時間も眠れずにベッドで寝返りをうっていた。官能的な思いと空想に悩まされ、彼の笑顔や笑い声を思いだすたびに体の奥でざわつく疼きがどんどん鋭くなり、切なくてぞくぞくしてしかたがなかった。彼の手のかたちや、背中の広さを思うたびに。

ふと、奇抜で突飛なアイデアが浮かんだ。

「わたしの空想に合わせてくれる？」

「きみのためならなんでもする」彼が言った。

まぎれもない欲望が浮かぶ彼の目を見て、エリンは勇気が出た。「むかしに戻りたいの」たどたどしく言う。「わたしは過ちを犯したわ。もう一度やりなおしたいの」

コナーが励ますようにうなずいた。

エリンは勇気を振り絞った。「わたしははじめての相手に間違った男性を選んでしまったの。本当に望んでいる人を求める勇気がなかった」

「ああ、エリン――」

「はじめての相手は、あなたにするべきだった」早口でまくしたてた。考えがばらばらになってしまう前に言葉にしてしまいたい。「でもそうじゃなかった。そしてひどい経験だった。

わたしはそれから何年も、殻に閉じこもってしまったわ。もう一度セックスをしようとすら思わなかった。あなたと愛しあうまでは」

コナーは拳を固く握りしめた。「そいつはきみになにをしたんだ？」冷たい怒りがこもった口調に不安を覚え、エリンは慌てて首を振った。「違うの、そういうことじゃないのよ」はっきりと言う。「最初の相手にふさわしくなかったのは、彼のせいじゃないわ。わたしが彼を愛せなかったのも、彼を欲しいと思えなかったのも彼のせいじゃない。悪いのはわたしのほうよ」

「そんな話は信じないぞ、エリン。きみには自分に落ち度がないことまで責任を取ろうとする悪い癖がある」

エリンはさっと両手を振りあげた。「たぶんそうね。でもだからなに？　あのことは考えたくないし、彼のことも考えたくないわ。今夜は魔法の夜よ。今夜なら時間をさかのぼれるような気がするの。もう一度十九歳になれる。そしてあなたとはじめての経験をするの。すばらしくて非の打ちどころがない経験。神聖とさえ言える経験を」

彼が近づいてきて両手を取った。「愛してる、エリン」真剣なささやき声。

エリンは返事をしようとしたが、言葉が出てこなかった。

「きみを怖がらせたくなかった」コナーが言う。「あまり早くこの言葉を言いたくなかった。でも、きみがそういうものを求めているなら、言うべきだと思ったんだ」エリンの手を持ちあげ、うやうやしくキスをする。「愛している」

「わたしも愛してるわ」ようやく言葉が出た。「ずっと愛してた、コナー。ずっと」

真実が明らかになった。ありのままに、はっきりと、華々しく。ふたりの胸中の秘密の場所で、大きくほころぶ花のように告白が花開き、放たれた芳香が風に乗ってただよっていく。

「これがどういうことかわかるかい、エリン」コナーが言った。「今夜はふたりの初夜のようなものだ。きみはおれのものになり、おれはきみのものになる。永遠に」

涙がこみあげて頬にあふれ、視界がゆらゆら揺らめいた。「ええ」そっとつぶやく。

ふたりの唇が重なり、厳粛で敬虔なキスが交わされる。機嫌を取ったり征服しようとするキスではなく、誓約を結ぶキス。呪文を解くキス。

あるいは、いましめを解くキス。

コナーはありったけの切望と情熱とやさしさでエリンの空想に没頭した。ネグリジェを肩からずらし、むきだしになった肌に口と手を這わせていく。

唇と舌で、心地よいぬくもりと吐息でエリンをいとおしむ。両膝を床につき、腰にかかったネグリジェを足元に落とすと、恥丘に顔を押しつけてエリンの香りに酔いしれた。ふたりは畏怖と至福の危うい境界線で、神の恵みに守られて絶妙なバランスを取っていた。もう恐れは感じない。

コナーの服を脱がそうとやっきになる場面や、押し殺した笑い声さえ不思議な敬虔さに満ちていた。本当にはじめてのように、ふたりはぎこちなかった。コナーの指が震えてコンドームが床に落ちた。拾おうと膝をついたとき、エリンは勃起したペニスに目を奪われてわれに返った。熱くなめらかで硬いものが、爆発しそうになって激しい欲望の甘辛い露を滴らせている。わたしだけの愛撫を待っている。口に含むと彼は切なそうなあえぎを漏らしたが、

二、三度そっと唇を前後させたところで身を引いた。
「だめだ、スイートハート。今夜はきみのための夜だ」コナーはコンドームをつけるとベッドから上掛けをはがし、冷たいシーツにエリンを横たえた。震えている。

エリンは彼の髪を指で梳《す》いた。「大丈夫?」

「怖いんだ」緊張した低い声で言う。「完璧なものにしなきゃならない。今後のすべてが今夜にかかってる。多少神経質になっても無理はないだろう」

エリンはぎゅっと彼を抱きしめた。「でも、あなたが間違うはずないわ」元気づけるように言う。「あなたはわたしのためにいるようなものだもの。あなたがやることなら、なんでも完璧よ」

「きみはやさしいな」コナーがにっこり微笑んだ。「おれの自尊心をくすぐってくれる。もっとくすぐってくれ。熱気球みたいにふくれあがらせてくれ。いい気持ちだ。たまらない」

「でも本当だもの、コナー」エリンは言った。「あなたにキスされるたびに、あなたに触れられるたびに、あっ……」

ぐっと脚を広げられ、彼が先端を入れてきた。「覚悟はいいか?」コナーが訊く。

そっと彼が入ってくると、その周囲で快感が広がった。彼に触れているあらゆる場所が、燃えるように熱く白熱していく。エリンは両手両脚を彼に巻きつけ、力強く貫かれた。とろけそうな激しい感情がほとばしる。その感情が彼の眼差しのなかに反響してふたりのあいだに響き渡り、エリンはそのあまりの美しさに叫び声をあげたかった。わたしの恋人、わたしの夫。

エリンは手を伸ばし、彼の顔にかかった髪をはらった。その手が濡れているのに気づく。感動で言葉を失い、エリンは彼の顔を引き寄せてキスで涙をぬぐった。熱くて塩辛い魔法を味わい、魔法が完結する。これでふたりは永遠に結ばれた。

ふたりはひとつになったまま、ゆっくり前後に動きはじめた。

コナーがぴたりと動きをとめる。「ああ、だめだ。できない。こんなのあんまりだ」

エリンは驚いてぱっと目を開けた。「なにができないの？」

「ベッドがきしんでる！」憤慨している。「きみはみだらな言葉でおれをここに誘ったとき、ベッドがきしむなんて言わなかったじゃないか！」

「知らなかったのよ」エリンは弁解がましく答えた。「このベッドでセックスしたことなんかないのよ！　そんなこと知るわけないでしょう？　それに、だからってなんだと言うの？」

「そうだろうとも」あざけるように言う。「聞きつけたお母さんにぼこぼこに殴られるのはきみじゃない」

エリンはこらえきれずにくすくす笑いはじめた。それはあっというまに涙に変わりそうだったが、コナーに口を手で覆われた。

「ロマンティックな空想はわれながらかなり気に入ってたから、水を差すのはいやなんだが、少し変更を加える必要がある」彼が言った。「親が加わるとムードが台なしになるからな」

コナーは快感のうめきをあげながらきついエリンのなかから出ていくと、するりとベッドをおりた。三つ編みを編んだラグの上に厚いキルトを放り投げ、ふわふわとやわらかそうに整える。そして枕をつかんで床にひざまずき、こちらへ手を差しだした。輝くような笑みを浮かべている。「床はきしまない」彼は言った。「こっちへおいで」

エリンは彼の腕のなかへ飛びこんだ。体が触れあうえもいわれぬ感触に、ふたりは声をあげた。わたしの周囲にもう壁はなく、彼の周囲にもない。彼は子どものように無心にすべてをさらけだしている。無防備になってくれたことが、そこまでわたしを信頼してくれたことが怖いほどだ。それは大きな責任を負うことを示している。けれどいまは考えられない。その思いは火花のシャワーとなって炸裂《さくれつ》し、新たな純粋な感情の波を引き起こしていた。

「上と下とどっちがいい？」キスをしながら彼が尋ねる。

「どっちかにしなくちゃいけないの？　両方はだめなの？」

「おれのプリンセス。おれはなんでもきみの言うなりだ」

エリンは枕にもたれ、彼を自分の上に引き寄せた。「いまはこれがいいわ。あなたのぬくもりと重さが好きなの」

「仰せのままに」コナーはそうつぶやくと、背中の下に手を入れてぎゅっと抱き寄せた。ふたたび彼が入ってくる。ゆっくりとしなやかな動きがつづくうちに、ふたりは情熱にとらえられ、炎のようにからみあったまま身悶え、あえぎ声を漏らした。

わたしが望んだのはこれだったんだわ。いいえ、望んだ以上のものだ。キスを交わすたびに、大切そうな愛撫や愛の言葉をささやくたびに、より深くおたがいに身をゆだねるようになっていく。ふたりはエリンがぐったりして全身が輝く幸福感に包まれるまで愛しあった。

どこかでうとうとしたに違いない。もっとも、その晩はずっと熱に浮かされたように甘くかすんでいるようだったけれど。目を開けると、彼が見つめていた。手に小さくたたんだ紙を持っている。

「眠くないの？」エリンは訊いた。

「眠れないんだ」にっこり微笑む。「幸せすぎて」

「なにをしてるの？」

コナーは最後にもう一度用心深く紙をたたむと、こちらに差しだした。

折り紙でつくったユニコーン。エリンは小さく完璧に折られたその姿に目をみはった。

「すばらしいわ。どこで習ったの？」

「リハビリ中にデイビーに教わった。デイビーはゆっくり黙々とやるものが好きなのさ。太極拳とか瞑想とか宇宙の調和なんかがね。おれが退屈で気が狂いそうになってると、ある日彼が折り紙と本を持ってやってきて、『おい、おまえもそろそろ集中ってものを学んだほうがいいんじゃないか』と言ったんだ。だからやってみた。ほかにやることもなかったし」

「とてもきれいね」エリンがつぶやく。「すてき」

「きみにやるよ」コナーが言った。「おれは車に戻ったほうがよさそうだ」

抗議しようと手を伸ばしたが、キスで言葉をさえぎられた。「今夜はここまでにしよう。もうすぐ五時だ。まったく、こんなふうに忍びこんでると、むらむらしたティーンエイジャーになった気分だ。警報装置のパスワードは？」

「〈katherin323jane〉よ。キャサリンは〈k〉だから気をつけて。ミドルネームなの。わたしとシンディの」

コナーはくしゃくしゃになったキルトから抜けだすと、エリンを両手で抱きあげた。「エリン・キャサリン」そっとつぶやく。「いい響きだ」

全然体に力が入らない。エリンはベッドに運ばれ上掛けをかけてもらいながら、にっこり微笑んでいた。「あなたのミドルネームは?」

キルトをかけながらコナーが言う。「おれにはない。ただのコナーだ。お袋の旧姓だったんだ。ジーニー・コナー」

彼がこらえきれないようにふたたびキスをしてくると、疲れきった体にさざ波のように快感が広がった。

コナーは服を身につけ、コートをはおるとかがんでキャンドルの火を消した。行ってしまうのはいやだったけれど、彼の背後でかちりとドアが閉まったとたん、ようやくあきらめがついた。

薄暗い波のように眠りが押し寄せ、エリンを運び去っていった。

かつてノヴァクだった男は、電話を切ると放心したように電話機を見つめ、それからタマラを探しに行った。呼びつけることもできるが、彼女のふいをつきたかった。

自分の死の知らせを聞くなど、毎日あることではない。彼は自分の感情を冷静に観察していた。その知らせを聞いても勝利は感じなかった。あてもなくさまよっているような気がする。自由の代償だ。受けとめざるをえない。

タマラは自分のオフィスにいた。驚いたことに眼鏡をかけてコンピュータのモニターを覗きこんでいる。彼女ははっと息を呑んで素早く眼鏡をはずし、とっておきの魅惑的な笑みを浮かべて見せた。こちらを騙《だま》せたと思っているらしい。勝手にそう思わせておこう。害はない。

「たったいま知らせがあった」彼は言った。「カート・ノヴァクが死んだ。雇い人のイングリッド・ナジとマシュー・ルソーと一緒にな。三人は数時間前にマルセイユ近郊で殺され、現場の建物は爆発した。犯罪の帝王パヴェル・ノヴァクの敵が、息子を使って彼に一撃を加えたという噂《うわさ》だ。ことわざにあるように、剣によって生きる者は剣によって滅びる」

タマラのセクシーな唇が開き、一度閉じてからまた開いた。「まあ……お祝いを言うべきかお悔やみを言うべきかわからないわ、ボス」

彼はつかのま考えこんだ。「祝ってくれ、タマラ。わたしの服を脱がせることで」

汗まみれの十五分が過ぎたとき、タマラのオフィスはかなり混乱をきわめていたが、彼は死後六時間が経過した男にしてはかなり気分がよくなっていた。

彼が体を離すと、タマラはずるずると壁を伝って床に崩れ落ちた。なにか言いかけたところで口をつぐむ。

その仕草に好奇心をそそられた。「なんだ？　なんでも言ってみろ」

彼女は用心深く彼を見た。「ちょっと思ったの……どうやったのかしらって」

「ああ。クロード・ミューラーへの変身のことか」裸のままどさりと隣に腰をおろし、彼女の腕に腕をからめる。「ミューラーとは、むかしソルボンヌで出逢った。あいつはわたしに夢中になって、そのうち癇にさわりだした。だがあいつは金持ちだったから、いつか役に立つ日が来ると思って我慢していた。ある晩、あいつは酔っ払ってわたしになりたいと告白した」にやりとタマラに微笑む。「そのときこのアイデアを思いついた。計画を練るのに早すぎるということはない」

タマラは夢中になっている。「それで……彼の人生を盗んだの？」

「クロードは病弱で世間知らずだった。友人はわたししかいなかった。あいつのないに等しい社会との接触を完全に絶つのは簡単だった。うさんくさい過去を持つ医者が、前科者のコックの助けでクロードを病気にすると、次は両親を排除する手はずを整えた。そうなったところで彼の状況を気遣う人間など誰もいないように思われた。クロードは意思が弱く、印象に残らないタイプだった。最終的に昏睡状態にしてやったときも、誰も気づかなかった。いっぽうわたしはクロードになりすまし、インターネット上でかなりの大物になった。誰もがクロードの気前のよさや、蒐集《しゅうしゅう》に対する情熱を知っている。誰もが彼をあがめ、機嫌を取ろうとしている」

「鮮やかなお手並みね」タマラがつぶやく。

「クロードの願いは叶った。彼はわたしになったんだ。そしてわたしはクロードのために彼の人生を生きる。彼自身が生きるよりはるかにすばらしい人生を」

タマラがやけに長く黙りこんでいるので、彼はそちらに顔を向けた。怯えた目をしている。

「なんだ？」彼は問いつめた。「どうした？」

彼女は答える前に何度かごくりと唾を呑みこんだ。本心を口に出す危険を冒そうとしているときのサインだ。「そんなにいろいろ話してもらうと、怖くなるの。あなたが……」声が小さくなる。

「おまえを殺すつもりなんじゃないかと？」彼はタマラの率直さに胸を打たれた。「誰にも心おきなく話せる相手は必要だ、そうだろう？」

「もちろん」反射的に答える。「でも……これは賢明なこと？　新しい身元を危険にさらしてもいいの？　コナー・マクラウドを罰したいという理由だけで――」

「二度とわたしの分別を疑うな」

彼は立ちあがって服を着はじめた。タマラがブラウスに手を伸ばす。「だめだ」彼は言った。「そのままでいろ。裸のおまえを見るのが好きなんだ」

ブラウスが震える指から音もなく床に落ちた。

彼はちらりとタマラのコンピュータを一瞥した。「こんな時間に、なにをしていた？」

「マクラウドの車をチェックしてたの。マークから電話があったのよ。今夜マクラウド兄弟は、復讐の天使みたいにビリー・ヴェガを襲ったわ。彼らはシンディをさらって、ヴェガを血まみれにした」

彼は目をしばたたかせた。「ふむ、事情が変わるな」

「ええ。それに、マクラウドはあなたがバーバラ・リッグズにやろうとしてたことをふいにしたみたい。彼女は元気を取り戻したわ。マクラウドの杖でヴェガの車の窓をひとつ残らずたたき割ったところを見ると」

彼は笑い声をあげた。「冗談だろう」

「いいえ、本当よ。マクラウドはいまリッグズ家にいるわ。階段をこっそりのぼっていくところがビデオカメラに映ってた。エリンといちゃいちゃするために」
シャツのボタンをとめながら窓の外を見つめ、計画が新たなパターンにまとまっていくのを待つ。バーバラとシンディ・リッグズはどうせ消える運命にある。それが数日前後したところでさしたる違いはない。だがビリー・ヴェガが殴られたというニュースを聞いたことで、すべてを一足飛びに前進させるおもしろいアイデアが浮かんだ。「ゲオルグに電話しろ、タマラ」彼は言った。

タマラは乱雑になったデスクの上をあさり、携帯電話を見つけてボタンを押した。「ゲオルグ？　ボスがわたしのオフィスに来るように言ってるわ」ぱちりと電話を切り、スカートに手を伸ばす。

「やめろ」穏やかに言う。「そのままでいろ」

彼女がつねに浮かべている笑顔が揺らいだ。最近はしばしば揺らぐようになっている。

ゲオルグがオフィスに入ってくると、タマラはぎょっとして息を呑み、自分が裸でいることも忘れていた。彼は髪と眉毛を剃り落とし、睫毛を引き抜いていた。なめらかな頭皮に青い静脈が浮きあがり、底なしの眼窩《がんか》で青い瞳が熱っぽく燃えている。悪霊のようだ。暗渠《あんきょ》から這いだしてきた卑しむべきもの。かつてノヴァクだった男は満足げにうなずいた。「わたしの指示に従ったようだな。顔のピーリングはしたか？」

「一日に三度」ゲオルグが言った。「言われたとおりに。準備はできてる」

彼はゲオルグを抱きしめ、両方の頰にキスをした。「すばらしい。おまえは邪悪で忠実な猟犬だ。今夜は新鮮な血を味わわせてやろう」

彼から今後の指示を受けたゲオルグは、タマラに向きなおった。歯が欠けた口元から傷ついた唇をめくりあげながら、頭の先からつま先まで舐めるように見つめる。「戻ったら、おまえとやりたい」彼は言った。

もはやノヴァクではない男は肩をすくめた。「当然だ」彼は言った。「喜んで彼の願いを叶えてやるだろうね、タマラ？」

タマラはいつになくためらっている。彼はようすをうかがった。ああ、ようやくいつものまばゆい笑顔が浮かんだ。「もちろん」タマラが消え入りそうな声で言う。

ゲオルグがオフィスを出ていくと、彼はふたたびタマラを求めた。タマラの笑顔はくせものだ。笑顔でごまかそうとしているが、ゲオルグと寝るのをひどくいやがっているのはわかっている。力と危険が彼女を興奮させることも、自分の限界をためしていることも、自分の命がどれほど危ういかわからないほど愚かではないこともわかっている。幾重にも重なった嘘、からみあった動機。彼はタマラの複雑さに欲望をかきたてられた。

彼はズボンの前を開き、ふたたび彼女の肉体を味わった。自分の天使の群れに加える前に、幾重にも重なった層を通り抜け、その奥で縮こまっている柔らかい核に到達したい。罰を与えなければ。笑顔で秘密を隠せると思っている罰を。

罰を受けるのは名誉だ。天使たちはみな知っている。そしてタマラも知っているはずだ。リッグズ家の者たちもいずれ知るだろう。マクラウド兄弟も。

わたしが学んだように。その日の記憶はつねに頭の片隅に凍りついている。父親が母親を絞め殺した日。母は父を裏切った。五歳のわたしには母の裏切りの内容は理解できなかったが、虚《うつ》ろな瞳とだらりとした四肢の意味は理解できた。わたしは死を理解した。罰を理解した。

父親は冷酷な人間ではなかった。父は嘆き悲しみ、妻の遺体を抱いてすすり泣いていた。「決して」

「決してわたしを裏切るな」父は幼い息子に懇願した。「決して」

「しないよ」幼い息子はささやいた。「しない」

誰かが両手をつかんで爪を立てている。見開いた目、赤毛、緑色の瞳、大きく開いてあえぐ口。タマラ。彼は自分の両手がほっそりした首を絞めつけていることに気づいてぎょっとした。

彼は手を放して立ちあがった。ストレスを感じると、この奇妙な遁走《とんそう》状態が起こるようになっている。だが、自分はほんの六時間前に死んだばかりなのだ。ストレスを感じるのも無理はない。

タマラは床の上で縮こまり、喉をつかんであえいでいる。

彼はズボンのファスナーをあげた。「ゲオルグが戻ってきたときのために準備をしておけ」

彼はそう言い残し、オフィスをあとにした。

20

コナーはポーチに腰をおろし、夜明けの太陽が雲をバラ色に染めていくのを見つめていた。ひどく幸せで、だからこそ怖かった。これほど晴れやかで穏やかな気分にさせるものは、疑ってかかる必要がある。

朝の時間が過ぎるにつれて、家々からは通勤用の服を身につけた人たちが現れ、子どもたちを車に乗せはじめた。ここ以外の世界では、ありきたりの平日が始まっている。誰ひとり、たったいま宇宙の軸が動いたことなど知らずにいる。この世でもっとも美しい女性であるエリンは、自分の未来の花嫁なのだ。気持ちが昂ぶり、息ができないほどだった。

背後でドアが開き、コナーはさっと立ちあがって振り向いた。不審げににらみつけているバーバラ・リッグズと向かいあっていると気づいたとたん、ふぬけた笑顔が掻き消えた。きしむベッドが思いだされ、相手がこちらの頭をかち割れるような鈍器を持っていないことを確認する。

今日のバーバラはようすが違う。きちんと身なりを整え、髪をセットして化粧をしている。運命が転落する前の、かつての姿と同じに見えた。

「あ、おはようございます」コナーは思いきって声をかけた。

バーバラがそっけなくうなずく。世間話でもしたほうがいいのだろうか。だとしたら最悪だ。提供できる話題などひとつもない。

しばらくすると彼女は情けを見せ、大きくドアを開いた。「キッチンに淹《い》れたてのコーヒーがあるわ。よかったらどうぞ」

その口調には、おまえには淹れたてのコーヒーを飲む権利などないという含みがあったが、コナーはなんとかうなずいて微笑んで見せた。「すみません、いただきます」

そう言ったために、彼女についてキッチンへ行き、腰をおろしてコーヒーを飲みながら、ふたたび叫びだしたくなるような沈黙に立ち向かうはめになった。長年にわたってエイモン・マクラウドと黙りこくった食事をつづけたとはいえ、バーバラ・リッグズの沈黙が持つ冷ややかさにはいまだ太刀打ちできない。

ついに耐えきれなくなり、彼は口を開いた。「あの、シンディの具合は？」

「まだ眠ってるわ」とバーバラ。「エリンも」

「よかった」彼は言った。「みんな休息が必要だ」

「ええ」バーバラが同意する。「お腹はすいてるの？」

じつは腹ペコだったが、冷ややかな視線を浴びていると正直に言うのは決まりが悪かった。空腹であることが道徳的に間違っているような気がする。「大丈夫です」彼は言った。「お気遣いなく」

バーバラはこれみよがしに殉教者ぶった表情を浮かべて立ちあがった。「朝食をつくってあげるわ」

数分後、シャワーを浴びてさっぱりしたエリンが階段をおりてきたとき、彼はパンケーキとソーセージの三つめの山にかぶりついていた。エリンの顔がぱっと赤くなった。「おはよう」

ノーブラでぴったりしたタンクトップを着ている。彼の視線を受けて乳首が立った。伸縮性のある生地の下でつんと固くなっている。コナーはラズベリーのような小さな突起が顔にあたる感触や、口に含んで舌で転がしたり吸ったりする感触がわかるような気がした。

彼はパンケーキに視線を落とした。「その、とてもおいしいです、バーバラ」

バーバラは不審げに目を細め、娘に目を向けた。「パンケーキは、ハニー?」

「ええ」エリンはコーヒーを注ぎ、ミルクを入れた。「今日の予定は、コナー?」

「ビリー・ヴェガを探す。きみを置いていくのは気が進まないが、これはおれひとりでやったほうがいいと思う」計画の残りの部分を教える必要はない。それには彼女を監視できるように、持ち物にマイクロ波発信機をつけるつもりでいることも含まれる。

「シンディを操るためにノヴァクが彼を雇ったと、本気で思っているの?」バーバラが訊いた。

コナーはあいまいに肩をすくめて見せた。「可能性を除外するだけです。みんなは鍵を閉めてこの家にいてほしい。それから、おれがいないあいだはあのリボルバーを持っていてくれ、エリン」

彼女はたじろいだ。コナーはバーバラに反論されるものと覚悟を決めたが、彼女は好戦的に目を輝かせてうなずいた。「わたしも銃を持ってるわ」彼女は言った。「ベレッタ８００

クーガーよ。使い方も知ってるわ。エディに教わったの。誰かがわたしの娘に手出ししようとしたら、頭を吹き飛ばしてやるわ」

エリンはコーヒーを噴きだし、カップを置いた。「まあ、ママ」

コナーは満足げににやりとし、カップを掲げて未来の義理の母に乾杯した。「すばらしい。この家は勇敢なアマゾネスの戦士に守られてる。おれよりはるかにましだ。足元にも及ばない」

バーバラはエリンにパンケーキが載った皿を手渡した。「まさか」取り澄まして言う。フォークを取ってエリンの皿にソーセージを置き、そこでちょっとためらってから残りをコナーの皿に落とした。明らかに好意のしるしだ。「ゆうべはあなたのおかげで本当に助かったわ。あなたの兄弟も同じよ」口をうっすら開き、気まずそうにしている。「その、まだお礼を言ってなかったわね。助けてもらったお礼を」

エリンはうつむいて髪で顔を隠した。肩が震えている。「彼にお礼を言っちゃだめよ、ママ」エリンが言う。「変な影響を与えちゃうの」

コナーはコーヒーにむせてテーブルの下で彼女を蹴飛ばした。エリンは顔を覆って笑いを隠そうとしているが、隠しきれていない。

バーバラは冷ややかなほど横柄な視線をふたりに浴びせた。「自分たちだけにわかるジョークで笑っているけれど、どこがおもしろいのか説明する気はないんでしょうね」

「いや」コナーは慌てて言った。「エリンはおれを困らせただけです。いつでも説明しますよ、バーバラ。いつでも」

彼女は笑いを噛み殺すように唇を噛みしめた。「冷めないうちにソーセージを食べなさい」ぴしゃりと言う。

コナーは喜んで命令に従い、パンケーキを食べているエリンをこっそりうかがった。彼女はなんてきれいなんだろう。すらりとした肩、丸みを帯びたかわいい腕、どこを見ても柔らかそうでうっとりしてしまう。それにタンクトップを盛りあげて震えている胸。王女のような態度にさえそそられる。頭《こうべ》を高くあげて背筋をぴんと伸ばし、睫毛の下からこっそり熱い視線を送ってくる。頭がおかしくなりそうだ。

エリンはパンケーキのシロップに指をひたし、バーバラが向こうを向いているのを確かめた。指をしゃぶりながら唇にセクシーな笑みを浮かべる。それから別の指を柔らかそうな赤い唇に入れてしゃぶり、ピンク色の舌で指先を舐めた。

十三歳に戻ったように、コナーの顔が赤くなった。空になった皿に目を落とし、必死で気をまぎらわせようとする。「ええと、出かけるときに携帯電話を持っていってもいいかな？」彼は尋ねた。「いつでもきみと連絡が取れるようにしておきたい」

「もちろん」とエリン。「ゆうべ充電しておいたわ」

コナーはうなずいて残りのコーヒーをいっきに飲み干した。「じゃあそろそろ、その、出かけたほうがよさそうだ」

「寂しくなるわ」彼女の笑顔を見ると、膝から力が抜けそうだった。

「できるだけ早く帰ってくる」彼はくだらないことを口走りはじめる前にキッチンから逃げだした。まごつくあまり、バーバラに朝食のお礼を言うことすらできなかった。

エリンがあとを追ってきた。「携帯電話はソファの横のコンセントにつないであるの。取ってくるわね」

コートを着ていると、エリンが携帯電話を持ってきて警報装置を解除した。ふたりの目が合う。おたがいに言いたいことがありすぎて、言葉にならない。

コナーは指先で彼女の頰に触れた。「エリン。昨夜は本当にすばらしかった。教えてほしいんだ、おれたちがまだ、その……きみにプレッシャーをかけるつもりはないが、もしきみの考えが変わったのなら、おれは既成事実だと思いこんで毎日有頂天になっていたくない。もし時間が必要なら、おれはしつこくしない。気は進まないがそうする。だから教えて――」

「愛してるわ、コナー」エリンはつま先立って彼の顔を自分のほうへ引き寄せた。彼女の唇はひどく柔らかくて甘く、全身に至福の震えが走った。「既成事実よ」

それで充分だ。コナーはしなやかで柔らかな体を抱きしめた。胸に乳房が押しつけられる。両手はサテンのような豊かな髪でいっぱいで、蜂蜜とスパイスの泉を思わせる唇は日差しで温められた果物のようにジューシーだ。腕のなかでエリンがのけぞり、そして――

「えへん。気をつけて行ってらっしゃい、コナー」

バーバラの歯切れのいい声に、ふたりはぱっと離れた。エリンが赤く染まった唇を手で隠す。

「ありがとう、バーバラ。じゃあ、その、行ってきます」コナーはもごもごと答えた。

「そのほうがよさそうね」バーバラが言った。

セスとレインの家へ着くころ、ようやくジーンズの収まりがよくなった。気持ちが昂ぶり、勝手口へつづく木の階段をのぼるときは踊るような足取りになっていた。セスのハイテク・セキュリティシステムを慣れた手つきで解除してなかへ入る。結婚式と新婚旅行の写真でいっぱいのセスとレインの祭壇を見ても、唇がひきつらないのは今朝がはじめてだった。世界じゅうが幸福であるべきだ。誰もがつねにこんなふうに感じていたら、この世はパラダイスだろう。戦争もない、犯罪もない。誰も彼もが有頂天で、日がな一日歌っているだろう。

地下室にあるセスの作業場兼武器庫には何度も来たことがあるので、勝手はわかっている。コナーは何枚ものディスクを調べてX線スペクトルの最新版を見つけ、さらに番号が振られた引き出しをあさってそれぞれ小さなビニール袋に入ったビーコン発信機をひとつかみ取りだした。発信機をポケットに入れ、受信機をひとつ腕の下に抱えると、手早くお礼のメモを書いてセスのコンピュータのキーボードの上に置いた。

次の目的地はエリンのアパートだ。

そこではいくつか道徳的ジレンマを感じたが、最初のひとつを引き起こしたのはエリンの猫だった。コナーがキャッシュカードを使って玄関を入ったとたん、猫は大きな声で鳴きはじめた。足に体をこすりつけ、とことこ自分の食器のところへ行って腰をおろした。きらきら光る金色の瞳で期待するように彼を見ている。

「餌をやるわけにはいかないんだ」コナーは言った。「そんなことをしたらおしまいだ。おれがここへ来たことがエリンにわかってしまう。あとで彼女をここに連れてくるから、そのときもらえよ。もう少しの辛抱だ。それに、どうせおまえは太りすぎだぞ」

猫は舌なめずりして犬歯をむきだしにすると、またミャーオと鳴いた。良心が疼く。「ドライフードをちょっとだけだぞ」コナーは負けを認めた。「それでとりあえず気がすむだろう」食器棚をあさってキャットフードの袋を見つけ、少しだけボウルに入れる。猫はふんふんとにおいを嗅ぐと、冗談でしょ、と言うように彼を見た。

「言っただろう」コナーは言った。「缶詰はだめだ。しょうがないんだ。おまえが嫌いなわけじゃない」

猫は不機嫌そうにボウルにかがみこみ、かりかりと音をたてて食べはじめた。

ふたつめのジレンマは、率直に言って道徳的というより現実的なものだった。暖かい時期に恋人に発信機をしかけるのは、道徳的に問題があるのと同じくらい困難でもある。分厚いコートのほうが発信機を隠すのは簡単だし、本来ならうってつけのバッグと財布とテープレコーダーは実家にいるエリンが持っている。ミューラーの報告書がブリーフケースに入っていればそれでもいいが、報告書はばらばらの状態で写真と一緒にマニラフォルダーにはさんであり、発信機を隠す場所はなかった。コナーは書類入れに発信機をしかけ、さらに適当に選んだジャケットとブレザー数着にも縫いこんだ。彼女のバッグにしかけるチャンスが来るまで、いまはこれで精一杯だろう。セスがいてくれたらよかったのに。あいつは生まれながらの狡猾《こうかつ》な人間だ。

そうしているあいだにも、コナーの視線は絶えずドレッサーの上の小さな宝石箱に向いていた。彼は宝石箱を開け、エリンが左手の薬指にはめていた覚えのある指輪を探しだした。シルバーとトパーズの指輪だ。それを自分の小指にはめ、関節からの距離を記憶する。これで宝石店の店員に説明できる。彼女はなんて細い指をしているんだろう。

三つめの道徳的ジレンマに直面したのは、電話が鳴って留守番電話のスイッチが入り、テープが巻き戻って再生が始まったときだった。録音された内容を聞くために、エリンが電話をしてきたに違いない。自分宛てのメッセージをおれに聞かれたくはないだろう。けれどおれはこの部屋にいるんだし、耳に指を突っこんでいるわけにもいかない。それに彼女はおれの未来の妻なのだ。彼女宛てのメッセージを聞くくらいの権利はあるだろう。

だから彼は猫がキャットフードを食べているアパートの真ん中に彫像のように立ったまま、メッセージが再生されるにまかせた。

かちっ、ひゅー。「もしもし、ミズ・リッグズ。クイックシルバー財団のタマラ・ジュリアンです。いま月曜日の午後四時ですが、ミスター・ミューラーとの会見時間を決めたいと思ってお電話しました。ミスター・ミューラーは明日の正午にこちらに到着します。できるだけ早くお電話ください。スケジュールにあまり余裕がないので。お返事はわたしの携帯電話にお願いします」タマラは電話番号を読みあげた。

かちっ、ひゅー。「もしもし、エリン。リディアよ。あなたったらすごい大物とつきあってたのね？　たったいまクイックシルバーのスタッフと話して、ミスター・ミューラーのケルトコレクションに対するあなたの仕事ぶりと、ユベール美術館に関する計画のことを聞いたわ。わたし、もう興奮しちゃって！　レイチェルとフレッドとウィルヘルムとわたしは、緊急昼食会議を開くことにしたの。ぜひあなたも参加して、戦略を練るのを手伝ってほしいのよ！　それからエリン、数カ月前にわたしたちのあいだであったこと、気を悪くしてないといいんだけれど。わたしにはほかにどうしようもなかったのよ、わかってくれるわね。あなたを解雇すると強行に言い張ったのは役員会で、わたしたち四人じゃないわ。わたしたちはあなたの能力と結論に、ひたすら感心しているのよ。電話してちょうだい、エリン。すぐに。なんだったら今夜自宅にかけてくれてもいいわ。遅くなってもかまわないから。どうせ今夜は眠れそうにないもの。じゃあね！」

「偽善者め」コナーはつぶやいた。「くそくらえ」

かちっ、ひゅー。「ミズ・リッグズ。タマラ・ジュリアンです。いま月曜の午後七時です。電話してください」かちっ、ひゅー。「ミズ・リッグズ、ナイジェル・ドブズです。なんとかしてあなたと連絡を取りたいと思っているんですが。電話番号はおわかりですね」かちっ、ひゅー。「エリン、ニック・ワードだ。大至急きみに話したいことがある」

自分の電話番号を告げるニックの声を聞いているうちに全身に寒気が走り、躁状態が掻き消えた。コナーは周囲を見まわした。ベッドは乱れたままだし、昨日の朝食の皿がテーブルに置きっぱなしになっている。胃がぎゅっと締めつけられた。彼女をひとりにするべきではなかった。ニックと話してほしくない。ニックの話がこちらにとっていい話であるはずがない。あいつは混乱をもたらすだけだ。

コナーは携帯電話を出してリッグズ家にかけた。話し中。車に戻りながらもう一度ためしたが、まだ話し中だった。背中がぞくぞくする。ショーンにかけると、最初の呼びだし音で弟が出た。

「なにか妙なことが起こってる」コナーは言った。

「らしいな」ショーンの声は緊張し、いつもの皮肉めいた雰囲気がない。「いまマイルズと一緒にビリーの家から一マイルほどのとこにいるんだが——」

「ビリーの家でなにをしてるんだ？」

「最後にノヴァクを探してたとき以降、デイビーは自分のコンピュータにX線スペクトルを入れたままにしてるんだ。さっきデイビーは、昨夜ビリーのタバコにしかけた発信機のデータを入力した。ビリーの家はベルビューにある」

「おれも同行するつもりだとわかってたはず——」

「もう遅いよ、コナー」ショーンの声は不自然に重苦しい。「誰もビリーには質問できない」

不安で肌がぞくぞくした。「どういう意味だ？」

「ビリーは死んだ」にべもなく言う。「近所に住んでる人と話してみた。彼女は午前六時に悲鳴を聞いたそうだ。ビリーの家はサツでいっぱいだよ。それだけじゃない。なんだと思う？　なんと、ニックが来てるんだ」

「くそっ」

「ああ。ニックががりがりのブロンド女と話してるのを見たよ。ターシャって女だ」

「ニックはおまえに気づいたか？」

「たぶん大丈夫だと思う」ショーンがうんざりしたように言った。「おれたちは大急ぎで退散したからな。どうしてFBIがビリーに関心を持つのかわからない。あいつはネズミみたいなケチなやつだと思ってたのに」

ふたりはつかのま黙りこんだ。

「せっかく楽しんでたのに」ショーンが言う。「がっかりだぜ」吐き捨てるようにショーンが言う。「せっかく楽しんでたのに」

「連中はおれたちのところへ来るぞ。ターシャが話したはずだ。それにもうニックからエリンに電話があった」

ショーンは不満そうな声を出した。「たぶんこの件はノヴァクとはなんの関係もないのさ。たぶんビリーは魅力的な態度のせいで敵をつくって、昨夜そのうちひとりがツケを返しに来たんだろう。きっとそうだ」

「ああ、たぶんな」コナーは言った。「あるいは何者かが、おれたちを含め、誰にもビリーと話をさせたくなかったんだ。おそらく何者かがおれたちを殺人の容疑者として取り調べさせて、邪魔をしたがってるんだ」

「やめろよ、コナー」ショーンがむっつりと言う。「おれを陰謀説に巻きこもうとしても無駄だからな。おれの好みじゃない」

「おれがおもしろがってると思うのか？」コナーは嚙みついた。「いい加減にしろ、ショーン。マイルズを連れてエンディコット・フォールズへ戻れ」

「ああ、そしてこんな奇妙な状況に兄貴ひとりを置き去りにしろってのか」

「おい、ショーン——」

「あとで話そうぜ。デイビーに電話しなきゃ」電話が切れた。

コナーはふたたびエリンに電話をかけたが、まだ話し中だった。

胸の奥でずっしり冷たい不安がふくれあがり、パニックへと高まっていった。

エリンは留守番電話のメッセージを聞いてうろたえていた。電話台の横をうろうろ歩きまわりながら、考えをまとめようとした。ニックとは話したくない。それは確かだ。リディアとも話したくない。それに、いまのように神経質で過保護になったコナーと一緒に、ミューラーの問題に立ち向かうのはぜったいいやだ。タイミングが悪すぎる。

でも今日はやらなければならない。どれほどコナーが腹を立てようが、気をしっかりもって彼と徹底的に話しあう必要がある。わたしの仕事の将来は、それにかかっている。誰の目にも明らかだ。コナーにもわかってもらわなければ。

エリンはコナーの携帯電話にかけようと電話に手をかけた。そのとたん呼びだし音が鳴り、びくっとして危うく床に落としそうになった。

受話器を取る。「もしもし?」彼女は用心深く尋ねた。

「ああ、エリンだな? ニックだ。つかまってよかった。コナーは一緒か?」

「いいえ」エリンは言った。「彼に話があるなら携帯に――」

「そうじゃない、エリン。コナーに話はない。きみに話があるんだ」

不安で膝が震え、どさりと階段に腰をおろしたので尾骶骨《びていこつ》に響いた。「なに?」

「昨夜、彼と一緒にアリー・キャットにいただろう? 彼と彼の兄弟がビリー・ヴェガをぼこぼこにしたとき?」

「違うわ、ニック。わたしがあそこにいたのは、彼と彼の兄弟が、いまにも襲いかかろうとしてる九人の大柄な男たちに取り囲まれていたときよ。それに彼らは当然の報いを受けただけだわ。なぜそんなことを訊くの?」

「おれは九人の男に関心はない、エリン。おれが関心があるのは、ビリー・ヴェガに対するコナーの関心だ」

「あの男はわたしの妹を痛めつけたのよ、ニック。あの子を殴って脅したの。それ以外になにをしたかわかったものじゃないわ。だから同情なんて求めないで——」

「ビリー・ヴェガは死んだよ、エリン」

エリンは凍りついた。ぽっかり口が開いている。「死んだ？」

「ターシャ・ニーダムによると、午前六時直前のことだそうだ。ターシャはビリーを救急治療室に連れて行き、手首を固定してもらった。そのあと彼女はタクシーでビリーを彼の家へ連れて帰り、そこでふたりは酔いつぶれた。朝早く、何者かが家に侵入して鈍器でビリーを殴り殺した。そのときターシャはバスルームで吐いていて、おそらくそのせいで命拾いをしたんだろう。だが彼女は、前の晩にシンディ・リッグズをさらってビリーを殴ったニンジャ集団のことを話してくれた。いっきにすべて話せたわけじゃないがね」

「そんな」消え入りそうな声しか出ない。「そんな……ひどすぎる」

ニックはつかのま口を閉ざした。「昨夜はコナーと一緒だったのか？」

「ええ」エリンは言った。まだ頭がぼうっとしている。

そのとき、ニックの質問の真意がわかり、氷水を浴びせられたような気がした。「ニック、そんな。あなたまさか——」

「ひと晩じゅう一緒だったのか？」

エリンは水からあがった魚のように口をぱくぱくさせ、それからいっきに言葉をついだ。

「ええ！　そうよ、もちろんずっと一緒だったわ！」

だが躊躇したことで真実を悟られていた。ニックが小さな声で毒づく。「まずいぞ、エリン。きみまで巻きこまれてほしくない」

「でもコナーはぜったいに――」

「彼がゲオルグ・ラクスにやったことを見ただろう」ニックが言った。「コナーはおれの友人だが、あいつはあれこれ考えすぎて、ついにぷつんと切れちまったんだ。あいつの妄想、ノヴァクとラクスがきみを狙ってるという妄想は――」

「妄想ってどういう意味？」エリンは食ってかかった。「彼らが脱獄したのは現実じゃないと言うの？　コナーはわたしを守ろうとしてるだけよ！　父がそばにいられないから責任を感じてるのよ」

ニックは一瞬黙りこんだが、ふたたび口を開いたときはやさしい口調になっていた。「エリン。誰かからきみを守る必要などないんだ。ノヴァクは死んだんだよ」

意味がわからない。つじつまが合わない。たったいま聞いた言葉が頭のなかで空転し、やかましい音をたてている。「いつ？」蚊《か》の鳴くような声で訊く。

「昨日だ。フランスで。マフィアのしわざだ。どうやら縄張り争いらしい。ライバルのマフィアがやったんだ。建物が爆発して、ノヴァクはそのなかにいた。歯の治療記録で確認済みだ。焼け焦げた骨は右手の指が三本なかった。現在ＤＮＡ鑑定をやっているところだが、間違いないという話だ」

頭がくらくらする。「じゃあ、コナーは知らないのね？」

「ああ、まだ話してない。だがあいつはノヴァクがフランスに戻ってるのは知ってる。ラクスもだ。ここ数日警察はふたりの行方を捜してたんだ。コナーにはおれから話したが、きみは聞いてないようだな？」

エリンはぶるぶる震えはじめた。

「聞いてないんだな」ニックが言う。「そうだろうとも。あいつの幻想と矛盾するからな。あいつはきみを救いたいから、きみを狙ってる悪者をしたてあげたんだ。きみを騙した。つらいのはわかるし、きみがあいつに好意を持ってるのも知ってるが、強くならなきゃだめだ。彼の夢物語から抜けだすんだ。きみには立ち向かわなきゃならないものが、もう充分ある。本当に気の毒だと思うよ、エリン」

彼女は首を振った。「違うわ」絞りだすように言う。

わたしを愛するあまり、朝食の席でわたしにからかわれて顔を赤らめ口ごもる男性が、そんなことをするはずがない。妹を救いだし、いまわしい夢にとらわれていた母を目覚めさせた男性。ひと晩じゅうあんなふうに甘く情熱的に愛してくれた男性であるはずがない。わたしのコナーであるはずがない。ありえない。

渦がエリンを巻きこんでいたが、今回はつかまる相手はいなかった。助けだしてくれるヒーローはいない。

「エリン？　エリン！」ニックは何度も呼んでいたらしい。「聞いてるのか、エリン？　コナーを見つけたいんだ。もし――」

「いいえ」自然に口から言葉が出た。抑揚のない断固とした声。「彼がどこにいるか知らないわ、ニック。見当もつかない」

「彼の安全のためなんだ、エリン。収拾がつかなくなる前にとめないと。信じてくれ。おれは彼の味方――」

「だめよ、信じないわ」

「ちくしょう、エリン！　本気で彼に惚れてるなら――」

「やめて。だめよ」エリンは語気を荒らげ、力まかせに電話を切った。すぐにまた呼びだし音が鳴りはじめたが、壁から電話線を引き抜いてあえぎながら体をふたつに折った。頭がくらくらし、目の前が真っ暗になる。

コナーのおかげであんなに癒《いや》されて強くなった気がしていたのに。自分の幸せで世界じゅうに恵みを与えられるような気がしていた。触れただけでなんでも金に変えられるように。生まれてはじめて渦への恐怖心が消えていた。混沌《こんとん》への恐怖心が。

それなのに、ニックはわたしの幸福は芯から腐っていると告げたのだ。

「エリン？　ハニー？　大丈夫？」

見あげると母がいた。心配そうにこちらを見つめているのを見て、エリンは精一杯の笑みを浮かべた。「ええ、ママ」

「電話は誰からだったの？」

エリンは電話線を握りしめている手を脚の陰に隠した。「ああ、その、リディアと話してたの」

「リディア？」バーバラが眉をしかめた。「美術館の？　あなたをクビにした融通のきかない女ね？」

こくりとうなずく。「ミューラーがユベールに巨額の寄付を申してたの。でも寄付の条件のひとつが、わたしを雇いなおすことなんですって」興奮しているふりをしようとしたが、母親はばかではなかった。

バーバラはふんと鼻を鳴らした。「あの人たちの顔に唾を吐きかけてやればいいわ」彼女は言った。「図々しいにもほどがあるわ！　自分に都合がいいとなったら、ころりと態度を変えて、あなたが大喜びで戻ってくるものと期待しているの？　冗談じゃないわ！」

「たしかにそうね」と同意する。「でも、いずれにしても昼食会議に参加して、よく話を聞いてくるわ。顔に唾を吐きかけるのは、彼らが用意してる条件を聞いてからでも遅くないもの」

「それでこそ、わたしの賢くて慎重で思慮深い娘よ」母親は言った。「つねに両面作戦を取って、正しいことをしようとする」

「いつもじゃないわ」思わずエリンは言った。「いつもじゃない」

「コナーのことを言ってるのね」とバーバラ。「正直に言うと、わたしは彼が気に入りはじめてるの。彼はひどくぶしつけにもなるし、生い立ちにはいくつか問題もあるわ。でもわたしは彼の兄弟に好感を持ったわ。マクラウド兄弟の三人全員が、なんと言うか、ちょっと変わっていたけれど。でも彼らはシンディを助けてくれた。だから欠点は帳消しにするわ。それに、コナーがあなたに夢中なのは誰の目にも明らかだしね、ハニー」

エリンは母親の表現にたじろいだ。「そうね」

「それに、わたしがビリー・ヴェガの車にしたことを見たあとで、わたしの鼻先でこの家に忍びこんで娘を誘惑する度胸があるとなると……まあ、言ってみればコナーはかなり根性があるということよ」

エリンは赤くなった。「ゆうべは彼が誘惑したんじゃないわ」彼女は言った。「わたしが彼を誘惑したの」

母親はきゅっと唇を引き結んだ。「そんなことは聞きたくありません」

「ごめんなさい」

母の表情がやわらぐ。「昼食会議に行く前に話しておくわね。わたしは仕事を探すつもりよ。それに、シンディは自分の務めを精一杯果たす努力をしてくれるでしょう。あなたはもうわたしたちの分まで抱えこまなくていいのよ。わたしもシンディも強くなるわ。自分たちのために。そしてあなたのためにも。なにが言いたいかわかる?」

エリンは唇がわななきだしたのがわかった。「ええ」

「美術館のくだらない仕事がなくたって、あなたはきちんとやっていけるわ。だから彼らの顔に唾を吐きたければ、そうしなさい。迷わずに」

「ありがとう、ママ。覚えておくわ」

「自分の気持ちに素直になるのよ、ハニー。妥協してはだめ」

「そうするわ」唇が震える。「きっとそうする。でもそろそろ出かけないと。今日はすごく忙しくなりそうだもの。大急ぎでアパートに寄ってエドナに食事をあげてから、美術館のトップたちとお昼を食べるために着替えなきゃならない。そのあとでミューラーと会うスケジュールを決めないと」

バーバラは眉をしかめた。「ここにいるとコナーと約束したでしょう。安全な場所にいると。それに、目立たないように隠れているというアイデアにわたしは百パーセント賛成よ。少なくとも事態が落ち着くまでは」

エリンは母親の頬にキスをした。「彼には電話して説明するわ。守ってくれるのは嬉しいけれど、永遠に穴のなかで縮こまってるわけにはいかないもの。どこへ行くにもタクシーを使うって約束するから、ママ。心配いらないわ」

母親はまだ心配そうだったので、エリンはふたたびなだめるようにキスをした。「これからきっといろんなことがよくなるわ。シンディを取り戻したし、今度は降ってわいたようにこんな大きなチャンスが訪れた。運が向いてきたのよ」

タクシーが来るまで元気なふりをつづけるには、ありったけのエネルギーを振り絞らなければならなかった。

渋滞は悪夢さながらで、ようやくリッグズ家についたコナーは車を飛びおりて玄関へ突進し、ドアをたたいた。

バーバラがドアを開ける。「コナー、いったいなにごと？」

「エリンは？」

バーバラは眉間に皺を寄せた。「あの子から電話がなかった？」

「ここの電話は三十分前からずっと話し中なんだ」嚙みつくように言う。

「エリンはあなたに電話すると言って……」声が小さくなる。「まあ、たいへん」

「なんです？」怒りで声が割れていた。「出かけたんですか？　ひとりで？　冗談でしょう。いったいどこへ行きやがったんだ？」

バーバラが気色ばんだ。「そういう言い方は――」

「教えてくれ、バーバラ。早く」

ただならぬ切迫した口調に彼女の顔から血の気が引いた。「電話があったの」弱々しく言う。「あの子が以前働いていた美術館から。昼食会議があるとかで。そのあとは――」

「そのあとは？」コナーがせかす。

「そのあとは、例のミューラーという男に会わなきゃならないと言ってたわ。あなたに電話すると言ってたのよ。着替えをするためにアパートまでタクシーで出かけたわ。三十分ほど前になる。たぶんもうアパートに着いてるわ」

コナーは車に駆けだした。網戸が勢いよく開き、バーバラが追ってくる。「コナー、どういうことか教えてちょうだい！」

彼は車のドアをいっきに開けた。「今朝ビリー・ヴェガが殺された。おれが彼を探したり話をするチャンスもないうちに。奇妙だろう？」

バーバラの化粧をした顔が灰色になった。「行きなさい」彼女は言った。「急いで」

コナーは赤信号を無視し、のろのろ走っているドライバーを口汚く罵《ののし》りながら次々と車線を変更したが、精一杯強引に運転しても、平日のシアトルの渋滞には太刀打ちできなかった。うんざりするほど長い赤信号に足止めされているあいだにエリンのアパートに電話すると、留守番電話に切り替わった。「エリン、コナーだ。いるなら電話に出てくれ、頼む」

指を交差しながら祈る。返事はない。

「いいか、たったいまビリー・ヴェガが殺されたことがわかった」彼はつづけた。「きみが約束を破って実家から出かけたなんて信じられない。いったいどういうつもりだ？　電話に出ろ、エリン」信号が青に変わり、コナーは携帯電話を放りだしてアクセルを踏みこんだ。二重駐車し、アパートの階段を二段飛ばしで駆けあがる。ノックしても返事はない。コナーはふたたびキャッシュカードを使った。

エリンはいなかった。ミューラーの報告書もなくなっている。彼女の香水の香りが漂っていた。エリンはベッドを整え、汚れた食器を洗い、ちらかった服を片づけて猫に餌をやるだけの時間ここにいたというのに、すれ違いになってしまった。猫が嬉しそうに尻尾をゆらゆらさせながらボウルにかがみこんでいるところを見ると、ほんのわずかな差だったのだ。発信機をつけたものはなにひとつ持っていっていない。書類入れすら残っている。コナーはオオカミのように遠吠えしたくなった。なにかを壊し、壁を殴りつけ、家具をたたき壊してやりたい。彼女はおれを信頼していると思っていた。ゆうべあれほど完璧な夜を過ごしたというのに、なんの前兆も説明もなしにおれに反抗して姿を消してしまうなんて、わけがわからない。

みぞおちに不意打ちを食らった気がする。

彼は人並みはずれた記憶力で電話番号を思いだし、そこにかけた。

「はい。こちらはクイックシルバー財団管理部の携帯電話です」録音されたタマラ・ジュリアンの歌うような声が聞こえた。「日時とご用件をお話しください。折り返し電話を差しあげます」

コナーは電話帳をつかんでユベール美術館の番号を探し、延々とつづく音声による指示を切り抜けてなんとかリディアの名前に到達した。

「リディアは外出しておりますが」秘書が告げた。

「大至急彼女と連絡を取りたいんだ」彼は言った。「昼食会議中なのはわかってる。店の名前はわかるか？　こちらから電話する」

「申し訳ありませんが、わかりかねます」秘書が言う。「予約をしたのはわたくしではないので。昨夜リディアが自分で手配しました。どこにいるのかわからないんです」

コナーはつっけんどんに礼の言葉をつぶやき、力まかせに受話器を戻した。

湯気をあげながら階段を駆けおりる。でもどこへ駆けつければいいのかわからない。出発点になる手がかりかパターンを見つけるために網を投げようとしたが、このトリックを使うときは心を柔軟にしてリラックスしている必要がある。いま感じている痛みはあまりに鋭く、鉤爪《かぎづめ》のように食いこんで心をずたずたに切り裂き、コナーの目を血走らせて脳みそを使いものにならなくしていた。

一階にある部屋の前を通りすぎようとしたとき、ぱっとドアが開き、皺だらけの丸顔にカールした白髪をラベンダー色に染めた年配の女性が顔をのぞかせた。「あなた、六階のきれいなお嬢さんのお友だちでしょう？」

コナーはぴたりと足をとめた。「彼女が出かけるところを見ましたか？」

「わたしはなんでも見てるの」女性が得意げに言う。「タクシーに乗って行ったわ。タクシーで来て、タクシーで出かけたの。きっとお金が入ったのね。だって自分の車を取りあげられてから、ずっとバスを使ってたもの」

「タクシー会社の車でした？　それとも個人タクシー？」

彼女はコナーの必死なようすに笑い声をあげた。「ああ、タクシー会社の車だったわ。行き先は言わなかった。なにも言わなかった」一本調子のあざけるような口調で言う。「あなたはその引き締まったすてきなお尻で腰をおろして待ってるしかないでしょうね。最近の若い人たちは我慢というものを知らないわ。待たされれば待たされるほど燃えるものよ」

「今回は例外です」コナーは言った。

気味の悪い入れ歯がきらめいた。「ああ、みんな自分は例外だと思うのよ」

悪意のこもった満足げな口調にコナーは歯を食いしばった。「教えてくださってありがとうございました」

湿っぽい目が不審げにまばたきする。「まあ、お行儀がいいこと」

「努力してるんです」とコナー。「ときどきね、失礼します」

老女は亀のように頭を引っこめ、ばたんとドアを閉めた。

尋ねる相手はもうひとりしか残っていない。コナーは車へ突進しながら携帯電話を出し、ニックの番号にかけた。

「どこにいる？」ニックが嚙みつくように言った。

「エリンになにを話した、ニック？」

「本当のことを話したんだ。誰かが話してもいいころだ。ビリー・ヴェガのことは知ってるな？」返事を待っている。「ああ」ニックが低い声で言った。「当然知ってるよな」

コナーは相手の言わんとしていることがわかった。「ニック――」

「おれはな、おまえに関心を持ってたゲオルグ・ラクスそっくりな男が、おまえの杖でめちゃくちゃに殴られたってことを無視できないんだよ」ニックは言った。「唯一の違いは、ビリーは死んだってことだ。手がすべったのか」

目の前に黒い点が浮かびはじめ、コナーは車にもたれた。「本気で言ってるわけじゃないだろうな。おい、ニック、おれのことはわかってるはずだ」

「そのつもりだったよ」とニック。「ノヴァクは死んだんだ、コナー。爆発で吹っ飛んで黒焦げになった。終わったんだよ、終わったんだ。聞いてるのか？」

頭がくらくらする。深夜の電話。高速道路のゲオルグ。ビリー・ヴェガ。「だが、そんなことはありえない。おれはあいつと話したんだ。ゲオルグを見かけたし――」

「いい加減にしろ」ニックが言った。「ゲオルグはフランスだ。以前も言っただろう。ノヴァクの死は確認済みだ。だからって、おまえにとってはなんの違いもないんだろうな。おまえは怒りをぶつける矛先を求めていて、見つからなければでっちあげる。たしかにビリー・ヴェガが死んだところで世の中にとってはたいしたことじゃないが――」

「戯言《たわごと》はやめろ、ニック」ぞんざいに言い放つ。

「エリンと話した印象では、おまえには今朝の五時から六時のアリバイがないようだな。彼女はおまえを守るために嘘をついてる気がした。それがおまえの望みか？」

「くそくらえ、ニック」コナーは言った。「でたらめだ」

「いずれわかるさ。腕のいい弁護士を雇うんだな。なにしろ、おれの忍耐も限界だ。この件はもう終わりにしたい」

「おれも同感だよ」コナーは電話を切った。いまや脚と頭の両方がずきずきし、吐き気がこみあげている。彼は力まかせにキャディラックのドアを開けた。腰をおろさなければ。それも急いで。倒れる前に。

ニックは親友だった。かつては。

コナーはポケットに携帯電話をしまった。もしエリンのためでなければ、この場ですべてをゴミ箱に放りこんでいるだろう。

エリン。彼女を思うとパニックが爪を立ててくる。クリスタル・マウンテンでゲオルグと戦ったときの記憶がよみがえった。振りおろされる杖。ゲオルグのつぶれた鼻や折れた歯から飛び散る血しぶき。ジャガーのフロントガラスをたたきつけた杖。あらゆる方向に走っていたひび。

杖。杖のなにかが心にひっかかる。コナーは後部座席に目をやり、そこでバーバラの手から杖をもぎ取ってトランクに放りこんだことを思いだした。ジャケットのポケットからキーを出し、車の背後へまわる。

首筋がぞくぞくする感覚で、見る前からわかっていた。ライトがつき、暗いトランクのなかを照らしだす前から。

トランクは空だった。杖は消えていた。

21

「わたしのムースをひとくち食べてごらんなさい、エリン。クリーム・ブリュレなんかよりずっとおいしいわよ」リディアがしきりに勧めてきた。

エリンは口元をナプキンで押さえ、無理やり笑顔を浮かべた。「ありがとう、でももうお腹がいっぱいだから」

「まさか」とレイチェル。「サラダをちょっぴりつまんだだけじゃない。そんなにスタイルがいいんだから、ダイエットする必要なんかないわ、エリン。ユベールにいたころより少しやせたのね。うらやましいわ」

エリンは咳きこみ、ナプキンで口元を隠した。

「ねえ、エリン。どうやってミューラーをつかまえたか、ひとこともしゃべろうとしないのね。白状しなさいよ。わたしたちは、もう何年も前から彼の気を惹こうとしてきたのよ。そしたらある日突然彼があなたに夢中になってるってわかるなんて！」レイチェルがまくしたてる。

「ああ、わくわくするわ。この寄付があれば、うちは十五年は予定を早められるわ」とリディア。「あなたには、ぜひともうちの活動の先鋒になってもらわなければ、エリン。二十一世紀のユベールの運営には、あなたの革新スピリットが必要よ！」

　エリンには不快感を隠すエネルギーはなかったが、それはべつに問題ではなかった。誰も気づいていないらしい。

「予算は潤沢になるんだから、給料はいくらでも希望の金額を言いたまえ、エリン」よく響く声でフレッドが言う。「きみはパーティのスターだよ！　どんな気分かね？」

　エリンは席を立った。「そろそろ失礼するわ」

「まあ、そうなの？」リディアがほかのふたりと意味ありげな視線を交わした。「大事なデートかしら？　だからあまり食べないようにしていたの？」

「いいえ。ただの仕事よ。新しく入手した品物について話すために、ミスター・ミューラーと会うことになってるの」

　リディアとレイチェルが丸くした目を見合わせた。「夕食もご一緒するんでしょうね？」レイチェルが甘ったるい声で言う。

　エリンはうんざりしたように肩をすくめた。今夜誰と夕食を食べるかなんて、どうでもいい。こんなに胃がむかむかしていると、誰かに向かって吐かずに今日を終えるだけで精一杯だ。

　ウィルヘルムが口笛を吹いた。「じゃあ、この吉報の原因はそういうわけだったのか」

「違うわ」エリンは鋭い口調で言い返した。「クロード・ミューラーと会うのは今日がはじめてよ、ウィルヘルム。それに、そういう憶測は不愉快だわ」

「あら、そんなに神経質にならないで、エリン」レイチェルが機嫌を取る。「子どもじゃないんだから」

リディアはわざとらしい冷淡な笑みを浮かべた。「楽しい夜を過ごしてね、エリン。若い人は若さを無駄にするものだから。もったいないことだわ」

エリンは逃げるようにテーブルを離れ、レストランを出て新鮮な空気を胸いっぱい吸いこんだ。おぞましい人たち。どうして以前は彼らの欺瞞《ぎまん》や口先だけの手練手管を我慢できたんだろう？　わたしのなにが変わったんだろう？　いまは四人と昼食を取っただけでシャワーを浴びたくなっている。

タクシーをとめてドライバーに行き先を告げ、やりきれない思いで窓の外を見つめながら、疼くみぞおちに両手をあてた。コナーがどんな思いでいるか考えると、酸に蝕《むしば》まれているように胃が痛んだ。彼の怒りと困惑とショック。そして彼の恐怖。コナーがわたしのために抱いている恐怖は、彼にとっては現実のものだ。現実以外の世界でその恐怖にどれほど根拠があるのかは知るよしもないが、だからといって彼の苦悩がやわらぐわけではない。そして、わたしの苦悩も。

彼に背を向けるのは、ひどく残酷で間違ったことのように思える。けれど、わたしはコナーの支配から抜けださなければならない。自分が置かれている立場を見極められるように、距離を置く必要がある。事実を見極められるように。

コナーのカリスマ性はあまりに強力で、わたしの現実は彼の望むとおりにゆがめられてしまう。とても頭が切れてひたむきで、圧倒的な意志の力を持っている。彼が近くにいては、まともに考えられない。どれほど必死で抵抗しても、いつも呑みこまれてしまう。

わたしの心と体と愛が、きっとわたし自身を裏切るに決まっている。

タクシーは、ヘイドン・テラスにある世紀の変わり目に建てられたと思われる美しい邸宅の前で停まった。料金を払っていると、錬鉄のゲートがゆっくりとひとりでに開いた。ついにミューラーと彼の膨大な財産に小突きまわされるときが来たのだ。すてき。笑いたいのに、不安定な胃をあえて揺さぶる気にはなれなかった。

宮殿のように豪華な入り口でタマラ・ジュリアンが待っていた。シルバー・フォークで奇妙な出来事があったあとなので、エリンは油断なく慇懃に挨拶したが、タマラは愛想がよかった。

「間に合わなくなる前に連絡が取れてよかったわ」タマラは言った。「ミスター・ミューラーがお待ちかねよ。どうぞこちらへ。彼との謁見《えっけん》の前に、見せたいものがあるの」

謁見？　あらあら。王族の前に連れていかれるわけじゃあるまいし。エリンはヒステリックに笑いそうになるのを手で隠しながら、タマラにつづいて広々した豪奢《ごうしゃ》な部屋をいくつも通り抜け、カーブを描く階段をのぼり、廊下を抜けて新鮮な切花であふれた贅沢な寝室へ入った。濃厚な甘い香りで胸が悪くなりそうだ。

タマラが壁にはめこまれた金庫を開け、黒いベルベットの平らなケースを取りだした。それをエリンに手渡す。「これを見てちょうだい」

ケースを開けると、思わずため息が漏れた。

ラ・テーヌ文化の金の首飾り《トルク》。でも、これほど豪華なものを見るのははじめてだ。それは、ロスバーンで研究した古代の墳墓で発掘された貴金属と同じ様式だった。

トークの端が合わさる場所にはガーネットの目をしたドラゴンが二頭つき、挑むように鉤爪をふりかざしている。ヘビのような尾が凝った渦巻き模様を描き、身につけた人間の胸に垂れさがるようになっていた。みごとな逸品。黒いベルベットの上で、日差しを閉じこめたようにきらめいている。

「ミスター・ミューラーの最新の入手品なの」タマラが言った。「これの交渉には何カ月もかかったのよ。先日急いで香港へ行く必要があったのは、そのせいだったの」

「すばらしいわ」息がつまりそうだ。「完璧よ。由来に関する書類を見せていただける？」

タマラはにっこり微笑んだ。「そうしたいけど、だめなの。今夜はだめ。これはあなたに調べてもらうためのものじゃないのよ、エリン。つけてほしいの」

「そんな！」エリンはケースを差しだした。愕然《がくぜん》としている。「とんでもないわ！」

タマラはそっとケースを押し戻した。「どうしてあなたをここへ連れてきたと思うの？今夜はミスター・ミューラーからあなたに特別なお願いがあるの。自分に会うとき、このドラゴンのトークを身につけてほしいんですって」

エリンはシンプルな濃紺のスーツとハイネックの白いシルクのブラウスを見おろした。

「でも……無理だわ。わたし、そんな……」

「大丈夫」タマラが即答する。「ふさわしい服が必要よね。ミスター・ミューラーとわたしもそうじゃないかと思ったの。今日の午後、いくつかデザインの違うドレスを届けさせてあるわ。サイズは八よね？」エリンはうなずいた。「そうだと思った」タマラがつづける。「どれもすばらしいのよ。安心して、わたしは服の好みがうるさいの。きっとあなたの気に入るドレスを見つけられるわ」

「いいえ、そういうことじゃないの」エリンは言った。「こんなこと――」

「するべきじゃない？」タマラの鈴のような笑い声が美しく響き渡った。彼女はエリンの頬にキスをした。「これはまたとない貴重な品よ。すばらしいでしょう。いまのあなたは未完成だけれど、すぐに最高傑作になるわ」

エリンは首を振った。「できないわ」

「なぜ？」タマラが問いつめる。

エリンは相手の探るような眼差しに目をつぶり、深呼吸をしようとした。緊張と混乱で、タマラの質問をかわせるような痛烈な反論が思い浮かばない。わかるのは、ミューラーの要求に対するコナーの反応だけだ。誇りを傷つけられた彼の怒りだけ。

「ドレスアップごっこをしたくない、エリン？」タマラがいたずらっぽく言った。「他愛のないお遊びよ。ミスター・マクラウドはいないし、わざわざ彼に教えることもないわ」

あてつけがましい口調にかちんときた。「誰かの許可なんて必要ないわ」ぴしゃりと言う。

「わたしはただ気が進まないだけよ」

タマラは残念そうな顔をした。「わかったわ。ミスター・ミューラーの希望を叶えてあげてほしかったんだけど。彼はこのところかなり体調が思わしくなくて、世捨て人みたいに孤独な生活を送っているの。ちょっと気まぐれ心を起こす権利はあるし、そんなのめったにあることじゃないのよ。あなたをびっくりさせるアイデアで、わくわくしていたわ。彼はプレゼントのつもりなのよ。あなたに対する敬意を示そうとしてるの。いろいろ骨を折ってもらった御礼のしるしに」

エリンはベルベットのケースをタマラに押しつけた。ほとんど必死だった。「でも……こんなことするべきじゃないわ。だって——」

「ミスター・ミューラーは、自分と同じくらいその価値がわかる人間と、このトークのすばらしさを分かちあいたいだけなのよ」なだめすかすようにタマラが言う。「彼はあなたに興味を引かれているの。何カ月も前から。それに、いずれにしてもあなたは自分の見栄えをもっとよくする方法を学ぶ必要があるわ。わたしが手伝ってあげる。あなたはすばらしいものを持っているもの。髪、肌、瞳」

「ありがとう。でもファッション・コンサルタントは必要ないわ」エリンは堅苦しく応じた。

「ええ、そうね」タマラが同意する。「あなたはすばらしいわ。とてもきれい。でも、もし望めば、歩道を歩くだけで自動車事故を起こさせることだってできるようになる」

エリンはひるんだ。「そんな！　わたしがそんなことを望むはずがないでしょう」

タマラが笑い声をあげる。「力よ、エリン。力は大事よ。わたしを信じなさい」

エリンは首を振った。「そんな力はいらないわ」静かに言う。「そんなもの欲しくない。わたしの性に合わないわ」

「誰にだって必要なものよ」タマラがまじめな声で言った。「マクラウドがあなたを意のままにしてるなんて残念だわ。そのせいで、あなたは五千ドルはしようというドレスを試着する勇気も持てない。楽しむためだけでさえね。女性パワーの講習を受けたほうがいいかもしれないわね」

エリンはかっとした。「わたしを操ろうとしても無駄よ」

タマラは首をかしげ、次の攻め方を考えている。「わたしはちょっと楽しみたいだけよ」甘い言葉でそそのかす。「ドレスを着てごらんなさいよ、エリン。すばらしいドレスなの。そしてあなたもすばらしいわ。本当に魅力的になるのがどういうことか、わたしが教えてあげる。魔法みたいよ。それに楽しいわ。この美しいトークを見て。ミスター・ミューラーがこれにいくら使ったかあなたに教えるつもりはないけれど、きっとあなたに似合うはず。あなたのためにつくられたみたいじゃない」

エリンは、トークの息を呑むほどみごとなデザインが秘めた力と荒々しさをじっと見つめた。二頭のドラゴンは、命をかけて相手に挑みかかるポーズで凍りつき、ガーネットの瞳が憤怒で赤く燃えている。からみあうヘビのような二本の尾が、実際にのたうったりひらめいている錯覚に襲われそうだ。彼女の手のなかで、トークはまさにうなりをあげていた。

これまでずっと、この種の宝飾品はこの世に実在するなかでもっとも美しく、心に訴えるものだとひそかに思っていた。官能的で野蛮。遠いむかしの血や塵《ちり》や物音に共鳴するデザイン。自分がケルトの工芸品にのめりこんでいるのは、それが謎めいた文化に実際に触れられる接点であるからにほかならない。それはエリンに夢を見させ、想像力をかきたてた。それは時を越えて語りかけてくる。

二千年以上前、ケルト文明のひとりの高貴な女性がこのトークで首を飾った。彼女はその時代に生き、目覚め、食事をし、呼吸して恋をした。もしこのトークを身につければ、おのずと過去に包まれるだろう。時代をさかのぼり、その女性に触れられるような気がする。トークが彼女を現実のものとしてくれるだろう。

どうしようもなく心をそそられる。あまりの魅力に手が震えていた。

「ミスター・ミューラーは、あなたを喜ばせたかったのよ、エリン」タマラがやさしく言った。「彼の望みを叶えてあげて。そしてあなた自身も楽しんで。マクラウドにはわかりっこないわ。だってこれは……秘密だもの……わたしたちだけの」

エリンは目をそらせた。また涙があふれそうになっている。なんてだらしがないんだろう。タマラの言うとおりだ。コナーの怒りを考えただけで、自信を失ってぐずぐず涙ぐんでいる。この戯れは自分だけの秘密にすればいい。それに、たぶん彼の支配から解放される役目も果たすだろう。わたしはわたし。自分で判断を下せる人間だ。古代史へ情熱を抱いているのはわたしであって、コナーとは関係ない。彼には決してわかってもらえないだろう。けれど、クロード・ミューラーならわかるかもしれない。「いいわ」エリンは言った。

言ったとたんに後悔した。言葉が口から出た瞬間ひどい過ちを犯したとわかったが、もう後戻りはできなかった。タマラは大喜びでにっこり微笑むと、エリンの手を取って別の寝室へ連れて行った。ベッドの上に箱や袋がいっぱい載っている。「最初にランジェリーと靴を見せるわね」

「ランジェリー?」

「当然でしょう」タマラはぐるりと目をまわした。「ドレス越しにパンティラインが見えるわけにはいかないわ。それに、ドレスにあうストッキングも注文してあるのよ」

三十分後、タマラはエリンの首にずっしり冷たい金のドラゴンのトークをかけ、鏡に向かわせた。「見て。コナー・マクラウドが見たら、ひざまずいて情けを請うわよ」

罪の意識と心の痛みに襲われる。「お願い、言わないで」

「興がそがれる?」タマラは笑い声をあげ、エリンに見られていることに気づいて片手をあげた。「ごめんなさい。変なことを言って悪かったわ。好奇心はわたしの悪いくせなの。わたしを嫌いにならないでね。悪気はなかったのよ」

「あなたはそんなことを言うほどわたしを知らないじゃない」

「ええ、でも親しくなれればいいと思ってる」タマラはいつもの愛嬌のある笑みを浮かべた。

「あなたにはすごく興味を引かれるわ、エリン・リッグズ。さあ、鏡を見てごらんなさい。すばらしいと思うでしょう?」

鏡を見たエリンは、一瞬息を呑んだ。

まったく別人に見えるというわけではない。これはわたしだ。でも金色のオーラに包まれている。目は大きく見えるし、瞳の色が深くなって陰影が濃くなった気がする。唇はふだんよりふっくらして赤みを帯び、肌は自然な黄金色に輝いている。髪の艶まで増したように見えた。

タマラが一緒に選んでくれたドレスは、光沢のあるブロンズ色のバイアスカットのシンプルなデザインで、シフォンでできた透けるオーバードレスがついていた。上半身はぴったりフィットし、ウェストからたっぷりしたフレアスカートが広がっている。ネックラインはトークと胸の谷間が引き立つ深いV字型だ。オフショルダーのデザインなのでブラはつけられないが、身頃に芯が入っているので、見る者の目を楽しませるように豊かな胸がきれいに押しあげられている。

肌にあたるドラゴンのトークは冷たかったが、エリンは不思議な古代のエネルギーの脈動を感じ取っていた。髪は結わずにおろしている。タマラがフレンチノットをほどいてブラシをかけ、賞賛の声を漏らしながら腰まである髪を指で梳いたのだ。「これには手を入れる必要はないわね。完成よ」

エリンは鏡に映った自分を見つめた。無防備で隙だらけになったような気がする。見知らぬ男の快楽のために、女らしさを、女という性をさらしているように。ずっしりしたなまめかしいトークが、その印象を誇張して見せている。おそらくこのトークには魔力があって、わたしはその妖艶《ようえん》な魔法にかかっているのだろう。生まれてからこんな自分を見たことなどないのだから。

甘い言葉に乗ってこんなことをするなんてばかだった。でも承知したのは自分だ。いまさら文句を言うのは、もっとばかげている。いま思うと、はじめての恋人とベッドをともにしたのもまさに同じ理由からだった。わたしは起こったことを礼儀正しく耐えるよう自分に言い聞かせたのだ。滑稽《こっけい》に見えたくない、失礼で子どもじみたみっともないまねをしたくないという恐怖心から。わたしは自分が決めたことの結果をめそめそせずに受けとめるすべを学ばなければ。それが大人になるということだ。でも、ときどき生まれたときから大人だった気がして、それがたまらない。

「大丈夫、エリン?」タマラのやさしい声がした。

大丈夫と答えかけたところで、エリンはつと口をつぐんだ。目を閉じて、首を振る。ふたたび目を開けたとき涙が浮かんでいた。

タマラはすでにティッシュを用意していた。メイクがにじまないようにそっと涙をぬぐい、冷たい手を肩に置く。「少なくともあなたはとてもきれいよ」彼女は言った。「戦いに臨むとき、それは強力な武器になるわ。あなたが抱えている問題がなんであれ」

エリンは泣き笑いを漏らした。にっこりと微笑みあう。タマラが軽く抱きしめてきた。

「準備はいい？　もう少し時間が欲しい？」

エリンはしゃんと背を伸ばした。「いいわ」

スパイクヒールに慣れるまで少し足元がふらついた。靴はドレスに合わせ、五種類の異なったサイズが用意されていた。金持ちの気まぐれのために費やされた信じがたい浪費。

タマラは先に立って廊下を進み、階段の前を通り過ぎてもうひとつのウィングへ行った。ドアを開けた部屋は、床から天井まで伸びる窓がいくつもある広々した応接室で、窓の多くは開け放ってあった。薄手の白いカーテンがそよ風を受けてふんわりふくらんでいる。室内は斜めに差しこむ黄金色の日差しでまぶしいほどで、エリンはタマラにつづいて部屋に入りながら明るさとアーチ型の天井がつくる空間に圧倒された。

圧倒された原因は寒さにもあった。そこは妙に冷え冷えしていた。まるでクーラーがかかっているように。

平均的な背丈のほっそりした男性が、こちらに背を向けて窓の外を見つめている。ふたりが入っていくと、男がゆっくり振り向いた。その仕草は演出のように見えた。ヨーロッパの高級車のコマーシャルみたい。無意味なことを考えちゃだめ。エリンはその思いを頭から振り払った。

クロード・ミューラーがにっこり微笑んだ。オリーブ色の肌をした魅力的な男性で、短く刈りあげた黒髪がこめかみの上まで後退している。えくぼが浮かぶ笑顔は愛嬌があり、金属的なブルーの瞳が浅黒い肌に映えている。気取りのないエレガントな紫がかった灰色の麻のスーツを着ていた。

「ミスター・ミューラー。ついにミズ・リッグズのご登場です」タマラが言った。

ミューラーはすべるように近づいてくると、エリンの手を取ってその上にかがみこんだ。一瞬キスされるのではないかとぎょっとしたが、彼は手のすぐ上で動きをとめ、エリンの警戒心を察したようにちらりと目をあげた。

「ミズ・リッグズ」彼は言った。「トークの件ではわたしの望みを叶えてくれてありがとう。そしてドレスも。面倒な頼みだとはわかっていたが、出来栄えはみごととしか言いようがない。ナイジェルとタマラからきみは美人だと聞いていたが、美人どころではないな。トークが見劣りするほどだ」

彼はエリンの目をじっと見つめながら彼女の手を持ちあげ、笑みを浮かべた唇をゆっくりと押しあてた。彼の唇が触れたとたん、すさまじいショックを受けた。一瞬目の前にかかっていたベールが透明になり、豪奢な部屋が氷の彫刻のように冷たく硬くなって、色と命を絞り取っているような気がした。エリンは震える手を引き寄せた。

ミューラーは手を放そうとしない。「ありがとう、タマラ」彼は言った。視線はまだエリンの目を見つめたままだ。「さがってよろしい」

タマラの背後でドアが閉まったとたん、見捨てられたような気がした。あの女性は、温かな現実世界との最後のつながりだったのに、これで冷たく美しい墓にひとり取り残されてしまった。おかしなことを考えてはだめ。ばかげてる。冷静にならなければいけないのに、心臓がどきどきして吐き気がしそうだ。気が遠くなりかけているような気がする。気絶しかけているように。だめよ。気絶なんかしたら、決まりの悪さから決して立ちなおれないだろう。エリンは無理やり笑顔を浮かべ、コナーのことを考えた。

彼のことを考えるのはつらかったが、その痛みが足がかりになった。わたしのなかの彼とつながっている部分は現実的で根本的なもので、それはもっとも深い感情に根づいている。そこにしがみつくと、つのるパニックが収まってきた。

「ようやくお会いできて光栄です」彼女は言った。「こんなにすばらしいものを身につけさせていただいて、ありがとうございます。忘れられない思い出になります」

「ドラゴンのトークもきみを忘れないだろう。古代の工芸品の蒐集を始めてから、わたしは工芸品もむかしの記憶を宿していると考えるようになった。所有していた人間たちの記憶を。そのトークは、もう一度美しい女性の胸を飾りたがっている。墓のなかでの一千年にわたる孤独のあと、女性の生気にあふれたぬくもりでみずからを温めたいと」

なんと答えていいのかわからない。頭が真っ白だ。エリンは誘いこむような眼差しを呆然と見つめたまま、むなしく口を動かしていた。

やっとの思いで視線をそらし、とにかくなにか言おうと言葉を探す。「あの、申し訳ないんですが、シルバー・フォークで拝見した品物に関する報告書をしあげる時間がなかったんです」彼女は言った。「さしせまった個人的な問題がありまして、それで――」

「かまわない」さらりと話をさえぎる。「どうせ、ほかにも鑑定してもらいたいものが三つある。そちらも一緒に報告書にまとめてほしい」

エリンは大喜びで仕事の話題に飛びついた。「いま拝見しましょうか？　テープレコーダーは持っていませんが――」

「いや、けっこうだ。問題の品は明日の午後届くことになっている。申し訳ないが、もう一度ご足労願わなければならない。明日の午後五時ではどうだろう？」

操り人形のように頭がぴくっとした。「けっこうです」エリンは言った。「でも……それならどうして今夜わたしをお呼びになったんですか？」

ミューラーはにっこりして肩をすくめた。「今夜は仕事ではない」彼は言った。「今夜はおたがいの親交を温め、共通点を探る喜びを味わう夜だ。飲み物はいかがかな？　シャンペンでも？」

エリンの体を乗っ取った催眠術にかかった操り人形が、こくりとうなずいた。シャンペンなど好きでもないのに。

ミューラーはクリスタルのシャンペングラスに泡立つ液体を注ぎ、エリンに手渡した。

「パリに戻る前に、できるだけ長くきみの時間を確保しておきたかった。わたしは明後日発つ。クイックシルバーほどの財団を運営するのは身をすり減らすような仕事だ。奴隷《どれい》のようにあくせく働くことになる」

エリンはシャンペンをすすり、悲惨な状態にある自分の銀行口座を思った。「見当もつかない世界の話ですわ」そっとつぶやく。

その声にこもったかすかな皮肉に、ミューラーの目がきらりと光った。「無神経な発言だと思ったかね、ミズ・リッグズ？」

「そんなことありません。それから、どうぞエリンと呼んでください」エリンは礼儀正しく答えた。

「それでは、わたしのこともクロードと呼んでくれ。わたしが率直に金の話をするのは、きみの財政的な問題は解決したと信じる理由があるからだ」

「ああ」これほど頭が空っぽになったような思いをさせられる相手と話すのははじめてだ。コナーといるとうまく言葉が出てこなくなるが、彼に言いたいことはいつも山ほどある。一生かかっても言いつくせないほど。

ミューラーといると、頭が真っ白になってしまう。あたかも貪欲なコンピュータウィルスが脳のハードドライブに入ったデータを食いつくしているように。

「ユベールに関するわたしのオファーについて、考えてくれたかね？」

少なくともこの件に関してははっきりしている。「はい、考えました」エリンは言った。

「たいへん心苦しいのですが、お断りせざるをえません」

グラスのなかを浮かびあがっていく気泡を見つめながら相手の反応を待つ。やがて好奇心に負け、彼女は目をあげた。

ミューラーはおもしろそうにうっすら微笑んでいた。「なぜその結論に達したか訊いてもいいかね？」

エリンはグラスを置いた。部屋の寒さで体が震え、その寒さが薄いシルクとシフォンで覆われただけの乳首に及ぼしている影響が痛いほど感じられる。「不誠実な態度には耐えられないんです」彼女は正直に答えた。「子どもじみているのはわかっています。今後どんな仕事に就くにせよ、ことあるごとにそう思うでしょう。でもあそこへ戻って、内実が腐っていることを知りながら万事順調であるふりなどできません。わたしには無理です。誰のためであろうと。どれだけお金をもらおうと」

ミューラーはくすくすと笑うと、自分のグラスにシャンペンを注いだ。無言のままエリンに向かってグラスを掲げ、にっこり笑ってひとくち飲んだ。

意味がわからない。「なんですか？　わたし、なにかおかしなことを言いました？」

「全然」とミューラー。「きみは、まさにわたしが望んでいたとおりのことを言ったんだ。これはテストだったんだよ、エリン。そのテストにきみはパスした」

体ががたがた震え、エリンは両腕をきつく巻きつけた。「では、わたしをからかっていたんですか？　これはすべてゲームだったんですか？」

彼はグラス越しに上目遣いでまじまじとこちらを見つめながらシャンペンをすすっている。「いいや。あのオファーは正真正銘のものだ。だがわたしは、きみはみずからの主義に従って断るのではないかと思っていた。わたしはきみがどういう人間か知りたかった。このテストにパスしたら、このオファーの先にあるものを教えるつもりだった」

エリンは自分のグラスに手を伸ばした。大きくひとくちシャンペンを飲みこみ、喉を焼く気泡にむせる。首にかかったトークが絞首刑の輪縄のように重く感じられた。「それで、その先にはなにがあるんです？」

ミューラーの唇がカーブした。「無限の可能性。もしきみにそれを受け入れる勇気があればだが」

「もう少し具体的に言ってください」コナーの率直な物言いに慣れてきているので、遠まわしな表現には堪えかねた。

「いいだろう」彼は言った。「わたしと一緒にパリへ来なさい」

危うくグラスを落としそうになった。ミューラーがさっと手を出してグラスを支えた。こちらの指に触れている彼の指に力が入る。グラスの華奢な柄が震え、彼の手にかかったきらめく水滴が宝石のように輝いている。

ミューラーは口元に手を近づけ、水滴を舐め取った。

計算ずくのみだらな仕草に悪寒が走った。いまいる部屋が氷のように冷ややかに感じられ、たなびくカーテンは、両手をもみしだいて必死で警告を発しながら周囲を飛びまわる幽霊になった。直接頭のなかにささやきかけてくる彼らの声すら聞こえるような気がする。

「パリ？」消え入りそうな声でくり返す。

ミューラーがうなずいた。「ああ。そんなつもりはなかった。わたしは衝動的な人間ではないのでね。だがこうしてきみに会った以上、わたしはかつてないほど本気になっている。一緒にパリへ来てくれ、エリン」

エリンは用心深く一歩しりぞいた。「あの……それでなにをするんですか？」

こんなに取り乱すなんてばかげている。男性に言い寄られるのはいつものことだ。これほど突飛な話を持ちかけられたことはないが、生まれてはじめての経験というわけではない。それなのに、いまは逃げだしたくなっている。大きく開いた胸元を隠したい。乳房と心を彼にさらしている胸元を。ウールの厚手のコートが、鎖帷子《くさりかたびら》が欲しい。六フィートの鉄筋コンクリートの壁が。クロード・ミューラーが怖かった。まともな理由などなにひとつないが、彼にはエリンを震えあがらせるものがある。

「なにをするか？」ミューラーがやさしくくり返した。「ああ、あちらへ行けばわかるだろう。計画の立てようがないものもある。絶え間なく変化しながら流れる時間のなかで、おのずとわかってくるだろう。だが、わたしたちには共通点がたくさんある。わたしも不誠実な態度に傷つけられてきた。堕落し腐敗したものには不快感を抱く。妥協せずにオファーを断ったきみに、わたしは興味を引かれている。本物には心を動かされる。きみには本物を感じるんだ。それがどれほど貴重なものか、わたしは知っている。わたしはそれを切望する。麻薬のように」

エリンはなんとか口を閉じ、無理やり唾を呑みこんだ。「あなたはわたしを知りません」こわばった声で言う。「わたしのことは、なにひとつご存じありません」

ミューラーが手を伸ばし、ドラゴンのトークの官能的な輪郭をたどった。肌に触れた人差し指がやけに冷たい。「わたしは自分に必要なことはすべて知っている」

エリンはひるまないよう自分を鞭打《むちう》った。無愛想で無礼なことはしたくない。けれど自分に触れるミューラーの手を見つめる脳裏で、コナーの顔が燃え立つように輝いていた。昨夜、わたしの手にキスをして、心を捧げてくれたときのコナーの瞳に浮かんでいた愛情が。

意識がシフトし、ふと気づくとちっぽけな自分が見えた。風が吹きつける暗く冷たい海面で上下する北極の浮氷の上に、ひとりで立っている。薄い黄金色のドレスしか着ていない。頭上に広がる凍りつくような白い空は、クロード・ミューラーの貪欲な目を思わせる。

ノヴァク。

まさか。いい加減にしなさい。ノヴァクは死んだのよ。はるかヨーロッパで。ニックはそう言った。確かだと。それに、目の前の男は以前見たカート・ノヴァクの写真と似ても似つかない。この男は黒髪で目が青く、両手ともまともで顔つきも違う。被害妄想の幻想に陥ってはいけない。筋の通らない恐怖に支配されるわけにはいかない。

自分の気持ちに素直になりなさい。母はそう言った。この身を切るような冷たい極地で、耳を傾けるべきなのは自分の気持ちだけだ。それ以外は、すべて目がくらむような冷たい光に隠されている。エリンは自分の気持ちに耳を澄ませた。ごまかされることも命令されることもない、温かく、熱く息づいている心に。何年も前に永遠に変わらない選択をした心。コナーを選んだ心に。

エリンはグラスを置くと、ミューラーの視線からもろい心を隠したいという衝動に負けて両手を胸にあてた。「その、関心を持っていただいてとても光栄なんですが、わたしにはおつきあいをしている人がいるんです」

ミューラーの表情がこわばった。「一緒にシルバー・フォークへ来た紳士のことを言っているのかね？　タマラとナイジェルから話は聞いた。その場にいられなくて残念だった。マクラウドという名前だったかな？」

エリンはうなずいた。

「タイミングが悪かったな」背後のテーブルにどすんとグラスを置く。「サンタフェに来たときは、まだ彼とつきあっていなかったんだろう？　サンディエゴのときも？」

「はい」

「ああ、もちろんそうだろう」彼はズボンのポケットに両手を突っこんだ。まだこちらに背を向けたままだ。「ナイジェルとタマラの話によれば、きみたちはお似合いには見えなかったとか。ミスター・マクラウドは、わたしならなにより尊重するきみの資質を疑っている。彼のような男は、きみにはふさわしくないことはなはだしい」

エリンはそっと身動きし、不安定に上下する浮氷の上をわずかにあとずさった。「意見をお持ちになるのは自由です」

ミューラーはうっすらと卑下したように微笑んだ。「すまない。前言を撤回する。そこまで言う権利はなかった」

「かまいません」そっと言う。

ふいにミューラーが近づいてきて、腕をつかまれた。「許してくれ。それに、もし不安にさせたのならわたしのオファーも忘れてほしい。一緒に食事をしてくれないか、エリン。むさくるしいこの世に存在する美と本物の話をしよう。高度な精神の会合。わたしたちだけの秘密だ。神経質で嫉妬深い恋人に知らせる必要はない」

その言葉ですべてがはっきりした。ミューラーはわたしたちのあいだに楔《くさび》を打ちこみ、すでにある溝を広げようとしているのだ。空間を超えて自分を引っぱっているコナーの恐怖と切望が感じ取れるような気がした。その力で不自然な落ち着きが乱された。視界で黒い点が躍っている。心臓がどきどきと高鳴りはじめた。

コナーを見つけなければ。いま。すぐに。エリンはミューラーにつかまれた手を振りほどいた。無愛想に見えても、無礼で子どもじみて見えてもかまわない。ここを出てコナーを見つけなければ。

「申し訳ありません」あとずさりながら言う。「ご一緒できません。そろそろ失礼しないと。いますぐに」

ミューラーの目が細くなり、冷たいブルーの裂け目になった。「そんなに急いで？」

「失礼しないと」エリンはくり返した。「すみません。本当に。無作法なことをするつもりはないんです。よろしければ、明日新しく入手されたものを拝見するためにまたお邪魔します――」

「ありがたい」皮肉がこもった厳しい声。「きみにできるのは、せいぜいそれぐらいらしい」

エリンは部屋を飛びだし、ヒールに足を取られないようにつま先を使って廊下を駆け抜けた。タマラが階段のふもとから驚いた顔で見あげている。「エリン？　大丈夫？」

「バッグをちょうだい。服も。タクシーを呼んで。お願いよ、タマラ。助けて。ここを出ないと」必死で言う。「いますぐ」

タマラは腰につけた装置を取り、ボタンを押した。「シルヴィオ？　急いでミズ・リッグズのために屋敷の前に車をまわしてちょうだい」

心配そうに顔をしかめながらエリンを振り向く。「どこでも好きなところへシルヴィオが送っていくわ。わたしはあなたの服を取ってくる。すぐ戻るわ」

事実ほんのわずかな時間だったが、何時間にも感じられた。エリンは自分の服と靴とバッグをつかみ、玄関へ向かった。「ごめんなさい。でも着替えてるひまがないの」矢継ぎ早に話す。「明日ほかの品物を鑑定しに戻ってくるとき、持ってくる——」

「そのドレスはあなたのものよ、エリン」

「だめよ。いただけないわ。ぜったいに……ああ、たいへん、忘れるところだった。これをはずさないと」首からトークをはずし、タマラに手渡す。とたんに呼吸が楽になった。「ごめんなさい、タマラ。自分でもよくわからないの。なんだか……なんだか頭が混乱してしまって」

タマラは真剣な目をしていた。「じゃあ、行きなさい。車が待ってるわ」

エリンは車に乗り、あえぎながら運転手にアパートの住所を告げた。一刻も早くこのいまわしいドレスを脱いでしまいたい。一刻も早くコナーに電話して、彼の声を聞いて無事を確かめたい。

早くそうしたくて気が狂いそうだった。もし彼も狂っているなら、それでかまわない。そうなれば、ふたりはお似合いということだ。

タマラは薄暮のなかへ遠ざかっていくテイルランプを見つめ、すっかり見えなくなってもまだ見つめつづけていた。暗がりに必死で目を凝らしたが、自分でもなにを見ようとしているのかわからなかった。あの女性には、心を動かされるものがある。できるものならエリン・リッグズを助けてやりたいが、自分に助けられるかどうかもはや自信がなかった。たとえ思いなおして逃げるチャンスがあったとしても、そのチャンスははるかむかしに逸してしまった。いまの自分はオールのないボートにひとり乗り、巨大な滝に向かって激流を流されている。轟《とどろ》く水音が聞こえ、白く泡立つ冷たい水のすさまじい力が感じ取れるような気がした。滝の下では、尖った岩が牙のように待ち構えている。

階段にたたずむ彼女のもとへ雇い主がやってきたとたん、空気の質が変化して、身を切るような風が周囲で渦巻いた。彼はポケットから指が欠けた手を出し、顔に触れてきた。義指ははずしてある。彼はふたりだけのときはいつも義指をはずし、それで触れたがった。彼の手が動き、親指と中指の名残りが首にからんで、喉についたアザを隠すために選んだドレスのチャイナカラーを脇へ押した。指先が脈打つ血管に触れ、脈が速まったのを感じ取っている。タマラにとって、危険はつねになにより性欲をかきたてるものだったが、いまの鼓動の高まりはもはや快感とは無関係だ。はるかにそれを超越している。不毛で毒に満ちた、純粋な恐怖の荒地の奥深くまで。

「すべて順調だな」質問ではない。もし答がノーなら、タマラの命はなかっただろう。

彼女はこくりとうなずいた。「マクラウドの車につけた発信機によると、車は現在エリンのアパートの近くの駐車場に停まっているわ。そこで彼女を待ってるのよ」

「そして、彼女はあのドレスを着て出ていった。贅沢な装いで。スペシャルボーナスだな。すばらしい。この一件は、想像以上におもしろくなりそうだ。一緒に見物するかね?」

丁寧な表現の下に、容赦ない命令が聞き取れる。「もちろん」タマラは言った。「抵抗できるわけないでしょう?」

ほんとにそうよね。バリケードで囲われた心の内側で、皮肉な声が言った。毎日同じ質問を自分にしつづけている。

「来い」彼が言った。タマラの喉から手を放し、先に立って監視室へ行くよう合図する。

彼は決してこちらに背中を向けようとしない。ぜったいに。それが薄気味悪かった。彼はわたしが殺したがっていることを知っているに違いないのに、自分のもっとも危険な秘密を明かした。なぜまだわたしを生かしているのだろう。

おそらくなにか特別な理由があるのだ。

ふたりは監視室に入った。壁が巨大なスクリーンになっている。ノヴァクはスクリーンの前にある寝椅子に腰をおろし、横にあるマウスをクリックして、エリン・リッグズの狭いアパートの静まり返った薄暗い室内を画面いっぱいに映しだした。「なんとも惜しいものだ」考えこんだように言う。

「なにが惜しいの?」タマラはすかさず彼に長々と語らせるきっかけを与えた。ノヴァクは自分の声を気に入っている。

「彼女は貴重な存在だ。無垢《むく》そのもの。エドワード・リッグズのようなクズ同然の男から、あれほど並外れた娘が生まれるとは驚きだ。それに、思っていたより美しい。もっとも、それはおまえの力によるところもあったと思うが」

「お役に立てるよう努力してるの」

「そうか?」彼は言った。「こっちへ来い、タマラ。役に立ってみせろ」

タマラは彼の隣に座った。「彼女はとても頭がいいわ。罠に気づいた」

「だが、自分のパニックの原因には気づいていない」雇い主が言う。「彼女は自分の勘を信じていない。みずからの行動規範に支配されている。この世は自分に理解できるルールに従って動いているとあくまで考え、それゆえ明日はここへ戻ってくる。まじめなプロらしく時間を守って。もし彼女がみずからの心につくった牢獄にとらわれていなければ、名前を変えて逃げだすだろう」

「でも、そうしたところでどうにもならないわ」相手を喜ばせるために言う。

ノヴァクはにっこり微笑みながら、短くなった人差し指でタマラの顔に触れた。歯が妙に鋭く見える。「本気で彼女をパリに連れて行きたい」手が下へさがり、喉と胸に触れる。「彼女と寝たい。まばゆいほど無垢な体を陵辱するのは、きっと刺激的だろう」

彼はタマラの手をつかみ、ズボンのふくらみに押しあてた。タマラは無理やり笑顔を浮かべた。まずいことになりそうだ。エリンは彼のもっともサディスティックな本能をかきたてたのだ。急いで彼の気をそらさなければ。

「彼女は決して自分から進んであなたとパリに行こうとはしないでしょうね」タマラは言った。「もうマクラウドとつきあっているもの。ふたりの関係に火がつかないうちに彼女を誘うべきだったわ。それに、あなたの手を見たら……」声が小さくなる。雇い主は正直な発言を好むこともある。だが機嫌しだいで致命的な誤算にもなりうる。

「もっともだ」彼は言った。「このまま進めよう。いずれにしても、これだけの計画を無駄にするのは惜しい。細部まですべてうまくいっている。予想していなかったことまでな。神の目で見れば犠牲もやむをえない」

「わたしは神は信じないわ」果敢に言う。「どんな神も」

ミューラーの目が獲物を魅了するヘビのようにタマラを釘づけにした。光を発する瞳が休みなく弱点と秘密を探っている。

「信じない？　すばらしい。なにごとも恐れない女。恐怖さえも」彼はズボンからポケットナイフを出した。ぱちりと刃を出し、きらめく切っ先をタマラの喉に押しあてる。唾を呑みこんだら皮膚が切れるだろう。

ナイフの刃が羽のようにそっと下へ移動した。並外れて鋭い刃に触れて、濃い瑠璃《るり》色のサテンのドレスが音もなく切れていく。ドレスの下は裸で、レースの縁取りがついた黒いストッキングしか身につけていない。パンティははいていない。一度もはいたことはない。それは彼女の主義だった。

タマラは目をつぶり、ナイフの刃が皮膚の上すれすれをすべって文字のようなパターンを描くあいだ、じっと動かずにいた。だがその文字は発音できない未知の文字だった。悪魔の呪文が魔界の奥深く彼女を引きこんでいく。

刃が乳房をかすめ、激しいエネルギーを抜き取ろうとしているかのように高鳴る心臓の真上でとまった。さらに下へ移動し、傷つきやすいみぞおちのくぼみの上でとまる。切っ先がへそに入ってきたが、痛みであえがないようこらえた。ひとつ息をしただけで、内臓に食いこむだろう。

ノヴァクはナイフをさらに下へ動かし、大腿骨の上に軽く触れた。皮膚の下に脚の付け根の動脈が流れている場所に。恥丘の上をそっと刃がすべる。「脚を開け、タマラ」ノヴァクがこびるようなやさしい声で言った。

タマラは身動きできなかった。恐怖で体がすくんでいる。後戻りできないところまで来てしまった。チャンスを逃し、度を越え、予想をはずした。なんて屈辱的な最期だろう。いつも勇敢で輝かしい死を望んできたというのに。

突然室内の明るさが増した。スクリーンに映像が映っている。エリンが帰宅したのだ。ショーが始まった。

タマラはスクリーンを指差した。「見物しないの?」

ノヴァクはぱちりとナイフを閉じ、ポケットにしまった。刑の執行猶予。

「一緒に見物しよう、タマラ」彼は言った。「お楽しみは、そのあとだ」

タマラはスクリーンの映像がほとんど目に入らなかった。むきだしの太腿に置かれたノヴァクの指が欠けた手の、焼けるような感触に心を奪われていた。

22

エリンはアパートの入り口を駆け抜け、階段へ突進した。このいまわしいドレスを脱ぎ、ミューラーに触れられたとき感じた汚れたような気持ちを振りきったら、すぐにコナーに電話して姿を消したことを謝ろう。自分の気持ちに素直にならなければ。それしかない。さもないと心が粉々に砕け散ってしまう。

コナーが階段に腰をおろして彼女を待っていた。

エリンはぎょっとして階段のふもとでよろめいた。抱えていたバッグと靴と服がどさりと床に落ちる。なんとか踵《かかと》で踏みとどまり、壁にもたれて体を支えた。ドレスの胸元からこぼれそうになっている胸と、車のなかで涙をぬぐった目のお化粧がにじんでいるのが痛いほど意識される。「コナー?」消え入りそうな声で彼女は言った。

彼の鋭い視線が頭の先からつま先まで移動する。「これはこれは」穏やかに言う。「なかなか……いいじゃないか」

「コナー、わたし――」

「たいしたもんだ」彼はすっと立ちあがり、見おろすように立ちはだかった。「ノーブラ。それに、きみが化粧をしてるのをはじめて見た。少なくともこんな化粧は見たことがない。

まるで別人だ。いやはや、実に色っぽい」

悪意に満ちた穏やかな口調に、エリンはひるんだ。彼が怒ったところは見たことがあるが、こんなのははじめてだ。「コナー、これからあなたに——」

「おれがどう感じると思う？　そんな格好をしたきみを見て？」おどけた口調が気味が悪い。「おれなら、『パーティは終わりよ。わたし、シャンペンを飲みすぎちゃったから、家へ連れて帰ってベッドでめちゃくちゃにして』と言ってるように見えるね」

怒りでぱっと背筋が伸びた。「あんまりだわ！」

コナーが近づいてくる。あとずさると、むきだしの背中が壁のタイルにあたった。「今日は楽しかったか、エリン？」

エリンは毅然と顎《あご》をあげた。「いいえ。はっきり言って、全然楽しくなかったわ」彼女は言った。「コナー、やめてちょうだい」

彼はエリンの肩をつかみ、壁に押しつけた。「いったいこのドレスはどうしたんだ？」

声にこもった怒りが、むきだしの神経を鞭のようにたたきつけた。逃れようともがいたが、コナーは下半身を使っていっそう強くエリンを押さえつけ、両手で胸をつかんだ。「やけにこれ見よがしに胸を見せびらかしてるじゃないか。ミューラーは喜んでたか？　悪い女になったと言ったのは、こういう意味だったのか？」

エリンは胸から手を振り払った。「ひどいこと言わないで！　わたしは悪いことなんかなにもしてないわ」

「きみはおれに嘘をついて、約束を破った。あげくの果てに、金持ちに媚《こ》びを売る高級コールガールみたいな格好をしてる。あいつとやったのか？」

ぱっと手が出た。コナーが素早くその手をつかむ。「たいしたことじゃないだろう、エリン」とげとげしい声。「大事な質問だ。おれを見ろ」

「わたしがそんなことをするわけないって、あなただってわかってるはずよ。謝って」

コナーは苦笑いを漏らした。「待っても無駄だぞ。おれは今日は疲れてるんだ。謝る気分じゃない」

「エリン？　あなたなの？」

ふたりは同時にさっと振り向いた。一階に住む詮索《せんさく》好きのミセス・ハサウェイが、杖にもたれて階段ののぼり口から乗りだしている。カールした髪が蛍光灯を浴びて紫色の光輪のように輝き、顔は皺だらけだ。老女は先端に金色のキャップがついた杖を振りまわした。「その人がなにかもめごとを起こしてるの？　もしそうなら、すぐに警察に通報するわよ。若い娘さんを階段で脅すなんて！　とんでもないわ！」

コナーの瞳が挑むような凄みを帯びた。「どうなんだ、エリン？　おれが怖いか？　白衣を着た男たちに、おれを引きずりだしてほしいのか？」

「やめて」

「なんなら、これを使え」携帯電話を出し、エリンの震える手に押しつけた。「ニックに電話しろ。九一一に電話するより話が早いし、どっちみちあいつはおれを逮捕したがってる。やれよ、あいつに電話しろ。このくそいまいましいごたごたにケリをつけろ」

エリンは呆然と口を開けていた。コナーが電話に向かって顎をしゃくり、一歩あとずさる。

喉仏が大きく上下していた。「やれよ」乱暴に言う。「そのボタンを押して、こいつを終わらせろ」

寂しげにこわばった苦悩の表情に、胸がつぶれて焼けるような痛みを覚えた。エリンはぴしゃりと電話を閉じた。「まっぴらだわ」

「その男に言ってやりなさい」ミセス・ハサウェイが言った。「警察に通報してあげるわ」

エリンは無理やり笑顔を浮かべた。「心配いりません、ミセス・ハサウェイ。喧嘩《けんか》をしてただけなんです。人前でやるなんて悪趣味でした」

「その男は厄介よ」ミセス・ハサウェイが警告する。「わたしにはわかるの」

「もう大丈夫ですから」安心させるように言った。「心配してくださって、ありがとうございました。ご親切にどうも」

ミセス・ハサウェイはがっかりしたようだった。彼女はコナーに振り向いた。「あなたみたいなタイプは感心しません」ひとことごとにコナーのほうへ乱暴に杖を突きだす。「長い髪に凶暴な目。それにその下品な口のきき方。気立てのいい娘さんの前で港湾労働者のように口汚く罵って。あなたのような男は、厄介ごとを起こすだけです」

「ええ、ごもっとも」コナーが辛抱強く言う。「よく言われます」

「自分は賢いと思ってるの？」

コナーはぐるりと目をまわした。「まさか」

ミセス・ハサウェイはエリンに杖を突きだした。「気をつけるのよ、あなた。また乱暴な口をきくようなら、わたしに言いなさい。黙って男に罵られていてはだめ。男は勝手なことをしてもいいと思うだけですからね。いつもそう」

「心配いりません」エリンはくり返した。「本当に。おやすみなさい」

ミセス・ハサウェイはぶつぶつ文句を言いながら、開けっ放しになっていた自分の部屋の戸口へぎくしゃくと戻っていった。テレビ画面が発するちらちらした青い光とわざとらしい笑い声が漏れるドアが閉まると、ふたりはちらりと目を見合わせた。エリンが携帯電話を差しだす。コナーは首を振った。

「持っていろ。おれは誰とも話したくない」

エリンはバッグに電話を入れた。ほかにやるべきことを思いつかない。ふたりは油断なく見つめあっていた。息をするのも怖い。

「上へ行って、プライバシーのあるきみの部屋でつづきをやりたいか?」まだ声は険しいが、殺気のこもったとげとげしさは弱まっている。

エリンはうなずくと、かがんで床に落ちた服を拾って胸に抱えた。こわばった指から何度も物が落ち、煮えたぎるコナーをうしろに従えての六階までの道のりがひどく長く感じられた。背中に焼けるような視線が注がれているのがわかる。薄いドレスで覆われた体を見あげているのだ。

バッグをまさぐって鍵を出す。コナーはいつものように鍵を取って銃を抜いた。いまや馴染みになった手順がすべて終わるまで辛抱強く廊下で待っていると、やがて入るよう合図され、コナーがドアの鍵を閉めてかんぬきをかけた。

エリンがフロアランプをつけるかたわらで、コナーはコートを脱いで椅子にかけた。そして両脚を開いて立ち、胸の前で腕を組んだ。「それで？」抑揚のない声で訊く。「話を聞かせてもらおうか、エリン」

エリンは抱えていたものをどさりと床に落とした。両腕で胸を隠したが、そこでふとばつが悪くなって腕をおろした。両手でスカートをつかみ、口火を切る場所を探す。

「ミューラーの屋敷に着くと、玄関でタマラが待ってたわ」彼女は切りだした。「タマラはケルトの金のトークを見せてくれた。二頭のドラゴンが闘っているデザインの。ミューラーが最近手に入れたものよ。とてもみごとな品だった」

コナーがつづけるようにうなずく。「なるほど。それで？」

「ミューラーは、わたしがそのトークを身につけるように求めていたの。わたしはなんとか断ろうとして、いま着てる服には合わないとタマラに言ったわ。そうしたら、トークに合うドレスを何着か注文してあるから、そこから選ぶように言われたの。彼女はどうしてもと言って聞かなくて……だからわたし――」

「だから言うとおりにした。あの男の家で服を脱ぎ、あいつが用意したドレスを着た」必死で抑えた怒りで声が震えている。「くそっ、エリン。なにを考えてたんだ？」

エリンはぎゅっと目を閉じて彼の視線を締めだした。「なにも考えてなかった」正直に言う。「あんなことするべきじゃなかった。情けなくてみじめだったわ。もう二度と、決してあんなばかなまねはしない。約束するわ。お願いだから大騒ぎしないで、コナー。たかが……ドレスじゃない」

ぐっと二の腕をつかまれた。その唐突さにエリンは息を呑み、そのまま姿見のところまで連れて行かれた。この狭いアパートに唯一持ってきたアンティークだ。バスケットのランプシェイドから漏れるバラ色の光で、全身がけばけばしい赤みを帯びた光と影で縞模様になっている自分が見えた。胸の下にある彼の腕がドレスの襟ぐりを引っぱり、乳輪がのぞいている。唇はタマラの口紅で赤く染まり、大きく見開いた目が怯《おび》えていた。

鏡に映るエリンを見つめるコナーは、邪悪な興味を引かれたように目を見開いている。「自分を見ろ」彼は言った。「ほかの女が着ていたらただのドレスかもしれないが、きみは違う。きみが着ていると、露骨でみだらな夢そのものだ」お尻に勃起したものが押しつけられた。「ゆうべ、きみはおれの女だと言った」低い声が催眠術をかけるような穏やかさを帯びた。「今朝、きみは同じ言葉をくり返した。あれは本気だったのか？　それとも嘘をついていたのか？」

「本気だったわ」ささやくような声で言う。

コナーの手が下へすべり、ウェストをつかんだ。「じゃあ、話を単純にしてやろう。複雑な問題はすべて忘れて、基本的な原則だけを見つめよう。おれが明らかだと思っていたことに」

「コナー、そんな――」

「おれは、自分の女がひとりで見知らぬ男の家へ行くのは認めない」彼は言った。「おれは、恋人が雇い主のために高価なアンティークの宝石を身につけることなど認めない。そして、その男の家で恋人が服を脱いで化粧をし、そいつが買ったセクシーな服を着るなんてことは、断じて認めない。男がそんなことをするのは、きみと寝る気があるときだけだ、エリン。女はそれに異存がなければ同意する」

　エリンは首を振った。「そんなんじゃないわ。彼には一度も会ったことすらなかったのよ、コナー。それに――」

「ごまかすな。あいつが口説いてこなかったとでも言うのか？　そんなドレスを着てるのに？　そんな格好で？　おれはぜったいに信じないぞ」

　エリンはくちごもり、乾いた唇を舐めた。「強引に迫ってはこなかったわ」慎重に言う。

　ふたたび彼の瞳が凄みのある恐ろしい表情を帯びて燃えあがった。腰をつかむ指にぐっと力が入る。「なるほど。違いを明らかにすべき点がはっきりしてきたようだな」彼は言った。

「あいつはきみの気を惹くために、なんと持ちかけたんだ？　真珠のネックレスか？　月夜のパリか？」

　悪魔的とも言える正確な推測に思わず息を呑んだ。それに気づいたコナーに強引にぐっと引き寄せられた。「くそっ。そうか、そうなんだな？　あの野郎。本当にやったんだ！」

「やめて」必死で言う。「どうせどうでもいいことよ。わたしは断ったんだから」

「へえ、それはよかった。気の毒に、あの野郎はさぞとまどったに違いない。シグナルが入り混じってるんだからな」

　エリンは容赦なく押さえつけてくる彼をぐっと押した。「頭を冷やして」ぴしゃりと言う。

「男性パワーの誇示はもう充分よ」

「おや、おれはまだ男性パワーの誇示なんて始めてもいないぜ」彼は言った。「まだほんのプロローグだ」両手でエリンの胸をつかみ、ドレスを下へ引っぱって固くなった乳首をあらわにした。

手馴れた指が胸を愛撫してくる。予想外のやさしい手つきに、エリンはぞくっとした。体がわなないて頭がのけぞる。そのとき彼がドレスの胸元をつかみ、いっきに下まで引き裂いた。

完全に不意をつかれ、エリンは思わず悲鳴をあげた。コナーはもがくエリンを素早くとらえ、ふたたびドレスを引き裂いて乳房をむきだしにした。また引き裂き、お腹がむきだしになる。エリンは必死で抗《あらが》った。「やめて、コナー！　なんのつもり？」

彼は腰までドレスを引きおろした。「言葉を使わないコミュニケーションってやつさ。おれは、この件に関しておれがどんな気持ちでいるか、きみに理解してほしい。とことん深刻に受けとめてほしいんだ」

「もうわかったわ、お願いやめて！　こんなことしなくても――」

「それに、こんないまいましいものを二度と着てほしくない。ぜったいに。それを――」スカートを大きく引き裂く。「――はっきりさせたい」ずたずたになったドレスが足元に落ちると、彼は黒いレースのちっぽけなパンティと、太腿までの薄手の黒いストッキングを見つめた。そしてスパイクヒールの黒いハイヒールを。

コナーは薄いレースのパンティをつかんだ。「きみの下着の引き出しには、こんなものはないはずだぞ、エリン。悪い女になってから、まだ間がないんだからな。ミューラーのものだ。そうだな？」

エリンは震える唇をぎゅっと引き結んだ。「あそこへ行ったときは、いつものコットンの下着をはいてたわ。パンティラインが見えるなんて、身だしなみとしてぜったい許されないことなの。タマラがわたしのために注文しておいてくれたのよ。ドレスと一緒に。ストッキングも。それから……靴も」新たな怒りの爆発に備え、身構える。

爆発は起こらない。エリンは目を開けた。彼はじっとこちらの体を見ている。

「そいつを脱げ」彼はそう言うと、手を放してうしろにさがった。

エリンはパンティの細いレースに指をかけ、そっと下へおろして足元で山になっている金色の生地の上に落とした。

「いいぞ」コナーがかすれ声で言う。「いますぐファックしてやりたい。ストッキングとハイヒールとふしだらなメイク。まわれ、エリン。ゆっくりと。全部見せてみろ」

女性本来の警戒心から鼓動が速まり、呼吸もそれに同調する。彼の欲望に体が反応している。今夜の情熱のほとばしりがどれほど爆発の危険性をはらんでいようと関係ない。抑えがたい欲望と独占欲の憤怒の狂おしい魔力。その危険な霊薬を飲み干したい。どんな犠牲を払っても。

エリンは背筋を伸ばし、言われたとおりにした。

髪をアップにし、胸を張って乳房が突きだすようにする。これ見よがしに体をくねらせながら、華奢でセクシーなパンプスのつま先で一回転した。そこで髪を背中に落とすと、毛先がヒップをかすめた。周囲の空気が蜂蜜のように濃密に感じられる。

コナーがベルトのバックルをはずした。ジーンズのボタンをこじ開けるようにはずし、締めつける生地から紅潮した硬いペニスを解放する。「ここへ来い」

立ち向かう難問がどんどんエスカレートしていく。彼の瞳に浮かぶ熱っぽい光で、太腿のあいだで疼《うず》きはじめた切望が強まり、さざ波のように両脚を駆けおりて、みぞおちから胸へと広がっていく。彼を口に含むと、いつも自分が強くなった気がした。エリンは床に両膝をついたが、そこで肩をつかまれた。

「待て」コナーはわずかにあとずさると、破れた金色の生地の中央をごついブーツで踏みつけてエリンを引き寄せた。「このドレスの上にひざまずけ。そこでおれをしゃぶるんだ」

愕然としていっきに官能的な夢から覚めた。「そんな、コナー。いったいなにを証明しようと——」

「わかってるはずだ。おれとおれの男性パワーの誇示さ」

彼の前にぐっとしゃがまされた。両膝と傷だらけの冷たいリノリウムの床のあいだにある生地は、つるつるすべって薄い。目の前にペニスが突きだしていて、髪には彼の両手が入っている。抗議したい気持ちがこみあげ、エリンは彼の冷酷な顔を見あげた。

こんな体勢で彼を口に含んだことはない。立っている彼の前にひざまずいてなんて。彼が腹を立てているときにこんなことをするとは夢にも思っていなかった。戯れの域をはるかに超えている。それはふたりが築いた光輝く愛情と信頼を脅かし、情熱を超えて恐怖と羞恥《しゅうち》へとエリンを押しやるものだった。

エリンは怖くなった。立ちあがって彼にやめさせることもできる。けれどやめるには事態が深刻になりすぎていた。もう逆らえない。

「これがおれの望みだ、エリン」穏やかな声がたきつける。「おれの女だと証明してくれ。

おれがきみの男だとわからせてくれ」

「でも、怒ってるんだもの」エリンはおぼつかない口調で言った。「あなたは……あなたは……」

「ひどく腹を立ててる」彼が認めた。「腹が立って、いまにもムスコが爆発しそうだ。やるんだ、エリン」

口にペニスが押しつけられ、塩辛い熱が伝わってきた。

欲望が高まって抵抗できない。エリンは彼のヒップを両手でつかみ、熱くなめらかなペニスを口に含んだ。円を描くように舌をすべらせ、熱い湿り気でやさしく彼を濡らしていく。

彼女はドレスを忘れ、ミューラーを忘れた。欲望と渇望がもたらす、この露骨で原始的な動きのことしか考えられない。すると、なすすべなくこちらへ自分自身を押しつけてくるコナーが漏らすかすれたあえぎ声を聞くうちに、意外にもふたたび自分の影響力を実感した。

エリンは両手でペニスをつかみ、それが絶頂へ向かっていく感触に勝ち誇った気分になった。もう少しで――

コナーはのけぞって息を呑み、エリンの頭を引き放した。

エリンは彼を見あげた。「コナー？　どうして――」

「だめだ」彼が言った。「まだイキたくない。その前にきみとやりたい」

コナーはエリンを立ちあがらせて自分のほうへ引き寄せると、ヒップの下から割れ目へと手をすべらせ、そこに隠れていた興奮の湿り気を探りあてた。「いやなら無理強いはしない」

彼は言った。「でも、おれを怖がってはいないだろう、エリン？　きみはすっかり濡れてる。

きみを前かがみにさせて思いきり貫きたい。いいか?」

言葉が出ない。欲望の黒い波に抗う力が出ない。エリンは太腿で彼の手をはさみつけ、さらなる愛撫をせがんだ。

「ああ、いいとも」コナーが首筋にそっと歯を立て、うっすらにじんだ汗を舐め取った。「答はイエスだな。間違っていたら言ってくれ。いますぐ。なぜなら、あと数秒で手遅れになる」

声が喉につまる。彼のエネルギーと情熱が欲しくてたまらない。彼がかぶった仮面の下にある、野蛮な征服者が欲しくてたまらない。エリンは身じろぎし、ペニスをつかんでゆっくりとやさしく愛撫した。間違えようのない催促の合図。

彼にはそれで充分だった。

ふいにコナーが動いた。薄暗い室内の景色が目の前で回転し、どぎつい赤がつくる光と影の縞模様で目がくらんだ。これまでは、質素なバスケットのランプシェイドにはつねに家庭的でくつろいだ雰囲気を感じていた。でもいまは、ヴィクトリア朝時代の売春宿がもたらす官能的な白昼夢のように、みだらな効果をあげている。

エリンは前かがみになって、テーブルに顔を押しつけられた。ドライフラワーを差した花瓶とティーポットがかしいで転がり、床で粉々になった。砂糖壺が倒れ、テーブルに砂糖がこぼれる。赤いライトを浴びて散らばった結晶が、夕焼けの雪のように輝いている。コナーがエリンの顔にかかった髪をはらった。シャツを背中にはねあげているのが視界の隅で見えた。両脚のあいだに彼の脚がねじこまれ、ぐっと広げられる。

どうしようもなく彼が欲しい。けれどこんなわけのわからない逆上したセックスは、たがいの欲望をかきたてると同時にふたりを分かつものでもあった。静まり返った部屋に荒い息遣いだけが聞こえている。コナーが体を押しつけてきて、ぐっと貫いた。体の奥が痛み、エリンは鋭い悲鳴をあげた。

唐突に彼の動きがとまった。わたしはまだ奥まで受け入れる準備ができていない。緊張が高まり、恐怖で身がすくんだ。彼はみずからの体でわたしに罰を与えているのかもしれない。そうではなかった。コナーはわななきながら謝罪するように覆いかぶさってくると、なだめるようにそっと両手で愛撫してきた。彼の指が無言の許しを求めてヒップをたどり、湿った茂みをかき分けてクリトリスを探している。快感を与えるように、やさしく辛抱強く攻めてくる。エリンが緊張を解いて彼の動きに合わせはじめると、ようやく彼は慎重にそっと前後に動きだした。

つがいの相手に動物がやるように、コナーが喉に鼻をこすりつけてきた。「きみはなんてきれいなんだ、エリン」

喉が震える。貫きが深まった。エリンは涙で濡れた顔をこぼれた砂糖に押しつけた。あえぎ声をあげる口に、塩辛さと甘さを感じる。どれほど腹を立てていても、彼は決してわたしを傷つけたりしない。

コナーは大きく息をつき、うなりをあげながら迫り来るオルガスムが収まるまで、じっと心を集中した。あっけなく終わらせたくない。今日のことを彼女の記憶にしっかり刻みつけたい。どれほどむなしい努力であろうが、自分の意見をはっきり主張し、彼女の心にしるしをつけたい。

コナーはつながったふたりの体を見おろした。きつく潤った彼女の秘密の場所から現れる彼自身がきらきら光っている。陶酔を誘う湿った霞《かすみ》のように、甘美な香りが立ち昇ってくる。エリンは紅潮した顔を横に向けて目をぎゅっとつぶり、褐色の髪はテーブルの上でもつれていた。彼女は美しく、このうえなくセクシーだ。そして、おれのものなのだ。

くそっ。彼女はおれのものだ。

最初はあくまで独断的に厳しく接するつもりだったのに、またしてもいつもと同じ結果になっている。エリンの温もりと香りとやさしさに包まれると、気づいたときには身悶えするひとつの存在となって、彼女とすっかり溶けあってしまう。彼女の気持ちになり、彼女の奥で熱く輝く光をかきたてている力が、自分の心のなかで燃えている石炭のようにわかる。肉と肉がぶつかるたびにあえぎ声が漏れ、脚がぐらつくテーブルが揺れた。エリンは汗まみれですすり泣きのような声を漏らし、襞はひどく柔らかい。コナーはついにクライマックスを迎える覚悟を決め、彼女を傷つけない程度に奥まで強く貫いた。

エリンはむせびながらぴくぴくとわなないた。彼女の絶頂とともに起こった痙攣《けいれん》に締めつけられ、危うく彼女の背中の上に倒れそうになったが、なんとか体を離した。危ういところだった。テーブルが倒れそうになる。彼はよろめきながらエリンをベッドに連れて行き、キルトの上にうつぶせに倒した。

背後からのしかかろうとしたが、その前にエリンが仰向けに寝返りを打った。まずい。激しく攻め立てる忘我のなかにわれを忘れていたい。あの、こちらのすべてを見透かすような大きな褐色の瞳で見つめられるのだけは避けたい。

そのとき、枕の上にもつれて広がる髪と上下する豊かな胸、大きく広げられた脚ときらきら輝くあそこが見えた。売春宿の赤いライトを浴びた真珠のように、汗で体が光っている。

彼女を見つめていると体が震えた。変態めいたセックスに必要な小道具や衣装を見たことはないが、黒いストッキングや欲情をそそるパンプスやにじんだマスカラを見ると、鞭で打たれたように理性が吹き飛び、肉欲と激情の目もくらむような真っ赤なカオスへ駆り立てられた。いまいましいベッドは、大きく脚を広げさせるには狭すぎる。コナーは壁からベッドを引き離すと、はぎ取るように靴とジーンズを脱ぎ捨てた。

なにも隠すことはない。どうせ彼女の前で仮面をかぶる必要はないのだ。前から攻めよう。こちらの顔に浮かぶものを見られたところでかまうものか。

のしかかってきたときも、コナーの表情はやわらいでいなかった。エリンは思わずたじろいで身構え、彼の肩をつかんだ。あまりにいつもとようすが違う。昨夜の温かさやさしさは微塵もない。幸福感も。欲望と生理的欲求と激しい怒りがあるだけ。たくましい体にのしかかられていても、わびしくひとり取り残されたような気がする。

エリンは彼の胸に手をあてた。激しく腰を前後させるたびに、温かく柔らかな皮膚の下で筋肉が動いているのがわかる。「こんなふうにするのはいや」彼女は言った。

コナーは体重をかけ、彼女をベッドに押しつけた。「ほかにどうしようもない」彼は言った。「今夜のおれは、違う気分でいるふりなどできない。たとえそうしたくても。それに、そうしたいとも思わない。そうしたところでどうなる？」

「なにかのふりをしてくれと言うつもりはないわ。わたしを信じてほしいの。お願い、思いだして。ゆうべあなたは――」

「ゆうべのきみは、おれに嘘をつくことも騙すこともなかった。ゆうべのきみは、おれを嫉妬で狂わせたりしなかった。ゆうべといまはまったく違うんだ」彼はエリンの両脚を高くあげて膝を曲げさせ、突きあげた。激しさに思わずあえぎ声が漏れる。「それに、状況を変えたのはきみだ。おれじゃない。だから責任を取るんだな」

その言葉であがった怒りの火花が、一秒ごとに大きく燃え盛った。「わたしはいつも責任を取ってるわ」思わず言い返す。「いつもね。物心ついたときからずっと。いやというほどすべてに対して。でも、今度ばかりはお断りよ」エリンは彼の下で胸をたたいてもがいた。

「今度のことは、わたしのせいじゃないわ、コナー！　これは、わたしのせいじゃない！」

コナーはエリンがふりまわす手首をつかみ、不審げに目を細めてにらみつけてきた。「じゃあ、おれのせいだと言うのか？」

「そんなの知らないわ！　なんでこうなったのかわからない。まるで悪霊に呪われたみたい。でも、あなたを愛してることだけはわかる。愛してるのよ、コナー！」彼の肩をつかみ、自分のほうへ引き寄せる。

「くそっ。やめろ。そんなまねは――おい、エリン！」彼は激しく毒づきながら抵抗したが、エリンは必死でしがみついた。わたしを振りほどくためには痛い思いをさせなければならないが、彼はぜったいそんなまねはしないはずだ。あくまで譲らず自分のほうへ引き寄せていると、やがてコナーはかすれたうめき声をあげて倒れこんできた。枕に顔をうずめ、激しく腰を前後させる。そしてこもった叫び声をあげた。絞りだすようなその声は、快感よりむしろ苦痛の声に聞こえた。

胸の上で彼の心臓が早鐘を打っている。エリンは汗まみれの震える体をそっと抱きしめ、自分のほうへ顔を向けさせてキスしようとした。

どうしてもこちらを向こうとしない。彼は無言で首を振り、頑《かたく》なに枕で顔を隠している。エリンは濡れた髪を撫でながら言うべき言葉を探したが、ふたりのあいだの壁を消せる言葉はなにひとつ思いつかなかった。その壁は、岩のように厚く冷たく無情に感じられた。

ようやくコナーが両手をついて体を起こした。垂れさがる髪で顔を隠している。この策略のことなら知っている。物心ついたときから自分も使っている方法だ。

エリンは彼の髪をかきあげようとした。さっと手が伸びてきて手首をつかまれた。コナーが首を振り、手を放す。そして背中を向けてジーンズをはきはじめた。

エリンはふらつく脚で立ちあがり、そこでコンドームを使わなかったことに気づいた。熱い液体が太腿を流れ落ちている。

ばかげた華奢な靴を脱ぎ、破れたストッキングを脱ぎ捨てる。包括的に考えることができない。少しずつしか考えられない。無言の苦悩と憤怒でこわばっているコナーの背中。ミューラーの冷たい誘惑の試み。ニックから聞いた新事実。ノヴァクの焼死。ふたつに裂けた金色のドレス。太腿を流れ落ちていくコナーの精液。わたしの人生をつなぎとめていたあらゆる縫い目は破れてしまった。

エリンはよろよろとバスルームへ入り、ドアを閉めて鍵をかけた。

コナーは身支度を整えると、両手で頭を抱えてエリンがバスルームから出てくるのを待った。やけに長かった。途中でエリンの猫が椅子の下からおそるおそる頭をのぞかせた。それから散らかった床の上を慎重に横切り、そこで座りこんでじっとコナーを見つめた。金色の目が冷たく値踏みするように輝いている。

「なにを見てるんだ?」コナーはいらついて尋ねた。

そのときようやくバスルームのドアが開いた。出てきたエリンはまだ裸のままで、シャワージェルの香りを漂わせていた。化粧はすっかり落ち、濡れた髪をうしろに梳《と》かしつけてしっかりと三つ編みに編んである。

彼女はベッドの隣にある洋服だんすへ向かった。すぐそこでコナーが見つめていることなど気づかないふりをしている。彼女はKマートで三枚一組で売られているような白いコットンのパンティを出した。たっぷりしたスウェットパンツをはく。ぶかぶかのTシャツ。フリースのトレーナー。厚手の白いコットンのソックス。

男とも女ともつかない格好をしようとしているのだ。ジョークもいいところ。コナーは笑いそうになったが、笑い声をあげたらまた叫んでしまいそうでできなかった。しっかり話せるようになるまで口をつぐんでいよう。

「今朝ニックから電話があったんだろ。おれとの約束を破ったのは、そのせいだな」できるだけ穏やかに言おうとしたが、詰問口調になってしまった。

エリンはうなずき、狭いキッチンのほうへ歩いていった。引き出しをあさり、ゴミ袋を一枚取りだす。

「ニックはなんと言ったんだ？　おれは狂ってると言ったのか？　妄想を抱いてると？」

エリンはもどかしそうにゴミ袋を開き、コナーを無視したままテーブルへ向かった。こぼれた砂糖をかき集めて袋に入れている。それから粉々になったドライフラワーを拾いはじめた。

緊張がつのる。「答えろ、エリン。ニックはなんと言ったんだ？」

彼女は長々と震えるため息を漏らすと、床に両膝をついてティーポットと花瓶の破片を拾いはじめた。「ノヴァクは死んだと言われたわ。彼がフランスで発見されたのを、あなたは知ってるって。向こうの警察が数日前から彼に接近してたって」

「ああ、知ってた。だがおれは信じなかった。ノヴァクはいまごろ――」

「いまじゃないわ。過去のことよ。彼は死んだのよ、コナー。爆発で。警察も確認してる。歯の治療記録と指のない手から。DNA鑑定も行なわれることになっているけれど、それは単に確認するためにすぎないわ。ノヴァクは死んだのよ。終わったの」

コナーは首を振った。「ありえない。つじつまの合わないことが多すぎる」

「あなたはきっとそう言うだろうって、ニックが言ってたわ」

これだけは訊かなければならない。口から出たのはがさつでたどたどしい言葉だった。

「おれは殺人犯だとも言ってたか？」

「あなたは容疑者だと言ってたわ」正確に言いなおす。「殺人犯ではなく」

「それで、きみはおれが殺したと思ってるのか？」

エリンは躊躇せず首を振った。「まさか」

破片をすべてゴミ袋に放りこみ、シンクの下からほうきとちりとりを出す。あらゆる動きがきびきびと能率的で、いつものように混乱から秩序を取り戻そうとしている。

だが、今回はコナー自身が混乱そのものだった。

「あいつはほかになんと言った？」彼は問いつめた。

エリンは破れたドレスのところへゴミ袋を引きずっていくと、袋にドレスを詰めた。「あなたに近づかないほうがいいって。傷つかないように。でも、あきれたことにわたしはできなかった」

「おれはきみを傷つけたりしない」

「もう傷つけたわ」ちゃりちゃり音をたてるゴミ袋をうしろに引きずりながら近づいてくると、目の前にしゃがみこんで丸めたストッキングを袋に放りこむ。そのあとから靴も放りこみ、袋の口をぎゅっと縛った。「いずれにしても、もう終わりよ。あなたのボディガードごっこはね。わたしの身になって考えて、コナー。善意からしてくれたのはわかっているけれど――」

「同情はやめてくれ」嚙みつくように言う。

エリンは天井を振り仰ぎ、手の甲で怒りの涙をぬぐった。「オーケイ、わかったわ。同情はなし、情けはなし、仮面もなしね。わたしは明日、ミューラーが新しく手に入れた品を鑑定するために彼の屋敷へ行くわ。わたしたちの関係に同情は無用なんだから、かまわないわよね」

コナーは思わず立ちあがって彼女の肩をつかんだ。「だめだ、エリン。やめろ。またあそこへ行くなんてとんでもない！」

「なぜいけないの？」エリンがやり返す。「彼は単なるケルト遺物好きの男よ。そして、たまたまわたしに惹かれてる。それだけのことよ、コナー！　意外かもしれないけど、わたしに関心を示した男性は、彼がはじめてじゃないわ。これまでかなり大勢の男《ひと》にノーと言ってきた。べつにかまわないでしょ？　もうほっといて！」肩をつかむ手を振りほどく。

胸が締めつけられるようなパニックを感じる理由などない。これはもう嫉妬ではない。百パーセント狂気の沙汰だ。「でも、おれが見たものはほかに説明がつかない」コナーは言い訳するように言った。「誰かがひそかにきみの家族を狙ってるんだ、エリン。そうとしか思えない。もしきみが――」

「やめて！　もうたくさん！」エリンは両手を振りあげてあとずさった。「これ以上耐えられない。あなたに守ってもらう必要はないわ。あなたを愛しているし、シンディにしてくれたことには感謝してる。でも、あなたに救ってもらう必要はないの！　いつまでもそんなことを言われると、わたしまで頭がおかしくなるわ！」

ふいに静まり返った部屋に彼女の言葉が反響した。口に出したとたんに後悔しているのがわかった。「ああ、なんてこと。コナー、ごめんなさい。本気じゃなかったの。べつにあなたが――」

「頭がおかしい」コナーは低い声で言った。「もう遅い。きみはそう言ったし、おれは聞いた。言わなかったことにはできない。もし本当にそう思ってるなら……それなら、おれはこれ以上言うことはない」

エリンの頬を涙がこぼれ落ちてくる。彼女は両手で口を覆った。肩が震えている。「ああ、たいへん」

「そうだ」コナーは同意するとコートをつかみ、玄関へ向かおうとした。脚が鉛になったような気がする。「ああ、エリン」

「なに？」警戒したようなかぼそい声。

「もし多少なりともおれを気にかけてくれてるなら、ひとつ頼みを聞いてくれ。頼む」

エリンはこくりとうなずいた。

「ミューラーの屋敷へ行くときは、誰か信頼できる人間を連れて行くんだ。ぜったいにひとりでは行くな」

「コナー、お願いよ。わたしは――」

「おれと一緒に行く気がないのはわかってる。だが、誰かを連れて行くんだ。これだけはおれの言うとおりにしてくれ。これ以上はなにも頼まない」

エリンはなにか言い返そうと口を開けたが、すぐに閉じてうなずいた。

「誓え」とコナー。「大切なものにかけて誓ってくれ」

「名誉にかけて誓うわ」静かに言う。

それが合図だとわかっていたが、コナーはまだ根が生えたように動けなかった。

エリンは電話を取って番号を押した。「もしもし、トニア？　エリンよ……ええ、元気よ。いろいろわけがわからないことがつづいてるけれど。いまはちょっと話せないの……ううん、疲れてるだけ。ねえ、お願いがあるんだけど。明日はお休みでしょう？　明日の午後、仕事に行くのにつきあってもらえないかと思って。ミューラーのところに……話せば長いの。ひとりでは行かないってコナーに約束したのよ……ええ、わかってる。でも約束したから……本当？　ああ、よかった。それほど長くはかからないわ。もしよければ、そのあと夕食をごちそうするわね。じゃあ、また明日。本当に助かったわ、トニア。ありがとう。またね」

受話器を戻す。「すんだわ」エリンが言った。「約束は守ったわ」

そのあとに訪れた沈黙は、これで最後だと告げる酷い残響となって室内を満たした。

彼女はおれを見限ったのだ。これ以上なにも言うことはない。おれにできることはなにもない。たぶんエリンが正しいのだろう。そしておれは本当に頭がおかしいのだろう。

もうどうでもいい。亡霊でもモンスターでも来ればいい。この悲惨な状況から抜けださせてくれるなら、なんでも歓迎だ。いずれにしても、ここから立ち去ったほうがいい。誰にも顔を見られない場所へ。いまにもばらばらに崩れてしまいそうなのだから。

「オーケイ」彼は言った。「じゃあ、おれはとっととときみの前から消えるよ」

23

「なんてお礼を言っていいかわからないわ」電話の相手にバーバラは言った。「月曜の朝一番にうかがうわね。本当にどうもありがとう」

「事務長が産休を取ってるあいだの臨時採用でごめんなさいね、ミセス・リッグズ」アン・マリーが言った。「でも、長年ボランティアをしていたあなたなら、うちのことはよくご存じでしょう。事務長が復帰したら、みんなで頭を絞ってなにか方法を考えるわ。みんなあなたに会えて喜ぶわ。会いたがっていたから」

「わたしもみんなに会いたかったわ。じゃあ、来週会いましょう。さようなら！」

バーバラは電話を切った。安堵《あんど》で心が浮き立つ。人生はまた前進を始めたのだ。娘たちは安全だし、恐ろしいノヴァクは黒焦げになり、ありがたいことにビリー・ヴェガも死んでくれた。ビリーのために涙を流すつもりはない。おぞましい呪縛は解け、エリンの人生は上向いている。すべてが整然として明るく見える。

玄関のチャイムが鳴り、バーバラはのぞき穴をのぞいた。エリンのきれいな友人、トニアだ。平日のこんな時間に？　変ね。そう思いながらドアを開ける。「こんにちは、トニア」

「こんにちは、ミセス・リッグズ。お邪魔じゃなければいいんですが」

「全然」バーバラは言った。「どうぞ入ってちょうだい。お茶を淹れるわ。ちょうどよかった。一緒にお祝いしてくれる？　たったいま仕事が決まったのよ！　もう嬉しくって」

「まあすてき。どちらで？」

「以前ボランティアをしていた読み書き教育センターよ。臨時採用だけれど、手始めにはちょうどいいわ。事務長に赤ちゃんが生まれるの。タイプを打つのは久しぶりだけれど、終業後にあそこのコンピュータで練習できるし。すぐ覚えられるわ」

「それはよかったですね」トニアはバーバラのあとについてキッチンへやってきた。「あの、ミセス・リッグズ。あまり長くはいられないんです。でもお話ししたいことがあって。今日の午後、エリンと会うことになってるんです」

「まあ、そうなの？」バーバラはやかんに水を入れて火にかけた。

「ええ。ミューラーのところにひとりで行かないように、コナーに約束させられたんですって」トニアはぐるりと目をまわした。「ばかばかしいと思いません？　べつにかまいませんけどね。でも、いくらなんでもそこまでするなんて。エリンは子どもじゃないんだもの」

「そうね。コナーはとても保護者意識が強いから」願ってもないことだわ、と心のなかで言い添える。いまは誰かの保護者意識がとても好ましく思える。とくにその対象が大切な娘たちとなればなおさらだ。大賛成だわ。

「そのことをお話ししたかったんです、ミセス・リッグズ。コナーの保護者意識について。もしそう表現してかまわなければ」

棘《とげ》のある口調にバーバラは不安になった。ティーポットをゆすいでカウンターに置く。

「なあに？　どういうこと？」

トニアはくちごもっていたが、いっきにしゃべりだした。「コナーといると落ち着かない気分になるんです。彼はすごく嫉妬深くて独占欲が強いわ。わたしにまで敵意を見せて疑ってきたんですよ」

「ああ、そういうこと」用心深く言う。

トニアは血のように真っ赤な爪をひらめかせ、身振りをまじえて話しつづけた。「ああいう男とつきあった女性を知ってるんです。トラブルの最初の兆候は、いつだって男が彼女に女友だちとの縁を切らせることなんです。暴力的で支配的な男の典型的なやり方です」

バーバラは口を開いたが、言葉はなにひとつ出てこなかった。

「その次は家族です」とトニアがつづける。「ぱちん、ぱちんと次々に縁を切らせる。そして気づいたときは、彼女はひとりぼっちで彼のとりこになっている。それから彼は、彼女の自尊心をばらばらにしはじめる。彼なしでは取るに足りない人間だと思いこませるんです」

「まあ、そんな。正直に言って、わたしはコナーがそんなタイプだとは――」

「問題は、エリンが彼に夢中だってことなんです。無理もありません。コナーはとても魅力的ですもの。ハンサムでカリスマ性があって有無を言わせない。比喩《ひゆ》でなく、本当にそうなんです。有無を言わせない。彼はエリンは自分のものだと思ってるんです」

バーバラの背中がこわばった。「そうなの。もし本気で彼がそう思ってるなら、勘違いもはなはだしいわ」

「それに、ほかにも心配なことがあるんです。彼はあなたのご主人にひどく腹を立てているでしょう？」とトニア。「つらい話を持ちだして申し訳ありません。でも、あなただってエリンにその償いをさせたくはないはずです」

「でも、コナーがその怒りをエリンにぶつけるはずがないわ」弱々しく言う。「彼は心からあの子を愛しているようだもの。わたしはそんな印象を受けたわ」

やかんがけたたましい音をたてた。トニアはするりとバーバラの横をすり抜け、やかんをつかんだ。「たしかにコナーはエリンを愛しています」熱湯をティーポットに注ぐ。「彼女に偏執狂的な関心を抱いてるんです。先週末、彼は空港からエリンを誘拐したも同然だったのをご存じですか？」

バーバラはどさりと椅子に腰をおろし、顔をしかめた。頭が混乱している。「エリンは彼と一緒に行ったと言ってたわ。そんな話はなにも――」

「彼女はすべてあなたに話してるわけじゃないんです。無理もないですけど」トニアが言った。「コナーはいきなりポートランド空港に現れたんですよ。エリンがミューラーのリムジンの運転手と会うことになっていた場所に。彼女は運転手に会えなかった。コナーが彼の車へ引きずっていって、モーテルへ連れて行き、それから……その、結果はあなたもご覧になったでしょう？　彼はまさに自分の欲しいものを手に入れたんです、違います？」

バーバラは戦慄《せんりつ》しながらトニアを見つめた。「エリンはああいうやさしい子だから」消え入りそうな声で言う。「誰かをがっかりさせることなどできない子なの。想像するだけでも耐えられないわ。あの子がひとりぼっちで、誰かに無理強いされるなんて。乱暴で――」

「有無を言わさぬ相手に」トニアが促す。

「有無を言わさぬ相手に」体が震える。「ああ、なんてこと。考えただけでぞっとするわ」

「ええ。やっと意見が一致したようですね、ミセス・リッグズ。ほかのご家族やお友だちに電話したほうがいいと思います。コナーの以前の仕事仲間にも。みんなにこの状況を伝えるんです。慎重に。コナーに精神病の家族がいるのをご存じですか？ 彼の父親です。悲しい悲惨な話です。偏執症、妄想、社会からの疎外。父親は、社会から孤立した山奥で息子たちを育てました。母親になにがあったのか、確かなことは誰も知りません」

「そんな」

「狂った男がかわいそうな息子たちになにをしたか、神のみぞ知るだわ」トニアはつづけた。

「想像しないほうがいいのかもしれませんけれど」

「彼の生い立ちはいつも気になっていたの。でも、まさかそんな……。ああ、たいへん。エリンと話さなければ。あの子に電話しないと。いますぐ」

「注意してくださいね」トニアはバーバラのカップに紅茶を注いだ。「彼女はコナーに夢中です。単刀直入に話しても、抵抗されるだけです。慎重にことを運ばないと。エリンを守るネットワークをつくるんです。早急に。いますぐでもいいくらい」

「ええ、そのとおりだわ」バーバラは言った。「すぐ始めるわ。いますぐ。話してくれてありがとう。全然知らなかった」

トニアはにっこり微笑んでカップを掲げて見せた。バーバラが震える手に持つカップにかちんとあてる。バーバラのカップが傾き、テーブルクロスに紅茶の水滴が飛んだ。「さあ、電話して」トニアが言う。「あなたみたいなお母さまがいて、エリンは幸せだわ」

バーバラはこの数カ月のことを思い、唇を嚙みしめた。「そんなことないわ」彼女は言った。「でも、これからはあの子のためにできるかぎりのことをするつもりよ」

ふたたび玄関のチャイムが鳴った。受け皿の上でカップが大きな音をたて、テーブルに新たな茶色い染みが飛び散った。「いったい誰?」

「わたしが出ます」とトニアが言う。「ここにいらして」

「いいえ。大丈夫よ」

玄関へ向かうあいだ、トニアがすぐうしろについてきた。猫みたいに好奇心旺盛な子。初対面のときから気づいていたけれど。のぞき穴をのぞくと、コナーの弟のショーンと、シンディの一風変わった友だち、マイルズがいた。マイルズは買い物袋をいくつも抱えている。

バーバラは玄関を開けた。ショーンの笑顔を見たとたん、思わず笑みが浮かんだ。「こんにちは、ミセス・リッグズ。マイルズの運転手をしてきたんです」ショーンが言った。「シンディのお見舞いに行きたいって言うんでね。彼女、元気にしてます?」

「ええ、ずいぶんよくなったわ。ありがとう。あの子なら二階にいるわ。いま呼ぶわね。どうぞ入って」

マイルズの顔はアザで紫色になり、鼻梁《びりよう》に白い絆創膏《ばんそうこう》が貼ってあった。ビデオテープでいっぱいの紙袋とサクソフォンのケース、そしてまだ水滴が滴る摘んだばかりの大きな野花の花束を持っていて、根っこからぼたぼた土が落ちていた。「あの、シンディにいろいろ持ってきたんです」彼は言った。「『Xファイル』のビデオや花なんかを。それから彼女のサックス。その、ひょっとしたら練習したいんじゃないかと思って」マイルズはバーバラに花束を差しだした。

バーバラはにっこり笑顔を見せた。「やさしいのね、マイルズ。いまシンディを呼ぶわ」二階に向かって叫ぶ。「シンディ？　ハニー？　おりてらっしゃい。お客さまよ！」

彼女はトニアに向きなおった。「トニア、こちらはコナーの弟さんのショーン・マクラウドよ。それからシンディのお友だちのマイルズ。ショーン、このお嬢さんはエリンのお友だちのトニア……苗字はなんだったかしら？」

「ヴァスケスです」トニアはマイルズに手を差しだし、それからショーンにも同じようにした。「はじめまして」

ショーンは彼女の手を握り、そこでふと考えこむような顔になった。「あれ、会ったことあるよね」

トニアはえくぼを浮かべた。「まさか。もしそうなら覚えてるはずだわ」

「いや、間違いない。おれは人の顔は忘れないんだ。とくにきれいな顔はね。マクラウド兄弟はみんなそうさ。うちの家族の変な特徴なんだ。いろいろあるうちのひとつさ。待てよ……思いだしてきた」眉間に皺を寄せて天井をにらみ、それからぱちんと指を鳴らした。「わかったぞ！」嬉しそうに言う。「きみはナースだ！　病院の。そうだろ？」

トニアはぽっかり口を開けて目をしばたたかせた。バーバラにとって、言葉を失っているトニアを見るのははじめての経験だった。

「どちらの病院？」バーバラは尋ねた。

ショーンは皮肉っぽくちらりと彼女を見た。「兄貴が二カ月昏睡状態になってた病院ですよ、覚えてます？　あの病院」

シンディが二階の踊り場に現れてくれたおかげで、ばつの悪い返事をせずにすんだ。幼い少女のように拳で赤い目をこすり、恥ずかしそうにおずおずと階段をおりてくる。

「マイルズがお花を持ってきてくれたのよ」バーバラは言った。「やさしいじゃない？」

シンディはマイルズに弱々しく微笑んだ。「ありがとう。とてもきれいね」

マイルズはうっとりとシンディを見あげている。「あの、ほ、ほかにも、その、いろいろ持ってきたんだ」どもりながら言う。「ビデオとか。きみのサックスとか。その、いろいろ」

「嬉しいわ」とシンディ。「わたしの部屋へ来ない？」

「え、あ、う、うん」ほかの三人に目を向ける。「じゃ」マイルズはもごもごとつぶやくと、シンディを追って階段を駆けあがっていった。

ショーンはトニアに顔を向けた。「二度ほど病院できみを見かけたよ。あそこの制服がすごく似合ってた」

トニアの笑い声は作り笑いに聞こえた。「ありがとう。あなたのことを覚えてなくてごめんなさいね。ずいぶん前のことだから」

「一年と二カ月だ」とショーン。「正確に言うと」

「エリンはあなたはハイポイントで働いてると言ってたと思うけど」バーバラは言った。

「ええ。わたしは渡り鳥タイプなの。次々に職場を変えるんです。さて、そろそろ失礼しないと。それからさっき話したことですけど、ミセス・リッグズ？　本当に急いだほうがいいと思います。どうかすぐに取りかかってくださいね」

「ええ、そうするわ」バーバラは熱心に答えた。「来てくれてどうもありがとう」

「お会いできて楽しかったです」トニアが肩越しに言う。「さようなら」

トニアが帰ったあと、長い沈黙が流れた。ショーンの緑色の瞳は兄とそっくりだ。明るく輝き、射すくめるようで……どこか有無を言わさないところがある。不安などす黒いパニックがじわじわと迫ってくるのがわかり、バーバラは壁にもたれて体を支えた。

「ミセス・リッグズ。大丈夫ですか？」

なんという皮肉。こちらの悩みを打ち明けられない、この世に数少ない相手からの救いの手。「大丈夫よ、ありがとう」

「本当に？　困ってることがあったら手を貸しますよ。どんなことでも」

心配そうな顔を見ると、嘘をついているのが恥ずかしくなる。バーバラは無理やり笑みを浮かべた。「本当に大丈夫。でも訊いてくれてありがとう」

「ならいいんですけど。おれもそろそろ失礼しないと。いろいろやることがあるんですよ。シンディが元気でよかった。じゃあ、お元気で」

「ありがとう」

ショーンは元気よく歩道へ降りていき、泥はねだらけのジープに乗りこんだ。バーバラは警報装置をかけなおし、よろよろとキッチンへ戻った。コードレスフォンを取り、どさりと腰をおろして電話機を見つめる。

ふたりの娘はどちらも暴力的な男に脅かされていた。エリンは半年前にノヴァクとラクスによって。シンディはビリー・ヴェガによって。そしていま、善良で人を喜ばせることに一ている。

精神病の家族を持つ不安定で支配的な男に足元をすくわれそうになっている。

努力をいとわないわたしの大切な娘が。誰より幸せになって当然の娘が。そんなことはさせない。いまはもう、じっと座ってなにもせずにいる以前のわたしではない。わが子を守れるかどうかは、わたししだいなのだ。なにか方法を考えなければ。トニアのアドバイスは、手始めとしては最適だろう。

バーバラは、二度とかけることはないと思っていた番号を押した。

「ニック・ワードをポケベルで呼びだしていただけますか?」オペレーターに告げる。「緊急なんです」

ばたんと車のドアが閉まる音で、コナーはわれに返った。キッチンのカーテンを脇に寄せ、兄弟のひとりであることを確認する。エイモンが息子たちに残した山奥の手製のあばら家の場所を知る者はさほど多くないし、マクラウド兄弟はその状況が気に入っていた。おぞましい世界からの隠れ家としてはもってこいだ。ごく親しい友人しかここのことは知らない。

やってきたのはショーンだった。疲れることになりそうだ。コナーはテーブルに載ったスコッチのボトルを見おろした。アルコールで悲しみをまぎらわせようとする試みは、最近の人生同様失敗だった。酒を飲めば感情が鈍ると思ったのに、単に明確な思考力がぼやけただけだった。感情だけが大騒ぎをしている。

むっつりふさいでいることをショーンに責められる必要はない。すでに自分で自分を責めていたが、この無気力を打開する気力はない。キッチンのドアがきしみながら開いた。コナーは振り返ろうともしなかった。

ショーン独特の香りがふわりと漂ってきた。値の張るアフターシェーブと上質な革のにおい。まったく、うぬぼれた野郎だ。それでもコナーは弟を愛していた。たとえはらわたが煮えくり返る思いをさせられても。ウィスキーのせいで涙もろくなっている。コナーは両手に顔をうずめ、自分に活を入れた。

「朝からずっと探してたんだぞ」責めるような口調でショーンが言った。

「もう見つけただろ」とコナー。

ショーンは妙に長々と黙りこんでいた。「兄貴の家へ寄ったんだ。鍵が開けっ放しだって知ってたか？　あの界隈は物騒とは言えないが、数カ月前に強盗に入られたばかりじゃないか。忘れたのか？」

コナーはどうでもいいと言うように怪我をした手を振った。「おれのものが欲しいやつがいるなら、勝手に持っていけばいい」

ショーンが鋭い音をたてて息を吐く。「おい、またかよ。今度はなにをくよくよしてるんだ？」

「ほっといてくれ」

「おれはエリンの部屋に寄ったが、誰もいなかった。兄貴に電話したけど、言うまでもなくつながらなかった。いったいなにがあったんだ？」

「おれの電話はエリンにやった」

弟はいらだたしげにため息をついた。「なんでそうしょっちゅう電話をなくすかな。新しいやつを買わなきゃならないんだぞ?」

コナーは肩をすくめて見せた。「忠実な相棒はどうした?」

「マイルズか? 街に置いてきた。シンディの聖堂にお参りしたいって言うんでね。あいつはめろめろなんだ。見てると胸が痛むよ」テーブルをまわり、まじまじと兄を見つめる。

「マイルズはいいやつだ」ショーンがつづけた。「雇おうかと思ってる。コンピュータおたくが必要な部分を任せれば、おれは楽しいことに時間を使う余裕ができるからな」

「いいアイデアじゃないか」乗り気に聞こえるように言う。

「おれもそう思う。唯一の問題は、あいつに喧嘩のしかたを教えなきゃならないことさ」

コナーはあたりさわりのない声を出した。

「わかってる」とショーン。「苦労しそうだよ。あいつの筋肉は、ミシュランのマシュマロマンと似たり寄ったりだからな」椅子を引きだして腰をおろし、こちらのようすをうかがっている。「話せよ」

コナーはひりひりする目をこすった。「ノヴァクが死んだそうだ。昨日爆死した。マルセイユ近郊のどこかで」

ショーンはテーブルをとんとん指でたたいてつづきを待っていたが、やがてこう言った。「なにか聞き逃したかな? おれたちはそのために苦労してきたんだろ? なんでスコッチを抱えて暗がりに座ってなきゃならないんだ?」

「エリンや世界にとってはいいニュースだ」げんなりしたように言う。「悪いニュースと思うのは、おれだけさ」

「なんで?」

とげとげしい口調にコナーはひるんだ。後頭部で嵐の雲のように頭痛がまとまっていく。

「なぜなら、それが事実なら、おれはありもしないものを見たり聞いたりしたことになるからだ」彼は言った。「おれは高速道路でゲオルグを見た。電話でノヴァクの声を聞いた。おかるか? そのうち、ビリー・ヴェガが殴り殺され、おれの杖が車から消えてる。おれがなにを考えてるかわいやな予感がするんだ。オールどころかボートもなしに川に放りだされた気分だよ。なのにノヴァクは死んだことになっている。どう思う、ショーン? この状況のどこがまずいと思う?」

ショーンは真顔だった。「警察は、兄貴がビリー・ヴェガをやったと証明できないさ。無理に決まってる」

「できるとも。ノヴァクが死んだのなら、不愉快な可能性がいくつか考えられる。数ある可能性のなかでも一番人気は、おれが頭に負った怪我がもたらした、退院以前にはわからなかった脳のダメージってやつだろうな。最悪の可能性はなんだと思う? おれはキレちまったのさ。本当に狂いかけてるんだ。親父のように」

「やめろ」声が震えている。「そんなこと言うな。兄貴は親父とは違う。全然違う」

「どうだか。たぶんおれはビリーを殺したのに、覚えてないのさ」コナーはげんなりしたように言った。「どんなことでもありえる」

「兄貴はあいつの住所すら知らなかったんだぞ！」ショーンが怒鳴る。「おれたちは教えてない！　兄貴は彼女の家族の面倒をみるので手一杯だったじゃないか！」

コナーは首を振った。「運がよければ精神異常を申し立てて、壁に詰め物をした個室に入れてもらえるさ。監獄じゃなく――うわ！」

ショーンにシャツの襟元をつかまれ、キッチンの壁にたたきつけられた。ケヴィンが描いた滝の絵が床に落ちる。額のガラスが粉々になった。

「そんなことにはならない」ショーンが言った。

目をしばたたかせながら弟の目を見たコナーは、憤怒の陰にまぎれもない怯えが隠れているのに気づき、自暴自棄な気分を忘れた。彼は弟を抱きしめようとした。「おい、ショーン。落ち着けよ。べつに――」

「二度とそんなことは言うな！　兄貴は二カ月も昏睡状態だったんだぞ！　もう少しで兄貴を失うところだったんだ、コナー。あんな目に遭うのは二度とごめんだ。ケヴィンの二の舞は――」

「わかったよ、ショーン」なだめるように言う。「放してくれ。落ち着けよ」

「兄貴は狂ってなんかいない！」ショーンの拳が喉元に食いこんだ。「兄貴はただの、メロドラマの主人公気取りで落ちこんでるまぬけだよ！」

「オーケイ！」コナーが怒鳴る。「好きなように言えばいい。おれはまぬけだ。首を絞めるのはやめてくれ。おまえを殴りたくない」

「へえ、そんな状態でおれを殴れるつもりかよ。いいか、コナー。はっきり言っとくぞ。誰も兄貴を拘留したりしない。なぜなら、もし兄貴を傷つけようとするやつがいたら、おれがそいつらを殺すからだ」

嘘偽りのない口調に、コナーはひんやりするものを感じた。彼は弟の短い金髪に指をうずめ、頭を抱きかかえた。

「いいや、ショーン。おまえは誰も殺したりしない。だからそんなことは言うな。落ち着け」異様にテンションの高い少年だったころのショーンをデイビーと一緒になだめたときのように、穏やかな催眠術をかけるような口調で言う。「おまえはすぐかっとなる。もうそんなことはするな。子どもじゃないんだから」

ショーンが手を放し、つま先立ちになっていたコナーは床に足をついた。弟の肩からぐったり力が抜けている。「謝るつもりはないからな」警告するようにショーンが言った。

コナーはひりひりする喉をこすった。「あいにくだったな。いずれにしても許してやるよ、洟垂《はな》れ小僧め」

「兄貴のせいだぞ。監獄に閉じこめられてもいいような口をきいて。ちくしょう、コナー。兄貴は気にしなくても、おれは気にするんだよ」

「二度と言わないよ」コナーは静かに言った。滝の絵を拾い、フレームからガラスの破片をつまむ。「約束する」

「関心を引こうとして騒ぎを起こしたわけじゃないぞ。むかしとは違う。おれは大まじめだ。兄貴が監獄に？　とんでもない。冗談じゃない。わかってるのか？」

「ショーン、そういう言い方はやめろ。開拓時代の西部じゃあるまいし――」

「デイビーだって同じように思うさ。デイビーは冷静沈着を気取ってるが、あんたを傷つけるやつがいたら喉をかき切るに決まってる。まばたきもせずにな。ついでに言えば、セスもそうだ」

コナーは絵を置いた。「おまえには怖くなるよ、ショーン」

「おれはただ事実を言ってるだけだ。白馬に乗って夕日のなかに消えてくのは、兄貴だけじゃないんだよ。兄貴が傷ついたら、おれたちも傷つくんだ。わかったか？」

コナーは素直にうなずき、椅子に腰をおろした。膝が震えている。「ほら、ウィスキーでも一杯どうだ？　気分が落ち着くぞ」

ショーンは顔をしかめた。「いまの状況はどこか変だ」彼は言った。「おれたちに必要なのは、落ち着くことじゃなくて頭をはっきりさせることだ。おれはコーヒーをもらうよ。兄貴も飲んだほうがいいぞ。ひどい顔をしてるからな。それにシャワーと新しいシャツも必要だ。彼女ができたんだから、もう少し努力しろよ」

コーヒーポットに手を伸ばしたショーンは、コナーの表情を見てぴたりと動きをとめた。顔がこわばっていく。「おい、まさか。エリンがどうかしたのか？」

「べつに」

「べつにって、どういうことだよ？」ショーンはあきらめない。

昨夜の記憶が胸の悪くなるような冷たい疾風となって脳裏を駆け抜け、みぞおちにパンチを食らった気がした。

「惨憺《さんたん》たる話さ」とコナー。「最悪だ」

ショーンはコーヒーポットをつかんだ。「ちくしょう」むっつりと言う。「また面倒なことになりそうだな。なにがあった？」

コナーは辛辣《しんらつ》に反論したくなる気持ちを抑えた。今日のショーンは気が立っているし、自分にはもう一度激しい感情の爆発に対処する元気はない。「ニックがおれは頭がおかしいと彼女に言ったんだ。おれは殺人の容疑者だと。それに、エリンはすべておれのイカれた妄想だと思ってて、それに巻きこまれるつもりはないらしい。まあ、彼女を責めるわけにはいかないさ。すでに充分問題を抱えてるんだから」

ショーンは粉を量ってエスプレッソ用のポットに入れた。ガスの火をつけ、振り返って兄をにらみつける。「だから？　それだけか？　話はそれで終わりなのか？」

その質問への答は、口のなかに金属的な苦いあと味を残した。「エリンはおれに出ていけと言ったんだ。彼女は、おれは精神のバランスを崩してると思ってる」

「じゃあ、あきらめるって言うのかよ？　たったそれだけの理由で？」

コナーは弟に目を向け、返事のかわりに両手をあげて見せた。

ショーンがせかせかとキッチンを歩きまわる。「知ってるか？　おれは兄貴がはじめて彼女に会った晩のことを覚えてるんだぜ」

明るくなにげない口調だが、弟をよく知るコナーは騙《だま》されなかった。「そうか？」用心深く尋ねる。

「ああ。あれは、兄貴が覆面捜査班に配属されたすぐあとだった。まだおめでたい理想を抱いて、新しい仕事の魅力にどっぷりはまってたころさ。ケヴィンの事故死から一年ほどたったころ。デイビーが湾岸戦争に出発する直前だ」

「おまえの記憶力には驚くよ」

「ああ、兄貴と同じさ。兄貴の記憶は対象が絞られてるけどな。最後まで言わせてくれ。とにかく、ある晩エドの家に夕食に招かれた兄貴は、目を丸くして黙りこくって帰ってきた。なにがあったのかと問いつめると、おい、ほっといてくれと答えた。今日はすばらしい日だったんだ。未来の花嫁に会ったんだから、って」

コナーはぞっとした。「おれがそう言ったのか?」

「ああ、言った」とショーン。「おれはびっくり仰天したよ。そしたら兄貴はこう言ったんだ。『エドの娘はめちゃくちゃきれいなんだ。ばかなことを言った自分が信じられない。たぶんエドの女房はおれは阿呆だと思っただろう。唯一の問題は、彼女はまだ十七歳なんだ』」

「話をつくってるだろ」コナーは言った。

「命にかけて本当だ。あのときのことは、おれの記憶の石に刻みこまれてるんだ。おれは当時こう言った。『汚らわしい変態野郎め。新しい仕事のことをよく考えたほうがいいぞ、仕事仲間の十代の娘に欲情するなんて』そしたら兄貴はなんて答えたと思う?」

コナーは気を引き締めた。「なんと答えた?」

「『大丈夫さ。おれは待てる』」ショーンがじっと見つめてくる。

「そんなことを言ったのか?」ぼんやりと言う。

「そうだよ! 兄貴はそう言ったんだ! おれは冗談だと思ってた。でもそうじゃなかったんだ! 兄貴は本気だったんだ!」

コーヒーポットがごぼごぼと音をたて蒸気があがりはじめたが、ショーンは直立不動のまま動こうとしない。コナーは弟の背後に手を伸ばし、コンロの火を消した。「大げさに騒ぐな」ぼそりと言う。「おれだって、あれから十年ずっと清らかな暮らしをしてきたわけじゃなし」

「ああ、そうだよな」ひとことずつに悪意がこもっている。「たしかに兄貴はほかの女と寝ることもあったさ。でもそれ以上の関係にはならなかった。そうだろ？ 答えろよ！」

つきあっている相手が将来について話しはじめたとたん、自分はやんわりと関係を絶ってきた。

くそっ。否定はできない。「落ち着けよ、ショーン」彼は言った。「いまはもう一度派手な立ちまわりをする元気はない」

「落ち着けだと？ 十年間も彼女を想いつづけたあげく、死ぬより恐ろしい運命から彼女を救いだし、彼女のろくでもない犯罪者の父親の手を逃れ、まぬけ野郎から妹を助け、物騒な義理の母親を味方に引き入れ、うまいこと彼女をベッドに連れこんだのに、いまになって全部あきらめるって言うのか？」

「エリンは、おれは頭がおかしいと思ってるんだ！」コナーは怒鳴りつけた。

「じゃあ、そうじゃないと説得しろよ！」ショーンがやり返す。「このまま手を引いたらぜったい幸せになれないぞ。おれはそんなのいやなんだよ！ また兄貴がぼろぼろになるところなんて見たくない！」

ふたりはにらみあった。先に目をそらせたのはコナーのほうだった。「もう一度彼女の近くへ行く前に、自分は狂ってないと確認しなきゃならない」物憂げに言う。「おれはすでに彼女の人生をさんざんかき乱してる。これ以上負担をかけたくない。残酷だ」

ショーンは唇を引き結んでいる。コーヒーを注ぎ、カップを差しだしてきた。「ヴェガがぼこぼこにされたとき、エリンと一緒だったんだろ？」

「ああ。朝の五時ごろまでは一緒だった。そのあとこっそり外へ出た」

「なんでそんなことしたんだよ？」

「お袋さんが怖かったんだ」正直に言う。「ジャガーを見ただろ？　無理もないと思わないか？　おれは八時ごろ朝食を食べるために戻った」

ショーンは渋い顔で窓の外を見つめている。「エリンに一緒にいたと言ってもらうわけにはいかないのか？　兄貴が無実なら、問題ないだろ？」

「おれが頼めばそう言ってくれると思う」穏やかに言う。「だが、それじゃフェアじゃない。おれは彼女に嘘をついてほしくない」

ショーンはどすんとカップをテーブルに置いた。熱いコーヒーが手にかかり、シンクに駆け寄って冷たい水をかけている。「嘘をつくだと？　ちくしょう！　能なしのひとりよがりのばか野郎！」

コナーはひるんで耳をふさいだ。「これ以上なにかを壊さないでくれ。頭痛がするんだ。大きな音は勘弁してくれ」

「兄貴は自分でこの件を振りきらなきゃいけないんだよ、ボケ！　そして彼女を取り戻すんだ。どうしてかわかるか？」

コナーは観念して椅子に腰をおろした。どうやら今日の騒ぎはまだ終わっていないらしい。

「オーケイ。どうしてだ、ショーン？」

「なぜなら、兄貴にはそうする権利があるからだ。兄貴はまともな人間だ。まるで……高潔とでも言うかな。戦い方。進撃命令。おれとデイビーがヒーローコンプレックスだとねちねちいじめたのはそのせいさ。その弱点は隠しようがない。そのせいで兄貴は無防備になる」

コナーはため息をついた。「とんだ嫌われ者だな——」

「兄貴はいいやつだ」どしんと床を踏みつける。「デイビーやおれよりも。おれが知ってる誰よりも。ジェシーに起こったことを思うと、あいつには負けるかもしれないけどな。兄貴は屈服しない。おとりを捨てて逃げたりしない。妥協しない。まるで、そうする方法を知らないみたいに」

コナーは自分のコーヒーを見つめ、ジェシーのことを考えないよう努めた。すでに充分ひどい気分なのだ。「親父も似たようなものだった」と指摘する。「親父も屈服する方法を知らなかった。だから壊れちまったんだ」

沈黙が落ちた。エイモンの記憶の陰気な影がずっしりのしかかってくる。エイモンは善良で高潔な男だったが、人生に残酷にもてあそばれたせいで失望しきっていた。哀しみと怒りは父親の正気を少しずつ削り取り、最後にはすっかり食いつくしてしまった。

「兄貴は親父とは違う」ショーンの声は抑えた感情で震えている。「兄貴は親父より強い。それにもっとやさしい」

コナーはがぶりとコーヒーをあおり、話題を変えようと考えをめぐらせた。コーヒーはいつも手近なきっかけになってくれる。「くそっ、ショーン。なんでこんなに濃くしたんだ？胃に穴が開きそうだ」

「それはスコッチのせいだろ、まぬけ。おれのコーヒーのせいじゃない。なにか食って薄めるんだな」とショーン。「昼飯をつくってやるから、そのあいだにシャワーを浴びてこいよ」

「おれを甘やかすな」ぴしゃりと言う。「自分の面倒は自分で――」

「シャワーを浴びろ。そしておれのシャツを着るんだ。兄貴の伸びきって色あせたやつじゃなく。正気で精神的にバランスの取れた人間だと思われたいんだろ？　髭《ひげ》を剃《そ》って髪を梳かすことから始めろよ」

キッチンへ戻ったとき、コナーはさっぱりと髭を剃り、ショーンのクロゼットで見つけた糊《のり》のきいたデニムのシャツを着ていた。弟は批判がましい目でじろじろと全身を見まわしていたが、やがてうなずいた。「まあまあだな」

コナーはひとこと小さくうめいて腰をおろした。ふたりは暗黙の了解のもと、不愉快で露骨な話題を避けていたが、狂気や殺人や愛や失恋（それ以外になにがあるかは神のみぞ知るだが）以外話すことはなかったので、ショーンがつくったグリルドハム＆チーズのサンドイッチをもくもくと食べた。

食べ終わると、ショーンはするりと革ジャケットをはおった。「おれがつくったんだから、後片づけは兄貴がやれよ」きっぱりと言う。「おれはデイビーを探しに行く。殺人容疑について、いくつか石をひっくり返して調べてみる」

「この件には手を出すな」車まで弟を見送りながらコナーはぴしゃりと言った。

ショーンが車のキーを取りだす。「はいはい、勝手に言ってろよ。兄貴はエリンを探すんだな。髭も剃ったことだし。彼女に話すんだ。マクラウド家伝来の魅力を振りまけよ」

「魅力が聞いてあきれるよ。彼女に近づくたびに、おれの手の甲の毛が伸びるんだ。それにエリンは、彼女に宝石をつけてパリへ連れて行きたがってる薄汚い金持ちの芸術おたくにかまけてるので忙しい」

ショーンはあきれたようにぽっかり口を開けた。「なんだって？　で、兄貴は黙って彼女を行かせたのか？　脳みそをどこへやったんだ、コナー？　ベッドの下の箱か？」

「エリンはおれの同行を許さない」噛みつくように言う。「鈍い頭にしっかりたたきこんでおけ！　彼女はおれを必要としてないんだ。だからおれは彼女をつけまわすわけにはいかない。そんなことをしたらルールに反する。そういうのはストーカーって言うんだ。女をつけまわすのは、頭のおかしい男がやることだ。おれはいま、頭のおかしいことをしないように努力してるんだ。わかったか？」

ショーンは傷ついた顔をした。「ああ。でもパリ行きのチケットをひらめかせてる男のところへ彼女を行かせる？　おい、コナー。こいつは思いきった策が必要だぞ」

「蒸し返さないでくれ」不機嫌に言う。「ひと晩かけて乗り越えたんだ。少なくともエリンはひとりじゃない。たぶんトニアがミューラーを持ちあげてくれるだろう。ふん、彼女のことだ、三人プレイを持ちかけるかもな」

「トニア・ヴァスケスのことを言ってるのか？　エリンの友だちの巨乳のナースの？」

コナーは驚いて弟を見つめた。「どうしてトニアが巨乳のナースだと知ってるんだ？　彼女の話はしたことないぞ」

「今朝マイルズを送って行ったときに会ったんだ。エリンのお袋と話してた。美人だな。すぐわかったよ」

「なにが」

「病院で見かけたんだ」あたりまえだろと言いたげにひょうきんな顔をして見せる。「彼女は兄貴が昏睡で入院してた病院で看護婦をしてた。おれが人の顔を忘れないのは知ってるだろ。それを言うなら胸もだけど」

「病院？　トニアはあの病院で働いてたのか？」頭のなかで網が広がりはじめ、すばしこく飛び交う思考をすくいあげていく。位置を変え、選り分け、パターンを探す。

兄の表情に気づき、ショーンが不審そうに目を細めた。「おい、どうした？　なにを考えてる？」

「エリンが彼女に会ったのは一年ちょっと前だ」ゆっくりと言う。「偶然にしてはできすぎてると思わないか？」

「ちょっと待てよ。まだノヴァクに関する妄想を抱いてるのか？　ラクスはヨーロッパだと言ってたじゃないか。ノヴァクは昨日爆発で吹き飛ばされたって。その件はもう終わったんじゃないのか？」

「また混ぜっ返すつもりか、ショーン」

「そうじゃない！」と言い返す。「どういうことか説明してほしいだけだ！　なにをすべきか決める前に、状況を知る必要があるんだ」

「そんなこと百も承知だ！」コナーは声を荒らげた。「そもそもそれが問題なんだ！　おれは自分がなにに立ち向かってるのかわからない！　もはやなにが現実かもわからないんだ！自分の目が信じられない。耳も、勘も、なにもかも！」

「オーケイ。おれが癇癪《かんしゃく》を起こしたんだから、兄貴も起こす権利はあるさ」ショーンがなだめた。「デイビーとセスに話してみるよ。兄貴はとにかくなりゆきを見てろ。あれこれ考えるなよ。考えすぎると兄貴はいつもしくじるからな。もし墓場からよみがえった幽霊を見かけたら、おれに電話しろ。そして厄介ごとには巻きこまれないようにするんだ」

コナーは笑おうとした。「それはこっちのせりふだ」

ショーンはジープに乗りこみ、窓を開けた。「まあな。いつもと違って、自分が言う立場になるってのは変なもんだ。じゃあな」

コナーは轍《わだち》のある私道をはずみながら去って行くジープを見つめていた。ショーンがなにげなく口にした情報が頭のなかで反響している。

信じがたい偶然だ。昏睡状態で入院していた病院に勤めていた看護婦が、エリンの親しい友人であっても不思議ではない。筋の通る関連性はなにひとつない。自分がどれほどエリン・リッグズに関心を持っていたか、当時誰かが知っていたわけがない。彼女の母親は気づいていたし、兄弟は知っていた。だがそれだけだ。

ぞくぞくと鳥肌が立つ。次にどうなるかわかっていた。頭のなかにいる反駁《はんばく》できない権威者が発した進撃命令が、形を成していく。病院へ戻り、トニアの件をもっと調べなければ。いますぐに。

おれは変人エイモンの息子だ。血を分けた息子。もしおれの頭がおかしいのなら、それでかまわない。内なる圧力に抵抗するほうが、よっぽど頭がおかしくなるだろう。自分の性根に抗うことはできない。

コナーは家のなかへ駆け戻った。すさまじいエネルギーで体が震えている。アンクルホルスターに二二口径の拳銃を差し、シグザウアーをズボンに差しこむ。そしてコートをはおって車へ突進した。

昼食の皿洗いをしなかったと、あとでこっぴどく責められるだろう。発つ前にキッチンを片づけるのは基本ルールになっている。だが今回は特別だ。小石まじりの地面にタイヤを取られ、キャディラックの後部が左右に揺れた。それからようやくがくんと前に進み、重たげにはずみながら轍を越えはじめた。

自分は妄想の世界へ向こう見ずに舞い戻っている。だが、これが気に入らないやつには勝手に罵らせておけばいい。

24

「信じられない」とがめる口調でトニアが言った。「そんな格好でミューラーの屋敷へ行くなんて、ぜったい信じられないわ。幽霊みたいに青白い顔をして。たとえ顔色が悪くなかったとしても、そのあせた灰色は全然あなたに似合わない。それにその髪。ぴったりうしろに撫《な》でつけて、皮をむいたタマネギみたいじゃない。そんないかめしい髪型は、あなたの顔に合ってないわよ。いったいどうしたの？」

エリンはじっと膝を見つめた。疲れていて反論する気になれない。「やめてよ、トニア。ゆうべはひどい夜だったの。べつにきれいに見せるつもりはないわ。見苦しくなければいいの。わたしが目指しているのは、それだけよ」

「わたしに電話すればよかったのに！　そうすればここへ来て、大急ぎでなんとかしてあげたのに。手早くお化粧すれば、いっきに士気が高まるものよ。アイジェルにコンシーラー、ファンデーション。そしてブラシでちょっぴり――」

「わたしはミューラーには興味がないの。彼にもわたしに興味を持ってほしくない。今日は、自分の見栄えをよくするためにあれこれする理由はないのよ」

トニアは冷ややかな視線を投げつけてきた。「そう！　悪かったわね」

「ごめんなさい」つらそうに言う。「きついことを言うつもりじゃなかったの」

「彼となにかあったの？」トニアが問いつめた。「機嫌が悪いのは彼のせい？」

顎が震えはじめたのがわかる。「終わったみたい」

「どっちが振ったの？」

あからさまな表現にエリンはひるんだ。「その……わたしが振ったんだと思うわ」

「思う？」トニアはあきれたようにぐるりと目をまわした。「ねえ、自分でわからないの？」

エリンは口に手をあてた。「話したくないわ」

「まあ、それは残念。はっきり言って、わたしはほっとしたわ。あの男はものすごく過激に見えたもの。だって、初対面で銃を突きつけられたのよ、まったく」

「そうかもしれないわ」エリンは急いで涙をぬぐい、マスカラをしていないことを神に感謝した。「でも、この話はまた今度にしましょう。半年か一年後くらいがいいかもしれない」

トニアは不満そうに鼻を鳴らした。「もう、ほんとに繊細なんだから。それで？　ミューラーのなにが問題なの？　むかつくやつだとか？」

エリンは大きく目を見開き、涙が乾くよう願った。「そんなことないわ」ぼんやりと言う。「感じのいい人よ。ハンサムで知的で洗練されてる。彼にはなにも問題はないの。指摘できる欠点なんてひとつもないわ」

「コナー・マクラウドじゃないというだけでね。それが唯一の欠点なんでしょ？」

エリンは目をつぶった。「トニア、お願い。その話は勘弁してくれない？　お願いよ」

「あなたを困らせようと思って言ってるわけじゃないわ！」トニアが抗議する。「わたしはただどういうことか知りたいだけ。あなたにとって、ミューラーは大きなきっかけなのよ、エリン。それを利用しようとしないあなたを見てると、気が狂いそうに――」

「ミューラーなんてどうでもいいのよ!」声が大きくなった。「彼のコレクションなんてどうでもいい。彼の寄付も、博物館も! もうどうでもいいの! なにもかも! なにからなにまで、ばかげた無意味なゲームなんだから!」

「あら、そう。悪いけど、わたしは関心があるわ」早口で冷たい口調。「そんなふうに思ってるなら、どうしてミューラーの屋敷へ行くの? わたしだってほかに用事があったのよ」

エリンはバッグからティッシュを取りだし、鼻をかんだ。「行くと言ったからよ」抑揚のない精彩を欠いた声で言う。「理由はそれだけよ。ほかに自分の行動を決めるよりどころはなにひとつ残ってないの。すべてばらばらに崩れてしまった。残ったのは自分の言葉だけ。だからぜったいに守るつもりよ」

トニアが鼻を鳴らした。「もう、メロドラマぶるのはやめてちょうだい」

ばかにしたせりふがとどめの一発になった。みるみる表情が崩れていく。

トニアは怒りのクラクションを浴びながら素早くハンドルを切ると、ガソリンスタンドの駐車場に車を入れてエンジンを切った。エリンを胸に抱き寄せ、やさしい声でなだめる。

「ねえ、からいばりは少しお休みにしなさいな」

「ひどい気分なの。これ以上耐えられない、トニア」

「わかるわ」トニアの声は穏やかで、催眠術をかけられているような気がした。「それで当然よ。そしてしばらくはその状態がつづくの。あなたにもわかるわ」

友人の白い麻のスーツにぐずつく鼻で染みをつけたくなかったが、身を引こうとするとトニアに引き戻された。

「どういうことかわかる?」トニアが言った。「わたしがちょっとお化粧をしてあげる。ミューラーをどう思っていようが、あなたは堂々とあそこへ行く必要があるわ。きちんとした態度を見せなくちゃ」

「どうでもいいわ」のろのろと言う。「わたしの顔を好きにして。めちゃくちゃにして」

トニアはエリンのシニョンからヘアピンを抜きはじめた。「髪から始めましょう」きびきびと言う。「ひどいもの。なんとかしなくちゃ」

エリンは鼻をすすり、笑おうとした。「ありがとう、トニア」

トニアにぎゅっと抱きしめられ、片方のピアスのうしろが首に食いこんだ。エリンは痛みにあえぎ、友人の腕から逃げだそうとした。

トニアは手を放さなかった。「すぐ終わるわ、エリン」やさしくあやすように言う。「約束する」

コナーは病院のガラスドアを押し開き、ずかずかと受付デスクへ向かった。いてもたってもいられない気持ちを必死で押しとどめていた。ここから出られるなら、喜んで四肢を嚙み切ってやると思ったこともあった。スタッフに問題があるわけではない。彼らは精一杯やってくれた。ああ、よかった、ブレンダがいる。おれのお気に入り。受付デスクのうしろで、五十代のずんぐりした女性が金縁の老眼鏡越しにコンピュータを見つめている。

「やあ、ブレンダ」コナーは女性に声をかけた。

ブレンダはぽかんと彼を見あげていたが、やがてぱっと目を輝かせた。「コナー・マクラウド！　まあ、驚いたわ！」慌ててカウンターをまわりこみ、母親のようにやさしく顔をたたいてくる。「元気そうじゃない、ハニー！　どうしたの？　挨拶しに寄ってくれたの？　あなたの理学療法士たちに連絡しなくちゃ。ジョアンとパットだったわよね？」電話に手を伸ばす。「ふたりを呼びだして──」

「じつは、あまり時間がないんだ。急いでる」話をさえぎるのは心苦しかったが、気がせいて病院のスタッフとおしゃべりをする気にはなれなかった。「教えてほしいことがあって来たんだ。ジョアンとパットには、きみからよろしく言っておいてくれ。そのうちふたりに会いに寄るよ。おれはすっかり元気にしてる。あのつらい月日は無駄じゃなかった」

「あたりまえよ、ハンサムさん。なにを知りたいの？」

「おれが昏睡状態だったとき、ここで働いてた看護婦について知りたいんだ」彼は言った。

「名前はトニア・ヴァスケス」

「うーん。思いだせないけど、ここは大きな病院だし。そうね、アネットに訊いてみるわ。彼女は採用を担当してるから、名前を聞けばきっとわかるはずよ」ブレンダは電話をかけた。

「もしもし、アネット？　ブレンダよ。わたしの目の前に誰が立ってると思う？　眠れる森の美男を覚えてる？　そうなの、本人よ。とってもすてきなんだから。あなたに訊きたいことがあるんですって。ちょっとおりてこれる？　それとも彼にそちらへ行かせましょうか？オーケイ……ええ、わかったわ。いまそっちへ行かせるわね。ありがとう」

彼女は電話を切り、エレベーター乗り場へ行くようコナーに合図した。「三階よ。エレベーターをおりたら左へ行って、最初の角を左へ曲がるの。そうすれば、ガラス張りのオフィスのなかにいるアネットが見えるわ」

「ありがとう、ブレンダ」コナーは熱をこめて言った。

アネットのオフィスはすぐ見つかった。開け放たれたドアをノックすると、すらりと背の高い四十代の黒人女性が、にっこり微笑みながら急ぎ足で挨拶しに近づいてきた。「まあまあ！　コナー・マクラウド！　元気そうじゃない！」

コナーは笑顔を浮かべて握手を交わし、我慢がもつ限界まで形式的な雑談をつづけてから唐突に質問を切りだした。

アネットは眉間に皺を寄せた。「その名前の人物に心あたりはないけれど、ジェフリーに訊いてみるわね。スタッフの配属は彼の担当だから。ここのスタッフのことは全員知ってるし、彼らの大おばさんの誕生日だって知ってるのよ」ジェフリーのポケベルの番号にかける。「知ってる人がいるとしたら、ジェフリーしかいないわ」

彼がやってくるのを待つあいだに、会話は滞りがちになった。アネットはにっこりコナーに微笑みかけた。「すてきな恋人はお元気？」

コナーはぴたりと動きをとめた。「なんだって？　おれのなに？」

アネットはくちごもった。目を見開き、失言したのではないかと警戒している。「わたしはただどうしてるかと……あなたの、その……恋人が」

「恋人なんかいない。当時いなかったことは確かだ」

アネットは目をしばたたかせた。「しょっちゅうここへ来てたから、てっきり――」

「誰がおれに会いに来たんだ?」声が大きくなる。「名前は?」

アネットの顔がこわばった。「名前は覚えてないわ。それに、そんな口のきき方は感心しないわね」

コナーは食いしばった歯のあいだから長々とため息を漏らした。「すまない、アネット」慎重に言う。「怒鳴ったりして悪かった。許してくれ。どんな女だったか説明してくれるかい?」

アネットは態度をやわらげたが、まだ警戒心は解いていない。「褐色の長い髪で、笑顔がかわいらしかったわ。いつもスーツを着てた。昼休みにここへ来て、あなたに本を読んでたわ。毎日訪問者名簿にサインしてた。もし関心があるなら、古い名簿を調べてあげてもいいけど――」

「頼む」コナーは言った。「調べてくれ、アネット」

彼女は隣接する部屋へ行き、一分ほど紙がめくれる音がしていた。戻ってきたときは、二冊の分厚い三つ穴バインダーを抱えていて、それをコナーの前のデスクにどさりと置いた。

「さあ。どうぞ見てちょうだい」

彼は適当にページを開いた。その名前は、文字どおり目に飛びこんできた。エリン・リッグズ。

ページをめくる。また彼女の名前。次々にページをめくる。そのたびに、まるで磁石に引き寄せられるように彼女の優雅な筆記体に目がとまった。エリン・リッグズ。エリン・リッ

グズ。エリン・リッグズ。鼓動が速まる。コナーは手早くページを繰った。一日も欠かさず彼女の名前が記されている。

「探していたものはあった？」アネットが訊いた。

コナーは顔をあげて彼女を見た。無防備で切羽詰まったものが浮かぶ彼の目を見て、アネットの顔から冷たく尊大な表情が消え、かわりに用心深い懸念の色が浮かんでいく。「ああ。思ってもいなかったものが見つかったよ」

生え際が後退しているまるまる太った青年が、甘いアフターシェーブの香りとともにオフィスに入ってきた。「やあ、美人さん！　ポケベルにきみの番号があったけど、ちょうどここへ来る途中だったんだ。ちょっと用事が――」

「トニア・ヴァスケスを覚えてるか？」コナーは問いつめた。

ジェフリーは呆気《あっけ》に取られて彼を見た。「きみは誰だい？」

「コナーは以前うちの患者だったのよ」とアネット。「もう一年と四カ月になるかしら？　それで、そのころ働いていたナースを探してるんですって。あなたなら覚えてるんじゃないかと思ったの。だからポケベルに電話したのよ」

ジェフリーは素早くアネットと視線を交わすと、うなずいた。「トニア・ヴァスケス？　もちろん覚えてるさ。でも、一年四カ月前と言ったかい？　ちょっと待って」コンピュータに屈みこむ。「このドキュメントを閉じて、データベースにアクセスしてもいいかい、アネット？」

「どうぞ好きにしてちょうだい」

ジェフリーは目にもとまらぬスピードでキーボードを打ち、画面をスクロールしていった。「あったぞ。変だな。いまも勤めてることになってる。でもそんなわけないんだ。トニアは三年以上前にサン・ホセに引っ越したんだから。娘と孫たちの近くにいたかったのさ」

「孫？ そんなばかな！ 彼女は二十代半ばだぞ！」

ジェフリーが首を振る。「ここで働いてたトニア・ヴァスケスは、もうすぐ六十に手が届こうという女性だけだ。いい人だったよ。勤務状態のデータが変だな。きっとシステムのバグだろう。トニアはまだ給料を受け取ってるのかな。だったらとんでもないヘマだと思わないかい？ すぐ給料支払いの担当者に連絡して、調べてみなくちゃ」

「ああ、そうだな」コナーは言った。

彼はどうにかふたりと握手を交わし、手を貸してくれた礼を言った。一目散に廊下を駆け抜けるあいだ、膝がふらついた。頭のなかに放った網では、すばしこく泳ぐ魚のかわりに、深海から浮かびあがってきた海の怪物がのたうちまわっている。そしてエリンはミューラーの巣へ同行する相手として、トニアを選んだ。いや、ノヴァクの巣だ。間違いない。もう自分を疑っている余裕はない。エリンの命が危険にさらされているのだ。

彼はのんびりしたエレベーターの前を駆け抜けた。一か八か階段で降りてみよう。携帯電話を手探りしたが、ポケットは空だった。

当然だ。エリンに渡したのだから。彼女は電話の電源を切り、どこにいるのか知りようがない。またしても。くそっ。悪趣味なジョークみたいだ。

階段の踊り場に公衆電話があった。小銭をあさり、震える指でスロットに入れる。とりあえずエリンにかけてみようか。無駄だ。自分はこの世で彼女がいちばん話したくない相手だろう。

だがエリンはおれが昏睡に陥っているあいだ会いに来ていた。一日も欠かさず。

コナーはその思いを脇へ押しやった。あとにしろ。いまは信じがたい新事実についてあれこれ考えている場合ではない。彼はセスに電話をかけた。

「誰だ?」セスの不機嫌な声が応えた。

「おれだ。おい、セス。緊急事態が――」

「なんでおまえの電話は電源が切れてるんだ? それに、どうして固定電話から電話してるんだ? 固定電話じゃ盗聴防止のスクランブルがかけられないだろ!」

「説明してるひまがないんだ、セス。聞いてくれ。ノヴァクは生きてる」

セスはつかのま黙りこんだ。「あー……確認済みだと聞いたぞ」用心深く言う。「どうしてそう思うんだ?」

「エリンの親友のトニアは、おれが昏睡で入院してたとき、その病院の看護婦を装ってたんだ。三年前に退職した実在の看護婦の従業員登録を使ったに違いない。おれはいまその病院にいる。たったいまわかったんだ」

セスがうめいた。「オーケイ。まあいいさ。おまえを信じるよ。おまえの頭をおかしくするより、また一緒にノヴァクを追うほうがましだからな。計画はあるのか?」

「いや」じりじりしながら言う。「彼女がどこにいるかわからないんだ。今日は、億万長者の美術品コレクターの屋敷へ行った。ミューラーがノヴァクなんだ。おれの命を賭けてもいい。それに、彼女の持ち物に発信機をしかけるひまがなかった」

「ふむ。まあ、おれもおまえに教えてやることがある。恋人のアパートを調べてくれとおれに頼んだのを覚えてるか？」

「彼女はおれの恋人じゃない」乱暴に言う。

一瞬沈黙が落ちた。「へえ……そりゃ残念だ。ま、いずれにしても、おれはたったいま彼女のアパートを出たとこなんだ。あそこにはやけに奇妙なものが――」

「時間がないんだ、セス！」

「黙って聞け。大事な話だ」口調が真剣になる。「壁のうしろにビデオカメラがあって、比較的短い距離から操作できるリモート式送信機が取りつけてあった。おそらく受信機と録音装置は同じ建物のなかにあるんだろう。雑な仕事だ。たぶん素人の仕業だな」

コナーはごくりと唾を呑みこんだ。「くそっ。気味が悪い」

「ふん、気味が悪い話はこれからさ」とセス。「そのビデオカメラだが……心当たりはないんだろ？」

「なにが言いたいんだ？　あるわけないだろ？　そのカメラがどうした？　さっさと言え、セス！」

「おまえのだったんだよ」ずばりと言う。「おれがデイビーに売ったやつだ。デイビーはおまえにやった。数カ月前、おまえの家が強盗にあったとき盗まれた品のひとつさ。間違いない。おれはあのカメラにマークをつけといたんだ」

コナーはたったいま耳にした情報を理解しようとした。脳が受け入れようとしない。「なんだって？」

「なにかおれに話してないことがあるのか、コナー？」

セスの声には、これまで聞いたことのない冷たい疑念がこもっていた。少なくとも自分に向けられたことはない疑念が。セスにまで見放されるのではないかという思いで、戦慄が走った。

「あるわけないだろ！」彼は怒鳴った。「おれはそんなものしかけてない。おれじゃない！」

「だよな」明らかにほっとしている。「そうだろうと思ってた。恋人の寝室に隠しカメラをしかけるなんて、おまえの柄じゃない。おれのほうがよっぽどやりそうなことだ。おまえみたいに単純でへまばかりしてる堅物は、こんな汚い手は使わない」

「そこまで信頼してくれて、ありがとよ。涙が出るぜ」コナーは言った。

「いいってことよ。手始めに、おまえは自分の携帯電話の電源を入れて、おれがスクランブルをかけられるようにしろ。このままじゃ落ち着かなくて――」

「持ってないんだ。エリンにやった」

「電話をエリンにやったのか？」セスがゆっくりくり返した。

「ああ！　そうだよ！」と怒鳴る。「いまいましい電話のことで、よってたかって説教するのはやめてくれるか？」

「で、彼女はいまもあの電話を持ってるのか？」

「知るわけないだろ？　ゆうべはバッグに入れてた。たぶんいまも持ってるんだろう。そうとしか思えないだろ？」

セスはどっと笑い声をあげた。

「なにがおかしい？」

「たったいますべての問題を一発で解決してくれたからだよ」セスが言った。「あの電話を使って彼女を探せる」

受話器を握る手に力が入った。「もう一度言ってくれ」

「あの電話には発信機がついてる。電源はバッテリーだ。だからもし最近充電したなら、信号が出てるはずだ」

「おれに発信機をしかけたのか？　なぜ？」

「いつなんどき、友人を急いで見つける必要に迫られるかわからないだろ」弁解口調になっている。「デイビーとショーンの電話にもつけてある。だから気にするな。それに、おまえはしょっちゅう面倒なことになる。発信機をしかけて当然だと思ったのさ」

コナーの口元がほころんだ。「この件が片づいたら、発信機をしかけた代償にぼこぼこにしてやるからな」

「ああ、だがいまのところおれは役に立つんだから、おまえはおれに首ったけだろ。そんな歌を聴いたことがあるぜ。おれは自宅へ戻ってコンピュータに発信機のコードを入力してみる。おまえも来い。戦闘態勢に入るぞ」

「ショーンとデイビーに電話しといてくれ」

「気をつけろよ」とセス。

コナーは残りの二階分の階段を飛ぶように駆けおりた。すばらしい。感動的だ。病的に陰険なハイテクおたくの友人は、おれの携帯電話に発信機をしかけるだけの才覚を持っていたのだ。彼は抗議の怒声をうしろに聞きながら担架や車椅子を右左へかわし、駐車場へ突進して車のキーを出した。

隣に停まっていたスモークガラスの灰色のSUVのドアがさっと開き、黒い服を着た長身のスキンヘッドの男がおりてきた。

コナーははっとしてあとずさった。男はおぞましい幽霊のようだった。生気のない青白い皮膚に頭髪のない頭。暗い眼窩《がんか》でぎらぎら輝く青い瞳、傷だらけのグロテスクな顔。にやりと笑った口元は歯が欠けている。

ゲオルグ・ラクス。

突然ゲオルグの腕が前に出て狙いを定めた。はじけるような音が聞こえ、刺すような痛みとなすすべない憤怒を感じた。胸から小さな矢が突きだしている。必死で抵抗したが、すでに体はアスファルトに崩れ落ちていた。

頭上を影が覆う。彼は混沌とした暗闇へと沈みこんでいった。

「あいかわらず時間に正確ね」玄関でふたりを迎えたタマラが言った。「こちらはどなた?」

「友だちのトニア・ヴァスケスです」エリンは答えた。「トニア、こちらはタマラ・ジュリアンよ。以前話したでしょう?」

「はじめまして。すてきな服ね」トニアが興奮したように言う。

タマラは艶然《えんぜん》と微笑んだ。「どうもありがとう」

彼女は黒ずくめだった。飾り気のないハイネックのジャケットと、ふんわりふくらんだそろいのタフタのスカート。頭がくらくらしそうな渦巻き模様を描くアンティークタイルのモザイクの床を進むあいだ、先の尖った艶のあるショートブーツのヒールが高らかな音をたてていた。タマラはちらりと肩越しに振り向いた。「来てくれてよかったわ。ゆうべあなたが逃げだしたあと、ミスター・ミューラーは心を痛めていたの。あなたを怒らせたんじゃないかと心配してたのよ。また来てくれるか自信がなかったわ」

トニアがきょとんとしたように横目でエリンを見た。「逃げだした？　どういうこと？」

「話せば長いのよ」こわばった口調で言う。「でもミスター・ミューラーとはなんの関係もないわ。心配する必要はないのに」

「そうね」タマラは非の打ちどころがない化粧を施していたが、その下の顔は青白く、やつれて見えた。エメラルド色の瞳には怯えと影がある。

それともいまの殺伐とした気分のせいで、無害なものまで不吉な兆候に見えるのかもしれない。みぞおちに感じる不安が大きくなっていく。昨日襲ってきたパニックのおののきが体の奥でよみがえり、エリンは容赦なくそれを押しとどめた。この仕事をやり遂げ、鮮やかに幕を閉じるのよ。いま自分に望むのはそれだけだ。たとえプロとしてのキャリアにみずから終止符を打つことになろうと、あの報告書を見せたら、クロード・ミューラーとの関係はやんわりと解消しよう。ミューラーには、彼のコンサルタントをするためなら喜んで這いつくばりそうな別の専門家を紹介すればいい。わたしはタイプのテストを受けて、派遣社員の秘書や弁護士補助員に応募するために被雇用者税金控除票に記入しよう。そのせいで死ぬような思いをしようが、喜んでやってやる。望むところだわ。自分の人生は自分で決めるのよ。エリンは自分に言い聞かせた。

彼にはもう関係ないんだから。コウモリの影のようにその思いが心をよぎった。速すぎてつかまえられない。

ああ、この屋敷は大嫌い。まるで、吐き気とめまいを感じる程度の低レベルの電荷が絶えずかかっていて、決断すら下せないような気がする。昨夜はひどいパニックに襲われ、まるで時計が零時を打ったとたんに舞踏会から逃げだすシンデレラのように飛びだしてしまった。けれどいま、一歩前へ進むごとにふたたび肩甲骨のあいだを冷や汗が滴り落ちている。大人らしく振る舞わなければ。

タマラが応接室の扉の前で足をとめた。凝った装飾が施された厚い扉は、こちらをひと呑みにしようとしている不気味な生き物の口のようだ。エリンはこみあげてくる子どもじみた不快なパニックを押しとどめ、みぞおちにぐっと力を入れた。

ミューラーは前日同様、深い物思いに沈む貴族のように窓の外を見つめていた。振り向いて、微笑みながら挨拶を交わしに近づいてくる。「ああ、よかった。また来てくれるか心配していたんだ」彼は言った。「昨日は動揺させたのなら申し訳なかった。顔色が悪いようだが」

「大丈夫です、ありがとうございます」ほらね？　礼儀正しくて愛想がいい男性。なにも問題はないわ。ノヴァクは地球の反対側で死んだのよ。ここには異常なものなどなにもない。もう他人の恐怖に振りまわされはしない。一瞬のうちにそんな思いが脳裏を駆け抜けた。

「昨日は失礼しました。自分でもなぜあんなことをしたかわからないんです」にっこり笑ったミューラーの歯は、やけにとがって見えた。「それで、こちらの美しいご婦人はどなたかな？」

「トニア・ヴァスケスです。お会いできて嬉しいわ」エリンが返事に手間取っていると、トニアが自己紹介した。「今日はエリンのお供なの。お邪魔じゃないといいんですが」

「とんでもない。エリンの友人なら誰でも歓迎だ。美しい女性は多ければ多いほうがいい」

「それは……」トニアが声をはずませた。「場合によりますわ」

トニアは彼の気を惹こうとしている。まあいいわ。虫唾《むしず》が走るけれど、みじめな自分からミューラーの関心をそらせてくれるなら涙が出るほどありがたい。この会見はすぐに終わる。そうすれば、ネズミの穴のようなみすぼらしいアパートへ戻って、暗闇で傷を舐《な》めることができる。

そして、身勝手かもしれないけれど、次にトニアに電話するのはずっと先になるだろう。ひょっとしたら二度と連絡しないかもしれない。

「始めていいですか？」鋭い口調に、他愛ない会話を交わしていたミューラーとトニアがはっとしたように目を向けてきた。

「もちろんだ」ミューラーが部屋の反対側にあるテーブルを示す。

早く終わらせれば、それだけ早くこのいまわしい場所から出て行ける。エリンは呪文のように心のなかでそうくり返した。

光沢のある黒っぽい木のテーブルの上に三つの品物が載っている。由来に関する書類が入ったフォルダーがそれぞれの横に置いてあった。エリンはテープレコーダーを出し、陰鬱《いんうつ》な気持ちで心を集中させた。大人らしく。プロらしく。

最初の品は、青銅の剣と鞘《さや》だった。由来では紀元前二〇〇年のラ・テーヌ文化の品と位置づけられ、一八九〇年代にウェールズの川底から発見されたことになっている。だが剣はそれよりはるかに古いものに見えた。ある種の有機物でつくられた鍔《つば》と柄と柄頭は朽ち果てているが、細長い葉のような緩やかな曲線を描く刃の部分はほれぼれするような原形を留めている。紀元前一〇〇〇年以降のケルト文化の青銅の剣の多くに見られるように、補強したうねとみぞ、指があたる部分のくぼみがある。

ふたつめは、高さ一八インチの、両手を前に突きだした異様な生き物の石像だった。巨大な太い鉤爪《かぎづめ》をふたつの生首の額に食いこませ、大きく開いた牙のある口から腕が一本ぶらさがっている。フランスの伝説に出てくる人間を食べる怪物、タラスクだ。フランスとスコットランドで学んだ大学三年のとき、アビニョンで研究したローマ帝国支配下のガリアの石灰岩の彫像によく似ている。

エリンは思わずたじろいだ。貴重でみごとな品ではあるが、いまのようにみじめな気分のときに血に飢えた人食いの怪物に立ち向かうのは無理だ。たとえプロ精神にもとる行為でも。これはあとにしよう。

三つめの品物は、青銅の細口瓶《フラゴン》だった。後期ラ・テーヌ様式の植物文様と渦巻き模様の装飾がある。複数の伝説上の生き物が浮き彫りされているが、最初にエリンの目をとらえたのは二頭のドラゴンだった。

二頭は燃え立つような赤いガーネットの瞳でにらみあっていた。不倶戴天《ふぐたいてん》の敵に挑みかかるポーズを永遠に取ったまま、きれいな左右対称になっている。トークと同じだ。ヘビのような尾が体の下でからみあい、フラゴン全体を飾る入り組んだ花づな文様に溶けこんでいた。頭痛がじわじわと強まってついには意識せざるをえなくなるように、ゆっくりと理解が訪れた。解く意図がなかった謎の答えが、するりと収まるべき場所に収まっていく。由来には、このフラゴンは探検家でもあり墓荒らしでもあった貴族によって一八六七年にザルツブルグ近郊で発見され、その後一九五〇年代にオーストリア人の裕福な実業家に売却されたと記されている。

でもこのフラゴンはザルツブルグで発見されたものではない。ロスバーンの墳墓のものだ。ドラゴンのトークのように。そしてシルバー・フォークで見たトークも。

肌でわかる。わたしの勘が間違っていたことはない。全身の産毛が逆立った。ちぐはぐな感覚が深まり、広がっていく。

エリンはやっとの思いで声を出した。「ミスター・ミューラー。申しあげにくいのですが、このフラゴンの由来は偽造だと思います」

部屋の反対側から聞こえていた小さな話し声がとまった。「いまなんと?」ミューラーの声は穏やかで、とまどっているようだった。

「この特徴のあるデザインは、これがロスバーンの墳墓から発見されたものにほぼ間違いないことを示していますし、それはほんの三年前のことです。先日のドラゴンのトークと、シルバー・フォークで拝見したトークのうち少なくともふたつはロスバーンのものだと思われます。盗難にあったんです。どれも本来スコットランドにあるべきものです」

ミューラーの顔を見る勇気がない。不安で体がしびれている。そのとき、小さな乾いた笑い声が聞こえた。枯葉のなかにヘビがもぐりこむような音。エリンは悟った。ゆっくりと振り返る。

ミューラーの瞳はもはや金属的な明るいブルーではなかった。光り輝く白っぽいグリーン。冷たい屍《しかばね》のような色。彼は片手をあげ、人差し指と中指を振った。それぞれの指先にブルーのカラーコンタクトがついている。「おめでとう、エリン」

「あなただったのね」かぼそい声が漏れた。「ノヴァク。コナーは正しかったんだわ」

ミューラーの笑みが広がった。「ああ、そうだ。気の毒な狂ったコナー」

これほど異形のものが、どうしてあれだけ長いあいだ人間の仮面をかぶっていられたのだろう。そう思った瞬間、エリンはトニアのことを思いだし、罪悪感と恐怖に襲われた。なにも知らない哀れなトニアを恐ろしい世界へ引きずりこんでしまった。

苦痛に満ちた目をトニアに向けたとたん、一瞬鼓動がとまった。

トニアは笑っている。彼女は白いプラダのバッグに手を入れ、無造作に銀色の小型のリボルバーを出してエリンに向けた。「ごめんなさいね、エリン。あなたのことは本当に好きだったのよ。病院で会ったときは取り澄ました女に見えたけど、思ったよりおりこうさんだったのね」そこで首を振る。「でも、おりこうさんにも限度があったわ」

逆上し、エリンはいっとき身の毛のよだつような恐怖を忘れた。「嘘つきの腐った悪魔!」

「きみには感心しているんだ」ノヴァクが言った。「きみは、わたしが描いていた無謀な希望をはるかにしのぐ人物だった。正しい結論に達したのみならず、即座にルールを遵守する道を選んだ。みごとだ、エリン。タマラ、彼女に褒美《ほうび》を見せてやれ」

タマラの瞳はもう冷やかすように輝いてはいなかった。青白い唇に浮かぶ笑みも消えている。彼女は図書室のドアを開けた。血色の悪い長身のスキンヘッドの男が、にやにやしながらドアを抜けてきた。エリンは思わず悲鳴をあげた。

ゲオルグ。頭を剃りあげていても、欠けた歯でわかる。だらりと垂れさがったまぶたで片目がゆがみ、唇の片側が厚くなってひきつれている。青白い頬には醜い深紅色のみみず腫《ば》れが何本も走っていた。

ゲオルグはみだらな視線をエリンの全身に這《は》わせ、「やあ、エリン」と言った。「会えて嬉しいよ。きれいだ」

エリンはあとずさった。テーブルががつんとお尻にあたる。「このあいだの土曜日にフォードに乗ってたのは、あなただったのね？」

いやらしい笑いを浮かべた口元が大きくほころび、得意げな笑みになる。「そうだ」ノヴァクが言う。「きみの恋人に殴られたせいで、ゲオルグの利用価値はかなりさがってしまった」「きみの恋人に殴られたせいで」

「以前はとてもハンサムだっただろう？　それに、ゲオルグにとって牢獄での暮らしは過酷なものだった。彼はひどく腹を立てている。そうだな、ゲオルグ？」

「ああ」まともなほうの目がぞっとするような敵意できらめいた。「すごく腹を立ててる」

「見てのとおり、彼の顔は一生治らない神経障害を負った。彼がこうむった苦痛と犠牲への感謝のしるしに、きみのために練った計画はゲオルグに果たしてもらう。彼はわたしと結んだその約束のために生きてきた」

「そんな」エリンはテーブルに沿って横へ移動した。「いやよ」

トニアが警告するように舌を鳴らす。「動かないで」

「すばらしい計画だ」とノヴァク。「牢獄にいると、あれこれ考える時間がたっぷりあってね。きみの父親もそう思っているに違いない」

「じゃあ、すべて父への恨みを晴らすためだったの？」答などどうでもよかった。ただなんとか時間を稼ぎたかった。

ノヴァクは笑い声をあげた。「いいや、エリン。わたしは全員に対する恨みを晴らしているのさ。トニア、今朝命令したことをやったか？」

「ええ、ミスター・ミューラー」トニアが小癪《こしゃく》な笑みを浮かべる。「バーバラ・リッグズは取り乱しているわ。マクラウドに精神病の家族がいるという情報や、彼の妄想や被害妄想についてあちこち電話をかけまくってる。妄執じみた尾行や誘惑について。そしてレイプも加えさせていただくわね。エリン・リッグズに対する――」

「ばかばかしい！　誰も信じやしないわ！　母はわたしが彼と一緒にいるところを見てるのよ！　彼がどれだけ――」

「彼の部屋で昨夜の密会を映したビデオが発見されれば、母上も考えを変えるかもしれない」ノヴァクが言った。「たとえわたしが命令したとしても、マクラウドはあそこまで完璧にこちらの目的を果たす行動を取ってはくれなかっただろう。きみのドレスを引き裂いてテーブルに押しつけたところなど、実にすばらしかった」

エリンはわななく唇を手で覆った。「ビデオ?」

「そのとおり。ゆうべのきみたちには驚かされたよ。予想もしなかった。マクラウドがあれほど……野卑だとは」

「わたしは今日、あのアパートに住んでるミセス・ハサウェイと話したのよ」トニアが得意げに言う。「ゆうべ階段で見たことを話したくてうずうずしてたわ。マクラウドがビリー・ヴェガを殺したのは周知の事実。すでに大掛かりな捜索が始まってるわ」

「いずれ警察は彼を見つけるだろう。そしてきみも見つける。だが、痛ましいことにそのときはすでに手遅れだ。悲しい結末を話してあげよう、エリン。ビリー・ヴェガを殺したあと、マクラウドの精神のバランスは誰も予想しなかったスピードでそれまで以上に崩れた。異常な嫉妬が招いた結果に違いない。愛とはなんと危険なものか」

「でも、そんなのばかげてるわ！　コナーがビリー・ヴェガを殺したなんて、誰も信じるはずがない。彼には理由がないし――」

「ゲオルグはビリーの家にまったく痕跡を残さなかった」満足そうにノヴァクが言った。

「だが、鑑識はマクラウドの櫛《くし》から取った彼の髪の毛を発見した。マクラウドの家の地下室には、血まみれの杖がある。彼が誰かにとめてほしがっている明らかな証拠だ。言うなれば、潜在意識が助けを求めて叫んでいるのさ。わたしたちは、マクラウドのカメラをきみの部屋の壁の裏に設置し、彼の指紋がついたテープを使った。カメラは数カ月前に盗難届けが出されているので、彼がある程度の期間きみをつけまわしていたのは明らかとされるだろう。きっと警察は、きみたちの情事を映した刺激的なビデオを楽しむに違いない。ひょっとしたらインターネットに流すかもしれない。この父にして、この娘ありだ」

「そんな」蚊《か》の鳴くような声が漏れた。

「そろそろあのカメラがおもしろいものを撮ってくれるころだと思っていたよ」ノヴァクは言った。「きみを監視していた人間は、退屈で死にそうになっていた。さて、ゲオルグ、モニターの電源を入れてくれるか?」

エリンはそのときはじめて壁に大画面のフラットモニターがかかっていることに気づいた。そこに映しだされた映像を見て、両膝からいっきに力が抜けた。

目隠しをされたコナーが、両手両脚を広げてベッドに縛りつけられている。

「まもなく目を覚ます」上機嫌でノヴァクが言った。「本当のお楽しみはそれからだ。彼は自分が責めを負うことになるおぞましい行為をゲオルグがするのを見る。そこでようやく気づくんだ。自分がしたことを理解し、自分の銃で自殺を遂げる。罪悪感と恐怖にさいなまれて」

エリンはモニターを見つめた。コナーはぴくりとも動かず、無防備に見える。「うまくいくはずないわ」必死で言う。「鑑識は――」

「いいや、わたしはあらゆる点をとことん考え抜いた。彼は目を覚ましてるのか、タマラ?」

タマラはモニターに目を凝らした。「どうかしら。よくわからないわ」

「タマラは、陵辱されたきみの体についた体液の遺伝子に食い違いがないよう取り計らってくれるだろう。タマラなら石像からも体液を抜き取れる。そうだろう?」

彼女はにっこりと虚《うつ》ろな笑みを浮かべた。「ええ、もちろん。ボス」

ノヴァクが拍手した。そのときはじめて、エリンは義指に気づいた。ノヴァクは彼女の視線に気づき、両手をあげておどけたように振って見せた。「確かめなかっただろう、エリン。きみは、他人も自分と同じように行動すると信じきっている。さて、モニターでタマラとマクラウドのようすを見物しようじゃないか。楽しみだろう？」子どもに特別な褒美をやろうと言っているかのように、励ますような笑みを浮かべている。

「いやよ」エリンは言った。

「悪趣味な遊びだな」ノヴァクが自分をいましめた。「リッグズ家の女性に自分の男が別の女といるところを見せるのは、わたしの趣味らしい」

「母のテレビ」エリンがつぶやく。「あなただったのね」

「ああ、そうとも。マクラウドに邪魔されたのは残念だった。あの男はシンディに対する計画も台なしにした。母上には自殺をしてもらうつもりだったのに。それにシンディはゆっくり麻薬中毒にしてやる予定だった。彼女たちは、単にまともな男を選べないだけだ。だが、それはもうどうでもいい。きみの死でふたりの件にもけりがつくだろう。タマラ、時間だ。始めろ」

タマラは部屋を出ていった。重苦しい沈黙が流れる。全員が、なにかを待っているかのようにエリンを見つめていた。

「うまくいくわけないわ」エリンは抑揚のない声で言った。「コナーは高潔で、恥がなんたるかを知っている人よ。大勢の人がそうだと知ってるわ。でもあなたにはとうてい理解できないでしょうね。死体を餌にしている蛆虫《うじむし》だもの」

ゲオルグがテーブルの上にある箱から厚手のラテックスの手袋を出してはめた。ちらりとノヴァクをうかがう。ノヴァクがうなずいた。

ゲオルグはエリンの腕をつかみ、顔を殴りつけた。

エリンの体はくるりと回転し、壁に激突してずるずると床にすべり落ちた。口のなかが切れている。殴られるなんて生まれてはじめてだ。エリンは痛みとショックで混乱する頭で、必死に状況を見極めようとした。

「言うまでもないが、ゲオルグはきみに触れる前にラテックスの手袋をはめている」なにごともないかのようにノヴァクが言った。エリンに一歩近づき、ひるむ彼女を見ておもしろそうに笑った。「ああ、わたしはきみを痛めつけるつもりはない」安心させるように言う。「今回は見物に徹するよ。なにも新しい素性を危険にさらすことはない。ずたずたになったきみの遺体から発見されるのは、コナーの血液と毛髪と精液だけだ。爪のなかからは彼の皮膚が見つかる」

「コナーがそんなことをするなんて、誰も信じやしないわ。彼を知っている人ならありえない」激しい怒りで声が震えた。

「そうか？　考えてみるんだな。自分のピストルを口にくわえた彼の死体が発見される。近くにはきみの死体があって、服はずたずたにされて半裸の状態だ。例のビデオテープが発見されれば、事件は一件落着だ。誰もがコナーは正気を失っていたと考えている。誰もがな。きみもそう思ってたんじゃないかね？」

エリンはノヴァクの言葉に引き起こされた罪悪感と恥ずかしさを脇に押しやり、もがくように膝立ちになった。「警察があなたを捜しにくるわ」きっぱりと言う。「わたしがここへ来ることは母が知って――」

「でも、あなたは来なかったのよ、エリン。わたし、あなたの部屋のチャイムを押す直前に、お母さまに電話したの」トニアはあざけるような抑揚をつけてつづけた。「ミセス・リッグズ、ひょっとしたらエリンはそちらじゃありません？ 一緒にミューラーの屋敷へ行く約束をしてたんですけど、部屋にいないんです！ 変だわ！ こんなの彼女らしくない！」

エリンは呆然と彼女を見つめた。「なんてひどい人なの」

「ああ、そしてわたしはもう死んでいるんだから、誰に悩まされることもない」おつに澄ましたようにノヴァクが言う。「本来なら何年も前に自分の死の段取りをつけるべきだったが、放蕩《ほうとう》息子という評判をひどく気に入っていたのでね。エゴには勝てないものだ」

「どうやってミューラーになりすましたの？」エリンは問いつめた。

「わたしのエゴに興味を引かれたかね？ これは光栄だ。クロードの人生を盗んだのは十四年前になる。きみが思うほどひどい罪ではないんだよ。というのも、どうせ彼は生きているとは言えない状態だったんだ。わたしはデータバンクの自分のDNAとすり替えるために、彼の生きたDNAが必要だった。だから薬物で彼を昏睡状態にしておいた。もう一度整形手術を受ければ、わたしは気がねなく世間に顔をさらせるようになる。おそらくユベールにはいずれにしても寄付をすることになるだろう。新しいウィングにきみの名前をつけるという条件でね。追悼の意味をこめて。感動的だと思わないか？」

「悪魔」エリンは言った。

ノヴァクは傷ついた顔をした。「それは違う。わたしはやさしい人間なんだ。わたしの人生がまだそれほど複雑でないころは、折に触れてクロードを見舞いに行っていた。彼の手を握り、わたしがやっていることをあれこれ話してやった。昏睡状態の人間は、意識の奥底では理解しているとよく言うだろう。きみは百も承知だろうが」

エリンはなんとか座る姿勢まで体を起こした。「コナーが入院してから、ずっとわたしを監視していたのね。ずっと」

「きみの献身的な行為を見て思いついたんだ」とノヴァク。「マクラウドがゲオルグに残忍な仕打ちをしたとき、もうひとつアイデアが浮かんだ。きみたちふたりにおたがいを破滅させようとね。母上の件は……ふん、いとも簡単だった。シンディも。きみの父親と同じさ。だがきみは、エリン。きみは家族の要《かなめ》だった。道徳心が強くて自制がきく。努力を惜しまない」

エリンは妙に現実離れした落ち着きを取り戻していた。「じゃあ、これは父に罰を与えるためなのね。あなたを裏切った罰。そして、あなたをとらえたマクラウド兄弟に対する罰。そういうことなのね？」

「ああ、そうだ。マクラウド兄弟。コナーの死と不名誉のせいで、彼らは破滅への道を歩むことになるだろう。そして、いずれひまなときにわたしが摘み取ってやる。セス・マッケイと女房のことも考えなければならないが、急ぐことはない。わたしを侮辱した者は、ひとり残らず罰を受ける。そしてわたしに捜査の手が及ぶことはない。なぜならわたしはもう存在しないのだから。わたしは生まれ変わったんだ」

「じゃあ、わたしに個人的な恨みがあるわけじゃないのね」エリンはあくまで問いつめた。

「ああ。きみにはわたしを裏切ることなどできない。きみの性格が許さない」

「わたしの性格は変わりつつあるの」ぐらつく脚で立ちあがり、壁で体を支える。「少し融通がきくようになったのよ。ベッドを整えなかったり、汚れた食器を放っておいても平気になった。癇癪も起こすし、汚い言葉も使うわ。混乱に対する許容範囲は、最近劇的に広がったの」

ノヴァクがおもしろそうに笑い声をあげた。「死を目前にしてたいしたものだ。危うく情けをかけてしまいそうだよ」ちらりとゲオルグをうかがう。「危うくな」

エリンの意識は奇妙なほど澄んでいた。ノヴァクは悪夢の具現であり、わたしはその悪夢に駆り立てられて、自分の世界をコントロールして混乱を未然に防ごうと絶え間ない努力をつづけてきた。けれどさんざん努力したあげく、自分はいまここにいる。怪物の手のなかに。

これまでずっと、混乱への恐怖心に支配されてきた。自分の命はあと数分かもしれないが、そのあいだは自由だ。力がつづくかぎり、わたし自身の現実をつくろう。エリンは体を引きあげ、立ちあがった。「あなたの計画には欠点があるわ」彼女は言った。

まるで人形に命が宿って批判の言葉を口にしたかのように、ノヴァクはわずかに驚いたようだった。彼は慇懃《いんぎん》に説明するよう促してきた。

「あなたは全員の長所と短所を調べた。でもひとつ忘れてるわ」エリンは言った。「現実の人間は成長するのよ。人間は変化する。でも、あなたにとってはあらゆるものがすでに死んでいる。あなたのまわりで動いているのは、命のないものだけ。なぜなら、あなたの内面が死んでいるから。あなたは成長できない。だからわたしたちがそこまで憎いのよ。わたしが悪魔だったらあなたを哀れに思うかもしれないわ。でもわたしは悪魔じゃない。あなたはみじめでねじ曲がった死人よ」

ノヴァクは目をしばたたかせた。ゲオルグに目を向ける。「もう一度殴れ」

ゲオルグが腕をあげた。エリンはテーブルを背に身をすくめ、身構えた。

ぱちりとライトが消えた。スクリーンに映ったコナーの姿が明るい小さな点になり、灰色の平らな虚空へとかき消えた。

25

誰かが顔をたたいている。せきたてるように呼びかけている。怒鳴っている。やめろと言ってやりたいが、舌も唇も歯もしゃべるという行為における自分たちの役目を理解できずにいる。視界で黒と赤と白の靄《もや》が揺らめき、それが合体して白い楕円になった。顔。エメラルド色の瞳。唇と歯が音もなく動いている。

ぱしっ、ぱしっ。緑の瞳をした女はあくまでやめようとしない。

冷たい水が顔にかかり、コナーはあえぎながら目を覚ました。「なんだ?」

「目を覚ますのよ! 時間がないわ。電力が戻ったら彼らに気づかれる」

コナーはぎゅっと目をつぶり、また開いた。「いったい――」

「タマラよ。あなたはコナー・マクラウド。ノヴァクがあなたをベッドに縛りつけた。エリンは銃を突きつけられてる。これでわかった?」

「エリン? ノヴァク?」跳び起きようとしたが、彼をベッドに縛りつけているダクトテープに引き戻された。「エリンはどこだ?」

「オーケイ。ずっとましになったわ」タマラは言った。「よく聞いて。あまり時間がないの。これからテープを切ってあなたに武器を渡すから。カート・ノヴァクを殺すのを手伝って。

いい？」

コナーはとまどいながらもうなずいた。タマラがスカートの合わせ目からナイフを出し、ダクトテープを切りはじめた。片手が自由になり、もう一方の手がそれにつづいた。きつく縛られていたせいでしびれている。ベッドの足元へ走って足に取りかかったタマラのふんわりしたスカートが、衣擦《きぬず》れの音をたてている。

彼はふらふらと上半身を起こした。「きみは潜入捜査官なのか？」

タマラはどっと笑い声をあげた。「まさか。全然違うわ。これは個人的な問題よ」

「ノヴァクになにをされたんだ？」突然片足が自由になった。灰色のテープがぶらさがっている。まだ感覚がない。

「彼はわたしのお気に入りの恋人を殺したのよ」淡々と言い、もう一方の足を縛っているテープを切り裂く。「誰にもわたしのものには手出しさせない」

「なるほど」投与された薬のせいで脳がぐにゃぐにゃになっており、そのせいでいきなりパターンが網から飛びだしてきた。「タマラ……マーラ！　ストーン・アイランドの！　きみはヴィクター・レイザーの愛人だった。思いだしたぞ。ビデオに映ってるのを見た。だが、きみはブルネットだった。鼻のかたちも違う。それに目は――」

「トパーズ色だったわ。おりこうさん」タマラは言った。「黄色い猫の目。シルバー・フォークで気づくほどあなたがおりこうじゃなくてよかったわ。気づいてたら喉をかき切られてた。おそらくわたしもね。さあ。立って。動くのよ。血のめぐりをよくするの」

もつれる脚でベッドをまわり、膝からがくりと力が抜けるのをベッドポストにつかまって支えた。心臓が鼓動を打つたびに頭がずきずきする。コナーは屈辱的な吐き気を必死でこらえた。理学療法を受けていたころを思いだす。「どうしておれを助けるんだ？」

「正確に言うとそうじゃないわ。あなたがわたしを助けてるの」タマラがきびきびと答える。

「あなたを助けることは計画になかった。あのろくでなしを殺すチャンスをずっとうかがってたんだけど、彼はとても狡猾《こうかつ》で疑り深いから隙がなかったの。それに、彼はわたしを殺すつもりだと思う」

「ふむ」ぼんやりと言う。「それじゃ……なぜ警察に通報しなかった？」

「ああ、そうね。前回はとってもうまくいったものね」タマラがちゃかすように言った。

「でも、わたしには法律を避けたい個人的な理由があるのよ。あなたたちの件がこれほど速く進むとは思ってなかったけど、かえって好都合だわ。あの化け物の愛人でいるのはもううんざり。緊張の連続なんだもの。それに、あなたと彼女に対する殺人とレイプの計画。あれには……胸がむかつくわ。胃は丈夫なほうだけど、誰にも限界はあるものでしょ」

「ありがとう」コナーは言った。「助かったよ」

「どういたしまして」彼の皮肉はまったく伝わらなかったらしい。「援護してくれる人がいて嬉しいわ。わたしはここを生きて出たいの。歩ける？　もう薬は切れてるはずよ。あの矢にはわたしが薬を入れたの」

コナーは足を取られ、あえぎながら床に膝をついた。タマラが引っぱりあげる。長い爪が腕に食いこんだ。「電源を切ったから、あと数分は監視モニターにわたしたちの姿は映らない」彼女が言った。「すぐにノヴァクはナイジェルを調べに行かせるはずよ。セックスショーを見物できないとわかったら、頭に血が昇るでしょうね」

「セックスショー？」警戒するようにちらりとうかがう。「セックスショーってなんだ？」

「訊かないで。ああ、でもセックスショーと言えば——ちょっと、しゃんとするのよ、マクラウド！　今週唯一楽しかったのは、あなたと彼女のお楽しみを見物したことだったわ。とってもおもしろかった。これって、わたしにしてはすごい誉め言葉なのよ。わたし、退屈するのは嫌いなの」

「くそっ」よろよろと立ちあがる。「やめてくれ」

タマラは彼を引きあげた。「すばらしいわ」あざけるように言う。「その調子で彼女をまともに扱うのね。さもないと、今度会ったとき、わたしはいまほど友好的じゃなくなるわよ」

彼女はおれを怒らせようとしている。薬の影響を振りきれるように仕向けているのだ。うまい手だし、気持ちはありがたかったが、気を失ったり戻したりしないだけで精一杯だ。腹を立てるエネルギーがない。タマラがぐっとドアを開けた。コナーは額の冷や汗をぬぐった。乾いた血で袖が黒ずんでいる。ふらりとし、ドア枠で体を支えた。「ジェームズ・ボンドの映画には、毎回少なくともふたり美人が出てくる」あえぎながら言う。「善玉と悪玉だ」

タマラはにやりとした。「わたしは悪玉よ」

「混乱させないでくれ。薬でふらふらのときに、そういったことを理解するのは容易じゃない」

「柔軟性こそ知性の程度を示すのよ。ノヴァクは、あなたはけっこう頭が切れると言ってたわ。いまになってわたしをがっかりさせないで。いい？　よく聞いて。計画を話すから。あなたはなんらかの方法で自由になって、わたしを殴って銃を取りあげた。そして強引にエリンのところへ案内させた。あなたはわたしを盾にしてその場に飛びこみ――」

「だめだ」廊下の壁に手をつきながら、よろめく脚で必死で彼女についていく。「おれがきみを殺そうが、あいつは気にもしない。それは確かだし、あいつはおれたちがそう思ってることをわかってる。あいつはそれを証明するために、きみを撃つかもしれない」

タマラの完璧な眉がきゅっと中央に寄った。「もっといいアイデアがあるの？」

「きみはおれに彼らの居場所を教えてから、大急ぎで助けを呼びに行くってのはどうだ？」コナーは言った。「おれはとにかくエリンのところへ行って、できることをやってみる」

タマラがばかにしたように鼻を鳴らす。「冗談じゃないわ。ひとりで乗りこんだりしたら、エリンともども殺されるのがおちよ。そのうえ、わたしだってあとで彼に見つかって同じ目に遭うわ。ふたりで乗りこめば、二対三になる。厳密に言えばね。トニアはまぬけで鈍いけど、ノヴァクとゲオルグはどちらもふたり分の動きをすると考えなければ」

「三対三だ」

「エリンを勘定に入れてるの？」おもしろそうに言う。

「もちろんだ」とコナー。「エリンはアマゾネスだ」

「丸腰のアマゾネスでしょ」声に皮肉がこもっている。

「三対三だ」コナーはあくまで言い張った。

「まあいいわ。もうすぐよ。口を閉じて。そして頭を働かせるのよ」

コナーは少しのあいだよろめきながらあとをついて行ったが、ふとタマラの肩に手をかけた。「もうひとつ」彼は言った。「どうしてレイザーの仇《かたき》を討つんだ？　あいつは――」

「犯罪者だった？　堕落してた？　貪欲《どんよく》だった？　血も涙もない男だった？　そうよ。彼は屈折した人間だったわ。わたしは屈折した男が好きなの。わたしは貪欲で血も涙もない犯罪者よ。そしてヴィクターは、そんなわたしが求めているものを与えてくれた、唯一の男だったわ」

コナーは必死で質問しまいとしたが、訊かずにはいられなかった。「へえ……で、きみはなにを求めてるんだ？」

タマラはスカートをめくると、裏についたポケットからコナーのシグザウアーを出した。それをさっと投げてよこし、コナーが片手でキャッチするのを見て冷静にうなずく。

「あなたには関係ないことよ、坊や」彼女は言った。「行くわよ」

「やめろ」ノヴァクが言った。

ゲオルグが振りあげた腕が宙でとまった。ノヴァクと顔を見合わせている。エリンは背後に手を伸ばした。冷たくこわばった指でテーブルの上をまさぐる。指が触れたなにかがくるりと回転し、指先を鋭い先端がかすめた。

青銅の剣。

ふたりはまだこちらを見ていない。エリンは自分の無謀さにわななきながら、剣の先端を袖のなかにすべりこませた。そのままますくうように拾いあげ、その腕を胸に巻きつける。そして反対側の腕をその腕に押しつけ、怖気づいたポーズを取った。さして演技の必要はなかった。

ノヴァクは彼女に理解できない言語でなにか怒鳴っている。ゲオルグがむっつりと短く答えた。ノヴァクは腕時計のボタンを押し、時計に向かって同じ言語でわめいた。応答した相手としゃべっている。そのあとは、長く重苦しい沈黙が流れた。

ノヴァクは部屋のなかをうろうろと歩きまわり、まるでエリンのせいで停電になったかのように彼女をにらみつけた。「ゲームのこの段階で予想外の事態が起こるとはどういうことだ」彼は腕時計に話しかけた。「タマラ？」返答を待っている。無言。彼はトニアを見た。「ようすを見に行け。念には念を入れたい。ふたりの姿をビデオで見るのが無理なら、この部屋で見る」

ゲオルグがみだらな視線をエリンに向けた。「連中を見物したら、次はおれたちを見せてやろう」

エリンはたじろいだ。袖のなかにある剣が肘までずりあがった。腕にあたる感触がひどく冷たい。

トニアがドアを開けた。彼女は悲鳴をあげてあとずさり、銃を構えた。ノヴァクとゲオルグの手にも銃が現れている。

「みんな、落ち着いて」タマラの楽しげな明るい声が聞こえた。「問題はわたしが解決したわ」

彼女が部屋に入ってきた。かたわらには脚をふらつかせたコナーがいる。両腕をうしろで縛られ、がっくりとうつむいている。タマラが彼の髪をつかみ、顎の下に銃を突きつけた。

「停電が起こったとき、ボスは計画を変更するんじゃないかと思ったの」彼女は言った。「あなたにとってどれだけ大切かわかってたから」

ノヴァクの目が不審そうに細くなる。「わたしに相談せずに出すぎたまねをするな。逆にねじ伏せられてたかもしれないんだぞ」

タマラはうしろめたそうな顔をした。「ごめんなさい。あなたを喜ばせたくて。許して。見てのとおり、彼を扱うのは簡単だったわ」

コナーの視線が部屋の反対側にいるエリンの視線と合った。彼はとてもハンサムだった。そして、ひどく顔色が悪い。彫りの深い顔にはアザができ、血が筋になっている。目で燃えている愛情に、エリンは心臓を殴られたような気がした。

タマラがゲオルグに向かって顎をしゃくった。「彼の自由を奪う必要があるわ。ラジエーターに縛るのを手伝って」

ゲオルグが素早くノヴァクをうかがう。

「やれ」ノヴァクがぞんざいに言った。「時間を食っている。すでに予定より遅れてるんだ」

タマラはコナーの髪を放し、彼から身を引いた。銃はまだ顔に向けたままだ。「床に座るのよ」彼女は言った。「ほら、そこに」

コナーはしゃがみこみ、ゆっくりとタマラの指示に従った。

ゲオルグが近づき、ラテックスの手袋をした手を伸ばす。「おまえの杖で殴ってやりたいところだが」彼は言った。「あいつをいただくのは楽しそうだ」エリンのほうへ顎をしゃくる。「おまえの前でな。そのあとおまえを殺してやる」

ゲオルグは獣のように咆哮《ほうこう》しながらコナーに飛びかかり、彼を床に突きとばした。コナーは彼の下で体をひねった。銃声が轟《とどろ》き、ゲオルグがのけぞった。喉がごぼごぼ音をたてている。トニアが悲鳴をあげた。タマラはくるりと回転し、彼女の顔にまわし蹴りを食らわせた。銃を持つノヴァクの腕があがり、コナーに狙いをつけた。エリンはいっきにショックで麻《ま》痺《ひ》した状態から覚め、ノヴァクに跳びかかりながら袖に隠した剣を手のひらへすべらせた。不意をつかれたノヴァクがよろよろとあとずさる。手のなかの銃が暴発し、窓ガラスが粉々になった。

ノヴァクは人間とは思えない憤怒の怒声をあげ、エリンに突進してきた。

エリンは青銅の剣を構え、両手で力いっぱい握りしめた。そこへ怒りにまかせたノヴァクがやってきて、剣が喉にざくりと食いこんだ。

ノヴァクが色の薄い目をむいた。どす黒い動脈血が染みひとつない白い麻の上にほとばしっている。手から銃が落ちた。前に倒れこむ彼の腕がエリンに巻きつく。彼の血は生臭い金属的なにおいがした。

エリンはノヴァクもろとも湯気をあげる血だまりに倒れこんだ。

ふたたび銃声が聞こえた。さらにもう一発。だがどちらもかなり離れている。倒れるときテーブルに後頭部があたったが、他人ごとのように痛みを感じない。エリンはつねに自分を待ち構えている渦へと落ちていき、闇に包まれた。

「エリン？　くそっ、エリン、目を覚ませ！　声を出すんだ！」

コナーの声は怯えている。エリンはなぐさめてやりたかったが、しゃべり方を知っている自分と連絡が取れなかった。すべてがひどく遠い。自分はちっぽけな存在で、音が響く巨大な空間で迷子になっている。

「血だらけだ」コナーの声が震えている。彼はむしるようにエリンのブラウスの前を開けた。

「もし――」

「彼女の血じゃないわ」タマラの声。「彼の血よ。落ち着いて」

エリンはまぶたをしばたたかせながら目を開いた。刺すような頭痛に襲われる。彼女は必死で目の焦点を合わせた。「コナー？」

「エリン？　大丈夫か？」

「さあ。どう思う？」

彼の手が傷を探して全身を走る。ひとつもないとわかると、ほっとしたように震えるため息をついた。エリンの背中に手をあて、抱き起こす。「ちくしょう、ぞっとしたぞ」

「頭が」頭に触れようとしたが、腕は鉛でできているようだった。コナーの長い指がやさしく髪に入ってきて、チェックしている。エリンは痛みにひるんだ。

「瘤《こぶ》ができてる。でも頭蓋骨《ずがいこつ》にひびは入ってない」彼が言った。「あとで検査してもらおう」

「ノヴァクは？」エリンは尋ねた。

コナーが顎で左を示す。ちらりとそちらをうかがったエリンは、すぐ横でじっと動かない血まみれの物体から素早く視線をそらした。吐き気がこみあげ、ぎゅっと目をつぶる。「今度こそ本当に死んだの？」

「間違いないわ」とタマラ。「あなたのおかげよ」

エリンはぎょっとして顔をあげた。タマラがかたわらにしゃがみこんでいる。「わたしのおかげ？」

「あなたが負わせた首の傷のせいで死んだの」はっきりと賞賛がこもっている。「一分ほどかかるけどいい手だったわ。あなたはあいつの動脈を切ったのよ。壁一面に血が飛び散ってるわ」

エリンは血のりが飛び散った壁が目に入らないように目をつぶった。「銃声が聞こえたわ」

「念を入れただけよ」タマラが言った。「コナーがあなたはアマゾネスだと言ってたけど、本当だったのね。感心したわ」タマラは二の腕をきつく押さえていた。指のあいだに血がにじんでいる。

「怪我をしてるじゃないか」コナーが言った。「見せてみろ」

「トニアの弾がかすめたの。あの女はいつも狙いを定めるのがへたなのよ。たいしたことないわ。もっとひどい怪我をしたあとに踊りに行ったこともあるんだから」

ふたたびエリンの周囲の世界が音がこだまする巨大な空間へと広がりだした。ふたりの声は聞こえるが、意味を理解できない。顔に触れてきたコナーの手が温かい。「エリン？　ベイビー？　大丈夫か？」

「わたしは死んでないわ」口から出たのはそれだけだった。本当に言いたいことは複雑すぎた。数えきれないほどの思いがわれ先にと激しくせめぎあっている。「わたしは死んでない」

エリンはぼんやりとくり返した。

「ああ、そうだ。神に感謝する」

血まみれの肩にコナーが顔をうずめてきた。顔にもつれた髪があたり、温かいにおいがする。彼はわたしを愛しているけれど、あの凍りつく土地までわたしを追ってくることはできない。誰にもできない。エリンは彼が待つ場所へ戻る方法がわからなかった。疲れきった自分には与えられないものを求めている、温かくてやさしい彼のもとへ戻る方法が。

「なにがなんだかわからないわ」エリンはつぶやいた。「ずっとそうだったのよ。それ以外はただの嘘。ただの仮面」

コナーは眉をしかめてエリンの髪をうしろに撫でつけた。「脳震盪《のうしんとう》を起こしたらしいな」

「彼女はなにか大事なことを言おうとしてるんだと思うわ」タマラが言った。血が筋になった手でそっとエリンの顎を上に向ける。「わかってる？　あなたには、ピカいちの悪い女の素質があるのよ」

その言葉はあまりに突飛で、文字どおり靄《もや》を貫いてエリンを現実に引き戻した。彼女は目をしばたたかせ、タマラの顔に焦点を合わせた。「本当？」

タマラがにっこり微笑む。「もちろん。あなたは必要なものをすべて備えてるもの。容姿、知性、度胸、順応性。服装にはもう少し工夫が必要だけど、たいしたことじゃないわ」

コナーが温かい胸にエリンの背中を引き寄せた。「ご好意はありがたいが、彼女はそういうタイプじゃない」

「エリンに言わせてあげなさいよ」タマラがちゃかす。「今日は大事な日よ。彼女がはじめて人を殺した日。なにがなんだかわからない。違う？　わたしにはよくわかるの。今日のわたしがあるのは、そのせいなんだから」

コナーの体がこわばった。「おい、やめてくれ。エリンはそんな――」

「あなたにひとつ借りができたわね」タマラはエリンに話しかけた。「恐ろしいことが起きて助けが必要になったら、パイオニア・スクエアにある〈ハニー・ポット〉っていう大人のおもちゃの店に伝言を残して。恐ろしいことはわたしの専門なの」

「こういう恐ろしいことが?」コナーがかすれ声で訊く。「くそっ。異常だ」

「この状況はわたしの限界ぎりぎりだったわ」タマラは認めた。「しばらくはのんびりするつもり。もちろん、エリンに助けを求められれば別だけど」

コナーはしっかりとエリンを抱きしめた。「ありがとう。だがどんな恐ろしいことが起こ ろうが、彼女はおれが守る」

タマラは長い赤い爪でエリンの頬を撫でた。銀色にきらめくライトストーンがひとつつい ている。「男はやってきては去って行くかもしれない。でも女同士はおたがいに気を配って いるものよ」

エリンは苦笑いを漏らした。「トニアみたいに?」

タマラは払いのけるように血まみれの手をひと振りした。「トニアはクズよ。あの女で失ったものは、わたしで取り返したでしょう……おつりがくるくらい」彼女は身を乗りだしてエリンの唇にキスをした。柔らかい唇は、いつまでもそこに留まっていた。「覚えておいて」

コナーがうめいた。「おい。助けてくれたことは感謝してるし、永遠の女の友情の話には感動したが、今日はひどい一日だったんだ。もうおれを怒らせるのはやめてもいいぞ。いつでもな」

タマラは明るい笑い声をあげ、ライトストーンがついた爪で彼をつついた。「しっかりしなさい、マクラウド。余裕がないんだから、まったく」そう言うと立ちあがり、スカートをまくって銃をホルスターに収めた。「すぐにここは警察でいっぱいになるでしょうから、わたしは退散するわ。警察関係者を見るといらいらするのよ。もちろん、あなたは別だけどね、坊や」

「おれはもう警察関係者じゃない」

タマラの眉があがった。「一度そうだった人間はずっとそうよ。わたしは行くわ」にっこりとエリンに微笑みかける。「チャオ、美人さん。楽しかったわ」

「ほかに心配しなきゃならない手下はいるのか?」コナーが訊いた。

タマラが首を振る。「ノヴァクはとても目立たない生活をしていたの。この屋敷にいたのはシルヴィオとナイジェルだけよ。ふたりとも銃声が聞こえたとたん逃げだしたと思う。残りは街じゅうに散らばってるわ。じきに消滅するわよ」タマラは通りがかりにつま先でトニアの尻を蹴った。「めそめそ泣くのはやめなさい、ばか女。出血多量で死にはしないわ。傷に手をあてて黙ってるのね」

「タマラ?」エリンは声をかけた。

タマラが戸口で振り返る。

「ありがとう」エリンは言った。「わたしもあなたに借りができたわ。わたしが必要なときは、見つけ方を知ってるわよね」

タマラは艶《あで》やかに微笑んだ。「じゃあ、またそのときね」

彼女は暗闇に消えていった。エリンは薄暗い部屋でふたつの血だらけの死体にはさまれ、コナーと身を寄せあっていた。トニアの哀れっぽいすすり泣きが神経を逆撫でする。コナーがなにか言っていた。何度もくり返している。エリンは無理やり意識を集中した。

「……まだあの携帯電話を持ってるか？」

「バッグのなかよ」歯ががちがち鳴っている。「どこかそのへんにあるわ」

「探してこよう」

電話を取りに行く彼の温かい体が離れたとたん、抑えようのない震えが襲ってきた。彼の声は聞こえるが、どんどん遠くなっていく。「ニック。おれだ……ああ。黙って話を聞いてくれ。救急車を頼む。ノヴァクとラクスを見つけた……ここへ来て自分で見てみろよ。ふたりとも死んでる。ひまなときにでも身元を確認したらどうだ。そのあとでもおれを逮捕したかったら、すればいい。それから、太腿を撃たれた女がひとり倒れてる。ノヴァクの手下のひとりだ……くそっ、知るかよ。ここへ運びこまれたとき、おれは意識がなかったんだ。ちょっと待ってくれ」彼はエリンの前にしゃがみこみ、そっと顔をたたいた。「ベイビー、ここの住所は？」

エリンはがちがち鳴る歯のあいだからなんとか答えた。コナーがニックにくり返す。「急いでくれ。エリンがショック症状を起こしてる」

彼は携帯電話を脇に放り投げ、血まみれのブラウスをはがした。自分のシャツを脱ぎ、エリンにはおらせて膝の上に抱きあげると、温かい体で包みこんできた。

きつい抱擁に彼の怯えが感じ取れる。頭のどこかでは、彼をなぐさめたいと思っていた。信じなかったことをどれほどすまないと思っているか、望みのない状況で助けにきてくれたことをどれほど感謝しているか伝えたい。彼は勇敢ですばらしい。彼を愛している。

けれど言葉にならなかった。激しい身震いで体がばらばらになりそうだった。彼の腕のなかで震え、歯がガチガチ鳴っている。心のなかには起こりうるあらゆる恐怖が同時に存在し、すさまじい一撃を受けたぞっとするような時間軸が、割れたフロントガラスに入ったひびのように放射線状に広がっている。

体の奥でなにかが悲鳴をあげていて、とめられない。

コナーの兄弟と友人のセスがふたりを見つけた。三人は影のように音もなく部屋に入ってくると、むごたらしい現場に言葉を失ってあたりを見まわした。彼らはコナーの腕のなかからエリンを引きはがし、男物の革ジャケットをかけてくれた。コナーはふたたびエリンを抱き寄せ、彼女は彼に身を寄せて目をつぶった。

明かりがつき、室内は大勢の人間と物音であふれてあわただしくなったが、エリンはどうでもよかった。コナーがその場から彼女を連れだした。

エリンは無言のままどんどん内に向かっていた。まばゆいライト、注射針のちくりとする感触。やかましいサイレン。そして、なにもわからなくなった。

26

コナーは車を停めてエンジンを切った。タバコを吸いたくてたまらない。タバコの葉と巻紙を買いに行っていけない理由はない。しょせんエリンを喜ばせるためにやめたのだ。でもいまのおれは彼女の恋人でも夫でもないし、ましてやボディガードでもないのだから、吸ったところでどうだと言うのだ？　彼女にとって、おれは意味のない存在だ。くそっ。そう思うとタバコが欲しくてたまらない。

それなのに、まるで禁煙の誓いが彼女と自分を結ぶ最後の絆《きずな》であるかのように、その場から動けなかった。タバコに火をつけたら、二度と彼女のもとに戻らないと認めることになるだろう。その事実に向きあう覚悟はできていない。いまはまだ。

あの流血の惨事以来、エリンから連絡はない。もう一週間になる。あの時点で彼女はすでにおれをきっぱり見限っていたのだから、主導権を握っているのは向こうだ。けれどこれ以上は待てない。婚約指輪を持ち歩いていると神経がすり減ってしまう。チクタク時を刻む時限爆弾がズボンのポケットに入っているような気がした。

コナーは車を降り、ストレスを感じるたびにひきつる太腿の筋肉をさすった。最近はしょっちゅうこうなる。彼はそそり立つ陰鬱な州刑務所を見あげた。この場所には落ち着かない気分にさせられる。病院と同じだ。たぶんそれがすべての根源なのだろう。

うんざりするほど待たされた。動物を折るために、数枚の折り紙をポケットに入れてきている。自分がやろうとしているろくでもないことをあれこれ考えずにすむように、気をまぎらわせようとしたむなしい努力。なんと見当違いで役立たずの希望をかけていたことか。

ようやく名前を呼ばれた。医者か歯医者に会うときのように、落ち着かない気分だった。

分厚い仕切りガラス越しに、エド・リッグズの褐色の瞳と目が合った。ふだん以上に足元がおぼつかなくなり、彼はもっとなめらかに歩くよう自分を叱咤《しった》した。

エリンの間隔の広い褐色の瞳は父親譲りだ。見覚えがある瞳なのに、エドの険しい顔についているとまったく別のものに見え、妙な感じがする。リッグズが仕切りの向こうにある受話器を取った。

コナーは自分の側の受話器を取った。「やあ、リッグズ」

リッグズがにらみつけてくる。「マクラウド」

切りだす方法はいろいろあるが、どれもばからしく思えた。

リッグズがいらだたしげにうめく。「面会時間は長くない。だから言いたいことがあるなら、さっさと話せ」

コナーは大きく息を吸いこんだ。「エリンにプロポーズするつもりだ」

リッグズの目から表情が消えた。ガラス越しにじっと見つめている。「なぜわたしに話す？」彼はゆっくりと言った。

ついに来た。むずかしい質問。数日前、自分の脳みそからリッグズに会いに行けという進撃命令を受けてから、ずっとこの質問への答を探しつづけていたのだ。「わからない」彼は正直に答えた。「筋を通したかったんだと思う。あんたは彼女の父親だ。おれの口から話したかった」

リッグズが皮肉のこもった笑い声をあげた。「男同士ってやつか？　わたしの許可をもらいに来たのか？」

怒りが身をよじらせながら燃えあがり、馴染みのあるむかつくような裏切りの痛みがみぞおちを蝕《むしば》んだ。コナーはそれを息とともに吐きだした。「あんたの許可など必要ない」彼は言った。「彼女も必要としていない」

リッグズが首を振る。「いつも自分が正しいと思ってやがる。おまえにはいつも腹が立ったものだ」

コナーは肩をすくめた。「受話器と防弾ガラスをはさんでちゃ、さすがのおれもあんたを怒らせるのに限度がある。あんたはバーベキューを食いながらおれとビールを飲むことも、フットボールの話をすることもない」

リッグズの口元がひきつった。「くそったれ」

「おまえもな、リッグズ」

ふたりは無言でにらみあった。時間だけが過ぎてゆき、やがてリッグズが目をそらした。肩からぐったり力が抜けている。「先週バーバラが来た。なにがあったか彼女から聞いた。エリンとシンディにおまえがなにをしたか」

コナーはつづきを待った。リッグズは両手に顔をうずめた。ふたたび顔をあげたとき、その目はとらわれた動物のいらだちで燃えあがっていた。「ちくしょう、マクラウド。わたしにどうしてほしいんだ？　おまえに感謝してほしいのか？　謝ってほしいのか？　あきらめろ。おれはここで充分罰を受けている」

「いいや、そんなものは欲しくない」コナーは言った。

「わたしは彼女たちを守れなかった。だがおまえにはできた。それを言うためにここへ来たのか？　得意げに胸を張ってほくそ笑みたいのか？　やれよ。誉めてやる。よくやった。おまえの勝ちだ。褒美をやろう」

「おれが欲しいのはそれだ」とコナー。

リッグズの目が細くなった。「ほう、そうか？　これだけのことをしたんだから、自分にはあの子を手に入れる権利があると思ってるのか？　あの子は報酬だと思ってるのか？　おまえは――」

「違う」コナーがさえぎった。「彼女が決めることだ。おれに権利があるかどうかなど関係ない」

「じゃあ、いったいおまえはここでなにをしてるんだ？」

コナーはリッグズから目をそらした。「幸運を祈ってほしかったんだ」ぼつりと口に出す。

罵声が返ってくるものと思っていたが、返ってきたのは沈黙だった。

ふたたび目をあげたとき、リッグズの顔からは怒りが消えていた。蛍光灯の光を浴びて、わびしい灰色に見える。「おまえはほんとに不可解なやつだな」彼は物憂げに言った。「ずっとそう思っていた」

コナーは肩をすくめて見せた。「わかってる。でもどうしようもない」

「そんな願いは聞けない」

「あんたはおれに借りがある」コナーは言った。「そして、おれはどうしても聞きたいんだ」

リッグズは苦いものでも食べたように唇を引き結んだ。「くそっ」彼はつぶやいた。「じゃあ、幸運を祈ってやる。どの程度効果があるかはわからんがね」

コナーは長い震える息を漏らした。「ああ……ありがとう」

「礼を言うのはまだ早いぞ」リッグズがいさめる。「口にした人間を考えるんだな。おれが祈った幸運は呪いかもしれない」

「一か八かやってみるさ」

「時間だ」天井のインターフォンから声が聞こえた。

リッグズにうなずいて受話器を戻すと、相手はもう一度取るように合図してきた。コナーは受話器を耳にあてた。「なんだ？」

「あの子を守ってやってくれ、マクラウド」リッグズが言った。「あの子をよろしく頼む」

「ああ。彼女がやらせてくれればな」コナーは言った。「おれはそのために生まれてきたんだ」

リッグズが受話器をおろした。コナーは席を立ち、大股でその場をあとにした。

壁の染みを隠すためにかけていた絵や壁掛けを荷造りしてしまうと、アパートはいっそうわびしく見えた。マイルズが戸口でひょいと頭をかがめて入ってくると、姿見のほうへ歩いていった。

「慎重にお願いね」エリンは言った。「とても古いものなの」

「ぼくはいつも慎重だよ」マイルズは安心させるようにそう言うと、額の汗をぬぐって姿見をつかみ、どたばたと玄関を出ていった。

せかせかと母がやってきた。「さしあたって、あれでヴァンはいっぱいよ、ハニー。あとはふた抱えほどの服を持てば、ここを出ていけるわ」

エリンは微笑もうとした。「シンディはまだヴァンを見張ってるの？」

「ええ。この荷物を下へ運んだら、そのあと軽く食事に行きましょう」

「お腹はすいてないわ、ママ。わたしは最後にちょっと掃除をするから」

「掃除？ ここは分不相応なほどきれいじゃない、ハニー！ これ以上きれいにしたら、ばらばらに分解してしまうわよ！」

「少しのあいだひとりでいたいだけよ」エリンは食いさがった。「心配いらないわ」

娘の険しい顔を見て、バーバラはきゅっと唇を引き結んだ。「好きになさい」クロゼットからビニールがかかった服を胸に抱えこみ、つかつかと玄関を出ていった。背中がこわばっている。

エリンは部屋の中央にたたずんだ。六階まで何度も階段を行き来したせいで膝が震えている。言うまでもなく、エレベーターはまだ故障したままだ。まもなくそれも自分にとってはどうでもいいことになる。

わたしの問題は、心のなかでなにかが壊れてしまったような気がすることだ。

エリンは部屋の真ん中で床に座りこみ、震えながら縮こまった。今日は暖かくて汗ばむほどなのに、起きたことを考えるといまだに寒気がする。せっかくコナーが助けてくれたのに。危機は去った。わたしは怪我もしなかった。それなのに、心のなかでは血が流れている。

それに、コナーからはまだ電話がない。

まったく。わたしはなにを期待していたんだろう？　いまさらあの人になにを求めているの？　彼は一生懸命わたしを守ろうとしてくれたのに、わたしはそんな彼に逆らって傷つけたあげく、最後にはほかの人たちと同じように彼に背を向けた。二度と会いたくないと思われていても当然だ。きっとわたしにはつくづく愛想が尽きたと思っているに違いない。自分でも自分に愛想が尽きている。

それなのに、彼は命がけでわたしを守ってくれた。あの死体だらけの家からわたしを抱きかかえて運びだしてくれた。そしてそのあと、霧のようにかき消えた。

母に連れられて退院してからの数日間は、自分が生きていようが死んでいようがどうでもいい気分だった。まるで硬く凍りついてしまったように、なにも感じなかった。ただ自分のベッドに横たわって壁紙を見つめていたので、シンディと母は不安でやきもきしていた。でもわたしは気にとめなかった。気をもんで髪の毛をかきむしり、大人らしく振る舞うのはふたりの番だ。じりじりさせておけばいい。

やがてある日、うつぶせになって床に手を垂らしていたとき、指先が折った紙に触れた。コナーがつくった折り紙のユニコーン。

廃墟となった心にどっと感情が押し寄せ、そのときエリンは悟った。自分から奪われたものがわかった。完璧な信頼と愛情に包まれていた、あの夢のような夜。やさしく情熱的で勇敢な、雄々しい遍歴の騎士。彼がいた場所にぽっかり大きな穴が開いている。

エリンはお腹に手をあて、傷だらけのリノリウムを見つめた。彼と過ごしたあの夜の記憶が、まだナイフのように突き刺さっている。

いつまでもつづくように思われる昼と、眠れぬ夜に明け暮れた一週間が過ぎても、この痛みは少しも薄れていない。けれど彼に電話しようと受話器を取るたびに、そこで手がとまった。わたしが彼に与えられるものは、ほとんどない。わたしという人間だけ。そして、いまは自分がひどく取るに足りない存在に感じられる。ちっぽけな存在に。それに、もし彼に拒絶されたらこの世の終わりだ。わたしは枯れた花のようにしぼみ、粉々に砕けてしまうだろう。

無残な現実より知らないほうがましだ。毎日エリンは受話器を架台に戻し、明日にしようと考えた。明日になれば、もっと勇気が出るだろう。

でも、もう明日はない。今日こそ彼に電話しなければならない。万が一のときのことも考えてある。もしノーと言われたら、明日この街を出ていこう。友人のサーシャが住んでいるポートランドのグループハウスに空き部屋がある。学生時代と同じだ。後戻りではあるけれど、贅沢は言っていられないし、多忙な若い女性たちであふれたにぎやかな環境はプラスになるだろう。ポートランドで派遣社員をしながら履歴書を発送すればいい。北西部に留まっている理由はない――もし……もし重大な質問への答がノーであるなら。母は仕事をしていて、それを楽しんでいる。マイルズは、単位不足を補う夏季講習を受けているシンディの家庭教師をしてくれている。ふたりはもうわたしに面倒をみてもらう必要はなく、それは願ってもないことだった。なにしろわたしは疲れきっているのだから。自分の面倒をみられたらありがたいくらいだ。

「ハニー？ 最後の荷物を積んでしまおうと思って。一緒に下へ行きましょう」

エリンは心配そうな母親の顔をにっこり見あげ、もそもそと立ちあがった。クロゼットに残った最後の服を抱え、母親につづいて階段をおりた。ホールのドアを足で開ける。

その瞬間、エリンは石に変わった。

コナーがキャディラックに寄りかかっていた。すらりとした体に、くたびれたカーキ色のカーゴパンツとオリーブ色のさえないTシャツを着ている。肩のまわりでぼさぼさの髪が風になびいていた。むっつりと怖い顔をしている。警戒した顔。

ビニールに包まれた服が腕からすべり落ち、階段のあちこちに散らばった。

「まあ！」母親が言った。「現れるまで、ずいぶんのんびりしてたこと！」

シンディはぎょっとした顔で母親を見ると、落ちた服に駆け寄って拾いはじめた。「ママ！ これ以上ややこしくしないでよ！」

「ややこしい？ どうしたらこれ以上ややこしくなるの？ 悪党を刺し殺す？ 飛び散る血？ レイプと拷問と殺人の脅し？ あの子は眠れないし、食事も取ろうとしないのよ！ これ以上ややこしくなるなんて許さないわ！」

コナーの表情がやわらいだ。微笑んでいると言ってもいいほどだ。「また会えてよかった、バーバラ」

「生意気な口をきくんじゃありません、コナー・マクラウド。あなたにはとても腹を立ててるし、ひどい一週間を過ごしてきたんだから」

「おれもです」彼はそう言うと、エリンに目を向けた。

母親がヴァンに服を放りこむ。エリンはまだその場に立ちつくしていた。沈黙がつづく。耳ががんがんしてきた。

「やあ、エリン」やさしい声でコナーが言った。

その簡単でありきたりな言葉で、感情の糸が切れた。どっと押し寄せた感情の波に体が震える。「こんにちは」エリンはささやいた。

コナーはバーバラとマイルズとシンディをうかがった。「おれの車でエリンを送ろうと思ってたんです」彼が言った。「いいですか？」

「その子に訊きなさい。わたしたちでなく」バーバラが娘のほうへぐいっと顎をあげる。

「この一週間息をつめて待ってたのは、その子なんだから」

「ママったら！」シンディがうめいた。「やめてよ！　台なしにしないで！」

コナーはエリンを見た。「エリン？　おれの車で送ろうか？」

エリンはなんとかうなずくだけの筋肉の緊張を解いた。

「じゃあ、わたしたちはお邪魔はしないわ」母親が言った。「さぞかしたくさん話すことがあるでしょうからね、コナー。その子はまだ食事をしてないの。食べさせてやってちょうだい」

シンディは〝がんばって〟と言うように親指を立てながらヴァンのスライドドアを閉めた。

でマイルズがやたらと背の高い体を助手席に押しこむ。バーバラは運転席のドアを開け、そこでふとためらいを見せた。

つかつかとコナーに歩み寄り、彼の腰に両手をまわしてぎゅっときつく抱きしめた。それから一歩さがり、ばしんと胸を殴りつけた。コナーが顔をしかめてうしろによろめく。

「痛い！」憤然としながら殴られた場所を撫でている。「なんのまねですか？」

バーバラはいらだたしげな声を漏らした。

コナーはキャディラックとバーバラのあいだに割って入り、守るように両手を広げた。

「おれの車にさわらないでくださいよ、バーバラ。気に入ってるんです」

「おばかさん」バーバラがつぶやく。そしてヴァンに戻りながらちらりとエリンに目を向けた。「電話しなさい」母親は言った。「心配させないで。結果がどうなってもね。いまのわたしには余裕がないの」

「わかったわ」エリンは小声で答えた。

ふたりは、ヴァンが角を曲がって見えなくなるまでじっとしていた。

コナーが胸をこすった。「アザになりそうだ。くそっ、あの人は危険だ」

「母はいま、錯綜《さくそう》した感情と闘ってるのよ」

「ふん、みんなそうさ」ぼそりと言う。「お母さんが錯綜した感情と折りあいをつけるためにタイヤ交換の道具を使おうと思わないかぎり、文句はないけどな」

そろそろ脚を動かさなければいけないのに、もし膝を曲げたらその場で生気を失って顔から倒れてしまいそうだ。

でもいま思うと、この一週間わたしはまさにそういう状態だったんだわ。エリンは少しずつ膝から力を抜いた。一歩前へ出る。さらにもう一歩。倒れずに車まで行けた。

コナーは理想的な紳士のようにドアを開けて待っている。胸に抱き寄せたり、キスの雨を降らせてくるといった、わたしを安心させるような派手な行動はいっさいない。ただ、八十歳くらいの未婚のおばにするように、礼儀正しく開いたドアを押さえている。

エリンは小さくお礼の言葉をつぶやきながらシートにすべりこんだ。

コナーが走らせる車のなかで、エリンはこれまで思い描いてきた無数の話題を求めて心のデータベースをあさった。なにひとつ見つからない。彫りの深い横顔や、きれいな顎のラインを見つめることしかできない。顔にはまだ薄れかけた引っかき傷とアザがいくつもついている。エリンは、そのひとつひとつにキスをしたかった。

「引っ越しするのか」

彼の声は穏やかだった。真意が汲み取れない。「ええ」エリンは言った。「ほとんどの荷物は実家の屋根裏に置くつもり。持っていくのはスーツケースふたつだけよ」

「どこへ行くんだ？」

エリンは彼のなにげない口調をまねて答えた。「とりあえずはポートランドに行くわ。グループハウスに住んでる友だちがいるの。派遣社員をしながらいろんなところに履歴書を送って、反応を待つつもり。ただの気分転換よ。また女友だちと共同生活をするのも楽しそうだわ」

「気分転換ね」コナーがくり返す。

「そう。ちょうどいい頃合だし」と言いよどむ。「わたしはキャリアを積まないと。シンディと母はもう大丈夫そうだから、わたしは自由に……自由に……」

「自由に出ていける」コナーが話を締めくくった。「さっきアパートに寄ってよかった。二度ときみに会えなくなるところだった」

「あら、そんなことないわ」慌てて言う。「発つ前にあなたに電話するつもりだったの」

「さよならを言うために」声が厳しい。

彼は一軒の家の前で車を停めた。二階建ての白い家で、幅の広いポーチが建物をぐるりと取り巻き、その周囲にバラとアジサイが茂っている。

「ここはどこ？」エリンは訊いた。

コナーは無言のまま長いあいだ彼女を見つめていた。「おれの家だ」

エリンは素早く彼から視線をそらした。「まあ。あ……すてきな家ね」

「おいで」とコナー。

彼のあとから青々と茂る芝生に延びる歩道を進み、こっそり周囲をうかがいながら玄関を入った。

室内はシンプルでこざっぱりと片づいていた。家具は実用的なものばかりだが、暖かな雰囲気がある。寄せ木張りの床、濃紺のカウチの前に敷かれた錆色《さびいろ》のラグ、暖炉、最新式のスピーカーとステレオシステム。壁に慎重に配置された数枚の絵。ほとんどが木炭で描かれた風景画だ。

「キッチンへ行こう」コナーが声をかけてきた。「お母さんがきみはまだ食事をしてないと言ってた。軽い昼食でもつくろうか？」

「いいえ、けっこうよ」

「じゃあ、飲み物は？　冷蔵庫でビールが冷えてる。アイスティーも」

「ビールをいただくわ」

彼は冷蔵庫から首の長いビール瓶を二本出した。キーホルダーで栓を抜き、エリンのために水切りかごからグラスをひとつ取る。そして椅子を引いてくれた。そのときになって、エリンはようやく不安を乗り越え、彼が緊張した表情を浮かべていることに気づいた。

彼が向かいに腰をおろす。「なぜおれに電話をしてこなかったんだ、エリン？」

ふたりのあいだにずっしりとその質問が横たわった。エリンはグラスにビールを注ぎ、それをじっと見つめていたが、やがて簡潔に事実を口にした。「申し訳なくてしかたなかったの」彼女は言った。「あなたを信じなかったことが」

「気にすることはない」彼が言った。「おれがきみでも信じなかっただろう。誰も信じたはずがない。ひどく異様な事件だった。おれも自分に自信がなかったほどだ」

エリンは首を振った。「あれほどの暴力や悪意や憎しみ。なんだかわたし自分が……小さくなったような気がしたの。押しつぶされてなくなってしまったような気が」

「お母さんが寝てないと言っていた。悪夢を見るのか？」

こくりとうなずく。

「いずれ見なくなる」彼は言った。「きみは強い人間だ」

穏やかな誉め言葉に涙がこみあげた。返事をしようとしたが、喉に熱いしこりがつまって言葉にならない。

「どうしておれが突きとめたかわかるか？」

エリンはティッシュペーパーを探しながら、つづけるように彼に合図した。

「おれは病院へ行ったんだ」コナーは言った。「おれが昏睡状態のとき、ショーンがあそこでトニアを見かけてた。調べてみたよ。あの病院で働いていた唯一のトニア・ヴァスケスは、数年前に引退した六十代の人物だった」

「まあ」エリンは言った。「そうだったの」

「だが、わかったのはそれだけじゃなかった。おれは訪問者名簿を見せてもらった」

エリンは顔を覆って身構えた。

「きみの名前があった、エリン。おれが意識不明のあいだ、きみは一日も欠かさず会いに来てくれていた」

指のあいだから彼をうかがい、微笑もうとした。「いやだわ」そっとささやく。「ばれちゃったのね」

彼はにこりともしない。じっと返事を待っている。

エリンは手をおろした。「どこかで聞いたことがあったの。昏睡状態の人には、歌を聞かせたり話しかけたり本を読んであげるのが効果的だって」彼女は言った。「わたし、歌は歌えないし、あなたに意識があったときだって話しかけることができたためしはなかったわ。ましてや意識不明のあなたになんてとうてい無理だった。でも本を読むことならできる。以前あなたがスリラーが好きだって言ってたのを覚えてたから、ディーン・クーンツの『何ものも恐れるな』を買ったの。タイトルで選んだのよ。その次は『夜をつかめ』を買った。続編だったから」

そこで口をつぐんだ。彼はじっとつづきを待っている。視線をそらした顔は、花崗岩から彫りだしたように微動だにしない。

「『夜をつかめ』の最後で、主人公のクリスが恋人にプロポーズするの」エリンはつづけた。「わたし、泣いちゃったわ。本を閉じて、あなたに話しかけた。そのときはじめて、あなたの手を握って話しかけたの」

コナーはかすれたため息を漏らし、顔をこすった。「なんて話しかけたんだ?」

涙がとめどなくあふれ、エリンはポケットからティッシュを出してふき取った。「あなたのことをどう思っているか。どんなに目を覚ましてほしいと思っているか。いつかあなたと寄り添えたらいいと、どれほど願っているか話したの。お見舞いに行ったのは、あれが最後だったわ」

彼はさっとこちらを見た。「なぜだ?」

「その日の晩、あなたは目を覚ましたからよ」

彼は狐につままれたような顔をした。「なぜだ? なぜさんざん通ったあとでやめたんだ? どうしておれに会いに来なかった?」

エリンは鼻をかんだ。「できっこないわ。あなたは朦朧《もうろう》とする意識のなかで激痛にさいなまれていたし、パートナーが殺されたことを知ったばかりだった。あなたに夢中で関心を引きたがっているどこかの愚かな女なんて、迷惑なだけだと思ったの。わたしは恥ずかしかった。あなたを困らせたくなかった」

コナーがさっと立ちあがった。あまりに突然だったので、椅子がうしろに吹き飛んで壁にぶつかった。「おれを困らせる？　くそっ、エリン。今週おれに電話をしてこなかったのは、そのせいか？　恥ずかしかったから？　おれを困らせたくなかったから？」

「コナー、わたし――」

「どうしておれが目覚めたと思ってるんだ？」語気荒く言う。「一度でも自分にこの質問をしたことがあるのか？」

エリンは両手で口を覆って首を振った。

彼はさっと両手をあげた。顔がつらそうにこわばっている。「きみがおれを求めていると聞かなかったら、おれは死の淵から戻ってはこなかった」

彼はつかつかとキッチンを出ていこうとした。

エリンはとっさに彼の腕をつかんだ。「コナー？」

彼がくるりと振り向く。どちらが相手をつかんでいるのかわからなかった。ふたりは避けがたい重力の力でたがいのほうへ倒れこみ、狂おしいほど激しく唇を重ねた。

気づいたときは、いつのまにかリビングルームのカーペットの上で震えながら抱きあっていた。エリンは素早く彼の上になり、抱きしめながらTシャツをめくりあげた。美しい体のすべてが欲しい。あらゆるくぼみや曲線、硬い筋肉のあらゆるふくらみ、微妙な影やなめらかな体毛のすべてが。彼は現実だ。彼はわたしを求めている。そして、わたしはそんな彼の塩辛くて甘美な体の隅々まで欲しくてたまらない。

彼が腰をつかんできた。「待て。落ち着け」

「なぜ?」太腿のあいだのほてった部分を彼にこすりつける。「なぜ?」

「いい加減なつきあいは終わりだ」彼がそっけなく言った。「おれはすべてが欲しい。きみの指に指輪をはめるまで、寝るつもりはない。だからセックスの女神みたいなまねを始めるのはやめてくれ」反論するならしろと言いたげに目がきらめいている。

体の奥にある赤面や涙が生まれる不思議な場所で、笑みが浮かびはじめた。歓喜の気持ちはあまりに大きく突然だったので、全身が輝きながら果てしなくふくれあがっていく。「本気なの?」

「指輪がなければセックスもなしだ」きっぱりと言う。

「冗談でしょう? あなたにわたしが拒めるはずないもの。そんなことわたしが許さない。全力であなたを誘惑してやるわ。プライドにかけて」

コナーは肘をついて体を起こした。「だめだ。おれはばかじゃない。そんなことをされたらどうなるか、自分でもよくわかってる。ただでミルクが手に入るときに、牝牛を買う必要がどこにある?」

思わず笑ってしまったが、目には涙が浮かんでいた。「ひどい人」

コナーが立ちあがり、カーゴパンツのよれよれのポケットに手を入れた。ベルベットの小さな箱を差しだし、素早く視線をそらす。「一週間こいつを持ち歩いてた」彼は言った。「気に入らなければ、別のやつを探してもいい」

エリンはぐずつく鼻にティッシュを押しつけ、箱を開けた。

アンティークの指輪。切子面のある楕円形のアクアマリンは、白みがかった淡い緑とブルーが豊かに揺れ動き、繊細な細工を施したプラチナが周囲を取り巻いている。この世のものとは思えない。言葉にならないほど美しい。

アクアマリンの色が瞳のなかで揺らぎ、緑とブルーと白い光が渦巻いた。喉がつまって声が出ない。

「よくあるダイアモンドの指輪は欲しがらないような気がしたんだ」不安そうに彼が言った。「きみは、その……そういうものが好きなんじゃないかと思った」

「そのとおりよ」やっとの思いで言う。「とてもきれい」

コナーはエリンの手から箱を取り、指輪を出した。じっと目を見つめてくる。「つけてくれるかい?」

エリンは迷わず左手を差しだした。「ええ」

するりと指輪がはまった。彼はその手にキスをし、頬に押しあてた。「ああ」声が震えている。「びくびくものだった。でもやり遂げたぞ。見てくれ。おれはまだ生きてる」

薬指で指輪が輝いている。まるで裏から光に照らされているかのようだ。「ぴったりだわ」

エリンはそっと言った。「サイズを調整する必要もないくらい」

「サイズはもう合わせてある。きみの指輪をはめてみたんだ。それはおれの小指のここまで来たから、宝石店の店員にそう伝えた」

エリンは驚いた。「そんなころから、こうしようと思ってたの?」

「もちろん。準備のいい人間には神の恵みがある。おれたちに爆弾のつくり方や救命措置の方法を教えるとき、頭のおかしい親父はいつもそう言ってた」

エリンは笑いながら彼の首に抱きついた。「愛してるわ、コナー。ちゃんと伝える勇気がなくてごめんなさい」

コナーが涙をキスでぬぐう。「おれを信じてるか、エリン？」

声にこもった痛切な思いに胸が疼《うず》いた。エリンは彼の額に自分の額を押しあてた。「命にかけて、魂にかけて。すべてにかけて信じているわ。永遠に」

彼の全身に震えが走った。まるで、ずっとむかしからまとわりついていた恐怖を振り払うように。「一緒に二階へ行かないか？」

「あなたと一緒なら、どこへでも行くわ」

ふたりはゆっくりと歩きだし、コナーがエリンの手を取った。彼につづいて階段をあがり、まばらに家具が置かれた広い寝室へ入る。竹製の日よけから黄金色の午後の日差しが斜めに差しこんでいた。シンプルな白い壁、アンティークの化粧だんす、銀色がかった濃灰色のざっくりしたカバーがかかったキングサイズのベッド。窓の下には細長いハンドメイドのチェストがある。中世のもののような、飾り気のない質素なつくり。

コナーは室内を見まわすエリンを見つめている。すべての動きが神聖な儀式のように思われた。おたがいのもっともひそやかで愛情がこもった場所へつづく戸口をいくつも抜けていく儀式。

「すてきな部屋ね」エリンはそっと言った。「あなたに合ってるわ」

「ここにきみを連れて来たいと、ずっと思ってた」彼が言う。「今朝はシーツまで交換したんだ。縁起かつぎに」

エリンは頭からTシャツを脱ぎ、ブラをはずして蹴るようにスニーカーを脱いだ。「準備のいい人間には神の恵みがあるんでしょう？」

「ああ」見つめる彼の頬が赤くなっている。彼は苦笑して顔をぬぐった。「くそっ、どうしてきみといるとこうなるんだろう」不思議そうに言う。「十三歳に戻ったみたいな気がする」

エリンは腰を振ってジーンズとパンティを脱ぐと、コナーの胸を押した。彼は膝から力が抜けたようにどさりとベッドに腰をおろした。

「だから？」ちゃかすように言う。「わたしはあなたにもらった指輪をしてるのよ、コナー。身につけているのはそれだけ。わたしは自分の務めを果たしてる。で、あなたはなにをしてくれるつもり？」

彼はエリンの腰に手をまわし、ほてった顔をお腹に押しつけた。「なんでも」彼は言った。「きみが望むことはなんでもする。きみが夢に描くすべてを。一生、死ぬまで」

エリンはいい香りのする髪に顔をうずめた。肌の上で彼の唇が動き、両手が全身を這っていく。彼はわたしを熟知している。わたしをわななかせ、柔らかく潤って彼を求めずにはいられなくさせる方法をすべて知っている。太腿のあいだに指がすべりこみ、愛情をこめて撫でてくる。

がくんと膝から力が抜けてよろめき、彼のシャツをつかんだ。

「じらすのはもう終わり」エリンは握っていたシャツを頭から脱がせた。「もう一週間もたってるのよ。あなたが欲しいの。だからぐずぐずしないで、コナー・マクラウド」

彼をベッドに突き飛ばし、ベルトに取りかかる。彼はいかにも楽しそうに笑い声をあげた。

「でも、おれたちはたったいま婚約したばかりなんだぞ。てっきりもっと穏やかでロマンティックな雰囲気で——」

「考えなおすのね」カーゴパンツを引き抜き、引き締まったみごとな体を貪欲に見つめる。

「穏やかでロマンティックな雰囲気には、あとでもなれるわ。疲れたころに」

「オーケイ」彼は笑いながらそう言うと、サイドテーブルに手を伸ばして引き出しをあさり、未開封のコンドームの箱を取りだした。彼の腕や背中やお腹の筋肉がさざ波のように動くようすに見惚《みほ》れてしまう。彼はコンドームをつけ、エリンを引き寄せてベッドに押し倒した。

そう、これが欲しかったの。しなやかでたくましい熱い体に抱きついていると、心がとろけてしまいそう。彼としたいことや、彼に与えたい喜びすべてがどっと心に押し寄せる。一度にひとつしかできない時間と空間の制約が腹立たしい。エリンは自分が望む体勢に体をくねらせた。体が疼くような熱い欲望のかたまりになり、鼓動を打つたびに全身が脈打っている。「来て」エリンはせがんだ。「お願い」

彼が入ってくる。その瞬間、最初の快感の波が押し寄せた。彼はまだ動きだしてもいないのに。

エリンは清めと癒《いや》しの涙をとめどなく流し、彼の腕のなかでばらばらになった。

「ああ、エリン」コナーが両手でそっと顔をはさみ、キスで涙をぬぐう。

すすり泣きながら彼の下で動くうちに、ようやくエリンはノヴァクの屋敷で直面した恐怖の真の姿を理解した。たしかに混沌《こんとん》はこの世を支配する。けれど、愛はその事実からノヴァクのねじれた憎悪の影をはぎ取ったのだ。愛が勝った。

愛もまた混沌としたものだ。コントロールするのは不可能だし、したいとも思わない。美しく激しく自由なものすべては、その混沌の一部なのだ。エリンはついに、その下にある豊かで美しいものが放つきらめきをとらえた。もう二度と抵抗はすまい。予想外の出来事や不思議、燃える想いや光や笑い、焼けるような色彩や騒々しい物音。無軌道や過ち、変化や成長や冒険。魔法。そして、愛。

そのすべてが人生をすばらしいものにし、意味を与えているのだ。

コナーが顔をあげた。「一緒にラスベガスへ行ってくれ」彼は言った。「明日、結婚しよう」

「でも……でも……」

「正式なものにしたいんだ。美しい花嫁と初夜を迎えたい。いますぐに」

エリンは笑い声をあげた。「でも、もう正式なものになってるわ。もう少し待てばいいだけ――」

「もう充分待った」

「ずるいわ」鋭く言う。「それに、あなたがこういう手を使うのはこれがはじめてじゃない」

「どんな手だい？」目をぱちくりさせて無邪気を装っている。

「わかってるくせに。愛しあってる最中に、突然大事なことを言うの。わたしのなかに入ってるときに。こっちの弱みにつけこんでるのよ」

キスをしてきた彼の唇が笑っているのがわかる。「それはおたがいさまだ」彼は言った。

「きみだっておれの弱みにつけこむことができる。きみがこれまでそうしようとしなかっただけだ。さあ、一緒にドライブ旅行に行こう。ちょうどいいタイミングだ。どちらも無職だが、それもそう長くはつづかない。おれの貯金がいくらか残ってるから、ジャグジーと震動するベッドのある悪趣味なカジノホテルのハネムーン・スイートに泊まろう。ルームサービスを取るんだ。ネグリジェを買ってやる。帰る途中で砂漠を探検することもできる。砂漠の日没を見たことがあるかい？」

エリンは彼に体をこすりつけた。敏感な乳首が彼の胸をこすり、全身がぞくぞくする。

「結婚式の計画を練る機会を奪ったら、母はぜったいあなたを許さないわよ」

「どうしてお母さんに言わなきゃならないんだ？　お母さんのためにもう一度やればいい。もう一度初夜を迎えて、もう一度ハネムーンに行く。おれはいっこうにかまわない」

彼はにやにやしている。幸福に光り輝いている。あまりに魅力的で、エリンの心は彼への愛で爆発しそうだった。彼女は彼の顔を引き寄せ、キスをした。「わたしを説得してみせて」

エリンは言った。「さあ。いちばんずるい手を使って」

「なんだって？」まごついているが、興味を引かれている。

「さあ。あなたの意思に従わせて。傲慢《ごうまん》なカリスマ性でわたしを圧倒して。夢中にさせて。わたしが好きなのを知ってるでしょう」

「きみはもう夢中になってるじゃないか」彼がしたり顔で言う。

「まあね。スタートとしては有利じゃない？」とエリン。「運がいいわ」

ほっそりした顔に刻まれた笑顔の皺が深くなり、エリンは幸福感でため息を漏らした。運に見放されないかぎり、これからずっとこのすばらしい笑顔にほれぼれと見入ってしまうだろう。

「オーケイ、わかった」彼が言った。「こうしよう。きみが至福に満たされて粉々になるまで、情熱的に愛してやる。そのあとで、きみをおれの車に運んでいく。きみが目を覚ましたときは、どことも知れぬきれいな土地を走っているだろう。山、砂漠。どこかはわからないが、ちょうど日の出を迎えたころで、すべてがピンク色に染まってる。もしきみが抵抗したら、おれは道端に車を停めて、ボンネットにきみを押し倒す。きみはおれに舐められながら、広大な空に浮かぶ夜明けの星を見つめるんだ。おれたちを見てるのは、上空を旋回している一羽のワシしかいない。どうだ？　いいアイデアだろう？」

エリンは彼を抱き寄せた。「ああ、愛してるわ。とってもいいアイデアよ」

ぎゅっと抱きしめられ、ふたりの鼓動がひとつになった。「おれも愛してる。でも、おれのアイデアをどう思う？　けっこう傲慢だろう？　夢中になって圧倒されたかい？　それとも微調整が必要かな？」

「文句なしよ」エリンは請けあった。「でも、広大な空の下でボンネットに押し倒すのは、わたしのほうっていうアイデアはどう？　世間は公平にできてるのよ、違う？」

ふたりはじっと見つめあった。コナーが首を振る。「ああ、エリン」そっとつぶやく。「すばらしい旅になりそうだ」

訳者あとがき

たいへん長らくお待たせいたしました。昨年、二見文庫から『そのドアの向こうで』で衝撃のデビューを果たし、ロマンス界に新たな風を吹きこんだシャノン・マッケナの新作をお届けします。

前回、主人公セスに協力してパートナーの敵《かたき》を討ったFBI捜査官のコナー・マクラウド。上司の裏切りを暴き、宿敵ノヴァクに鉄槌を下して念願の復讐を果たしたとあれば快哉を叫んで当然なのに、彼は本書の冒頭でFBIをすでに去り、人生に幻滅して、やりきれない空虚感を抱いています。仲間を陥れた上司のエド・リッグズを糾弾したのは正しい行ないだったと確信しているものの、その行為は同時に、彼がエドの娘エリンに対して長年抱いていた夢を打ち砕くものでした。

はじめて会ったときからエリンに想いを寄せ、いつかこの愛を成就させたいと願ってきたコナー。けれどいまのエリンにとって、彼は父親の破滅を引き起こした男です。そんな自分がいまさらエリンに愛を告白できるはずもない——むなしさからすべてのやる気を失っていたコナーのもとに、ある日FBIの元同僚からノヴァク脱獄の報が入ります。東欧マフィアの大物の息子であるノヴァクは、かつてエドを操るために娘のエリンを利用しようとしたことがありました。幸いコナーたちの働きでエリンは危うくノヴァクの魔手を逃れましたが、歪んだ心を持つノヴァクが、自分の指のあいだをすり抜けていったエリンを放っておくはずがありません。そう確信したコナーは、愛するエリンを守るべく、周囲の反対を押しきって敢然とノヴァクに立ち向かう決意を固めます。

そのころエリンは、過酷な運命に翻弄されていました。父親の逮捕により穏やかで幸福だった生活は一変し、情熱を注いできた仕事もクビになり、派遣社員としてなんとか食いつなぐ日々。それでも、魂が抜けたように呆然としている母親と自暴自棄になった妹の面倒をみるのは自分しかいないという使命感から、精一杯の努力をしてきました。けれど、ときどきどうしようもない無力感に襲われて叫びだしたくなってしまう。その無力感の一部は、十代のころからひそかに憧れていたコナーに二度と会えないという悲しみから発していました。父親の裏切りのせいでパートナーを殺され、みずからも一生消えない障害を負ったコナーが、自分を許すはずがない——これまで信じてきた世界すべてが足元から崩れ去ったような絶望感を抱きながら、エリンはひたすら孤軍奮闘するしかなかったのです。

そんなある日、久しぶりに姿を現したコナーによって、彼女はノヴァクが脱獄したと聞かされます。当初は自分を守ると言う彼の好意を頑なに拒んでいたエリンでしたが、おたがいに長年抱いてきた相手への想いを隠しきれるはずもなく、ふたりはこれまでの年月を埋めあわせるかのような激しい恋に落ちていきます。

しかし、冷酷なノヴァクは、ふたりのために周到な罠を張りめぐらせていました。果たしてふたりは、じりじりと囲みをせばめてくる罠から逃れることができるのかどうか——

シャノン・マッケナの作品は、ともすると激しいベッドシーンばかりが注目されがちですが、ここまで読者の心に訴える理由は、ストーリーテラーとしての群を抜く才能と、きめ細やかに描かれる登場人物たちにあるような気がします。いつか自分の気持ちを伝えたいと願いつつ、相手への愛をそっと育んできたコナーとエリン。ふたりの想いが語られる場面には、訳していて何度も胸がつまりました。ベッドシーンが激しいのは前作同様ですが、そこにいたるまでの心理が切ないまでに書きこまれ、単に刺激的なだけでは終わらない。脇役たちにも及ぶ丁寧な人物描写こそがマッケナ作品の大きな読みどころのひとつですので、読者のみなさんにも彼らの心に触れていただければ幸いです。

さて、本書ではじめてマッケナに出会った方はもとより、前作『そのドアの向こうで』からのファンのなかには、すでにマクラウド三兄弟が他人とは思えなくなっている方も多いのではないでしょうか。彼らが主人公を務めるスピンオフを順次出版予定と語っていた著者の言葉どおり、本国アメリカでは今年二〇〇五年四月に長男デイビーが主人公の新作〝Out Of Control〟が出版されました。

特殊な生い立ちに加え、遊びたい盛りに母親につづいて父親まで亡くしたデイビーは、遺された幼い弟たちの父親代わりを務めてきました。弱さを見せるような贅沢が許されない日々を送るうちに、いつしか家族の冷静な司令官という役目が身についてしまったデイビー。そんな彼が心惹かれたのは、彼が教える道場の隣にあるエアロビクスクラブのインストラクター、マーゴットでした。彼女からストーカー被害を受けていると相談されたデイビーは、マーゴットが身元を偽っていると気づき、さらに好奇心を刺激されます。けれど、彼女が身元を偽る理由の背景には恐るべき事実が隠されていたのです。

その寡黙さゆえ、押しだしの強い弟たちを前にすると存在がかすみがちだったデイビーですが、三作めではこれまであまり触れられなかった彼の内面が十二分に描かれています。デイビーの魅力を再発見できるとともに、おなじみの登場人物たちが活躍するこちらの新作も今後二見文庫からご紹介予定ですので、どうぞご期待ください。

前作『そのドアの向こうで』では、本邦初紹介の作家にもかかわらず、みなさまから予想をはるかにしのぐご好評をいただくことができました（というのも、これまで日本で紹介されたロマンス作品では例を見ないほどベッドシーンが濃いとあり、果たしてどこまで読者の方に受け入れていただけるか、正直言ってかなりはらはらしていたのです）。続編を待ち望むご意見も多数いただき、本書を訳すにあたって大きな励みになりました。すぐれた作品をご紹介する一助を担えたことを、訳者としてたいへん嬉しく思っております。末筆ながら、この場をお借りして、暖かいお言葉をくださった方々に心よりお礼を申しあげます。

ザ・ミステリ・コレクション

影《かげ》のなかの恋人《こいびと》

著者　シャノン・マッケナ
訳者　中西和美《なかにしかずみ》

発行所　株式会社 二見書房
東京都千代田区三崎町2-18-11
電話　03(3515)2311［営業］
03(3515)2313［編集］
振替　00170-4-2639

印刷　株式会社 堀内印刷所
製本　ナショナル製本協同組合

落丁・乱丁本はお取り替えいたします。
定価は、カバーに表示してあります。

ISBN978-4-576-05118-5
http://www.futami.co.jp/

そのドアの向こうで

シャノン・マッケナ
中西和美［訳］

〔マクラウド兄弟シリーズ〕

亡き父のため11年前の謎の真相究明を誓う女と、最愛の弟を殺されすべてを捨て去った男。復讐という名の赤い糸が激しくも狂おしい愛を呼ぶ…衝撃の話題作！

影のなかの恋人

シャノン・マッケナ
中西和美［訳］

〔マクラウド兄弟シリーズ〕

サディスティックな殺人者が演じる、狂った恋のキューピッド。愛する者を守るため、燃え尽きた元FBI捜査官コナーは危険な賭に出る！ 絶賛ラブサスペンス

運命に導かれて

シャノン・マッケナ
中西和美［訳］

〔マクラウド兄弟シリーズ〕

殺人の濡れ衣をきせられ、過去を捨てたマーゴットは、彼女に惚れ、力になろうとする私立探偵デイビーと激しい愛に溺れる。しかしそれをじっと見つめる狂気の眼が…

真夜中を過ぎても

シャノン・マッケナ
松井里弥［訳］

〔マクラウド兄弟シリーズ〕

かつてショーンが愛したリヴの書店が何者かによって放火された。さらに車に時限爆弾が。執拗に命を狙う犯人の目的は？ 彼女の身を守るためショーンは謎の男との戦いを誓う。

夜の扉を

シャノン・マッケナ
松井里弥［訳］

美術館に特別展示された〈海賊の財宝〉をめぐる陰謀に、巻き込まれた男と女。危険のなかで熱く燃えあがる二人を描くホットなロマンティック・サスペンス！

夜明けを待ちながら

シャノン・マッケナ
石原未奈子［訳］

叔父の謎の死の真相を探るために、十七年ぶりに帰郷したサイモンは、初恋の相手エルと再会を果たすが…。忌まわしい過去と現在が交錯するエロティック・ミステリ！